Cécile Demy

Les Anges De La Nuit

Livre 3

Transcendance

D1726057

Illustration de la couverture faite par Nicholas Piccillo, « Série accélérée d'ouverture d'une fleur de lys », photo libre de droit numéro : 123419743

Site web : shutterstock.com

Partie 1

Obscur et harassant sera son

chemin vers la vérité,

car c'est celui de notre passé.

Chapitre 1

Quel lieu troublant, mais aussi reposant. J'avais trouvé un apaisement dans cette sensation à la fois de confinement et de grande liberté dans ce désert bleu. Plus je me laissais entraîner dans la beauté des profondeurs, plus l'ambiance se métamorphosait. La roche grise revêtait un manteau de coraux rouges et dorés. Les algues se nourrissant des rayons du soleil laissaient leur place à des anémones jaunes et roses dont les nuances de couleur variaient au gré de leurs amples mouvements. Des tons normalement imperceptibles à l'œil humain à cause de la perte de luminosité, mais dont je m'accommodais très bien. Je n'avais pas encore réussi à mettre un nom sur tous les sons que je percevais. Que les humains se fourvoyaient en le définissant de monde silencieux ! Il n'en était rien. Les ondes, les fluides, les grattements et picotements… À l'image du mien, c'était un monde caché mais ô combien bruyant si tant est que l'on s'y intéresse.

Mes mains sur les parois rocheuses, je m'amusais à escalader ce microcosme étranger. Certains habitants s'enfuyaient en me voyant, d'autres, habitués à ma présence, me frôlaient et se demandaient, peut-être, quel genre de créature je pouvais être. J'étais en apnée depuis le début. Un regard au-dessus de moi me confirma à quel point j'étais descendue. Jugeant qu'il était temps de laisser de l'intimité aux créatures qui m'entouraient, je posai mes pieds sur la roche et me propulsai vers la surface. J'étais allongée face au miroir renversé, mes doigts flirtèrent avec cette frontière séparant les deux mondes.

Mais le jeu était fini et j'avais dû choisir.

Dès que j'eus pied, je sortis la tête de l'eau. Mes sens retrouvèrent des éléments que je connaissais bien. La lumière du soleil derrière mes paupières closes. Le goût salé sur mes lèvres. L'eau ruisselante entre mes seins. Mes mains rabattirent mes longs cheveux mouillés dans mon dos et je rejoignis la plage à l'intérieur d'une crique, protégée par de hautes falaises infranchissables qui réduisaient considérablement le nombre de baigneurs. Le peu qui lézardait sur le sable ne rata pas ma sortie de l'eau, s'arrêtant presque dans leur activité. Je ne prêtai pas attention aux regards qui me suivaient et m'allongeai sur ma serviette. Mes lunettes à nouveau sur le nez, je pus redresser la tête sans que les rayons du soleil ne fassent briller mes pupilles, ce qui m'aurait valu une attention d'un tout autre type de la part des humains.

La couleur de l'eau se présentait à moi comme une œuvre impressionniste, mariant des nuances de bleu clair, bleu marine et vert. Ce somptueux mélange, je le voyais régulièrement mais pas forcément à la plage. Je scrutai, une dernière fois, la surface plane de l'eau puis souris. *Quel grand enfant...*

Mon dos bascula en arrière et il me sembla que mon esprit s'égarait, bercé par le bruit des vagues.

Lilith plongea son pied dans l'eau fraîche. Elle frissonna, mais c'était si ressourçant qu'elle entraîna complètement dans le petit lac. La surface lui arrivait à mi-cuisse et le bas de sa chemise commença à s'imbiber. Enlik, l'étalon noir, venait de terminer sa balade dans les bois et la rejoignit avec plaisir. Le lac, au pied d'une montagne, était alimenté par une cascade. La jeune femme plongea ses mains en coupe dans l'eau et les ramena à sa bouche pour se désaltérer.

Un mouvement la fit sursauter. Un jeune homme à la lisière de la clairière était en train de l'observer. Ce ne fut pas cette étrange apparition qui la perturba mais plus sa ressemblance avec une personne qu'elle connaissait bien. Ce qui le différenciait de son ancien amant était surtout la couleur de ses cheveux, blonds comme les blés.

Il se détourna sans un mot pour retrouver la couverture des arbres.

— Samaël ! appela Lilith.

Le prénom avait jailli de sa bouche comme pour se raccrocher à un nouvel espoir. Le garçon s'était figé, puis, hésitant, était revenu vers le bord du lac. Prudente, elle s'approcha également. En effet, la ressemblance était frappante mais ce n'était pas lui. Son aura était également différente… Elle ne sut expliquer ce qu'elle ressentait. Elle se sentait comme attirée vers lui et pourtant, d'où venait cette sensation de danger ? Machinalement, une main se posa sur son ventre légèrement rond, geste qui ne passa pas inaperçu aux yeux de l'étranger.

Un autre homme apparut alors derrière le premier. Ils semblaient être jumeaux ; lui aussi ressemblait étrangement à Samaël. Lilith se demanda s'il s'agissait plus que d'une impression.

— Qui êtes-vous ? D'où venez-vous ?

Je refis légèrement surface. Si mes visions avaient cessé de m'importuner depuis un petit moment, ce n'était pas le cas des souvenirs de Lilith. Cet interlude fut tout de même reposant. C'était dans des moments comme celui-là que je me félicitais d'avoir demandé à Lucas de sceller mon pouvoir. Mon petit ami avait été, bien évidemment, réticent à infliger une telle contention à mon esprit mais il s'était vite rendu à l'évidence : m'obliger à l'inaction alors que mon pouvoir m'assaillait d'images chaotiques était une véritable torture.

La respiration lente et les yeux clos, je laissai les rayons brûlants du soleil faire disparaître les quelques gouttes qui s'attardaient encore sur ma peau lisse et pâle. Le temps passa et mon maillot, lui-même, finit de sécher.

Alors, je le sentis. Le contact de la fraîcheur associée à l'humidité sur mes jambes, qui remonta et vint subtilement se poser comme un poids sur mon ventre. Il continua jusqu'à complètement s'allonger sur moi et, pour finir, poser ses lèvres portant encore le goût de la mer sur les miennes. Je ris et cherchai gentiment à me soustraire à cette emprise imbibée et froide.

— Arrête ! pouffai-je entre deux baisers.

Le corps au-dessus de moi fut également secoué par des spasmes et se laissa glisser à mes côtés. Il avait gagné : j'étais à nouveau trempée. Lucas mit aussi ses lunettes me cachant la beauté de ses yeux turquoise et frotta vigoureusement ses cheveux blonds avec sa main pour faire tomber les dernières gouttes sur moi. Je lui donnai une petite claque sur le bras qu'il avait gardé autour de ma taille. Il rit et, pour se faire pardonner, se pencha pour m'embrasser de nouveau. Un toucher beaucoup plus lent et sensuel qui me réchauffa aussitôt. Le vampire y mit fin trop vite à mon goût et s'étala à côté de moi en soupirant.

Lui aussi était apaisé, à nouveau entier… Il avait retrouvé cette espièglerie que j'avais pu brièvement côtoyer les premiers temps suivant notre rencontre, avant qu'elle soit complètement étouffée par l'inquiétude, la colère et l'incertitude. Ces sensations semblaient être très loin de lui à l'heure actuelle. Il avait retrouvé cette luminosité qui le caractérisait et lui donnait l'impression d'être d'une espèce différente de la mienne. Un vampire parmi les vampires. Cette lumière qui m'avait tant de fois éblouie avec une petite chose en plus… Une perception moins évidente et pourtant bien présente, presque préoccupante, que je n'arrivais pas à déterminer mais qui provoquait parfois en moi cette envie qu'il me possède tout entière. Ou peut-être était-ce juste le fait que j'étais folle de lui…

Une fois que nous fûmes secs tous les deux, nous rejoignîmes le day-cruiser accroché au ponton. Nous laissâmes derrière nous ce petit coin de paradis, sans regret, car nous savions que demain et après-demain nous en découvririons d'autres. Le bateau longea les rocheuses de la côte des *Cinque Terre*. Une succession de villages pluricentenaires situés sur le littoral accidenté de la Riviera Italienne. Nous nous sommes créé un petit pied-à-terre dans l'un d'eux, Manarola, où les maisons colorées et les vignobles s'accrochaient à des terrasses escarpées. On ne pouvait y pénétrer qu'à pied ou par la mer. Son port accueillait de nombreux bateaux de pêche ainsi que des *trattoria* proposant des spécialités de fruits de mer ainsi que la célèbre sauce de la région de la Ligurie, le pesto. Le sentier de randonnée à flanc de falaise du Sentiero Azzurro reliait les villages entre eux et offrait une vue panoramique sur la mer.

Ce dépaysement, c'était notre choix. Un cocon de paix loin de l'effervescence citadine accompagnée de son lot de perturbateurs sanguinaires. Je ne disais pas que la côte italienne était sans danger pour les humains mais disons que les prédateurs se faisaient plus rares, leur concentration étant moindre que dans la capitale française.

M'éloigner aussi longtemps de Paris m'avait apporté une grande culpabilité. Mes proches ne me reconnaissaient pas dans mes choix. Du jour au lendemain, j'avais déserté mon lycée aux portes du baccalauréat alors que j'avais toujours été une élève studieuse. J'avais tout de même passé les examens en candidate libre à Nice et avais obtenu le fameux diplôme haut la main, ce qui avait pu les rassurer quelque peu, surtout ma marraine. J'avais également maintenu un contact téléphonique avec eux, les informant de ma situation géographique et de mon état de santé, mais ils restaient malgré tout dans l'incompréhension. Quoi de plus normal… Seule la vérité pourrait mettre un terme à cette mauvaise pièce dramatique, mais je ne pouvais espérer qu'ils le prennent aussi bien que mon frère, Rémi. Finalement, j'espérais que, comme Valérie, ils s'habitueraient à mon absence et continueraient à vivre leur vie.

Allongée contre la rambarde à l'avant du petit bateau, j'appréciai la sensation de liberté orchestrée par la force du vent dans mes cheveux. Le day-cruiser, lancé à pleine vitesse, brisait les vagues qui explosaient en éclaboussures sur mon visage. Je me retirai de la contemplation des côtes sauvages italiennes pour admirer mon conducteur. Sa chemise, prise au vent, s'ouvrait à moitié sur un corps sculpté et élancé. Je baissai mes lunettes sur mon nez et appréciai les lignes alléchantes de sa poitrine et de ses abdominaux. Le jeune homme s'aperçut de mon état de méditation lubrique et rit tout en secouant la tête.

Depuis que j'avais accepté la présence, encore incompréhensible, de Lilith en moi, j'appréciais ses qualités et apprivoisais ses défauts. La reine des vampires avait plusieurs millénaires d'expérience sur lesquels je ne crachais pas. Ainsi, face à un dilemme, mes réflexions s'articulaient beaucoup plus facilement comme si quelqu'un m'avait soufflé la réponse du problème. Je comprenais et parlais parfaitement une multitude de langues. Mon impulsivité s'était exacerbée au contact de l'impétuosité reconnue de l'ancienne reine. J'avais appris à reconnaître ses réactions lorsque celles-ci se manifestaient et je les réfrénais ou (parfois, j'avouais) les utilisais à des fins personnelles. Mais le changement le plus profitable, également en lien avec son expérience, était la maîtrise indéniable de ses pulsions, notamment lors de nos ébats avec Lucas. Depuis le début de notre relation, ce dernier avait maintenu un contrôle constant lors de moments intimes : attentif à mes réactions aussi brusques qu'imprévisibles et réfrénant sa propre force par peur de me faire du mal. Lilith avait la réputation d'être un vampire puissant : la première transformée, la première femelle. Sa puissance était communément supérieure à la mienne et je pouvais en bénéficier. En conséquence, nous nous permettions des échanges un peu plus musclés que je m'amusais à provoquer, comme c'était le cas actuellement.

Quelques minutes plus tard, Lucas amarra notre bateau au pied des maisons colorées de Manarola, derrière une digue rocheuse le protégeant des aléas de la mer. Je sautai sur l'étroit sentier de pierre menant à la petite cité au-dessus de nous et n'eus pas le temps de tourner la tête, car mon petit ami était déjà en train de me traîner à sa suite. Je me laissai guider en pouffant dans les escaliers et les ruelles qui serpentaient entre les maisons. Nous pénétrâmes dans l'une d'elles, qui se trouvait à flanc de falaise, montâmes les quelques marches étroites menant à notre modeste appartement. La porte à peine fermée, Lucas s'empara de mon visage pour plaquer sa bouche sur la mienne. Ma respiration se heurta et nos mains arrachèrent nos maillots de bain. J'enroulai sauvagement mes jambes autour de sa taille alors qu'il me soulevait dans les airs pour m'aplatir sur le lit. Nos deux corps se lancèrent alors dans une danse volcanique mais au combien sensuelle.

Quelques éléments du dernier souvenir que j'avais pu découvrir firent facilement surface. Normal, il était encore si frais dans ma tête et le geste maternel de Lilith avait fait remonter bien d'autres images.

À nouveau, la jeune femme posa une main protectrice sur son ventre, sous les yeux du bel inconnu et une voix résonna dans mon esprit : *Comme j'aurais voulu le tenir dans mes bras, une dernière fois....*

— *Protège-toi.*

Je tentai de repousser les souvenirs des événements ayant entraîné mon exil loin de Paris, mais la douleur, qui m'habitait encore, m'empêcha de m'en détourner complément. Tout avait débuté au moment où la résonance s'était activée. Ce pouvoir ultime et inconnu de la grande reine fonctionnait comme une connexion. Mon âme ainsi que celle de Lilith étaient si étroitement liées l'une à l'autre que rien ne semblait pouvoir les défaire, pas même les dons de Michel ou Gabriel. Ce phénomène avait attiré l'attention de vampires dangereux, à la recherche de l'ancienne reine, me mettant en danger ainsi que mes proches.

— *Ne te laisse pas submerger… Résiste* !

Malgré les encouragements de Lucas, je n'avais plus la force et, bientôt, les sentiments que j'avais réussi à lui cacher depuis plusieurs mois finirent par faire surface.

Cette résonance était bien la seule chose dont Lilith était coupable sur ma personne. Tous autour de moi m'avaient répété à quel point l'ancienne reine des vampires était pernicieuse, et probablement s'était-elle rendue coupable d'actes épouvantables. Mais, malgré tout, ce n'était pas cette femme que je voyais. Celle qui hantait mes rêves était solaire et fautive d'avoir trop aimé, ce qui avait provoqué sa perte. Son bébé, la seule chose qui lui restait de cet amour, avait été effacé de sa mémoire, ce qu'elle avait ressenti comme un manque. Un vide que seule une mère pouvait expliquer. Enfin, elle avait une peur presque viscérale de son ancien époux qui la cherchait sans relâche depuis quatre siècles. Un destin pitoyable qui pouvait expliquer son désir de vengeance envers ceux qui avaient détruit de près ou de loin sa vie.

Les images m'échappèrent et j'eus l'impression de tomber brutalement. Lorsque j'ouvris les yeux, je n'avais pas bougé ; assise en tailleur sur le lit, face à Lucas qui, le regard dur, venait de cesser abruptement notre entraînement.

— Ne fais pas ça.

Je m'éclaircis la gorge pour m'octroyer un temps de réflexion. Peut-être n'avait-il pas tout compris de ce qu'il avait ressenti dans mon esprit.

— Ne fais pas quoi ?

— Douter. La prendre en pitié. C'est comme ça qu'elle entre.

OK. Il avait absolument tout saisi.

— Techniquement parlant, elle est déjà entrée, tempérai-je.

— Et tu lui ouvres en grand toutes les portes de ton esprit. Elle peut s'y balader comme dans un parc d'attractions, me condamna-t-il avant de me tendre ses mains. Encore.

Habituellement, je ne rechignais jamais à m'exercer avec lui. Depuis mon départ de Paris, il m'avait aidée à fortifier mon esprit afin de faire perdre de l'avance à Lilith. J'apprenais au côté du meilleur, lui qui était un maître du psychisme, mais il était également le professeur le plus sévère que je n'aie jamais eu. Après seulement quelques mois, je savais cloisonner mon esprit afin de le protéger de la torture, créer un bouclier contre un assaut mental, dissimuler mes pensées afin qu'elles deviennent presque imperceptibles à certains pouvoirs comme celui de Hugo, capable d'entendre la moindre pensée traversant la tête de quelqu'un. C'était la première capacité que Lucas m'avait apprise, car j'étais à présent en possession d'une information que seuls les trois archanges connaissaient : Samaël avait eu un enfant avec Lilith. Un enfant, certes, qui était décédé à l'âge de 30 ans mais qui restait à ce jour le seul « demi-ange » de l'histoire.

— Je suis fatiguée. J'en peux plus !

— C'est parfait. Elle attend un instant de faiblesse. Quand ton esprit sera trop acculé pour répliquer, elle étouffera ce qui reste de ton âme. À ce moment-là, tu devras puiser dans tes dernières ressources pour l'éjecter.

À quelle occasion mon esprit pourrait-il être aussi faillible ? Un brin inquiète, je me demandais si le moment venu, il serait là pour m'aider. En l'occurrence, aujourd'hui, il partait du principe que je devrais me débrouiller seule. À nouveau, il insista pour que je pose mes mains sur les siennes :

— Encore ! Cette fois, essaie de me sortir de ton esprit.

— Quoi ? ! Mais c'est dangereux !

— En effet, si tu veux y parvenir, tu devras faire comme si j'étais un véritable ennemi, sinon il est clair que tu n'y arriveras pas ! Ça fait plusieurs mois qu'on s'entraîne, tu peux le faire !

— Je ne veux pas te faire de mal.

— Tu vas devoir changer ton état d'esprit si tu ne veux pas que je la voie.

— Quoi ?

Il s'empara de mes mains et je basculai dans les profondeurs de mon âme. Je me retrouvai dans ma chambre et Lucas se matérialisa aussitôt à mes côtés. Alors que je cherchais à comprendre le sens de sa dernière phrase, il prit un objet sans me demander mon autorisation.

— Non, pas ça !

Je savais exactement ce que renfermait l'écrin en cristal qu'il s'apprêtait à ouvrir et je ne désirais pas qu'il voie ce qui s'y cachait. Ma hantise était telle que, paradoxalement, les images jaillirent dans mon esprit.

Samaël embrassait l'épaule dénudée de Lilith qui, chatouilleuse, pouffa. Les deux amants étaient allongés dans un lit, sur le ventre, l'un à côté de l'autre. La jeune femme attira l'attention de l'Archange sur les draps froissés sous leurs yeux.

— Explique-moi encore une fois.

Accédant à ses désirs, il plia le tissu afin qu'il prenne la forme d'une ligne courbe.

— Là, entre les deux fleuves, c'est toi. Ton ruisseau s'écoule jusqu'à l'un d'eux, puis continue jusqu'à la mer…

Lucas assista à ce moment intime jusqu'à ce que je l'étouffe et le fasse disparaître. J'avais toujours voulu lui épargner les souvenirs entre son frère et Lilith afin de le protéger. Je n'avais juste pas prévu qu'il pousse le masochisme à son extrême. Tout en me défiant du regard, il s'approcha du tableau que m'avait offert Rémi, représentant Lilith et son cheval. Je lançai une ultime sommation.

— Ne fais pas ça !

— Si tu ne veux pas que je la voie, éjecte-moi.

— Mais…

À nouveau, il fit sortir un autre souvenir en touchant le cadre.

La jeune femme peignait minutieusement la crinière d'Enlik, mais son attention ne cessait de dévier vers Gabriel. Non loin d'elle, le bel homme palpait les muscles tendus de la croupe de l'étalon afin d'étudier sa réaction. Il ne tarda pas à s'apercevoir de l'intérêt que lui portait Lilith.

— Suis-je si hideuse ? osa-t-elle demander tristement.

Le ton de la jeune femme le heurta plus que les mots qu'elle avait employés.

— Non, tu ne l'es certainement pas.

— Alors, pourquoi ne m'a-t-il toujours pas retrouvée ?

Elle posa douloureusement sa main sur son ventre rond.

Ça suffit, tonnai-je intérieurement. Les images éclatèrent et je repoussai sa présence hors de l'espace protecteur de ma chambre. Ce ne fut pas suffisant, bien évidemment, car je n'avais pas voulu le blesser avec ma rage.

Les projections mentales n'avaient pour limite que notre propre imagination. Je n'avais qu'à m'imaginer voir un mur pour le créer dans mon esprit. De cette manière, je construisis huit murs autour de moi, s'agençant les uns avec les autres dans une forme octogonale et m'appliquai à renforcer leur épaisseur. À peine l'eus-je fini que mon bouclier s'écrasa sous la force mentale de Lucas. Il tenta de revenir dans mon espace mais je le ralentis en le harcelant d'obstacles. C'était bien la seule chose que je pouvais faire, il était bien trop puissant et anéantissait toutes mes protections, tel un bulldozer. Si j'avais été son ennemie, il m'aurait balayée.

« *Te cacher derrière un bouclier te rend beaucoup trop repérable.* »

J'eus un sursaut mental. Ce n'était pas la voix de Lucas. Ce dernier ne semblait même pas s'être aperçu que l'ancienne reine des vampires venait de s'adresser à moi. Notre résonance la rendait indétectable, ce qui était carrément flippant mais qui, à ce moment précis, allait jouer en ma faveur. Mon éreintement se fit ressentir, car ma vitesse de réaction diminuait. Lilith me chuchota la solution pour m'extirper de l'emprise de Lucas.

Alors qu'il anéantissait, une fois de plus, mes dernières barrières et s'apprêtait à faire ressurgir un nouveau souvenir, je me projetai loin de lui. Il crut à une fuite de ma part mais cette manœuvre me permit de mettre en place une ultime défense. J'utilisai mes dernières forces pour construire autant de murs que me le permettait mon imagination et les assemblai aléatoirement entre eux, créant ainsi un dédale mental dans lequel il se perdit. C'étaient des murs de très faible épaisseur mais le but n'était pas de créer un énième bouclier. Lilith avait vu juste : me cacher derrière une protection avait incité l'ancien Archange à me taper dessus comme une pinata. À l'inverse, grâce à mon labyrinthe, il abattait barrière après barrière mais n'avait aucun moyen de savoir derrière laquelle je me cachais. Je n'avais qu'à reconstruire quelques murs afin de faire perdurer ce dédale dans lequel il était prisonnier. La reine des succubes savait visiblement se défendre contre Gabriel. Quoi de plus normal, il avait été l'ennemi de son époux pendant des millénaires. J'espérais tout de même que Lucas ne soupçonne pas cette triche.

« *Maintenant, éjecte-le.* »

Euphorisée par cette confiance grandissante, je relâchai tout ce qui me restait en force comme une longue expiration. Les murs s'aplatirent les uns sur les autres avec violence, comme des dominos emportant tout sur leur passage, même la présence de Lucas.

Je chutai et m'éveillai.

Le soleil était en train de se coucher mais je perçus très clairement la déformation éphémère sur les lèvres satinées de Lucas qui ouvrit également les yeux. Tout mécontentement l'avait quitté, c'était plus la fierté qui l'habitait. Moi-même, bien qu'exténuée, j'exultais intérieurement.

17

— Tu as grimacé, lançai-je bouffie d'orgueil.

— Non, mentit-il.

— Si, je t'ai vu. Alors, maître ? Ai-je réussi l'examen ?

Pensif, il croisa les bras.

— Je ne sais pas encore si je dois te féliciter ou te punir, car tu m'as caché avec brio tes véritables sentiments la concernant.

Bien évidemment, il s'agissait d'un exploit qui faisait franchement diminuer ma note. J'aurais bien voulu lui dire que des félicitations s'imposaient, car cela n'avait pas été facile de lui camoufler mes pensées lorsqu'il s'est fendu d'un commentaire désagréable à l'intention de l'ancienne reine alors que nous étions en pleine séance de défense mentale. Mais je me ravisai bien vite en zieutant les lignes alléchantes de ses biceps qui ressortaient aisément dans sa position actuelle.

— J'aime bien la seconde option.

— Mmm… Ne me tente pas.

Il attrapa brusquement mes chevilles et les tira vers lui. Déséquilibré, mon corps tomba à la renverse sur le matelas. J'eus à peine le temps de pousser un petit cri qu'il était déjà sur moi, emprisonnant mes mains de part et d'autre de ma tête, empêchant toute fuite. Je ris. *Quel mauvais joueur.* Cependant, mon amusement fut de courte durée car en se penchant son souffle vint torturer les nerfs si sensibles de mon cou. Mes crocs sortirent mais ce furent les siens qui me pénétrèrent lentement. Je me cambrai furieusement et poussai un gémissement guttural presque sauvage. Ce baiser sanglant fit petit à petit monter l'extase par vagues successives. Mes jambes remontèrent jusqu'à ses hanches pour le presser un peu plus contre moi. Il émit un grognement et se retira avant que j'atteigne l'orgasme. Voilà ma punition. Son regard toujours animé d'une ivresse primitive, il plaqua sa bouche sur la mienne et j'en profitai pour lécher subtilement les quelques gouttes perlant à la commissure de ses lèvres. Notre effervescence retomba et nous retournâmes vers des eaux plus calmes.

Notre modeste appartement disposait d'une chambre donnant sur une petite salle de bains ainsi que d'un salon offrant un coin pour manger, avec une cuisine très simple mais fonctionnelle. Il avait gardé un sol en terre cuite et des poutres apparentes qui lui donnaient un certain cachet. Nous étions bien loin des châteaux que nous avions l'habitude d'habiter, mais ce petit cocon de bonheur était ce qu'il nous fallait.

J'enfilai une de ses chemises et m'en allai vers la fenêtre. Cette dernière s'ouvrait sur un petit balcon offrant une vue panoramique sur les eaux bleues de la Méditerranée. L'air marin me revitalisa et, les bras au-dessus de ma tête, je m'étirai pleinement. Il ne faisait nul doute qu'avec la lumière presque frontale du coucher de soleil, mes yeux devaient briller d'une envoûtante lueur dorée. Je méditai sur la réaction de mon petit ami. L'un comme l'autre, nous ne savions pas comment aborder le sujet « Lilith » sans que cela nous fasse du mal. Lucas ne se pardonnerait peut-être jamais d'avoir détruit involontairement la première femme pour laquelle il avait éprouvé des sentiments. Il avait juste voulu la soulager de la peine qu'aurait occasionné l'enlèvement de son nouveau-né mais, ne maîtrisant à l'époque que partiellement son pouvoir, il avait fragilisé son esprit. Cela avait probablement participé au changement incompréhensible de personnalité qu'avait effectué la jeune femme lorsqu'elle était devenue vampire.

Nous avions pris l'habitude d'éluder le sujet et profitions de moments inoubliables sous ce ciel d'été. Mais le crépuscule était déjà là, les jours se raccourcissaient et, de notre côté, il fallait bien briser la glace.

Les bras de Lucas ne m'enlacèrent pas et il déposa un baiser à la base de ma nuque.

— Parle-moi… Mes conclusions sur elle sont-elles si absurdes ?

Quelques secondes s'écoulèrent où il ne dit mot, je ne percevais même plus sa respiration. Je crus l'avoir définitivement mis en colère quand enfin il me fit lentement pivoter. Les mains sur ma taille, il me souleva pour me faire asseoir sur la balustrade en fer forgé. Là, logé entre mes jambes, il me serra fort contre lui.

— Je comprends que tu puisses arriver à de telles conclusions. Moi-même, j'ai longtemps gardé espoir. L'espoir que celle qui avait été humaine soit toujours quelque part… Mais je suis bien placé pour savoir que cette partie d'elle a été détruite… Lorsqu'elle a compris ce que je lui avais fait, j'aurais bien voulu tout réparer… J'aurais voulu lui redonner ce que je lui avais retiré, mais c'était impossible. Une âme brisée n'est pas comme un vase dont on peut simplement recoller les morceaux. Liza… Encore à l'heure actuelle, je ne pense pas qu'elle se soit reconstruite.

J'acquiesçai de la tête, montrant que j'avais compris. Peut-être, après tout, me fourvoyais-je au sujet de Lilith ? Peut-être essayais-je juste de me rassurer en lui prêtant de bonnes intentions à mon égard. Peut-être était-elle tout simplement encore brisée et en quête de vengeance…

Mes mains glissèrent sur les cicatrices dans son dos. Il frissonna, comme souvent, lorsque je rentrais en contact avec cette partie de son corps. Sous mes doigts, à travers sa peau rugueuse, je sentis des picotements, une sensation fascinante. Même s'il tentait de me convaincre du contraire, j'étais persuadée qu'une partie de son ancienne existence était préservée à cet endroit. Une empreinte divine.

Chapitre 2

Au fur et à mesure que je reprenais possession de mon corps, un parfum exquis de fleur envahissait ma tête. Mes yeux papillotèrent et reconnurent la forme d'une rose blanche qui reposait dans le creux de ma main. Je refermai mes doigts sur elle, appréciant sa douceur et la senteur qui s'échappait de ses pétales. Pourtant, l'odeur de cette rose unique n'était pas suffisamment puissante pour me tirer hors de mon sommeil. Je me relevai sur un coude et m'aperçus que mes draps avaient disparu sous une couche épaisse de fleurs.

Lucas, déjà habillé et frais comme la rosée du matin, s'assit à mes côtés.

— Joyeux anniversaire, mon amour.

Je souris et plongeai mon visage dans cette profusion de pétales, appréciant la douceur de leur parfum, avant de me rallonger sur le dos. Je pris le temps de détailler la somptueuse créature au-dessus de moi. Sa peau blanche reflétait agréablement la lumière froide et matinale. Ses yeux brillaient comme des gemmes inconnues, exquis mélange entre une émeraude et un saphir. Ses lèvres satinées étaient promesse de plaisirs infinis.

— Joyeux anniversaire à nous, ronronnai-je.

En effet, cela faisait exactement un an que nous étions ensemble. Je n'oublierai jamais cette nuit où il avait brutalement fait tomber ses barrières et avait laissé ses sentiments l'envahir. Lui qui s'était privé de tout bonheur pour se punir de ses fautes passées avait alors fait un pas vers la rédemption.

Nous nous rendîmes au marché de Vernazza. Le site était perché sur un petit promontoire rocheux, et autrefois le plus prospère des *Cinque Terre.* Le château de la famille Doria et autres vestiges médiévaux rappelaient son riche passé économique. Proche du petit port, l'église de la paroisse de Sainte-Marguerite d'Antioche, flanquée d'un haut clocher octogonal, dominait la mer.

Je soulevai un pan de ma robe bohème et, en gentleman, Lucas m'aida à sortir du bateau. Le village était difficilement accessible quand on n'avait pas un moyen de transport comme le nôtre et, accessoirement, un passe-droit offert par l'homme le plus puissant d'Italie. Les principaux moyens d'accès étaient le train et les sentiers côtiers, très escarpés. La typicité de Vernazza en faisait pourtant un haut lieu du tourisme de la Ligurie.

Avant que l'on se mêle à la petite foule, j'envoyai un selfie à mes proches en réponse à leurs messages d'anniversaire. Je préférais qu'ils aient une image de moi au soleil plutôt qu'ils se fassent des idées sombres sur l'endroit où je me cachais. Cela fonctionnait très bien car les appels, notamment de mes amis du lycée, se firent plus rares. Presque un mois s'était écoulé depuis la rentrée, Émilie avait bien essayé de me joindre mais je n'avais pas décroché assez vite, et depuis son téléphone était sur répondeur. Mon pouvoir m'aurait été bien utile et j'avais failli supplier Lucas de le desceller sur le champ, avant de me raviser. Si Émilie avait des soucis, mon frère m'aurait prévenue. Quant à Aurèle, les réponses à mes messages étaient brèves. Il devait être bien occupé à faire entrer les Pionniers dans le monde des réseaux sociaux.

Nous nous perdîmes devant les étalages de courgettes et de tomates. Cette odeur alléchante de légumes et fruits frais me fit venir des idées de plats que je soumis aussitôt à mon cuisinier personnel. Depuis que je sortais avec Lucas, je m'étais aperçue que mes talents culinaires n'avaient pas du tout évolué. Normal, il le faisait tellement mieux que moi… Comme beaucoup d'autres choses d'ailleurs. C'était lamentable.

Lucas me dressa une liste d'ingrédients à prendre, puis il m'embrassa et m'abandonna brièvement pour pénétrer dans une demeure un peu excentrée. Je savais qu'il allait rencontrer un vampire du clan de Rome qui venait nous ravitailler en poches de sang. Il préférait faire cela seul, probablement parce qu'il profitait de ces rencontres pour faire le point sur la situation des clans. Contrairement à lui, j'avais fait le choix de me fermer au monde extérieur et, après avoir souffert à cause de mes visions, je m'en contentais bien.

Je pris un melon entre mes doigts et l'amenai jusqu'à mon nez. Une explosion de senteur sucrée envahit mes narines et je souris. Si je ne portais pas mes lunettes de soleil, la populace se serait probablement arrêtée sur mon doux regard doré. À la place, le propriétaire de l'étalage me complimenta sur mon choix. Il prit une des tulipes qu'il exposait en bouquet deux mètres plus loin et me l'offrit avec le melon. Je lui renvoyai mon plus beau sourire, ce qui attira sur lui les foudres des autres Italiens. Je m'échappai ne souhaitant pas attiser plus l'attention sur moi, et mon portable sonna. Je m'assurais que mon petit ami soit encore occupé avant de répondre.

— Salut, Rémi.

— *Hé ! Encore joyeux anniversaire. Comment va ma vampire préférée ?*

— Rémi !

— *C'est bon,* soupira-t-il. *Julie n'est pas là et te dire ça est bien la seule folie que je peux me permettre en ce moment. Ne me la retire pas.*

— Qu'est-ce qui se passe ? questionnai-je désarçonnée. C'est la rentrée ? Ça s'est mal passé ?

— *Non, ça c'est le truc le plus normal de ce mois. Par contre, notre chère directrice a mis en place un couvre-feu : interdiction de zoner aux abords du lycée après les cours et, le matin, il faut se présenter au portail cinq minutes avant que la cloche sonne. Chaque élève doit donner son nom à l'entrée afin de vérifier qui n'est pas en cours.*

Je m'immobilisai. Nathalie Dubois devait avoir développé un délire paranoïaque depuis notre dernière rencontre.

— Oh… Ouais. C'est probablement ma faute.

— *N'est-ce pas ! Alors laisse-moi à mes petits coups de folie téléphonique.*

— Mais comment justifie-t-elle un tel déploiement de sécurité ?

— *Officiellement, la capitale entière est sous plan Vigipirate.*

Je faillis trébucher tant j'étais estomaquée. Une alerte terroriste ? C'était l'excuse que les Pionniers avaient pondue pour raffermir la sécurité autour de leur enfant. Il n'était pas bon d'être un vampire dans Paris à l'heure actuelle. Malheureusement, je n'avais aucun moyen de savoir comment allait le clan de Paris. Je jetai quelques coups d'œil autour de moi pour voir où était Lucas. Si Joachim et les autres étaient en danger, il ne resterait pas sans rien faire.

Pour la première fois depuis plusieurs mois, j'avais à nouveau l'impression qu'un étau se resserrait sur moi.

— *Tu sais... M*^me^ *Dubois n'arrête pas de me demander de tes nouvelles.*

Ce n'était bien évidemment pas pour connaître mon état de santé. Nathalie Dubois avait été la première à découvrir mon secret. Je ne me faisais pas d'illusions, elle avait probablement fait son rapport à la Fondation et également au Conclave des chasseurs – bien qu'eux fussent déjà au courant. Les derniers à ne rien savoir sur moi étaient Julie, mes amis et camarades de classe. Les Pionniers ne permettraient certainement plus qu'un autre de leur enfant se fasse attaquer, tuer ou même transformer.

—Et... Elle a cherché à te faire comprendre l'existence des vampires ?

— *Non... Elle se contente de poser des questions plus ou moins précises sur tes activités durant cette dernière année, et elle me demande si tu as l'intention de rentrer... J'aimerais bien savoir aussi.*

Je m'attendais à cette demande. À chaque fois que je décrochais mon téléphone, je n'y coupais pas.

— Rémi...

— *Juste un saut*, négocia mon frère.

— Tu me manques, c'est vrai... Mais j'ai peur de vous mettre dans une situation délicate, avec Julie, si jamais je reposais un pied au château.

— *C'est chez toi aussi !*

— Non... C'est chez *toi.* Me concernant, je ne sais plus...

Je ne le voyais pas mais sa déception était palpable même à travers mon portable.

— *Justement, ce n'est pas comme ça que je le vois.*

— Je t'en remercie… Je te tiens au courant. Je t'aime.

Je raccrochai et expirai tout l'air de mes poumons. J'avais été en apnée depuis le début de la conversation bien que mon frère me facilitât grandement la tâche. Il était un ange avec moi, m'absolvant de toute la culpabilité qui pouvait me ronger.

Mon téléphone devant la bouche, je méditai sur ce qu'il venait de me confier. *Pourquoi autant de sécurité ? Y avait-il autre chose ?* Je fermai les yeux et fis quelque chose que je n'avais plus fait depuis des mois. Je poussai mon pouvoir à me montrer la situation à Paris.

Mais comme depuis des mois, il resta muet… Bel et bien scellé.

— C'est comme ça que tu fais les courses ? me reprocha une voix près de moi.

Je sursautai. Lucas examina le fond de mon panier seulement habité par un melon et une tulipe. Le vampire s'empara de la fleur et leva un sourcil.

— Qu'est-ce que c'est ?

Toujours préoccupée par ce que j'avais essayé de faire avant qu'il n'arrive, je mis un temps à comprendre sa question.

— Mmm ? Oh… Ce n'est pas un vampire mais un humain qui me l'a donné.

Dans le monde des immortels, un cadeau aussi simple qu'une fleur pouvait avoir beaucoup de significations. Mieux valait refuser n'importe quel présent si l'on ne voulait pas être redevable de quelqu'un.

— Je n'aime pas qu'un homme quel qu'il soit t'offre des fleurs.

Il regarda la foule comme s'il pouvait retrouver l'Italien fautif. Sa jalousie m'amusa et je gloussai :

— C'était pour avoir le melon gratuit !

— Mon amour, si ce sont des fruits que tu veux, je peux t'offrir l'Orangerie de Versailles, me nargua-t-il.

Sa réponse, complètement disproportionnée, me fit taire. *C'était une blague, n'est-ce pas ?* Il n'avait jamais eu l'occasion de s'en vanter, mais Lucas possédait un patrimoine aussi impressionnant que son frère.

Nous reprîmes notre activité et notre panier se remplit bien plus vite grâce à lui. Je me laissai volontiers guider, mon attention tournée tout entière vers ce qui pouvait se passer bien loin de nous. Je m'étais doutée que mon esprit chercherait à revenir vers ma ville natale, d'où mon choix d'avoir court-circuité mon pouvoir. Je m'étais alors dit que j'aviserais de le libérer selon le degré d'urgence. Rémi n'avait pas laissé sous-entendre qu'il était en danger, au contraire, il se plaignait d'être un peu trop protégé. Je ne pouvais pas espérer meilleure situation.

Après avoir fini nos activités, nous remontâmes dans notre moyen de transport atypique. Je m'assis sur le fauteuil à l'opposé de la barre maintenue par mon petit ami. Le bateau sortit du petit port et accéléra légèrement vers le sud. Alors même que nous étions aux portes de l'automne, la mer restait d'une grande beauté. Si j'avais été dans la capitale, je n'aurais certainement pas pu bénéficier d'un tel soleil, symbole de la Méditerranée.

Mon regard glissa vers la glacière à mes pieds, près de mon panier de légumes. Lucas ne laissait rien transparaître de sa conversation avec le correspondant du clan de Rome. Attentif à ce qu'il faisait et à son environnement, je ne pouvais même pas déterminer s'il était aussi perplexe que moi.

— Qu'est-ce qu'il t'a dit ce correspondant ?

Lucas tourna la tête, sincèrement surpris et réfléchit à deux fois avant d'entrer dans cette conversation.

— Pourquoi cette demande tout d'un coup ?

Son étonnement était compréhensible tant je m'étais appliquée à m'enfermer dans une bulle.

— La sécurité se renforce autour des Pionniers. Rémi aurait à peine le droit de respirer.

Nous observâmes quelques secondes de silence, sachant l'un comme l'autre que cette discussion pouvait faire exploser notre petit cocon de bonheur. Je ne lui reposerai pas la question, lui laissant le libre choix de me répondre ou d'enterrer cette conversation... Moi, j'avais visiblement déjà choisi.

— Les clans éprouvent de plus en plus de difficultés à museler les déserteurs, finit-il par avouer. Ils s'agitent beaucoup.

— Pourquoi ?

— À l'image du clan d'Édouard... Ils sentent que leur reine n'est pas loin. Cependant, ils ne sont pas enchantés à l'idée de retrouver une monarchie.

— Je pensais que Lucifer avait la main sur ces renégats, les Clans Noirs, et qu'il était leur roi. Ils sont les seuls à vivre encore sous une monarchie.

— Il ne l'est plus ou plutôt ne l'a jamais vraiment été depuis nos récentes découvertes. Il est visiblement seul et use ponctuellement de pantins qu'il manipule par la ruse et la peur. Les mutineries sont nombreuses sur son passage. Les vampires des Clans Noirs se liguent entre eux pour pouvoir le supplanter et font des ravages sur leurs passages. Le retour de Lilith a juste fait basculer une situation déjà fragile, rien de plus…

Il était difficile de croire que Lucifer avait été rétrogradé au plus bas de l'échelle, tant sa puissance était grande. Était-ce pour cela qu'il voulait retrouver Lilith ? Le pouvoir de l'ancienne reine pouvait-il faire la différence ? Morgana avait été la seule à m'avouer ce qui faisait de Lilith la plus puissante vampire femelle que ce monde ait connu. D'un simple toucher, elle était capable d'ôter toute fatuité à une personne en la transformant en simple esclave docile. Lucifer ne pouvait-il rien sans cette horrible capacité ?

— Que font les chasseurs ?

— Je n'ai pas de nouvelle… Ils continuent leur combat.

Depuis mon départ, au printemps, Tristan n'avait pas cherché à me joindre et j'en avais fait autant. Quand bien même, mon esprit ne cessait de chercher le sien, m'empêchant de définitivement tourner la page sur mon ancienne vie. J'avais l'impression que, malgré son scellement, mon pouvoir m'appelait et tentait de me faire comprendre un dessein que je ne saisissais pas encore. Un dessein dont le chasseur serait la clé de voûte. Nul doute que si mes visions fonctionnaient, elles ne cesseraient de me le montrer. Mais que verrais-je à ses côtés ? Combien de chasses ? Combien de vampires rôdant dans la capitale ?

Mon petit ami attrapa ma main, me coupant dans mes réflexions, et m'attira vers lui. Je souris et me laissai guider devant le grand volant servant de gouvernail. Il m'avait déjà fait faire mon baptême de mer et je repris vite la main lorsqu'il me laissa les rênes. Emportée par la sensation de vitesse et de contrôle, j'en oubliai mes préoccupations premières. Les grandes mains de Lucas quittèrent le volant pour se poser sur ma taille. Il ne prit pas le risque de me déconcentrer et posa simplement sa tête dans le creux de mon cou, alimentant mon désir par la sensation de son souffle sur ma peau et la proximité de son corps. Je n'avais pas besoin de mon pouvoir pour prédire que nous ne profiterons pas tout de suite des bienfaits des légumes du marché une fois rentrés.

Chapitre 3

L'accordéon semblait respirer, dévoilant son chant mélodieux à chaque inspiration et expiration. C'était un son très provençal et solaire, que je n'avais jamais entendu mais auquel on s'attachait très vite. Sur le petit belvédère de Manarola, des musiciens de chants traditionnels italiens avaient entonné des musiques entraînantes, invitant certains amateurs à enchaîner quelques pas de danse en couple sur la placette. Mes yeux étaient comme pris par le mouvement de leurs corps qui bougeaient au rythme de la flûte et de l'accordéon. Une petite voix dans ma tête me criait de les rejoindre, et j'en mourais d'envie… Je l'aurais probablement déjà fait si je n'avais pas le nez au-dessus d'un délicieux plat de gnocchis au fromage. Toujours concentrée sur ce qui se passait à côté du restaurant, je piochai – avec les doigts, c'était tellement mieux – dans mon assiette et gobai un gnocchi. Un peu de sauce coula sur mes lèvres et, une main devant la bouche, je m'empressai de la ramasser avec ma langue. Un soufflement amusé me fit revenir vers ma table. Lucas m'avait observée ; il trouvait apparemment ma gourmandise hilarante. Je me raclai la gorge. *Quelle mauvaise invitée !*

La nuit était tombée sur le charmant village qui maintenant vivait aux sons des restaurants, des lumières vacillantes des ruelles et, comme ce soir, de la musique et des éclats de joie. Nous avions voulu profiter de cet événement exceptionnel en nous offrant un restaurant. J'avais cependant été une voisine de table plutôt lamentable. Lucas avait déjà fini sa pièce de viande et semblait toujours affamé. Il avança une main. Je crus qu'il allait piquer dans mon assiette mais il la dépassa pour prendre la mienne et la ramener vers sa bouche. Je jetai un coup d'œil autour de nous. Heureusement, tout le monde semblait pris dans ses activités. Il suça le bout de mes doigts encore couverts de sauce et ses lèvres déclenchèrent un délicieux frisson qui remonta jusque dans ma nuque. Je ralentis la sortie de mes crocs mais je n'avais qu'une envie : faire voler la table pour pouvoir m'asseoir sur lui.

Lucas se leva, sa main toujours dans la mienne. Il fit le tour de la table et m'invita à faire de même. Je le suivis jusqu'au centre de la place où les couples avaient entamé une valse lente sur le rythme maintenant lent de l'accordéon. Mon cœur fit des bonds dans ma poitrine, car cela faisait plus d'un an que nous n'avions plus danser ensemble. J'avais pourtant le souvenir d'un partenaire plutôt doué, peut-être même le meilleur… à moins que ce soit l'effet de ses mains expertes sur mon corps qui me donnaient l'impression de voler. D'un bras, il me fit effectuer un tour sur moi-même puis me ramena contre lui. Ma petite robe courte d'automne volait élégamment autour de mes jambes. Nos deux corps soudés et nos bras enserrant l'autre, nous commençâmes à tourner au rythme lent de la musique. C'était bien loin de notre performance lors de notre premier séjour à Rome où nous avions dévalé le parquet, mais, c'était amplement suffisant. Nos regards accrochés l'un à l'autre, nos bouches se touchant presque, je le laissai me bercer. Mes pieds suivaient les siens sans que j'aie vraiment besoin de les commander. Relevant légèrement le menton, je voulus lui voler un baiser quand mon corps se raidit.

Là, à l'autre bout de la place, une paire d'yeux nous fixait dans la pénombre d'une ruelle. Cette funeste apparition m'échappa lorsqu'un couple traversa mon champ de vision et je crus à une erreur quand cela se répéta. Cette fois, je vis clairement un corps se glisser lentement derrière un coin de la maison. Phénomène tout à fait normal, me direz-vous, dans une zone surpeuplée, mais certainement pas en ce qui concernait l'envoûtante lueur habitant les pupilles de l'importune.

J'aurais voulu prévenir Lucas mais je ne parvins pas à trouver son regard. Plongé en pleine réflexion, il était, lui aussi, occupé à observer chaque espace sombre autour de nous. Je n'avais pas rêvé. Nous nous étions immobilisés au milieu des danseurs. Le doux son de l'accordéon semblait être un lointain murmure à mes oreilles.

— Lucas ?

L'ancien archange était en train de bouillir. Au-dessus de moi, le vent avait changé de direction. Je caressai son visage et il posa, à nouveau, son attention sur moi. Sa bouche embrassa la paume de ma main.

— J'aurais tant voulu t'offrir cette vie.

— Comment ça ?

Sa main attrapant solidement la mienne, il m'emmena hors du cercle de danse. Dans un réflexe presque inconscient, je le retins. La détresse habitant mes yeux le troubla et il prit le temps de m'expliquer calmement pourquoi notre cocon de bonheur n'était plus.

— Ils sont là pour nous et ils n'ont pas de bonnes intentions. Mon amour, nous devons partir…

À nouveau, il me tira à sa suite et je le suivis, bien trop bouleversée

—

pour riposter. Je lançai un regard en arrière comme un adieu à ce monde si insouciant qui avait été le nôtre le temps d'un été. Nous empruntâmes des escaliers au pied du belvédère et nous nous engouffrâmes dans les petites ruelles qui nous éloignèrent du centre du village où, peu à peu, les humains se firent moins nombreux. La petite ville était le point de départ de sentiers de randonnée qui montaient dans les montagnes environnantes. Les routes pavées s'effaçaient pour laisser place à la terre et la roche. Grâce à ma condition de vampire, je me mouvais parfaitement dans cet environnement hostile pour mes sandales. Plus nous montions, plus je sentais le vent me pousser. Lorsque que je levai la tête, je ne perçus plus les étoiles ni la lune. Des nuages menaçants s'étaient regroupés au-dessus de nous comme répondant à l'appel de l'ancien archange. Ce dernier était resté silencieux, concentré, et je ne voulais pas plus le perturber avec mes questions. Il choisit de s'arrêter sur le premier plateau offrant une vue sur les lumières de Manarola plus bas. L'espace y était légèrement plus vaste… Et donc bien mieux pour gérer une attaque.

Mon petit ami se tourna vers moi. Son visage n'exprimait plus l'inquiétude, ni la colère. Juste la tristesse. Ses mains caressèrent mon visage, un toucher douloureux. J'aurais presque préféré qu'il soit énervé.

— Je n'ai pas le temps de desceller ton pouvoir, donc reste près de moi.

— Mon amour, tu dénigres l'entraînement d'Andrea. Même sans mes visions, je sais me défendre.

Il sourit mais réajusta tout de même quelques mèches de mes

cheveux, les ramenant devant mon cou comme pour le cacher.

— Ne les laisse pas te blesser. Tu attires suffisamment l'attention sans que l'odeur de ton sang vienne les troubler.

— C'est l'hôpital qui se fout de la charité.

Son sang, celui d'une ancienne créature céleste, était rare et précieux. Un liquide épais dont le goût était une véritable expérience orgasmique. J'avais souvent entendu que mon sang était aussi alléchant que celui des trois premiers vampires. Je ne pouvais que le croire, car il m'était impossible d'évaluer mon propre sang.

— Laisse-moi parler, continua Lucas.

— Je pensais qu'ils ne venaient pas pour discuter.

Sa bouche se fendit d'un rictus mais il n'eut pas le temps de répondre. Ils étaient là.

Mon petit ami se tourna vers le premier intrus sur le plateau. C'était un homme dont les yeux devinrent des petites flammes dans la nuit lorsqu'il nous vit. Il resta à quelques mètres, ni trop loin pour exercer une certaine pression, ni trop proche pour éviter d'être à la portée de Lucas. Tel un félin en cage, il faisait des va-et-vient devant nous. Ses camarades ne tardèrent pas à affluer. J'exerçai une pression sur le bras de Lucas pour attirer son attention sur ce qui se passait derrière lui. De nouveaux vampires arrivaient à l'opposé du premier et rejoignirent le cercle qu'ils avaient formé autour de nous.

Nous étions encerclés et sans aucune échappatoire. J'en dénombrais six dont deux femelles. Je n'avais jamais rencontré autant de vampires renégats dans un même lieu. Mon dos contre celui de Lucas, je ne pouvais pas le voir mais je sentais l'aura de puissance qui émanait de son corps, comme de simples picotements sur ma peau.

Depuis que la reine des vampires avait, en partie, élu domicile dans mon esprit, je ne ressentais plus l'assujettissement provoqué par un vampire de haut rang comme Lucas.

— Malgré vos intentions ostensiblement hostiles, je n'ai pour l'instant aucune raison de vous châtier. Passez votre chemin et j'en resterai là. Persistez si vous désirez que votre existence s'arrête, avertit Lucas.

— Ne vous laissez pas impressionner, s'éleva une voix dans une langue de l'Est proche du russe.

L'un des hommes fit un pas en avant sur ma droite et capta le regard de ses collègues. Il n'avait pas forcément des attributs physiques plus impressionnants que les autres mais sa posture était différente. Il semblait prendre plus d'espace. C'était lui leur chef.

Un bras tendu en arrière, Lucas me déplaça afin qu'il puisse être entre moi et son nouvel ennemi. Les deux hommes, à présent face à face, se jaugèrent comme deux mâles se préparant à un combat sans merci pour un territoire. Les autres vampires n'avaient pas bougé et semblaient attendre un signal... Qui ne tarda pas à venir. Le vent s'engouffra à l'intérieur du cercle et sembla tourner autour de nous. Nos adversaires écartèrent les jambes afin de ne pas être déstabilisés par la tempête.

— Tu ne seras jamais assez rapide, Gabriel ! lança leur chef.

— Tu aimerais bien...

Un premier vampire voulut me sauter dessus et fut propulsé au loin par la force du vent. D'autres se jetèrent sur Lucas mais il les dispersa aisément comme le premier, avant de les prendre un par un. Son pouvoir lui donnait une rapidité d'attaque impressionnante. On pouvait presque croire qu'il était à deux, voire trois endroits à la fois. D'un bras, il maîtrisait son adversaire, de l'autre, il arrachait le cœur. Rassurée de sa force, je me concentrai sur mon propre combat.

Les deux femelles me prirent à part, l'une dans mon dos, l'autre face à moi. Je restai immobile, attendant qu'elles viennent. Leurs deux corps s'élancèrent en même temps dans le but de me transpercer la poitrine de part et d'autre. J'effectuai une simple rotation de profil pour éviter leurs attaques. J'attrapai alors le bras devant moi et celui dans mon dos, sautai par-dessus elles avec une pirouette sans lâcher ma prise. Les deux femmes se retournèrent durement sur le sol et je brisai d'un mouvement sec leurs deux membres. La douleur leur arracha des hurlements mais je savais qu'elles s'en remettraient vite. Même après des mois sans combattre, mon corps n'avait rien oublié et bougeait de lui-même, de plus, ma force était bien plus grande que la leur. J'abattis mon poing dans la poitrine d'une des femmes afin de la réduire en poussière. La deuxième allait suivre quand un vampire mâle, qui avait échappé à Lucas, se jeta sur moi. J'effectuai une roulade qui me mit hors de portée de son attaque et me relevai en lui envoyant un coup de paume dans le menton. Surpris, le vampire fut déséquilibré en arrière. Un souffle fit voler mes cheveux et, la seconde d'après, la tête de mon agresseur roulait au sol.

Des bras puissants me saisirent et avant d'avoir eu le temps de comprendre ce qui se passait, j'étais en sécurité auprès de Lucas. Devant nous, il ne restait plus que trois vampires. La dernière femme se relevait péniblement tandis que les hommes accusaient encore la puissance de l'ancien archange.

Lucas émit un grondement profond. Un souffle puissant balaya le sol, faisant voler la poussière, et déstabilisa nos adversaires. Ces derniers semblèrent se courber face à nous tandis que Lucas se grandissait, usant pleinement de son autorité naturelle. Alors que mes cheveux étaient malmenés par le vent, je ne pouvais m'empêcher de le regarder. Cette perception que j'avais ressentie depuis le début de nos vacances, ce « petit quelque chose » chez lui qui m'attirait à tel point que j'étais prête à le prendre ici et maintenant ; cette sensation explosait en moi. Il était puissant. Pas en termes de force, cela je le savais déjà ; on pouvait plus parler de grandeur ou de noblesse. Je n'avais jamais été aussi persuadée de son origine divine qu'à cet instant. Contrairement aux autres vampires présents, je n'étais nullement affectée ; à l'inverse, je m'en imprégnais volontiers. La pluie se mit à tomber brutalement, alourdissant la terre, aplatissant la moindre herbe revêche. En quelques secondes, je fus complètement trempée.

Les vampires soumis baissèrent les yeux en couinant et firent un pas en arrière.

— Vous êtes pitoyables ! beugla leur chef toujours vivant. Ils ne sont rien pour nous !

Il semblait lutter contre son instinct qui lui intimait d'obéir à son prince. Ses jambes parvinrent même à le porter à mi-chemin entre ses acolytes et nous. Je devais lui reconnaître sa ténacité, mais cet esprit récalcitrant n'était absolument pas du goût de Lucas. Ce dernier s'avança vers le vampire renégat dont les membres tétanisés empêchaient toute opposition supplémentaire. Il s'empara de sa tête et la déracina purement et simplement. Son corps se flétrit et retomba lourdement sur le sol. Une odeur nauséabonde s'échappa aussitôt de la dépouille en stade avancé de décomposition. Lorsqu'un vampire était décapité, il ne partait pas en poussière mais se flétrissait, perdant toute sa beauté.

— Choisissez mieux votre manière d'être dirigés la prochaine fois, avertit-il.

Il leva la pression qu'il exerçait sur les deux derniers vampires du groupe qui détalèrent aussitôt. Le temps d'une seconde, je me demandais si c'était une bonne idée de les laisser partir suite à leur affront, mais finalement, je me rangeai du côté de Lucas. Il n'était pas un tyran à l'image de son grand frère. Cela ne le rendait que plus grand.

Il se retourna vers moi. Son regard bleu, brillant, dans lequel pulsaient encore la rage et le pouvoir, me liquéfia. Je comblai l'espace entre nous pour me jeter à son cou et plaquer ma bouche contre la sienne. Il répondit à ce baiser pressant, nos pulsions au bord de l'implosion suite à ce stress intense. Franchement, il n'y avait que des vampires qui pouvaient avoir envie de se sauter dessus après avoir failli se faire zigouiller.

Lucas prit mes mains autour de sa nuque et les écarta doucement.

— Il faut qu'on rentre.

Nous retournâmes au plus vite à notre appartement où Lucas me laissa aussitôt pour s'affairer dans notre chambre. Je l'avais pourtant compris alors que nous quittions la place où nous avions effectué notre dernière danse, mais cela allait trop vite et je ne saisis la portée de ses mots que lorsque je le vis sortir nos valises de l'armoire. Sa vitesse surhumaine lui permit d'en remplir une en quelques secondes. Figée dans le salon, je le regardai faire sans rien dire. Mon trouble l'inquiéta et il revint vers moi.

— Mon amour…

— Alors, c'est vraiment fini.

La mer, le soleil, les plages, les villages provençaux, notre petit appartement… Tout était fichu.

J'avais le cœur déchiré en repensant à tous les bons moments que nous venions de passer ensemble. Notre cocon de bonheur, comme je me plaisais à l'appeler, n'avait duré que quelques mois. Franchement, pour des immortels, nous avions une vie aussi instable et rapide que des humains. Une larme roula sur ma joue. Lucas effaça tendrement la trace humide qu'elle venait de laisser.

— Pourtant, ce n'est pas la première fois que nous sommes attaqués par notre propre espèce. Je suis même une spécialiste pour ça. Qu'est-ce qu'il y a de différent ce soir ?

— Ils ne venaient pas pour une vengeance, Liza. Les deux que j'ai laissés vivre nous ferons gagner du temps en dissuadant d'autres d'approcher mais ce ne sera qu'un temps. D'autres viendront… C'est ma faute, et je ne permettrai pas qu'ils te fassent du mal.

Il s'apprêta à repartir, coupant court à ses explications et me laissant dans le flou. Je le poursuivis.

— Ta faute ? Je ne comprends pas. Pourquoi tu ne me parles pas ?!

Il débita ses explications tout en remplissant la seconde valise.

— Je le ferai, je te le promets. Il nous faut du temps et, je te l'assure, un environnement calme; ce que nous n'avons pas à l'heure actuelle.

— Un environnement calme ?

— Tout à fait. Pour l'instant, nous devons nous rendre à

l'évidence, notre position est désormais connue et nous ne pouvons pas vivre ici dans l'inquiétude de ce qui s'est passé cette nuit se reproduise. Nous sommes trop isolés et donc vulnérables.

Il posa nos affaires dans l'entrée, prêt pour le départ. Cela me rendit d'autant plus triste de voir que tout ce qui avait fait notre bonheur ici se finissait ainsi, avec seulement deux valises sur le pas de la porte.

— Et que fait-on maintenant ?

— Nous mettre sous la protection du clan de Rome.

— Pourquoi pas celui de Paris ?

— J'ai besoin de Michel… et toi aussi.

La moindre seconde qui passait semblait être en notre défaveur. Lucas n'avait cessé de nous pousser à accélérer notre fuite jusqu'à ce que l'on soit réceptionnés par quelques membres du clan de Rome à Pise. Il avait avalé les kilomètres en voiture entre *Les Cinque Terre* et l'aéroport en moins d'une heure, faisant presque décoller la Lamborghini dans les virages escarpés. Une fois dans le jet privé, je m'écroulai dans le premier siège pour souffler un peu. Ce n'était pas un éreintement physique qui me guettait mais un bouleversement moral. Ma mine déconfite devait d'ailleurs être plus que visible, car Gianni me servit un verre de sang. Lorsque j'avais fugué à Venise pour retrouver Gaël, le vampire italien avait déjà pris soin de moi… Ou plutôt, il avait pris soin de garder la porte de ma chambre.

— *Grazie mille, Gianni,* le remerciai-je chaleureusement en prenant une gorgée du liquide pourpre. Comment vas-tu ?

— Bien mieux maintenant que vous êtes saufs.

Je ne m'attendais pas à cette réponse. J'aurais largement préféré qu'il me parle de sa vie, cela m'aurait changé les idées. J'eus un sourire crispé et il me laissa mon espace. Mon regard dévia aussitôt vers mon petit ami accroché à son téléphone. Le temps de notre trajet dans les airs, il passa coup de fil sur coup de fil. Au bout du quatrième, j'avais cessé de deviner quels pouvaient être ses interlocuteurs et je m'étais faite à l'idée qu'il ne me donnerait aucune explication tant que nous ne serions pas en présence de Gaël.

À l'aéroport de Rome, alors que notre avion effectuait sa dernière manœuvre pour se garer, je reconnus à travers le hublot les vampires qui patientaient sur le tarmac. Mon cœur fit un bond dans ma poitrine et, lorsqu'ils avancèrent la rampe d'embarquement, je dus me retenir de sauter directement à l'extérieur de l'appareil. Le soleil éclairait d'une lumière chaleureuse et rassurante notre débarquement. Lorsque, enfin, mes pieds touchèrent le sol de Rome, j'accélérai vers les personnes venues nous accueillir. Je levai mes bras et me jetai au cou de Violaine.

— Oh ! Et moi qui m'étais forcée à la mesure, fit-elle en répondant à mon embrassade.

La fille de Michel était connue pour sa vivacité de parole. Elle n'avait presque pas de filtre, ce qui engendrait régulièrement des malaises dans les conversations. Si j'en avais été victime lors de notre rencontre, je me plaisais maintenant à être débordée par sa franchise.

— Pourquoi tu te gênerais avec moi maintenant ? N'écoute pas ton frère, il essaye de déteindre sur toi.

— Ça fait plusieurs millénaires qu'il s'y affaire, en effet !

En parlant du loup, Max s'approcha d'une gracieuse démarche. Il pouvait parfois avoir une présence aussi saisissante que celle de son père ou son oncle. Bien plus mesuré que sa sœur, il en était, en fait, le parfait opposé caractériellement. Tout aussi heureuse de le voir, je quittai les bras de Violaine pour le rejoindre. À peine eus-je touché sa veste qu'une percutante décharge électrique frappa mon doigt et se répandit dans l'ensemble de mon corps.

— Aïe !

— Voilà ce que c'est que de choisir ma sœur en premier.

Je secouai frénétiquement ma main engourdie. Les jumeaux de Michel pouvaient contrôler la foudre, un pouvoir tout à fait singulier qu'ils ne pouvaient utiliser qu'en étant en contact l'un avec l'autre ; comme un courant électrique qui ne pouvait circuler qu'entre deux pôles. Malheureusement, leur don pouvait facilement atteindre les personnes avoisinantes, car notre corps, étant fait en majorité d'eau, nous étions de parfaits conducteurs.

— Ça ne m'avait pas manqué, me plaignis-je en aplatissant les quelques cheveux qui s'étaient redressés sur ma tête.

— Ne sois pas jaloux, Maximus, il ne s'agit que de galanterie, intervint la voix de Lucas.

L'ancien archange prit sa nièce par la taille et déposa un baiser sur son front. Cette attention ne m'était pas étrangère, Gaël se comportait exactement de la même manière avec moi. D'ailleurs, je fus une fois de plus saisie par l'étrangeté de la scène qui se déroulait sous mes yeux. Max et Violaine avaient en apparence le même âge que leur oncle… *Je ne m'y ferai jamais.*

— Bien évidemment, je me passerai d'un tel égard, mon oncle, fit-il remarquer.

44

Comme à son habitude, il était si placide.

— Si tu es en manque de bisous, je tenterai d'y remédier, le narguai-je.

— Et je pourrai t'appeler « tante » Liza ?

J'avais voulu m'amuser à le déstabiliser mais il venait habilement de retourner ma blague contre moi.

— Alors là, essaie, le menaçai-je sur un ton peu commode.

Mon animosité l'amusa et je dus me retenir de le bousculer, craignant de me recevoir une nouvelle décharge. Coupant court à nos chamailleries, Lucas nous ordonna de bouger . Les jumeaux montèrent dans notre véhicule et la file de grosses voitures noires prit le chemin de la capitale italienne.

Lors de notre dernier séjour, nous avions dû partir en catastrophe afin de rejoindre la protection du clan de Paris. Le retour de l'ancienne reine était devenu une menace bien trop palpable. Encore à l'heure actuelle, cela ne restait qu'une menace et nous étions condamnés à attendre que cette épée de Damoclès s'abatte sur nous avec violence. La vengeance de Lilith ne pouvait être que terrible, surtout concernant Gabriel et Michel, qui l'avaient privée de son enfant. *Quel genre de supplice s'apprêtait-elle à nous faire subir ?*

Ce n'était pas le moment d'avoir des pensées aussi sombres, alors je me concentrai sur ce qui se passait à l'extérieur. Nous avions pénétré dans la ville et je me félicitai de reconnaître les différents lieux que nous traversions. Un détail me perturba.

— Nous n'allons pas à l'hôtel ?

En effet, la voiture avait pris le chemin des jardins de la Villa Borghese où se trouvait la demeure de Gaël.

— Non. C'est le premier lieu dans lequel ils penseront à nous chercher et ce n'est pas assez sécurisé.

Je ne posai, bien évidemment, pas de question sur l'identité du « ils », ni sur le pourquoi d'une chasse dont nous étions les cibles.

— Donc, nous allons nous installer chez ton frère ?

Le regard de Lucas se troubla, comme s'il venait de s'apercevoir qu'il avait omis un élément.

— Non... Chez moi. J'ai demandé que l'on prépare la *Casina Valadier.*

La bouche entrouverte, je n'eus pas suffisamment de souffle pour parler. De toute manière, je n'avais pas l'intention de lui faire une énième fois la morale devant son neveu et sa nièce. Il avait passé quatre mille ans seul, il n'avait pas l'habitude de devoir expliquer ce qu'il faisait ou se justifier. Il apprenait encore à vivre avec une autre personne.

— Je suis désolé, dit-il tout de même. J'aurais dû t'en parler.

— Non... Enfin, je veux dire... Après tout ce temps, c'est normal que tu aies un pied-à-terre ici, même s'il est vrai que j'aurais aimé que tu me dises que tu avais un appartement...

Violaine s'esclaffa.

— Un *appartement* ? ! D'ailleurs, la couche de poussière était impressionnante ! J'espère que les lieux te plairont, ainsi nous aurons le plaisir de vous y voir plus souvent.

Elle, en revanche, ne prenait pas forcément de pincettes avec son oncle.

La file de voitures pénétra dans les grands jardins entourant la demeure de Gaël. De nombreux humains profitaient de la clémence du temps pour se promener, faire leur footing ou simplement se poser dans l'herbe près du lac afin de contempler le beau temple d'Esculape.

Nous concernant, notre véhicule décrocha sur une voie entre les arbres, non loin de la Villa Médicis. Elle nous mena à un rond-point avec en son centre un obélisque, trônant fièrement devant l'immense terrasse ornée de colonnades d'une somptueuse demeure néoclassique. J'eus du mal à commander à mes jambes de sortir de la voiture. À l'extérieur, quelques immortels secouaient nappes et tapis desquels s'échappait un petit nuage de poussière. Ils s'affairaient à terminer la préparation du petit palais qui, étant d'une taille non négligeable, avait dû leur demander beaucoup d'efforts, surtout avec le peu de temps dont ils disposaient.

— OK, soufflai-je, abasourdie.

Haute de trois étages, la « modeste » demeure de Lucas était à prédominance de couleurs pastel et crème. Avec ses nombreuses terrasses, loggias, colonnes, frontons et chapiteaux, elle était une parfaite œuvre du style néoclassique. Elle trônait au centre d'un grand jardin fleuri, au gazon bien entretenu et propice au prélassement ou organisation de repas en plein air.

Je me rendis compte de mon état de stupéfaction lorsque l'on tira gentiment sur ma main. Un brin amusé, Lucas m'entraîna vers les magnifiques escaliers en pierre menant à l'immense terrasse couverte bordée de colonnes, qui faisait office d'entrée et dont le plafond coloré était promesse de beauté architecturale à venir.

— Comment as-tu pu me cacher ça ? parvins-je à lui demander.

— Eh bien… La première fois, tu ne connaissais pas mon statut et nous étions là en tant que membre du clan de Paris, il était donc normal que nous nous installions à l'hôtel. La deuxième fois, tu es entrée en Italie sans moi et quand je t'ai rejointe, une simple chambre me suffisait amplement.

Il déposa un baiser dans le creux de mon cou, me rappelant aux souvenirs de nos derniers ébats à Rome. En effet, un lit et une douche nous avaient largement contentés.

— Bien évidemment…

Les derniers membres du clan de Rome se courbaient respectueusement devant lui avant de s'effacer et lui laisser le soin de me faire découvrir sa demeure. L'intérieur se composait de vastes pièces dont les boiseries des murs et des plafonds avaient été rénovées tout en gardant leur aspect d'origine. Ce style jurait agréablement avec le mobilier moderne disposé avec goût de manière à occuper, sans surcharger, les larges volumes des salles.

Je fus attirée par la luminosité s'engouffrant par les portes-fenêtres orientées vers l'ouest. Je les ouvris et fut aussitôt frappée par la beauté de la ville s'étendant par-delà la balustrade de l'immense terrasse. Alors que je m'avançai vers elle, les rayons du soleil devaient faire éclater le doré de mes yeux telles deux topazes impériales. À l'image de la Villa Médicis, la Casina Valadier était construite au sommet de la colline du Pincio, offrant une position dominante sur Rome. Conquise par cette somptueuse vue, je souris, et ris presque. Mon regard s'échappa vers l'est où l'on reconnaissait, entre les feuillages des arbres, les tours de la Villa Médicis. Nous étions les voisins de palier de Gaël.

Je m'accoudai au garde-corps en fer forgé et soupirai d'aise. À mes côtés, Lucas – qui s'était fait discret durant ma découverte des lieux –

se pencha, un sourire satisfait aux lèvres.

— Cet endroit est magnifique, le félicitai-je.

Nos visages se rapprochèrent imperceptiblement et se rencontrèrent lors d'un doux baiser qui m'arracha un ronronnement guttural.

— Et étant dans l'enceinte du siège du clan de Rome, c'est un des lieux les mieux protégés de la ville.

Plus que la vue, c'était cet élément qui semblait le combler. J'essayai, comme lui, de me sentir transportée par ce critère de sécurité mais je ne parvins qu'à sortir un vague sourire. Il m'embrassa une dernière fois avant de me laisser à ma contemplation pour, probablement, finir les préparatifs de notre installation… Ou, maintenant que nous étions visiblement dans un « environnement calme », organiser la tant attendue réunion avec son frère.

Chapitre 4

Les rayons du soleil commençaient à pénétrer dans la clairière lorsque Lilith commença sa petite récolte. Avec Michel, ils piétinaient entre les plants de légumes qu'elle avait elle-même crées il y a quelques mois. Avant de tomber sur ce petit hameau, elle avait eu la chance de trouver des fermes abandonnées qui lui ont permis de faire le plein de céréales et de légumes, tout ce qu'Enlik pouvait transporter. Elle avait ensuite planté les graines non loin du petit lac qui offrait un apport d'eau facile. C'était il y a quatre mois, juste après le « grand déluge ». C'est ainsi qu'elle nommait ce qui c'était passé la nuit de son départ et qui avait duré plusieurs jours. Beaucoup de villageois avaient abandonné tout ce qu'ils avaient construit pour fuir ce qu'ils pensaient être la colère des dieux... Mais il s'agissait de la colère d'un seul, l'Unique. Les deux jeunes hommes, Gabriel et Michel, étaient entrés dans sa clairière, de manière tout à fait hasardeuse, un mois après cette catastrophe. Elle les avait confondus avec Samaël et c'était pour cela qu'ils étaient encore présents à ses côtés. En effet, leur ressemblance se comprenait car ils étaient les frères cadets de son ancien amant. Comme lui, ils inspiraient la puissance et dans leurs yeux se reflétait une connaissance insoupçonnée de notre univers. Rassurée par leur présence, elle les avait suppliés de rester et, même si cela ralentirait la recherche de leur frère, ils avaient accepté. Les deux frères ne s'étaient pas attardés sur le pourquoi de leur présence sur Terre mais elle avait compris, tout comme eux, Samaël était vivant et ici. Le fait qu'il soit peut-être tout près d'elle lui donnait plus de joie qu'elle ne pouvait l'espérer. Cependant, contrairement à Samaël, la condition humaine était totalement méconnue de Gabriel et Michel. C'était la première fois qu'ils quittaient leur monde, si lointain du sien. Alors elle profitait de chaque instant pour leur enseigner ce qu'elle savait.

Lilith s'agenouilla auprès des salades qui s'épanouissaient au sol.

— Leurs feuilles sont larges et bien fournies, elles seront délicieuses !

Michel l'écoutait sans partager son enthousiasme. Les deux frères n'avaient jamais mangé la nourriture qu'elle préparait. Un jour, elle les avait assommés de questions et ils avaient fini par lui avouer la particularité de leur régime depuis qu'ils étaient sur Terre.

Seul le sang frais trouvait de l'intérêt à leurs yeux.

Ils ne lui avaient cependant jamais fait de mal et ils se gardaient bien de lui dire ce qu'ils faisaient pendant leur absence. Elle se demanda si Samaël avait changé également sur ce point.

Elle sortit un couteau et coupa la première laitue qu'elle déposa au fond de son panier. Elle entreprit d'en prendre une deuxième quand Michel la retint et prit l'arme dans ses mains.

— Laisse-moi faire.

L'attention du jeune homme était touchante. Elle le laissa faire et profita d'avoir les mains libre pour caresser son petit ventre rond.

— Je ne suis pas en sucre, tu sais.

— J'aimerais juste éviter que tu te blesses.

Elle comprit finalement l'objet de son inquiétude.

— Oh ! Oui…

Lilith n'avait jamais vraiment eu des raisons d'avoir peur de ces étranges créatures. Quelles que soient les épreuves qu'ils avaient traversées et qui les avaient menés à cette vie de damnés, ils restaient les frères de Samaël. Ils ne pouvaient être que bons.

— Même si cela devait arriver, je suis sûre que vous ne me ferez pas de mal.

— C'est bien qu'au moins un de nous trois ait confiance.

— Mais ça commence ainsi : la confiance ! Plutôt que de vous dire « je ne vais jamais y arriver », vous devriez vous dire « s'il le faut, je vais réussir ». Vous devriez essayer !

Michel rit pour la première fois. Elle adorait les voir sourire. Peut-être parce que ça lui rappelait le doux rire de Samaël, mais également parce qu'elle s'attachait à eux et qu'elle désirait, plus que tout, les sauver d'eux-mêmes.

— Désormais, nous tâcherons de penser comme cela, accepta le jeune homme plus optimiste. Et quand ça arrivera… Était-ce vraiment si « blessant » ?

Son beau regard doré s'était posé sur le ventre rond de Lilith. Bien évidemment, elle leur avait expliqué les circonstances de sa rencontre avec leur frère et la raison de son départ précipité de son village natal. Elle s'était confiée à eux comme à des frères, des confidents et ils ne l'avaient pas jugée. Ils étaient à mille lieux de ressentir la haine et la jalousie humaine.

— Eh bien… En fait, je n'en ai jamais vu. Je n'ai fait qu'entendre ce que d'autres disaient de leur propre expérience.

Lilith arracha nerveusement les fèves près d'elle. Sa grossesse était une joie mais elle appréhendait le moment où son bébé viendrait au monde. C'était un événement dangereux pour la mère et l'enfant.

Michel perçut son angoisse.

— La prochaine fois que je sortirai, j'irai me renseigner auprès d'une de vos guérisseuses, lui assura-t-il en posant une main sur la sienne.

Elle serra fort sa main contre sa joue, tentant de retenir quelques larmes de soulagement. Oui, c'était un heureux hasard que le destin les ait mis sur son chemin.

— Merci…

Le hennissement rauque d'Enlik les firent se redresser. Quelqu'un venait de pénétrer dans la clairière, accompagné par le bêlement effrayé d'une chèvre. Gabriel repositionna la bête agitée sur ses épaules en essayant de pas la briser entre ses doigts. Lilith accourut vers lui.

— Elle est superbe ! Bravo Gabriel !

Afin de diversifier l'alimentation de la future mère, le petit groupe avait déjà adopté deux poules. Les explications de la jeune femme furent longues auprès des deux vampires pour leur faire comprendre la nécessité de garder ces créatures bruyantes en vie. Lilith espérait que la chèvre serait bien acceptée, mais ce n'était pas chose gagnée vu le regard assassin que lui lança Gabriel lorsqu'il la relâcha dans l'enclos prévu pour elle. La petite bête envoya des ruades, appréciant à nouveau le fait d'être libre de ses mouvements.

La jeune femme cacha son hilarité derrière sa main. Parfois, les deux hommes pouvaient être extrêmement rebutés par certaines de ses corvées. Elle se souvenait encore de leur choc lorsqu'elle avait utilisé le crottin d'Enlik comme engrais pour ses plants. Même s'ils avaient tenté de lui expliquer plusieurs fois, elle avait encore du mal à comprendre le rôle qui avait été le leur avant qu'ils descendent sur Terre. Leur existence même était liée au cycle de la vie. Ils n'étaient pas des dieux mais la représentation de sa volonté. Des messagers du ciel.

Bref, ils étaient à mille lieues du travail arasant d'un honnête fermier, mais ils y mettaient de la bonne volonté.

— Tu as des nouvelles ? demanda-t-elle avec espoir.

— Non aucune…

À chaque fois que l'un d'eux revenait de l'extérieur, elle espérait avoir des informations sur la localisation de Samaël. Mais jusqu'à présent, ils n'avaient rien trouvé et cela les frustrait tous.

Gabriel les aida à remplir le panier. Par la suite, Lilith les guida à la lisière de la forêt. Elle fouilla le sol et finit par trouver ce qu'elle cherchait. Elle remplit sa main de framboises sauvages et en tendit deux aux garçons. Comme d'habitude, une grimace de dégoût déforma leurs beaux visages.

— Vous ne savez pas combien de temps vous resterez ici. Comment espérez-vous vivre parmi les humains si vous ne parvenez même pas à manger ne serait-ce un minimum comme eux ? les sermonna-t-elle. Mmm… Elles sont très bonnes. Essayez, ajouta-t-elle en mettant un des fruits juteux dans sa bouche.

Cette fois, ils s'efforcèrent de manger une framboise. Leur mastication était d'abord hésitante puis elle devint plus fluide.

— Vous sentez la douceur du sucré et le frisson de l'acidité ?

Ils avalèrent et semblèrent visiblement surpris de ne pas régurgiter le fruit. Elle sourit. Petit à petit, ils se métamorphosaient.

Ces rêves étaient toujours odieusement réels. Le goût de la framboise semblait persister dans ma bouche, comme essayant de me retenir dans cette clairière où tout semblait avoir été si paisible. Je mettais enfin des images sur ce que m'avait raconté Gaël et comment lui et son frère avaient appris à être humains à ses côtés.

Mon corps s'éveilla lentement, se cambra sur un matelas moelleux, s'étira sous des draps soyeux… Prête à réclamer mon câlin matinal, ma main tâta l'espace à côté du mien en s'attendant à toucher le corps de mon petit ami, mais ne rencontra qu'un oreiller vide. Je soufflai bruyamment pour manifester mon mécontentent, avant de me redresser sur les coudes. La belle chambre au dernier étage du petit palais italien était vide. J'étais seule avec une vue panoramique sur la ville baignée de lumière par le soleil levant… *Exactement comme hier.*

La veille, après m'avoir laissée sur la terrasse, je pensais qu'il allait accélérer une rencontre avec son grand frère, mais cet instant n'était jamais venu. Je n'avais toujours pas vu Gaël, alors qu'il habitait –pour ainsi dire – au bout du jardin ! Je n'avais d'ailleurs presque pas vu Lucas non plus. Retardait-il le moment où il devrait me donner des explications sur notre fuite précipitée ? Probablement, et je ne m'étais donc pas fatiguée à lui poser des questions. Ce n'était pas dans mes habitudes d'accepter de rester aussi longtemps dans le flou.

« Préférer l'ignorance à la dureté de la vérité. »

Je sifflai entre mes dents, espérant faire taire la voix de Lilith dans ma tête. Une main sur mon crâne, je ne voulais pas réfléchir ou même penser… Et pourtant, me voilà submergée par l'absurdité de ma situation et cette volonté insensée d'auto-entretenir mon aveuglement. En l'occurrence, la sécurité autour de Paris s'était accrue, nous avions été pris pour cible avec Lucas, une multitude de questions restaient sans réponse… Et malgré tout, je n'avais toujours pas demandé à l'ancien archange de desceller mon pouvoir.

Je pris le chemin de la salle de bains, espérant qu'un bain chaud m'aiderait à prendre une décision. Finalement, cela retarda juste le moment où je dus descendre. Vêtue d'une robe courte ajustée mais confortable, j'empruntai les grands escaliers et ralentis en reconnaissant peu à peu les voix qui s'échappaient du grand salon. *Ainsi, il avait bel et bien retardé cette rencontre jusqu'à ce matin.* Bien évidemment, il avait profité de mon sommeil pour pouvoir s'entretenir seul avec son frère avant de me dire quoi que ce soit. Cela me semblait si évident maintenant que je faillis en rire.

Je croisai quelques membres du clan de Rome qui étaient restés en poste dans le petit palais. Ces derniers me saluèrent respectueusement en courbant la tête avant de continuer leur ronde. Je les regardais s'éloigner, perplexe, puis poursuivis également ma route.

Dès que je mis un pied dans le large salon, deux paires d'yeux se posèrent sur moi. Gaël me fit même l'honneur de se lever du fauteuil dans lequel il était confortablement installé pour m'accueillir. Sa présence m'était toujours rassurante, à l'image d'un père protecteur. Bien qu'il fût odieusement coupable d'œuvrer dans mon dos avec Lucas, je souris et vins me blottir dans l'espace qu'il me réservait entre ses grand bras.

—Le repos semble te réussir, me complimenta-t-il de sa voix suave.

Il déposa un baiser dans mes cheveux avant de me relâcher.

— Peut-être un peu trop…

Mon corps se déplaça instinctivement vers Lucas, recherchant son essence qui m'avait tant manqué à mon réveil. Lui aussi me prit dans ses bras mais pour m'embrasser amoureusement.

— Je me demande bien pourquoi j'ai eu droit à cette grasse matinée.

— On ne peut rien te cacher.

Mes lèvres se crispèrent. *Presque rien*, pensai-je. Les explications qu'il avait choisi de ne pas me donner jusqu'à présent n'allait pas tarder à m'être révélées. Cela ne m'excita absolument pas, mais m'apeura. *Ouais… le mode autruche me sied un peu trop ces derniers temps.*

— Mon amour, tu n'as plus accès à ton pouvoir, commença-t-il. Mais j'ai toujours la pleine possession du mien.

— Et ?

— Et je le sens bien… Tu ne souhaites pas entendre ce que je vais te dire.

Sans blague. Nous y voilà, je me soustrais à ses bras, me sentant tout d'un coup prise en étau. Il ne chercha pas à me retenir mais continua.

— Il le faut pourtant. Je ne peux pas continuer sans toi.

Gaël s'était étrangement muré dans le silence, laissant le soin à son frère de mener la discussion, prêt à le soutenir s'il montrait des signes de défaillance. Mais il n'y avait nul doute se cachant derrière la belle couleur turquoise des yeux de Gabriel. Le vampire débordait de confiance alors que j'en étais totalement dépourvue, à l'heure actuelle.

Il émanait de lui une aura chatoyante, capable d'attirer n'importe qui à ses pieds, mais il n'avait nullement l'intention de me soumettre. Son assurance était contagieuse et me rappela à cette promesse que l'on se faisait à soi-même lorsque l'on rencontrait « le bon » : quoi qu'il arrive, je le suivrais et plus rien ne comptait, hormis lui. M'imprégnant de cette pensée, j'osai le regarder en face.

— Continuer quoi ?

Le ton de ma voix avait changé. Après une longue inspiration, il fit un pas vers moi et continua.

— J'ai conscience que ce que je m'apprête à te demander te semblera insurmontable. J'aurais tant voulu t'offrir une vie à l'image de celle que nous avons vécue ces derniers mois. Mais la réalité est en train de nous rattraper que tu le veuilles ou non. Tu n'y es pour rien comme tu n'y pourras rien. Tout vient de moi.

— De toi ? Je... Je pensais que c'était la présence de Lilith enfermée en moi qu'ils traquaient. Les Clans Noirs en ont après elle parce qu'ils ne souhaitent pas qu'elle retrouve son trône.

— C'était vrai, jusqu'à ce qu'une menace grandissante et bien plus tangible s'impose à eux. Lorsque je t'ai dit que les Clans Noirs ne souhaitaient pas le retour d'une monarchie, je ne parlais pas vraiment du joug orchestré par Lilith et mon frère. Est-ce que tu comprends qu'à ce jour deux autres personnes peuvent prétendre au titre de roi et reine des vampires ?

J'eus du mal à trouver mes mots tant l'évidence était flagrante. Il se trompait, bien évidemment. Le soulèvement actuel des Clans Noirs avait forcément une autre cause. De plus, j'avais déjà eu ce doute lorsque nous avions abordé le sujet avec les Anciens à notre retour de

Rome. Joachim avait également avancé que Lucifer et Lilith n'étaient plus les seuls prétendants au trône à l'heure actuelle. Il m'avait alors rassurée :

— Mais… Tu m'avais dit que Michel s'occupait de tout.

J'allai chercher une quelconque approbation chez Gaël, mais il restait terriblement stoïque. La panique commença à se faire ressentir dans ma voix :

— Tu m'avais dit de ne pas m'inquiéter !

— À ce moment-là, tu avais bien d'autres problèmes plus urgents à régler. Aujourd'hui, nous ne pouvons plus nous montrer aveugles et sourds à cette rumeur qui gronde. Le monde des vampires se soulève, car ils sentent qu'ils sont à l'aube d'un nouveau changement. Alors que certains attendent un signe, réservant leur choix pour le moment venu, d'autres préfèrent lutter, engendrant le meurtre, se nourrissant de traîtrise, tentant de repousser l'inévitable…

— L'inévitable ?

— Je suis Gabriel. Je suis le seul avec mes frères qui peut prétendre à avoir une autorité sur eux. Ces créatures ont été abusées, acculées, humiliées et certains ont répété cela sur leurs semblables, alimentant la haine par la haine. Ils sont la représentation de tout ce que Lucifer, mon propre frère, pouvait véhiculer de mauvais en ce monde. Je ne peux plus me cacher et accepter que ce cycle infernal perdure sur Terre. Aujourd'hui je peux accomplir mon devoir, parce que tu es auprès de moi.

— Mais pourquoi ce serait toi ? Michel est bien plus qualifié, il a été le général de l'Armée céleste ! m'adressai-je à l'intéressé. Tu es le bras droit de Dieu, celui qui a mené les anges à la bataille contre le

Mal et qui a obtenu la victoire. Maintenir l'ordre parmi les vampires sur Terre est une broutille comparé à ça !

Ma description de ses exploits le fit doucement sourire et il secoua la tête.

— Je serais incapable de tenir le trône, Élizabeth… Au fond de toi, tu sais pourquoi. Il faut être deux pour commander les vampires, afin de se soutenir et de se protéger mutuellement. L'histoire nous l'a prouvé : Lucifer, lui-même, n'a pas maintenu sa place lorsque Lilith est partie. Le roi des vampires a besoin d'une reine des succubes. Or je n'ai pas cette personne à mes côtés, Gabriel oui. Des trois premiers, il est le seul.

— Mais…

Perdue, j'essayais de saisir le cheminement de leurs pensées et il m'échappait désespérément. Comment ont-ils pu parvenir à une telle conclusion ? Comment leur expliquer que ce n'était que folie de croire que je pouvais être plus que ce que j'étais ? Comment leur dire qu'ils se trompaient de personne ? Finalement, avais-je vraiment toute ma place à ses côtés ?

Je baissai les yeux et une larme roula sur ma joue en pensant que je n'étais peut-être tout simplement pas faite pour lui, comme je n'étais pas faite pour cette vie qu'il me proposait. Et le fait que quelques minables aient pu avoir raison sur notre incompatibilité de rang finit de m'anéantir.

Il s'approcha et posa tendrement ses mains sur ma taille, tentant de me réconforter par ce toucher.

— On m'a suffisamment répété que je n'étais qu'une enfant, repris je. Comment veux-tu que je commande des vampires vieux de plusieurs siècles ou pire, des millénaires ?

Ses doigts se posèrent sous mon menton et relevèrent mon visage. Le sien, si proche, affichait une charmante ride dans le coin des lèvres, qui trahissait un amusement.

— Je ne t'ai jamais prise pour une enfant.

— Encore heureux…

On n'arrêtait pas de me reprocher mon jeune âge mais personne n'avait osé le traiter de pédophile.

Maintenant toujours mon menton, il se pencha imperceptiblement pour m'embrasser. Je ne répondis pas immédiatement à cette attendrissante diversion. *Tricheur…* Mon corps se détendit et je ne pus résister bien longtemps à ce délicieux subterfuge. Les yeux fermés, ma bouche s'entrouvrit et je sentis son souffle m'envahir. Puis ses lèvres glissèrent vers mon oreille.

— Tous verront à quel point tu es exceptionnelle, me murmura-t-il.

J'aurais tant aimé me laisser prendre à ces mots rassurants. Je me dérobai et posai mes doigts sur sa bouche, pour l'empêcher de continuer ses caresses.

— Tu n'es pas raisonnable mon amour. Quoi qu'il en soit, s'imposer de la sorte à la tête d'un groupe, ça s'appelle un coup d'État.

Il ne put retenir deux soubresauts avant de finalement se mettre à rire. Mon regard vola vers Gaël qui était dans le même état. M'éloignant définitivement et les bras croisés, je défiai mon petit ami de continuer à rire à mes dépens. Il s'expliqua donc :

— Nous ne procédons pas comme les humains, par un vote par exemple, les vampires reconnaissent leurs souverains. Le critère de puissance entre en compte mais ce n'est pas forcément le plus fort qui prend les commandes, il s'agit plus d'une intuition. C'est pour cela que certains vampires sont venus à nous, indirectement ils ont été poussés par leur instinct. Tout comme Michel et Joachim ont pu reconnaître la reine en toi lorsqu'ils t'ont rencontrée.

— Vraiment ? lançai-je, intéressée.

Gaël s'était servi un verre de sang et le leva à mon intention avant de le boire. Bien évidemment le chef du clan de Rome et celui de Paris étaient au courant des sentiments de Gabriel, bien avant moi. Ils ont eu tout le temps d'y réfléchir dans mon dos. J'avais bien l'intention de m'entretenir de cette histoire avec Joachim.

— Je me demande bien ce qui a pu vous faire croire cela à l'époque. Être la copine de Gabriel me semble bien insuffisant pour tenir un tel rôle.

— Tu t'es toujours dénigrée, évalua Gaël. Ce qui est tout à fait adorable, mais il est temps que ce manque de confiance prenne fin. Tu es puissante, Élizabeth.

— C'est la résonance avec l'ancienne reine qui te fait croire ça.

— C'est faux. Ton pouvoir n'appartient qu'à toi et il est d'une puissance pour le moment infinie, car il ne nous a pas montré ses limites. Te qualifier de simple « voyante » ne rend pas hommage à la moitié de ce que tu es. Tu vois tout et bientôt tu sauras tout, bien plus que moi ou Gabriel. Tu as accès à des niveaux de réalité que l'on peut à peine imaginer. Ainsi ton pouvoir se rapproche plus de la clairvoyance que de la simple voyance… Un véritable don du ciel pour celui ou celle qui cherche le pouvoir. Et nous en avons déjà parlé…

Je me souvenais de nos discussions à Venise, mais sa compréhension de mon pouvoir avait bien évolué depuis ce moment. Michel n'avait pas chômé dans ses recherches et je devais avouer l'évidence de certains de ses propos.

Cependant, à l'heure actuelle, mon pouvoir était scellé et je n'avais pas l'intention de le libérer, encore plus maintenant qu'il pouvait être la clé de mon accession au trône. Si je demandais à Lucas de le desceller, cela voulait-il dire que j'acceptais ce rôle ?

— Il... Il y a des limites à ce que je peux supporter. En l'occurrence, actuellement, j'ai besoin de temps... Laisse-moi du temps, dis-je en plongeant mon regard dans celui de Lucas.

J'avais peur de le décevoir mais, à mon grand étonnement et soulagement, il resta doux et extraordinairement compréhensif.

— C'est normal.

Sa main caressa mon bras que je maintenais toujours croisé contre mon corps. Je me détendis quelque peu et répondis à son toucher en prenant sa main pour effectuer quelques pressions. Puis je m'éloignai à nouveau, nos bras se tendirent pour maintenir le contact le plus longtemps possible avant que je me retourne pour filer prendre un bol d'air à l'extérieur.

Chapitre 5

Je devais m'estimer chanceuse de vivre dans un endroit d'une telle beauté. Je ne comptais plus mes promenades dans le jardin jouxtant la Casina Valadier. Délimité par une grille, c'était le seul lieu où je pouvais me balader sans être suivie par un vampire du clan de Rome. Ainsi j'avais pu détailler la demeure de Lucas sous toutes les coutures, chaque moulure, chaque colonne, chaque encadrement de fenêtre. En cette période d'automne, bien que la pelouse gardât une profonde coloration verte, les fleurs manquaient, mais le petit palais rayonnait d'un large panel de couleurs en fonction de la course du soleil. À toute heure, la lumière frappait ses hauts murs grâce à la frondaison inexistante des arbres voisins, prêts à affronter l'hiver. Ainsi, le soleil matinal faisait jaillir la pâleur du rose et l'éclat du blanc, alors que la chaleur du crépuscule engendrait des tons orangés presque ocre à certains endroits. Telle une fleur, cette demeure évoluait au fils du temps, ne cessant jamais de prouver sa beauté à celui qui s'attardait sur elle.

Me concernant, en plus de ne plus vieillir, j'avais l'impression que le temps avait cessé de s'écouler autour de moi. Les jardins de la Villa Borghese avaient été fermés au public, accentuant ce sentiment de pause. Les jours s'écoulaient et se ressemblaient. Je passais des journées entières sur les terrasses à observer la vie grouillante dans la cité au bas de la colline et je m'imaginais marcher dans les rues. La désertification des jardins permettait au clan de Rome d'assurer plus aisément notre sécurité et il m'était bien évidemment interdit de mettre un pied dans la ville. Quant aux visites, quelques amis du clan de Rome étaient venus régulièrement au début de mon confinement, tels les Trois Grâces ou les jumeaux, mais elles se sont faites de plus en plus rares.

Un jour, estimant avoir suffisamment écumé l'extérieur, je choisis d'ouvrir quelques pièces que je ne connaissais pas. Ainsi, je tombai sur d'autres chambres ou salon, un bureau déserté par son propriétaire qui préférait probablement celui de son frère dans la villa voisine, et enfin une ravissante bibliothèque. Mes mains restèrent bloquées sur les poignets de la double porte, et je m'imprégnai de l'atmosphère reposante émanant de la pièce. J'osai faire un pas à l'intérieur puis un autre… Mon attention fut tout d'abord attirée par les quelques maquettes mises en exposition sur des présentoirs au milieu de l'espace. Mes doigts effleurèrent les ailes délicates d'une machine volante. Bien qu'il n'y eût nulle étiquette, je reconnus là une miniature de Léonard de Vinci. Un sourire aux lèvres, je ne serais même pas étonnée que ce fût une œuvre de Lucas. Mes pieds continuèrent leur chemin entre représentation de vaisseaux de la flotte française, voitures de grand prix d'un autre âge ou de premiers dirigeables.

Quittant le centre de la salle pour me rapprocher des murs, entièrement recouverts d'étagères en bois, je lus les reliures des premiers livres que je rencontrais. Parfois j'en prenais un pour le feuilleter avant de le remettre à sa place. Il y en avait pour toutes les langues, toutes les cultures et toutes les époques. Poursuivant mon exploration, je tombai sur une bibliothèque pas comme les autres ;

d'allure plus moderne, son contenu était préservé derrière une glace. Jetant quelques coups d'œil autour de moi pour voir si ma curiosité n'avait pas attiré l'attention, je fis pivoter les poignées et ouvris la vitrine. J'entendis le *clic clic* d'un mécanisme et une diode clignotante rouge s'activa dans le coin supérieur gauche de l'armoire. Apparemment aucun piège ne me tomba dessus, j'en conclus donc qu'il devait peut-être s'agir d'une alarme. *Si ce que contenait cette bibliothèque était confidentiel, il l'aurait fermée à clé.* Haussant les épaules, j'envoyai ma main prendre un des porte-documents en métal. Il était lourd et l'ensemble des feuilles qu'il contenait était protégé dans des pochettes plastifiées scellées. Cette manière de protéger des documents me rappela celle employée par les Pionniers à la Bibliothèque nationale de France. Il s'agissait alors des journaux de mon ancêtre, écrits il y a plusieurs siècles. De quoi s'agissait-il maintenant ?

J'apportai le porte-documents jusqu'à une table de travail et sortis plusieurs feuillets. C'étaient des pages manuscrites en latin. L'écriture fine et fluide s'alignait sous mes yeux en rang serré et je me surpris bientôt à comprendre ce qu'elle décrivait. Bien évidemment, je n'avais jamais appris le latin mais Lilith, oui... Excitée par cette opportunité que m'offrait l'ancienne reine des vampires, je me penchai un peu plus sur la pochette transparente que je tenais entre mes doigts et déchiffrai la signature au bas de la page qu'elle contenait. Je retins alors mon souffle.

— Ce sont les vrais rapports que Jules César avait écrits concernant sa conquête de la Gaule.

Je sursautai en retenant un petit cri. Lucas s'était penché par-dessus mon épaule, curieux de voir ce qui m'accaparait tant. En effet, j'avais été tellement prise par l'objet de ma découverte que je ne l'avais même pas entendu se glisser dans mon dos.

Mon souffle reprit un rythme normal et je souris.

— Alors, c'était vraiment une alarme.

La petite diode rouge était toujours en train de clignoter derrière la vitre de l'armoire. D'une manière ou d'une autre, il avait été prévenu de mon intrusion mais cela ne semblait pas le gêner. Le voir ainsi, si proche de moi, me rappela que nous n'avions plus vraiment échangé tous les deux depuis notre petite réunion avec Gaël. Préférant ne pas nous mettre dans une situation gênante, je n'avais pas cherché à courir derrière lui alors qu'il s'absentait parfois pendant des journées entières. Il était occupé et c'était bien normal. De plus, être en sa présence me mettait face à cette question qui était restée en suspens et à laquelle je n'avais toujours pas de réponse à lui donner. Alors que deux semaines s'étaient écoulées, il ne m'avait jamais pressée restant cruellement silencieux et compréhensif. Cette bienveillance aurait dû me rassurer mais, au contraire, j'étais encore plus mal à l'aise et me gardais bien de le lui dire… Bien qu'il dût déjà tout savoir à cause de son foutu lien.

Tentant une diversion, je désignai l'objet dans mes mains.

— Les « vrais » rapports ?

— Officiellement, ils ont été détruits lors d'une émeute à la Curie, lieu où se rassemblait le sénat. Jules César a réécrit ses mémoires par la suite mais il en a profité pour… disons, pour s'arranger un peu avec la vérité, s'octroyant quelques gloires et victoires aisées.

Comme la multitude des reliques que le vampire avait en sa

possession, je me demandais bien ce qu'il avait pu faire pour entrer en possession de documents censés être détruits selon l'histoire. Je ne doutais pas des nombreux exemples de l'incroyable talent de l'ancien *Imperator* qui devaient être relatés dans ses rapports. Ainsi, je lus quelques lignes pour me donner une idée. La mélodie qu'engendraient les phrases latines dans ma tête me maintinrent en haleine. L'excitation monta à nouveau en moi quand je m'aperçus qu'aucune pensée du grand général ne m'était plus inconnue. Je finis une page puis une deuxième, avant de me rendre compte que j'étais à nouveau seule. Lucas s'était échappé aussi silencieusement qu'il était apparu.

Mes lectures remplacèrent facilement mon ennui et occupèrent ainsi la majorité de mon temps. Le grand général n'avait jamais été roi mais son nom, synonyme de puissance, avait inspiré le nom de nombreux empereurs romains. Pour lui, l'on jugeait la valeur d'un homme au nombre de victoires qu'il obtenait sur un champ de bataille, mais il ne s'était jamais arrêté à la simple guerre. Stratège hors pair notamment sur la scène politique, il conquit le consulat et devint l'homme le plus puissant de Rome. Mais ce qui était parfaitement bien représenté dans ses rapports était son intelligence du terrain lors de sa conquête de la Gaulle. Il était un monstre de géopolitique, une créature de l'ambition, que ses ennemis n'attendaient pas. Étudiant les cultures, interrogeant les natifs des régions, évaluant leurs croyances, s'appuyant sur les querelles entre les peuples aussi bien que sur ce qui les rassemblait, il réussit à démanteler des pays pour créer un des plus grands empires de l'histoire. Page après page je me plaisais à anticiper ses décisions et suivre ses déplacements sur une carte de l'époque que j'avais également pu trouver dans la bibliothèque de Lucas.

Un après-midi, j'étais assise en tailleur par terre sur l'une des terrasses de la Casina Valadier. Autour de moi étaient éparpillées une trentaine de feuilles plastifiées dans lesquelles je piochais ou reposais selon mes besoins de compréhension. La carte de la Gaule en équilibre sur mes genoux, c'était la seule solution que j'avais trouvée pour pouvoir étudier les rapports comme je le souhaitais, tout en profitant un peu du soleil. Soudain, un chaleureux hennissement me sortit de mes réflexions. Surprise, je reposai tout ce que je tenais dans les mains et me levai. Une fois à la balustrade, je vis une somptueuse jument, guidée en longe par un vampire du clan de Rome, passer devant la demeure. Sa robe noire luisait au soleil et son corps fin et élancé se balançait gracieusement au rythme de ses longues foulées. Sa belle tête sombre portait sur son front une étoile blanche. Au vu de ses attributs anatomiques, c'était probablement une créature de compétition, une beauté du concours complet. Mon cœur fit de petits bonds dans ma poitrine et mon corps se pencha sur la balustrade afin de prolonger le contact visuel avec la jument. Mis à part ceux qui tiraient les fiacres pour promener les touristes, je n'avais jamais vu de chevaux dans les jardins. Michel devait les garder précieusement.

Poussée par une envie indescriptible, je ramassai toutes les feuilles que j'avais laissées au sol pour les mettre en tas sur la première table qui se présenta à moi dans le salon. Sans faire attention aux vampires qui m'emboîtèrent le pas, je sortis de la demeure et dévalai les escaliers pour rejoindre les chemins sur lesquels se promenait le cheval. Vu que personne ne me sauta dessus pour me plaquer au sol, j'en déduisis que me garder enfermée ne faisait pas partie de leur mission, mais je n'étais pas naïve au point de me dire que je pourrais vagabonder sans garde du corps. Gianni, une main sur son oreillette, était déjà en train de donner l'alerte. N'y prêtant pas attention, j'accélérai vers le bout de la route où la jument avait disparu et tombai nez à nez avec Violaine.

— Tu as enfin trouvé plus passionnant que tes lectures ?

Les renforts n'avaient pas tardé mais c'était exactement la personne dont j'avais besoin.

— Ah c'est très bien que tu sois là ! dis-je en lui prenant la main et la pressant de me suivre. Vous avez des écuries dans les parages ? J'ai vu passer une magnifique jument noire ! J'ai cru la voir partir par là mais elle a littéralement disparu. Je n'ai jamais vu plus somptueuse créature !

J'étais excitée comme une petite fille dans un parc d'attractions, ce qui la fit rire.

— Je vois très bien de qui tu parles. C'est par là.

Elle me guida sur les chemins entre les arbres et nous prîmes la direction nord. Les jardins semblaient d'autant plus grands qu'ils étaient vides. Bientôt, l'ambiance champêtre et boisée laissa la place à de larges espaces dominés par le gazon. Derrière nous, Gianni et d'autres membres du clan de Rome nous suivaient.

— Je ne pensais pas qu'une autre « somptueuse créature » trouverait grâce à tes yeux après mon oncle, badina Violaine.

Je me raidis et vérifiai que personne n'avait entendu sa remarque déplacée. Malheureusement, les vampires ayant une ouïe particulièrement fine, rien n'était sûr.

— Violaine, ne dis pas ça avec autant de détachement, déplorai-je.

Elle rit de nouveau.

— Il n'y a que toi que ça gêne !

— Si l'on ne se base que sur des critères strictement physiques, que ton père puisse très bien être ton petit ami, oui, je trouverai toujours ça flippant !

Elle ne cessait de s'amuser à mes dépens de cet anachronisme. Heureusement pour moi, nous nous approchâmes de notre destination. La grande bâtisse en hémicycle ne semblait pas avoir été faite pour abriter des écuries, mais ressemblait plus à une belle résidence excentrée de l'effervescence de la cité. Ce qui m'assura que nous étions au bon endroit était l'odeur du foin et les raclements des chevaux. Nous pénétrâmes dans la cour intérieure par les larges ouvertures donnant un accès direct vers l'extérieur. Sur les murs d'enceintes s'alignaient colonnes, fresques et loggia. Même si le lieu se prêtait à un épanouissement architectural, ce furent bien les créatures à quatre pattes peuplant le patio qui m'accaparèrent. La belle jument n'était pas parmi eux, mais un en particulier semblait donner du fil à retordre à ses palefreniers. C'était un étalon se levant sur ses pattes arrière, cherchant à intimider le vampire qui le tenait à la longe. Ce dernier n'usait pas de toute sa force sur lui afin de ne pas effrayer encore plus l'animal.

« *Celui-là m'a l'air bien jeune* » évalua Lilith.

Je n'avais que très peu de notions d'équitation, sport que je n'avais pratiqué que dans le cadre de ma scolarité. Mon expertise actuelle était entièrement du fait de Lilith qui exultait de joie à la vue du jeune garnement. Sa bonne humeur intérieure était si sincère et contagieuse que je la laissais facilement prendre les commandes. *Lucas me tuerait s'il le savait.* Mais, comme elle, j'avais l'impression de revenir dans cette cuvette de verdure, s'apparentant aisément à un paradis, où elle avait rencontré Enlik. L'étalon noir de l'ancienne reine avait été bien plus imposant que celui se trouvant sous mes yeux, mais ils avaient la même fougue.

Je m'approchai de la bête énervée qui n'apprécia pas qu'une nouvelle personne s'intéresse à son cas.

— Puis-je ? demandai-je en désignant la longe.

Le vampire me reconnut mais jeta tout de même un coup d'œil à Violaine qui fit un mouvement de tête. Une fois la corde dans mes mains, le jeune cheval se cabra et j'exerçai une pression constante sur le lien pour le maintenir au sol, puis, affirmai ma position en tirant quelques coups secs et en claquant des dents. L'étalon recula et je répétai cette manœuvre jusqu'à ce que je puisse poser ma main sur sa robe grise pommelée. Ce moment d'incertitude passé, je pris une voix douce et caressai la tête de l'animal bien plus calme. Je ne lui montrai pas à quel point j'étais étonnée de ma propre maîtrise, appréciant simplement la douceur de son poil sous mes doigts. Il renifla et secoua la tête.

— *Come si chiama ?*

— Néron, *signora.*

Je souris et flattai son encolure.

— Oui… Il lui faut au moins un nom comme celui-là, je commentai pour moi même avant de reprendre d'une voix plus forte. Il a juste besoin d'exercice. Pourriez-vous m'apporter une selle, s'il vous plaît ?

Cette fois, ce furent plusieurs vampires –le palefrenier et mes gardes du corps – qui se tournèrent vers Violaine. Une expression attendrie sur le visage, elle donna à nouveau son autorisation. Je fus heureuse que ce soit elle qui m'ait trouvée et non pas son frère. On m'aida à harnacher la bête qui trépignait de plus en plus. Je restai incroyablement sereine comme si après un long moment d'attente, j'étais apaisée d'enfin assouvir un désir. Je pris les rênes dans une main et l'animal tourna sur lui-même lorsque mes bras me hissèrent avec facilité sur son dos. À peine eus-je posé mes fesses sur la selle qu'il partit au galop, dispersant mes gardes du corps qui se poussèrent pour nous laisser passer. Si j'avais su que je pouvais facilement m'en débarrasser ainsi, je l'aurais fait plus tôt. Bien évidemment, ils faisaient en sorte de m'avoir toujours dans leur champ de vision, mais disons qu'ils restaient à distance de notre débandade. Tout d'abord, je laissai l'étalon se défouler sans chercher à le ralentir, puis lorsque je sentis que ses foulées se rétrécissaient, je me réinstallai dans la selle et raccourcis les rênes. Mon corps savait de lui-même comment bouger pour accompagner à la perfection l'allure soutenue de l'étalon, et nous pûmes bientôt profiter tous les deux d'une vive promenade dans les plus grands jardins de Rome.

Les jours suivants, je m'octroyai une ou deux sorties quotidiennes avec Néron. Chaque jour, nous visitions un lieu incontournable des jardins, faisant de nous les deux seuls touristes du parc depuis sa fermeture. Gianni et mes autres gardes du corps restaient discrets même lorsque je m'installais dans l'herbe pour lire les dernières pages des rapports de César. Moi qui étais mal à l'aise lorsque je me retrouvais malencontreusement entre mon petit ami et les Anciens du clan de Paris parlant stratégie, je m'étais surprise cette fois-ci à apprécier l'art de la guerre et de l'intrigue politique. Au départ, je m'étais confrontée à la pugnacité et au génie du grand général, subissant ses astuces, malmenée par son inventivité… Puis, sans cesse en quête de sagesse, mon esprit s'était petit à petit instruit. N'atteignant certainement pas le niveau de l'Imperator, j'en ressortis tout de même satisfaite et rangeai non sans un pincement au cœur les derniers rapports dans l'armoire avant de fermer la vitre et ainsi d'enclencher le mécanisme d'alarme.

Les bras croisés, j'errai dans la bibliothèque en quête d'une nouvelle occupation. Alors que j'étudiais un parchemin représentant une carte du monde de 1645, je m'aperçus que la luminosité dans la pièce s'était atténuée. Mes mains roulèrent le papier et le remirent où je l'avais trouvé avant de m'approcher d'une fenêtre. Le ciel se gâtait et je me souvins alors que je m'étais promis de sortir Néron. Afin de finir mes lectures, je n'étais pas allée voir l'étalon deux jours durant. Mon corps bougea presque de lui-même, je me hâtai à l'extérieur sous les vives protestations de Gianni. J'avais conscience que je ne ménageais pas les nerfs du vampire italien et lui, de son côté, comprenait parfois mon besoin de contact avec le cheval, surtout depuis que les jumeaux eux-mêmes avaient cessé de passer me voir régulièrement. Lucas se gardait bien de m'expliquer ce qui pouvait les accaparer et je ne pensais pas, de toute manière, être en droit de demander des comptes… à moins que ce ne soit une nouvelle manière de fuir de ma part. Refoulant mes sentiments, je pris le harnachement de l'étalon dans la sellerie dès que je fus arrivée aux écuries. Les vampires étaient en train de rentrer les chevaux à cause du temps, mais l'on m'amena tout de même Néron qui piaffa d'avance en me voyant approcher.

— Ce n'est pas raisonnable, Élizabeth.

Après maintes protestations de ma part, Gianni avait cessé de m'appeler avec un titre de politesse.

— Je ne t'en empêche pas. Prends donc une selle et suis-moi.

Je n'avais même pas besoin de voir la tête du bel homme, je savais qu'il grimaçait rien qu'à l'idée de se faire porter par une créature aussi peureuse. Je mis un pied dans l'étrier et me hissai souplement sur la selle. Les rênes courtes, je retardai le départ de Néron qui racla furieusement.

— Je ne serai pas longue.

Mes bras relâchèrent leur pression et mon corps se pencha aussitôt vers l'encolure du cheval lorsqu'il s'élança à toute allure dans les jardins. Comme la première fois, je le laissai se défouler le temps de faire le tour du lac avant de le reprendre en main pour contrôler l'allure du jeune fougueux. Assise dans la selle, je me déhanchai souplement et je guidai seulement avec mon poids du corps, me penchant sur les côtés pour le faire tourner, et d'avant en arrière pour lui faire accélérer ses foulées ou les ralentir. Bientôt mes cheveux volèrent au-dessus de ma tête mais ce n'était pas à cause de notre vitesse. Le vent se levait et avec lui je sentis quelques gouttes sur mon visage. Je soupirai, déçue en pensant que notre promenade touchait déjà à sa fin., Ma main alla caresser le cou blanc de Néron qui n'avait pas interrompu son galop. Je percevais très bien le son si grisant de ses pieds martelant avec force le sol, mais quelque chose ne collait pas… Il y avait beaucoup trop de sabots. Comme pour répondre à mon interrogation, la raison de cette anomalie entra aussitôt dans mon champ de vision. Je vis d'abord sa jolie tête noire, ornée de son étoile blanche, puis son corps élancé se mit à ma hauteur. La jument noire qui m'avait fait découvrir les écuries était encore plus majestueuse lancée à pleine vitesse. Quant à l'heureux propriétaire de cette beauté… Cela n'aurait pas dû m'étonner. Il portait la chemise et le pantalon qu'il avait enfilés le matin même, autrement dit, il n'avait pas pris le temps de mettre une tenue plus décontractée, mais cela ne l'empêchait pas de guider la gracieuse bête d'une main de maître.

— *Je ne te connaissais pas cette passion*, m'interpella Lucas à travers son lien.

Son reproche était à peine déguisé. Le vif éclat de joie qui m'avait éclairé en le voyant s'assombrit.

— *Je gère. Ne t'inquiète pas*

— *Vraiment ?*

Je soupirai rageusement pour lui faire comprendre ce que je pensais de son intrusion alors que je passais du bon temps.

— *Ça me fait du bien !*

— *Rentre avec moi !*

Quelque peu surprise par son ton sec, j'observai son regard brillant devenu presque bleu. Curieusement, son courroux me procura plus de plaisir qu'il ne le devait. En même temps, la dernière fois qu'il m'avait touchée remontait à quelques jours. La moindre attention de sa part, même rancunière, m'interpellait. Encore un coup de mon côté masochiste vampirique, tout comme le fait qu'il était hors de question de lui donner satisfaction trop vite.

— *Je rentrerai… Si tu m'attrapes.*

J'écartai les rênes et me penchai sur le côté pour inciter Néron à vivement s'écarter. Mes jambes se pressèrent autour de son ventre et je claquai ma langue pour le faire accélérer. L'étalon répondit à mon appel et s'élança à toute allure entre les arbres. Mon lien avec Lucas se rompit mais cela ne voulait pas dire qu'il abandonnait de me faire rentrer. J'entendis à nouveau des sabots dans mon dos et, un coup d'œil derrière me confirma que la belle jument s'était pleinement lancée à nos trousses. L'empêchant de me dépasser en me déplaçant sur son passage, Lucas voulut me feinter mais je profitai que nous passions dans un jardin à la française pour bifurquer soudainement entre deux haies végétales. Il rata l'embranchement et je crus à mon avance jusqu'à ce que la jument saute avec une aisance par-dessus la bordure. Cela aurait dû me déstabiliser mais j'accueillis sa performance avec un petit rire. *Taillée pour l'obstacle, comme prévu.* Lucas me rattrapa et je l'entraînai vers un terrain plus boisé autour du lac artificiel. Les gouttes avaient continué à tomber et ce fut bientôt une véritable averse qui s'abattit sur nous. Je ralentis l'allure de Néron afin d'éviter qu'il ne glisse sur une flaque. Mes cheveux se collèrent sur mon visage tandis que ma tête pivotait de droite à gauche pour voir la position de mon poursuivant qui avait apparemment disparu. Alors que je me demandais ce que j'avais raté, la jument nous surprit à nouveau en bondissant entre deux halliers. Je tirai sur les rênes et mon cheval se déporta brusquement pour se retrouver côte à côte avec la beauté noire. Ma jambe toucha celle de Lucas qui était lui aussi trempé jusqu'aux os. Je ris à nouveau, acceptant ma défaite, et le laissai nous guider jusqu'au temple d'Esculape. Nous sautâmes au sol et laissâmes nos chevaux à l'abri sous un chêne épais. Puis, tout en esquivant une tentative de Lucas de m'attraper, j'accélérai jusqu'au bâtiment grec. Le vampire sur les talons, je me faufilai entre les colonnes où il réussit à me saisir par la taille pour me plaquer contre la pierre. Il s'empara de ma bouche et son corps se pressa contre le mien, empêchant toute fuite... Je n'avais, de toute manière, pas l'intention de me soustraire à ses bras. Son baiser, bien que brusque, était habité d'une tension qu'il laissait rarement échapper. Il bloqua mes mains au-dessus de ma tête et emprisonna ma mâchoire entre ses doigts fins :

— Tu m'as désobéi délibérément.

Nos bouches se trouvaient à quelques centimètres l'une de l'autre et il semblait partagé entre l'envie de me gronder ou de torturer mes lèvres jusqu'à ce que je saigne.

— Mille excuses... Je n'avais pas saisi que c'était un ordre.

— La prochaine fois, si je suis plus explicite, tu m'obéiras ?

Mon visage s'approcha du sien pour sucer avidement sa lèvre inférieure. Je vis alors très bien que ses crocs étaient sortis.

— Non, je n'obéirai pas, murmurai-je à son oreille. Parce que ce n'est pas ce que tu veux.

Son corps me repoussa à nouveau contre la colonne et je lâchai une petite plainte.

— Tu sais ce que je veux ?

— Tu m'as attrapée, non ?

Mon impertinence ne le laissait décidément pas de marbre. Une charmante ride apparut à la commissure de ses lèvres et il céda à son propre désir. Sa bouche rencontra la mienne dans un baiser tout aussi tendu que le premier. Nos pulsions mutuelles étaient telles que les assouvir complètement nous sembla impossible, mais qu'importe, nous nous plongerions dans la luxure autant de fois qu'il le faudrait pour être satisfaits. Il lâcha mes mains, son bras s'enroula autour de ma taille et il me serra si fort contre lui qu'il me souleva. Mes doigts glissés dans sa chevelure mouillée, je m'accrochai à lui et à ce baiser afin qu'il ne se termine jamais. Finalement, lorsque sa bouche glissa le long de la mâchoire, ce fut pour laisser sur son chemin plusieurs baisers fiévreux. Il descendit le long de mon cou sur lequel il s'attarda, embrassant langoureusement la peau fine derrière laquelle pulsait ma carotide. Mes crocs sortirent tandis que je sentais les siens jouer subtilement avec les nerfs. Ma tête bascula sur le côté, lui offrant une vue admirable sur ma gorge et l'incitant à prendre ce qu'il désirait. De sa main libre, il tira sur mon col, dévoilant ainsi une large partie de mon épaule Un petit cri m'échappa lorsqu'il pénétra ma chair de ses crocs. Longtemps, j'avais souhaité et insisté pour qu'il use de sa puissance sur moi, ce qu'il était pleinement en train de faire, à l'heure actuelle. Son bras me pressait toujours contre lui, je ne pouvais que le laisser se nourrir de ma chair et des pensées qui m'habitaient. Il devait sentir à quel point je brûlais pour lui comme au premier jour, que j'étais prête à tout lui donner… mais, comme une pointe d'amertume, un doute ne cessait d'effleurer mon esprit, la peur de ne pas être celle que tous veuillent que je sois, la peur de ne pas être à sa hauteur à lui. Un grondement le fit trembler et il attrapa ma cuisse pour fondre un peu plus mon corps sur le sien. Alors que le vampire s'abreuvait d'une extase presque inorganique, mon propre désir m'emplissait par vagues successives au fur et à mesure que je sentais la déformation pressée contre mon bas-ventre durcir et grossir.

J'aurais voulu enrouler mes jambes autour de ses hanches afin de m'approprier moi aussi ce que je voulais de lui et le broyer entre mes muscles, tant j'étais tendue par cette incommensurable envie qui, ne pouvant être assouvie comme je l'aurais voulu, me fit presque mal lorsqu'elle éclata en moi. Mon corps se révulsa dans ses bras et un bruyant gémissement m'échappa. Lucas se retira pour aussitôt coller ses lèvres portant encore le goût de mon sang sur les miennes. Mes pieds touchaient à nouveau le sol et je m'affairais à déboutonner les premiers boutons de sa chemise. J'espérais me perdre dans ses bras, qu'il me fasse oublier mon angoisse. Mes tremblements me rendaient maladroite et il prit le relais pour se déshabiller lui-même. Ses pupilles ressemblaient à de la lave bleue en fusion, elles en portaient la même chaleur destructrice. Ma soif grimpa en flèche et je me mordis les lèvres jusqu'à me faire mal pour m'intimer de ne pas le tuer lorsque ce serait mon tour de mordre sa peau pâle et tendre. Il accueillit mes efforts avec un petit rire taquin, persuadé qu'il pourrait me gérer moi et mes envies de meurtre.

Avec un air de défi, j'attrapai également mon haut et m'en débarrassai tout comme mon soutien-gorge. J'avais à peine dégrafé mon pantalon qu'il m'attira vers son corps nu. Le contact de sa peau m'embrasa d'autant plus que nos bouches s'étaient à nouveau jetées l'une sur l'autre, nous tombâmes à genoux. Sa main s'immisça dans le bas de mon dos pour saisir une fesse et faire glisser mon pantalon. Il m'accompagna jusqu'au sol et je l'aidai à me déshabiller entièrement en rejetant mes vêtements avec mes jambes. Il écarta mes cuisses pour aussitôt trouver sa place au-dessus de moi et n'eut besoin que d'une poussée. J'accueillis sa pénétration avec une puissante expiration comblée. Se soutenant grâce à ses bras, il renouvela ses va-et-vient de plus en plus fort, de plus en plus profond, me propulsant un peu plus à chaque fois contre la pierre. Lorsque mes gémissements se transformèrent en cris de plaisir, je m'agrippai à ses larges épaules et en écorchai sa peau au passage. Il ne le sentit presque pas tant il semblait lui aussi se faire submerger par des ondes successives de félicité qu'il déclenchait lui-même en accélérant notre rythme.

Malgré cette extase grandissante, je voulais plus. Son sang, son odeur, sa peau, tout ce qui était lui, je n'en aurais jamais assez. Je voulais me l'approprier égoïstement, prendre mon plaisir encore et encore avec lui. Je n'avais pas envie que ça se termine et pourtant mon corps le réclamait tout entier, recherchant la délivrance, ces infimes secondes d'éclatement où je me tordais de bonheur. Ne sachant pas comment lui faire percevoir mes envies tant je ne savais pas comment les exprimer moi-même, mon corps agit par instinct. Je poussai sur mes jambes et avec mes bras le fit basculer sur le dos. Agréablement surpris, il me laissa monter sur lui et poussa un lourd soupir lorsque je m'assis, l'enfonçant profondément en moi. Tout en entamant un délicieux déhanchement, je m'allongeai pour l'embrasser langoureusement dans le cou. Quand il déporta, à son tour, sa tête sur le côté, mes crocs le pénétrèrent aussitôt. Je sentis ses muscles se contracter entre mes cuisses et ses grandes mains agrippèrent mes fesses. Elles les entraînèrent vers le bas puis vers le haut avant de recommencer, encore et encore, déclenchant des ondes brûlantes dans mon bas-ventre à chaque fois qu'il butait en moi. Alors que je m'abreuvais de son nectar, mon esprit dériva vers un autre lieu, un autre temps… Je ne sus si le pouvoir de Lucas s'était déclenché de manière volontaire ou si ce souvenir était resté présent en lui, imprégné dans son sang depuis qu'il avait senti mon manque de confiance en me mordant quelques minutes plus tôt.

Le beau vampire faisait les cent pas dans sa chambre depuis le début de sa conversation téléphonique. Son frère n'avait pas traîné pour tout découvrir après les récentes difficultés qu'avait traversées le clan de Paris, notamment au parc d'attractions. Mais ce qui le frustrait encore plus était que Michel, l'être qui le comprenait mieux que quiconque, était en train de le sermonner.

— *Ce n'est pas la première fois que je transforme un humain aux portes de la mort*, s'agaça Lucas.

— *La dernière fois, c'était il y a plus de deux mille ans... Qu'est ce qui s'est passé cette fois ?*

Il se tut, non pas parce qu'il n'osait pas le dire, mais bien parce qu'il ne savait pas quoi dire. Lui-même était encore plus qu'étonné de ses propres actions. Maintenant assis au bord du lit, il n'entendait que la respiration calme de son frère. Michel, aussi loin qu'il pouvait être, perçu à quel point il était perdu, alors il lui posa une autre question.

— *Comment est-elle ?*

Cette fois, le regard de Gabriel se mit à briller d'un nouvel éclat. Il avait rarement rencontré la jeune femme ces derniers jours mais son souvenir n'avait jamais cessé d'être lumineux. Un soupir au bord des lèvres, il s'allongea sur le matelas, ses yeux fixant le plafond.

— *Grande, les cheveux longs, des yeux d'or, la peau douce... Forte... Parfaite.*

Ses quelques mots le laissèrent dans un état qu'il avait rarement eu durant son existence. Il fut soulagé de ne pas se trouver dans les appartements de Joachim. Son pouls s'accéléra et ses muscles se tendirent, lui provoquant des étincelles de désir un peu partout dans le corps. Il dut contrôler son souffle pour ne rien laisser paraître au téléphone mais c'était sans compter sur la perspicacité de Michel.

— *J'aimerais rencontrer cette « perfection ».*

Lucas grimaça.

— *Ne te sens pas obligé.*

— *Si... Il le faut.*

Je me redressai lentement et avalai péniblement la dernière gorgée de sang. En dessous de moi, Lucas m'observait, son expression faisait écho à celle de son souvenir. Un désir brûlant habitait ses pupilles et se mélangeait à un sentiment bien plus doux, difficilement perceptible pour qui ne s'y attardait pas, et pourtant tellement flagrant : un amour puissant et inconditionnel. Il tendit son bras et vint effacer la trace d'une larme qui venait de rouler sur ma joue. Puis sa main glissa plus bas jusqu'à ma poitrine rebondie qu'elle malaxa. Ce toucher soudain m'électrisa et je m'aperçus que nos deux corps étaient toujours prêts. Lucas m'envoya un coup de rein qui m'a remise en mouvement. Pantin de mon propre désir, mon corps s'activa comme si rien ne s'était passé, réclamant enfin sa propre libération. Prenant appui sur les genoux, je me soulevai et retombai sur lui jusqu'à la garde avec de plus en plus de force. Mes mains le maintenaient au sol bien qu'il n'eût nullement l'intention de se soustraire à mon emprise. Ses propres mains, toujours sur mes seins, suivaient leur tremblement induit par mon corps le chevauchant. Puis, elles descendirent jusqu'à mes hanches qu'elles saisirent et entraînèrent à chacune de mes descentes comme pour me transpercer. Le claquement de nos peaux à chaque fois que je m'écrasais sur lui se fit plus rapide, tout comme le rythme de nos respirations. Mon corps, qui n'était plus que fusion, se pencha légèrement afin d'induire une nouvelle inclinaison qui me fit jouir aussitôt. Frappée par des vagues successives d'extase, je ne m'arrêtai pas pour autant, profitant de mes contractions pour mieux le sentir grossir en moi jusqu'à ce que, lui aussi, éclate. La tête basculée en arrière, il se cambra furieusement entre mes cuisses et poussa un long gémissement.

Tous deux éperdus et le souffle court, nous restâmes immobiles jusqu'à ce que nos tremblements aient cessé. Enfin, je m'effondrai vers l'avant, épuisée, et il me réceptionna pour m'allonger à ses côtés. Il enroula un bras protecteur autour de moi et ma tête trouva sa place sur son épaule. Je remontai une jambe sur sa cuisse et me serrai contre lui.

Quelques minutes passèrent où seul le son de la pluie répondait à notre silence. J'avais besoin de lui parler de notre situation. L'un comme l'autre, nous gardions notre mal-être sans le partager par peur de se blesser, mais il restait cruellement sous-jacent. Au final, nous nous blessions nous-mêmes. Lui ne prendrait pas l'initiative de m'en parler. Il l'avait déjà fait et je m'étais détournée.

Me donnant une claque mentale, j'osai reparler du souvenir que je venais de voir.

— Ainsi... Lorsque tu m'as amenée à Rome la première fois, c'était aussi pour ça ?

— Entre autres choses... Oui. C'est normal que tu ne le

comprennes pas, parce que tu es encore jeune, mais aucun vampire ne fut dupe de ce que cela pouvait signifier que je prenne une compagne.

Je serrai les mâchoires, jugeant inutile de lancer une remarque sur le fait d'avoir à nouveau été trompée par mes amis et que je m'étais probablement tournée en ridicule. Je comprenais cependant mieux les réticences de certains à me voir au côté de leur « prince ». Si on m'avait dit qu'une Pionnière de 18 ans prétendrait au titre de reine des vampires, j'aurais surtout cru à une bonne blague.

— Si je n'en suis pas capable… Devras-tu trouver quelqu'un qui l'est ?

Il bougea et je me déplaçai légèrement pour qu'il puisse se redresser sur un coude. Son visage au-dessus du mien semblait tendu.

— Pourquoi dis-tu cela ? Tu veux encore me quitter ?

— Non ! Évidemment que non, dis-je en levant un bras pour caresser sa joue et effleurer ses lèvres. J'aimerais tout de donner… Mais le système de clans est voué à disparaître et les vampires ont besoin d'un roi.

— Les prétendants au titre de roi n'ont jamais manqué. Lucifer est un cas à part, mais Michel ou moi aurions très bien pu tenir ce rôle depuis un moment mais cela nous était impossible. Les vampires n'ont connu qu'une seule reine, c'est bien que les personnes suffisamment puissantes et adaptées pour tenir ce titre ne se soient pas bousculées depuis tout ce temps. Chez les vampires, c'est la reine qui fait le roi… C'est aussi pour cela que la reine est une cible de choix pour déstabiliser la monarchie.

— Mais… Si je ne suis pas cette personne. Si je n'en suis pas digne.

— Alors tant pis, je continuerai de marcher à tes côtés jusqu'à ce que cette terre brûle.

Je retins le rictus prêt à déformer ma bouche, ne souhaitant pas lui montrer à quel point aucune des solutions qu'il me proposait ne me plaisait. Il se pencha et embrassa mon front avant de s'allonger à nouveau à mes côtés. Son bras me ramena vers lui et je m'accrochai à son corps. Nous restâmes ainsi un certain temps. Le sommeil ne nous gagna jamais, profitant de chaque seconde l'un de l'autre. Depuis notre arrivée, c'était la première fois que je pouvais passer autant de temps avec lui. Il n'avait jamais eu besoin de justifier ses absences, car c'était inutile. Mon pouvoir me faisait défaut mais il fallait vraiment être plus qu'une autruche pour ne pas deviner à quoi il occupait son temps avec son frère. Que me montreraient mes visions à cet instant ? M'empêcheraient-elles de profiter du présent ? M'avertiraient-elles des nombreux obstacles dont serait jonché notre avenir ? Devais-je lui donner une réponse rapidement ?

À défaut de questionner mon pouvoir, je m'adressai à lui :

— Combien de temps me reste-il ?

Il prit une grande inspiration comme s'il rechignait à me dire sa réponse, me donnant un aperçu de la situation critique dans laquelle le monde des vampires se trouvait.

— Plus beaucoup.

Chapitre 6

Il me sembla presque reconnaître ce ciel. Je l'avais déjà vu lors d'une nuit similaire à celle que j'étais en train de vivre… tout aussi angoissante.

La foudre fendait à plusieurs reprises la voûte sombre au-dessus de la ville. Les étoiles avaient disparu depuis longtemps, laissant place à une couche épaisse de nuages noirs qui descendaient presque sur la ville. Je ne percevais presque pas les lumières de cette dernière tant la brume qui avait recouvert les bâtiments était dense. Les humains avaient déserté les rues et il serait normal de se dire que le temps en était la cause, mais il ne s'agissait pas de la vraie raison. Une alerte météo était certes en cours, mais elle servait à couvrir les actions du clan de Rome à l'entrée de la capitale.

Entre les coups de tonnerre et sous les lumières parfois vacillantes du salon, Gaël répondait à la voix qui s'échappait d'un haut-parleur, dans ses appartements de la Villa Médicis:

— Nous nous attendions à être pris pour cible et le nécessaire a été fait en amont, mais je ne peux garantir la survie de ces renégats. Morts, ils ne me seront donc d'aucune utilité. J'ai besoin de suivre leur parcours.

— Nous surveillons ardemment les côtes de l'Adriatique, ils ne nous auraient pas échappé… Pour ce qui est de la terre, je ne peux pas vous garantir que les frontières aient joué leur rôle de barrière. Nous nous sommes aperçus de leur présence alors que certains frappaient

Venise.

Venise. La ville portuaire était décidément une victime perpétuelle de vampires sanguinaires, même étrangers. Ainsi elle avait été la première à être frappée par la vague de Clans Noirs qui avait pénétré le pays et qui maintenant se déchaînait aux portes de Rome. Je me demandais si Nicola avait pu gérer cette menace sans trop de pertes humaines. Nous concernant, et comme venait de le dire Gaël, les deux anciens archanges avaient regroupé de nombreux clans italiens dans la périphérie de la capitale afin de prendre leurs ennemis en tenaille lorsqu'ils se présenteraient. Et cela se déroulait ce soir avec Violaine et Max en première ligne.

Dans le grand salon, en plus de Gaël et moi, il y avait bien évidemment Lucas et Morgana autour du haut-parleur. L'ex de Lucas était indispensable en ce moment, étant l'une des informatrices les plus douées d'Europe. Leur interlocuteur était le chef du principal clan de Croatie, un allié de date de Gaël. Leur discussion se faisait dans la langue de prédilection de l'ancien archange, l'italien. Me sentant inutile, je m'étais recluse devant la fenêtre où je pouvais surveiller de loin les attaques des jumeaux.

Gaël lança un bref regard à son informatrice qui hocha la tête.

— Ils sont entrés par l'est, or le clan de Vienne a toujours tenu correctement ses postes à la frontière et nous travaillons souvent avec lui. Il ne reste plus que les vampires d'Anastas en Slovénie.

Un court silence se fit où chacun mesurait ses propos, car accuser un clan de trahison n'était pas un acte à prendre à la légère. Or il s'agissait bien de cela, Morgana avait déjà fait son enquête. Les Clans Noirs avaient pu rejoindre la terre de la patrie de l'archange Michel parce que leurs mouvements avaient été facilités par, disons, la mollesse des actions de certains chefs de clans, notamment ceux de Slovénie et de Hongrie.

— Je ne peux nier le caractère intéressé des actes de mes chers voisins, même si cela devait engendrer un régicide, mais je ne suis pas au courant de ces dernières affaires. J'envoie une troupe vous prêter main forte à votre frontière à l'est et je leur demanderai personnellement de garder un œil sur la Slovénie.

— Je te remercie Javor. Je te recontacte lorsque tout sera fini ici.

— Bien évidemment, mon prince.

Aussitôt après avoir raccroché avec Javor, Gaël prit des nouvelles du front où nous maintenions toujours notre avantage. Le clan de Rome était bien mieux organisé et ses combattants étaient au mieux de leur forme. En effet, les Clans Noirs avaient eu nul répit depuis leur entrée en Italie. Ils avaient rejoint Rome dans une fuite perpétuelle, car pourchassés et donc exténués. Ils n'avaient d'écoute que pour leur instinct incohérent qui les poussait à se rebeller bien que cette lutte soit vaine. Gaël avait raison, l'issue de cette bataille n'était que trop évidente.

— La majorité des vampires qu'ils ont pu interroger trouve bel et bien leur origine à l'est.

— La Russie a toujours une zone inadaptée au système des clans. C'est un pays bien trop vaste, une terre de refuge pour nombre de vampires esseulés d'Europe, rappelle Lucas. Le clan de Moscou n'a jamais pu gérer la misère de tout le continent.

— Ça ou Vassily qui a toujours été un anarchiste confirmé n'a pas cherché à les retenir, commenta Morgana.

Lucas était bien plus mesuré sur la question des Russes.

— On ne peut pas se permettre de se mettre définitivement le clan de Moscou à dos avec des suppositions, surtout dans cette période instable.

— Il sera bientôt temps de gérer Moscou, pour l'heure restaurons l'ordre à l'ouest de l'Europe, trancha Gaël. Leurs mouvements ont-ils été ralentis en Allemagne ?

— Ils essuient de lourdes pertes depuis leur entrée sur le territoire du clan de Berlin, informa Lucas. À ce rythme, ils ne parviendront même pas à atteindre la France. Les troupes d'Andrea sont prêtes à réceptionner les survivants à la frontière.

C'était la première fois que j'entendais des nouvelles de mon clan. Notre patrie, à Gabriel et moi, étant la France, le pays a été le deuxième à être pris pour cible, mais il semblerait que le puissant clan de Berlin soit particulièrement efficace et une bonne défense pour celui de Paris. En quelques jours, j'avais été surprise de constater que de nombreux puissants clans d'Europe avaient répondu à l'appel de Gabriel et Michel. Le faisaient-ils parce qu'ils étaient leurs princes ou bien, à l'image des Clans Noirs, avaient-ils choisi leur camp, en l'occurrence (les concernant) celui de la monarchie ? Je préférais me dire qu'il s'agissait de la première option, car après tout, étant une illustre inconnue, comment pouvaient-ils se battre pour moi. En réalité, je commençais à percuter ce que cela impliquait d'être la compagne d'un ancien archange ; j'avais l'impression d'être au bord d'un gouffre dont je ne pouvais percevoir la profondeur. Sauterais-je où resterais-je sur la plate-forme ?

Alors que je me perdais dans mes réflexions égoïstes, mes sens m'alertèrent d'une anomalie. Tandis que les trois autres personnes dans la pièce continuaient à faire le point de la situation en Europe, je me tournai vers la fenêtre, soucieuse. L'horizon était obscur, la nuit vierge de tout son.

— *C'est trop calme.*

— Quoi ?

J'avais cru parler pour moi-même mais ma voix leur était tout de même parvenue.

— La foudre… Elle s'est arrêtée.

Tous se turent, accentuant le silence assourdissant qui était tombé sur la ville. Les lumières avaient cessé de vaciller sous la puissance des éclairs depuis un petit moment. Lucas vint près de moi pour constater lui-même la situation par la fenêtre, tandis que Gaël et Morgana avaient attrapé leur téléphone.

— Déjà ? Questionnai-je, inquiète.

J'avais encore l'espoir que les jumeaux aient fait preuve d'une grande efficacité et aient obtenu la victoire avec facilité, mais le visage tendu de mon petit ami n'augurait rien de bon. Dans mon dos, Gaël dégagea son portable de son oreille sans un mot.

— Il ne répond pas, comprit son frère.

L'ancien archange fit un simple mouvement de tête et attendit le verdict de Morgana qui tentait encore une communication avec son portable. Finalement, elle abaissa un bras légèrement tremblant. Pour la première fois, je vis l'assurance de l'informatrice défaillir.

— V-Violaine non plus…

Alors qu'elle s'apprêtait à sortir de la pièce pour aller quérir en personne un quelconque rapport de la situation, la porte s'ouvrit sur un vampire essoufflé portant des vêtements salis par la bataille... un combattant du front.

— Mon prince, nous avons perdu le contact avec Maximus et Violaine.

— Comment cela ?

— Ils ont quitté le champ de bataille, mon prince. Nous ne savons pas où ils sont.

Une expression d'incompréhension avait pris possession du visage de Gaël, tant une multitude d'émotions devait tournoyer dans son esprit. J'y lisais bien sûr une angoisse grandissante de ne pas savoir ce qui se passe, la certitude que ses enfants savaient se protéger, la frustration de ne pas être sur le front avec eux, la colère qu'une situation – jugée pourtant aisée – lui échappe, et enfin la tristesse d'oser penser qu'une chose grave ait pu leur arriver.

— J'y vais, annonça Lucas. Je couvrirai plus de distance pour les recherches.

— Tu n'es pas censé aller en première ligne. C'est exactement ce qu'ils veulent, grogna Gaël.

— Peut-être, mais nos troupes doivent être désorganisées maintenant et tu n'auras pas les idées claires une fois là-bas.

Un rictus déforma la bouche de son grand frère. Évidemment qu'il avait prévu d'aller lui-même chercher ses enfants, mais la précipitation dictée par la colère engendrait souvent la défaite. J'étais soulagée que Lucas l'accompagne même si se mettre à découvert n'était pas non plus l'idée du siècle. Le problème était que nous n'avions pas mieux.

— Je prends de l'avance, lança Gaël en quittant la pièce.

Lucas me prit par la taille. Alors que la situation était devenue catastrophique, il gardait un calme exemplaire.

— Qu'est-ce que je peux faire ? lui demandai-je.

— Rester ici. Nous te laissons la gestion de la ville.

— Mais… OK.

Je n'avais pas le temps de négocier quoi que soit – comme un moyen de les aider à retrouver Violaine et Max – et, de toute façon, je doutais d'être d'une grande utilité sans mon pouvoir toujours scellé. Une fois de plus, Lucas n'avait pas le temps de le libérer. *Quelle idée de merde j'ai eu, franchement !* S'il arrivait malheur aux jumeaux, je ne saurais me le pardonner, ni regarder Gaël dans les yeux.

— Morgana t'assistera, continua Lucas en désignant la jolie blonde vénitienne.

L'intéressée se courba respectueusement, acceptant sa mission. Cette fois, le vampire ouvrit la fenêtre, jeta un dernier regard dans ma direction et son corps se vaporisa en une fine brume qui disparut aussitôt à travers la fenêtre. Je la suivis du regard jusqu'à ce qu'elle devienne invisible. Le calme retomba, mais je sentais qu'une monstrueuse tempête allait bientôt éclater. Au-dehors, l'atmosphère était déjà en train de se rafraîchir : le givre prenait petit à petit possession des carreaux des fenêtres et l'eau du Tibre gelait, répondant à l'appel à la haine de Michel.

Maintenant seule, une bouffée d'angoisse monta. J'avais l'impression d'étouffer dans cette pièce et je me surpris à vouloir, comme Lucas, finir en poussière. J'avais envie de sortir mais je ne savais pas si j'en avais le droit. Un rire monta dans mon esprit mais je n'étais bien évidemment pas en situation d'être euphorique. *Lilith.*

L'ancienne reine se moquerait-elle de moi et de ma réticence à demander une quelconque permission. Après tout, s'il était vrai que je pouvais prétendre au titre de reine, je pouvais d'ores et déjà me comporter un minimum comme tel.

Je me détournai de la fenêtre et me pressai vers la porte du salon.

— Je sors.

— Rester à couvert me semblerait plus sage, tenta d'intervenir Morgana.

— Il ne m'a pas demandé de me cacher.

Elle ne sut que répondre à cela et fut bien obligée de m'emboîter le pas avec Gianni qui ne chercha pas non plus à m'arrêter – lui avait l'habitude. D'autres -les derniers membres du clan de Rome restés pour veiller sur la colline- nous suivirent. Nous étions au nombre de sept en tout, nous nous déplacions maintenant sur la terrasse dominant le parvis devant la Villa Médicis afin d'avoir une vue panoramique sur l'horizon derrière la cité. Les jardins de la Villa Borghese étaient plongés dans un silence, seul perçait à nos oreilles le son des branches animées par un filet d'air frais. Je me postai devant la large balustrade en pierre avec Morgana. Les autres vampires s'étaient positionnés à distance les uns des autres, nous laissant notre espace et veillant sur nos arrières.

— C'est déjà arrivé ? osai-je alors demander. Qu'ils se retrouvent en difficulté…

Il y avait maintes raisons qui feraient de nous deux des rivales, et toutes concernaient Lucas. La belle Italienne avait eu, en quelque sorte, une relation durable avec lui avant que je ne sois catapultée dans son existence. Elle avait, au premier abord, refusé qu'une simple gamine de 17 ans puisse attirer l'attention de Gabriel, la traînant ainsi dans la honte. Nous avions pu débriefer de nos situations respectives lorsque moi-même je m'étais momentanément séparée de l'ancien Archange. C'était une ancienne succube, une servante privilégiée de Lilith alors qu'elle était au sommet de sa puissance. Ainsi, elle avait pu m'apporter ses connaissances sur l'ancienne reine lorsque j'en eus besoin. C'était une vampire profondément respectueuse de la hiérarchie et fidèle à ses princes, Lucas autant que Gaël. Elle ne put qu'accepter ma présence auprès de l'un d'eux tout en lui restant loyale. J'avais une grande estime en cette force de dévouement qui lui permettait de pouvoir respirer le même air que Lucas après qu'il l'eut rejetée. Je ne pourrais certainement pas en faire autant si cela m'était arrivé à moi.

—Ensemble ils sont intouchables, répondit-elle. Aucun de nos ennemis là dehors ne possède suffisamment de pouvoir pour les contrer… Je ne comprends pas ce qui s'est passé.

Le courant d'air se changea en une forte brise, puis en une lourde bourrasque attirant notre attention vers le ciel. Les nuages étaient en mouvement et convergeaient vers une imposante tornade qui naissait au loin. Gabriel était en train de déchaîner son pouvoir. Même si la puissance de l'ancien archange était rassurante, nous espérions tous que cette démonstration de force n'était pas en lien avec la disparition des jumeaux. Après tout, la dernière fois qu'il avait donné libre cours à sa colère, une tornade similaire avait ravagé Paris et perturbé le climat.

Je me fis force pour ne pas demander des explications à mon petit ami à travers son lien. Cela ne ferait que le perturber et me faire passer pour une enquiquineuse de première, par la même occasion. J'attendis donc un signe... qui vint mais pas vraiment de là où je l'attendais. Une sensation inconfortable me fit frissonner. Cela ne venait pas de mes sens mais plutôt d'un instinct primaire. Je sentais de l'animosité dans l'air. Mes yeux volèrent vers ma voisine qui semblait tout aussi perplexe que moi.

— *Signore*, appela Gianni derrière nous.

Nous nous retournâmes et fûmes stupéfaites de la scène qui se présentait à nous. Là, dans l'ombre des arbres, s'avançaient deux personnes. Elles semblaient se promener tant leurs pas étaient lents, mais il n'en était rien. Petit à petit, elles s'avançaient vers leur cible et si les membres du clan de Rome ne leur avaient pas encore arraché la tête, c'était parce qu'ils les connaissaient bien.

— Violaine ? Max ?

Je fis un pas vers eux mais Morgana me retint par le bras, et deux autres vampires se postèrent entre moi et les nouveaux venus. Gianni et les autres membres encerclaient les jumeaux tout en restant à distance. Les enfants de Michel n'étaient plus qu'à une dizaine de mètres de nous et je les aurais pris dans mes bras si l'on ne m'avait pas retenue.

— Regarde autour de toi, la bataille n'est pas finie, m'expliqua tout bas Morgana. Leur présence ici est anormale.

En effet, Lucas était toujours en train de combattre au front pour retrouver son neveu et sa nièce qui se trouvaient être devant nous. Il y avait comme une erreur dans ce tableau. Anomalie qui se confirma aussitôt lorsque Violaine prit la parole en tchétchène. Une fois de plus, les connaissances de Lilith de chaque langue de ce monde me permirent de suivre la conversation.

— Enfin seule, se réjouit-elle. Avant toute chose, laissez-moi vous prévenir que si les Archanges se pointent ici, je vous laisse deviner ce que nous pourrions faire à la progéniture de Michel.

Pour illustrer ses propos, elle tapota sa tempe puis, avec son doigt, fit semblant de sectionner sa gorge. L'évidence me tomba dessus comme un coup de massue : ils étaient tous les deux possédés. De plus, les personnes responsables de cela semblaient être au courant du lien que je partageais avec Lucas... Chose étonnante, car l'ancien archange ne dévoilait en aucun cas ce genre d'information.

Alors même que Violaine eut fini son intervention, Gianni et d'autres vampires bondirent sur eux, tentant ainsi de les surprendre. Max en expulsa un sans ménagement et Violaine se chargea du second. Les membres du clan de Rome n'osaient pas blesser gravement leurs ennemis, ce qui permettait à ces derniers de les contrer avec une facilité extrême, usant de toute leur puissance. Ainsi, lorsque Gianni profita d'une ouverture pour saisir le bras de Violaine et le retourner dans son dos, Max posa une main sur lui et une puissante décharge l'éjecta à plus de dix mètres de là. Il aurait continué à rouler longtemps au sol si un autre vampire ne s'était pas précipité pour le réceptionner. Son corps, parcouru d'ondes électriques, se convulsait de douleur dans la poussière et il mit un temps à pouvoir se remettre à genoux. Je ne pensais pas que les jumeaux aient pu avoir une attaque aussi discrète mais pas moins redoutable.

Les membres du clan de Rome qui restaient s'apprêtèrent à renouveler leurs attaques. Alors, Max porta une main à son cou, prêt à s'entailler la gorge.

—Arrêtez ! Ne les approchez pas ! lançai-je en levant un bras. Nous nous infligerions nos propres dégâts si nous continuons, ajoutai-je en m'adressant aux deux intrus dans la même langue que Violaine avait empruntée. C'est moi que vous cherchez et je ne préviendrai personne.

Lors de notre séjour dans les Cinque Terre, Lucas ne m'avait pas qu'entraînée à me défendre mentalement, il avait également tenu à ce que j'ai un maximum d'informations sur les différents pouvoirs en lien avec le psychisme, au cas où il ne serait pas à mes côtés le jour où j'y serais confrontée. Il avait vu juste. Je me souvenais très bien de cet après-midi à lézarder sur le pont de notre petit bateau au beau milieu de la mer où il m'avait détaillé les deux formes de possessions. Les vampires ayant la capacité de posséder des personnes ne pouvaient appartenir qu'à l'une ou l'autre de ces formes, et l'enjeu lorsque l'on était face à une de leur victime était de déterminer assez rapidement à quoi nous avions à faire afin de calculer les risques de séquelles et de mettre en œuvre une stratégie d'échappatoire. La première forme de possession était ce que Lucas appelait la « forme partielle » : l'agresseur maintenait l'âme de sa victime endormie et pouvait profiter de son corps pendant ce sommeil forcé. Le point positif était qu'il s'agissait d'une possession assez rudimentaire, facile à pratiquer tant que l'on arrivait à assommer sa victime. Le point négatif était qu'il était difficile de la maintenir en place si l'âme s'éveillait et se défendait. La deuxième forme était la « forme complète » que peu de vampires savaient utiliser, car particulièrement complexe et longue à mettre en place. L'agresseur s'immisçait dans l'esprit de sa victime qui restait éveillée et influençait ses actions en manipulant les objets présents dans la partie la plus intime d'une âme (me concernant, il s'agissait d'une zone ressemblant à ma chambre.) En simplement bougeant, supprimant ou bien carrément ajoutant des faux réceptacles de l'âme dans cette pièce, la victime allait petit à petit changer sa personnalité et pratiquer des actes, ce qu'elle n'aurait jamais fait en temps normal. C'était donc un travail de longue haleine, minutieux et réfléchi qui attendait quiconque qui souhaitait manipuler une personne de la sorte. Le point positif était qu'une victime ne pouvait se défaire d'une telle possession tant son âme se retrouvait altérée.

Concernant notre situation actuelle, il fallait espérer que les jumeaux fussent victimes de la forme partielle. Cela était fort probable, car ils avaient changé de comportement en quelques heures, à moins que leurs agresseurs – car il y en a bien deux, Lucas lui-même ne peut pas manipuler deux personnes en même temps – aient commencé leurs actions bien avant cela. Afin de poser un diagnostic définitif, il n'y avait pas d'autre solution que de les faire parler. Lucas m'avait expliqué que des vampires étrangers conversaient dans la langue de l'interlocuteur ayant le plus haut grade. C'était une forme de respect vis-à-vis d'un vampire supérieur. S'agissant des deux immortels me faisant face, je doutais qu'ils aient une quelconque estime pour moi ni qu'ils connaissent un traître mot de la langue française. Je les interpellai donc en tchétchène.

— Que voulez-vous ?

Ce fut Max qui répondit cette fois :

— T'écorcher vive et nous dévorerons ce délicieux nectar qui parcourt tes veines et dont toute l'Europe parle !

— Oui, ta peur coulera dans notre gorge jusqu'à ensorceler notre âme ! surenchérit Violaine.

— J'ai presque oublié ce que cela fait de me retrouver devant une femme tremblante.

— Nous les tuons beaucoup trop rapidement, c'est plus fort que nous. Mais si tu es à la hauteur de ta réputation, tu devrais lutter un peu plus longtemps !

Je n'avais pas besoin de beaucoup forcer, c'étaient de vraies pipelettes, pire qu'Aurèle. Entendre des propos aussi désagréables dans la bouche de mes amis me faisait froid dans le dos, mais je ne pouvais pas m'attarder sur ça. Leur manque d'expérience se percevait aisément dans leurs propos, ils avaient probablement moins d'un siècle d'existence. Ils n'avaient donc probablement jamais connu l'ancienne monarchie et jouaient plus le rôle de mouton dans ce combat. Je continuai sur ma lancée, toujours en tchétchène :

— J'ai bien peur de ne pas vous suivre. Quel genre de sévices avez-vous l'intention de me faire subir ?

— Te dépecer, puis te tuer et pour finir t'écorcher !

— Gabriel ne te reconnaitra pas une fois qu'on en aura fini avec toi !

Je forçai un rire et me moquai :

— Vous n'en avez aucune idée en réalité.

Un éclat de rage fit briller les beaux yeux de Max et il tendit brusquement une main vers sa sœur.

— Elle parle trop ! Donne-moi la main, qu'on la pulvérise sur place !

— Tu ne te souviens pas ? Si on entre en contact, la foudre donnera aussitôt notre position !

— Ah mince ! Mais à quoi ça nous sert de les posséder ?

— Tu n'es qu'un imbécile, se désespéra Violaine en gardant ses bras croisés contre elle par peur que son coéquipier lui en chope un de force. On ne serait jamais entrés sans eux.

C'était à se demander si leur propre plan venait bien d'eux. Ce doute persista dans mon esprit jusqu'à ce qu'il devienne une évidence. J'échangeai un bref regard avec Morgana. Cette dernière hocha la tête d'un air entendu avant de vérifier discrètement les alentours. Je ne me le cachais pas, à ce moment précis, je surkiffais l'ex de mon petit ami. Elle était arrivée à la même conclusion que moi sans que nous ayons besoin d'échanger. Une troisième personne, probablement l'initiateur de ce plan, était avec eux. Un vampire bien plus intelligent que ces deux énergumènes et qui avait peut-être réussi à piéger les jumeaux, car il était évident que Max et Violaine ne se seraient jamais fait avoir par de tels imbéciles qui dévoilent leurs pensées aussi grossièrement. D'ailleurs ce fait me rassura sur la forme de possession qu'ils devaient exercer sur les jumeaux.

— Assez discuté ! Viens par là ! m'ordonna Violaine.

C'était le moment de prendre une décision. J'étais presque sûre de ma conclusion et de la manière dont je devais agir avec les différents acteurs qui m'entouraient ainsi que leur caractère. Mais je n'étais pas naïve, il y avait un gros pourcentage de chance dans ma stratégie.

— Je refuse ! leur lançai-je.

— Quoi ? ! Je ne crois pas que tu sois en position de décider quoi que ce soit ! Obéis si tu ne veux pas qu'il leur arrive malheur.

Violaine commença à s'entailler le cou et un petit filet de sang coula sur son col. Les vampires autour de moi se raidirent et s'apprêtèrent à nouveau à bondir sur eux afin de les empêcher de faire du mal à leur princesse. Encore une fois, je levai une main pour leur intimer de ne rien faire.

— Je ne le souhaite pas et vous non plus d'ailleurs. Exécutez vos menaces et vous perdrez votre emprise sur eux. Si leurs âmes s'éveillent sous la moindre atteinte physique ou mentale, ils se défendront et, sans la personne qui vous a mâché le travail en les capturant, vous n'avez aucune chance. Ils vous balayeront !

Cette fois, ce fut Max qui se redressa.

— Comment tu sais qu'on nous a aidés ?!

Bien évidemment, mon plan ne fonctionnerait pas avec des personnes qui savaient un minimum tenir leur langue. J'avais maintenant la certitude qu'ils étaient bien au nombre de trois, et les membres du clan de Rome commencèrent petit à petit à s'écarter pour couvrir plus d'espace. Gianni, qui s'était remis de la dernière attaque, s'était à l'inverse rapproché et attendait maintenant un signal de ma part.

— Elle ne le savait pas mais tu viens de le lui confirmer ! s'agaça Violaine.

— Bien, si je résume, je n'ai pas l'intention de vous suivre malgré vos menaces, vous n'avez pas l'intention de partir sans accomplir votre mission. On est dans ce que l'on appelle « une impasse », intervins-je.

— On pourrait tout aussi bien les tuer sous tes yeux, cela ne ferait aucune différence pour nous ! On aura bien d'autres occasions de te pourfendre !

— *Maintenant, cela suffit !* tonnai-je.

Mes crocs sortirent sous l'effet de ma rage. J'en avais plus qu'assez de ces gamineries et qu'ils osent encore me proférer des menaces. Les poings serrés j'aurais voulu rejoindre moi-même le champ de bataille pour aller les dénicher et leur arracher la tête. D'ailleurs mes envies de meurtre devaient se lire sur mon visage, car les jumeaux s'étaient figés. On pouvait presque voir dans leurs grands yeux exorbités se refléter l'or bouillonnant de mon propre regard. S'ils avaient prévu de s'entretuer, cela leur était devenu impossible tant le moindre mouvement de leur part pouvait me faire sortir de mes gonds, et ils le sentaient.

Maintenant que j'avais leur attention, je m'avançai vers eux sans crainte.

— Des occasions, vous n'en aurez plus ! J'avais oublié de vous dire que si jamais il vous prenait la folie de leur faire le moindre mal, je vous retrouverais où que vous soyez, leur promis-je d'une voix funeste. Croyez-moi, cette planète n'est pas assez grande pour que vous puissiez m'échapper, et je vous rendrais au centuple votre geste !

Je ne sus quelle genre de pression j'exerçais sur eux pour qu'ils n'osent même pas respirer. Lorsque le soupçon que je puisse soumettre quelqu'un de la même manière que les archanges ou Joachim me traversa, je perdis un peu de mon aplomb. La pression sur eux se relâcha aussitôt et ils en profitèrent pour se volatiliser. Effrayée par mes propres capacités, je n'avais rien pu faire pour les retenir. *Merde !*

— Vous, rattrapez-les ! Vous, suivez-nous tout en restant à

distance au cas où le troisième se pointerait.

Les vampires du clan de Rome obéirent aux ordres de Morgana. Nous nous observâmes de loin sans un mot. Je ne sus ce qu'elle pensait de mon numéro mais nous n'avions pas le temps d'en discuter, je me mis aussi en mouvement. Les retrouver ne fut qu'une formalité car ils semblaient encore troublés et leur fuite désorganisée. Si mes conclusions étaient exactes concernant leur jeunesse, c'était la première fois qu'ils subissaient un assujettissement. Les membres du clan de Rome, qui connaissaient les jardins comme leur poche, ralentissaient leur mouvement jusqu'à ce qu'ils parviennent à les arrêter non loin du grand lac. Les jumeaux parvenaient encore à les repousser tant leur puissance restait grande. Il n'y avait nul doute sur leur ascendance. Je me synchronisai sur une attaque de Gianni pour atteindre Max et immobiliser un de ses bras. Le fils de Michel voulut m'attraper mais mon garde du corps retourna sa deuxième main dans son dos. Alors que nous le maîtrisions enfin, Violaine hurla de rage et éjecta son dernier assaillant avant de s'approcher. Elle voulut me toucher afin de m'asséner la même décharge qu'à Gianni quelques minutes plus tôt. Je m'attendais à cette attaque surprise car j'aurais fait la même chose.

— *Lascialo !*

Gianni, comme ensorcelé par mon ordre, s'exécuta aussitôt et je me laissai tomber à la renverse, tout en maintenant Max. Il bascula vers le bras tendu de sa sœur. Surprise, celle-ci eut tout de même le réflexe de se détourner, mais cette manœuvre la déséquilibra et mes équipiers profitèrent de ce petit laps de temps pour l'emprisonner. De mon côté, j'entraînai Max dans ma chute, le fit passer par-dessus moi pour le retourner dans l'herbe. Aussitôt, des bras le saisir et le maintinrent agenouillé.

— Qu'aurais-tu fais s'ils étaient entrés en contact ? me sermonna Morgana en me tendant une main.

J'acceptai son aide et elle me remit sur pied.

— J'avais pas réfléchi jusque-là… Nous en savons plus sur le troisième

— Non, mais cet endroit n'est plus sûr.

Instinctivement nous jetions quelques regards autour de nous. Les branches des arbres étaient certes quelque peu chahutées par le pouvoir de Lucas mais les jardins semblaient calmes. Malgré tout, je ne pouvais pas risquer de faire venir Lucas tant que nous n'en savions pas plus sur ce troisième vampire. Ce dernier attendait peut-être que l'ancien archange vienne libérer les jumeaux pour lui tendre un piège. Une fois de plus, je maudis l'absence de mon pouvoir et enrageai de nouveau.

— Eux vont nous aider, répliquai-je en désignant les vampires emprisonnés. Rapprochez-les.

— Tu rêves, sale chienne ! vociféra Max en se faisant traîner vers moi.

Il se débattit violemment et Gianni renforça sa clef de bras, forçant les articulations de Max à prendre une position anatomiquement anormale. Cette prise aurait fait hurler n'importe qui mais le vampire persista dans sa rébellion. Il ne craignait pas la douleur, ce qui était le signe irréfutable d'une possession partielle. Violaine opposa un peu moins de résistance mais elle restait extrêmement bruyante, elle grognait et crachait. Une fois qu'ils furent devant moi, j'explosai :

— Vous, les deux rigolos, vous avez juste le droit de la fermer !

Aussitôt ils se fixèrent et l'atmosphère devint bien plus calme. Je m'accroupis et repris d'une voix plus profonde.

— Maximus. Violaine.

Ils n'eurent aucune réaction mais je persistai en caressant la joue de la belle vampire aux cheveux courts.

— Maximus. Violaine… Maximus. Violaine… Vous êtes les enfants de Michel, agissez comme tels et débarrassez-moi de cette vermine.

Le rythme de leur souffle s'accéléra et une grimace déforma leurs beaux visages. La reconquête de leur propre corps venait de débuter. Quelques spasmes les firent trembler et je posai mes deux mains sur les épaules de Violaine pour essayer de la contenir. J'aurais voulu faire la même chose avec Max mais je me serais encore pris une décharge. Heureusement je n'avais pour l'instant jamais eu à me délivrer d'une possession, mais cela semblait extrêmement traumatisant pour l'esprit. Si un jour je devais me libérer de la résonance de l'ancienne reine, subirais-je autant, voire plus, de dégâts ?

Soudain les jumeaux semblèrent s'écrouler sur eux-mêmes. Leurs muscles se relâchaient petit à petit et, bientôt, ils ne furent retenus que par les bras des membres du clan de Rome qui les accompagnèrent au sol. Je pris le visage de Violaine, inerte, entre mes mains et tentai d'évaluer son état.

— Qu'est-ce qu'ils ont ? Est-ce que c'est normal ? m'inquiétai-je.

J'eus peur que leur esprit n'ait définitivement sombré. Morgana examina Max et me rassura :

— Leurs âmes vont mettre un petit temps à retrouver pleinement la possession de leurs corps.

Soulagée, j'expirai longuement tout l'air de mes poumons. Ils allaient s'en remettre, le calvaire de Michel était fini. Une fois éveillés, ils nous expliqueraient ce qui leur était arrivé et nous pourrions peut-être coincer ces vampires une bonne fois pour toutes.

— Dieu soit loué.

— Oh… Dieu n'y est absolument pour rien, ma chère, commenta une voix grave non loin devant nous.

Nous nous relevâmes subitement, les muscles tendus, fixant la silhouette qui approchait. Ce vampire se déplaçait silencieusement sans ralentir son mouvement, sous le couvert du vent et caché dans l'ombre jusqu'au dernier moment. Il était le prédateur dans toute sa splendeur. Et quel prédateur ? Mon sang se glaça et je n'osai plus bouger. Les autres membres se mirent en garde autour du nouvel arrivant qui, nullement impressionné, continua à avancer, les laissant l'encercler. *Bien évidemment, il fallait au moins un vampire de cette envergure pour maîtriser les enfants de Michel.*

Lucifer ne cessait de me fixer. On pouvait presque se perdre dans la profondeur de l'azur qui habitait ses yeux, comme une chute dans une eau glaciale ankylosant le corps et altérant le moindre mouvement. J'avais souvent pensé au moment où nos chemins se croiseraient à nouveau et imaginé qu'une peur incontrôlable m'envahirait, la mienne et celle de Lilith. Je ne savais pas dans quelles circonstances se ferait cette rencontre, en l'occurrence aujourd'hui, je n'étais pas enchaînée ni affaiblie par la nithylite, ni seule. Je pouvais deviner ce que pensait l'ancienne reine au fond de moi, mais elle non plus ne ressentait plus la peur. Cette confiance me permit de m'adresser directement au grand frère de Lucas sans que ma voix faillisse.

— C'était toi. Tu as aidé ces deux énergumènes à piéger les jumeaux.

Il s'arrêta à quelques mètres seulement de moi.

— Une explication s'impose sur ces personnages.

— Autant de crétinerie, c'est limite insultant.

— Je m'en excuse, répondit-il d'une voix qui semblait sincère, en posant une main sur sa poitrine. Les candidats à utiliser se font rares. Je n'ai pas la chance d'avoir des toutous de qualité comme mon frère. En parlant de ça, la véritable place d'un chien… C'est *assis*.

Je compris la puissance de la pression qu'il exerçait sur mes équipiers en les voyant ployer sous une force invisible. La tête baissée, ils luttaient en gémissant et si Morgana réussit à rester péniblement sur ses deux jambes, d'autres ne purent que poser un genou à terre.

Quant à moi, je n'étais nullement affectée et je crus que c'était voulu de la part du premier Archange, mais mon attitude stoïque sembla quelque peu le surprendre.

— C'est intéressant, dit-il avec un sourire énigmatique.

Il fit un mouvement avec sa main et des cercles de feu naquirent au pied des membres du clan de Rome. Je me raidis, comprenant ce que cela voulait dire.

— Si je sens le moindre courant d'air anormal, ils disparaissent. Ça fait un moment que j'attends notre rencontre et je peux facilement devenir irritable si quelqu'un, mon cher frère par exemple, se met encore une fois entre nous.

Pour l'avoir déjà vu faire lors d'une vision, je savais qu'il ne bluffait pas. Il pouvait les réduire en cendres d'un simple claquement de doigts.

— Je n'appellerai pas, promis-je les poings serrés.

Satisfait, il se remit en mouvement et mon cœur eut un raté. *Il est trop proche.* Un vampire aussi dangereux, il serait plus normal de le garder à distance mais je ne me rabaisserais à faire un pas en arrière. Alors qu'il n'y avait plus qu'un pas entre nous, il leva un bras, prêt à me toucher. J'envoyai un revers et giflai sa main qui se déporta loin de mon visage.

— Tu as mon attention mais tu n'auras rien d'autre !

— Vraiment ? s'étonna-t-il amusé. Que crois-tu que je sois venu chercher ?

— Ton épouse, peut-être.

— Peut-être… Mais je sais que je ne la trouverai pas ici. Je te l'ai dit je ne veux que discuter.

— Ce n'est pas vraiment ce que j'ai compris lorsque tu as profité du pouvoir du diapason.

— Il y a plusieurs moyens de retenir l'attention de quelqu'un. Ton pouvoir m'a donné du fil à retordre et mes premières méthodes n'ont pas fonctionné, je me devais de changer d'approche.

Ces premières méthodes consistaient probablement à utiliser Ludovick, Zac Valère et Valérie pour me pourrir la vie. J'aurais pu lui cracher à quel point je le détestais, car ses petites combines avaient conduit au décès de nombreux amis vampires et humains. Mais, même après tout cela, mes sentiments envers lui étaient plus qu'ambigus à cause de Lilith. Au fond de moi, je n'oubliais pas qu'il avait été Samaël, le plus lumineux de tous les anges, le seul qui avait réussi à s'emparer du cœur de l'ancienne reine. Oui, j'aurais pu lui hurler ma haine mais je n'y arrivais pas.

— Tu es bien le seul à être persuadé de ne pas trouver Lilith chez moi.

— Ce n'est pas ce que j'ai dit. Vois-tu, je sais tout d'elle, notamment l'existence d'un pouvoir qu'elle a réussi à garder caché aux yeux de tous.

Je me retins de regarder Morgana pour savoir s'il bluffait.

— Et aujourd'hui tu as décidé de le rendre public ? Elle ne sera pas très contente.

— J'y suis bien obligé si je veux que tu m'aides à la trouver.

Je faillis m'étrangler avec ma salive. Le temps avait eu raison de lui, il était devenu dément !

— Quoi ?

Sans se départager de son sourire insondable et les mains croisées dans le dos, il se remit en mouvement. Ses pieds décrivaient un cercle autour de moi. Ne lui laissant pas l'occasion de se retrouver dans mon dos, je pivotai en même temps que lui. Son regard ne cessait de me détailler tout entière comme s'il cherchait à confirmer un soupçon qui se verrait physiquement sur mon corps.

— Ma chère épouse a un pouvoir unique qu'elle a développé avant tous les autres. Son âme peut se fragmenter et malgré tout survivre, car chaque morceau a la capacité de devenir une entité unique. Dès le départ, elle a compris qu'elle pouvait cacher ces fragments dans un objet ou un animal, mais c'est bien la première fois qu'elle ose l'insérer dans une personne.

Il avait commencé à me harceler bien longtemps avant que je ne commence à voir le passé de Lilith, donc il avait déjà cet élément en tête alors que je finissais ma transformation, peut-être même avant que je rencontre Lucas. Un frisson de dégoût me parcourut. J'avais besoin du soutien de Morgana, qu'elle me fasse comprendre ce qu'elle pensait de cette histoire ahurissante. Lucifer avait fini de faire un tour et mon regard glissa derrière lui, vers mes équipiers… Ce fut à ce moment que je vis Max reprendre peu à peu connaissance. Lorsqu'il s'aperçut dans quelle position j'étais et du danger imminent qui guettait ses amis, il voulut se redresser. Je ne pus totalement contrôler l'expression de mon visage et Lucifer, soupçonneux, voulut suivre mon regard.

— Non ! Gabriel… Un fragment d'âme ne sera pas passée inaperçu aux pouvoirs de Gabriel.

Un éclair de colère traversa son magnifique visage en entendant le prénom de son frère. Il avait visiblement une animosité particulière le concernant et cela suffisait à attirer toute son attention sur moi. Concernant Max, il comprit que mon intervention le concernait également et, à mon grand soulagement, choisit d'attendre le bon moment pour se redresser.

— Gabriel ne sait rien de ce pouvoir tant il reste un mystère même pour moi. Je ne reconnais que sa marque pour l'avoir côtoyé pendant des millénaires à travers son canasson.

— Enlik ?

— Personne n'a jamais vraiment compris le secret de sa vie incroyablement longue pour un animal terrestre. Ils pensaient tous qu'elle le nourrissait avec du sang d'immortels.

Avoir des nouvelles du bel étalon noir me donna curieusement du baume au cœur, même dans cette angoissante situation.

— Alors… Alors il est toujours là quelque part, compris-je. Un réceptacle bien plus facile à approcher que moi.

Il sourit.

— Tu es intelligente, Élizabeth, ça ne fait nul doute. En effet, j'ai passé des siècles à le chercher, ici, au Moyen-Orient, partout il reste introuvable, lui aussi. Il n'y a que toi qui puisses me relier à elle.

Nous y revoilà. La raison de tout cet acharnement sur moi à un point tel que j'avais cru qu'il en voulait à ma vie. Mais il en n'était rien, car il avait besoin de moi vivante. J'étais une sorte de boussole le reliant à son amour perdu. Je fus d'ailleurs étonnée du silence assourdissant régnant dans mon esprit. Où était-elle? Que faisait-elle ? Lui qui savait tout d'elle, il ne m'avait pas dit pourquoi elle était partie. Cela cachait-il autre chose ?… *As-tu encore le moindre sentiment pour lui ?* Bien évidemment, je n'eus aucune réponse, donc je devrai me confronter à l'ancien roi des vampires sans elle.

Max restait au sol et évaluait la distance qui le séparait de sa sœur toujours inerte. Quant aux autres, ils étaient encore piégés par les flammes. Je n'avais donc que le fils de Michel. Mon regard se porta non loin de moi, sur la surface du lac balayée par des ondes poussées par le vent.

— Très bien, nous avons parlé. Qu'attends-tu de moi, maintenant ?

— J'attends que tu me suives. Mon frère joue très bien son rôle de gardien, c'est extrêmement compliqué d'entrer en contact avec toi. Qui sait quand nous pourrons nous revoir…

— Tu vas devoir me traîner ! Il ne se passera pas une minute, une seconde sans que je me batte ! le menaçai-je. De plus, pourquoi je t'aiderais à retrouver la reine des Damnés. Tous s'accordent à dire que le monde se porte bien mieux sans elle.

— Je n'aurai pas besoin de te traîner. Et je ne suis pas capable de briser le lien de Gabriel mais, heureusement, tu viendras de ta propre initiative…

— Je vois mal pourquoi.

Il croisa les bras, arborant toujours cet air énigmatique, comme s'il se délectait à l'avance de ce qui allait suivre.

— Parce que tu veux savoir pourquoi elle t'a choisie. Parce que tu veux savoir ce qui s'est réellement passé cette nuit d'automne où la voiture de ton père est passée par-dessus le pont.

Mon sang ne fit qu'un tour, encaissant le choc de sa phrase, puis je perdis tout contrôle. Aliénée par la colère, mes crocs sortirent et je voulus l'attraper, mais il bloqua mes mains avec une extrême facilité.

— C'était toi ! Tu les as tués ! hurlai-je.

Il rit, ce qui me fit d'autant plus sortir de mes gonds. Je voulus lui envoyer un coup de genou dans les côtes mais il raffermit sa poigne, ce qui eut pour effet de rapprocher nos deux corps. Ainsi contre lui, j'avais perdu mon élan et donc un avantage physique mais je m'en foutais bien. Si je ne pouvais utiliser mes membres, je me servirais de mes crocs pour le décapiter.

— Je suis responsable de bien des maux sur cette planète mais pas de ça. La réponse à tes questions n'est pas aussi simple, Élizabeth.

— Tu mens !!

Les larmes aux yeux, mon corps n'était plus que douleur. Je

pleurais et je ne savais plus si c'était de haine ou de détresse. Probablement les deux. J'étais victime de ma folie, mes forces m'abandonnaient et mes tentatives pour lui échapper ne ressemblèrent plus qu'à de faibles mouvements de bras.

— *Mon amour ? Qu'est ce qui se passe ?*

Je me raidis imperceptiblement. Mon regard vola aussitôt vers les vampires de Rome toujours menacés par le feu de Lucifer. Rien ne sembla perturber l'emprise qu'il avait sur son pouvoir.

— *Ce n'est rien, ne t'inquiète pas. Continue à chercher les jumeaux.*

L'intervention de Lucas eut le bénéfice de me faire revenir à la raison. Que ce qu'il avance sur l'accident de mes parents soit vrai ou faux, le résultat était le même à l'heure actuelle : je m'étais laissée prendre. Il avait réussi à me faire baisser ma garde et je m'étais carrément jetée dans ses bras. Mes émotions s'apaisèrent quelque peu, ce qui dut rassurer Lucas et l'empêcher de rappliquer, et ainsi condamner Morgana et les autres.

Les mains de Lucifer maintenaient mes poignets et lorsque je voulus m'en défaire, il referma encore plus ses doigts. Je geignis. À l'image de Lucas, il pouvait déployer une grande force qu'il utilisa pour écarter mes bras et se rapprocher encore. Son visage n'était plus qu'à quelques centimètres du mien et je pivotai instinctivement la tête pour mettre ma bouche hors de portée de la sienne.

— Trouve-la pour moi, Élizabeth, murmura-t-il à mon oreille.

L'odeur enivrante que dégageaient ses belles boucles sombres me donnèrent des frissons. Je serrai les mâchoires jusqu'à m'en faire mal et éloigner ainsi la moindre pensée perverse vampirique. Je sentis son souffle descendre le long de mon cou, et mes muscles se tendirent lorsque ses lèvres effleurèrent ma peau. Encore une fois, alors que je tentais de me soustraire à lui, il bloqua mes bras, les retournant presque dans mon dos, et coinça mon corps contre le sien. Je sentis sa puissance m'envelopper et me submerger.

— C'est donc vrai. Il est impossible de te résister, souffla-t-il en s'enivrant de mon odeur.

Sa langue remonta le long de mon cou. Les pointes de ses crocs caressèrent ma peau. Je retins mon souffle, sachant pertinemment ce qu'il comptait faire. Ma colère explosa à nouveau et je me débattis furieusement, contractant chacun de mes muscles, secouant ma tête et tordant mes poignets jusqu'à en souffrir. Je criai et une de mes mains se libéra pour voler aussitôt vers lui. Ma paume se transforma en un poing et je lui assénai un mémorable crochet au visage. La force de mon coup le repoussa sur le côté.

— Si jamais tu oses encore me toucher, quels que soient les moyens, je t'inventerai une cicatrice entre les deux jambes et elle sera bien moins belle que celle de ton père ! !

La surprise du coup passé, il ricana et essuya, avec son pouce, la perle de sang qui venait d'apparaître à la commissure de ses lèvres. L'odeur enivrante de son nectar me frappa aussitôt et je me laissai volontiers envahir par mes pulsions destructrices, car j'en aurais bientôt l'utilité. En effet, nos deux corps s'étaient séparés mais il maintenait toujours fermement l'une de mes mains.

— Il n'y avait qu'elle qui avait pu me frapper avant cela, observa-t-il en détaillant le liquide pourpre imbibant son doigt.

Cette fois, ce fut à mon tour d'éclater d'un rire dédaigneux.

— Il me semble que Lucas t'avait donné une bonne correction, il y a quelques mois.

Ce souvenir peu réjouissant pour lui le fit grimacer.

— Je dois avouer que mon petit frère a bien grandi.

— Et tu es bien loin du compte, car ce monde n'a pas connu vampire plus grand que lui.

L'adoration que je vouais à son frère mit un terme au peu d'indulgence dont il avait fait preuve jusque-là. Ses yeux brillèrent d'un inquiétant éclat et il sembla prêt à laisser exploser sa colère. De ma main libre, j'attrapai son poignet. Ma manœuvre le surprit et il voulut répliquer mais je lui résistais. Ma force, décuplée par mes pulsions et habitée de la puissance de l'ancienne reine, ne me faisait pas défaut. C'était comme si Lilith, où qu'elle puisse être et sous quelle forme, approuvait ma manœuvre. Nous luttâmes ainsi mutuellement jusqu'à ce que j'arrive à nous rabattre au bord de l'eau. Là, j'envoyai une ultime poussée vers l'avant, nos corps se heurtèrent et ses pieds rencontrèrent le vide. Il ouvrit de grands yeux exorbités et nous basculâmes dans le lac. Dans la chute, je réussis à me libérer et nous nous relevâmes tous les deux dégoulinants, l'un face à l'autre.

Il secoua ses cheveux trempés d'un mouvement de tête et il aurait pu ressembler à un Apollon sortant des eaux si cet air sinistre n'habitait pas son beau visage.

— Tu m'as pris pour une allumette, Élizabeth !

Il leva lentement ses bras et de grandes flammes rouges naquirent sur son corps. Bon à savoir, l'eau n'avait pas vraiment d'effet sur son pouvoir mais ce n'était pas vraiment ce que je cherchais en nous entraînant dans l'eau.

— Oups, fis-je, feignant l'erreur stratégique.

Un funeste grondement résonna au-dessus de nos têtes. J'eus juste le temps d'effectuer un salto arrière pour m'extirper du lac avant que la foudre ne s'abatte brutalement sur sa surface. Étant également mouillée, je fus tout de même atteinte par l'éclair en plein vol. Mes muscles se contractèrent violemment et je criai de douleur avant de retomber lourdement sur le sol. Je me roulai en chien de fusil pour atténuer les mouvements anarchiques de mes membres parcourus d'ondes électriques. Je gémis tant chaque fibre de mon corps me faisait souffrir. Quelqu'un glissa à mes côtés et s'allongea aussitôt sur moi.

— Couvrez-la ! cria Morgana par-dessus les coups de tonnerre.

Les autres vampires obéirent et je fus bientôt entièrement recouverte de leurs corps.

— Attention !

La foudre frappa non loin de nous faisant trembler la terre qui explosa. Nous détournâmes la tête pour ne pas être blessés par des jets de pierres. J'aurais pu à nouveau être victime de cet éclair si les membres du clan de Rome ne m'avaient pas protégée. Je repris le contrôle de mes muscles, même s'ils me faisaient encore souffrir, et osai relever les yeux vers le combat en cours : Max avait pris le corps de sa sœur dans ses bras et était en train de déchaîner leurs pouvoirs. Leurs silhouettes étaient parcourues d'ondes électriques et de flashs éblouissants, la foudre s'abattait régulièrement sur eux mais c'était pour mieux la reconduire vers son ennemi. Lucifer s'était extirpé du lac juste à temps mais s'était lui aussi fait prendre par l'immense portée du pouvoir des jumeaux. Un genou à terre, il tentait de reprendre le contrôle de ses membres habités de spasmes et tétanisés par l'électricité. L'ancien archange n'eut pas le temps de faire appel à ses flammes que Max poussa un cri et lui envoya une énième décharge qui jaillit du sol. Lucifer s'envola en utilisant la force de l'éclair comme tremplin et explosa dans une gerbe de feu au-dessus de nous. Des étincelles retombèrent sur les arbres autour de nous qui prirent feu instantanément. Les flammes se propagèrent très rapidement sur l'herbe comme fuyant la zone de combat et laissant derrière elle une traînée de cendres. Notre ennemi n'apparut plus mais ce ne fut pas pour autant que nous nous relevâmes, car une puissante bourrasque s'abattit sur nous, nous gardant plaqués au sol. *Le feu, la foudre et maintenant le vent, ses pouvoirs étaient décidément démesurés!*

Lorsque Lucas apparut finalement, le calme revint. Les éclairs avait disparu depuis la fuite de Lucifer et, pour cause, Max et Violaine – enfin éveillée – s'étaient séparés. Le fils de Michel, le souffle court, accusait encore l'emploi excessif de son pouvoir tandis que Violaine se massait douloureusement la nuque.

— Tu n'y es pas allé de main morte.

— Crois-moi… Il le fallait, lui assura son frère.

Petit à petit les vampires qui m'avaient protégée se relevaient et je pus enfin me redresser pour évaluer les dégâts. L'espace autour de nous ressemblait plus à un champ de bataille de la Première Guerre mondiale qu'à un jardin botanique. Les éclairs avaient creusé de profondes crevasses dans la terre et des foyers continuaient à vivoter de-ci, de-là. Par contre, les arbres centenaires étaient toujours en proie à un feu destructeur qui avait été décuplé par l'arrivée quelque peu

« venteux » de Lucas. Alerté par l'apparition des éclairs au-dessus des jardins de la Villa Borghese, il avait été le plus rapide à arriver mais je ne doutais pas que Gaël puisse éteindre les flammes avec son pouvoir une fois qu'il serait là.

Mon petit ami s'enquit de l'état de santé de son neveu et de sa nièce, qui le rassurèrent, avant de venir vers moi. Une fois de plus, Morgana m'aida à me remettre sur pieds. Je chancelai légèrement, mes muscles toujours endoloris, et elle garda mes mains dans les siennes m'évitant ainsi de m'effondrer lamentablement.

— Merci de m'avoir protégée, dis-je en étouffant une plainte.

Elle resserra ses doigts.

— Non… C'est à nous de te remercier.

Elle courba la tête et je ne compris pas de suite ce qu'il lui prenait. Mon cerveau devait encore se remettre des nombreuses décharges qu'il avait subies. Je voulus la redresser moi-même quand d'autres vampires autour de nous, ceux qui avaient assisté à mon altercation avec Lucifer, l'imitèrent en posant une main sur leur poitrine.

— Ne doute plus, ajouta-t-elle en relâchant mes mains.

Mon état de choc m'empêcha de m'écrouler tant j'étais raide comme un piquet. Non loin de nous, Lucas s'était également figé et observait la scène. Lorsque son regard s'arrêta sur moi, j'y lus un mélange d'étonnement et de fierté qui aurait pu me faire rougir. Derrière lui, Max fit également un signe de tête respectueux dans ma direction, rejoignant l'appréciation des autres.

— J'ai manqué quelque chose ? demanda sa sœur tout excitée.

Chapitre 7

J'entrai fébrilement dans la salle de bains de la Casina Valadier et refermai la porte derrière moi avant de me jeter dans la douche. Je m'étais contenue jusqu'à présent mais cela devenait maintenant insupportable... Il fallait absolument que je me débarrasse de cette odeur. J'ouvris à fond le robinet et l'eau tomba à flots sur moi. Mes mains commencèrent à me frictionner et je me rendis compte que je portais encore mes vêtements. J'attrapai le col de mon haut et le déchirai presque en le retirant, avant de réserver le même sort au reste de mes habits qui finirent en lambeaux à mes pied. Je me servis largement en gel douche et mes mains s'activèrent sur l'ensemble de mon corps mais surtout au niveau de mon cou. *Ça ne va pas être suffisant.* J'essayai de trouver plus : shampoing, parfum, huile lavante… Rien ne semblait suffisant. Tremblante, je fis même tomber des accessoires et également un flacon qui se brisa sur le sol en mosaïque de la douche à l'italienne. Je jurai et commençai à rabattre sur le côté les morceaux coupants afin d'éviter de me blesser. C'est alors que je vis quelque chose qui pourrait enfin convenir. Je m'emparai d'une éponge végétale et l'utilisai pour frotter la peau de mon cou. La sensation de ses baisers refit surface et je grattai plus fort. Rien ne fonctionnait. J'entendais toujours les mots qu'il avait susurrés à mon oreille, la froideur moite du tracé de sa langue sur ma gorge. Je gémis et pleurai presque avant de lâcher l'éponge pour carrément me griffer, prête à m'arracher la peau pour ne plus rien sentir. Mon sang coula et fut aussitôt emporté par le jet d'eau. Le souffle court, je me lacérai encore et encore, partout où il était entré en contact avec moi : le cou, les mains, les bras, mon abdomen tout entier. Enfin, je m'écroulai au sol, exténuée. Je n'avais aucune idée de la quantité de sang que j'avais perdu, car mes blessures se résorbaient vite et l'eau avait vite fait de tout emporter jusqu'au siphon. Assise contre la paroi et les jambes repliées, je ne pouvais que subir mes souvenirs et les traces que Lucifer avait laissées sur moi.

Le temps n'eut plus d'impact et je ne sus combien de minutes j'étais restée dans cette position quand Lucas se manifesta.

— Liza ?

Il entra et eut un temps de réaction en me voyant ainsi. Il se reprit vite et referma la porte avant de venir vers moi. Je n'osais pas le regarder, car il devait absolument tout savoir maintenant. Morgana avait probablement fait un rapport complet aux deux archanges et il lui avait peut-être même demandé de lui laisser voir ses souvenirs. J'avais honte et posais instinctivement ma main sur mon cou. Mon petit ami s'accroupit à l'entrée de la douche. Je ne voyais pas son visage tant je m'appliquais à fixer le sol.

— J'ai beau frotter, je n'arrive pas à me débarrasser de son odeur, avouai-je misérablement.

Sans un mot, il pénétra sous le jet d'eau et prit délicatement ma main. Il commença alors à sucer méticuleusement chaque doigt. Surprise, je redressai la tête et vis la passion mêlée à la mélancolie habiter son doux regard turquoise. L'eau dégoulinait sur ses épaules et plaquait sa chemise sur son torse. Il se pencha un peu plus et m'embrassa. Me laissant aller à cet élan de douceur, je répondis à son baiser et entourai mes bras derrière sa nuque. Il changea de position et m'entraîna avec lui. Lucas s'assit contre le mur et m'installa confortablement sur ses jambes. Ses lèvres glissèrent alors le long de ma mâchoire jusqu'au lobe de mon oreille qu'il mordilla doucement. Les yeux fermés, je poussai un soupir et basculai ma tête en arrière. De sa main, il écarta les mèches de cheveux mouillés sur mon épaule avant de me dévorer de baisers. Ses lèvres s'activèrent sur la base de mon cou et remontèrent voluptueusement vers mon oreille. Sa langue s'appliquait à suivre les lignes graciles de ma gorge sans jamais la pénétrer de ses crocs. Non, ce qu'il voulait, c'était laisser son empreinte sur moi de toutes les manières possibles : sa bouche embrassant ma peau, sa main caressant ma cuisse, qui remontait jusqu'à ma taille et qui m'attirait encore un peu plus contre son corps. Mes bras enlaçant toujours ses épaules, je m'accrochai à lui et m'imprégnai de son odeur.

Lorsque enfin je fus détendue, à jamais débarrassée des sensations parasites, il arrêta ses doux attouchements. Je pus détailler la beauté irréelle de son visage qui semblait malheureusement troublé. Mes doigts caressèrent tendrement la courbure de sa joue jusqu'à ses lèvres qui déposèrent un baiser sur ma paume.

— Encore une fois, je n'étais pas là pour toi, se blâma-t-il tout bas.

— C'est faux… Tu étais là. Tu m'as empêchée de perdre pied.

— Il a pourtant réussi à t'atteindre

— Pas autant qu'il l'aurait voulu puisqu'il s'est reçu un pain.

Il réussit à sourire.

— Ça, c'est ma femme. En fait, je faisais référence à ce qu'il t'a dit.

Bien évidemment, les mots que Lucifer m'avait dits pouvaient être bien plus blessants que sa tentative de morsure. Mon regard se déroba.

— Tu crois que c'est possible ? Que l'accident de mes parents ait un lien avec elle ?

— J'ai du mal à croire qu'un vampire aussi connu, qui fait preuve d'une discrétion pour le moins exemplaire depuis quatre cents ans, se rende coupable d'un tel accident avant de disparaître à nouveau.

Dit comme ça, l'aberration des propos de Lucifer semblait limpide.

— Oui... C'était probablement une manière de me manipuler.

— Il a toujours procédé ainsi... Tu ne dois pas te faire piéger par ses déclarations.

J'acquiesçai silencieusement. Jugeant que nous avions suffisamment gaspillé d'eau, il bougea et je me redressai sur mes jambes. Lucas alla chercher une grande serviette dans ses tiroirs et la déploya pour m'emmailloter dedans. Avec ses vêtements trempés, il était celui qui dégoulinait le plus mais cela ne sembla pas le perturber. Il passa une main derrière mes genoux et me porta dans ses bras. Je le laissai faire, m'interdisant le moindre mouvement lorsque nous traversâmes le petit palais. Je craignais, en effet, de faire tomber ma serviette alors que de nombreux vampires surveillaient les lieux. Discrets, ils baissèrent la tête sur notre passage. Je compris que même si je me baladais à poil devant eux, l'envie de porter un regard vers moi leur était prohibée. Une fois dans notre chambre, l'ancien archange m'installa dans le lit et commença à ramener la couverture sur moi.

— Mais, ne sommes-nous pas attendus ?

— Pour ?

— Eh bien… Les combats sont-ils toujours en cours ?

— La mise en déroute des vampires qui s'en sont pris à Maximus et Violaine a fait s'effondrer toute envie de rébellion. Ils sont en train de se replier et de s'éparpiller.

— Mais, ne devons-nous pas parler de ce qui s'est passé avec Gaël ? Lucifer…

— J'estime que tu as suffisamment fait pour ce soir, me coupa-t-il. Demain nous ferons le point avec Gaël.

Il eut vite fait de se débarrasser de sa chemise et du reste de ses vêtements. Son somptueux corps encore luisant, il pénétra dans le lit et, curieusement, j'en oubliai mes questions. Mes pulsions me rappelèrent ma condition et notamment que j'avais perdu une certaine quantité de sang sous la douche. Lucas s'aperçut de mon état et s'allongea auprès de moi de telle sorte que je puisse accéder facilement à son cou. Je plongeai une main dans ses cheveux et l'amenai un peu plus vers moi afin de le mordre juste au niveau de sa carotide. Son nectar jaillit dans ma bouche et je me sentis mieux dès les premières gorgées. Il ne bougea pas puis, lorsque j'eus fini, se réinstalla à mes côtés. Ma tête reposait sur son bras, mon ventre était collé au sien et ma jambe repliée sur sa hanche. À la lumière tamisée et orchestrée par nos lampes de chevet, nous nous observâmes. Ses yeux prenaient une teinte bien plus profonde qui me rappelait la couleur de la mer lors de mes plongées sous-marines. Il ne semblait pas du tout enclin au sommeil et me détaillait comme s'il cherchait une réponse à la question qu'il n'osait pas poser.

— Tu doutes encore ? osa-t-il.

— Je ne cherchais pas à prouver quoi que ce soit cette nuit. J'ai fait ce qu'il fallait pour sauver tout le monde, c'est tout.

Ses yeux empreints de douceur surmontaient un sourire satisfait qui venait d'apparaître.

— Bien évidemment, comme tu l'as toujours fait.

— Comment ?

— Je te l'ai déjà dit. La place de monarque ne s'acquiert pas par la violence. Tu penses bien qu'avec le temps, beaucoup ont essayé de s'approprier le trône par la force, ça n'a jamais marché. Ceux qui peuvent prétendre à ce rôle sont ceux qui sont reconnus comme des protecteurs par leurs semblables. Ce que tu as fait cette nuit, c'est ce que tu fais naturellement depuis que je te connais, vis-à-vis des vampires, des humains... et même des chasseurs.

Il considérait encore les chasseurs comme une race à part entière. Donc si je résumais, j'avais fait exactement ce que tous attendaient d'un monarque.

— Un protecteur... Ton frère a vraiment tenu ce rôle ?

— C'étaient des temps sombres où les vampires se multipliaient de manière exponentielle. À cette époque, Michel et moi n'étions pas adaptés pour gérer ce fléau qui frappait l'humanité. Notre existence menaçait d'être révélée alors même que notre race naissait. Lucifer et Lilith se sont glissés dans cet engrenage, enrayant sa mécanique et s'imposant aux yeux de tous comme les garants de notre destinée.

Alors même que j'apprenais l'existence du trône des vampires, Gaël m'avait dit que son frère avait eu un rôle dans la préservation de la vie sur terre. Je comprenais mieux ce qu'il avait voulu me dire maintenant.

Même si le fait d'envisager cet avenir me tourmentait, je ne pouvais nier ce qui s'était passé cette nuit. J'avais résisté à la soumission d'un archange, je l'avais même frappé. Envahie par la colère, j'avais assujetti deux vampires sans en avoir conscience. Quelque chose était en cours en moi, une évolution contre laquelle je ne pouvais rien et qui me rendait l'égale d'un chef de clan. Laisserais-je cette capacité inutilisée ? Ou m'en servirais-je pour, comme lui, porter secours à ceux qui aspirent au droit de vivre en paix sur cette planète. Naturellement, ce choix je l'avais déjà fait en le choisissant.

— J'ai peur, mon amour, avouai-je. Et si... et si je faisais une connerie monumentale qui plonge le monde dans le chaos ?

Son corps fut parcouru de soubresauts et il éclata de rire. C'était le plus beau son que j'avais jamais entendu, donc je n'étais pas vexée en attendant qu'il se reprenne.

— Ça n'arrivera pas, parce que ce monde a survécu à bien pire qu'Élizabeth Gauthier.

Sa plaisanterie eut au moins l'avantage de me détendre et je laissai même échapper un petit gloussement. Il resserra ses bras autour de moi et déposa un baiser sur mon front. Je fermai les yeux et me laissai aller contre lui où le sommeil me prit rapidement.

Beaucoup de sujets de discussion nous attendaient le lendemain, mais celui qui préoccupait l'ensemble des convives était les propos qu'avait tenus Lucifer. Gaël et ses enfants nous rejoignirent dans le grand salon de la Casina Valadier. Ils avaient déjà fait leur rapport aux deux archanges la veille, mais Violaine avait tenu à m'expliquer ce qui nous avait amenés à nous battre les uns contre les autres. En effet, Lucifer était le commanditaire de ce plan visant à atteindre ses neveux et se servir d'eux pour infiltrer le siège du clan de Rome. Ils n'avaient même pas eu le temps d'être surpris de voir leur puissant oncle face à eux, car tout avait basculé rapidement. Il n'avait aucun respect pour les membres de sa propre famille... Enfin, vu comment il agissait avec Lucas, je ne devrais pas m'étonner. Les deux vampires qu'il avait recrutés pour l'aider à agir étaient toujours en fuite mais je doutais qu'ils survivent, car en plus des clans d'Italie, ceux d'Autriche et de Croatie les attendaient à la frontière.

Nous arrivâmes vite sur notre sujet principal et ce fut Lucas qui livra ses premières conclusions :

— J'étais persuadé que tu étais victime d'un nouveau genre de possession, ni partielle, ni complète mais plutôt « parfaite ». Une possession insidieuse difficilement compréhensible dont je n'arrive pas à trouver la trace en toi... Mais il n'en est rien. Une possession laisse sous-entendre que l'agresseur agit à distance et ne peut rien faire d'autre que se concentrer sur sa victime. Or, si ce qu'il dit est vrai, elle orchestrerait tout de l'intérieur tout en vaquant à ses occupations ailleurs.

— Mais maintenant que l'on sait ce que c'est, tu peux la trouver ? demandai-je inquiète. Je veux dire... Tu pourrais chercher une âme dans une autre âme, en l'occurrence la sienne dans la mienne ?

Lucas réfléchit et son visage sembla se crisper au fur et à mesure.

— Il faudrait...

Sa voix se tut et il secoua la tête. Visiblement, ses conclusions ne le satisfaisaient pas. J'allais le presser de m'expliquer quand Gaël prit la parole.

— Il s'agirait plutôt de « pénétrer » une âme dans une âme.

J'essayai de m'imaginer ce que cela représentait. Lucas avait déjà pénétré mon esprit et s'il réitérait ce geste alors qu'il était déjà en moi, cela nous mènerait peut-être à la deuxième âme présente dans mon corps. Obnubilée par mes pensées, je ne m'étais pas aperçue que l'ensemble des personnes présentes autour de moi avait retenu leur respiration depuis l'intervention de Gaël.

— Oui, ça me semble bien ! Faisons ça ! lançai-je, prête à dégainer mes mains pour les donner à Lucas.

Ce dernier rejeta en bloc cette idée.

— Il est hors de question que l'on fasse ça !

— Quoi ? C'est pas la première fois que tu te balades dans mon esprit, parfois même sans mon autorisation.

— Plonger plus profondément à l'intérieur d'une âme nous ferait atteindre les niveaux de ton subconscient. Une zone sombre sur laquelle nous n'avons aucune emprise, pas même toi. Nous ne savons pas ce que l'on peut trouver en faisant cela : peut-être Lilith ou peut-être autre chose…

— Autre chose ?

Il baissa les yeux, me cachant son embarras.

— Des regrets, des rêves oubliés. Lorsque l'on pénètre trop profondément dans une âme, celle-ci peut se perdre dans une réalité idéale… et ne plus jamais revenir.

— Comment ça ? insistai-je sans comprendre. Il suffit de m'en sortir.

— Je ne peux me manifester comme je le veux dans le subconscient d'une personne. Je suis impuissant. Si ton âme ne souhaite pas revenir, je ne pourrai rien faire.

— Mais pourquoi ne voudrais-je pas revenir ? Qui voudrait vivre dans un rêve, quelque chose de pas réel ?

Cette fois, il ne répondit pas. Son regard reflétait la mélancolie et la culpabilité, des émotions qu'il montrait rarement sauf lorsqu'il s'apprêtait à m'annoncer une atrocité. J'eus peur de comprendre.

— Sur qui as-tu utilisé ce pouvoir ?

Il garda le silence, bien décidé à ne rien me dire de plus. J'en conclus qu'il s'agissait d'un fait qu'il aurait voulu me cacher. S'agissait-il de regrets en lien avec lui ? De rêves qu'il aurait souhaité vivre ? Le terrible souvenir de la découverte de ses sentiments pour Lilith refit surface et je m'apprêtais à le relancer sévèrement.

— C'était sur moi…

Tous les regards se posèrent sur la personne qui venait d'avouer : Gaël. Mon souffle resta bloqué tant le choc était grand. De tous, il était celui qui incarnait la constance et l'infaillibilité. Une expression douce sur le visage, il semblait accepter le jugement que je lui portais silencieusement. Violaine s'approcha de son père et serra sa main. Elle et son frère semblaient parfaitement au courant de ce qu'avait vécu l'ancien archange. Tels des piliers, ils l'encadraient et l'épaulaient, prêts à le soutenir s'il montrait le moindre signe d'effondrement. Tout me fut alors clair et j'eus honte d'avoir été aussi présomptueuse.

— Parfois, la réalité est simplement trop dure, se justifia Gaël.

— Je… je suis désolée. Je n'aurais pas dû…

J'étais pourtant bien placée pour savoir à quel point l'envie de retrouver des êtres chers perdus pouvait être plus forte que tout. Il n'avait rien pu faire pour sauver son épouse, la mère de Max et

Violaine. Or, pour un vampire, perdurer sans amour dans l'éternité pouvait conduire à la folie destructrice ou une détresse immense se concluant par un suicide. Dans ces conditions, comment pouvais-je porter un jugement sur lui ? *Il voulait simplement la retrouver de quelque manière que ce soit.*

— OK, pas de voyage dans le subconscient, me résignai-je. Que fait-on alors ?

Lucas reprit le cours de ses réflexions.

— Nous n'avons aucune idée du mode de fonctionnement de ce pouvoir. En plus d'avoir du mal à concevoir le fait qu'une âme puisse se scinder en deux et survivre, le processus qui permet de l'insérer dans une personne ou un objet m'est tout aussi obscur.

— Un contact physique serait une condition *sine qua non,* si l'on se fie à certains pouvoirs de possession, avança Max.

Le mécanisme du pouvoir du diapason, dont j'avais été victime, fonctionnait en effet de cette manière– même s'il ne s'agissait pas vraiment d'une possession mentale à proprement parler.

— C'est fort probable…

Cette fois ce fut moi qui fus le centre de l'attention. Mal à l'aise d'être ainsi scrutée par quatre somptueuses créatures, je m'éclaircis la gorge. Leur question sous-jacente était évidente.

— Euh… Est-ce que j'ai déjà rencontré la reine des vampires ? Je ne crois pas, non… En plus, étant l'héritière de la principale famille des Pionniers, on me surveillait comme le lait sur le feu jusqu'à il y a peu…

Ma réponse était quelque peu décevante mais bien vraie. D'ailleurs, il y avait quelque chose d'important à conclure sur ce fait.

Lorsque j'ai quitté le monde de l'enfance, la surveillance des Pionniers s'était naturellement relâchée comme celle de tous mes camarades. J'avais alors été agressée, laissée pour morte puis transformée en vampire… Bref, je devais avoir un karma pourri dès le départ. Quoi qu'il en soit, pour en revenir au sujet actuel, j'avais eu le temps de me familiariser avec le visage de Lilith lors de mes nombreux rêves. Si j'avais déjà vu cette femme, je m'en souviendrais.

— Si l'âme de l'ancienne reine t'habite depuis un certain temps, cela peut expliquer pourquoi tu as pu te stabiliser aussi vite, réfléchit Gaël. Toute son expérience t'est dévolue, que ce soit pour la maîtrise des langues ou bien d'autres choses…

Ces propos éclairaient en effet une zone d'ombre qui perdurait depuis ma transformation. Ce qui m'amena à penser que si j'arrivais à me débarrasser de cette seconde âme en moi, je perdrais peut-être tout ce qu'elle m'avait apporté… Cette idée me plongea dans un désarroi immense. Je n'avais jamais été un vampire sans la présence de Lilith. Quel genre d'immortelle je serais sans elle ? Arriverais-je à côtoyer encore mes amis et ma famille ? Pourrais-je encore jouir de moments intimes avec Lucas ? J'avais l'impression de faire un énorme pas en arrière.

Alors que je me perdais dans cet amas de déceptions, Lucas reprit:

— Bon ! Force est de constater que malgré ces informations supplémentaires, il nous est toujours impossible de retrouver Lilith ou même de déjouer son pouvoir. Le nouveau plan est donc l'ancien plan : on attend qu'elle se manifeste et se mette à découvert. C'est pour cela que tu t'es entraînée pour la défense mentale.

Cachant mon désarroi, j'acquiesçai silencieusement. Dans la

situation actuelle, nos entraînements éreintants étaient devenus de doux souvenirs. Ce fut d'ailleurs lors de ses nombreux passages dans mon esprit qu'il avait scellé mon pouvoir sur ma demande. Préférant mettre mes angoisses de côté, je choisis de me focaliser sur le moment présent.

— Tu vas devoir tout de même pénétrer mon esprit aujourd'hui.

Mon petit ami comprit à tort que je m'entêtais.

— Liza, je ne…

— Je veux que tu libères mon pouvoir.

Il eut une réaction à laquelle je ne m'attendais pas. Son visage se crispa, montrant plus une hésitation qu'une réjouissance. Je croisai les bras, stupéfaite.

— Je pensais que ça te semblerait une bonne idée.

— C'en est une… Mais c'est également une source de danger pour toi.

Cette fois, j'étais carrément outrée. *Il est sérieux ! Après la nuit que nous venons de vivre, il hésite parce que j'ai une ou deux fois pris des initiatives risquées.* Bon, il m'avait plusieurs fois récupérée en mauvais état, mais je m'en étais toujours sortie.

— OK… Je te promets de ne pas entreprendre plus de deux actions suicidaires par jour.

— Zéro serait le mieux.

— Tu es dur en affaires…

— Sérieusement !

— OK ! Je te promets de tout te dire !

Notre échange animé attira l'amusement de Gaël et ses enfants. Je tendis mes mains vers l'ancien archange qui, pris au dépourvu, m'observa perplexe. Il pensait peut-être que nous allions programmer cela après le dîner.

— Tu es sûre ? vérifia-t-il plus calmement.

Finalement, sa réticence était compréhensible. Si je lui avais demandé de le sceller, c'était bien parce qu'il était source d'une grande souffrance. Je ne parvenais pas à couper les ponts avec Paris, car la moindre vision me rappelait sans cesse que ma place n'était pas à mille lieues de la capitale. Je voyais tout : l'incompréhension de mes amis que je laissais tomber, la détresse de Julie qui avait l'impression d'avoir failli, la fatigue de Tristan qui, depuis mon départ, semblait ne se complaire que dans la chasse aux monstres. Je ne voulais pas revivre cela mais je n'avais plus vraiment l'impression de prendre une décision pour moi seule. Mon pouvoir pouvait être au service de tous et surtout de Lucas. C'était mon seul assouvissement à l'heure actuelle.

— Oui, fais-le, insistai-je.

Mon assurance le décida et il fit un signe de tête à son frère qui acquiesça.

— Nous veillerons sur vous le temps de votre absence.

Satisfait, Lucas se positionna devant moi et s'apprêta à prendre mes mains quand mon portable sonna dans ma poche. Je le pris et fut légèrement surprise de voir le nom d'Émilie sur l'écran. Cela faisait un certain temps que je n'avais plus discuté avec elle, et elle devra encore attendre. Je me débarrassai de mon téléphone et me promis de l'appeler quand j'en aurais fini avec ça. Je revins vers mon petit ami. Nos mains s'unirent, nos fronts se posèrent l'un contre l'autre et je tombai.

Je retrouvai, avec un brin de nostalgie, cet endroit que nous avions côtoyé pendant des mois : un lieu ressemblant à ma chambre. Lucas, lui-même, devait le connaître aussi bien que moi. Il se matérialisa à mes côtés et me demanda aussitôt :

— Tu te souviens de la porte ?

— Oui.

— Bien. Amène-moi à elle.

J'obéis, faisant remonter le souvenir de chaque détail ornant la porte qui renfermait mon pouvoir. Elle était immense, en bois blanc et à double battant. Son sommet avait la forme d'un arc brisé pointant vers un ciel vide, sans étoile ni nuage. Des vitraux aux couleurs chaleureuses ornaient le centre de chaque panneau. Les charnières et autres décorations métalliques étaient en or. Perdue au milieu d'un océan obscur, il n'y avait nulle pièce derrière. Elle était la personnification de ce qui est enfermé ou mis sous clé. De lourdes chaînes argentées l'encerclaient, la maintenant close. Lucas s'avança et en attrapa une. Elles lui appartenaient, représentant le sceau qu'il avait apposé en moi. Le vampire n'avait plus qu'à défaire cette prison qu'il avait construite sur ma demande.

— Lorsque la porte s'ouvrira, je ne sais pas comment réagira ton pouvoir… Il pourrait bien être plus productif que d'habitude.

— Tu veux dire… Il va rattraper tout ce qu'il n'a pas pu exprimer durant le temps où il était scellé ?

— Peut-être. Je vais rester avec toi, au cas où je devrais intervenir.

Il s'attendait à ce que je souffre. Si mon pouvoir devait réagir ainsi, autant crever l'abcès tout de suite.

— C'est bon. Tu peux y aller.

Il tira. Les chaînes glissèrent les unes sur les autres avec un cliquetis strident jusqu'à ce qu'elles se dénouent et s'échappent. Ce fut à mon tour. Je pris une grande inspiration et imaginai que la porte s'ouvre. Les deux battants ne bougèrent pas. Au fond de moi, j'hésitai encore. Elle ne s'ouvrirait jamais dans ces conditions. Bon, ce n'était pas comme si j'avais cru que ce serait facile. Lucas me fit un signe de tête encourageant. Il ne m'aurait pas emmenée ici s'il pensait que je n'étais pas prête. Je listai tous les bienfaits de mon pouvoir et pourquoi je ne pouvais continuer sans lui. Ce ne fut pas compliqué vu des récents événements. J'avais peur d'être de nouveau une victime de mes propres visions mais je craignais encore plus de perdre un proche sans n'avoir rien pu faire. De nombreux risques ont été pris parce que je n'étais pas en mesure de prédire l'arrivée des vampires renégats et l'attaque de Lucifer. La haine que je portais au frère de Lucas m'arma d'une nouvelle détermination. J'aurais besoin de mes visions pour le contrer, lui ainsi que son épouse et, surtout, savoir si ce qu'il avait dit sur l'accident de mes parents était un mensonge. Je levai les bras et ordonnai l'ouverture de la porte. Celle-ci se débloqua d'un coup. Les lourds panneaux de bois basculèrent et un flot d'images se déversa sur Lucas et moi.

En effet, mon pouvoir fut productif car il me montra des événements du futur, du présent et du passé.

Paris était la proie d'un chaos orchestré par des affrontements entre vampires. Les membres du clan de Joachim luttaient contre des ennemis venus d'Orient. Les chasseurs participaient à certains combats et pourtant de nombreux amis ne pourraient être sauvés.

L'image de Camille s'effritant avant d'exploser en poussière fit hurler Élizabeth.

— *Je t'offre cette perle de sagesse,* prononça une voix en langue indienne.

Rien ne semblait pouvoir apaiser l'envie de destruction qui l'habitait au moment où elle fit face à deux jeunes vampires femelles responsables de la disparition de son amie.

Les images s'envolèrent pour laisser place à un environnement bien plus calme. Émilie était dans sa chambre. Fébrile, elle tenait son portable dans sa main. Son attention était tournée vers les bruits de l'autre côté de sa porte. Les voix agitées de ses parents retentissaient depuis leur salon mais aucun d'eux ne semblait vouloir monter à l'étage pour venir vérifier ce qu'elle faisait.

La jeune fille revint vers le centre de la pièce et chercha le numéro d'Élizabeth. Son doigt se figea cependant au-dessus de l'écran tactile. Les secondes passèrent où elle tentait d'étouffer ses pleurs, puis elle se força à prendre une décision. Émilie appuya sur l'écran et porta, tremblante, le téléphone à son oreille. La sonnerie retentit inlassablement sans jamais laisser place à la douce voix de sa meilleure amie. La porte de sa chambre s'ouvrit brutalement et la belle métisse raccrocha. Le visage de M. Leroy se déforma sous l'effet de la colère.

— *Qu'est-ce que tu fais ? ! Je t'interdis de lui parler ! Quand vas-tu le comprendre ? ! Oublie-la ! Elle est morte !*

Il confisqua le portable de sa fille et continua à la sermonner.

Une dernière fois, les images se brouillèrent et donnèrent une sensation de déjà-vu. Élizabeth était tellement frustrée. Il ne s'agissait pas de colère, elle ne savait tout simplement pas comment réagir à ce que venait de lui annoncer Pierrick.

— *Pourquoi tu gâches tout ? !*

— *C'est le temps que je passe avec toi à faire semblant que je ne ressens rien qui est du gâchis !*

Elle ne voulait pas en entendre plus. Ses bras saisirent son manteau et elle l'enfila brusquement.

— *Finalement, je vais aller à cette soirée. Tu viens ?*

Elle lui donnait une chance de pouvoir effacer cet instant, de revenir sur sa déclaration et de recommencer à zéro. Le garçon était stupéfait de sa réaction et étouffa la remarque acerbe qu'elle méritait. Amer, il secoua la tête.

— *Non, je n'ai plus vraiment envie de sortir ce soir.*

Plus tard dans la nuit, alors qu'elle se déhanchait au milieu des corps qui s'agitaient sur une batterie, elle essaya d'oublier le regard de son ami dans lequel s'était lue la déception. Malheureusement, la dose d'alcool qu'elle avait déjà ingurgitée était probablement trop faible. Elle s'accouda au bar et attendit que le serveur la voie. Un gars l'interpella alors pour lui proposer son verre. Un sourire accrocheur aux lèvres, elle accepta et porta le cocktail à sa bouche. Face à elle, l'air satisfait du mec lui donna des sueurs froides.

— *Il y a quoi dans ta merde ?* insinua-t-elle en désignant le verre sans le boire.

— *De quoi t'hydrater... C'est bien pour ça que t'es là.*

Elle réagit plus vite qu'elle ne réfléchit. La décoction bizarre termina sur la chemise de son ancien propriétaire.

— *Oh ! Pardon !* lança-t-elle d'un air faussement désolé . *Tu veux que je me retourne pour que tu puisses préparer à nouveau ton mélange de pervers ?*

Un éclair de rage traversa le regard de l'inconnu qui ne pouvait que constater l'énorme tache nauséabonde sur sa poitrine.

— *Espèce de...*

— *Hé ! Tu lui veux quoi ?*

David se posta à ses côtés et d'autres fils des Pionniers se levèrent de leur chaise prêts à intervenir si le gars persistait à chercher les problèmes. Ce dernier évalua la situation, qui n'était pas formidable, et s'énerva d'autant plus. Un de ses amis attrapa son épaule pour l'éloigner.

— *C'est bon, viens !*

— *Putain de gosses de riches,* insulta l'inconnu avant de se détourner.

Imperturbable, David l'invita à les rejoindre mais Élisabeth déclina. Cet incident l'avait plus troublée que ce qu'elle laissait paraître. Elle s'était mise en danger sciemment, mettant ainsi à mal la confiance que ses parents lui portaient. Elle avait honte.

— *Je vais rentrer,* annonça-t-elle à David.

— *Déjà ? Si tu veux, tu peux venir faire une pause chez moi.*

Encore pire, pensa-t-elle. Son attitude devait tellement se rapprocher de ses coups d'un soir, qu'il avait cru qu'elle le suivrait docilement. Elle refusa et se dirigea vers la consigne pour récupérer ses affaires. La demande de David n'avait pas arrangé son état d'esprit. Elle ne se sentait pas en sécurité et n'avait confiance en personne autour d'elle. L'idée de joindre Pierrick lui vint mais il n'y avait pas plus mauvaise idée que celle-là dans son état. Avant qu'un des garçons l'observant à l'entrée de la boîte de nuit vienne la voir, elle se résigna à appeler son père. Il répondit au bout de la deuxième sonnerie.

— *Papa... Tu... Tu peux venir me chercher ?*

Sébastien s'inquiéta et elle répondit à ses questions.

— *Non... Non mais je ne me sens pas de rentrer avec quelqu'un d'autre. J'aimerais que ce soit toi. Je... Je ne suis pas chez Émilie... je suis désolée, je t'ai menti.*

Le ton de son père monta mais quoi de plus normal. Elle répondit à ses questions puis quand il eut sa localisation, il lui lança un ultime ordre.

— *Oui, j'attends à l'intérieur.*

Lorsque la voiture de son père arriva, elle la rejoignit avec un mélange d'appréhension et de soulagement. Mais quand sa mère sortit de la place passager pour l'accueillir, ce fut la culpabilité qui l'envahit. Alice semblait déçue de l'attitude de sa fille mineure. Mais maintenant qu'elle la voyait saine et sauve, elle afficha un visage complaisant. Finalement ses parents étaient rassurés qu'elle ait choisi de les appeler plutôt que de suivre la mauvaise personne. Ensemble, ils prirent le chemin de la maison, puis la voiture vira brusquement et partit en tonneaux. Élizabeth fut malmenée violemment et sa tête rencontra la vitre mais ce fut la chute dans le vide suivie du choc brutal du véhicule rencontrant la surface du fleuve qui la fit basculer dans le néant.

Le courant emporta la voiture sous le pont Alexandre III, loin des regards terrifiés des passants qui hurlaient et se penchaient sur la large balustrade en pierre. Alice était également inconsciente et seul Sébastien se débattait encore avec sa ceinture. L'habitacle était penché vers l'avant et se remplissait d'eau quand quelque chose atterrit sur le coffre. Quelqu'un semblait se déplacer sur la carcasse encore émergée et brisa la vitre arrière avec la seule force de son poing. L'inconnu observa Élizabeth avant d'arracher sa ceinture. Il voulut passer un bras autour de son corps pour l'extirper de cette prison d'acier quand Sébastien le retint. Les deux hommes se jaugèrent, sachant pertinemment qu'aucun des deux n'était en position d'abandonner. Sébastien Gautier avait usé de ses dernières forces pour lancer sa main vers les sièges arrière et éviter à sa fille une destinée peut-être bien plus cruelle. En effet, l'héritier des Pionniers connaissait pertinemment l'identité de l'intrus. Sa force et sa beauté étaient inhumaines, car c'était ce qu'il était. Quelques-unes de ses boucles de cheveux sombres et mouillées retombaient devant un regard bleu brillant presque envoûtant. Il était l'un des plus puissants vampires et le plus controversé. Lucifer ne bougea pas. À l'image de la mère de la jeune fille, il savait l'humain condamné et ne comptait pas user de la force contre lui. Sébastien était tourmenté par un dilemme pire que la mort. Les secondes se ralentirent tandis que l'eau montait petit à petit. Déchiré par sa propre impuissance, il relâcha finalement la pression sur le bras de Lucifer. Aucun mot ne fut échangé mais le vampire devait reconnaître l'intensité du regard de ce père qui n'avait plus rien à offrir à sa fille, sauf cette chance de vivre. L'immortel passa son bras autour du corps de la jeune femme et la tira hors de l'habitacle. La portant sur son épaule, il bondit et s'accrocha à l'une des voûtes du pont afin de rejoindre le quai sans être vu. Derrière lui, la voiture venait de disparaître sous la surface. Il allongea Élizabeth, qui ne donnait aucun signe d'éveil, et l'étudia. Quelque chose semblait l'intriguer chez elle. Soudain, il se pencha et caressa son beau visage meurtri.

— *Lilith.*

Les yeux de la jeune femme papillonnèrent comme répondant à son appel avant de se refermer définitivement.

De retour à la réalité, je dévisageai Lucas. L'ancien archange semblait autant choqué que moi mais je ne pouvais le croire. C'était bien trop énorme pour qu'il ne soit pas au courant.

— Tu... Tu le savais ? demandai-je d'une voix tremblante.

— Non...

La rage monta en moi, persuadée qu'il me mentait. Je repoussai ses mains.

— Lucas !

— Non ! répéta-t-il avec plus d'aplomb. Non, je n'en savais rien !

Il s'empara de mon visage afin de me retenir alors que je cherchais à le fuir, et il posa son front contre le mien.

— Vois en moi, mon amour. Je te promets que c'est la stricte vérité.

Ses pensées ne semblaient pas en contradiction avec ce qu'il avançait. S'il tentait de me cacher quelque chose dans cette situation, son esprit serait forcément perturbé, si bien que son pouvoir se manifesterait de lui-même, me révélant les secrets qu'il cachait. Mais il n'en était rien. Son emprisonnement se fit plus doux au fur et à mesure que je me relâchais. Ses mains caressèrent mes cheveux et mon corps, bientôt secoué par des soubresauts incontrôlables, se laissa aller contre lui et j'éclatai en sanglots. Ses bras s'enroulèrent autour de moi et me serrèrent si fort qu'ils m'empêchèrent presque de trembler. Pourtant, je ne parvenais pas à oublier le visage torturé de mon père. Il était probablement mort en étant tourmenté par la culpabilité de m'avoir laissée à la pire créature qu'il soit. Savoir cela me provoquait une immense peine et je ne parvenais pas à l'exprimer correctement tant ma haine envers Lucifer était grande. Il avait été là. Je ne l'avais pas vu provoquer l'accident mais il avait dû assister à la scène, et il avait laissé mes parents périr dans cette voiture. Oui, j'aurais voulu pleurer mais j'avais bien plus envie de tout brûler autour de moi. Finalement, le fait que Lucas me maintienne si fort contre lui avait peut-être une autre raison.

— *Essaie de te reprendre*, me conseilla-t-il à travers son lien. *Dans ton état, tu pourrais faire du mal sans le vouloir à ceux qui sont bien moins puissants que toi.*

Les larmes aux yeux, j'étouffai un grognement dans sa chemise et m'agrippai à lui. L'effervescence régnait autour de nous, mais pas à cause de mon éclat. Gaël terminait une conversation téléphonique tandis que Violaine décrochait son portable pour échanger. Max avait disparu.

— C'était Joachim, comprit Lucas lorsque son frère vint vers nous.

— Une armée de vampires venant d'Orient a profité du désordre en Europe pour contourner la route de la soie et s'infiltrer en France par le détroit de Gibraltar.

Les mots en langue indienne que j'avais entendus dans ma vision me revinrent en mémoire. Le futur semblait déjà à notre porte.

— Où sont-ils ? ! demanda Lucas dont la colère commençait à monter également.

Gaël ne put retenir un rictus.

— Ils atteindront probablement Paris ce soir… Ils sont rapides et leur avancée est facilitée par un jeune vampire doté d'un pouvoir singulier, faisant tout exploser sur son passage. Nous sommes encore en train d'évaluer ce phénomène.

Je n'écoutais que d'une oreille distraite, car mon regard venait de se poser sur mon portable que j'avais laissé non loin de là. Je savais que j'avais raté un appel important. Les Pionniers avaient tout révélé à Émilie, probablement pour l'éloigner de moi. Elle avait besoin de me parler et je n'avais pas été là pour elle. J'émis un gémissement plaintif, prête à larmoyer de nouveau.

Lucas me repoussa et, les mains sur mes épaules, tenta de me faire revenir à l'instant présent en me secouant légèrement.

— Liza, regarde-moi.

Les yeux dans le vague, je n'avais que peu d'attention pour lui. Il s'empara de mon visage pour le relever et réussit enfin à accrocher mon attention.

— Liza, d'abord le futur, d'accord ? Le reste peut attendre pour l'instant.

Le futur.

La vision de la disparition de Camille me hanta. Ces vampires venaient pour nous et, même si nous étions absents, ils n'avaient pas l'intention de repartir sans faire des dégâts en France. Choisissant de me fier à lui, j'acquiesçai, prête à me plier à sa volonté. De toute manière, je n'étais pas en état de décider quoi que ce soit. Il se rapprocha et me fixa intensément.

— Nous rentrons.

Chapitre 8

Lilith observait ses dames de compagnie d'un œil sombre. Son humeur était noire comme la longue robe qu'elle arborait. Sa poitrine était enserrée dans un tissu de soie ajusté grâce à une ceinture étroite. Puis le voilage s'évasait jusqu'au sol, cachant subtilement le corset qui relevait sa généreuse gorge. Des diamants parcouraient sa chevelure coiffée qui laissait une vue agréable sur sa nuque gracile. Rien n'égalait la beauté de la reine si ce n'était sa cruauté.

La porte de l'antichambre s'ouvrit et un vampire entra. Il prit le temps d'observer la curieuse assemblée silencieuse. Au centre, devant la reine, était agenouillée une femme qu'il reconnut. Son assurance vacilla.

— Lord Vermont, nous vous attendions, remarqua Lilith.

L'homme se courba respectueusement.

— Je me suis hâté aussitôt que vous m'avez demandé, Votre Majesté.

La reine balaya son explication d'un revers de main et s'adressa à la vampire prosternée devant elle.

— Depuis comment de temps es-tu avec moi, Aliéna ?

— Bientôt un millénaire, Votre Altesse.

— J'ai un doute… Était-ce beaucoup ou peu ?

La reine posa son regard sur chacune des immortelles l'entourant. La tête baissée, personne n'osa répondre. Alors, elle revint sur Aliéna qui, sentant la rage de son interlocutrice monter, se força à sortir quelques mots.

— Je… Je ne saurais dire, Votre Altesse.

— Oh ! Je me suis peut-être mal exprimée ?

— Non, Votre Alt…

— Était-ce un temps suffisamment long pour que tu te permettes de me trahir ?

Cette fois, elle leva les yeux et croisa le regard funeste de Lilith.

— Votre Altesse ?

La reine se leva de son siège et se dirigea vers la vampire la plus proche, postée à sa droite. Tel un serpent, elle tourna autour d'elle tout en se frottant contre son corps, une main caressant son beau visage, puis ses cheveux de feu.

— J'ai eu vent d'une situation qui m'a énormément déplu. Ainsi vous avez une attirance l'un envers l'autre.

Lord Vermont s'agenouilla précipitamment.

— Votre Majesté…

— Silence ! Morgana, ma chère, me confirmes-tu cette rumeur ? demanda Lilith en caressant la gorge de la vampire qui était entre ses griffes.

Morgana avala péniblement sa salive et dut avouer.

— C'est exact, Votre Altesse.

Un gémissement s'échappa d'Aliéna. Satisfaite, Lilith s'avança vers les coupables qui avaient toujours les genoux au sol. Ils auraient tant voulu esquisser ne serait-ce qu'un regard l'un vers l'autre, mais ils savaient qu'ils précipiteraient leur perte.

— Lord Vermont, mes succubes n'appartiennent qu'à moi et je ne tolère pas le partage, annonça-t-elle avec colère. Quant à toi, Aliéna, tu me forces à commettre un acte que nous aurions tous pu éviter.

— Votre Altesse, je vous promets de ne me donner qu'à vous ! Je suis entièrement à vous ! jura la pauvre Aliéna.

— Vous voir l'un et l'autre sans pouvoir vous toucher est une terrible torture. Je ne suis pas aussi cruelle.

Aliéna sembla perdue devant les intentions de sa reine. Elle tremblait toujours comme une feuille mais avait cessé de pleurer, attendant le verdict. Lord Vermont, lui, ne semblait pas se faire d'illusions. Il garda le silence. Lassée de cette situation, Lilith abrégea. Elle posa sa main sur le crâne de l'homme et tous retinrent leur respiration. Seule Aliéna explosa et d'autres succubes la maintinrent au sol.

— NON !!! Non par pitié !!! Pas lui !!!

— Ne t'inquiète pas, rassura Lilith. Ce ne sera pas long.

— NON !!! pleura la condamnée.

La reine inspira profondément. Ses yeux prirent une profonde couleur pourpre, puis elle lança d'une voix forte et envoûtante.

— J'ordonne !

Sous les terribles supplications d'Aliéna, Lord Vermont s'allongea presque aux pieds de la reine tel un chien cherchant de l'attention.

— Ordonnez-moi, maîtresse ! S'il vous plaît, ordonnez-moi ! pressa-t-il en s'accrochant au voilage de la longue robe.

Lilith caressa tendrement la joue de son nouveau toutou, puis jeta un œil empli de perversité à Aliéna.

— J'ordonne que tu crèves.

Lord Vermont était le plus heureux du monde. Sa maîtresse venait de lui donner un ordre. Il se redressa brusquement.

— Oui, maîtresse !

Il leva son bras, le retourna contre lui et s'arracha lui-même le cœur sous les hurlements de son amante.

Toutes ses histoires de trône étaient en train de me monter à la tête. Si bien que je me faisais du mal en me remémorant des souvenirs déplaisants de l'ancienne reine, alors qu'elle était à l'apogée de son règne. Un véritable dictateur.

— Ça ne va pas ? questionna Lucas, sceptique.

— Mmm ? Oui, ça va… Juste de mauvais souvenirs…

Notre départ et surtout l'organisation de notre arrivée dans des conditions aussi périlleuses avaient pris une journée. Gaël ne pourrait pas nous suivre cette fois-ci, car il était nécessaire de garder sous contrôle la frontière est de la France. Nous ferions donc le voyage avec quelques membres du clan de Rome. La nuit tombait et des vents violents commencèrent à souffler, annonciateurs d'une tempête imminente qui s'arrêterait au nord de la France. Un événement météorologique orchestré par Lucas, afin de déclencher une alerte rouge qui mettrait le département à l'arrêt et forcerait la population à rester chez elle. Alors que nous nous engouffrions sur la passerelle pour monter dans l'avion, j'osai dire à mon petit ami :

— Tu ne veux pas partir devant ? Tu irais bien plus vite avec ton pouvoir.

— Je ne te laisse pas hors de ma portée.

C'était non discutable. Que ce soient les desseins de ce nouvel ennemi, ses mouvements et la manière de le contrer, tout semblait clair dans son esprit. Le temps qu'il a passé avec Joachim et Andrea au téléphone depuis ce matin se comptait en heure. Ainsi, il connaissait l'emplacement actuel de chaque troupe alliée aux abords de la capitale. J'étais restée en retrait mais il avait tenu à ce que j'écoute leur conversation, afin que je m'imprègne au maximum de leur stratégie. Malheureusement, je n'arrivais pas à faire abstraction de mes visions et j'avais par moments été distraite. Ainsi certaines nuances concernant les motivations de ces vampires venus de l'autre bout du monde m'échappaient.

Alors que je m'installai sur un siège, Lucas conseilla un itinéraire de vol au pilote afin que nous évitions au mieux les turbulences lorsque nous serions au-dessus de Paris. Une fois ses directives données il me rejoignit. La longue expiration qu'il poussa lorsqu'il s'installa dans le siège face à moi me fit presque culpabiliser de ne pas lui laisser le moment de répit qu'il méritait.

— Tu sembles persuadé qu'ils n'ont pas la volonté de nous détruire… Comment peux-tu en être aussi sûr ?

À l'inverse des vampires que nous venons de combattre, ceux-ci ne viennent pas des Clans Noirs. C'est une coalition de quelques membres de différents clans officiels qui a pour but d'imposer leurs conditions sur la formation du futur système à naître.

— Des clans officiels peuvent agir de manière aussi provocatrice ?

— Tous ne sont comme celui de Joachim ou de Gaël. Tu verras que chacun possède sa culture, sa tradition et un passé parfois sombre qui leur dicte des actions désespérées…

Une pointe d'amertume ponctua la fin de sa phrase. Ces vampires craignaient qu'il n'utilise la peur pour s'imposer comme roi, car il en avait la puissance, mais ce n'était absolument pas dans ses intentions d'être un tyran. Dans tous les cas, même s'ils étaient dans l'angoisse d'une éternité devenue incertaine, cela ne pardonnait en rien les nombreux décès qu'ils laisseraient sur leur passage. La priorité des vampires de France serait de limiter les dégâts. Bien évidemment, étant issus de clans officiels, ils n'étaient pas dans leur intérêt d'engendrer un massacre qui révélerait notre existence. Aussi, pouvions-nous espérer que les pertes humaines resteraient minimes. Cependant, de nombreux vampires français risquaient de se faire tuer avant le moindre échange verbal en vue d'un apaisement. L'image de Camille se transformant en poussière me perturba de nouveau. Ma vision avait été avare d'informations concernant sa disparition. Je ne savais pas comment empêcher ce futur, car je ne connaissais pas les circonstances de son arrivée. J'espérais que la sagesse de l'ancien archange pourrait m'éclairer.

— Comment mettre en garde Camille ? Je sais que perturber quelqu'un la veille d'une bataille peut lui être fatal mais si je ne la préviens pas, ce que nous avons vu risque bien de se produire. Qu'est-ce que tu en penses ?

— Je pense… Je pense que nulle torture n'est plus grande que celle de savoir où et quand on va mourir.

— C'est vrai, mais je ne peux pas rester sans rien faire.

— Ce n'est pas ce que j'ai dit. Tu ne peux que tenter d'enrayer son avenir par tes propres moyens mais, en effet, le lui dire ne ferait que la troubler et précipiter cet avenir.

J'étais de plus en plus déstabilisée. Cette vision était-elle la conséquence de mon inaction ou bien d'une de mes actions ? J'avais l'impression que, quoi que je fasse, je ne pourrais éviter ce destin cruel.

— Nous pourrions lui demander de ne pas participer aux combats.

Ma voix avait été presque inaudible, comme un enfant n'osant pas demander une permission à la figure d'autorité. Comprenant mon déchirement intérieur, l'expression de Lucas se fit douce.

— C'est l'une des meilleures combattantes de Joachim, mon amour. Elle n'acceptera jamais, tant que ses proches seront sur un champ de bataille.

Je serrais la mâchoire si fort que j'en eus mal. Tout semblait être contre moi, ou contre Camille, et notre seul espoir résidait en ma capacité à voir l'avenir. Ébranlée depuis mes récentes découvertes sur l'accident de mes parents et la situation d'Émilie, je doutai de pouvoir utiliser correctement mon don mais tentai tout de même. Je fis remonter les images de ma vision du futur tout en y ajoutant les informations que j'avais pu entendre depuis, comme les déplacements de nos ennemis et les emplacements de nos alliés. Heureusement, cela suffit à déclencher mon pouvoir.

La grande avenue parisienne avait été désertée par ses habitants. Le vent hurlait de plus en plus et l'imposante porte Saint-Denis offrait un abri à deux groupes se faisant face. Les chasseurs menés par Tristan restaient sur leur garde, alors que les vampires patientaient sagement, presque nonchalamment, les bras croisés dans le dos et la tête haute. Celui qui était en avant du groupe d'immortels toisa le jeune garçon. Il était d'origine asiatique tout comme l'humain se tenant à ses côtés. Ce dernier portait un sabre de samouraï en nithylite dans une main et maintenait agenouillée une jeune femme tremblante de l'autre. Apeurée par les êtres qui l'entouraient, elle n'osait lever les yeux du sol.

— *Appelle ton maître*, ordonna le vampire au chasseur.

— *Je ne suis pas une secrétaire céleste !* le rabroua Tristan.

Se fichant de l'agressivité du mortel, il fit un signe au samouraï qui, d'un geste vif, décapita la jeune femme. Les chasseurs firent un mouvement vers l'avant mais ne furent pas assez rapides. Ils ne s'attendaient pas à ce qu'un humain, portant une de leurs armes, l'utilise contre un de ses propres congénères.

— *Espèce de traître*, insulta Tristan.

Le samouraï nettoya sa lame avant de la ranger dans son fourreau.

— *Tu ne sais rien, mon garçon*, répondit-il était japonais.

Le sang frais se répandit en grosse quantité entre les pavés et certains vampires se jetèrent au sol, affamés. Même s'ils trahissaient également une origine asiatique, leurs vêtements différaient et ils n'étaient accompagnés d'aucun humain, contrairement aux Japonais. Ces derniers attendirent un nouveau signe de leur chef avant de s'avancer vers les immortels s'abreuvant de la dépouille de la jeune femme et de leur arracher le cœur. Certains hurlèrent leur incompréhension avant de partir en poussière sous les yeux déboussolés des chasseurs français.

— *Quelle attitude détestable*, regretta le chef du groupe japonais en évaluant la boucherie qu'avait fait ceux qui avaient pourtant été ses alliés.

— *Mais qu'est-ce que...* bégaya Tristan ahuri.

— *Je répète*, reprit plus fortement le vampire d'origine japonaise. *C'est Gabriel que nous voulons. Appelle-le.*

Je revins à moi. *Merde ! Je voulais des réponses et je me retrouve avec plus de questions !* Ces vampires venaient de zigouiller des membres de leur propre groupe et ils semblaient accompagnés de chasseurs – même s'ils ne devaient probablement pas porter ce titre – qui leur obéissaient. À l'image de Tristan dans ma vision, le trouble devait se lire sur mon visage, si bien que Lucas s'inquiéta :

— Qu'est-ce qui se passe ?

J'aurais bien voulu lui expliquer ce que je venais de voir mais je ne comprenais pas moi-même le déroulé des événements.

— Euh… Alors… Comment dire…

Voyant qu'aucun début de réponse n'arrivait, il me tendit sa main. *J'ai failli oublier.* Heureusement, son pouvoir allait m'éviter de chercher mes mots. Je posai ma main sur la sienne et nos doigts s'entrelacèrent. Je me concentrai pour ressortir avec justesse les éléments de ma vision. Lorsqu'il se les fut appropriés, un rictus déforma ses lèvres. Un commentaire sur ce qu'il venait de voir serait le bienvenu mais, les sourcils froncés, il resta plongé dans une intense réflexion. Nos mains avaient cessé de se toucher, si bien que je n'avais absolument aucune idée de ce qui se passait dans sa tête et ne savais pas comment l'aider.

— Lucas ?

Il s'arracha à sa méditation et daigna me donner des explications.

— Le vampire que tu as vu est Hiroshi Okaido, un puissant général qui mène une troupe de guerriers qu'il a constituée au fils des âges. Avec le chef du clan de Tokyo, ils sont membres de l'ancienne dynastie des Tokugawa mais, venant d'une branche parallèle, il a choisi de s'effacer et de s'occuper principalement des affaires externes au pays. C'est un homme droit et nous avions toujours eu un respect mutuel l'un envers l'autre.

— Tu trouves qu'une personne qui assassine un innocent et trahit ses alliés est digne de respect ?

— C'est bien ce qui me préoccupe. Il n'agit jamais de manière irréfléchie. Se retourner contre ses vampires, il doit le commanditer depuis quelque temps.

Il prit son portable et commença à taper un numéro.

— D'ailleurs, leurs manières de charognards sont typiques de la Corée... Tu as remarqué la différence de culture ?

— Cet Hiroshi est accompagné d'un humain.

— Exact. Chaque vampire japonais a un *nakama*. Un partenaire humain qui partage un même idéal, l'accompagne et le nourrit, le cas échéant. Seigi est le *nakama* actuel de Hiroshi et il porte un sabre en nithylite. Au Japon, la nithylite est manipulée par les humains mais sert aux vampires. Chose que les chasseurs français ne sont pas forcément en mesure de comprendre.

Il mit son portable à son oreille. La personne qu'il cherchait à joindre répondit assez rapidement.

— Joachim, quelles sont vos directives vis-à-vis du Conclave ?

Il actionna le haut-parleur pour que je puisse suivre la communication et la voix de Joachim s'échappa de l'appareil.

— *Nous ne menons pas d'action conjointe. Chacun gère comme il l'entend le terrain qu'il occupe. Les nôtres ont pour ordre d'éviter leurs zones de combats afin de ne pas se retrouver entre deux feux.*

— La négociation ne fait pas partie de leur vocabulaire, et laisser des gamins entrer en contact avec des représentants de clans étrangers alors qu'ils n'ont aucune notion de notre géopolitique n'augure rien de bon.

— *Arnaud garde un œil sur leurs déplacements mais c'est tout ce que nous pouvons faire pour l'instant.*

Lucas prit quelques secondes de réflexion, puis son regard s'arrêta sur moi. Il m'observa, pensif. Dans sa tête, un puzzle devait petit à petit se construire et j'en étais devenue une pièce maîtresse. Perplexe, un de mes sourcils s'arqua. *Qu'est-ce qu'il avait l'intention de me faire ?*

— Cite-moi les zones d'actions des chasseurs et ceux qui leur font face.

Le chef du clan de Paris s'exécuta. La situation ne semblait pas aussi désespérée qu'on aurait pu le croire au départ. Les chasseurs se contentaient majoritairement d'exécuter les immortels qui se retrouvaient isolés de leurs congénères, après s'être confrontés aux vampires d'Andrea. Seul les groupes de Tristan et de Cyril se retrouvaient face à des personnalités importantes. Si mon ancien camarade de classe tentait de démêler les intentions des Japonais, le président du Conclave semblait aux prises des vampires venus d'Inde. L'un d'eux était celui qui possédait ce pouvoir si particulier qui avait permis une percée fulgurante dans nos lignes.

— Dès notre arrivée, j'irai vers Hiroshi et Liza rejoindra Cyril.

J'étais choquée mais je me gardais bien de l'exprimer, alors que Joachim était toujours à l'écoute. *Lui qui m'avait demandé de ne rien entreprendre de suicidaire.*

— *Tu es sûr ? Nous ne connaissons rien de ce pouvoir...*

— Eux non plus ne savent rien de nos capacités.

Le regard ardent de mon petit ami me détailla et je secouai la tête, mécontente.

— *Très bien. J'envoie des personnes supplémentaires pour la soutenir.*

La communication fut coupée et le silence s'installa. Nous nous toisâmes, sachant pertinemment que nous allions au-devant d'une dispute. J'avais fait beaucoup de concessions depuis qu'il m'avait annoncé que j'étais, malgré moi, une prétendante au titre de reine, et me laisser maintenant seule pour gérer des sanguinaires qui étaient justement contre mon accession au trône était bien l'ultime trahison qu'il pouvait me faire.

— Je sais que j'en demande beaucoup, commença-t-il doucement.

Manœuvre d'apaisement intelligente mais insuffisante. Je répliquai froidement.

— Je pensais que je devais rester sage.

— Tu auras des chaperons.

— Ça ne m'avait pas manqué...

— Hiroshi semble vouloir n'échanger qu'avec moi, et Cyril sera d'un bien meilleur soutien pour toi que son fils. Contrairement à lui, il saura te laisser suffisamment de manœuvre à ton arrivée.

— Et je suis censée faire quoi ?! Je... Je suis aussi novice que Tristan en matière de négociation ou d'affaire diplomatique !

— Tu es l'héritière des Pionniers. Tu as baigné dans la politique depuis ton enfance. Tu ne t'en rends pas compte mais tu as de bons acquis dans l'art de la démagogie.

Je sifflai rageusement et détournai la tête. Une main sur ma bouche pour m'empêcher de lui balancer le fond de ma pensée sur ses flatteries, je tentai de me calmer. Après une longue expiration, je repris.

— Comment veux-tu que j'aie une quelconque action bénéfique alors que je ne sais rien sur l'histoire de ma propre race ?

Il se pencha et serra mes mains dans les siennes.

— Je te l'apprendrai au fur et à mesure. Tout ce que je sais, tu finiras par le savoir et bientôt tu auras bien plus de connaissances que moi.

Je souris, gênée. Gaël avait dit que mon pouvoir, en constante évolution, me donnerait accès à plusieurs niveaux de réalité. Je ne comprenais pas encore ce que cela signifiait et, probablement, personne ne saurait le décrire jusqu'à ce que cela se produise.

Mon siège se mit à trembler. Notre avion était en train de pénétrer une zone de turbulences ce qui voulait dire que nous nous rapprochions de Paris. Le temps pressait et je n'avais toujours pas trouvé de solution vis-à-vis de Camille. Même si ce qu'il me demandait de faire ne m'enchantait pas, je n'avais malheureusement pas le choix.

— Et pour l'heure, qu'est-ce que je dois savoir ?

Lucas embrassa mes mains, remerciant une fois de plus ma complaisance.

— Lorsque tu seras auprès de Cyril, il doit te laisser mener les pourparlers. Premièrement, même si une grosse menace plane sur les humains, cela reste une affaire entre vampires. Deuxièmement, en Inde, la coutume veut que les mortels soient offerts en sacrifice aux vampires afin d'apporter la prospérité. Comme dans de nombreux pays, nos deux espèces ne sont pas sur un pied d'égalité. Donc, tu comprendras que les immortels que tu t'apprêtes à rencontrer voient les actions des chasseurs comme une impardonnable insubordination. De plus, et ce qui doit profondément les agacer, ce sont des mortels qui utilisent la nithylite. En Inde, ce métal n'est manipulé que par les vampires et tout humain osant s'approprier ce genre d'arme est puni de mort. Tu devras être très prudente si le combat est inévitable.

Et dire qu'en France, il n'y a rien de plus honteux et détestable pour un vampire que d'utiliser une arme de chasseur. Je craignais qu'un abîme d'incompréhension ne me sépare de ces autres cultures même si elles commençaient à alimenter ma curiosité.

— Comment saurais-je que le combat est inévitable ?

— Tout simplement s'ils refusent ton autorité.

Encore une fois, je soufflai. Devais-je rire à cette blague ou le considérer comme définitivement fou parce qu'il était sérieux ?

— Vraiment ? Il y a une option où ils acceptent mon autorité ?

Il sourit et la chaleur qui émanait de lui me donna des frissons... À moins que ce doux feu vienne de moi. Même si nous étions ensemble depuis un an, il me faisait toujours un effet dévastateur.

— Bien sûr, mon amour. Certes, ce n'est pas une chose qui t'est acquise et tu devras de nombreuses fois prouver ta légitimité. Mais s'il y a quelqu'un qui peut y parvenir, c'est bien toi.

Et c'est moi qui ai des qualités en démagogie ? Je ne pouvais décidément rien lui refuser. Mais je me rassurai en me disant qu'il en était de même pour lui lorsqu'il me permettais d'abuser de sa patience.

— Franchement, qu'est-ce que tu me fais faire... lançai-je en m'écroulant dans mon siège.

Je cachai mon visage derrière mes mains et me frottai les yeux en pensant à tout ce que je devrais subir comme insultes et commentaires dédaigneux avant d'être prise au sérieux. Le poids qu'il me mettait sur les épaules était colossal.

— Tu as de la chance que j'apprécie ta compagnie, marmonnai-je.

— Oh ! Seulement ça ? insinua-t-il.

Sa taquinerie eut au moins le mérite de m'arracher un sourire. Il n'y a pas si longtemps –cela me sembla être une autre vie maintenant –, j'aurais ponctué cet échange intense en m'asseyant sur lui avant de lui arracher sa chemise. Notre petit appartement face à la mer me rendit nostalgique. La vue par le hublot de l'avion était bien moins chaleureuse. Les nuages n'étaient qu'une vaste étendue de fumée noire. Perçait parfois, à travers cette purée de pois, le halo de la Ville Lumière.

Chapitre 9

Sur le tarmac, une voiture nous attendait et, autour, les vampires qui se joindraient à nous. Une vague de bonheur m'envahit en reconnaissant les visages de Yoan, Agnel, Gisèle, Grégoire et Camille. Mon sourire s'effaça lorsque je croisai le regard pétillant de cette dernière. Je détournai légèrement la tête, persuadée que son funeste destin puisse se trahir dans mes yeux. Les membres du clan de Paris vinrent vers nous et s'inclinèrent courtoisement pour nous accueillir. Je retins une exclamation et faillis avaler ma salive de travers. *Mais qu'est-ce qu'il foutait ?!* Je n'osai pas les reprendre et lançai un appel à l'aide à Lucas qui ne broncha pas. *Bien évidemment, pour l'un des plus vieux vampires de cette planète, tout ceci est normal !*

— Comment ça se passe ? voulut-il savoir.

Agnel, son bras droit de longue date, lui fit un bref résumé de la situation.

— Le clan est entré en contact avec la majorité des groupes opposants. Les pourparlers sont tendus. Certains combats sont inévitables mais votre présence ne peut être que synonyme d'apaisement.

Enfin, surtout sa présence à lui. Moi, je risquais de mettre de l'huile sur le feu.

— Je fais confiance aux Anciens pour les canaliser. Nous allons d'abord nous concentrer sur ceux qui sont en confrontation avec les chasseurs. Agnel, tu m'accompagnes. Les autres suivent Liza.

Personne ne contredit son ordre. Plus, personne ne leva le bout d'un sourcil, se demandant si l'ancien archange n'était pas en train de commettre une erreur stratégique. Au contraire, ils s'inclinèrent à nouveau, approuvant sa décision. J'aurais préféré qu'ils s'exclament ou même poussent un petit ricanement lui faisant comprendre l'absurdité d'un tel plan. Il semblerait malheureusement que je sois la seule à penser cela.

Mon petit ami me fit pivoter vers lui.

— *Si tu te sens menacée, appelle-moi. N'oublie pas ce que je t'ai dit.*

Un cours sur la culture indienne dans la société des vampires ne pouvait pas remplacer des millénaires d'existence. Je n'étais toujours qu'une fille de 18 ans. Ma colossale ignorance me faisait peur et il le sentit.

Le vampire mit deux doigts sous mon menton et me força à lever la tête vers lui.

— *Tout ce que je t'ai dit...*

Des souvenirs pas si lointains me parvinrent. Il y a une heure à peine, il m'avait avoué que j'étais bien la seule, à ses yeux, capable de réussir l'insurmontable tâche d'être acceptée comme future reine. Je lui offris un sourire tendu et acquiesçai, lui montrant que j'avais compris. Avant de me quitter, il se pencha et m'embrassa. C'était un baiser ardent. J'ouvris la bouche pour l'accueillir et me laissai volontiers envahir par sa chaleur. Il prenait le temps de me donner du courage et lorsqu'il se retira j'avais presque oublié pourquoi je m'étais sentie mal quelques secondes plus tôt. L'ancien archange n'avait pas besoin de demander à mon escorte de veiller sur moi, il échangea un regard entendu avec eux et s'élança à pied avec Agnel. Leur vitesse les fit disparaître bien vite de notre vue.

Il était temps pour nous de bouger et de partir en voiture. Cela me permettrait de faire le point avec eux tout en étant en mouvement. Yoan prit le volant et je m'assis à côté de lui. Alors que notre véhicule filait vers l'ouest de Paris, je me retournai vers les trois vampires passagers.

— Nous sommes désolés que vous ayez dû écourter votre séjour, s'excusa Gisèle.

Une fois de plus, je ne savais comment prendre cette remarque. Nos discussions avaient toujours été empreintes d'un certain humour même lorsque la situation semblait critique. En l'occurrence, le ton qu'elle venait d'employer était un peu plus grave. J'avais envie de lui dire que nous n'avions pas vraiment de date de retour lorsque Lucas et moi nous étions exilés en Italie. Il fallait bien que quelque chose nous ramène à la réalité.

— Eh bien… Si jamais je vous vois encore vous courber devant moi, je repars aussitôt à Rome.

Ils se déridèrent enfin et je pris le temps d'apprécier de revoir mes amis, ma famille de cœur. Mes pensées dévièrent aussitôt vers Camille qui serrait la main de Grégoire. Avait-elle remarqué que depuis le début je n'osais pas croiser son regard ? Avant de me laisser envahir par le doute et l'inconfort, je me donnai une claque mentale. J'avais le pouvoir d'empêcher sa disparition et j'allais m'en servir. J'imitai Lucas et leur demandai ce qu'ils savaient sur la zone vers laquelle nous nous dirigions.

— Un groupe d'une dizaine de chasseurs menés par le président du Conclave sont entrés en confrontation avec six vampires d'Asie du Sud-Est, détailla Yoan. Nous doutons qu'il y ait eu la moindre discussion, cela a directement tourné au combat. Nos derniers rapports nous ont informés que deux vampires avaient été abattus ainsi que quatre chasseurs.

Concernant ces vampires, leur disparition ne me fit ni chaud ni froid mais c'était différent pour les chasseurs. Savoir que de nombreuses familles allaient être déchirées par le deuil me plongea dans une grande peine.

— Apparemment, un de ces vampires possède un pouvoir assez destructeur.

— Oui.

— Dans ce cas, pourquoi laisser les humains s'en charger ?

— Nous n'avons pas eu le choix. Il semblerait que ce groupe d'immortels avait fait des chasseurs leur cible initiale. En fait, celui possédant ce pouvoir méconnu n'est pas le plus à craindre. Tu verras qu'elle est extrêmement jeune, à peine sortie de l'enfance...

— Seigneur... soufflai-je.

Ma colère montait petit à petit. En plus d'être horrible, transformer un enfant relevait de l'inconscience. Gérer une transformation pour un adulte était extrêmement complexe. Il menaçait plusieurs fois de sombrer dans une folie meurtrière. Qu'en était-il d'un enfant... Un être encore dans l'apprentissage de sa condition humaine ne pouvait donner qu'un vampire instable. Je me promis de réfléchir sérieusement au devenir de cet immortel lorsque je l'aurais en face de moi.

— Quel est celui dont nous devrions nous méfier alors ?

— C'est un collectionneur. Un vampire qui n'a de cesse de vouloir enrichir sa collection d'armes en nithylite. C'est un phénomène plus répandu qu'on ne le croit dans cette région du monde.

Le petit cours que m'avait donné Lucas dans l'avion m'empêcha d'être désarçonnée par ce qu'il venait de dire. Ils furent rassurés sur le fait que j'étais parfaitement au fait des us et coutumes de l'Orient.

— Leurs armes ont-elles des tares pour qu'il veuille s'approprier celles des chasseurs français ? En plus, elles sont faites par des humains et je suis persuadée que les vampires orientaux ont su adapter leurs armes à leur agilité.

Ils restèrent silencieux, me confirmant ainsi que je venais de toucher un point sensible. Notre voiture se rapprochait de Paris et j'allais les presser de me répondre quand Gisèle reprit la parole.

— Ce que nous pensons avoir compris, c'est que sa cible serait plus précisément le président du Conclave, non pas pour sa position mais pour l'arme qu'il manipule. Une épée terriblement connue des vampires. Son nom est *Némésis*.

Je reconnus la même origine que Thémis, le revolver de Tristan.

— Némésis... La déesse de la Vengeance ?

— Elle est surnommée la Déchiqueteuse, renchérit Grégoire gravement. Elle n'a pas sa place en temps de paix. Depuis la Première Guerre mondiale, nul humain ne l'avait sortie de son fourreau.

— Avec Thémis, elle fait partie des deux armes anti-vampire forgées par ton ancêtre lui-même, expliqua Camille. Elles ont subi des améliorations depuis leur création, bien évidemment... Mais aujourd'hui encore, elles sont synonymes de calamité pour les vampires, surtout Némésis.

Les autres l'observèrent brièvement, se demandant probablement si m'avouer l'origine de ses armes leur était permis. Finalement, ils ne lui en tinrent pas rigueur car je n'étais plus considérée comme la cadette du clan.

Ce crétin de Tristan s'était bien gardé de me dire que son joujou était une relique de ma famille. *Il avait même osé me menacer avec ! Mais quel culot !* Quoi qu'il en fût, qu'importait l'histoire de ces armes, les intentions de ce collectionneur étaient claires. Il ne semblait pas être là pour des doléances.

— Némésis ne se sera pas une monnaie d'échange contre la paix. Entre des mains mal intentionnées, ce serait le meilleur moyen de la révoquer, au contraire, décidai-je. Ce qui nous amène à la chose suivante : la confrontation semble inévitable même avec nous. Malgré tout, nous ne devons pas rester fermés à la discussion. Si certains d'entre eux préfèrent se rendre à la raison, nous devons l'accepter.

J'espérais que ma décision avoisinerait celle de Lucas s'il avait été à ma place. Mes amis semblèrent approuver mon jugement, ce qui me réconforta.

— Et concernant ce jeune vampire ? insista Yoan.

— S'il s'avère qu'elle s'est laissée embarquer dans cette malheureuse situation, j'aimerais qu'on lui donne la possibilité de s'en sortir…

— Dis-nous ce que tu souhaites et nous ferons en sorte d'exécuter ton ordre.

— Je… J'aimerais qu'on la neutralise, sans la tuer si possible…

— Très bien.

Cette obéissance était déstabilisante et, heureusement, leur bienveillance me facilitait les choses. Je ne parvenais pas à les voir autrement que comme des amis. De toute façon, mieux valait ne pas considérer mon autorité comme acquise. Les vampires du clan de Paris avaient une attention particulière envers moi, car j'étais un membre de leur famille mais ce n'était nullement le cas des autres clans. Celui de Rome commençait à peine à me prendre au sérieux. J'imaginais bien ce qu'un clan hostile penserait de moi et j'allais probablement en avoir un exemple d'ici quelques minutes. Yoan arrêta la voiture le long du bassin central du Champ de Mars. Une véritable scène apocalyptique se présenta à nous lorsque nous sortîmes de l'habitacle. Ce qui avant était un long pré verdoyant bordé d'arbres parfaitement taillés n'était plus qu'un champ accidenté où les crevasses s'articulaient avec les monticules de terre et de bois dégageant une odeur nauséabonde. Le tout donnait dans un paysage disgracieux et non engageant avec un horizon bouché. C'était à peine si nous pouvions voir le sommet de la tour Eiffel.

Je m'approchai d'un talus formé de résidus d'arbre, d'herbes et d'autres éléments non identifiés en cours de décomposition.

— Comme c'est curieux, commenta Grégoire en observant la même chose que moi.

Je pris une poignée de ce mélange pestilentiel pour l'étudier plus intensément.

— On dirait que c'est putréfié…

Deux choses. Soit les Parisiens avaient déchargé tout leur compost dans le plus grand parc de la ville, soit ce pouvoir méconnu s'avérait être plus complexe qu'un simple don d'explosion comme on me l'avait présenté.

Les échos des combats nous parvinrent et nous nous mîmes en mouvement pour les rejoindre. Escaladant et sautant agilement entre les reliefs, nous découvrîmes l'étendu des dommages et je craignis pour la vie de Cyril. Comment des humains avaient-ils pu survivre à un tel déchaînement de la nature ? Accélérant l'allure, je bondis une dernière fois et atterris souplement devant l'ultime ligne des chasseurs. Aussitôt rejoints par mes compagnons, nous formâmes un barrage entre les mortels et les immortels. Notre arrivée surprit les deux groupes, et les chasseurs, acculés et ne répondant qu'à leur instinct de survie, nous visèrent.

— Repos ! ordonna Cyril en levant le bras bien haut.

Le président du Conclave était presque méconnaissable. Il présentait des vêtements de chasseurs au cuir abîmé, une peau salie, des cheveux poussiéreux, le tout associé à un souffle court qui nous laissait deviner que le combat avait été rude. Nous étions bien loin du temps où nous parlions tous les deux dans son bureau alors qu'il arborait une tenue presque quelconque de bibliothécaire. C'était il y a pourtant quelques mois. Voyant que je le détaillais, il me fit un discret signe de tête reconnaissant. Il était littéralement à bout et aurait volontiers utilisé son arme comme canne si elle ne traînait pas au sol. La lame était sectionnée en plusieurs morceaux reliés entre eux par un câble flexible. Cyril effectua un bref mouvement de poignet et un mécanisme s'enclencha. Le câble se rétracta, rassemblant les morceaux pour leur donner la forme d'une épée dentelée. *Némésis.* L'arme légendaire était souillée du sang de ses adversaires. Vu le nombre restant de vampires dans le rang opposé, je ne doutais pas de la dangerosité de cette épée.

Les immortels n'étaient plus que trois sur le groupe initial de six. Deux femelles se tenaient en première ligne. Celle qui avait l'apparence d'une jeune fille ayant à peine dépassé les 12 ans devait être la détentrice du mystérieux pouvoir. Elle aussi semblait vidée de son énergie, mais la peur que l'on pouvait facilement lire dans ses yeux la poussait à puiser encore et encore dans ses dernières ressources. Quant au troisième, il se tenait en retrait. Un mâle à la carrure imposante dont le corps était recouvert d'un exosquelette en nithylite. Son torse était protégé par une plaque empêchant l'accès à son cœur et ses bras semblaient porter de nombreuses lames. Il était impossible de déterminer la quantité et le type d'armes qu'il possédait tant que l'on n'engageait pas le combat avec lui. À ses pieds, des hommes seulement vêtus de haillons et enchaînés les uns aux autres étaient en train de prier. Leur allure ainsi que leur soumission me firent croire qu'ils étaient des esclaves originaires d'Asie. Avaient-ils suivi les immortels dans leur périple, leur servant de rations de survie ? D'ailleurs le vampire en attrapa un par la nuque et le dévora littéralement. Un frisson de dégoût remonta le long de ma colonne en entendant le bruit des os qui se cassent et de la chair qui se déchire. Finalement les vampires européens étaient empreints d'un certaine « délicatesse » car ils ne se contentaient que du sang. Alors que du liquide pourpre coulait abondamment le long de sa puissante mâchoire, il posa un regard sombre sur moi. Je devinai qu'il ressentait le besoin de se restaurer avant de combattre à nouveau. Dans un esprit de provocation, il jeta le cadavre de l'esclave à moitié entamé et en tua un autre. Ma lèvre supérieure se déforma, laissant entrevoir mes crocs, et je grognai méchamment.

Ce sanguinaire ne semblait pas apte à discuter et n'ouvrait sa bouche que pour manger. Je croisai les regards de mes compagnons et leur donnai le signal pour débuter. Nous commencerions donc par les deux femelles. Ces dernières se redressèrent lorsque Yoan et Gisèle entamèrent lentement leur déplacement. Sans cesser de fixer leurs cibles, les vampires du clan de Paris commencèrent à les encercler. Il n'y eut, pour l'instant, aucun mouvement brusque des deux côtés, sachant pertinemment que la moindre intention malveillante déclencherait le combat. Je voulus faire un pas en avant pour les rejoindre quand Camille me tira en arrière.

— Non. Tu dois rester là.

Je la dévisageais sans comprendre.

— Je veux me battre à vos côtés.

— Nous ne devons pas nous précipiter. Le collectionneur n'a pas encore l'intention de se battre mais il n'est pas aveugle. Nous ne connaissons rien de ses capacités, alors ne lui donnons pas l'occasion d'avoir un doute sur les tiennes.

Bien que cette situation ne me plût absolument pas, abattre toutes nos cartes à notre première attaque pourrait nous condamner. Gisèle devrait probablement dévoiler son pouvoir mais nos ennemis n'avaient aucune notion du mien, ce qui était un avantage. Lucas l'avait également présentée comme tel à Joachim. Cependant, si je ne participais pas, comment pourrais-je empêcher ma vision de se concrétiser ? Camille me dépassa et ce fut à mon tour de la retenir.

— Attends, je... Camille... il faut... balbutiai-je.

L'avertissement de l'ancien archange tournait dans ma tête et me torturait. Il n'y avait pas pire situation pour lui balancer le contenu de ma vision. Tous commençaient à s'interroger sur la cause de mon angoisse, ce qui n'était pas non plus le comportement que l'on attendait de moi. *Que dois-je faire ?*

Je n'osai croiser son regard mais, me connaissant bien, elle comprit que mon pouvoir était la raison de ma détresse et elle posa une main sur mon épaule.

— Je te l'ai déjà dit, Liza... N'essaie pas de tout voir à l'avance, car notre instinct est notre meilleure arme.

Je ne pouvais que m'accrocher à ses mots et lui faire confiance. Cette fois, elle me laissa pour rejoindre le cercle formé par les autres. Lorsqu'ils furent tous en position autour des deux femelles, ces deux dernières répliquèrent. La plus jeune pivota vers son ennemi le plus proche, Yoan, et posa ses mains au sol. La terre se mit en mouvement. D'abord elle s'affaissa, puis se souleva brusquement. Des racines difformes sortirent du sol et grossirent en direction de Yoan jusqu'à exploser devant lui. Le vampire de Paris sauta sur le côté et s'élança vers sa cible qui recommença la même attaque pour le tenir à distance. Gisèle tenta sa chance mais fut entravée par la deuxième femme, d'apparence bien plus âgée. Cette dernière ne s'éloignait pas de la fillette, la protégeant du moindre assaut le temps que ce terrible pouvoir se manifeste pour repousser mes camarades. Elles maintenaient surtout une position défensive, ne prenant jamais l'initiative d'une attaque, sauf quand Camille faillit maîtriser la plus vieille. La fillette sauta pour s'interposer et le vampire du clan de Paris choisit d'éviter le coup qu'elle lui réservait. Sage décision, car la main de la jeune femme rencontra un tronc sur lequel poussa aussitôt une excroissance qui grossit et finit par exploser. Des débris de bois pourris et à l'odeur pestilentielle atterrirent à mes pieds. Camille se replia et jaugea les dégâts qu'avait pu faire un simple toucher. Si elle n'avait pas eu le bon réflexe aurait-elle fini comme cet arbre ?

Ce pouvoir devenait de plus en plus problématique si nous ne pouvions même pas avoir un contact physique avec son utilisatrice. En plus, cette dernière semblait avoir de l'énergie à revendre. Peut-être était-ce propre aux vampires ayant été transformés à un si jeune âge. Quoi qu'il en soit, il était exclu d'essayer de la fatiguer au risque de ne pas tenir, nous-mêmes, la cadence. Cherchant un moyen de les contrer, j'analysai la zone autour de moi. Un indice nous avait peut-être échappé. Mon regard s'arrêta sur un chasseur en train de retenir ses larmes au-dessus d'un squelette à moitié désagrégé. Cette scène était certes bouleversante mais surtout déroutante. Malgré les apparences, ce devait être le cadavre d'une personne décédée il y a peu, celui d'un chasseur qui venait de tomber au combat. Tout en gardant un œil sur mes équipiers toujours aux prises avec les deux femmes, je me rapprochai du squelette pour l'étudier. Cyril, toujours prêt à dégainer Némésis, m'escorta et le chasseur éploré s'écarta subitement en me voyant arriver. Il n'était pas dans mon intention de profaner quoi que ce soit mais je sentais que ce squelette était un élément de réponse. Je poussai mon pouvoir à me montrer les dernières secondes de la vie du malheureux.

La jeune vampire ne répondit qu'à son instinct et leva ses deux bras pour repousser l'homme qui s'apprêtait à abattre son arme en nithylite. Elle cria et ses mains rencontrèrent le visage du chasseur.

Aussitôt la peau du mortel se fripa et perdit toute sa jeunesse, avant de se décomposer. Son crâne fut mis à nu et son corps s'effondra sur lui-même pour finir en poussière.

Lorsque je revins à la réalité, mon attention se porta aussitôt sur le président du Conclave à mes côtés :

— Il n'a pas explosé ?

— Non, c'est à croire qu'elle a la mort au bout des doigts, déplora-t-il doucement.

Tuer d'un simple toucher était tout à fait possible pour un vampire mais le mécanisme différait. Par exemple, Lucifer pouvait calciner, Lilith ordonner un suicide, Lucas anéantir l'esprit… Ce pouvoir ne faisait pas exception. Je regroupai tous les indices que l'on avait et réfléchis au lien qu'il pouvait y avoir entre eux. Elle pouvait autant toucher les animaux que les végétaux, ce qui était très particulier. *Qu'ont en commun les hommes et les plantes ?* À nouveau, je pris une poignée de ces résidus nauséabonds qu'avait laissés ce pouvoir. De mon autre main, je fis de même avec la poussière venant du squelette. On pouvait dire que l'état de décomposition était au même stade, comme si en quelques secondes la terre avait pourri et le corps s'était désagrégé. Le bois, quant à lui, se chargeait de broussins, à l'image d'une tumeur incontrôlable, avant d'éclater. Ma tête se redressa subitement. *Un processus de vieillissement accéléré ?*

Gisèle quitta la formation pour se replier vers moi.

— C'est complexe, m'informa-t-elle. Elle nous tient à distance et même si nous parvenons à l'atteindre, nous ne savons pas comment la maîtriser physiquement.

Les vampires n'osaient pas la toucher de peur d'être victimes de son pouvoir. C'était bien normal mais je commençais à saisir la supercherie.

— En effet, elle use beaucoup d'énergie pour vous tenir éloignés, ce qui veut dire qu'elle refuse le combat rapproché... Or c'est incohérent avec un tel pouvoir. Au contraire, si j'étais à sa place, je chercherais à toucher mon adversaire par n'importe quel moyen.

— À quoi tu penses ? insista Gisèle.

— Je pense que ce pouvoir agit comme une catalyse. Il accélère le processus de vieillissement. Or, un vampire est par nature éternel. Donc, si ce pouvoir altère vraiment l'espérance de vie et rapproche la finalité de toute chose vivante alors il n'a aucun impact sur un immortel.

— Les vampires peuvent la toucher, conclut Cyril. Je comprends mieux...

La femme d'Agnel intégra mes explications et les mit probablement en lien avec ses propres observations. Puis elle se tourna vers moi, attendant que je lui réaffirme mon raisonnement. Je fis mieux que cela.

— Attrapez-la, ordonnais-je.

Mon assurance la convainquit. Elle retourna vers ses coéquipiers, glissa un mot à Camille et fit des signes à Yoan et Grégoire. Ensemble ils reformèrent leur arc de cercle initial, avec la ferme intention d'aller jusqu'au bout de leur attaque, cette fois. La jeune vampire indienne sembla déplorer leur nouvelle initiative.

— N'avancez pas ! lança -t-elle d'une voix vibrante.

Les vampires du clan de Paris n'entendirent pas sa supplique et s'élancèrent. Elle n'eut d'autre choix que de poser ses mains au sol pour se défendre. La terre se retourna sous leurs pas mais, cette attaque n'ayant plus de secret pour eux, ils l'esquivèrent aisément. Camille fut la première auprès des deux femmes et les surprit en s'en prenant à la plus vieille. Elle fut vite rejointe par Grégoire et ensemble ils ne laissèrent aucune chance à leur adversaire. La plus jeune voulut riposter mais Yoan bloqua ses mains... Rien ne se passa, ce qui galvanisa nos rangs. Gisèle apparut et posa sa main sur la nuque de la fillette. Cette dernière s'affaissa au fur et à mesure que ses forces la quittaient. Gisèle n'avait pas l'intention de garder une telle quantité d'énergie à l'intérieur de son corps. Elle leva son autre main vers le dernier vampire encore libre, le collectionneur, et projeta un rayon d'une chaleur extrême. Le tir atteignit sa cible de plein fouet mais la satisfaction fut de courte durée. Les armes en nithylite entourant son bras, qu'il avait levé et utilisé comme bouclier, se décomposèrent. Le vampire arracha lui-même ce qui était devenu inutilisable, c'est-à-dire seulement la partie droite de l'exosquelette. Ainsi, Gisèle avait probablement réduit sa force d'attaque mais il restait lui-même sans égratignure et plein d'énergie grâce aux derniers esclaves qu'il avait tués.

Il s'avançait maintenant vers mes camarades qui maintenaient toujours les deux femelles. Ces dernières étaient hors d'état de nuire après avoir jeté leurs ultimes forces dans la bataille. Nous devions nous regrouper, car la confrontation à venir allait être périlleuse.

— Revenez, lançai-je.

Ils lâchèrent leurs proies qui s'effondrèrent aussitôt et s'exécutèrent. Yoan, Gisèle, Grégoire et Camille se postèrent autour de moi. J'entendis également les chasseurs redresser leurs armes. Celui que l'on nommait le collectionneur avait la carrure d'un gorille mais gardait une fluidité dans ses mouvements qui le rendait d'autant plus redoutable. Il réajusta les mécanismes de son bras gauche et fit des mouvements d'épaules pour vérifier que son exosquelette fonctionnait toujours. Puis, il m'adressa pour la première fois la parole :

— Oh ! Ainsi, celle qui se prétend reine est venue en personne.

Le ton était donné. Bien que sa raillerie me hérissât les poils, j'essayais de ne pas l'envoyer paître trop brusquement.

— Je ne prétends rien… sauf, vous concernant, une participation à ce conflit dont le but est de nourrir votre cupidité.

— C'est une accusation infondée.

— Vraiment ? Laissez-moi juger de manière objective, en échangeant nos intentions après avoir déposé vos armes.

Il leva ses bras et désigna son exosquelette.

— Elles sont solidement attachées à moi tout comme mes principes. Je ne parlerai pas avec toi mais à ton créateur.

Principe de machiste, commentai-je pour moi. Ainsi, nous laissions tomber les formules de politesse pour débuter les échanges grossiers. Lucas était – techniquement – mon créateur car il était celui qui m'avait transformée, mais il ne m'avait jamais considérée comme sa « création » et m'interdisait d'employer ce mot pour me définir.

— Crois-tu réellement qu'il aura le moindre intérêt pour toi alors que tu m'as insultée ? C'est mal connaître ses valeurs à lui.

Il explosa de rire.

— Il y trouvera un intérêt si j'ai un moyen de persuasion adéquat !

Le destin est généreux de t'avoir mise sur ma route.

Les vampires du clan de Paris grognèrent et certains firent un pas en avant. Le gorille ne se sentit pas intimidé et ne montra aucun signe d'engagement dans une négociation, refusant pleinement mon autorité. C'était le critère – édicté par Lucas – qui me permettrait de déterminer si le combat était inévitable. De plus, je n'avais pas l'intention de me laisser kidnapper sans réagir.

— Nous ne devons rien lui faire ! intervint en hindi la plus vieille des deux femelles. Cela ne fait pas partie du plan.

— Et crois-tu que l'inutilité de ta protégée fasse partie du plan ?! gronda-t-il.

Elle se tut et revint soutenir son acolyte qui peinait à se tenir debout. Leur éreintement était tel qu'elles ne pourraient réengager les hostilités à notre encontre. Leur seule échappatoire serait la fuite, mais les chasseurs les tenaient en joue, leur coupant l'envie de tout repli.

Les vampires français attendirent un signe de ma part. Je hochai la tête et ils s'élancèrent. Yoan, Grégoire et Gisèle se dispersèrent pour encercler le collectionneur avant de fondre sur lui. Ce dernier activa un mécanisme qui fit sortir des lames en nithylite le long de son bras gauche et de son dos. Il s'empara d'une épée avec sa main droite pour pallier la perte de son exosquelette dans cette zone. À eux trois, ils multiplièrent les attaques – ou plutôt tentatives d'attaque –, mais la portée des coups de leur adversaire était immense grâce aux armes dépassant de son corps. Lorsqu'il balançait ses bras, les lames sifflaient dans l'air et repoussaient les vampires de Paris qui préféraient ne pas prendre de risques. Malheureusement les ouvertures étaient rares et il était temps de faire pencher la balance.

Je lançai un regard à Camille pour demander silencieusement son approbation. Elle acquiesça. Nous partîmes toutes les deux vers l'épicentre du combat. Mon pouvoir ne me laissa pas tomber et je m'engouffrai dans la faille qu'il venait de me dévoiler. Le bras droit du collectionneur était bien devenu son point faible et, lorsqu'il l'envoya vers moi, j'attrapai avec aisance son poignet et lui fis effectuer une torsion pour lui faire lâcher son épée. Il geignit et Camille en profita pour lui asséner un crochet en plein visage. Le vampire s'énerva et ne vit pas Grégoire lui envoyer une balayette dans les genoux, qui le déséquilibra. Je m'apprêtai à le mettre définitivement à terre lorsque j'eus une nouvelle vision. Un mécanisme se déclencha sur son autre bras et un chargeur d'une dizaine de petites fléchettes apparut. Il était déjà trop tard pour que je crie mon avertissement et mon corps agit par instinct. Une volée de petites flèches en nithylite furent lancées aléatoirement autour de son manipulateur. Un moyen de défense ultime qui m'obligea à le lâcher pour bondir en arrière. J'évitai les projectiles dans les airs et atterris quelques mètres plus loin. Aussitôt ma tête se redressa et mes yeux cherchèrent mes amis. Ils n'avaient pas eu la même chance que moi. Yoan et Gisèle avaient un genou à terre et retiraient douloureusement les flèches qui leur avaient transpercé le corps à plusieurs endroits. Camille était intacte auprès de moi. Quant à Grégoire, il s'était fait toucher lui aussi et le collectionneur avait profité de l'effet de surprise de son attaque pour attraper son crâne et lui transpercer le cœur.

— NON !!! hurla Camille.

— Tu es agile, ça je dois bien l'admettre !

Il écrasa le crâne de Grégoire entre ses doigts avant que celui-ci ne finisse en poussière. J'aurais voulu crier de haine mais je ne voulais pas lui donner la satisfaction de m'avoir fait du mal. Je retins Camille qui s'apprêtait à repartir pour exécuter sa vengeance.

— Non.

Complément obnubilée par la colère, elle voulut me repousser et je me forçai à être plus ferme.

— Arrête-toi !

Mon amie se fixa. Même si toute son âme lui hurlait de rendre au centuple le mal qu'il venait de lui faire, son corps répondit à mon ordre. C'était la première fois que j'usais de ma nouvelle autorité sur un allié. Ma main maintenant toujours son bras, j'analysai les positions de Gisèle et Yoan. Une main sur leurs blessures, ils étaient en train de revenir vers nous. Heureusement, aucun point vital n'avait été touché mais leurs mouvements seraient forcément entravés et plus nous attendrions pour les soigner plus la nithylite les affaiblirait de l'intérieur. Nos chances de gagner ce combat, sans plus de pertes, étaient minces. Malgré toute la bonne volonté qui avait été la mienne, j'eus envie de tout abandonner. *Je savais que je n'étais pas faite pour ça.* Quelle reine je ferais si lors de mon premier combat mes alliés se faisaient tous tuer ? Comment pourrais-je me présenter devant Lucas ou même Joachim après ça ? Entre mes doigts, le bras de Camille tremblait. Elle tenait encore debout alors qu'elle venait de tout perdre, une éternité d'existence qui venait de se transformer en cauchemar. Si cela m'arrivait à moi, je m'écroulerais mentalement et physiquement. *Oui... Je dois renoncer.*

Un chuchotement surnaturel m'interpella. Je tournai brusquement la tête et rencontrai les regards surpris des chasseurs. Le murmure continua mais je semblais être la seule troublée. Les autres autour de moi étaient plus préoccupés par mon comportement bizarre. Alors que je cherchais la source de cette voix, mon regard s'arrêta sur Némésis toujours dans les mains de Cyril. Le chuchotement se tut. *Serait-ce l'épée ?* Je réfléchis un instant à ce phénomène étrange, puis je compris.

— Si tu te rends, je laisserai les autres vivre qu'ils soient mortels ou immortels. Tu as ma parole, négocia le collectionneur un sourire mesquin aux lèvres.

Il déguisait à peine son mensonge. Un grondement fit trembler mon corps tant mon envie de l'exploser était grande. Je me tournai vers Cyril et désignai d'un simple regard la Déchiqueteuse.

— Est-elle à la hauteur de son surnom ?

— Bien plus que tu ne l'imagines, répondit le président du Conclave.

C'était tout ce dont j'avais besoin.

— À quoi tu joues ma petite ? se marra le vampire face à nous.

Je ne pris pas la peine de lui répondre et interpellai Yoan et Gisèle :

— Vous deux, restez en retrait.

— Non, nous pouvons combattre !

— Vous êtes blessés. Je ne risquerai pas de perdre encore l'un d'entre vous à chaque fois qu'il nous dévoilera une arme, dis-je en posant une main sur la joue de Camille pour attirer son attention. Juste un essai, c'est tout ce que nous avons. Je prends la zone autour de la tête.

— Ce sera amplement suffisant, assura-t-elle d'une voix vibrante.

Les émotions la submergeaient mais ce serait cruel de lui demander de rester derrière avec les autres. À défaut de son sang-froid, je comptais sur son expérience pour l'aider dans ce combat.

— Dès que tu vois une ouverture, engouffre-toi, demandai-je à Cyril. Ne te préoccupe pas de moi.

Le chasseur réarma Némésis qui ondula avec un *clic clic* funeste. Camille près de moi, nous nous avançâmes vers notre dernier ennemi qui n'avait rien raté de notre échange. Le sourire qu'il avait affiché depuis qu'il était parvenu à éliminer Grégoire s'était quelque peu crispé.

— Que crois-tu faire avec ces sacs à sang ?! Des immortels s'alliant avec des mortels, tu dois vraiment être désespérée !

— Je suis une pionnière en la matière, le narguai-je.

Nous partîmes. Actionnant à nouveau un mécanisme dans son bras, il envoya de nouveaux projectiles qui fondirent sur nous. Ils m'obligèrent à dévier de ma trajectoire pour m'éloigner de lui, mais je revins très vite vers mon adversaire et Camille en fit de même. J'évitai aisément les lames de son bras gauche, passant par-dessous, et lui assénai trois coups dans les lombaires où son armure manquait. Il geignit et se tordit. Camille en profita pour parfaire son déséquilibre en lui assénant une béquille. Son genou toucha enfin le sol. En difficulté, il s'apprêta à saisir une arme au niveau de ses côtes. Mon pouvoir me montra comment il comptait actionner l'ouverture pour faire apparaître la petite épée et je le pris de court en le faisant à sa place. Stupéfié, il me regarda brandir l'arme et l'abattre sur lui. Par pur reflexe, il leva son bras gauche et mon attaque rencontra avec violence les lames présentes qui protégeaient cette zone. Un concours de force débuta et, bien qu'il possédât une carrure impressionnante, l'effet de surprise associé à ma rage me donna, dans un premier temps l'avantage. Sentant qu'il était en train de perdre, un nouveau *clic clic* retentit dans son exo- squelette qui se tendit et lui octroya une force herculéenne, peut-être supérieure à celle de Lucas. Il me repoussa et se releva prêt à contre-attaquer. Alors Camille saisit son bras droit et le replia vers l'arrière avant de le mordre sauvagement.

— Sale chienne ! vociféra-t-il en lui saisissant les cheveux.

Elle prenait beaucoup trop de risques. Heureusement que la douleur l'empêchait de raisonner correctement sinon ce n'est pas son poing mais une lame qu'il aurait abattue sur elle. Je bondis sur les larges épaules du collectionneur et attrapai sa tête pour lui faire effectuer une torsion. Là encore son exosquelette me résista. Je poussai un cri qui décupla ma force et me permit de lutter. Dans cette position, il ne vit pas Némésis voler. L'épée de Cyril s'allongea et forma une large boucle autour de nous. Le chasseur tira d'un coup sec et la boucle se resserra. Juste avant d'être prise à l'intérieur, je m'éjectai grâce à un salto. Le collectionneur n'eut pas le temps de comprendre ma manœuvre et fut décapité salement. Némésis déchiqueta littéralement la peau, les muscles, les os ainsi que l'exosquelette autour de son cou. Alors que je me déplaçais dans les airs, un geyser de sang m'atteignit. J'atterris souplement quelques mètres plus loin et constatai les dégâts. Une giclée de sang s'étalait de mon flanc droit jusqu'à ma clavicule gauche. Pour quelqu'un qui avait eu dans l'optique premier de parlementer, je présentais très mal.

Cyril rassembla sa terrifiante épée et n'eut aucune attention, si ce n'est du mépris, pour le corps du vampire étalé inerte au sol. J'expirai profondément, satisfaite que ce soit terminé. Mes yeux trouvèrent

Yoan et Gisèle qui étaient heureusement restés en retrait. Je leur fis signe que tout allait bien et me déplaçai vers Camille. Celle-ci interpella le président du Conclave lorsqu'il passait à côté d'elle.

— Vous auriez dû viser plus bas.

— Moi vivant, Némésis ne portera jamais le sang d'un vampire du clan de Paris, dit-il catégoriquement.

Il s'arrêta et voulut ajouter autre chose mais hésita. Finalement, le mortel compatit pour la vampire.

— Je suis désolé…

Il reprit sa route, laissant Camille dans un grand désarroi. J'avais remarqué pendant ma pirouette qu'elle avait tout fait pour maîtriser le collectionneur jusqu'au bout, quitte à se faire également toucher par Némésis. Cyril avait effectué une ultime torsion du poignet pour déplacer sa lame à la dernière seconde afin qu'elle l'épargne.

J'avais envie de la serrer dans mes bras mais lorsque nos regards se croisèrent, je fus saisi d'effroi par ce que je lus dans le sien.

— Ma reine…

Elle s'agenouilla, s'empara d'une fléchette en nithylite restée au sol et se perfora elle-même le cœur. Je fus sur elle trop tard.

— Non !

Son visage partit en poussière entre mes doigts puis le vent éparpilla ses restes. Il ne me restait rien. Choquée, je fixai mes doigts tremblants. Je n'entendais rien hormis le son de ma respiration devenue difficile. *Cette putain de vision. Je n'avais pas réussi à la sauver.* Mes poings se serrèrent si fort et mes ongles s'enfoncèrent si profondément dans ma chair que je crus qu'ils allaient me blesser. Un grondement de rage me traversa et mon attention se déporta sur ceux que mon esprit secoué jugeait responsables de ce malheur. Les deux derniers vampires femelles se raidirent lorsqu'elles croisèrent mon regard doré animé par la haine. Dans ma tête, un scénario était en train de se monter, dans lequel je pourrais leur rendre au centuple le mal qu'elles m'avaient fait. Cependant, qu'importe la complexité des tortures que j'imaginais, ma douleur ne serait jamais apaisée. Plus que la colère, ce fut la tristesse qui finalement eut raison de mon esprit.

Je me raccrochai à ce que Lucas attendait de moi. Si j'étais venue ici, c'était pour m'interposer entre les chasseurs et ces immortels afin d'écouter leurs doléances. Ainsi, je ne pouvais pas simplement partir après avoir tué tout le monde, bien que mon envie de fuir fût grande.

Poussée par le devoir et le visage fermé, je m'approchai des deux femmes toujours menacées par les chasseurs. Leurs tuniques étaient sales et déchirées à de nombreux endroits. Celle possédant un aspect enfantin portait un turban qui aurait pu être joli s'il n'avait pas perdu sa couleur. Elle ne leva pas la tête vers moi. Vu sa posture prostrée, cela lui était plus dicté par la peur que par une volonté de rébellion.

— Votre venue ici a engendré un grand malheur pour mes proches ainsi que la population. Comment le justifiez-vous ? demandé-je sans détour.

Elles furent légèrement surprises d'avoir la parole et, après quelques secondes d'hésitation, la plus vieille répondit, sur la défensive.

— Vos intentions envers nous se lisent dans vos yeux, qu'importe la réponse que nous vous apporterons.

En effet, je n'avais pas l'intention d'avoir une quelconque clémence pour elles si l'on me demandait de prendre une décision concernant leur situation. Elles étaient condamnées à mes yeux.

— Je vais m'exprimer autrement. Vous pouvez choisir de ne rien me dire si vous acceptez que tout cela n'a servi strictement à rien. Vous avez raison sur mes intentions mais je ne supporte pas le gâchis. Alors ? Que dites-vous ?

La sévérité qui perçait dans mes propos la secoua et elle répondit avec plus de rudesse également.

— De tout temps, aucun vampire, aussi puissant soit-il, n'a pu nous garantir de rien. Le pouvoir a ses frontières, ou plutôt, ses préférences. Les invisibles, les oubliés, ceux qui sont trop éloignés ou trop en dessous de vous… Les regards se détournent aisément de ceux qui sont la proie de la misère dans le meilleur des cas, sinon de tortionnaires.

Je désignai les restes puants du collectionneur non loin de nous.

— Vous parlez des personnes comme lui ? Des vampires dont les méthodes barbares sont approuvées par leur propre clan ?

— Nous sommes venus crier à votre porte parce que personne ne nous entendait pleurer, insista-t-elle les mâchoires serrées.

— Le système de clan permet à chacun de maintenir sa culture et sa tradition. Quiconque souhaite interférer dans l'organisation de son voisin déclencherait une guerre. Dans ces conditions, qui aurait pu vous venir en aide ?

Elle voulut me cracher sa réponse mais se ravisa, probablement par peur de représailles. Son regard croisa celui de sa protégée et s'adoucit. L'horreur qu'elles ont dû vivre ensemble était presque palpable. Finalement, elle trouva suffisamment de courage pour m'avouer doucement.

— Les anges… Les anges se sont détournés de nous. Nous connaissons tous la justesse de Gabriel mais où était-il depuis deux millénaires ? Pourquoi devrions-nous l'accepter aujourd'hui ? Pourquoi devrions-nous nous taire lorsqu'il nous impose son choix ? Pénétrer dans le lit de Gabriel n'est pas une condition suffisante pour être reine.

Je l'attendais celle-là. Je choisis de sourire plutôt que de hurler. Cependant, pour une fois, ce n'était pas pour crier mon agacement mais plutôt mon impuissance. En effet, je ne pouvais rien lui promettre. Il serait indécent de prétendre que je pouvais résoudre une défaillance prenant sa source à l'aube de l'humanité. L'assujettissement des faibles par les plus forts était un phénomène qui avait poursuivi l'homme depuis la création. En fait, leurs plaies étaient très profondes, je doutais qu'elles cicatrisent un jour. Lucas était certes un ancien archange mais il n'était pas Dieu. Il ne pouvait pas être partout, entendre et résoudre les problèmes de tous. Et j'étais bien placée pour savoir que cette incapacité le torturait. Finalement, il avait toujours aspiré à être bien plus qu'un chef de clan mais il n'en avait jamais eu les moyens jusqu'à ce que je sois propulsée dans son existence. Cependant, la tâche qui m'incomberait si jamais j'acceptais le rôle qu'il me proposait était insurmontable. Voulait-il vraiment nous faire subir cela ? Passer notre éternité à s'inquiéter pour les autres ? Être menacés par la culpabilité si nous osions profiter d'un moment d'intimité alors que des peuples se faisaient déchirer ? Je ne pourrais pas le supporter. J'étais fatiguée de prétendre être une personne que je ne voulais pas être. Aussi, plutôt que de mentir en lui promettant un changement à venir, je dis simplement.

— Vous avez raison.

Je me détournai, mettant un terme à cette conversation. Certains diraient que je fuyais, je le voyais plutôt comme la matérialisation de mon instinct de préservation. J'étais allée jusqu'au bout de ce que l'on attendait de moi et je préférais fuir maintenant, plutôt que de me briser sur un obstacle trop haut. De plus, mes deux autres visions me hantaient toujours. J'espérais qu'Émilie ait pu se mettre à l'abri. Depuis mon départ de Rome, je n'avais plus eu de nouvelle d'elle. Quant à mon passé, il me torturait. Il semblerait que la seule personne qui puisse me donner des réponses était celle que j'avais cherché à fuir depuis un an…

Alors que je m'étais éloignée de quelques pas, l'immortelle m'interpella une dernière fois.

— Je vous offre cette perle de sagesse. Serez-vous la reine de ceux qui vous sont utiles ou de tous ?

Je ralentis, réfléchissant quelques secondes à ces mots avant de les laisser tomber. Je rejoignis Yoan et Gisèle. Ils ne se plaignaient pas de leurs blessures mais ils s'affaiblissaient de minute en minute. J'aurais bien voulu poursuivre ma route directement vers notre voiture mais malheureusement, ils attendaient toujours que je prenne une décision concernant les deux vampires derrière nous.

Cyril devina mon dilemme et m'offrit une échappatoire.

— Nous pouvons nous en charger si tu le souhaites.

J'acquiesçai silencieusement et poursuivis ma route. Yoan et Gisèle me suivirent sans faire de remarque sur ma décision ou plutôt mon indécision. Ils étaient bien délicats avec moi. Je ne parierais pas que mon petit ami approuve cet abandon. Car oui, j'étais en train de tout abandonner : mes promesses, mes valeurs, ma volonté. Probablement aurait-il réagi différemment mais il lui serait bien aisé de me réprimander alors qu'il avait eu quatre mille ans pour apprendre de ses erreurs. Ce qu'il me demandait était tout simplement trop dur.

Plus je m'éloignais, plus je sentais l'étau se resserrer autour des deux femmes dans mon dos. J'attendis un coup de feu ou le tintement funeste de Némésis, mais ce fut une vision qui me surprit.

Elle se tenait dans une magnifique jungle florale. Son sourire faisait éclater sa beauté juvénile. La petite vampire arborait un turban et une tunique aussi colorés que les fleurs autour d'elle. Ses mains prirent délicatement en coupe un bourgeon qui s'ouvrit doucement. Les pétales sortirent de leur petit écrin vert, grandirent et tournoyèrent élégamment pour s'épanouir en une ravissante rose.

Mon corps se fixa si bien que mes coéquipiers faillirent me rentrer dedans. J'étais incapable de bouger, submergée par le remords. Mon âme s'accrochait désespérément aux souvenirs de cette vision, comme si elle cherchait une raison de continuer à lutter, une preuve que j'étais encore capable de faire quelque chose de bien. Les couleurs, les fleurs, cette enfant rayonnante portant la vie dans le creux de ses mains, j'avais rarement vu quelque chose d'aussi beau. *La vie... Ce pouvoir...*

— Attendez !

Je me retournai brusquement. Cyril ordonna le repos à ses chasseurs et me lança un regard interrogateur. Les mâchoires serrées, j'hésitai encore. Avais-je le droit de me laisser attendrir ? Je n'avais qu'à détourner le regard et ces femmes qui étaient entrées dans mon existence, provoquant le malheur sur leur passage, s'évaporeraient bien vite. Yoan et Gisèle nécessitaient des soins et je ne pouvais pas les mettre plus en danger surtout si c'était pour porter assistance à des monstres. *Et pourtant...* Tourmentée par mes émotions contradictoires, une larme roula sur ma joue. *Et pourtant, une personne arborant un don aussi lumineux ne pouvait pas être foncièrement mauvaise.*

Je revins sur mes pas. D'une allure décidée, je dépassai les chasseurs sans leur lâcher un mot. Mon visage tendu ne réconforta pas les deux vampires étrangères qui se rapprochèrent l'une de l'autre. Yoan me suivait de près et lorsqu'il comprit que je ne comptais pas m'arrêter à une distance raisonnable, il mit un bras en travers de mon chemin prêt à m'éjecter en cas de danger. Je ne prêtai pas attention à lui et lorsque je fus devant celle de ma vision, je pris ses mains. Sa protectrice fit un mouvement vers moi dans le but de la défendre mais Gisèle chopa sa nuque, prête à la vider du peu d'énergie qui lui restait si jamais elle osait m'attaquer.

J'effectuai une légère pression.

— C'est un mésusage terrible de ton pouvoir que de le libérer sans retenue comme tu le fais. Beaucoup t'ont dit que ton don était incroyable parce que c'était celui de la mort, et tu t'es laissée convaincre. Ainsi, tu as renié tout ce que tu étais et vécu dans la peur de ton propre reflet... mais ils avaient tort ! Ton don est grand parce que c'est celui de la vie. Avant de faner, un bourgeon éclot et s'épanouit en une ravissante fleur. Tu peux l'aider à pousser si tant est que tu apprennes à te maîtriser.

Elle observa ses mains lovées dans les miennes, choquée qu'une personne qui avait pu constater l'horreur de son pouvoir osait la prendre ainsi. Une larme coula de ses yeux, puis deux et elle finit par pleurer. Sa protectrice mit un bras autour d'elle et me détailla comme si elle me voyait pour la première fois.

— Meera a passé trois cents ans à lutter contre son pouvoir. Nombreux sont ceux qui ont abusé d'elle, la forçant à être ce qu'elle n'était pas et à faire ce qui la rebutait. Nous nous étions faits à ce malheur. Comment… comment pouvez-vous affirmer toutes ces choses alors que vous venez de la rencontrer ?

Bien évidemment, un tel don avait aguiché les rapaces. Gaël m'avait également mise en garde que mon pouvoir pouvait attirer les convoitises de ceux qui cherchaient le pouvoir. J'étais née sous une bonne étoile, contrairement à elle.

— Eh bien… Il paraît que j'ai un bon sens de la déduction. Meera, c'est ça ? J'aimerais, un jour, voir la beauté de ton pouvoir de mes propres yeux.

Elle larmoya de plus belle et les quelques remerciements qu'elle réussit à me dire ne furent que d'inaudibles bredouillements. Je n'oubliais pas ce dont elle était coupable, mais je ne pouvais pas rejeter la miséricorde alors qu'elle s'imposait, tonitruante, à moi.

Lucas et Gaël avaient été des anges, certes, et leurs pouvoirs étaient impressionnants mais aucun n'avoisinait celui de donner la vie. C'était le don réservé à Dieu, celui de l'élément de la terre. Et pourtant, j'étais face à une immortelle qui était capable d'influencer le vivant. Comme quoi, un miracle pouvait naître n'importe où, et surtout chez n'importe qui. D'ailleurs, j'allais avoir besoin d'un miracle, car je m'apprêtais à prendre une décision qui m'attirerait probablement les foudres de mes alliées. Je ne savais pas quelles étaient les limites de ce que je pouvais demander à Yoan et Gisèle mais faire marche arrière maintenant n'était plus envisageable.

— J'aimerais qu'elles rentrent saines et sauves chez elles.

Ils se regardèrent silencieusement. Leur hésitation était palpable mais ils n'avaient pas l'intention d'aller à l'encontre de mon souhait. Yoan attira alors mon attention derrière nous. Bien évidemment, *ils* seraient les plus difficiles à convaincre. Les victimes du pouvoir de Meera avaient été des chasseurs et les survivants n'étaient pas dans l'optique de lui accorder une quelconque grâce.

Cyril secoua lentement la tête pour me faire comprendre que je leur en demandais trop.

— Je sais... Je sais que c'est cruel et, surtout, que votre cœur réclame la justice. Mais tout comme j'ai été amenée à faire des choses dont je ne saisis pas la portée, je vous demande d'avoir confiance.

Les mortels se lancèrent des regards déconcertés. Mon message ne s'adressait pas à eux mais à Cyril, le seul à connaître l'existence de mon pouvoir. J'espérais qu'il comprendrait que j'avais fait mon choix à la suite d'une vision et que je ne saisissais pas toujours le mécanisme qui les déclenchait.

— Élizabeth, je te comprends. Et c'est parce que je te fais confiance que nous repousserons leur exécution le temps que nous délibérions à nouveau de leur situation.

C'était un compromis honorable et je ne pourrais pas obtenir mieux dans de telles conditions. Après tout, elles avaient commis des crimes odieux sur le territoire français et elles devaient être jugées.

— Me promets-tu qu'aucun mal ne leur sera fait durant leur détention ?

— Tu as ma parole.

J'acquiesçai avec une pointe de dépit. Le président du Conclave donna un signal à ses hommes qui dégainèrent des menottes en nithylite que je connaissais bien. Les deux étrangères eurent un mouvement de recul. Bien que ce métal ne leur soit pas inconnu, elles ne connaissaient pas les ustensiles des chasseurs français. De plus, être menottées par un humain devait être une terrible humiliation pour elles.

— Je vais le faire, proposai-je.

Le mortel hésita mais je ne lui laissai pas vraiment le choix. Je m'étais mise en travers de son chemin. Il demanda tout de même la permission à son chef, qui donna son accord. Je reçus les bracelets et les posai aux poignets des deux femelles.

— Ils se resserreront si vous devenez agressives. Gardez votre calme et tout se passera bien… Quel est ton nom ?

La protectrice de Meera détailla le moindre de mes mouvements et lorsqu'elle vit qu'ils étaient empreints de délicatesse, elle répondit.

— Mon nom est Prya.

Dès que j'eus fini de les attacher, le vent se leva. Je ne m'attendais pas à voir Lucas débarquer, car les bourrasques étaient trop puissantes. Non, l'ancien archange était en train de déchaîner son élément, probablement sur les derniers rebelles. J'espérais que cela n'avait pas de rapport avec son entrevue avec cet Hiroshi. Les chasseurs se mirent aussitôt à l'abri avec leurs prisonnières et nous partîmes également. Du haut de la tour Eiffel, l'on pouvait probablement être le spectateur des terrifiantes tornades balayant les rues de Paris et de sa banlieue. S'il y avait encore quelques récalcitrants à la négociation, ils avaient désormais abandonné.

Chapitre 10

J'avais choisi de rester seule, malgré les propositions de mes amis qui redoutaient que je broie du noir dans mon coin. C'était pour leur bien, je n'étais pas de bonne compagnie et leur deuil devait être lourd... plus lourd que le mien en tout cas. Ils avaient mieux à faire que de veiller sur ma santé mentale. Poussant mon besoin de solitude à l'extrême, je m'étais recluse dans les jardins de Villette, sur la bordure du lac la plus éloignée du château. D'ici, la propriété de Joachim se dévoilait dans son ensemble et je pouvais compter les membres du clan sortant et entrant. Nos pertes avaient été limitées mais la déchirure n'en était pas moins grande. Six d'entre nous, dont Camille et Grégoire, avaient disparu, plus une trentaine de chasseurs. Ces derniers avaient exigé le départ immédiat des vampires qui avaient pénétré en force sur le territoire français. *Ce n'était pas étonnant, après les dégâts qu'ils avaient subis et le foutoir dans lequel a été plongé le pays.* Ainsi, ceux qui s'étaient ouverts à la discussion, notamment avec les Anciens, purent quitter le pays et eurent pour mission de délivrer aux représentants de leur clan respectif une invitation. Lucas et les chefs des plus puissants clans de nombreux pays se rencontreraient sous peu. Je n'avais pas encore décidé de mon rôle lors de cette réunion exceptionnelle.

À l'inverse, ceux qui étaient restés fermés à toute négociation avaient été annihilés soit par le groupe de vampires qui était venu à leur rencontre, soit par Lucas qui avait mis un terme à cette nuit de cauchemar. Prya et Meera étaient des cas à part, les seules qui eurent le droit à une indulgence malgré leur crime. Lorsque je l'eus retrouvé, mon petit ami n'avait pas fait de remarque à ce sujet mais était revenu sur la disparition de Camille :

— Je ne voulais pas te perturber plus que tu ne l'étais, mais l'imprécision de ta vision concernant les détails de sa disparition ne présageait qu'une seule chose. Parfois, tu auras beau lutter, le destin trouvera toujours un moyen de s'accomplir, m'avait-il dit.

Autant vous dire que cette explication ne m'avait pas plu. Aussi l'avais-je évité durant quelques jours, rejetant toutes ses tentatives qui visaient à me faire entrer dans le bureau de Joachim pour faire le point sur cette nuit et me parler de la suite des événements.

J'avais choisi de m'informer autrement que par le biais des comptes rendus d'Arnaud. Une semaine était passée et les journaux télévisés dénombraient encore les dégâts que la ville avait subis. Assise en tailleur près de l'eau, mon doigt glissait sur l'écran de mon portable, faisant défiler les articles de presse. La capitale était presque paralysée par les travaux de réhabilitation. La tempête Hera – nouvellement nommée – avait provoqué la mort de vingt et une personnes et comptait neuf disparus. C'était un bilan provisoire affligeant. Une fois de plus, les Pionniers avaient parfaitement bien masqué la vérité. Les fameux neuf disparus étaient probablement trop amochés – ou dévorés – pour faire passer cela comme un simple accident dû au vent. Alors que je lançai une vidéo en direct de la chaîne d'information de Christine Lefèbvre, la voix de la journaliste se perdit avec celle d'une vision.

— Tu peux nous confirmer qu'il s'agit de ses affaires ?

Le préfet de police n'y allait pas par quatre chemins avec son fils. Pierrick, en état de choc, ne répondit pas immédiatement. Il serrait un sachet plastifié dans lequel étaient visibles, par transparence, des vêtements déchirés et un bracelet en argent. Le jeune homme se mit à trembler.

— Oui, ça appartient bien à Valérie.

Je me relevai subitement et faillis tomber dans l'eau. Mon estomac se serra si fort que je crus qu'il allait jaillir hors de mon corps. *Merde !* Les restes de Valérie avaient probablement été mis en évidence à la suite de la tempête. Je n'avais jamais su où le clan les avais enterrés. Quoi qu'il en soit, ils les avaient trouvés et Pierrick savait maintenant qu'il avait perdu sa sœur. J'eus une folle envie de partir, courir le rejoindre pour le serrer dans mes bras et ensemble maudire cette infortune. Malheureusement, je me ferais probablement attraper avant même d'avoir pu passer l'enceinte du château. Mon portable dans les mains, j'hésitai. Je ne pouvais pas l'appeler. Je n'étais pas censée être au courant de son malheur, et que dirait le père de Pierrick – au courant de mon état – si je prenais contact avec son fils. N'étant pas un membre accrédité des Pionniers, Pierrick était peut-être mon seul ami qui ne me voyait pas comme un monstre. Je savais qu'Émilie n'était plus en possession de son portable et Aurèle n'avait répondu à aucun des messages que je lui avais laissés, que ce soit via son numéro ou sur les réseaux sociaux. Je faillis écraser, une fois de plus, mon téléphone entre mes doigts. Un poing devant la bouche, je me retins de hurler et ce fut une plainte déchirante qui traversa mes lèvres. *Je ne pouvais rien faire... Pas même aider un ami.* Quelques larmes coulèrent puis, me souvenant de tout ce que j'avais moi-même subi ces derniers jours, je m'écroulai en pleurs. Pendant de longues minutes, mon corps fut parcouru de soubresauts incontrôlables et cela perdura jusqu'à ce que, vidée, je ne pus plus rien sortir – ni larme ni son.

Lucas avait senti ma détresse mais il avait préféré me laisser mon intimité. Après tout, il n'allait pas s'imposer dans ma tête à chaque fois que je pleurais. Non à la place, il envoya Gisèle me chercher. *Bien plus subtil...* La belle vampire s'approcha et, constatant que je ne la repoussais pas, vint s'installer à côté de moi. Elle et Yoan s'étaient complètement remis de leurs blessures et cela m'avait quelque peu apaisée après l'échec que j'avais subi. Oui, j'avais du mal à voir ma victoire face au collectionneur comme une réussite, avec la perte de deux alliés.

— Me permets-tu un conseil d'une vieille vampire ?

Je souris, ayant du mal à la voir ainsi. Elle avait pourtant été une princesse de l'empire Perse lorsqu'il était à l'apogée de sa puissance.

— Je t'en prie, marmonnai-je d'une voix rauque.

— Ce n'est pas parce que nous vivons éternellement que la mort ne peut pas nous atteindre, bien au contraire. Elle reste notre cavalière, fauchant nos familles restées humaines et nous rappelant que, même si nous sommes immortels, nous ne sommes pas pour le moins invincibles. J'ai vu nombre de mes amis disparaître depuis que je suis vampire.

— Mais pour combien avais-tu prédit leur chute sans avoir pu les arrêter ?

— Il ne fallait pas l'arrêter... Choisir de partir avec celui qu'on aime ne doit pas dépendre de quelqu'un d'autre. C'est un choix que nous ferions toutes. C'est un choix que j'ai déjà fait.

Mon regard fut aussitôt attiré par ma voisine. Elle fixait l'eau du lac avec mélancolie, comme si le clapotis lui rappelait les fontaines de l'antique cité mésopotamienne, ancienne terre natale de Lilith.

— J'ai grandi à Babylone. On l'appelait l'oasis entre les murailles, le joyau du désert... Nous étions gardées dans l'enceinte du palais. Personne ne pouvait poser les yeux sur nous, alors ce que j'ai surtout connu de la cité de mes ancêtres était ce que je pouvais voir de mes fenêtres. Et cela me convenait.

De toutes les villes chaldéo-assyriennes, la plus importante et la plus durable fut Babylone. Elle prit son essor sous Hammourabi, pour ne plus déchoir, jusqu'au temps des Arabes ; elle survécut à tous les sièges et à tous les pillages des rois de Ninive. Nabuchodonosor en fit la plus grande ville d'Asie. Les Perses, et plus tard les Grecs, la respectèrent. Elle jeta longtemps sur le monde l'éclat d'une civilisation raffinée jusqu'à ce qu'elle se consume dans la corruption.

Le grand rôle et la durée de Babylone étaient dus à l'excellence de sa situation. Elle était bâtie sur le cours inférieur de l'Euphrate, au cœur du pays le plus fertile de ce temps. Elle était le centre du monde chaldéen et la capitale de la science. L'Euphrate la faisait communiquer avec le golfe Persique et la Syrie. Elle commandait ainsi la grande route commerciale qui va de l'Europe orientale et de l'Asie Mineure aux Indes. Elle était située au croisement des routes d'Égypte, d'Arménie et de Perse. Tout le commerce international du monde ancien passait par ses murs. Quand elle eut conquis la suprématie sur l'empire assyrien, sa puissance politique vint accroître sa grandeur naturelle, et sa richesse – œuvre de la guerre et de la science – ne connut plus de bornes.

Gisèle me raconta comment la main-d'œuvre des captifs servit à faire de Babylone « la reine de l'Asie ». Les Grecs ne parlaient de cette ville qu'avec admiration. Elle était entourée d'une enceinte carrée, enfermant un espace un peu plus grand que celui de Paris. Le mur en briques cuites cimentées de bitume avait presque cent mètres de haut ; il était flanqué de cent cinquante tours carrées et percé de cent portes à battants de bronze. L'Euphrate traversait la ville entre deux quais de briques reliés par un pont de pierre. Cette immense enceinte ne comportait pas que des habitations, elle contenait des jardins et des champs et formait une sorte de cap retranché où l'on pouvait vivre en cas de siège. Les rues se coupaient à angle droit et aboutissaient à la ville royale – ou palais du roi – dont les ruines couvraient un espace près de deux fois la place de la Concorde. Auprès du palais s'élevaient les jardins suspendus, l'une des sept merveilles du monde. C'étaient de hautes terrasses élevées sur des piles de maçonnerie, où l'on entretenait à grands frais des arbres rares de grande dimension. La ville était ornée de huit temples magnifiquement reconstruits par Nabuchodonosor. Les richesses accumulées dans cette capitale furent si considérables que, pour la protéger des invasions médiques, le roi fit barrer par une grande muraille la plaine de l'Euphrate.

— Pourquoi voudrais-je voir ce qui se passe de l'autre côté alors que j'habitais déjà le centre du monde ? Donc, ce fut l'autre côté qui vint à moi. En 332 avant JC., Alexandre le grand, roi de Macédoine, gagna la bataille de Gaugamèles qui mit en déroute Darius, mon père, et lui ouvrit les portes de Babylone. Lorsque j'ai vu cet envahisseur marcher dans la ville, j'ai pensé avec mes sœurs que notre dernière heure approchait... mais il n'en fut rien. Alexandre a toujours eu un profond respect pour notre civilisation qui était bien plus ancienne que la sienne. Mes sœurs et moi-même ainsi que ma mère fûmes traitées avec tous les égards dus à notre rang.

Elle s'arrêta tout d'un coup, pensive. Je me demandais si nous avions atteint un moment délicat de son histoire. L'ancienne princesse se leva et m'invita à la suivre vers le château. Je m'exécutai, non pas parce que je jugeai qu'il était temps que je retrouve mon petit ami mais parce que j'avais encore envie de l'entendre me conter son antique passé.

— Mon cerveau a du mal à intégrer que tu aies connu de si grandes légendes.

Tout comme je préférais ne pas penser au fait qu'elle était plus vieille qu'Andrea...

— Alexandre est, en effet, à la hauteur de sa légende malgré les nombreuses zones d'ombre de son âme. Un stratège extraordinaire si ce n'est sur un point.

— Un point ?

— Il ordonna à ses soldats de prendre pour épouses des femmes perses, cela afin que les vaincus ne se sentent pas humiliés et les vainqueurs orgueilleux. Lui-même épousa ma sœur aînée.

— J'ai connu plus romantique comme union, osai-je.

— N'est-ce pas, m'accorda-t-elle.

Avec un tendre sourire à ses jolies lèvres, elle remit une mèche de ses cheveux noirs derrière son oreille. Comme nous nous rapprochions du château, nous croisâmes certains membres du clan qui nous saluèrent d'un signe de tête respectueux. Ils n'étaient pas dans leur intention de me mettre dans un état inconfort mais c'était plus fort qu'eux, apparemment.

— Et... qu'en fut-il pour toi ?

— Beaucoup de Macédoniens prirent cette décision comme un affront... Alors que j'étais encore en train de me demander si nous devions prendre cet ordre comme une flatterie ou une insulte, un soldat macédonien attira mon attention. Il était un des « compagnons » d'Alexandre. C'est ainsi qu'ils appelaient ce groupe entourant le roi, des amis d'enfance et à la fois les meilleurs guerriers de son armée. Tout nous séparait et pourtant, nous ne pouvions détacher nos regards l'un de l'autre.

Elle n'osait plus croiser mon regard, touchant les reliefs de son émeraude à son doigt comme si elle se remémorait de doux souvenirs.

— Malgré l'ordre du roi, nous savions, tous deux, que nous valsions au bord du vide et s'abandonner au désir signifiait peut-être tomber... Mais je ne voulais aller nulle part sans lui. Il me prit pour épouse.

Ces événements avaient eu lieu il y a plusieurs millénaires et pourtant elle parlait avec beaucoup d'amour, un amour papable... *Encore réel.*

— Est-ce que vous l'êtes encore aujourd'hui ?

À nouveau, un beau sourire illumina son visage et elle avoua :

— Tu as vu juste, c'était Agnel. Nous avions des noms différents à cette époque.

Ils avaient donc tous deux le même âge ! J'étais sous le charme de cette romance entre un noble guerrier macédonien et une princesse perse. Ils avaient vécu plusieurs millénaires ensemble et ne semblaient pas vivre en libertinage comme Lilith et Lucifer. Cela me rassura et j'espérais bien les prendre pour modèle.

Cependant, il suffisait de voir leur jeunesse éternelle pour comprendre que leur vie commune, en temps qu'humains, n'avait pas dû être longue et heureuse

— Que s'est-il passé ?

— Comme je te l'ai dit, beaucoup d'hommes d'Alexandre voyaient ces mélanges avec des « barbares » comme un affront à leur tradition, une humiliation faite à la Macédoine. Nous n'étions pas de la même race, pas égaux… Mais peu avaient eu l'audace d'oser le dire à leur roi, préférant des cibles plus accessibles. Le peu de courage qu'ils avaient fut exalté par la boisson et, un soir, alors qu'ils forçaient l'entrée de nos appartements, je compris leurs mauvaises intentions. Ils blessèrent gravement mon époux, et je me suis tuée avant qu'ils puissent le faire encore plus souffrir en le faisant spectateur des quelques sévices qu'ils me réservaient. Craignant des représailles de leur roi, ils nous laissèrent pour morts.

Nous nous arrêtâmes au pied des marches du château.

— Je suis désolée. Je ne voulais pas te faire revivre ces souvenirs.

— Non, ne le sois pas. Même si notre destin ne devait pas se finir ainsi, je n'avais eu aucun regret. Je ne changerais rien.

Rien n'aurait pu combler le vide qu'avait laissé Grégoire dans le cœur de Camille. Je ne le savais que trop bien, car je l'avais déjà ressenti lorsque Lucas avait failli être touché par M. Fournier. J'avais ressenti cette perte d'intérêt pour la vie et ce désir de délivrance pour mettre un terme à ma souffrance. En fait, il aurait fallu sauver les deux pour enrayer l'avenir mais ce devait être trop demander au destin, comme l'avait dit Lucas.

Rolland et Diane se présentèrent à la sortie du château. Le salut du premier fut bien évidemment plus chaleureux que celui de la belle blonde, mais ce qui me hérissa le poil fut l'inclinaison de leur tête avant qu'ils s'en aillent. Ce simple geste avait dû beaucoup la contrarier d'ailleurs.

— Je préfère croire qu'ils font ça parce que je suis avec une princesse, dis-je extrêmement gênée.

Elle rit.

— Mais j'ai passé bien plus de temps à servir Gabriel qu'à être une princesse.

Le vocabulaire qu'elle venait d'employer me laissa perplexe. On ne parlait pas ainsi lorsque des personnes entretenaient une relation amicale.

— Comment ça « servir » ?

— Eh bien… Ce fut lui qui transporta nos corps agonisants et nous transforma en vampire. Avec Agnel, ils étaient déjà ami… Il a fait ce choix pour nous et nous fit la promesse de nous redonner la mort si c'est ce que nous préférions. Tu l'auras deviné, nous avons choisi cette seconde vie. Il nous a éduqués et depuis, nous avons un certain attachement envers lui.

Ainsi ils étaient, eux aussi, des créations de Lucas. Mais, contrairement à moi, ils avaient pu le côtoyer pendant plus de deux millénaires. Agnel et Gisèle pouvaient se vanter d'aussi bien le connaître que Joachim. Mon regard vola bien plus haut vers les fenêtres du bureau du chef du clan. Lucas m'avait si souvent observée de cet endroit, jouissant d'une place particulière auprès des Anciens. Il avait leur respect et leur attention mais avait su préserver sa liberté. Tout ce qu'il touchait semblait se sublimer et la réussite était au bout de chaque chemin qu'il empruntait.

— Est-ce que c'est différent pour lui ? Je veux dire… Je sais qu'il est là depuis le commencement mais j'ai l'impression que quoi qu'il se passe tout lui semble tellement plus facile.

— Il a de l'expérience, ça personne ne peut le nier. Ça n'a pas été sans épreuves, sache-le. Durant nos voyages, Gabriel a fait face à de nombreuses difficultés et il les a surmontées parce qu'il avait décidé dès le départ de le faire. Devant son père, il a fait le choix de tomber et de protéger la vie sur Terre chaque jour du restant de son existence, que ce soit de la folie de son propre frère ou de tout autre calamité.

La gorge serrée, je retins mes larmes et pris une grande inspiration. Que valaient mes hésitations et mes états d'âme à côté de cela ? Je savais qu'il souffrait des erreurs qu'il avait commises alors qu'il appréhendait sa nouvelle condition de vampire avec Gaël. Mais j'étais à des lieues de me douter qu'il avait fait un tel serment à son père. Je pensais que sa chute avait surtout pour but de sauver ce qui restait de bon en Lucifer.

Gisèle continua :

— Alors, quand cela devenait trop dur, voire insurmontable, et c'est souvent arrivé crois-moi, il s'accrochait à cette promesse pour continuer à avancer.

Un sourire se dessina sur mes lèvres et je levai à nouveau les yeux vers le dernier étage du château. Curieusement, ce côté faillible que je ne lui connaissais pas ne me fit que l'aimer encore plus.

— Merci.

L'ancienne princesse perse me fit un clin d'œil et je finis par sourire franchement. Alors elle tendit un bras vers la porte, m'invitant à entrer. *Moi aussi, je dois avancer...* J'acceptai son invitation et elle me suivit jusqu'à l'étage. Devant l'entrée du bureau de Joachim, Agnel montait la garde. Depuis notre retour d'Italie, le couple n'était jamais rentré chez eux, dans leur joli loft non loin du Père Lachaise. Maintenant que je connaissais leur passé, je comprenais mieux leur dévotion envers Lucas et le fait qu'ils répondent présents ces derniers jours. Le mari de Gisèle me sourit et pivota pour me laisser la place d'entrer.

Mon arrivée était sans nul doute attendue, car tous me regardèrent avancer vers le centre de la pièce. *Je savais qu'ils observaient mon exil au bord du lac depuis cette foutue fenêtre.* Hugo esquissa un sourire, plaidant coupable. J'avais perdu l'habitude de le voir dans la même pièce que moi, aussi je verrouillai mes pensées comme me l'avait enseigné Lucas. Ainsi, je devins muette pour l'Ancien – fait qui probablement le soulagera au final. Les autres gardèrent une attitude neutre sauf Lucas qui me rejoignit. Son doux regard me donna des frissons qui s'accentuèrent lorsqu'il prit ma main pour déposer un baiser à l'intérieur de mon poignet.

— Tu vas mieux ?

— Oui, j'essaye d'aller de l'avant.

Il se pencha et osa m'embrasser devant les Anciens. Bien que la douceur de ses lèvres m'ait manqué, j'eus du mal à apprécier ce baiser

– mon attention étant à moitié tournée vers les quatre personnes à côté de nous. N'était-ce pas considéré comme un manque de respect de se bécoter devant le chef du clan ? À moins que ce ne soit lié à notre nouveau statut qui nous octroyait le droit de faire comme bon nous semblait en toute circonstance ? Lucas avait peut-être l'habitude de jouir d'une telle liberté mais ce n'était pas mon cas. Je le repoussai légèrement pour mettre fin à notre baiser. Ma pudeur sembla l'amuser mais heureusement il me laissa respirer.

Les Anciens avaient patiemment attendu que nous finissions et parvinrent à cacher avec brio leurs émotions suite au spectacle que nous venions de donner. Je m'éclaircis la gorge et leur assurai mon attention. Joachim prit alors la parole :

— C'est un soulagement de te voir, car nous étions dans une impasse. Nous avons besoin que tu nous éclaires sur certaines décisions que tu as prises à la suite de ton combat avec les représentants du clan de Delhi.

— Bien évidemment…

Je me doutais que ce sujet ne pourrait être débattu qu'en ma présence et je leur étais reconnaissante d'avoir attendu jusqu'au bout que je revienne vers eux pour leur expliquer ma décision.

— J'ai pu prendre le temps de réfléchir sur ce qui s'était passé et les causes qui auraient déclenché ma vision. Je n'ai pas changé d'avis concernant Meera et Prya. J'aimerais leur donner une chance de se racheter en les laissant rentrer chez elles. En l'occurrence, elles sont les premières victimes de ce pouvoir méconnu.

— Des victimes ? Je ne suis pas sûr que le président du Conclave soit de cet avis…

Je devais lui donner raison sur ce point. Les vampires du clan de Paris étaient prêts à accéder à ma requête mais ils étaient pieds et poings liés lorsqu'il s'agissait des chasseurs. Même si c'était pour moi, Joachim ne pouvait pas rejeter l'autorité de Cyril et créer un incident diplomatique. Je comprenais mieux pourquoi Gaël avait tenu à annihiler ce facteur pour gouverner son pays. *Voilà que j'avais des penchants de despote.*

— Peut-être pourrais-tu nous expliquer tes motivations ? osa Arnaud.

Un rictus déforma ma bouche. Je savais très bien ce qu'ils attendaient comme réponse. Cyril n'accepterait de relâcher les deux vampires que pour une seule raison : une vision assurant que la préservation de l'humanité dépendait de la survie de Prya et Meera.

— Vous allez probablement être déçus de ma réponse parce que ce qui motive mon choix n'est pas en lien avec un quelconque intérêt, qui aurait pour but de répondre à une finalité… Cela fait juste appel à la bienveillance et la confiance. Cette fille n'a connu que la violence, il est peut-être temps de lui proposer une main tendue et non une gifle. Nous pourrions aussi fermer les yeux et la faire disparaître, mais nous perdrions ce que je pense être le plus beau des dons.

Lucas croisa ses bras et poursuivit à la place des anciens.

— Que veux-tu dire ?

— Je veux dire que si l'on me demandait d'imaginer comment se manifesterait le don de ton père sur cette planète, c'est le sien que je verrai.

Il leva un sourcil et je soutins son regard perplexe.

— À ce point ?

— À ce point. Mais si tu as besoin de le voir par toi-même.

Je lui présentai ma main. Il n'avait qu'à la prendre et je lui dévoilerais l'ensemble de ma vision. Lucas la lorgna mais ne fit aucun mouvement vers elle. Puis il détendit ses bras et, une expression bienveillante sur le visage, il dit simplement.

— Je n'ai pas l'intention de vérifier le bien-fondé de chacune de tes décisions, mon amour. Je te crois.

Légèrement décontenancée, je me rendis compte à quel point j'avais été sur la défensive avec lui alors que depuis le début il n'avait cessé de me montrer la confiance qu'il me portait. Que ce soit lors des affrontements à Rome ou à Paris, il m'avait octroyé des responsabilités que je ne me serais pas accorder moi-même. Reconnaissante, je m'adoucis et récupérai ma main. Il sourit et je sentis derrière son regard brûlant que mon impétuosité n'était pas pour lui déplaire.

— Bien… Je te laisse le soin de le contacter, intervint Joachim.

Mon petit ami s'arracha à ma contemplation et revint vers les Anciens.

— Oui, nous verrons bien ce qu'il me demandera en échange.

— Tu … Tu penses pouvoir le convaincre ? osai-je espérer.

— Je ne peux rien te promettre, mais il se préoccupe de la place des chasseurs si une nouvelle monarchie se met en place. Disons que si je lui permets de poser certaines conditions, il sera peut-être plus enclin à laisser partir ses prisonnières.

Lilith disparaissait lorsque mon ancêtre trouvait le secret de la nithylite. Ainsi, les chasseurs n'avaient jamais sévi en pleine monarchie et, en effet, leur place pouvait être remise en cause.

Négocier le rôle des chasseurs dans ce nouveau régime était une étape nécessaire pour le président du Conclave.

— De plus, il aura fort à faire avec la suite. Les chefs des clans ont tous répondu aux invitations que nous avons lancées suite à cette nuit. D'ici un mois, les plus puissants vampires de ce monde viendront à Paris pour nous rencontrer. À l'issue de cette réunion, ils nous donneront leur bénédiction ou bien nous rejetterons.

Son annonce eut le même effet qu'une douche froide. Peut-être attendait-il une réaction de ma part mais aucun son ne daigna sortir de ma bouche. J'étais encore plus choquée qu'il ait dit ça avec un tel détachement ! Il ne s'agissait ni plus ni moins de l'événement qui déterminerait notre avenir. J'avais tout de même du mal à suivre ses humeurs qui oscillaient entre l'investissement et l'indifférence. Force était de constater que, même s'il désirait être l'investigateur d'un radical renouveau chez les immortels, il parvenait à garder son sang-froid.

— Eh bien… Ils ont tous répondu…

— En fait, pas tous. Hiroshi m'avait prévenu que nous nous confronterions à un problème.

— Hiroshi ? Tu veux dire le vampire que tu as rencontré cette nuit ?

— Lui-même… Sa position était complexe, d'où sa volonté de n'échanger qu'avec moi. Son groupe a bien était mandaté pour représenter le clan de Tokyo mais, durant leur voyage vers l'Occident, ils ont pu récolter certains avis assez préoccupants qui ne laissent présager rien de bon si nous voulons mettre en place un régime stable. La considération qu'il me porte l'a amené à désobéir aux ordres qu'il avait eus à son départ du Japon, jouant les infiltrés auprès de ses alliés temporaires. Le moment venu, il s'est retourné contre eux afin de pouvoir me faire part de ses inquiétudes.

Je comprenais mieux l'assassinat des vampires d'origine coréenne dans ma vision. Lorsque Léa m'avait dit que Lucas était un vagabond, je n'aurais jamais imaginé qu'il ait pu passer autant de temps en dehors de l'Europe. Mais, en plus d'Agnel et Gisèle, il semblait s'être fait de puissants alliés durant ses millénaires d'errance. Des alliés capables de trahir leur supérieur pour lui.

— Et… Où est-il maintenant ? Il est reparti dans son pays malgré cela ?

Il fut satisfait de constater, qu'une fois de plus, je percutais assez vite.

— Il savait que verser le sang d'humains sur le sol français constituait un crime et que, suite à sa traîtrise, le déshonneur était sur lui. Après m'avoir délivré son message, il s'apprêtait à faire *seppuku*, un rituel de suicide chez les samouraïs. Je lui ai défendu de le faire et lui ai demandé de se racheter en se mettant à mon service. Malheureusement, l'on n'achète pas un homme de sa valeur si facilement… Il a accepté mon offre à condition que je lui permette de rentrer au Japon afin qu'il délivre lui-même mon invitation à son cousin.

Il s'agissait là d'une autre forme de suicide et personne n'en fut dupe. Le chef du clan de Tokyo n'allait jamais le laisser ressortir vivant du pays du Soleil levant. En plus, ils étaient tous les deux membres d'une ancienne dynastie japonaise. La désobéissance de Hiroshi était un affront d'autant plus grand qu'il remettait en cause la légitimité du chef du clan actuel. Lucas était déçu d'un tel dénouement mais il avait été juste de lui avoir permis de racheter son honneur.

— Peut-être devrions-nous faire en sorte que sa traîtrise n'ait pas été faite pour des prunes, proposai-je. Qu'a-t-il vu durant son voyage ?

Lucas se ressaisit et continua son explication.

— Lorsqu'ils sont entrés sur le territoire chinois, tous s'attendaient à ce que des vampires de Zirui – le chef du clan de Pékin – prennent part à leur exode mais il s'est abstenu. La Chine reste une super puissance humaine et même les immortels n'ont cure de ce qui se passe en Europe. Cependant, il n'est pas dans leur intérêt de me mettre à dos donc ils n'ont envoyé aucun vampire dans cette délégation et ils ont répondu à notre invitation.

— Je ne comprends pas ce qui est préoccupant là-dedans ?

— Nous le connaissons bien. Zirui garde ses réelles intentions, ne se positionne jamais pour un parti, maintient tous ses interlocuteurs dans une insatisfaction sous-jacente. Il ne donnera jamais aucun prétexte à ce qu'on se préoccupe de ses affaires, se permettant ainsi de jouer avec les limites de la morale. Pour eux, l'installation d'un nouveau régime est tout simplement voué à l'échec parce que Moscou restera muet à notre appel. Ce qui, en effet, est le cas.

— Pourquoi le chef de Moscou exercerait-il une influence sur ça ?

— Comme tu as pu déjà le voir, la Russie est un vaste territoire et un abri idéal pour les Clans Noirs… Ce serait une erreur, et très prétentieux, de croire que nous pouvons instaurer un régime viable sans nous préoccuper de ce qui se passe là-bas. Nous avons besoin du soutien de Moscou si nous voulons être crédibles aux yeux des autres clans.

Finalement, la géopolitique des immortels ressemblaient en certains points à celui des humains. À moins que les deux s'influencent mutuellement, pour aller vers une même finalité ? De nombreux événements, à travers l'histoire, reliaient les humains et les vampires. Ainsi, même si leur espérance de vie et leurs aptitudes différaient, ils avaient vécu les mêmes souffrances. Cette expérience commune les rapprochait plus qu'ils ne voulaient le croire.

— OK… Je comprends, dis-je. Comment interpeller le chef du clan de Moscou, alors ?

— Là est le problème, reprit Joachim. Vassily est un personnage mystérieux et difficile à atteindre. Nous ne pourrons nous adresser à lui qu'en passant par un membre de son clan en qui il a confiance… Et ils nous sont méconnus.

— Comment ça ?! m'étonnai-je. Si j'ai bien compris, c'est l'un des clans les plus puissants de ce monde et, depuis tout ce temps, vous n'avez aucune idée des membres qui le composent ?

— Eh bien… Il semblerait qu'un des anciens archanges aient quelques informations dont je n'ai pas eu vent.

Nos yeux se portèrent vers Lucas qui lança un regard perçant à son ami. Ainsi, il arrivait encore à lui omettre des choses après tout ce temps passé ensemble. J'allais devoir m'armer de patience si je voulais tenir une éternité avec lui.

— Je n'ai bien évidemment jamais abordé le sujet avec elle de manière aussi grossière mais il me semble évident que Mikaela Petrova est une de ses proches.

Le terme « grossier » était réservé à Joachim qui affichait un curieux sourire énigmatique. Il semblait s'amuser d'avoir mis l'ancien archange dans l'embarras. Alors que je me questionnais sur l'attitude étrange des deux puissants vampires, Andrea se redressa subitement comme si l'on venait de lui donner un coup de fouet sur les fesses.

— La danseuse étoile ? vérifia-t-il.

— Elle-même...

— C'est un vampire qui ne passe pas inaperçu, commenta Hugo.

— C'est peu dire ! le coupa Andrea.

Le centurion semblait se remémorer des souvenirs plaisants. Hugo siffla entre ses dents, agacé d'avoir été coupé pour une remarque aussi peu productive.

— Ce que je veux dire, reprit-il. C'est que sa position doit être connue.

Cette remarque était destinée à Arnaud qui l'approuva.

— Elle fait actuellement une tournée européenne. Par chance, il me semble que sa dernière représentation aura lieu dans deux jours à Lyon.

— Alors, c'est à Lyon qu'il faudra vous rendre tous les deux, annonça sans détour Joachim.

Le chef du clan nous regarda à tour de rôle, attendant une réaction de notre part. Lucas semblait irrité. Moi, j'étais statufiée.

— Bien évidemment, marmonna mon petit ami.

Deux jours... ça va trop vite. Je me remettais à peine des derniers combats et l'on me demandait de repartir. Une partie de moi eut envie de retourner m'asseoir à côté du lac et d'arroser le premier qui viendrait me déranger. Autour de moi, les Anciens s'étaient lancés dans l'organisation périlleuse de notre déplacement. Ils s'apostrophaient les uns les autres sur le thème de la sécurité et le nombre de gardes qui nous accompagneraient. Personne ne se souciait de mon mal-être... pourtant, intérieurement, j'étais en train de hurler.

— J'ai ... J'ai besoin d'une pause.

Je crus que mon bredouillement n'interpellerait personne mais Lucas se retourna vers moi.

— Liza ?

— Tu m'avais dit qu'on s'occuperait d'abord du futur et c'est fait ! lançai-je avec force. La ville de Paris est sauve. J'ai deux autres visions dont il faut que je m'occupe maintenant !

Son beau visage se crispa, ne s'attendant pas à ce que j'explose de la sorte. D'ailleurs, le silence s'était fait dans la pièce. Au point de rupture qui était le mien, lui crier dessus ne me faisait ni chaud ni froid, même si je me donnais en spectacle devant les Anciens. Il lut mon entêtement dans mon regard doré et son expression s'assombrit. L'ancien archange tourna subitement la tête vers les autres vampires et, sans qu'il eût besoin de le leur ordonner, ils sortirent de la pièce. Même Joachim se leva et quitta son bureau pour nous laisser seuls. *C'est une blague ! Il vient de mettre le chef du clan de Paris à la porte de ses propres appartements.* Je ne sus ce qu'il comptait me faire mais je ne céderais pas... même si une lueur bleu clair dansait dans le fond de ses yeux et qu'il semblait se contenir.

— Liza, concernant Émilie, tu ne pouvais rien faire. Elle est membre des Pionniers et il est normal qu'à la fin de leurs études, les héritiers soient mis au courant de l'existence des vampires. C'est de cette manière qu'ils parviennent à maintenir leur influence sur le pouvoir, en plaçant leurs enfants dans les différentes strates du gouvernement et ainsi de suite, de génération en génération.

— C'est ma meilleure amie ! Elle peut comprendre si je lui explique…

— Pas dans l'immédiat, trancha-t-il. Ils ne te laisseront jamais l'approcher et nous ne pouvons pas abuser de la tolérance du président du Conclave à ton sujet.

Je serrai les mâchoires et retins l'insulte que j'avais envie de hurler à la fatalité. Tandis que je pestais intérieurement, Lucas continua d'une voix plus dure.

— Quant à ton passé, j'espère que tu ne songes pas à te mettre en danger pour aller chercher des informations. C'est pour ça qu'il t'en a parlé. Il n'attend que ça, que tu te jettes dans ses bras.

J'étais estomaquée. La rivalité qu'il entretenait avec son grand frère s'entendait dans le choix de ses mots et venait de me percuter de plein fouet. *Qu'est-ce qu'il croyait ?! Que j'avais envie de le retrouver ?*

— Je n'ai certainement pas envie de me jeter dans ses bras ! répliquai-je, écœurée. En l'occurrence, ce n'est pas lui mais mon pouvoir qui m'a tout révélé.

— Parce que cela te préoccupait depuis votre rencontre et, comme d'habitude, ton pouvoir a fait le reste.

— Tu aurais préféré que je ne le vois pas ?

— Non… J'ai tout aussi envie que toi de savoir pourquoi il était là, répondit-il sur un ton plus doux. Mais crois-moi, Liza, il ne t'aidera pas sauf si cela peut le servir. Il n'y voit que son intérêt avant tout. Je vais demander à Arnaud de faire une enquête sur cet événement. Je te demande d'être patiente.

Je secouai rageusement la tête, n'acceptant pas sa proposition et cherchant désespérément une autre solution. Il me laissa me débattre avec mes pensées désordonnées jusqu'à ce que, ne parvenant à rien, je craque. Franchement, on ne cessait de me dire que j'étais la seule à pouvoir endosser le rôle de reine et j'ai la sensation d'être aussi impuissante qu'un nouveau-né. J'étais appelée à commander mais c'était à peine si l'on m'autorisait à respirer.

Me couvrant le visage, je retins mes larmes de frustration et me forçai à adopter une respiration profonde. Mon petit ami posa ses mains sur les miennes et chercha, délicatement, à les ouvrirent pour dévoiler mon regard.

— Il y a autre chose, comprit-il.

J'expirai lentement, relâchant toute la pression.

— Je te l'ai dit, j'ai besoin d'une pause. Je ne pensais pas revenir ici aussi vite. Je pensais qu'un siècle passerait avant que je remette un pied dans Paris. Et maintenant, je ne conçois pas de repartir si vite sans voir ma famille. S'il te plaît, j'ai juste besoin d'une journée.

— Le château des Gauthier est au milieu du territoire des Pionniers…

— Je sais. J'ai l'impression de n'avoir plus aucun contrôle sur notre avenir car il dépend du choix de tellement de gens. Je veux juste voir mon frère et ma tante, tant que je le peux encore.

Il baissa la tête, ne pouvant soutenir mon chagrin. Cette méthode était déloyale, car je savais qu'il était sensible à mes sentiments surtout lorsque j'étais triste. C'était le revers de son incroyable pouvoir qu'il maintenait entre lui et moi. Il devait démêler ses propres émotions des miennes mais, généralement, elles finissaient par se potentialiser et le faisait céder.

— Ton esprit suicidaire déteint probablement sur moi…

Chapitre 11

Le bureau de la directrice de la cité scolaire Pasteur était sombre. Mme Dubois, l'air grave, faisait face à un bel homme du même âge. Le dos droit et les jambes croisées, il vapotait sa cigarette électronique tout en écoutant le récit de Nathalie.

— *Merci d'avoir répondu à notre appel. Comme tu peux le voir, la situation nous échappe. Depuis la création de la Fondation, nous n'avons jamais été autant menacés.*

L'homme expira un nuage de fumée dans la pièce. La dame fronça le nez mais se garda bien de le réprimander.

— *J'irai constater moi-même l'étendue de votre inconséquence,* dit l'homme avant de tirer à nouveau sur sa cigarette.

Je tournai discrètement la tête vers mon charmant conducteur. Il me semblait qu'une éternité était passée depuis la dernière fois où j'avais voyagé dans la grosse Peugeot de Lucas. Concentré sur la route et les possibles dangers que pouvaient receler les rues de Neuilly-sur-Seine, mon petit ami ne vit pas mon air préoccupé. Je me gardais bien de me retourner également vers Agnel et Gisèle, nos passagers. Ils étaient probablement comme Lucas, en train de scruter la moindre intersection et ce jusqu'à ce que nous arrivions au château des Gauthier.

Je ne pouvais pas leur révéler le contenu de ma vision sinon l'ancien archange reverrait mon droit à aller voir ma famille. Cyril pouvait probablement assurer notre sécurité lors de notre déplacement sur le territoire des Pionniers mais il ne pourrait plus rien lorsque je passerais le portail de la demeure des Gauthier. Or, ce qui allait se passer chez moi était devenu incertain.

Je crus ne pas reconnaître mon ancien quartier qui avait été la victime collatérale de la fin des combats. Les rafales de vent de Lucas avaient déraciné des platanes dont certains étaient encore couchés sur le bas-côté. La route avait été dégagée mais la coupe des larges troncs était toujours en cours, tout comme les travaux de voirie. Tout au long du trajet, la voiture fut secouée par les crevasses et les déformations de la chaussée. Je ne sus ce que pensait Lucas de tout cela, car il ne dit mot ni ne laissa rien transparaître sur son beau visage.

Tandis que nous patientions devant le lourd portail en fer forgé en train de s'ouvrir, nos passagers sortirent et disparurent chacun derrière un coin de rue.

— Ils surveilleront la propriété le temps de ta présence ici, m'expliqua Lucas.

Il m'avait prévenue qu'il ne pouvait pas rester. Les derniers détails de notre voyage devaient être organisés rapidement si nous voulions assister à la dernière représentation de la danseuse étoile en France et ainsi pouvoir la rencontrer. Sa voiture s'avança si près du perron que je crus que les roues allaient chevaucher la première marche. Une main sur la poignée, je m'apprêtais à le laisser quand il se pencha pour attraper la portière et m'empêcher de l'ouvrir. Le vampire ne me laissa pas le temps de le questionner. Il m'embrassa longuement et je me laissai surprendre par la chaleur se dégageant de ses lèvres. Entre nos vêtements, son torse caressa ma poitrine. Une douce vibration me parcourut et je dus mettre fin à cet échange, sans quoi j'étais capable de lui demander de ma ramener dans sa chambre à Villette… ce qu'il cherchait à faire peut-être.

— Promets-moi d'être sage, murmura-t-il à quelques centimètres de mon visage.

Son odeur possédait mon esprit, si bien que j'étais capable de lui accorder n'importe quoi. Quoique là, je savais que je ne serais pas en position de force et que tout débordement m'était interdit en présence de Julie. Je devrais m'armer de calme et de discernement.

— C'est promis.

Son deuxième baiser fut plus bref mais il m'arracha tout de même un faible gémissement. Légèrement fébrile, je parvins à m'extirper hors de l'habitacle pour laisser la voiture s'éloigner vers la sortie. Un curieux sentiment me prit alors. La dernière fois que j'avais fait face au petit château, je m'étais persuadée que je ne reviendrais jamais… J'avais fait mes adieux à la maison de mon enfance. Pour cela, j'avais l'impression d'être chez quelqu'un d'autre. Mais cette sensation n'était pas si éloignée de la réalité. Je n'étais plus chez moi, j'étais chez mon frère, le dernier descendant des Gauthier.

La propriété avait subi des dégâts. Malheureusement, le jardin si cher au cœur de ma mère n'était plus qu'une désorganisation de plantes arrachées et de terre retournée. Je n'osai imaginer ce qu'était advenu le joli kiosque près du bassin derrière le château. Ce dernier portait également les conséquences des bourrasques. Certaines fenêtres étaient provisoirement recouvertes d'un papier polyane, signe que les carreaux avaient été brisés. Il était à espérer que les dommages ne se résumaient qu'à du verre cassé.

J'expirai un bon coup et m'avançai vers la porte, qui me glissa des doigts. Rémi – qui avait probablement vu la voiture arriver – me sauta littéralement dessus. Je n'eus pas le temps de me défendre qu'il me serrait dans ses bras.

— Tu en a mis du temps !

Je ne sus s'il parlait de mon absence prolongée à l'étranger ou du temps que j'avais mis pour me décider à entrer. Je m'en foutais bien et répondis à son étreinte. Je dus faire un effort pour ne pas broyer sa nuque tant j'avais envie de le garder auprès de moi. Ses bras me soulevèrent pour me porter à l'intérieur, ce qui déclencha mon hilarité. Quand il me reposa enfin au sol, il garda mes mains et m'embrassa chaleureusement sur les joues.

— La dernière fois qu'on s'est appelés tu m'avais dit que tu n'avais pas l'intention de rentrer.

— Ah… Je suis désolée. J'aurais dû vous prévenir…mais on est revenus sur un coup de tête.

— On s'en fout !

Sa joie était contagieuse et je ris à nouveau. Son regard retomba vers nos mains enlacées et il retourna les miennes, les mettant à plat, détaillant chaque doigt. Cette inspection était pour le moins étrange.

— Qu'est-ce que tu fais ?

Il arrêta son manège et prit une expression innocente.

— Je regarde si tu vas bien, répondit-il avec un sourire.

Le lien entre mes mains et mon état de santé était difficile à discerner. Les sourcils froncés, je doutais de la véracité de son sourire mais je n'eus pas le temps de réfléchir à son curieux comportement. Julie apparut dans le hall et vint vers nous. Son combat intérieur était palpable. Elle semblait déchirée entre la joie de me voir saine et sauve et la colère, car j'avais été la cause de tant de déceptions.

— Seigneur… Au moins, tu as toujours tes deux bras et tes deux jambes.

Je n'avais jamais fui ses appels. Ainsi elle avait pu me reprocher une bonne dizaine de fois mon inconscience et ma bêtise d'abandonner le lycée alors que je n'avais été qu'à quelques mois du bac. C'était uniquement pour la soulager de cette contrariété, qu'elle vivait comme un échec personnel, que j'avais passé l'examen en candidate libre dans le sud de la France. Le clan de Nice s'était fait une joie d'organiser à la dernière minute l'inscription de la compagne de Gabriel.

Julie ouvrit ses bras et je me blottis – peut être un peu précipitamment – contre elle. Ma violente accolade lui arracha un hoquet de surprise. Je ne sus dire si ce câlin était en lien avec un quelconque besoin de pardon ou si elle m'avait tout simplement manqué. Probablement les deux…

— Des félicitations s'imposent pour l'obtention de ton bac avec mention, finit-elle par lâcher maladroitement.

Avoir obtenu des notes presque parfaites à toutes les matières me sauvait de nouvelles réprimandes. J'avais donné le meilleur de mes capacités intellectuelles d'immortelle sans gêne d'être compromise devant mes copies. De toute façon, les Pionniers étaient maintenant tous au courant de mon état, ainsi je n'avais plus rien à cacher. J'avais glissé juste suffisamment d'erreurs dans mon travail pour ne pas attirer l'attention des journalistes à l'affût de l'étudiant atypique chaque année.

— C'est une chance qu'elle n'ait pas été là pendant la tempête, intervint Remi en ma faveur.

Elle posa ses mains sur mes épaules et me repoussa légèrement pour mieux m'observer. Elle vit la beauté parfaite qui émanait de mon visage et conclut que j'allais merveilleusement bien.

— C'est vrai, accorda ma marraine.

— Il y a eu beaucoup de dégâts ? Vous avez des nouvelles des autres… des autres Pionniers ?

J'omis de dire que je n'avais plus aucun contact avec Émilie et Aurèle, d'où ma question.

— Seulement du matériel abîmé, me rassura Julie. Quant aux autres, tous semblent avoir échappé à la catastrophe. En même temps, les instructions du préfet de police étaient strictes et il ne permettait aucune excuse.

Le fait qu'elle parle de M. Morel me rappela ma vision concernant son fils. Une vague de désarroi m'envahit et je posai un regard meurtri sur Rémi. *Était-il au courant ?*

— Qu'est-ce qu'il y a ? questionna mon frère.

Non, il ne l'était pas. Je m'éclaircis la gorge et tentai de reprendre un air neutre.

— Rien… je… je vais mettre en ordre ma chambre et rassembler quelques affaires, je suis partie précipitamment la dernière fois.

— C'est le moins que l'on puisse dire, se renfrogna Julie. Mais tu ne restes pas ?

— Non… nous allons à Lyon avec Lucas. C'est pour son travail.

Je restais floue sur les activités de mon petit ami mais ce n'était de toute manière pas ce qui intéressait ma marraine. Se dandinant d'une jambe sur l'autre, elle avait l'air d'hésiter à aborder un sujet délicat avec moi.

— Liza… depuis ton départ, pas un jour ne passe sans que je me persuade du fait que j'ai manqué quelque chose.

— Julie…

— Je ne m'étais pas aperçue que cette vie que tu essayais de faire perdurer comme si rien ne s'était passé te faisait toujours autant souffrir. L'éloignement est la seule solution que tu aies trouvée pour te reconstruire et sache que je le comprends.

Bien évidemment, ses paroles faisaient allusion au décès de mes parents mais je ne pouvais m'empêcher de les transférer à ma condition d'immortelle. Faire l'effort chaque jour depuis ma transformation de faire comme si j'étais une simple humaine qui n'avait comme préoccupation que de réussir son prochain contrôle avait été plus qu'éreintant. Les apparences que j'avais essayé de maintenir ne me correspondaient plus. Elles étaient devenues des poids sous lesquels je croulais et j'étouffais. Mon secret découvert et libérée des études, j'avais une impression de légèreté vivifiante.

— Julie… ce n'est pas ta faute. Je ne savais pas moi-même ce dont j'avais besoin, comment pouvais-tu le deviner ? la rassurai-je.

Elle prit une de mes mains et ne sembla pas être gênée par leur fraîcheur tant sa préoccupation pour moi était grande.

— Est-ce que tu es heureuse ?

J'aurais pu lui répondre *oui* si mes pensées étaient entièrement tournées vers Lucas, mais je ne pouvais simplement omettre tout ce qui venait de se produire durant ce mois. La gorge serrée, je parvins à trouver une réponse correcte.

— Je travaille à l'être.

— Bien, alors continue.

Je m'en voulais d'être aussi surprise. Julie avait une fois de plus fait preuve d'une justesse incroyable vis-à-vis de mes travers. Elle n'avait cessé de se remettre en question et de s'améliorer pour nous apporter les meilleurs conseils. Aussi, je devais cesser d'être prise au dépourvu quand ma marraine, au lieu de me crier son mécontentement, me tend une main et cherche la réconciliation.

Après avoir partagé avec eux une conversation un peu plus désuète sur les activités de chacun, je montai à l'étage. En passant devant la chambre de mon frère, je croisai le regard éteint de Tina allongée sur le lit. Bien évidemment, elle avait déménagé. Je m'approchai et lui grattai la zone derrière l'oreille, déclenchant automatiquement un concours de ronronnements. Cependant, elle n'entreprit jamais de se lever pour venir réclamer plus après cette longue absence.

— Tu me boudes, devinai-je.

Je la pris dans mes bras et, pour me faire pardonner, fis pleuvoir des bisous sur sa tête. En fait, je la remerciai intérieurement d'avoir tenu compagnie à Rémi. Nous retournâmes toutes les deux dans ma propre chambre et je la posai sur mon duvet. Ce dernier avait bien sûr changé depuis mon départ. Mes affaires étaient proprement pliées et entreposées dans mes armoires. Ce que Julie n'avait su ranger – paperasse, livres et cahiers –était soigneusement empilés sur mon bureau. En fait, ma chambre semblait prête à m'accueillir de nouveau si je décidais de rester.

Lentement, je sortis une valise et commençai à la remplir quand Rémi apparut et prit soin de fermer la porte derrière lui.

— Tu dois vraiment repartir aussi vite ? s'enquit-il en s'allongeant au côté de Tina.

— Malheureusement oui… les… les choses m'échappent un peu en ce moment et je n'ai pas vraiment le monopole de décider.

— Mais pourquoi ?

Je ne savais pas par quoi commencer quand tout d'un coup l'objet de ma dernière vision me revint en mémoire. Aussitôt je me baissai pour regarder sous mon lit.

— Où est la glacière ?! lançai-je.

Rémi fut surpris de mon état de panique.

— Je l'ai rapatriée dans ma chambre, expliqua-t-il. Je n'avais pas envie d'inventer un mensonge à Julie si jamais elle était tombée dessus.

— Ouf… soufflai-je profondément. Merci.

Il se redressa l'air grave. Nul doute que j'allais passer à la casserole.

— Liza, qu'est ce qui te préoccupe ?

Ma valise pouvait bien attendre. Je m'assis auprès de lui et pris une grande inspiration avant de me lancer.

— Oncle Richard est ici.

— Notre oncle ? Tu… Tu crois qu'il est là pour toi ?

— C'est exactement pour ça qu'il est là, confirmai-je avec amertume.

Richard Gauthier était le petit frère de notre père. À l'image de Julie, mes parents l'avaient désigné comme notre tuteur, mais c'était avant qu'il disparaisse du jour au lendemain. J'étais alors âgée de 10 ans. Son grand frère n'avait jamais cherché à le revoir et avait éludé chacune de nos questions à ce sujet. Le temps passa et nous avions cessé de nous demander où il pouvait se terrer. Il en fut de même des Pionniers qui s'étaient, jusqu'à présent, très bien contentés de notre père, le descendant principal de la famille Gauthier. Au décès de nos parents, c'était la première fois que nous le revoyions depuis sept ans mais, là encore, il était reparti bien vite, rejetant le devoir qu'il avait envers nous. Inutile de préciser à quel point Julie exécrait notre oncle. Quant à Nathalie Dubois, elle devait être dans une situation désespérée pour faire appel à une personne aussi peu estimée même chez les Pionniers.

— Peut-être qu'il est temps d'en parler à Julie, proposa mon frère.

— Elle est actuellement suffisamment dans la culpabilité. Ce n'est pas le bon moment pour le dire, ni pour elle ni pour moi, j'ai déjà une montagne de problèmes à résoudre.

— Comment ça ?

Cette fois, je n'hésitais pas à lui dévoiler tout ce qui m'était arrivé depuis notre départ des *Cinque terre :* notre refuge temporaire auprès du clan de Rome, les véritables raisons du confinement de la population parisienne, ma rencontre avec des vampires venus d'autres pays et leur rapport particulier avec la nithylite, mais surtout ma prédisposition pour être la futur reine de mon espèce. Rémi m'écouta avec attention pendant que je me libérais du poids de mes sentiments et parfois même de réflexions que je n'avais pas voulu partager avec Lucas. Une fois que j'eus fini, la luminosité dans ma chambre avait changé. Je ne saurais dire combien de temps j'avais parlé mais il était clair que cela devait faire plus d'une heure. Rémi prit un instant pour digérer tout ce que je venais de lui avouer. Enfin, il inspira et expira longuement avant de finalement parler :

— Tu sais… Julie serait aux anges que tu t'attelles à un avenir aussi grandiose.

Nous nous fixâmes puis partîmes dans un fou rire incontrôlable. J'avais nourri tant d'espoir dans sa réponse, espérant un avis différent, ou une manière originale de voir les choses… Mon désenchantement face à cette parole décalée fut si grand qu'il provoqua automatiquement mon hilarité. Mine de rien, cela me fit le plus grand bien. Nous rîmes de mon devenir que je jugeai catastrophique alors que d'autres diraient que mes plaintes étaient bien peu justifiées. Devenir une reine… Aurèle aurait sauté dans la première bijouterie de la place Vendôme pour choisir son diadème.

— C'est bien la première fois que j'arrive à en rire, parvins-je à sortir en me tenant douloureusement les côtes. J'en ai longuement et plusieurs fois parlé avec Lucas mais il est bien le seul avec qui je pouvais le faire. Si mes congénères voient à quel point je doute… Je ne peux pas me le permettre en leur présence. Ça me fait du bien d'en parler avec quelqu'un d'autre.

Mon frère semblait me comprendre parfaitement. Il sourit tristement, le regard soudain terne.

— Tristan a demandé de tes nouvelles.

— Oh… est-ce qu'il se pointe toujours à l'improviste ?

— Toujours ! Mais tout comme toi, il n'y a qu'à lui que je peux… que je peux parler.

Naturellement, les Pionniers ne sont pas au courant que mon frère était dans la confidence. Sans le vouloir, je lui avais imposé une vie de mensonges et de secrets similaire à celle que j'avais essayé de vivre.

Un jour, comme moi, il allait craquer… la question était de savoir comment cela allait se passer et avec qui…

— Eh bien… si ça peut te rassurer, sache qu'Émilie et Aurèle sont au courant maintenant.

— Tu le leur as dit ?!

— Non, ce fut bien malgré moi au contraire. Les Pionniers informent leurs enfants de l'existence des vampires à la fin de leurs études. Tu penses bien que, pour ce qui est de mes camarades de classe, cette révélation s'est accompagnée du petit bonus de savoir que j'étais un de ces monstres… Depuis, ils ne répondent plus à mes messages.

L'allégresse qu'il avait ressentie en sachant qu'il n'était plus le seul à garder le secret s'évanouit.

— Je suis désolé.

La gorge nouée, je secouai la tête et retins mes pleurs.

— Il fallait bien que ça arrive…

J'utilisai l'intérieur de mon poignet pour effacer les quelques larmes qui avaient affleuré. Afin que mon frère ne soit pas le spectateur de ma peine, je me tournai vers la fenêtre. À travers la vitre, je pus voir qu'une personne était en train d'approcher du château. Ce n'était pas celle que j'attendais avec appréhension mais je fus tout de même très perturbée. Je me retournai vers mon frère qui s'étonna de mon effroi. Il était à mille lieues d'imaginer ce qui s'était passé. Je sentais les prémices d'un séisme qui s'apprêtait à tous nous briser.

— Qu'est-ce que tu as ? s'inquiéta-t-il.

Ma voix était coincée. *Je ne peux le lui dire maintenant.*

— Rémi... Je t'en demande tellement.

Il n'eut pas le temps de m'interroger. Je me précipitai dans les escaliers, Remi sur mes talons en train de me presser de questions. Julie nous vit débouler dans le hall et ne parvint pas non plus à capter mon attention. Je ne pouvais pas m'arrêter... si je le faisais je m'effondrerais probablement alors que je n'en avais pas le droit.

J'ouvris la porte d'entrée et descendis le perron. Je m'arrêtai au bas des marches et observai, non sans une certaine crainte, le garçon s'approchant tête baissée. Lorsque finalement il me vit, son corps se figea. La rougeur présente dans ses yeux humides me fendit le cœur. Je fis quelques pas hésitants puis, devinant que le garçon allait s'effondrer, accélérai vers lui. Nos deux corps entrèrent brutalement en contact. Son visage larmoyant enfoui dans le creux de mon cou, j'essayai tant bien que mal de contenir ses violents soubresauts puis finis par enserrer ses larges épaules.

— Qu'est-ce que ... comment ... balbutia Pierrick entre deux pleurs.

— Chut, chut...

Il ne s'attendait pas à me voir ici. Je n'avais prévenu personne pour que ma visite passe inaperçue. Entendre ses sanglots était un supplice mais je ne voudrais pas être ailleurs en ce moment, hormis dans ses bras. Pierrick se laissa aller contre moi et je glissai quelques baisers dans ses cheveux.

— Elle est morte... Valérie était morte depuis tout ce temps !

Sa voix était atténuée par notre proximité et notamment par le fait qu'il ait crié son malheur le visage enfoui dans mon vêtement. Mais elle resta suffisamment forte pour que Rémi l'entende. J'essayais d'apercevoir mon frère, figé derrière moi. Il m'observait d'un œil coupable et triste. Dans son dos, Julie le rejoignit, une main sur le cœur, pour le soutenir s'il en requérait le besoin. Quelques larmes embrumèrent ma propre vue et je glissai mes mains dans ses cheveux, espérant que ce toucher, même froid, le rassure un peu.

— Pardon… je suis tellement désolée, Pierrick, gémissai-je.

Il pleura de plus bel et me serra d'autant plus contre lui. Si mon corps avait été celui d'une mortelle, il m'aurait brisée en deux. Je ne le repoussai nullement. Il pouvait maltraiter mon corps comme il le souhaitait si cela pouvait alléger un peu sa souffrance.

Nous l'accueillîmes chez nous, espérant que les souvenirs chaleureux qu'il avait dans cette demeure l'apaiseraient. Avec mon frère, nous avions été les dernières personnes à être en contact avec Valérie. Nous avions subi ses ultimes heures de folie meurtrière et ressenti le soulagement lorsque Lucas y avait mis fin. Par la suite, Rémi s'était pleinement investi dans l'apprentissage de l'histoire des vampires. Activité qui lui avait permis d'éluder son propre deuil. Me concernant, l'ombre de Lucifer n'avait cessé de planer au-dessus de moi, me faisant oublier tout le reste. Ce ne fut qu'à cet instant, alors que Pierrick nous racontait le déroulement de sa journée chaotique que nous prîmes enfin le temps de constater l'horreur de ce que nous avions vécu cette nuit-là et les conséquences dramatiques sur lui. La tête baissée et le regard fixe, nous ne pouvions retenir notre tristesse. Le préfet de police s'était présenté chez lui et lui avait annoncé que les restes de sa sœur avait été retrouvés. Une enquête était en cours, car il était évident que le cadavre avait été déterré suite à la tempête. Je me demandais bien ce que les Pionniers – au courant de la transformation de Valérie avant sa disparition – trouveraient comme excuse. Peut-être une victime de plus du tueur en série qui s'était attaqué à tous les camés de Paris en cette période ? Camés en réalité tués par Valérie elle-même alors qu'elle ne se contrôlait plus.

Julie nous servit du thé pour la troisième fois et Pierrick parvint enfin à mettre un pied en dehors du désespoir dans lequel il s'était, à juste titre, enfermé pour s'intéresser de nouveau au moment présent.

— Je suis désolée d'avoir gâché des retrouvailles, avoua-t-il en posant son regard sur moi. Je ne savais pas que tu étais revenue.

— Juste aujourd'hui, je repars vite, c'est pour ça que je n'ai prévenu personne, mentis-je.

Cette excuse bidon me laissa un terrible goût amer dans la bouche. En même temps, je ne pouvais pas lui dire que, mis à part lui, tous mes anciens camarades me prenaient pour un monstre. Le préfet de police se pliait une fois de plus au protocole et maintenait son fils illégitime dans l'ignorance. Finalement, ce n'était pas plus mal. Mon monde de ténèbres déteignait déjà suffisamment sur sa vie.

— Tu es ici comme chez toi, le rassura Julie.

— Merci... c'est... c'est affligeant mais je n'ai trouvé personne d'autre à qui l'annoncer. Entre David et ses amis... beaucoup ont disparu.

Sa voix vacilla et il sembla prêt à s'effondrer de nouveau. Rémi agrippa son épaule en signe de soutien. C'était la seule chose qu'il se sentait capable de faire. En effet, il se garda bien de prononcer un mot car, probablement, n'arriverait-il pas à mentir aussi bien que moi. La réponse de Pierrick me surprit malgré tout.

— Et Émilie ?

Si la jolie métisse ne s'était jamais vraiment souciée de Valérie, Pierrick lui était très cher. Elle serait anéantie de voir son petit ami aussi blessé.

— Ça fait un petit moment qu'elle ne répond plus à mes messages, avoua-t-il.

J'en eus le souffle coupé. Nous échangeâmes un regard avec Rémi qui secoua la tête, me faisant comprendre qu'il tombait des nues lui aussi. Il était aisé de faire le lien avec le récent traumatisme qu'avait dû subir Émilie en apprenant ma condition de vampire.

— Je ne pensais pas que ça se finirait comme ça, à vrai dire, marmonna-t-il déçu.

— Non, ce n'est pas fini.

Je tentais d'être l'avocat du diable mais j'étais bien nulle. Émilie avait une très bonne excuse si l'on ajoutait le fait que ses parents avaient dû lui rappeler que, n'étant pas un Pionnier pur-sang, Pierrick n'était pas en droit de connaître la vérité.

— En fait, si elle a des doutes... moi je n'en ai plus, conclut catégoriquement le jeune homme.

— Je suis désolée.

— Tu ne vas pas t'excuser de tous les maux de cette terre, Liza.

J'étouffai un grognement. Lucas m'avait dit quelque chose de similaire une fois. Il n'était pas de bon augure que mon ex et mon petit ami me répètent les mêmes phrases. D'autant plus que sa situation actuelle était entièrement de ma faute. J'aurais voulu lui venir en aide mais avec ma capacité naturelle à attirer les problèmes, je le ferais probablement tuer.

— Que vas-tu faire maintenant ? demandai-je.

— Je ne sais pas… j'aimerais bien qu'une personne m'éclaire…

Pour un humain, il avait de beaux yeux bleus et la douceur qui s'en échappait m'enveloppa et me cajola. Mes crocs commencèrent à me démanger et je me mordis l'intérieur de la lèvre. *Il avait toujours un certain effet sur moi…*

— Si tu trouves cette personne, dis-lui de s'attarder un peu sur elle, intervint Julie en me tapotant le dos.

Son intrusion fit s'effondrer mes fantasmes et je rompis notre contact visuel pour revenir vers ma marraine.

— Que dirais-tu si j'entreprenais des études de management ? Donner des ordres pourrait m'être utile à l'avenir.

Rémi se retint de rire. Quant à ma marraine, elle souffla bruyamment.

— Pff… je ne sais pas dans quel monde tu vis ! Enfin si tu ne veux pas parler sérieusement je ne vois pas pourquoi j'insiste.

La sonnerie du portail nous surprit. Julie alla prestement répondre à l'interphone et, curieusement, nous patientâmes tous en silence. Pierrick s'imaginait peut-être que son père revenait pour lui annoncer une énième mauvaise nouvelle. Mais il n'en était rien et nous le savions avec Rémi. Ce dernier m'observa mal à l'aise et les reproches que vociféra Julie à son interlocuteur ne le rassura pas. Il craignait pour moi. Cependant, l'arrivée de ce nouvel invité était certes fâcheuse mais il n'avait aucune intention agressive. Dans le cas contraire, j'aurais déjà prévenu Gisèle et Agnel afin qu'ils ne le laissent pas entrer. Je serrai sa main dans la mienne tandis que Julie revint hystérique.

— Ça ne peut être qu'une sombre blague, ragea-t-elle en faisant les cent pas dans le salon.

Vu qui ni moi ni mon frère ne lui posions la question qui s'imposait, Pierrick le fit.

— Qu'est-ce qui se passe ?

Le verrou de la porte d'entrée retentit, le visiteur fit quelques pas dans le hall puis le verrou claqua de nouveau. Nous entendîmes l'invité « surprise » lentement se diriger vers nous. Quand oncle Richard apparut dans l'encadrure de la large ouverture, Julie pesta dans sa direction.

— Voilà ! Ta curiosité est satisfaite ?

Le regard perçant de notre oncle détailla chaque personne présente dans le salon et s'arrêta plus longuement sur moi. Instinctivement mes muscles se tendirent mais je me fis force pour ne rien laisser transparaître de mon inconfort. L'ombre d'un sourire se dessina sur ses lèvres et son visage se détendit, à moins que mon esprit ne puisse pas concevoir qu'un homme ressemblant à mon propre père ait un quelconque mépris pour moi.

Afin de ne pas laisser un silence pesant s'installer, Rémi alla le saluer.

— Bonjour, oncle Richard.

Les deux hommes se tinrent vigoureusement les bras.

— Qu'est-ce que tu viens faire dans les parages ?

— Salut mon grand ! Je ne pouvais pas visiter Paris sans venir vous voir…

—Tu as très bien réussi à le faire pendant presque deux ans, remarqua Julie.

Pierrick se redressa, prêt à prendre ses jambes à son cou.

J'aimerais bien faire de même.

— Je vais vous laisser…

Ma marraine l'interrompit.

— Sache, Pierrick que tu es plus le bienvenu ici que cet individu.

— Tiens donc, le fils de Morel, constata Richard avec un sourire énigmatique. Les choses ne changent pas, j'ai l'impression que la dernière fois que je suis venu tu étais déjà là.

Un grondement parcourut mon corps. L'indulgence qu'il avait envers les enfants illégitimes des Pionniers était quasi nulle, pire que Nathalie Dubois. Je m'apprêtai à répliquer violemment quand mon ex me prit de court.

— C'était en effet il y a bien longtemps, monsieur Gauthier.

Autre manière de lui faire comprendre que son absence auprès de nous n'était passée inaperçue aux yeux de personne. Pierrick se tourna brièvement vers moi et me couva du regard comme pour me remercier une fois encore d'avoir été là alors qu'il ne s'y attendait pas. Je me levai pour le raccompagner et m'offrir un bol d'air frais, mais à mon grand désespoir il déclina mon aide.

— Je connais le chemin, me rassura-t-il. À bientôt…

Probablement se sentait-il bien mieux et jugeait-il qu'il avait suffisamment pris de notre temps. Le jeune homme remercia Rémi et Julie mais se garda bien d'adresser une quelconque forme de politesse à Richard. Il le dépassa sans un mot et continua jusqu'à la sortie.

Dès que nous fûmes entre membres de la même famille, Richard leva un bras accueillant vers moi.

— Allons, Élizabeth, tu ne viens pas saluer ton oncle ?

Ce serait mentir que de dire que je n'étais pas déstabilisée par son attitude. Ma vision m'avait fait comprendre qu'il était ici sur la demande de Nathalie à la suite des nombreux événements qui avaient chamboulé les Pionniers. Il n'était pas là pour une simple visite de courtoisie comme il le laissait sous-entendre. De plus, j'avais très bien vu le ton qu'il avait employé avec la directrice. Il était impitoyable.

Et pourtant, me voilà face à l'oncle familier et indifférent que j'avais toujours connu. *J'ai promis que je serais sage.* Je savais que j'allais être confrontée à une situation délicate. *Je dois prendre sur moi et agir le plus normalement possible.*

Je m'exécutai et rejoignis mon frère et Richard.

— Bonjour, mon on…

Il se pencha et me fit la bise, exactement comme toutes les fois où je l'avais salué alors que je n'étais qu'une enfant.

— Rayonnante, comme l'était Alice, me complimenta-t-il.

Légèrement perdue, je m'étais figée. Le fait qu'il ne clame pas haut et fort ce que j'étais devenue à Julie était une bonne chose, mais il nous avait fait basculer dans la caricature d'une réunion de famille parfaite.

Il pénétra dans le salon et commença à étudier la disposition du mobilier.

— Ma chambre est-elle toujours disponible ?

— Tu comptes rester? ! s'offusqua Julie.

— Tant que mes affaires ici ne seront pas finies, confirma-t-il en se calant dans le fauteuil.

Comme si cette excuse allait suffire. Julie ne s'était jamais laissée prendre à son ton désuet. Elle insista.

— Et c'est-à-dire ?

La sonnerie du téléphone retentit. Au premier abord, notre marraine était bien décidée à le laisser sonner dans le vide. Cependant, Richard n'étant pas disposé à en dire davantage sur ses activités, elle souffla bruyamment et alla répondre dans le hall. Rémi en profita pour me glisser quelques mots.

— Qu'est-ce qu'on fait s'il s'installe ici ?

— Comme Julie, répondis-je tout bas. On ne se laisse pas embobiner.

Je ne savais plus si le fait que je quitte la ville était une bonne ou une mauvaise idée à présent qu'il comptait occuper les lieux. Heureusement, Rémi était intelligent et je lui portais une confiance aveugle. Il avait vu le meilleur comme le pire de moi-même. Nous n'avions rien laissé sous silence concernant ma nouvelle condition. Il savait tout ce qu'il y avait à savoir des vampires. Du moins, tout ce que *je* savais, mais je doutais que notre oncle en sache plus. Dans tous les cas, Rémi ne se laisserait pas manipuler par quelques anecdotes sordides sur des démons. Et, il y avait toujours Tristan avec qui il pouvait échanger. Je me demandais ce que pensaient les chasseurs de notre oncle. Puisque Cyril avait une grande admiration pour mon père, tout comme lui, il ne devait pas considérer Richard comme une personne indispensable.

Durant notre bref échange, notre oncle ne nous avait pas quittés des yeux. Il sortit sa cigarette électronique et commença à vapoter. Julie réapparut et posa le téléphone – un peu brusquement – sur la table du salon. Elle semblait fébrile.

— Qu'est-ce que tu as fait ?

Rémi, à qui la question était apparemment destinée, se raidit.

— Moi ? Rien…

— Ta directrice me convoque en urgence dans son bureau. Je doute que ce soit pour les modalités de la reprise des cours. Tu es sûre que tu n'as rien à me dire ?

Je dus me retenir de rire tellement cette combine était grossière, même pour Nathalie Dubois. Richard ne laissa rien transparaître mais il était évident que cette convocation tombait bien. Rémi risqua un regard vers moi, craignant probablement que la directrice balance à Julie les véritables raisons qui m'avaient poussée à quitter le lycée. J'utilisai brièvement mon pouvoir qui me rassura aussitôt. Malheureusement pour Julie, c'était une discussion un peu plus ordinaire sur le devenir de Rémi qui l'attendait.

— Je suis sûre que ce n'est rien de grave Julie, assurai-je.

Je fis un clin d'œil à mon frère.

— Oui, à part aller en cours je n'ai rien fait de trépidant, reprit-il.

Notre marraine pesta d'autant plus sur l'aspect « urgent » de cette invitation. Elle rassembla quelques affaires qui terminèrent aussitôt dans son sac à main. Avant de partir, elle s'adressa une dernière fois à Richard.

— J'occupe ta chambre, donc tu prendras celle des invités.

Il ne prit pas la peine de répliquer, et de toute manière il n'en n'aurait pas eu le temps. Lorsque la porte claqua derrière Julie, un silence pesant reprit possession de la demeure.

Richard avait été drôlement efficace. Arrivé depuis à peine quelques minutes, il était parvenu à rester seul avec Rémi et moi. À présent, il nous détaillait tout en mordillant l'embout de sa cigarette. J'aurais donné cher pour avoir le pouvoir de Hugo afin d'entendre la moindre de ses réflexions, même si je m'en doutais. Connaissant la vérité sur moi, il n'avait plus qu'une seule chose à élucider... Ce que Nathalie Dubois n'était pas parvenue à découvrir.

— Ainsi donc... tu es au courant.

Rémi se raidit imperceptiblement mais soutint avec bravoure le regard de son oncle. Malgré toutes les précautions qu'il prenait pour garder le secret, son instant d'hésitation devant Julie n'était pas passé inaperçu à l'acuité visuelle de Richard.

— Oui, il l'est, affirmai-je.

Inutile de faire semblant. Il avait beaucoup de défauts mais la crétinerie n'en faisait malheureusement pas partie. Son sens de la déduction était aussi aigu que le mien.

— Bien ! Cela n'en sera que plus facile, vous le concéderez ? Venez les enfants...

Son changement soudain d'intonation était déroutant. Il passait si aisément de la menace à l'indulgence. Une main présentant le canapé en face de lui, il nous invitait à venir prendre place. Dans l'unique but de lui poser mes questions, je m'exécutai ainsi que Rémi.

— Pourquoi es-tu là ?

— Je suis là parce que Nathalie Dubois m'a dépeint une situation catastrophique et, j'ai été le premier à être surpris, elle m'a demandé mon aide.

— Je ne vois pas ce que tu peux changer à la situation.

— C'est vrai. Ce qui est fait est fait. Mais je dois avouer que le fait qu'elle revienne vers moi en rampant a été une scène des plus agréables... Je dois te remercier pour cela, Élizabeth.

Son mépris me déstabilisa. Cependant, je mis cela sur le fait qu'il devait être ébranlé après avoir eu un rattrapage de plus d'un an de péripéties pour le moins désastreuses.

— Alors ? Pourquoi rester si tout est sous contrôle maintenant ?

— « Sous contrôle », répéta-t-il en éclatant d'un rire sombre. Ma chère, te concernant, rien n'est sous contrôle et ce depuis longtemps. J'avais bien prévenu mon frère que côtoyer ce sang mêlé vous porterez préjudice. Il s'est permis des *attentions* avec toi et a dépassé toutes les limites de l'acceptable.

J'aurais moi aussi voulu rire mais j'étais si affligée que le souffle me manquait. *Mon ouïe de vampire avait dû confondre des mots, ce n'est pas possible.* Un regard vers Rémi, qui était aussi choqué que moi, me confirma que j'avais bien entendu. En réalité, ce n'étaient pas tant les mots que le fait que ce soit lui qui les ait dits qui nous mortifia. Nous ne connaissions pas ce caractère caustique de notre oncle. En même temps, nous n'étions que des enfants.

— Je suis seule juge du caractère acceptable des attentions dont je suis l'objet, lui renvoyai-je. On est plus au XIXᵉ siècle. Tu n'as aucun droit là-dessus ni aucun conseil à me donner. Tu es parti, toi notre parrain, alors que nos parents venaient d'être enterrer.

— Je vais vous l'apprendre. C'était le souhait de votre père que je n'accomplisse pas mon devoir en tant que parrain.

Nouveau choc mais je ne le prendrais pas en pitié.

— Peut-être parce qu'il en a eu marre de ton arrogance et que tu t'es montré irrespectueux envers Pierrick ? devinai-je.

Ma réplique acerbe, étrangement, le fit sourire. Il s'enfonça dans le fauteuil et croisa les jambes. Confortablement installé et les bras écartés sur les accoudoirs, il continua sur un ton toujours aussi calme.

— Ma princesse, je n'ai cessé de le répéter à Sébastien, tu mérites tellement mieux que tout ce que ce système vieillissant qu'est la Fondation a à te proposer. Morel est un bâtard. Lefèbvre porte mieux les robes que toi. Dubois n'avait aucun esprit… Et les autres ne sont pas mieux.

Nous avions probablement la raison pour laquelle notre oncle avait disparu et pourquoi notre père n'avait jamais cherché à le recontacter. Alors que nous étions encore dans l'insouciance de l'enfance, il préméditait de nous trouver des bons partis, de nous vendre comme du bétail à celui qui aurait le plus de bourse, le plus de titres ou simplement la meilleure place sociale. Prétendant œuvrer pour notre bien alors qu'en sous-main, il calculait probablement à faire fructifier ses propres intérêts. Lorsque nos parents comprirent qu'il ne veillait nullement à notre bonheur, ils l'avaient chassé.

— Mon oncle, qu'est-ce qui te prend ? intervint Rémi médusé. Nous n'avons jamais côtoyé nos amis par intérêt.

— L'éducation égalitariste de Sébastien, se moqua Richard. Ne prenez pas cet air surpris, si les Pionniers ont pu maintenir un semblant de constance depuis tout ce temps, c'est bien parce que les familles se mariaient entre elles, se prévenant ainsi de la faillite sociale. Sébastien et Alice ont toujours voulu vous laisser libres de vos choix. Ça n'a pas été une réussite, pour aucun d'entre vous. Quoique te concernant Élizabeth, je dois avouer que l'actuel est plus « prestigieux » que le premier.

Il cherchait vraiment à ce que je lui mette mon poing dans la figure. Mes crocs me titillèrent et je m'imaginais sectionner sa gorge afin de le faire taire. Avait-il compris que je n'étais plus humaine ?

Voyait-il encore une petite fille docile ? Il serait bien surpris. J'avais réglé leur compte à des vermines plus fortes que lui.

— Je t'ai bien entendu, tonton Richard et rejette absolument chacun des mots qui sont sortis de ta bouche, crachai-je. Les personnes que j'estime être des amis tout comme celles que je prends dans mon lit n'ont pas à avoir ton approbation.

— Piquante… et digne d'une reine en effet, commenta-t-il sournoisement. J'ai hâte de rencontrer ce cher Gabriel.

Les images se déversèrent en moi sans crier gare.

Élizabeth était face à un immeuble en flammes. Elle pleurait, implorait, criait … Son corps se tordait tant sa souffrance était grande. Sa colère immense lui aurait donner la force d'abattre une montagne mais son impuissance la clouait au sol. À ses pieds, reposait un corps avec le visage entièrement brûlé. Elle ne le reconnut pas… et pourtant, elle hurla encore plus fort.

Je me levai brusquement. Mon corps tremblait encore à la suite de cette violente prémonition. Mes crocs étaient sortis pour répondre à un instinct de défense primaire. Incapable de penser, j'étais sous le choc. Je ne comprenais pas, pire, je ne savais pas ce que j'avais vu. Ou bien, je craignais de comprendre. Ma vision s'était manifestée juste après que Richard avait annoncé son envie de rencontrer Lucas. Je pouvais rejeter ces images et me voiler la face, mais je reconnaissais bien là un mécanisme d'activation de mon pouvoir. Ma rage se décupla et j'eus envie de tout écraser autour de moi. Les corps des deux humains commencèrent à ployer sous une force invisible. Si mon frère gémit en prenant appui sur ses genoux, mon oncle semblait absorbé par mes yeux dont les pupilles ne devaient être plus que de la lave en fusion dorée.

— Il est clair que tu nous caches encore tes véritables intentions mais je te fais une promesse, avertis-je en tentant de contenir ma haine. Ose… ose ne serait-ce que poser un doigt sur lui et je ferais en sorte que tu me supplies de t'achever !

— Liza, se plaignit Rémi.

Je m'aperçus du mal que j'étais en train de lui faire et relâchai aussitôt la pression que j'exerçais sur eux. Mon frère reprit péniblement son souffle tandis que Richard ne prit qu'une profonde inspiration. Il fallait bien avouer qu'il ne se laissait pas impressionner, même par un vampire enragé.

— C'est une promesse bien funeste que tu adresses à ton oncle, Élizabeth.

— Arrête de te foutre de ma gueule, grognai-je.

Mon agressivité ne l'affecta nullement. Au contraire, il semblait fasciné, manigançant probablement un plan dans sa tête. Il s'apprêta à me répondre de nouveau quand des bruits de pneu écrasant le gravier se firent entendre. Nous tournâmes tous nos têtes vers la fenêtre qui donnait sur la cour avant du château. Je reconnus la voiture et la crainte qui traversa mon visage ne passa pas inaperçu auprès de Richard. Il tira la conclusion qui s'imposait sur l'identité de la personne qui venait d'arriver.

— Oh ! Il rentre ici comme s'il était chez lui.

Les poings serrés, je réfléchis vite J'avais besoin de temps et de calme pour analyser ce que j'avais vu. Une chose semblait claire cependant : les deux hommes ne devaient pas se rencontrer. *Je dois mettre Lucas en sécurité.* Au lieu de l'insulter copieusement, je sifflai rageusement entre mes dents puis tournai les talons. Une fois de plus, je quittai Rémi trop vite mais c'était la seule chose à faire. Je lui enverrais un message plus tard pour l'avertir de la noirceur de notre oncle même s'il avait dû s'en apercevoir. Cohabiter avec lui ne serait pas une partie de plaisir.

Je sortis de la demeure et sautai par-dessus les marches du perron pour me presser vers Lucas. L'ancien archange avait fait le tour de sa voiture qu'il venait de garer et s'avançait vers moi.

— Tu devrais préparer quelques affaires, nous devons bientôt partir.

— Non ! Nous partons maintenant !

Je le dépassai pour l'inciter à me suivre mais il se figea sans comprendre.

— Liza…

— Maintenant, Lucas ! l'implorai-je en reculant vers sa voiture.

Voyant mon effroi, il me tendit sa main dans le but de me faire revenir mais je m'étais fixée à mon tour. Mon attention se déporta derrière lui, vers le château où Richard venait d'apparaître. Lucas suivit mon regard et constata la présence de l'intrus dominant la cour du haut des escaliers. L'humain tira sur sa cigarette et souffla lentement un nuage de fumée. Nous étions l'objet de sa concentration et mon sang se glaça. Je ne pus m'empêcher de repenser à certains éléments frappants de ma dernière vision.

Lucas nous regarda à tour de rôle et fit facilement le lien entre mon affolement et mon oncle. La colère de l'ancien archange monta et le vent commença à se lever. Il me tourna le dos et je sentis qu'il était prêt à se débarrasser de la cause de mes tourments. Ma peur en fut décuplée pour une raison que je n'aurais jamais soupçonnée. Richard restait un membre de ma famille et je ne concevais pas qu'il se fasse tuer dans la demeure de mes parents.

— Lucas, s'il te plaît.

Mon petit ami se retourna et je le suppliai intérieurement de me suivre. Heureusement, il était plus sensible à mon désir qu'à sa propre envie d'aller en mettre une à mon oncle. Le vampire lança un ultime regard chargé de menaces à Richard avant de me rejoindre. Gisèle et Agnel nous avaient rejoints dès qu'ils avaient perçu l'animosité du vampire. Ils montèrent avec nous dans la voiture et ensemble nous quittâmes la propriété.

— Pourquoi ne m'as-tu pas prévenu dès que tu as senti du danger ? accusa Lucas.

— Parce que… parce que je pensais le connaître. Alors qu'en réalité, je ne l'ai jamais vraiment connu.

Je serrai les poings sur mes jambes afin de les empêcher de trembler. Devrais-je lui dire ce que j'avais vu ? Ce visage que je n'avais pu reconnaître, était-il le sien ? Dans ce cas, précipiterais-je un destin funeste si lui je lui en parlais ? Ou bien devrais-je tenter le tout pour le tout et espérer qu'il fasse un miracle ? Cette vision avait certes été plus que claire sur certains détails mais pas sur le déroulement des événements. *C'était comme Camille.* À nouveau, l'avenir était en train de m'échapper. *Non... Non pas lui.* J'eus la sensation de manquer d'air. Résultat de mon état de panique car, étant immortelle, je ne pouvais pas vraiment m'asphyxier. Je forçais la moindre inspiration et expiration et cela me pompait une quantité d'énergie astronomique.

— Qu'est-ce que je peux faire, mon amour ?

Je me retins d'exploser en sanglots mais ne pus empêcher les larmes de couler. Et voilà qu'il souffrait à travers notre lien. Je pris sur moi et effaçai les traces humides sur mes joues. Pour l'heure, nous quittions la ville, donc nous serions loin de Richard. Cette fois, j'avais plus de temps à ma disposition pour enrayer la réalisation de cette macabre vision. Tous les jours, j'allais pousser mon pouvoir à m'en dévoiler davantage afin que je sois prête.

— Rester collé à moi à partir de maintenant sera un bon début...

Chapitre 12

Notre départ de Paris fut légèrement agité, en majeure partie à cause de mon désir de m'éloigner rapidement de la capitale française. Lucas n'avait pas été avare en questions mais qui pouvait lui en vouloir ? Mon anxiété le perturbait et la seule réponse que je parvenais à lui donner était : « *Je ne veux pas rester ici !* »

Nous étions installés à l'arrière de la voiture nous conduisant à l'aéroport lorsqu'il comprit que je ne le laisserais pas non plus me toucher par peur que son pouvoir lui révèle la source de mon tourment. En effet, il avait tenté de prendre ma main afin de m'offrir un contact rassurant. Je l'avais esquivé et il était devenu plus sévère.

— Tu sais ce qui s'est passé la dernière fois que l'un d'entre nous a agi de la sorte.

— Je sais ! Je sais…

Je n'avais pas encore pris de décision sur la nécessité de lui dévoiler le contenu de ma vision. J'avais besoin de faire le point, et ce séjour vers le sud pouvait grandement m'y aider. Dans tous les cas, j'allais me confier à Joachim à notre retour et lui demander son conseil. Je ne voulais pas shunter l'autorité de Lucas mais je devais rester prudente vu la gravité de cette prémonition. Le choc passé, je me persuadais que ce visage calciné que je n'avais pas reconnu ne pouvait pas être celui de l'homme qui hantait mon esprit et mes rêves. *Je l'aurais forcément reconnu si cela avait été lui…*

Sur le tarmac de l'aéroport, deux avions s'apprêtaient à partir. Le nôtre ainsi que celui qui ramènerait Meera et Prya en Inde. Lucas était parvenu à négocier leur liberté mais il ne s'était pas étendu sur les avantages que le président du Conclave était parvenu à lui soutirer. La pérennité des chasseurs était bien évidemment assurée si la monarchie revenait et c'était tout ce qui m'importait pour le moment.

Nous nous rapprochions d'un regroupement de véhicules dont un suffisamment grand pour transporter les prisonnières. Certains chasseurs patentaient à l'extérieur, guettant un signe des vampires qui s'affairaient à la préparation de notre jet privé. Lorsqu'ils nous virent arriver, l'un d'eux se redressa du capot sur lequel il était appuyé. Je retins un hoquet de surprise et me rapprochai subitement de la vitre pensant avoir rêvé. *Tristan ?*

— J'ai demandé à Cyril qu'il soit présent, m'annonça Lucas. Après tout, il s'est occupé de ta famille et les occasions pour le remercier seront rares.

Il avait aisément compris pour qui je m'étais animée. Ravaler la rancœur qu'il lui portait et organiser une rencontre entre le jeune homme et moi n'avait pas dû être facile. D'ailleurs il laissait sous-entendre qu'il ne me laisserait plus entrer en contact avec les chasseurs à ma guise. Pour l'heure, cet instant éphémère avec mon ami était amplement suffisant.

— Merci beaucoup…

Son magnifique visage s'adoucit et nos regards restèrent accrochés l'un à l'autre. Nous attendions que l'un d'entre nous profite de ce répit pour partager ses sentiments vis-à-vis de mon comportement. J'aurais pu tout lui avouer, car le voir être ainsi malmené me peinait. Finalement, il reprit une mine sévère et m'avertit :

— Essaie de cacher un peu ta joie. Tout le monde vous regarde.

La voiture s'arrêta et il sortit. J'eus du mal à commander à mes jambes de faire de même. L'atmosphère dans l'habitacle était soudainement devenue glaciale. Je ne m'attendais pas à ce qu'il me refroidisse ainsi... Généralement, il provoquait plus un doux embrasement dans mon cœur et mon corps. En même temps, je l'avais repoussé avant de porter mon attention vers un autre que lui.

À l'extérieur, je fixai le dos de mon petit ami qui allait s'enquérir de l'avancée des préparatifs pour le décollage. Il semblait m'avoir complètement occultée, ce qui m'attrista. Je redoutais qu'il s'imagine des raisons de mon éloignement. Ma volonté était de le garder près de moi pour le protéger mais je n'étais pour l'instant parvenue qu'à l'éloigner. *Très forte.*

Heureusement, la présence de Tristan allégea mon esprit. J'étais tout simplement contente de le revoir et, en effet, je dus me contrôler pour ne pas éclater d'un sourire radieux en me rapprochant de lui. Il n'avait pas changé, si ce n'est que ses yeux verts semblaient pétiller en me voyant arriver, ce qui le rendit encore plus attachant. La seule tache dans ce tableau était son bras emmailloté dans une attelle qui le maintenait contre lui.

— Tu t'es blessé, m'inquiétai-je.

— Oui... je m'en suis aperçu.

Ma sollicitude s'éteignit aussitôt. Tous les garçons que je côtoyais me réservaient des douches froides aujourd'hui. *Crétin.* Mais j'eus du mal à me fâcher contre lui. Ses piques m'avaient malgré tout manqué.

— Je ne fais pas un métier sans risque et aucun vampire n'a été assez stupide pour me donner son sang cette fois, continua-t-il sur un ton toujours aussi désinvolte.

Même si Lucas m'avait mise en garde, je ne pus m'empêcher de rire. Une main cachant mon hilarité, je jetai quelques regards de côté pour m'assurer que nous n'attirions pas trop l'attention. Heureusement, mis à part les chasseurs, les vampires présents étaient tous des amis.

— Merci de t'être occupé de Rémi, repris-je plus calmement. Il serait devenu fou s'il n'avait pas eu quelqu'un à qui parler.

Je me retins de lui déballer notre dernière réunion de famille et à quel point Remi aurait besoin d'un soutien pendant le séjour de notre oncle, mais Tristan avait malheureusement plus important à faire que de jouer les nounous. Rémi devra se contenter de la protection de Julie – ce qui était déjà très bien.

Le chasseur balaya mes remerciements d'un revers de main (celle qui était valide).

— Ton frère est de bonne compagnie, c'était loin d'être une corvée.

Ses mouvements étaient sévèrement entravés par son attelle. J'aurais voulu vérifier si son bras était douloureux et pourquoi pas lui proposer de lui donner un échantillon de mon propre sang pour accélérer sa guérison, mais je me retins de le toucher. Absolument toutes mes préoccupations le concernant étaient déplacées et tout simplement inapplicables dans la réalité.

— Je suis contente que tu n'aies rien eu de grave.

— Disons que pour une fois, nous avons eu le ciel de notre côté, dit-il en désignant Lucas d'un coup de tête.

Un coup d'œil en arrière pour voir où en était l'ancien archange.

Ce dernier était en train de dicter ses derniers ordres à Agnel. Lorsque ce fut fait, il pivota et vint vers nous. Je détournai aussitôt la tête… peut être un peu trop brusquement, mais heureusement Tristan eut la délicatesse de ne pas me poser de questions. Lorsqu'il s'agissait de mon couple, il avait appris à retenir ses commentaires afin de ne pas me faire sortir de mes gonds.

Il fit un signe à ses coéquipiers qui se rapprochèrent de la camionnette. Le temps était venu de libérer les prisonnières.

— Tu penses que c'est une faveur déraisonnable ? osai-je demander.

À part Lucas, ce n'était qu'en présence de lui ou Rémi que j'avais l'impression de pouvoir exprimer mon manque de confiance sans risque d'être jugée. Le jeune chasseur fixa quelques secondes le sol, s'octroyant un temps de réflexion avant de me répondre.

—Je pense… je pense qu'il y a beaucoup de choses que je ne vois pas.

Son ton rassurant me donna du baume au cœur et, à nouveau, je souris. Il me rendit mon attention et fit quelques pas en arrière vers la fourgonnette.

— Il paraît que tu as coordonné une attaque combinée, me lança-t-il un peu plus enjoué.

— Je m'attelle à pérenniser notre brigade mixte.

Le mortel rit et s'éloigna avant d'avoir brièvement salué Lucas d'un signe de tête respectueux. *Il fait des progrès.* Mon petit ami se posta à mes côtés. J'aurais aimé le remercier une fois de plus mais je ne sus comment il le prendrait. Personnellement, si je le voyais porter un intérêt pour une autre que moi alors que notre couple traversait une phase de turbulences je n'assurais pas de bien le prendre. J'esquissais un regard de biais pour me rassurer, il avait le visage fermé. *Ouais, ce n'est pas gagné.*

Les chasseurs se dispersèrent autour de nous. Leurs mains tenaient fermement leur arme et leur regard scrutait les moindres gestes des deux vampires s'avançant vers nous. Meera et Prya étaient telles que je les avais laissées la nuit des combats. J'en conclus que Cyril avait tenu parole et que leur captivité semblait s'être déroulée sans maltraitance. Tristan les précédait et elles s'arrêtent à deux mètres de nous.

— Mon prince, salua Prya.

Les deux se courbèrent révérencieusement. Je ne m'offusquai nullement de ne pas être la destinatrice de leur déférence. Je ne le voulais pas.

— Votre libération a été acceptée sous condition que vous quittiez la France, sans jamais revenir sous peine d'être exécutées aussitôt, annonça Lucas.

Leurs têtes étaient toujours baissées. *Elles comptaient rester pliées en deux combien de temps ?* Je me gardais bien de faire une remarque tant l'ancien archange trouvait cela normal.

— Nous n'aurons pas assez d'une éternité pour vous remercier.

— Celle qui a plaidé en votre faveur a été convaincante, dit-il tournant finalement les yeux vers moi.

Son regard ardent me donna chaud et je ne pus soutenir le contact bien longtemps. Était-il toujours en colère ? Même dans ces conditions, il était capable d'attiser mes fantasmes. *Encore cette tendance au masochisme.*

Les prisonnières semblèrent se rendre compte de ma présence et s'adressèrent finalement à moi.

— Merci, nous sommes vos obligées.

Une chose bien plus importante que des remerciements occupait mon esprit. Je profitais de poser ma question pour me concentrer sur autre chose que la proximité de l'ancien archange.

— Que comptez-vous faire une fois là-bas ?

Meera releva brusquement la tête et j'entendis sa douce voix pour la première fois.

— Si vous me le permettez mon prince…

Aucune animosité n'émanait d'elle, alors Lucas lui fit signe de continuer et elle se redressa complètement pour s'adresser à moi.

— Vos paroles mademoiselle Élizabeth n'ont cessé de me hanter durant notre captivité. J'ai envie de me laisser convaincre… je m'entraînerai dur chaque jour pour développer mon pouvoir comme je l'entends. Je ne veux plus vivre dans la crainte de mes propres actes ni être tourmentée par un avenir que d'autres ont prévu pour moi et que je ne désire pas. Aussi mademoiselle, nous avons décidé de nous tourner vers l'espoir. Je veux croire que nous ayons toutes le pouvoir de transformer notre destin.

Elle est tellement belle. Non pas une beauté physique – cela va sans dire pour un vampire – mais elle détenait une grandeur d'âme qui séduirait n'importe qui. Ces magnifiques paroles me perturbèrent, car elles pouvaient aisément faire référence à ma propre situation. Mon pouvoir me prédisait un avenir de souffrance et par peur de le déclencher, j'osai à peine respirer en présence de Lucas. Ce destin était le nôtre. Je le sentais. Il ne me restait plus qu'à croire en l'espoir, moi aussi, et œuvrer pour changer cette finalité. Mais je n'avais pas envie de le faire seule. Ma main s'écarta et je rencontrais celle de mon petit ami que je serrai.

— Le vouloir, c'est déjà une victoire, approuvai-je.

Les doigts de Lucas se refermèrent sur moi, accédant à mon pardon. Je respirais bien mieux à présent que je comprenais qu'il n'était animé d'aucune rancœur. La petite immortelle me sourit et après s'être une dernière fois inclinée, elle se tourna vers leur avion en compagnie de Prya. Les chasseurs les accompagnèrent jusqu'à la rampe d'embarquement et retirèrent leurs menottes avant qu'elles montent dans l'engin.

Après qu'elles eurent disparu, j'osai pivoter vers Lucas. Il n'avait pas l'intention de me presser de questions sur mon comportement changeant, me laissant libre d'aborder le sujet comme je l'entendais.

Mes mains s'élevèrent vers son visage aux traits si parfaits et caressèrent sa peau douce. *Non…*Cet inconnu calciné ne pouvait pas être lui.

— J'avais peur, mon amour….

L'inquiétude se lut brièvement dans ses yeux puis il tourna légèrement la tête pour embrasser mes paumes. Un frisson me parcourut et remonta le long de mes bras jusqu'à ma colonne.

— Tu n'as rien à craindre, souffla-t-il. Je te protègerai contre Dieu lui-même s'il le faut.

Je me laissai facilement prendre à sa détermination et parvins même à sourire. Mais un doute persistait. *Qui te protègera, toi ?* pensais-je alors qu'il me guidait vers notre propre avion.

L'hôtel où nous séjournions le temps de notre passage à Lyon était une immense villa du XVIIe siècle. Elle trônait sur la Fourvière, colline qui dominait la cité et berceau de la ville romaine *Lugdunum*. Ce lieu de verdure difficilement accessible recélait de nombreuses reliques de l'antique passé de la capitale des Gaules, notamment le théâtre gallo-romain à seulement quelques pas.

Dans la précipitation, j'avais bien évidemment oublié ma valise, celle que j'avais à peine eu le temps d'ouvrir dans ma chambre avant l'arrivée de Pierrick. Par chance – ou pas – Léa s'était fait une joie de me préparer un sac. Elle faisait partie des quelques vampires du clan de Paris qui avaient fait le voyage avec nous. Dans la cour avant de Villette, lorsque je l'avais vue fondre sur moi de sa démarche dansante avec un sac bientôt plus grand qu'elle, je m'étais empressée de lui rappeler que nous ne partions que pour trois jours.

— Ne t'inquiète pas. C'est juste le strict nécessaire ! m'avait-elle assuré.

Je soupçonnais Lucas d'avoir choisi les membres de cette *communauté* dans le but d'alléger mes tensions. Ainsi nous étions partis en compagnie d'Agnel, Gisèle, Yoan, Éric, Alex et Léa… Je fus agréablement surprise de voir aussi débarquer Rolland. Il semblerait qu'il fût originaire du clan de Lyon – nouvelle surprise – et Joachim avait tenu à ce qu'il soit présent. Je me demandais s'il lui avait octroyé une mission particulière. Alors que je me faisais une liste des possibles raisons de sa présence, en vampire serviable, il prit en charge mon énorme sac lorsque nous arrivâmes à l'hôtel et me suivit jusqu'à la suite que je partagerais avec Lucas. Je me demandais comment Diane avait accueilli le fait que son plus fidèle ami me suive dans ce voyage. Il ne laissait transparaître aucun signe d'agacement ou de gaieté. Ce qui était tout à fait normal chez lui, je ne l'avais vu exprimer des émotions que lorsqu'il faisait de la musique. Le reste du temps, il maquillait ses expressions pour qu'on ne sache jamais ce qu'il pensait. Mon attention fut brièvement attirée par des éclats de voix devant nous. Léa et Alex nous précédaient pour vérifier la sécurité de la chambre. Elles semblaient animées par la joie, ce qui contrastait avec l'humeur de mon porteur.

— Merci, Rolland.

Je désignai l'énorme sac qu'il portait à bout de bras.

— À quoi servirais-je sinon ?

J'aurais cru à un trait d'humour mais son air sérieux me laissa perplexe. Une fois de plus, il me perdait. Était-il si mécontent d'être ici ? Dans ce cas, oserait-il le montrer aussi ouvertement, surtout devant Lucas ? À moins que ce ne soit la raison de sa présence qui l'ennuie ? Pour peu en effet qu'il y en eut une... Je décidai de le perturber à mon tour mais à ma façon.

— Pas que... Tu sers aussi de clé de voûte entre le clan de Paris et celui de Lyon, affirmai-je sans réelle conviction.

Je surveillai de biais sa réaction. Sa bouche se déforma légèrement et il vérifia lui aussi l'expression de mon visage. À son image, je m'efforçais de rester placide. Nous nous défiâmes silencieusement, l'un attendant que l'autre craque. Finalement, il se détourna tout en retenant un sourire crispé.

— Prêcher le faux pour savoir le vrai. C'est un jeu dans lequel vous excellez, mademoiselle Gauthier.

— Je dois avouer que le bluff est un sport que j'affectionne, avouai-je. Mais tu dois savoir une chose… je ne joue jamais sauf si je suis persuadée de pouvoir gagner.

Le soupçon d'inconfort que j'avais ressenti durant notre échange me confirma qu'il y avait bel et bien une raison à sa venue ici, autre que la nécessité d'assurer notre sécurité, ou de faire le majordome, certes taciturne, mais tout à fait craquant.

Nous pénétrâmes dans la suite et je fus immédiatement happée par les deux petites tornades qui venaient de finir leur vérification.

— Nous nous remémorions le temps où tu logeais sous les toits. Tu es sérieusement montée en grade depuis, s'amusa Léa.

Je souris en repensant au premier été que j'avais passé dans ce corps. Malgré les épreuves que j'avais dû traverser, c'étaient des instants que je chérissais. De nouveaux amis. Une autre vision du monde. Une renaissance… mais surtout, mes premiers souvenirs avec Lucas.

— En fait, je suis juste descendue d'un étage ou deux, tempérai-je.

Elle me tira au centre d'un living-room dont les portes-fenêtres donnaient sur la cathédrale Saint-Jean. Cette dernière, alliant le style gothique et roman, avait notamment abrité le mariage du roi Henri IV et de Marie de Médicis. Le salon, plus long que large, continuait jusqu'à une grande chambre tout aussi élégante. Les tons bleu roi de la literie se mariaient à la couleur crème des murs dans un mélange assez agréable.

Je jetai un regard en arrière et m'aperçus de l'absence de Rolland. Il s'était enfui. Un soupçon de culpabilité s'empara de moi. Je craignais de l'avoir vexé ; en même temps, comment pouvais-je savoir quelle limite je ne pouvais pas dépasser avec lui ?

— Une chose ne change pas, elle semble toujours se complaire dans l'introspection, commenta Alex.

J'étouffai mes pensées et m'intéressai à nouveau aux filles. Léa serra mes mains contre elle.

— C'est comme au premier jour, concernant l'oreille attentive… ou la présence masculine.

— Merci, Léa.

— Même si je doute que la présence de Lucas soit si désagréable que ça, nuança Alex en me faisant un clin d'œil. Au vu de *certaines circonstances*, tu devrais même le garder très près de ta personne…

— Ne l'écoute pas ! C'est une perverse dans tous les sens du terme !

— Comment ça ?

Les deux femmes n'avaient jamais été d'un tempérament calme mais leur effervescence à l'heure actuelle était palpable et contrastait sévèrement avec mon humeur. Je m'interrogeais sur les raisons de leur agitation quand Alex continua.

— C'est malheureux que ce soit un terme si péjoratif pour les humains. En fait, Liza, je me demandais si tu apprécierais les plans à trois ?

Léa lâcha un petit cri de surprise. *Mais de quoi elle parle ?* Les fixant l'une après l'autre, je m'inquiétais de plus en plus. Léa disputait son amie qui essayait désespérément de placer une autre réplique.

— Toujours en train d'entretenir des conversations déplacées, intervint la voix d'Éric.

Le compagnon d'Alex était un vampire ayant l'apparence d'un adolescent arborant une chevelure rousse. Accompagné de Yoan et

Lucas, il lança un regard lourd de reproche à sa copine. Plus personne n'osa piper mot en présence de l'ancien archange qui se fit un plaisir de rebondir sur la dernière question d'Alex.

— Un plan à trois donc…

— Disons que j'explorais un possible terrain d'entente, se justifia la vampire en levant les bras avec innocence.

Je croisai les bras et interrogeai mon petit ami du regard. Un rictus déforma son beau visage puis, d'un signe de tête, demanda à nos amis de prendre congé. Je n'allais pas tarder à découvrir le pourquoi de cet échange fébrile et insolite. Venant d'Alex, cette proposition de plan à trois était bien évidemment une boutade, mais la nervosité de Léa me posait question, tout comme l'austérité qui s'était emparée de Lucas.

Une fois que nous fûmes seuls, je lui lançai :

— J'ai l'impression que l'on rit à mes dépens.

— Ce n'est pas toi est visé, c'est moi…

— Oh…

Seule Alex osait le taquiner ainsi dans le clan. Il se déplaça vers moi et posa ses mains sur ma taille.

— Il y a certaines choses que tu dois savoir avant de rencontrer Mikaela.

Je craignis de faire un lien entre les comportements décalés de nos amis et la difficulté qu'il avait, en ce moment, de me parler.

— Mmm… cette conversation va-t-elle déboucher sur une dispute ?

— Non, parce que tu me laisseras parler jusqu'au bout.

Je choisis de sourire mais c'était pour mieux dissimuler mon malaise. La dernière fois qu'il m'avait avoué des éléments de son passé, qui portaient préjudice à notre couple, je m'étais enfuie, rejetant catégoriquement toute explication de sa part. Cet épisode nous avait cependant rendus plus forts. Il n'avait plus besoin de me rassurer, car il me prouvait chaque jour que Dieu faisait la force des sentiments qu'il me portait. Je pris une grande inspiration.

— Allons-y.

— Comme tu le sais maintenant, le clan de Moscou protège l'identité de ses membres. Si je peux affirmer avec une grande certitude que la « tsarine de la danse » en fait partie, c'est parce que j'ai pu la côtoyer pendant quelques dizaines d'années de manière assez régulière.

Je me mordis l'intérieur de la joue pour m'empêcher de l'assassiner de questions mais ma sérénité était ébranlée.

— Je te dois la vérité, je ne restais pas en contact avec elle pour capter les intentions de son maître... disons que nous avions un intérêt physique l'un envers l'autre. Je comprends très bien que cette rencontre peut te sembler déplacée et être une source de confusion mais Mikaela est la seule qui puisse apporter notre message à Vassily, le chef du clan Moscou.

Une main devant la bouche pour cacher la crispation de ma mâchoire, je pris quelques secondes pour méditer. Lucas m'avait prévenue du nombre incommensurable d'aventures qu'il avait eues avec des vampires. L'éternité jouait en ma défaveur et plus je passerais du temps avec lui, plus je risquais de tomber sur d'anciennes conquêtes. En l'occurrence pour celle-ci, ce que je comprenais de sa description était qu'ils partageaient ensemble une relation exclusivement basée sur le sexe. Autrement dit, ils avaient adoré prendre leur pied ensemble et ce pendant plusieurs décennies. Il eut l'élégance de ne pas me dire si cela avait duré une vie d'homme. Pour des vampires, ce laps de temps n'était rien mais me concernant, je serais capable de très mal le prendre. J'essayais de me consoler en me disant qu'il ne s'agissait pas d'une histoire où les sentiments s'étaient mêlés comme Lilith ou Morgana. Je me rappelai aussi sa complaisance concernant ma relation avec Tristan et voulus faire preuve de la même indulgence.

— Donc si nous résumons, je suis ici pour que ton ex-plan cul évalue ma valeur et la rapporte à son maître qui se trouve à l'autre bout de l'Europe dans l'espoir de le faire venir en France. C'est la grande classe, conclus-je stoïque.

Il secoua la tête en soufflant.

— Ton emploi des mots est toujours aussi déconcertant...

— C'est aussi pour ça que tu m'aimes.

— C'est vrai.

Mes mains remontèrent le long de son torse, caressant les reliefs sous sa chemise, jusqu'à ce qu'elle se croisent derrière sa nuque. Sur la pointe des pieds, mon corps se rapprocha délicieusement du sien et mes lèvres effleurèrent l'extrémité de ses crocs.

— Tu vas *vraiment* devoir te dépasser pour rattraper ça, susurrai-je.

Un grognement de désir le fit vibrer et il s'empara de ma bouche. Sa langue pénétra sans ménagement en moi, me forçant à basculer ma tête en arrière. Ses mains glissèrent sous mes fesses et me soulevèrent. Je m'accrochai à lui mais il me reposa avec une telle force sur le bureau de notre chambre que je dus me retenir au large plan de travail en bois massif pour ne pas être éjectée. La respiration fébrile et alors que je reprenais mon équilibre, il retira mes vêtements. J'avançai mes mains pour faire de même, mais il les emprisonna et les maintint dans mon dos. Il attrapa également une poignée de mes longs cheveux et tira doucement pour bloquer ma tête. Arborant à présent un sourire satisfait, il entreprit de prendre son temps pour explorer la moindre parcelle de peau à sa portée. Ses douces lèvres associées à ses crocs coupants déclenchèrent de petites crépitations dans mon cou, jouant avec les nerfs, s'amusant à torturer mes sens.

— Je te veux ! ordonnai-je à bout de souffle.

Il baisa la zone juste sous mon oreille puis sa langue vint s'enrouler autour du lobe, le suçant et le mordant. Les prémices d'un plaisir intense se répandirent dans mon corps et s'arrêtèrent entre mes cuisses.

— Quand tu me supplieras suffisamment fort… me murmura-t-il. À ce moment-là, tu m'auras.

J'expirai de désir et il reprit ses caresses à la fois agaçantes et pourtant tellement plaisantes jusqu'à ce que, entièrement saturée, je lui hurle mes supplications à en faire trembler les murs de notre chambre.

Je sortis de la douche avant Lucas et, une fois sèche, enfilai sa chemise, celle que j'avais finalement réussi à lui ôter durant nos récents et bruyants ébats. Dans le miroir de la salle d'eau, j'effleurai la zone de mon cou où il avait sauvagement planté ses crocs. Elle était limpide et pourtant… j'avais encore la sensation de ses lèvres sur moi. Toujours imprégnée du désir qu'il avait déclenché, mes doigts glissèrent de ma gorge jusqu'à ma poitrine qu'il avait couverte de baisers lancinants. Ma respiration se heurta et je repris contenance juste au moment où le vampire apparut. La vision de son corps élancé et mouillé m'empêcha de reprendre mon souffle. Non mécontent de l'effet qu'il avait sur moi, il se plaça derrière moi et m'enlaça. Nous observâmes nos reflets serrés l'un contre l'autre dans une étreinte amoureuse. Mon regard était animé d'une profonde lueur dorée qui devenait de plus en plus brillante au fur et à mesure que ses longs doigts fins se baladaient sur mes jambes. Je fus saisie par la beauté de ses pupilles bleues qui semblaient changer de couleur en fonction des pensées lubriques qui le traversaient. Il se rapprocha plus près – si c'était encore possible – et ses mains glissèrent lentement sur mon corps. L'une remonta vers ma poitrine l'autre plongea entre mes cuisses. Ma bouche s'entrouvrit dans un soupir silencieux. Il entama ses caresses, s'amusant et frottant ce nœud nerveux et déjà palpitant. Je m'accrochai à sa main qui malaxait mon sein sans parvenir à l'arrêter. Lorsque petit à petit, ses doigts se glissèrent en moi, je gémis bruyamment et retins son bras.

— Ne commence pas ce que tu ne peux pas finir.

— Mmm… Si seulement, murmura-t-il à mon oreille.

Nous ne pouvions pas nous laisser aller à nouveau à nos pulsions. Nous étions attendus au siège du clan de Lyon, où un bal était organisé en notre honneur. Cet événement, poussé par la cheffe du clan, avait surtout pour but de lever le voile sur les préjugés et les rumeurs me concernant. Ainsi nombre de vampires venus des clans les plus éminents de France avaient fait le déplacement. Lucas jugeait qu'il s'agissait là d'une opportunité à ne pas manquer. De mon côté, j'avais l'impression de passer un examen et que l'entièreté de mon existence ne se résumerait qu'à cet instant où je leur ferais face.

— Vois cela comme une répétition de ce qui se passera dans un mois, me conseilla Lucas alors que nous étions en train de nous préparer.

Dois-je le remercier de me rappeler qu'un événement bien pire que celui-là aura bientôt lieu à Paris. Je soufflai tout en me dandinant pour enfiler ma longue robe. De forme évasée et asymétrique, elle mettait en valeur la cambrure de ma taille et dévoilait mes jambes jusqu'à mi-cuisse. Elle était faite de soie bleu nuit et d'une broderie argentée décorant le bustier et l'intérieur du voile. Beau choix de la part de Léa. Alors que je me contorsionnais pour la fermer, il vint à mon aide et remonta la fermeture éclair dans mon dos.

— Donc c'est un test, conclus-je en me retournant.

Il sourit et m'embrassa.

— Ça ne t'avait pas manqué, je suppose.

Les mois qui suivirent ma transformation, alors que j'apprenais encore à maîtriser mes pulsions, il avait enchaîné ce genre de tests le plus souvent à mes dépens. À présent que je savais ce qu'il en était, je me devais de connaître l'énoncé de cette épreuve et pour cela il me manquait une information.

— Si tu veux que je le réussisse, tu vas devoir me dire ce qui se passe entre Rolland et le clan de Lyon.

Une ride apparut entre ses yeux.

— C'est lui qui t'en a parlé ?

— Non… Mais son silence au sujet de sa venue ici est criant.

Il siffla entre ses dents tout en secouant la tête. Il avait bien du mal à cacher le sentiment de fierté qu'il me portait quand ma perspicacité le malmenait.

— Par le passé, le clan de Lyon s'est souvent disputé avec celui de Paris la souveraineté du pays. Lugdunum, nom de la ville lyonnaise alors qu'elle n'était qu'une colonie romaine, avait une position dominante, notamment grâce à sa position géographique dans le réseau d'Agrippa qui la plaçait au centre des grands chemins de la Gaule. Ainsi, avec le règne de Clovis, même si Paris avait hérité du titre de capitale au VIe siècle, cela ne concernait que les mortels. Les vampires avaient leur propre centre : le roi et la reine. Ils ne se souciaient guère de ce qui préoccupait les humains ni où ils plaçaient leur capitale. Au XVIe siècle, lorsque le roi et la reine des vampires furent déchus et que des clans commencèrent à se forger, celui de Lyon argua sa position stratégique et son glorieux passé romain. Joachim mena les négociations et les immortels durent suivre le choix des humains et désigner le clan de Paris comme entité souveraine du pays. Dès lors, celui qui commande le clan de Lyon doit céder un de ses membres au clan de Paris afin de lui assurer sa soumission.

Il l'expliquait avec précaution mais ce qu'il décrivait portait un tout autre nom dans mon esprit.

— Un otage.

— C'est cela... c'est une tradition qui date de la création des clans et tous les chefs qui se sont succédé à Lyon s'y sont conformés. Aliénor qui le dirige actuellement a choisi Rolland comme caution il y a maintenant deux siècles. Cependant, ne te méprends pas, il est à présent un membre à part entière du clan de Joachim, qu'importe son origine ou le pourquoi de sa venue.

— Je... je ne pensais pas que l'on subissait encore les événements d'un passé aussi lointain.

— Lointain ? Non absolument pas mon amour, se moqua-t-il.

J'oubliais que je sortais avec un ancêtre. Je me retins de lui lancer à la figure le fond de ma pensée concernant son âge. Cela ne ferait que renforcer son amusement comme à chaque fois que je me cassais les dents à chiffrer son existence.

Il enfila une veste de costume haute couture qui épousait parfaitement son corps taillé en v. Quant à son pantalon, il semblait avoir été cousu sur lui, mettant en évidence la puissance de ses cuisses et, ma foi, la fermeté de ses fesses. Mes crocs titillèrent mes lèvres. J'étais à nouveau séduite.

— Quoi qu'il en soit, ce n'est pas une situation qu'il aime partager avec les autres, donc ne le taquine pas avec ça, conclut-il.

Ma bulle de désir sexuel éclata. Je me raclai la gorge en repensant à ma discussion avec Rolland.

— C'est un peu tard…

Il était en train de se boutonner lorsqu'il se figea pour me dévisager.

— Petite diablesse.

Mon cœur sembla ralentir et mes jambes s'activèrent, me transportant de manière erratique dans la chambre. Je lui avais fait du mal en le traitant de clé de voûte sans vraiment savoir ce qu'il pouvait en conclure.

— Je l'ai provoqué et probablement ai-je fait sortir des souvenirs désagréables, me morfondis-je.

— Il sait ce que tu es…

— Une personne emmerdante ?

— Non, dit-il en riant. Bienveillante.

C'était un compliment inattendu suite à mes récentes sautes d'humeur. *En suis-je digne ?* Je n'avais toujours pas décidé si c'était une bonne ou une mauvaise idée de garder le secret sur cette foutue vision apocalyptique. Les mensonges par omission, c'était plus son truc à la base. *Il déteint un peu trop sur moi.* Autre chose, lorsque j'avais défendu Meera et Prya, j'avais cru que mon acte inspirait plus la folie que la bienveillance à ses yeux. Je souris modestement et remis une mèche de cheveux derrière mon oreille. Il finit de se boutonner avant de revenir vers moi pour glisser un baiser sur ma joue. Mes doigts caressèrent la zone encore brûlante que ses lèvres avaient touchée. *Il était à mille lieues de se douter que je lui mentais. Il me faisait confiance.* Chaque seconde qui passait à lui cacher la vérité me rapprochait un peu plus de la trahison. Je comprenais mieux l'importance d'un pouvoir comme celui de Hugo dans ces conditions.

Lorsqu'il se retourna vers moi, je m'empressai de tirer sur ma robe, prétextant un besoin de la réajuster.

— Tu as l'intention d'y aller coiffer comme ça ? me demanda-t-il.

Je glissai machinalement mes mains dans mes cheveux détachés et encore emmêlés à cause de lui. En effet, ce n'était pas vraiment une coiffure adaptée.

— C'est ta manière de dire à une femme que tu n'aimes pas sa coupe, peut-être ?

Heureusement Léa n'attendait que mon feu vert pour se jeter sur moi armée d'épingles. Elle maintint mes cheveux en torsade à l'arrière de ma tête et les laissa détachés sur leur longueur tout en leur préservant leur ondulation. Quelques perles vinrent embellir le tout.

Alex, Gisèle et Léa arboraient des toilettes semblables à la mienne. Les tons bleu marine de nos robes me firent supputer que cette soirée avait un code couleur.

Chapitre 13

— Les bals d'Aliénor sont toujours somptueux. Les invités sont intégrés dans une mise en scène, ainsi ils sont à la fois les spectateurs et les acteurs de l'événement, répondit Léa lorsque je lui eus posé la question.

— Avoue que tu es là aussi pour assister à ce bal, la taquina Alex.

Léa faillit s'offusquer mais plaida finalement coupable.

— OK, disons que je viens prendre l'inspiration pour nos futures réunions à Villette.

Alex continua de chambrer son amie alors que nous rejoignions les garçons. Elles prirent une légère avance. Gisèle resta près de moi et je profitai de cet instant de répit pour lui demander conseil.

— Et toi, que penses-tu de cette histoire de mise en scène ?

— Je pense que ces thèmes ne sont pas que des caprices d'Aliénor. Elle les invente spécialement pour un événement ou bien *une invitée* en particulier.

— Vraiment ? fis-je intéressée.

Elle acquiesça et développa le fond de sa pensée.

— Tu seras malgré toi une pièce maîtresse de son jeu. Fais attention à ne pas te laisser surprendre, car ils observeront la moindre de tes réactions.

Déjà que mon désir d'assister à cette soirée n'était pas grand, son avertissement résonna en moi comme une claque. L'ancienne princesse perse sembla s'inquiéter de me voir traîner des pieds subitement. Je pris une profonde inspiration et me forçai à reprendre une allure normale.

— Bien, lançai-je d'un ton sûr.

Des soirées mondaines présentées comme désuètes mais qui n'en était rien, j'en avais pléthore à mon actif grâce aux Pionniers : des ventes aux enchères dont le but était de faire circuler une quantité astronomique de fric directement dans le portefeuille des chasseurs, des pique-niques chics avec des parents jouant les entremetteurs *Tinder* ou des dîners destinés à obtenir la meilleure place pour leur progéniture. Les intentions de Nathalie Dubois n'avaient jamais été un secret pour moi, cette Aliénor pouvait bien essayer de mieux faire, je ne serais pas dupe.

Dans le somptueux hall de l'hôtel, les garçons avaient déjà réceptionné Léa et Alex. Je ne pus m'empêcher d'observer la réaction de Rolland à mon arrivée. Ce dernier avait repris un masque neutre. Je ne pourrais rien en tirer.

Lorsque je me présentais, enfin prête, à Luca, une douce lueur anima ses yeux turquoise. Un sourire en coin, il m'invita à prendre sa main. Je la lui offris et il la retourna pour embrasser l'intérieur de mon poignet, se délectant au passage de mon odeur et du goût de ma peau. Il dut sentir l'intensité de mes pulsations contre ses lèvres car un soufflement amusé lui échappa.

— *Tu es tellement belle, mon amour.*

— *Te concernant, je dois avouer que je trouve quelques charmes à ce style vestimentaire plutôt qu'à celui d'un simple universitaire.*

Ma remarque l'égaya et il me présenta son bras. Je le pris et me laissai guider jusqu'à notre moyen de transport. Bien que le siège du clan de Lyon se trouvât non loin de notre hôtel, nous nous déplaçâmes en voiture, mal nécessaire pour assurer plus facilement notre sécurité. La nuit accueillit notre arrivée au palais Saint-Jean jouxtant la cathédrale du même nom. C'était une bâtisse imposante de forme cubique qui cachait une petite cour intérieure. Il fut longtemps la résidence des archevêques, ce qui expliquait l'austérité des façades. Notre véhicule nous laissa non loin de la Saône, la plus grande rivière de France. De ma position, l'on voyait l'extérieur du chœur de la basilique Notre-Dame de Fourvière. Cette dernière, trônant au sommet de la colline, se voyait très bien de n'importe quel point de la ville en contrebas. Elle avait une particularité qui fit à la fois la renommée de sa beauté et également donna naissance aux pires critiques. La bâtisse était dotée de quatre tours en coin, deux en façade et deux que je discernais de part et d'autre du chœur. Leur architecture, peu commune, était selon les détracteurs inadaptée en de nombreux points et notamment du fait que leur forme octogonale les rendait plus sensibles aux vibrations des cloches. Certains pensaient que Pierre Bossan, son créateur, s'était inspiré des édifices religieux de Palerme, d'autres y voyaient une conception musulmane à l'image de la mosquée Ketchaoua d'Alger. Personnellement, je trouvais que son caractère métissé la rendait bien plus attrayante. Elle était une représentation de toute beauté du mélange des cultures que quelques cloches n'avaient pas réussi à abattre. Encore plus captivant pour moi, une statue de l'ange Michel couronnait l'abside. L'œuvre de Paul-Emile Millefaut avait été conçue par le même atelier ayant coulé la très célèbre Statue de la Liberté. Telle une étoile, elle brillait, éclatante dans le ciel grâce aux nombreux faisceaux lumineux à son socle. J'eus une pensée pour le grand frère de Lucas et me demandais si je devais également lui parler de ma vision.

— Mon amour, appela la voix de Lucas.

Tous magnifiques dans leur tenue de soirée, mes amis semblaient attendre que je finisse ma méditation. Mon petit ami me tendit sa main comme une invitation.

Ce n'est pas le moment de penser à ça.

J'aurais besoin de toute mon attention pour survivre à cette soirée. Les nombreux chefs de clans déjà présents à l'intérieur du bâtiment attendaient de moi que je sois irréprochable, alors je repoussai tout ce qui pouvait me nuire... par exemple, des visions intempestives et nocives.

Je rejoignis Lucas qui enserra ma taille d'un bras et m'emmena vers l'une des larges portes au coin d'une immense esplanade. La rue ainsi que la façade du palais et de la cathédrale derrière lui étaient éclairées d'une lumière légèrement orangée donnant une ambiance chaleureuse et apaisante. Quelques membres du clan de Lyon nous saluèrent brièvement et nous guidèrent à l'intérieur. Bien que nous ne soyons pas en terrain ennemi, nous étions encadrés par les vampires de Paris. Le siège du clan local était décoré avec goût, aucun meuble, luminaire, tableau, miroir ou autre accessoire n'avait été disposé au hasard. Le tout s'harmonisait ensemble pour engendrer une ambiance cosy. En croisant les regards curieux de certains de nos hôtes, je m'aperçus que j'observais un peu trop ce qui se passait autour de moi et ne me concentrais pas assez sur ce qui se déroulait devant. Agnel et Yoan s'écartèrent pour nous laisser passer et nous tombâmes nez à nez avec l'organisatrice de la soirée. La grande dame, figée dans sa belle trentaine, portait bien évidemment une somptueuse robe bleue ainsi que quelques longues plumes de la même couleur dans les cheveux. Elle se courba respectueusement.

— Mon prince.

— Bonsoir Aliénor, nous te remercions de nous accueillir chez toi.

— C'est à moi de vous remercier d'avoir accepté mon invitation soudaine alors que les raisons de votre venue ici sont de la plus haute importance. J'espère que vous avez eu le temps de vous restaurer après votre voyage.

— Nous avons pu profiter de tout le confort de notre chambre avant de venir, assura l'ancien archange de la manière la plus naturelle qu'il soit.

Je serrai les dents pour m'empêcher de rire comme une sotte. *Il fallait sérieusement que je revoie l'efficacité de son filtre.* Jouissant de son statut d'altesse, il se plaisait à déstabiliser ses interlocuteurs en lançant ce genre de réplique, tout en sachant pertinemment que personne n'oserait aborder le sujet de notre intimité. Le problème était qu'il me mettait moi aussi dans l'embarras.

— J'en suis fort aise, répondit Aliénor en maintenant un ton neutre.

J'étais apparemment la seule gênée.

Son attention se déporta sur moi et Lucas se chargea des présentations.

— Voici Élizabeth Gauthier.

La cheffe du clan de Lyon baissa discrètement la tête en fermant les yeux. Ce n'était pas une courbette à proprement parler mais un salut courtois qui me convenait tout à fait. Lorsque son regard se releva, il s'attarda très brièvement sur certains détails de mon apparence et de mon visage.

— Mademoiselle Gauthier… je dois avouer que, pour une fois, les rumeurs n'ont pas réussi à être à la hauteur de la vérité.

Je voulus méditer un peu plus amplement sur le sens caché de ses paroles mais me persuadai qu'il ne s'agissait que d'un simple compliment.

— Merci, répondis-je. J'espère qu'au terme de cette soirée, je pourrai en dire autant de vous.

Elle sourit sobrement mais sembla accepter mon défi. Aliénor nous invita à la suivre. Alors que nous marchions dans les couloirs du palais, je vérifiai l'effet de mon approche auprès de Lucas. Ce dernier hocha la tête et posa une main rassurante sur la mienne. Je ne m'étais pas aperçue que mes doigts avaient agrippé la manche de sa jolie veste. Aussi, je pris une grande inspiration et me forçai à me détendre.

Il ouvrit un pont entre nous et commença une conversation silencieuse.

— *Aliénor est une femme de poigne. Elle préférera que ma compagne ait du répondant plutôt qu'elle ressemble à une potiche.*

— *Je pensais que « faire la cruche » était nécessaire pour ne pas offenser nos hôtes,* me souvins-je en pensant à notre premier voyage dans le Sud.

— *Que si tu es membre d'un autre clan… Là, tu prétends au rôle de reine. Une personne avec aucun esprit n'a aucune chance.*

Je ne pus avoir que de l'admiration pour cette femme qui s'était élevée au rang d'alpha. En plus d'être belle, elle devait être impitoyablement efficace dans sa manière de diriger. Peut-être devrais-je apprendre d'elle ?

Nous n'empruntâmes aucun escalier, nous contentant de traverser le bâtiment jusqu'à atteindre une cour intérieure carrée, le lieu du bal. En effet, une profusion de fleurs dans les tons bleus et blancs ornait les murs, les tables et de grands vases à taille humaine. Des lustres en cristal richement décorés étaient hissés par un système de cordage, les maintenant suspendus au-dessus de nos têtes sous le ciel étoilé. Ils éclairaient l'espace grâce à des centaines de bougies qui donnaient une ambiance presque intime. Ce n'était qu'une impression habilement orchestrée, car nous étions loin d'être seuls. Le nombre d'immortels déjà présents était impressionnant. Aliénor n'eut pas besoin d'attirer l'attention ni de nous présenter, chacun arrêta son activité pour s'intéresser à notre groupe. Contrairement aux humains, les vampires ne nécessitaient pas qu'un garde hèle les noms et titres des invités. Ils ressentaient la présence de leur prince et lui offraient aussitôt le respect qui lui était dû en faisant silence.

Je marquai un temps d'arrêt peut-être un peu trop grand car je sentis Lucas m'entraîner vers l'avant. Le silence m'angoissa légèrement et tandis que nous avancions, je me forçai à maintenir une expression sereine – prenant exemple sur Rolland. *En pensant à lui...* J'osai un regard en arrière et vis Aliénor – qui était restée à l'entrée de la cour – caresser tendrement son bras. Il se pencha pour écouter les quelques murmures qu'elle lui réservait. Surprise, je revins aussitôt à ma position d'origine. La bonne question aurait été de demander à Lucas quelle était la relation que Rolland entretenait avec Aliénor. Mais il n'était plus temps de se préoccuper de ça.

Un tigre blanc passa devant nous. Je mis quelques secondes à me dire qu'il ne s'agissait pas là d'une hallucination. Ces félins se baladaient au nombre de cinq parmi les convives. Ne prêtant nullement attention aux immortels, ils vaquaient paisiblement à leur occupation. Parfois ils se redressaient sur leurs pattes arrière pour venir secouer de grandes cages dorées suspendues qui enfermaient des paons. Les grands oiseaux relevaient leur queue colorée pour impressionner les bêtes qui étaient surtout entravées par l'inaccessibilité de leurs proies. C'était bien évidemment la première fois que je voyais un tigre d'aussi près, et sans barreaux pour nous séparer. Quel invités originaux ! J'eus une pensée pour Léa qui se verrait probablement refuser l'emploi de tels animaux dans la demeure de Joachim. *Elle devra trouver sa propre inspiration.*

Un des félins me surprit en frottant sa tête contre ma main avec un ronronnement bruyant. J'eus un léger mouvement de recul avant de me reprendre rapidement et de faire taire ce réflexe humain. Je ne craignais plus rien en présence d'un tel prédateur, j'étais même la plus dangereuse des deux. Mes doigts vinrent caresser le poil soyeux au sommet du crâne de la bête – bien plus imposant que celui de Tina – qui se rapprocha de mes jambes dénudées et osa y déposer un coup de langue râpeuse. Je souris comme une enfant.

— C'est incroyable, dis-je à Lucas. Regarde…

Je caressai le large dos du félin qui me collait toujours. Bizarrement, cela ne sembla pas l'amuser et il m'en révéla la raison.

— C'est un mâle.

L'ancien archange grogna et l'animal fit un petit bond en arrière avant de déguerpir. Je trouvai la situation hilarante mais me retins de rire. La scène n'était pas passée inaperçue aux yeux des vampires autour de nous et je crus m'être tournée en ridicule. Heureusement, ils semblaient plus attendris et charmés par mon attention complaisante avec l'animal. Comme si je venais de m'amuser avec un petit chat.

Mon cavalier entretint notre conversation silencieusement et me présenta quelques autres chefs du clan français : Nantes, Clermont-Ferrand, Lille… Parfois nous nous arrêtions brièvement pour que Lucas échange quelques mots avec l'un d'entre eux. Il semblait les connaître tous très bien mais rares étaient ceux qui osaient échanger plus que des mots de courtoisie avec moi. En réalité, il n'y en eut aucun. Tous se contentaient de me saluer avant de s'effacer aussitôt. Je commençais à me sentir seule et regrettais que mes amis de Paris soient occupés à scruter l'espace autour de nous en quête de la moindre anomalie. Un serveur nous présenta un plateau de coupes de champagne. Nous nous servîmes et nous arrêtâmes à côté d'une table présentant divers amuse-bouches. Je sirotai mon verre tout en déplorant que l'alcool ne puisse plus me donner du courage. Ne supportant plus d'être scrutée de loin par une brochette d'ancêtres méfiants, je me tournai vers la table, prétextant une envie soudaine de déguster un des mets raffinés.

— *J'ai l'impression de n'être guère mieux qu'un de ces oiseaux en cage, un simple spectacle.*

— *Tu ne peux pas leur reprocher d'être curieux.*

— *Ce n'est pas de la curiosité… c'est de l'appréhension. Ils ont peur de moi. Ils ne peuvent pas s'empêcher de la voir en moi, et ils n'ont que trop raison.*

— *C'est pour ça qu'on est là. Je n'ai jamais dit que ce serait un exercice facile.*

Je finis mon champagne d'une traite et, comme prévu, la vague d'ivresse ne fit que passer brièvement dans mon cerveau.

— *Il faudrait un miracle pour qu'ils oublient leur crainte*, me lamentai-je.

— *Non pas un miracle, juste un allié.*

Ne comprenant pas le sens de sa phrase, je relevai la tête et suivis son regard. L'un des convives vint vers nous d'un pas assuré. Il semblait tout droit sorti d'un passé plaisant, où mes problèmes semblaient si infimes comparativement à ma situation présente. Et pourtant, c'était il y a à peine plus d'un an.

— Mon prince, chère Élizabeth, nous salua le chef du clan de Nice en s'inclinant.

Il était accompagné du jeune homme que je reconnus également que trop bien pour l'avoir embrassé sous les yeux de Lucas. *Oups…* En retrait, il posa une main sur sa poitrine et montra la même marque de respect que son supérieur.

— Il me tardait de vous revoir après avoir entendu tant de rumeurs sur vos exploits.

— Bonsoir Kevin, il serait dommage de mettre à mal la sérénité de la Côte d'Azur par notre présence, ironisa Lucas.

— Ma foi, si c'est pour avoir l'honneur d'accueillir celle dont l'Europe vante la beauté, je prendrai volontiers le risque, enjôla-t-il dans ma direction.

Il excellait toujours dans l'art de l'éloge.

— J'apprécie votre compliment, Kevin, répondis-je. Et je vous remercie d'avoir pu faciliter mon inscription précipitée au baccalauréat dans votre commune.

— Accéder à votre désir était mon plus grand plaisir, mais j'aurais espéré vous voir passer le reste de l'été dans ma ville.

Je ris et le félicitai intérieurement pour son acharnement.

— Nous plaidons coupables. Nous vous avons fait quelques infidélités en préférant la côte italienne pour nos *nombreuses occupations*, m'amusai-je avec un regard insistant vers Lucas.

Mon sous-entendu était à peine caché, ce qui arracha un sourire au puissant vampire. Comme quoi, moi aussi j'étais capable de le mettre dans l'embarras.

— Mmm… Oui, je crois m'en souvenir, affirma Kevin en se remémorant notre première conversation.

Maintenant que nous abordions le sujet, à l'époque, il avait compris à tort que j'étais la compagne de Lucas. De là, il était probablement arrivé à une conclusion qui en revanche se révélait exacte mais dont je n'avais eu vent que récemment : notre visite à Rome avait pour but de me présenter à Gaël pour qu'il juge de ma capacité à tenir possiblement le rôle de reine.

— Il semblerait qu'il soit aussi difficile de se séparer de vous que de vous approcher. Je suis d'autant plus satisfait d'avoir accepté l'invitation d'Aliénor afin de pouvoir apprécier, même brièvement, votre compagnie.

Ma morosité me retomba dessus comme un seau d'eau glacé, effaçant toute sensation de chaleur que j'avais pu ressentir durant cet échange agréable. Mes yeux balayèrent le reste des invités toujours discrets au loin. Je repris une coupe de champagne et bus une gorgée.

— Vous êtes bien le seul à penser cela, j'en ai peur.

Son expression changea quelque peu. Il se permit de faire un pas de plus vers moi, abandonnant sa légèreté et reprit plus gravement.

— Je ne peux vous laisser vous convaincre de cela. Voyez notre échange à quel point il est agréable. Vous êtes des plus ravissantes et de compagnie charmante. Laissez-les observer de loin et découvrir comme votre conversation est intéressante, comme votre rire est des plus plaisants à entendre, comme votre générosité est des plus grandes…

Il me présenta sa main et, après un petit temps de réflexion, j'acceptai son invitation et lui cédai la mienne. Le chef du clan de Nice se pencha pour y déposer un subtile baiser, puis continua bien plus bas.

— Mais le plus important, laissez-les croire que, malgré tout cela, vous êtes à la portée d'un simple toucher. Vous deviendrez si désirable à leurs yeux et leur frustration sera si insoutenable qu'ils ne pourront rester plus longtemps sans vous connaître.

Par un tour de passe-passe, il fit apparaître une rose entre ses doigts.

— Je n'ai pas oublié que je vous en devais une, mademoiselle.

Je ne pus m'empêcher de sourire. Il faisait allusion au baiser que j'avais donné à son subordonné. C'était en réalité un message qui lui était destiné après que j'eus refusé son cadeau. À ce moment-là, j'étais un membre du clan de Paris qui ne pouvait accepter l'attention d'un autre que Joachim. Ma situation était bien différente maintenant et j'acceptai son présent. Je portai la rose rouge jusqu'à mon visage pour humer son délicieux parfum. Une exquise vague de félicité me parcourut et mes pupilles durent briller d'une douce lueur dorée.

Kevin se figea, prit à son propre jeu de séduction.

— De toute beauté, mademoiselle Élizabeth, me complimenta-t-il avant de se plier en deux devant Lucas. Mon prince, je vous prie de me pardonner pour cet écart.

Il attendit l'autorisation de l'ancien archange pour prendre congé. Lucas hocha simplement la tête puis Kevin se courba à nouveau et nous laissa. Je lançai un ultime regard pénétrant au vampire qui l'accompagnait en souvenir de notre bref contact non loin du bord de mer. Il faillit avaler sa salive de travers et, après s'être presque aplati au sol, s'empressa de suivre son chef.

D'une humeur bien plus légère, j'observai la réaction de Lucas et ris. Il semblait partagé entre la reconnaissance et l'envie d'exiger de Kevin de quitter les lieux. D'ailleurs une certaine pression émanait de lui, probablement ce qui avait fait fuir les deux Niçois.

— *Je l'apprécie.*

— *Et c'est bien pour ça que je me retiens de l'envoyer sur les roses...*

Je ne pus m'empêcher de rire de nouveau tout en secouant la tête. *Ce qu'il pouvait être jaloux.* Ce trait de caractère n'était pas pour me déplaire, surtout lorsque j'en étais l'objet. Je fermai les yeux et me délectai une fois de plus du parfum de la rose lorsque je sentis la pression de Lucas s'évanouir.

Les prédictions de Kevin n'avaient pas tardé à se concrétiser. Quelques convives osèrent s'approcher, bien plus détendus. Le regard espiègle et un rire au bord des lèvres, ils se penchaient les uns vers les autres pour échanger leurs opinions.

— Une jeune femme délicieuse, entendis-je à droite.

— Tout à fait fascinante, complimenta-t-on à ma gauche.

Un plus grand nombre s'amassa autour de nous, entraîné par l'élan des premiers. Je fus prise de court et voulus faire un pas en arrière mais j'étais bloquée par la table derrière moi. Et dire que quelques minutes plus tôt, je me lamentai d'être isolée. Me voilà maintenant au centre d'une foule d'où s'échappait un joyeux brouhaha ; cependant personne ne s'imposa à nous. Ils attendaient patiemment et continuaient d'échanger entre eux, tout en nous observant. *Qu'attendaient-ils ?*

Lucas prit ma main et effectua quelques pressions qui me rassurèrent. *Au moins, il y en avait un qui trouvait tout cela normal.* Mon petit ami m'attira vers lui et interpella un couple à notre droite.

— Eh bien ! Serais-je victime d'un mirage ou te vois-je vraiment loin de ton océan, Victor ?

Les deux vampires quittèrent l'agglomération et s'approchèrent. Le mâle était immense et assez corpulent, sa barbe rousse imposante masquait une partie de son visage. Certains détails rappelaient tout de même sa beauté vampirique : des lèvres pleines et rosées, des yeux clairs en amande et une peau pâle sans impureté. Lorsqu'il ouvrit la bouche, une voix grave et aussi forte qu'Andrea en sortit.

— Une des nombreuses rumeurs qui a animé le pays disait que vous étiez sain et sauf, mon prince. J'ai pourtant affirmé à mon informateur que vous aviez bel et bien disparu de nos contrées, et ce depuis un certain temps. Il insistait tellement que je me devais de vérifier par moi-même.

J'ouvris de grands yeux étonnés.

— Veuillez l'excuser, mon prince, intervient la femme l'accompagnant. Il exultait tellement de vous revoir…

Leur différence de tempérament était flagrante mais c'était pour cela qu'ils s'accordaient parfaitement ensemble. Malgré l'impertinence du dénommé Victor, Lucas ne semblait nullement fâché et s'empressa de répondre à mes questions à travers son pouvoir :

— *Victor dirige le clan de Brest et Elona celui de Rennes. Ils forment un couple depuis deux siècles et, à eux deux, ils ont la direction de la Bretagne. La rumeur dit que Victor était ivre lorsqu'il a entamé sa transformation en vampire, ce qui expliquerait son « exaltation naturelle ».*

— *Un véritable don,* remarquai-je.

L'ancien archange revint vers le couple et rassura Elona. Il était rarement d'une telle clémence lorsque l'on osait s'adresser à lui ainsi... sauf si Victor était un fidèle ami, ce qui bien évidemment devait être le cas, car l'homme récidiva sans crainte.

— Lorsque nous avons reçu l'invitation à ce bal, j'ai cru qu'Aliénor cherchait encore une raison de se moquer de moi avec tous ces frous-frous !

Notre hôtesse – qui s'était approchée elle aussi – encaissa la remarque avec beaucoup de classe.

— Ainsi, l'on nous promettait un diamant des plus purs en déplacement dans sa ville. J'ai hurlé à Elona quel attrait pouvait avoir cette pierre pâle, moi qui ai toujours préféré l'or bleu, l'océan !

— Victor, tu te donnes encore en spectacle, regretta sa femme.

Et c'était bien vrai. Il semblait possédé par sa propre histoire et nous étions tous accrochés à ses paroles.

— Mais ce diamant a su retenir l'attention de Gabriel et nous voilà donc, armés de nos préjugés et de nos appréhensions... Tous autant que nous sommes !

Il chercha du regard une personne pour le contredire mais tous se turent, approuvant ainsi sa conclusion. J'aurais voulu me glisser derrière Lucas pour échapper à cette scène mais il me tenait fermement à ses côtés. Finalement, l'attention de Victor s'arrêta sur moi et son expression se fit plus douce.

— Et n'était-ce pas un régal pour nos yeux, loua-t-il en écartant les bras. Mademoiselle, maintenant que je vous vois, je crois être un peu trop resté dans l'obscurité. Ce diamant est éclatant !

Je souris, charmée, mais son compliment avait attiré toute l'attention sur moi. Je réfléchis à toute vitesse pour trouver une réponse potable.

— Ne vous blâmez pas, monsieur. Pour quelqu'un qui serait resté trop longtemps dans l'ombre, je trouve que vous laïussez généreusement bien.

Il explosa de rire faisant presque sursauter tout le monde. Sa jovialité était contagieuse mais tellement inconvenante dans ce genre de soirée que personne n'osa le suivre.

— Je ne lui ai que trop souvent dit, me rejoignit Lucas.

Son intervention réussit l'exploit de détendre l'atmosphère.

— Ah ! s'exclama Victor. Ma femme apprécie tellement le son de ma voix que je ne peux lui retirer ce plaisir !

Cette fois, il déclencha une petite hilarité générale. Je me permis de rire également mais seulement après m'être assurée que la douce Elona ne prenait pas mal la plaisanterie. Cette dernière semblait être parfaitement rodée à l'humour caustique de son mari.

L'imposant vampire reprit son sérieux et s'adressa de nouveau à moi.

— Permettez-moi de nous présenter en bonne et due forme, chère mademoiselle, Victor de Brest et voici mon épouse, Elona du clan de Rennes. Enchanté de faire votre connaissance.

— Élizabeth Gauthier, saluai-je à mon tour. Je suis ravie également.

— Gauthier... répéta Victor en marquant un temps de réflexion. Un nom inspirant le respect même chez les vampires, mais pour nous, Bretons, vous êtes plus connue sous le nom de Morvan.

Je me raidis imperceptiblement, ne m'attendant certainement pas à entendre ce nom ici.

— C'était... C'était celui de ma mère en effet.

— Une ancienne famille dont la généalogie remonterait jusqu'à la glorieuse Phénicie.

J'échangeai un regard surpris avec Lucas qui semblait lui aussi apprécier cette anecdote sur ma famille maternelle. Les antiques cités phéniciennes s'étendaient sur l'actuel Liban. Durant les trois premiers millénaires avant la naissance de Jésus, sa civilisation prospéra grâce à la renommée de leur artisanat et leur commerce maritime. Hérodote affirmait que la Phénicie était le berceau de toutes les langues écrites grâce à leur alphabet qui inspira celui des Grecs et également leur exportation de papyrus. Cette terre ancestrale fut conquise par Alexandre le Grand, puis Rome et subit nombreux saccages. Son plus bel héritage encore bien présent de nos jours reste notre alphabet.

— Eh bien... Je dois dire que vous en savez plus que moi, alors, avouai-je.

Une famille ancienne, peut-être. Maudite, assurément. Ma mère avait été l'héritière d'un patrimoine colossal – dont la majorité en Bretagne –, car elle avait été la dernière survivante de sa lignée, tous ses parents proches étaient décédés les uns après les autres dans des circonstances plus ou moins brutales. Finalement, cette malédiction l'avait rattrapée également et j'en avais fait les frais aussi… De la lignée des Morvan, il ne restait plus que Rémi.

— Venez donc faire un séjour sur mes côtes, continua Victor de sa grosse voix. Si l'air marin ne vous suffit pas, je vous donnerai accès aux archives de votre illustre famille.

— Nous serions honorés de vous accueillir chez nous, traduit Elona en langage plus soutenu.

Il était si aisé de discuter avec eux qu'il me plairait d'abuser de leur hospitalité, mais je ne voulais pas déclencher indirectement un quelconque affront aux autres chefs de clan. Je questionnai silencieusement Lucas qui se permit de répondre pour nous.

— Lorsque nous rendrons visite à la famille d'Élizabeth, nous ne manquerons pas de venir vous saluer.

Je n'avais pas prévu de faire un coucou à mes cousins bretons mais c'était peut-être là une occasion. Après tout, je devais les saluer avant de disparaître à jamais. J'acquiesçai et ils prirent congé laissant leur place à d'autres chefs de clan. Aucune conversation ne fut aussi intime que celles que nous avions partagées avec Victor, Elona et Kevin. Ce ne fut qu'un échange de courtoisie mais je me plaisais à mettre des noms et des visages sur les vampires les plus puissants de France.

Je ne m'étais pas aperçue que la musique avait repris, et quelques couples avaient commencé à danser au centre de la cour. En fait, je n'avais pas vu le petit orchestre positionné aux abords de la piste de danse, probablement parce qu'il s'était tu depuis notre arrivée. Lucas profita d'un moment d'accalmie pour prendre ma main et me guider vers les couples.

— M'accorderais-tu une danse avant de poursuivre les présentations ? proposa-t-il.

— C'est vrai qu'un peu de répit n'est pas de refus, dis-je en tirant légèrement sur son bras pour le stopper. Mais franchement, je ne crois pas que ce soit une bonne idée.

— Oh si, c'est une excellente idée ! insista-t-il en m'attirant vers lui. Je réclame un instant seul avec toi.

— *Elle* va guider mes pas, Lucas, marmonnai-je en guettant les réactions de nos voisins.

Bien évidemment, s'ils nous entendaient, ils ne comprendraient pas l'objet de mon inquiétude.

— Non, parce que c'est moi ton cavalier. C'est moi qui vais te guider.

J'eus envie de le croire et me laissai entraîner au milieu des autres couples. Un sourire aimant aux lèvres, je le laissais nous positionner. Il guida ma main derrière son épaule puis posa la sienne dans mon dos et maintint nos bras relevés. Enfin, l'ancien archange s'empara de mon autre main et la tendit sur le côté, presque derrière lui, me forçant à coller mon corps contre le sien. Une musique folklorique entraînante fut entonnée par les violons et, en synchronisation avec les autres couples, nous enchaînâmes des petits pas d'un côté puis de l'autre avant de faire quatre tours sur nous-mêmes. Pour ce deuxième mouvement, Lucas mit une de ses cuisses entre mes jambes et me fit presque glisser autour de lui. Il ne permettait à nos corps de se séparer que lorsqu'il levait son bras en tenant ma main au-dessus de ma tête pour me faire tourner sur moi-même. Nos deux bouches étaient à un souffle l'une de l'autre et nos respirations s'accélèrent lorsque les violons s'emballèrent. Nous enchaînâmes alors les mêmes mouvements mais bien plus rapidement. J'éclatai de rire lorsqu'il ne prit même plus la peine de me faire danser et me souleva carrément pour effectuer nos tours. Malgré tout, son maintien était exemplaire et sa cadence parfaite. Lorsqu'il me reposa, la musique se tut brutalement. Les couples se séparèrent et s'applaudirent tout en reprenant leur souffle.

Je tapai moi aussi dans mes mains, un sourire éclatant sur les lèvres. Lucas se permit d'interférer en emprisonnant une de mes mains pour l'embrasser exactement là où Kévin l'avait fait une heure plus tôt. Son regard envoûtant me pénétrait comme pour me rappeler que je lui appartenais. Des souvenirs ardents de nos derniers ébats me revinrent. Je crus sentir à nouveau ses crocs me mordre un peu partout et retins ma respiration.

— *Je t'aime !* pensai-je bruyamment.

Il sourit.

— *Je t'aime… Fais attention mon amour, je suis à deux doigts d'exiger une chambre pour te prendre ici et maintenant.*

Deux de ses doigts entre mes cuisses, c'était tout ce dont j'avais besoin en ce moment. Je me mordis les lèvres pour m'empêcher de lui dire le fond de ma pensée. Il le devina et me défia silencieusement d'oser anéantir ses dernières résistances. Je raclai ma gorge et récupérai ma main, jugeant que nous avions assez rêvassé. Je devrais éviter d'entrer en contact avec lui, sinon notre envie de luxure nous tromperait assurément. *Foutu vampire lubrique.*

Aliénor nous réceptionna à la sortie de la piste de danse.

— La soirée est-elle à votre goût ?

— Somptueuse, la complimentai-je d'une voix légèrement râpeuse. C'est incroyable que vous ayez pu tout organiser en si peu de temps.

— Je garde toujours quelques accessoires sous la main… au cas où.

Ma phrase avait pour unique but de la congratuler poliment. Insinuait-elle vraiment qu'elle gardait des tigres et des paons dans ses cartons ? Alors que je méditais sur le sens caché de sa phrase, elle échangea quelques mots avec Lucas. Je ne les écoutais plus. Mon regard fut irrésistiblement attiré par les belles plumes colorées de l'oiseau le plus proche de nous. Elles étaient si longues qu'elles retombaient en dehors de la cage et étaient parfois les cibles malheureuses d'un félin passant par là. Même s'il semblait épuisé, la proie réagissait toujours sur instinct et ouvrait subitement sa queue. Des éclats de voix insistant m'attirèrent loin de ce triste décor. Je ne m'étais pas aperçue que d'autres vampires s'étaient joints à notre groupe.

— Vous semblez pensive, remarqua Tobias, l'inflexible chef du clan de Bordeaux. Gabriel a un don pour révéler la beauté dans chaque art. Peut-être pouvez-vous nous dire ce que vous pensez de ce tableau ?

Il désigna la scène animalière près de nous. *Ça, de l'art ? Quelle abomination.* J'étais persuadée que Lucas pensait la même chose mais il ne voyait pas l'utilité de reprendre le Bordelais. Il avait toujours préféré me voir m'exprimer en étant vierge de toute influence, même de la sienne.

— Vous voulez dire, en dehors du fait que les proies sont en cage contrairement aux prédateurs ? commençai-je.

— Tout à fait ! approuva-t-il précipitamment. C'est une allégorie particulièrement esthétique de notre relation avec les mortels qui se maintiennent en vie, enfermés dans leur prison dorée.

Il chercha une approbation de Lucas mais se heurta à un mur de silence. *Comme prévu...* Je me fis un plaisir de le reprendre.

— En fait, je trouve que c'est une interprétation bien pauvre.

Des visages surpris se tournèrent vers moi mais nul ne fut à la hauteur de l'expression ahurie de Tobias.

— Vraiment ? ! s'exclama-t-il en retenant un rire. Peut-être voyez-vous autre chose que des oiseaux en cage et des félins à l'extérieur ?

— Parce que vous voyez ces tigres dehors, vous ? Ils sont pourtant enfermés entre quatre murs, incapables de fuir, nous amusant de leur présence. De vrais bêtes de cirque.

— Enfin mademoiselle, avec tout le respect que je vous dois, revenons à la réalité ! s'emporta le vampire. Nous ne pouvons pas simplement les mettre dans les rues, ce serait l'anarchie.

— Tout comme nous, je suppose, il serait regrettable que les humains se retournent contre nous parce qu'ils se sentent pris au piège ou agressés. La suprématie des prédateurs n'est qu'une question de positionnement.

Un blanc s'installa tandis que chacun encaissait ma remarque culottée. Il n'y avait que Lucas qui semblait se délecter de cette désinvolture. Tobias oserait-il envoyer une nouvelle moquerie à mon encontre ? Afin de le provoquer, je me permis de prendre le verre qu'il tenait dans sa main et bus une gorgée du vin rouge qu'il contenait tout en lançant un regard pénétrant à son propriétaire. Je n'avais pas du tout apprécié qu'un chef de clan croie avoir le pouvoir sur les humains. C'était, en fait, plus qu'inquiétant.

— Heureusement, vous n'êtes pas une bête primaire, monsieur, ainsi notre bonne entente avec les mortels pourra perdurer... Aussi, nous devons remercier notre hôte pour cette interprétation subtile de notre société.

Je levai mon verre en direction d'Aliénor avant de le rendre à son véritable propriétaire. Tobias étudia le bord où j'avais laissé mes lèvres et se demanda ce qu'il devait en faire. Quant à Aliénor, sa bouche se tordit en un sourire énigmatique.

— Ma foi, c'est bien vrai, intervint Elona. Nous ne devons pas oublier les temps sombres et préserver notre existence afin que l'on ne devienne pas des cibles même pour nos proies.

— Ah ! Allez, Tobias, reprends-toi ! s'exclama Victor de sa grosse voix. Et si je peux me permettre un conseil, tu devrais te défausser de ce verre si tu ne veux pas avoir une seconde correction !

Il éclata de rire et tapa l'épaule du chef de clan qui poussa un petit grognement. Le Breton n'avait pas pour habitude de mesurer sa force, et quelques vampires prudents choisirent de s'écarter légèrement pour ne pas être victimes de son exaltation. Quant à Tobias, il serait l'auteur d'un terrible affront s'il posait ses lèvres au même endroit où j'avais mis les miennes. Lucas posa sur lui un regard glacial et attendit qu'il s'exécute. Le chef du clan de Bordeaux posa son verre encore plein sur une table et courba l'échine.

— Je m'incline, admit-il dans ma direction.

Ce fut à mon tour d'être embarrassée et je m'empressai de hocher la tête pour lui faire comprendre qu'il n'y avait aucun problème. Il fallait reconnaître son fair-play qui était une conduite très peu répandue chez les vampires.

— Aliénor, ma chère, c'est une soirée qui restera gravée dans nos mémoires, félicita Kevin.

— Mais elle est loin d'être finie. Je vous invite à profiter de notre orchestre avant la suite.

Elle était intransigeante, son regard s'arrêta sur chacune des personnes présentes autour de nous et tous finirent les uns après les autres par se disperser. Notre hôtesse baissa respectueusement la tête et s'éloigna également, nous offrant un nouveau moment en tête-à-tête.

Je me rapprochai de Lucas tout en scrutant, curieuse, les recoins de la cour.

— Qu'est-ce qu'elle prépare ? me demandai-je.

— Ton pouvoir pourrait t'aider.

— Mon pouvoir…

Des reliquats d'angoisse subsistaient dans mon esprit. Je les repoussai et les enfermai derrière une barrière mentale, ne souhaitant pas gâcher cette soirée. Lorsque Lucas m'avait enseigné la défense psychique, probablement n'avait-il pas pensé que je pourrais l'utiliser contre moi-même. Mais c'était temporaire, j'aurais le temps d'y revenir après.

— Il semblerait qu'il me laisse tranquille pour cette nuit, dis-je simplement.

Perplexe, il voulut me demander ce que cela signifiait. Je pris sa main et l'attirai à mon tour au centre de la cour, quémandant une autre danse. La proximité de mon corps contre le sien le fit aisément céder et il mit un bras autour de ma taille. Lentement, nous commençâmes à nous balancer sur le rythme lent de la musique. Mon visage relevé n'était qu'à quelques centimètres du sien, ce qui était propice à une discussion intime.

— Tu leur fais passer une agréable soirée, mon amour, mais je ne suis pas étonné, murmura-t-il.

— C'est bien qu'au moins l'un d'entre nous ait eu cette confiance.

Il soupira avec lassitude, désapprouvant mon manque d'assurance.

— Et toi ? Passes-tu une bonne soirée ? s'enquit-il.

Avec un sourire espiègle, mes mains remontèrent le long de son torse et je me penchai un peu plus.

— J'ai bien quelques idées pour la rendre vraiment parfaite.

L'ancien archange répondit à mon jeu et approcha sa bouche de la mienne. Je fermai brièvement les yeux mais ne sentis nulle caresse sur mes lèvres. Je me souvins du lieu où nous nous trouvions et crus qu'il s'était retenu pour ne pas indisposer les autres invités. Lorsque je les rouvris, je me rendis compte que les siens fixaient avec inquiétude quelque chose dans mon dos.

Agnel entra subitement dans mon champ de vision.

— On s'est fait surprendre, avertit-il.

— Qu'est-ce qui se passe ? ! pressa Lucas.

Je m'éloignai afin de lui laisser un peu d'espace pour se concentrer. Aussitôt les autres membres du clan de Paris apparurent et se mirent autour de nous. Des éclats de voix retentirent un peu partout dans la cour.

— Il se passe quelque chose sur la basilique !

— L'ange ! L'ange est en feu !

Mon cœur se glaça et je serrai mes mains sur ma poitrine. *Non !* Au plus profond de mon être, quelque chose s'effondra. Mon pouvoir jaillit et me harcela d'images horribles, celles-là mêmes que j'avais cherché à étouffer cette nuit. À présent, elles me rattrapaient et me faisaient vivre une torture. En réalité, avais-je vraiment poussé mon pouvoir à m'en dévoiler plus depuis ma rencontre avec mon oncle ? L'envie de savoir ce que l'avenir me réservait était grande mais cela imposait de vivre encore et encore cette incommensurable souffrance.

Je pris mon crâne en tenaille, refoulant mon pouvoir, l'étouffant, le piétinant, cherchant à l'enfermer de nouveau derrière une porte. Une plainte m'échappa.

— Liza ? appela Lucas.

— Non, gémis-je.

Une larme de rage roula sur ma joue car je n'arrivais à rien. Prise par la peur, j'étais incapable de construire une défense mentale. Ma respiration s'accéléra et j'eus envie de hurler, espérant que mon éclat repousserait ce que je ne pouvais contrôler.

— Elle… Elle nous met sous pression, prévint la voix d'Éric.

— Liza, regarde-moi, m'ordonna Lucas. Regarde-moi.

Il s'empara de mes bras. *Non !* Mes craintes se confirmèrent car, à son contact, mon pouvoir se déchaîna. À travers son lien, l'ancien archange fut le spectateur de l'anarchie qui avait pris possession de mon esprit.

Le toit de l'abside était en feu. L'ange de la basilique Notre-Dame de Fourvière pris au piège par les flammes.

— *Ma princesse, tu mérites tellement mieux,* perça la voix de Richard. *J'ai hâte de rencontrer ce cher Gabriel...*

D'autres images se superposèrent : face à un bâtiment qui était la proie des flammes, Élizabeth se laissait tomber à terre en pleurant. Elle frappait le sol de son poing et hurlait sa peine. Ses jambes ne parvenaient même plus à la porter jusqu'au corps carbonisé et encore fumant non loin d'elle.

Mon pouvoir se tut aussitôt après avoir recraché exactement la même vision que j'avais eue chez moi. Me tenant toujours fermement les bras, Lucas s'était figé, comme choqué. Ses yeux me condamnaient... Maintenant, il connaissait l'étendue de mon mensonge.

— Lucas... Pardonne moi... Je ne voulais pas...

— Respire, me coupa-t-il. Tu perturbes tout le monde.

Lui aussi œuvrait à ne pas laisser exploser sa colère. Autour de nous, c'était l'incompréhension. Tous se demandaient s'il s'agissait d'un accident ou si quelqu'un avait délibérément déclenché un incendie sous la statue de l'ange alors même que Gabriel se trouvait dans la cité. Ce serait une insulte, pire une déclaration de haine envers l'un des plus puissants vampires de ce monde. Me concernant, j'étais perdue. Une personne pouvait-elle haïr Lucas à ce point ? Pourquoi ?

Le feu... Oui cela ne pouvait être que lui. *Lucifer.* Une rage destructrice refit surface et m'emplit d'une force que je ne soupçonnais pas. *S'il s'agit bien de lui, je vais le trouver et lui faire cracher ce qu'il sait de l'accident de mes parents !*

Lucas me serra contre lui et ouvrit un pont :

— *Reprends-toi. Ne les laisse pas croire qu'il s'agit de toi.*

Ces mots m'atteignirent. Je croisai quelques regards perturbés et captai des chuchotements inquiets en lien avec la pression que j'exerçai sans le vouloir sur mes congénères. Celle qu'ils devaient accepter comme reine pouvait-elle se montrer aussi instable ? Je m'accrochai à cette réflexion pour retrouver mon calme.

— Yoan, avec Éric et Alex, allez voir ce qu'il en est à l'extérieur. Restez ensemble, ne cherchez aucune confrontation, commanda Lucas.

Malgré ma vision apocalyptique et l'insécurité dans laquelle nous étions plongés, il gardait son sang-froid. J'aurais tant voulu me confesser et lui jurer que je n'avais pas voulu le trahir, mais il avait mieux à faire que de jouer les prêtres.

Yoan, Éric et Alex s'exécutèrent. Il ne restait plus que Gisèle, Agnel, Léa et Rolland pour assurer notre sécurité. Sur leur garde, ils faillirent ne pas laisser passer Aliénor qui se permit de nous rejoindre et nous glissa tout bas.

— Si vous m'y autorisez, je peux vous isoler.

Cette proposition me concernait et me rebuta. Je ne pouvais pas m'éloigner de Lucas alors que tout se mettait à flamber autour de nous. Je m'apprêtai à décliner quand mon petit ami parla pour moi.

— Ce serait plus sage, en effet.

Il me rejette.

— Non, je ne veux pas te quitter, refusai-je catégoriquement.

Il resserra ses doigts autour de mes bras et me fixa sévèrement.

— Je ne vais nulle part, mais tu as besoin de faire le vide dans ton esprit.

J'avais bien compris que mon image de « ravissante jeune femme » venait d'en prendre un coup. S'il restait quelque chose à sauver de cette soirée, mieux valait agir maintenant alors que les autres vampires ne faisaient que supputer les raisons de mon égarement. D'ailleurs, toujours perturbés par mon effervescence, ils maintenaient une certaine distance entre nous.

Je consentis à le quitter. Il me relâcha et j'eus presque froid. *Je ne lui avais jamais donné de raison d'être déçu.* Léa prit sa place à mes côtés et passa un bras qui se voulait réconfortant autour de ma taille.

— Je te la confie, lui dis Lucas.

— Je viens aussi, intervint Rolland.

L'ancien archange ne posa aucune question et approuva simplement sa demande avant de pivoter vers Agnel et Gisèle. Nous nous regardâmes à peine lorsque Léa m'emmena. Mon cœur saigna et un sanglot resta coincé dans ma gorge. Retrouver mon calme dans ces conditions était inenvisageable. En effet, mieux valait que je m'éloigne.

Chapitre 14

Aliénor nous guida dans un dédale de couloirs. Je gardai la tête baissée pour que les membres du clan de Lyon ne soient pas les spectateurs de mon désespoir. Une fois de plus, nous restâmes au rez-de-chaussée. La cheffe nous fit entrer dans une pièce qui s'apparentait à un bureau. Je crus que notre parcours s'arrêtait là mais elle fit face à l'un des murs et, par une manœuvre, dévoila une porte. Cette dernière coulissa et Aliénor nous invita à nous engouffrer dans cette nouvelle voie. Des escaliers descendirent sur plusieurs mètres et débouchèrent sur une pièce de taille moyenne et cubique entièrement recouverte de nithylite. Joachim disposait également de ce genre d'espace à Villette et s'en servait pour garder ses prisonniers. J'eus à peine le temps de me souvenir de ce dernier détail que la porte par laquelle nous étions arrivés se ferma et l'on entendit très distinctement le bruit de la serrure.

Léa me fit pivoter vers elle et serra mes mains dans les siennes :

— Ça va aller, m'assura-t-elle. On se prend quelques minutes et on remonte quand tu es prête. Comment tu te sens ?

Je ne sus que lui répondre tant mes émotions étaient sens dessus dessous : la colère, la tristesse, la honte, la peur... je devais d'abord démêler tout ce foutoir dans ma tête avant de pouvoir accéder à un minimum de sérénité. Rolland détailla la pièce vide, puis calcula les mouvements d'Aliénor qui lentement se retourna vers nous. Soudain, il se raidit.

— Que fais-tu ?

— Je suis désolée mais il le faut. La zone dans laquelle vous vous trouvez est sous mon contrôle et cette salle, entièrement faite en nithylite, est verrouillée de l'intérieur.

Mon esprit, moins vif que d'habitude, eut du mal à comprendre ce qui se passait.

— Qu'est-ce que ça signifie ? Rolland ?! le pressa Léa.

— Elle a utilisé son pouvoir pour effacer toute trace de nous, notamment l'odeur et le son, impossible de nous retrouver de l'extérieur, même pour le meilleur traqueur, dévoila Rolland mécontent. Elle manipule les sens des autres ou d'une zone délimitée et ainsi la met sous son contrôle. Et si cette pièce est vraiment verrouillée, impossible d'en sortir également.

C'était un pouvoir particulièrement gênant pour qui en était victime. Son utilisateur pouvait non seulement totalement disparaître comme s'il n'avait jamais existé mais également infliger ces mêmes effets à une autre personne. Il possédait néanmoins une faille dans laquelle, malheureusement, je ne pouvais plus m'engouffrer. En effet, ce pouvoir exerçait une influence sur notre perception du monde physique mais ne touchait nullement notre psychisme. Autrement dit, mon lien mental avec Lucas n'était pas affecté. Le problème était que j'étais incapable de donner la moindre information sur notre position vu que je n'avais cessé de regarder mes pieds. *Et merde !* Tandis que je maudissais ma bêtise, Aliénor s'adressa à moi et, cette fois, sans ménagement :

— Vous avez certes les qualités requises pour atteindre le sommet, et ce soir vous avez déployé une force d'intimidation digne d'un puissant vampire, mais l'on ne peut tout simplement pas ignorer cette empreinte en vous. Nous ne nous l'expliquons pas mais il nous semble la reconnaître.

Elle attendit une explication de ma part ou simplement des arguments de défense. Je n'en fis rien. Mentir serait ridicule, car je savais très bien que les vampires ressentaient la présence de Lilith en moi. Lui donner raison serait nous condamner avec Lucas, car nous perdrions toute considération.

Rolland tira fermement sur le bras de la femme. Je l'avais rarement vu aussi peu commode.

— Aliénor, ouvre cette porte ! ordonna-t-il.

Le visage de la cheffe du clan de Lyon se métamorphosa. Son regard s'adoucit et un sourire exalté illumina son visage. Pour la première fois, elle laissa tomber son masque d'intransigeance et parla d'une voix vibrante d'émotion.

— Nous en avons trouvé un, mon chéri, jubila-t-elle en caressant la joue du bel homme. Enfin ! Une relique de l'ancienne monarchie est le seul moyen de confondre la reine !

Mon chéri ? Je dus me retenir pour ne pas bondir sur place. Lucas aurait-il oublié de me transmettre un critère important sur le choix de l'otage du clan de Paris ? Je cherchai le regard de Léa mais elle fixait avec colère la scène devant elle. Aliénor semblait possédée par son propre enthousiasme. Rolland changea de stratégie et tenta une approche plus douce.

— Mère, ne fais pas ça, tenta-t-il de la convaincre. Gabriel va te condamner.

Bien évidemment. J'eus envie de me gifler tellement c'était clair comme de l'eau de roche. L'histoire était jonchée de cas similaires. Joachim n'avait rien inventé. Afin de s'assurer de la docilité d'un royaume perdant, une personne chère au cœur du souverain était envoyée dans le pays victorieux pour y vivre et y grandir : en général, c'était un enfant. Il était un gage de bonne conduite.

J'eus de la peine pour cet enfant.

— Pas si je confonds Gabriel aussi ! s'entêta Aliénor. Tu ne t'es jamais dit qu'il était peut-être sous son emprise ?

Je faillis pouffer. Si elle avait pu voir le regard désapprobateur de Lucas tout à l'heure, elle saurait qu'il n'avait rien d'un toutou.

— Mais tu délires ! lança Rolland avec dédain.

— Ne me parle pas comme ça !

Aliénor avait employé un ton sec et ferme, abandonnant toute gaieté. Rolland sembla muselé, incapable de répliquer. Son regard plongé dans celui de sa mère, il semblait déchiré entre ce que son cœur lui criait et ce que son corps l'autorisait à faire. La raison de cette opposition s'imposa à moi au fur et à mesure. *Elle a le même impact que Joachim sur lui.* Certes, elle avait été son maître dans le passé mais Lucas m'avait dit qu'il était à présent un membre à part entière du clan de Paris. Pourquoi lui obéirait-il ? *Est-ce qu'en plus d'être sa mère, elle était sa créatrice ?*

— *Ça suffit maintenant*, grogna Léa.

La petite vampire laissa éclater une rage que je ne lui connaissais pas. Elle leva ses bras et aussitôt je me sentis légère, comme soulevée. Cependant, je n'étais pas la cible de son pouvoir. Aliénor se retrouva littéralement en apesanteur, incapable d'avoir la moindre impulsion, car elle flottait largement au-dessus du sol.

— Mon époux ne cesse de me dire de ne pas jouer avec mes proies, continua-t-elle d'une voix menaçante. D'après vous, combien de fois votre tête devra-t-elle rencontrer les coins de cette cage pour se dévisser de votre corps ? J'attends vos paris.

Aliénor écarta les bras pour tenter d'amortir les chocs qu'elle s'apprêtait à subir.

— Essayez donc de me faire céder par la force, mais si je ne ressors pas de cette pièce, beaucoup se demanderont si la barbarie est votre réponse à l'insubordination !

Ce message m'était destiné. Je ne savais que trop bien ce dont était capable l'ancienne reine. Les souvenirs des tortures autant physiques que mentales qu'elle infligeait à ses sujets étaient devenus mes pires cauchemars. Aliénor insinuait que j'étais capable de cette même ignominie. Je ne le désirais pas mais le rejet de l'autorité devait être puni. *Que ferait Lucas dans ces conditions ?* Mon petit ami pouvait se montrer impitoyable mais il s'efforçait toujours d'agir avec justesse. Il avait suffisamment de puissance pour faire plier n'importe qui mais il ne le ferait jamais si c'était pour servir sa propre personne. Après tout, quel genre de monarque serions-nous si nous nous appropriions le pouvoir dans le sang ?

— Arrête Léa, s'il te plaît.

— Laisse-moi lui rendre son effronterie.

— Elle est la cheffe de son clan. Tu ne peux pas la corriger, car cela se répercuterait sur Joachim.

Son regard vacilla tout comme sa détermination à vouloir décapiter son adversaire. Après quelques secondes où nous étions tous en suspens, elle expira bruyamment pour nous faire entendre son mécontentement. Ses bras se relâchèrent et Aliénor retomba subitement sur ses pieds enfin libérée de toute entrave. Elle se redressa, montrant une posture digne d'un commandant et non celle d'une vulgaire poupée de chiffon.

— Allez jusqu'au bout de votre plan et mettons un terme à tous vos soupçons, décidai-je.

Je n'avais pas vraiment le choix. Qu'importe ce qui m'attendait au bout de ce chemin, soit elle serait assurée de l'impact immense de l'ancienne reine sur moi, soit j'aurais sa confiance. Je ne voulais pas pousser mon pouvoir à montrer quoi que ce soit, ma peur de revoir cette vision insupportable était trop grande. Il ne me restait plus qu'à avoir la foi.

Aliénor s'approcha du mur à l'opposé de l'entrée et fit glisser son doigt dans une encoche. Une porte se détacha du reste de la paroi et coulissa, nous dévoilant un nouveau labyrinthe de couloirs. Elle nous invita à la suivre et la pièce se mit à trembler.

— *Où es-tu ? !* lança la voix de Lucas dans mon crâne.

Sa colère était écrasante. Elle semblait déborder et m'atteindre à travers notre lien. Pour la première fois, j'expérimentai ce qu'il devait ressentir à chaque fois que j'exultais. Je savais que cette rage n'était pas la mienne mais elle m'imprégnait si fort qu'elle me possédait presque. Bientôt, j'eus l'impression que ses sentiments devinrent les miens et je devais me concentrer pour faire la part des choses. Mes voisins jetèrent des coups d'œil inquiets au-dessus de leur tête craignant que le plafond ne s'effondre sur nous. Je m'empressai de répondre à cet appel.

— *N'interviens pas !*

Des images vinrent à moi naturellement.

Agnel rejoignit Lucas dans une des pièces du palais. Une fois de plus, ils n'avaient trouvé personne.

— *Leurs traces disparaissent bel et bien à l'entrée de la cour. Les membres que j'ai croisés ne semblent au courant de rien, même après les avoir secoués.*

L'ancien archange ferma les yeux et une nouvelle bourrasque fit trembler le bâtiment. La respiration lente et profonde, il se retenait de démolir brique par brique le palais pour trouver ce qu'on lui avait enlevé.

— *Que dit-elle ?* s'enquit Gisèle.

— *Elle ne veut pas que j'intervienne.*

— *Est-ce que tout cela a à voir avec ce qui se passe à la basilique ?* réfléchit Agnel.

— *Non,* grogna Lucas. *Tout ceci n'est qu'une sombre mascarade qui avait pour but de m'éloigner d'elle. Rappelez Éric, Yoan et Alex... et rassemblez le clan de Lyon. Je veux leur parler.*

Gisèle obéit aussitôt mais se heurta à un intrus. N'écoutant que son instinct, elle immobilisa le vampire avec une clé de bras. Sa victime geignit mais ne se défendit pas.

— *L'ordre était que vous restiez dans la cour !* accusa Gisèle.

— *J'en suis conscient,* grommela Tobias. *Mais je ne veux pas être associé à la folie d'Aliénor. Mon prince, je dois vous informer de ce que nous avons trouvé dans la cale d'un navire ayant amarré au port de La Rochelle en 1785.*

Les yeux de Lucas s'animèrent d'une funeste lueur et les fenêtres se mirent à trembler.

— *Je... j'étais loin de m'imaginer qu'elle s'y prendrait de cette manière.*

Nous étions en train de nous suivre dans un couloir souterrain sombre et étroit lorsque le sol trembla de nouveau. Aliénor posa une main sur la paroi humide du corridor pour évaluer sa solidité face à la force du vent avant de s'adresser à moi.

— Je sais que vous possédez un lien immuable avec Gabriel. Que lui avez-vous dit ?

— Je peux l'empêcher d'agir mais pas d'être en colère, résumai-je simplement.

Nous avions cessé de nous enfoncer dans le sol. Cependant notre marche fut longue, très longue... peut-être même que nous avions quitté l'enceinte du palais. Léa veillait sur mes arrières et j'avais du mal à voir plus loin que le dos de Rolland m'ouvrant la voie. Notre groupe ralentit et le verrou rouillé d'une vieille porte retentit. Nous pénétrâmes dans une galerie bien plus large avec de nombreux escaliers qui descendaient encore plus profondément dans les entrailles de la terre. À intervalles réguliers, des arches en accolade soutenaient le plafond courbé. Ce long corridor desservait une multitude de galeries latérales. Rien ne semblait les différencier les unes des autres, mais Aliénor n'hésita pas à s'engouffrer dans l'une d'elles. Nous avions été rejoints par deux autres membres du clan de Lyon qui me lancèrent quelques regards de biais. J'avais l'impression d'être la plus détendue des trois, pourtant tout me laissait croire que ce que je m'apprêtais à voir était d'une rareté historique chez les vampires. Notre périple dans ce large réseau souterrain toucha à sa fin lorsque nous nous retrouvâmes derrière une nouvelle porte... une porte en nithylite. Aliénor nous observa gravement et j'échangeai des coups d'œil hésitants avec mes deux amis. Mon cœur s'accéléra et je devins bien plus soucieuse. Qu'y avait-il derrière cette porte ? Quelque chose d'inerte ou de vivant ? Cette nithylite servait-elle à éloigner les vampires pour protéger le contenu de la pièce ? Mais quelle était cette chose suffisamment puissante pour « confondre la reine » ? Lucas et Gaël avaient-ils omis un détail concernant Lilith ? Ou bien, était ce pire... peut-être que cette nithylite n'avait pas pour but de protéger des intrus mais bien d'empêcher quelque chose de sortir ?

— *Utilise ton pouvoir !* m'ordonna Lucas.

Il jugeait que j'aurais besoin d'anticiper ce qui se passerait là-dedans. *Mais...* je serrai les poings. *Je ne peux pas m'empêcher d'y repenser.* À chaque fois que je voulais volontairement déclencher mon pouvoir, j'avais peur de ce que je pouvais voir. J'aurais préféré qu'il se manifeste de lui-même comme il l'avait souvent fait, mais perturbée comme je l'étais, cela ne se ferait pas.

— *Liza !* insista la voix de Lucas.

— *Laisse-moi...*

Je repoussai sa présence afin de me libérer l'esprit. J'aurais besoin de toute ma concentration pour agir rapidement. Pendant mon absence, Aliénor avait déverrouillé le mécanisme complexe qui maintenait la porte fermée et, après une dernière seconde d'hésitation, l'ouvrit. Rolland regarda Léa et hocha la tête d'un air entendu. Il tendit un bras en arrière et la petite vampire me poussa contre lui.

Ainsi entre eux deux, j'étais protégée de toute attaque physique. Nous suivîmes Aliénor et entrâmes dans la salle. Le pouvoir de la cheffe du clan de Lyon devait également cacher cet endroit, car aussitôt à l'intérieur une odieuse odeur de sang putréfié nous envahit. C'était si fort que cela n'aurait pu échapper à un vampire se baladant dans les galeries. Je retins aussitôt ma respiration espérant que cela suffise.

— Qu'est-ce que… bégaya Rolland.

Je me penchai pour voir par-delà son épaule et eus un hoquet d'écœurement. Là, reposant misérablement au centre de flaques de sang fermentées par la nithylite et traces de torture séchées, était enchaîné un vampire. Il était nu mais la couleur de sa peau se discernait très mal, car elle était recouverte d'une épaisse couche de crasse. En fait, cette chose ne ressemblait plus à un humanoïde. C'était une créature difforme et sifflante, recroquevillée sur elle-même contre la pierre. Ses gémissements à chacune de ses expirations permettaient de mesurer sa douleur. Une main devant la bouche, je ne comptais plus le nombre de ses blessures : plaies multiples, hématomes, côtes cassées et sortant de la chair, articulations déboîtées, yeux crevés… La nithylite présente dans son corps l'empêchait de se régénérer mais bizarrement ne l'avait pas achevé.

« Jacob. »

Je me raidis. Ce nom avait jailli en moi et j'avais failli le prononcer à voix haute, ce qui m'aurait probablement condamnée. Lilith connaissait l'identité de ce vampire mais pas Élizabeth. Aliénor m'aurait fustigée. Je devais me montrer prudente pour que l'ancienne reine cesse de prendre les commandes de mon corps.

— C'était il y a plus de deux siècles, il était caché dans un bateau mouillant à La Rochelle. Tobias avait gardé sa découverte secrète jusqu'à ce qu'il ne puisse plus se le permettre. Ne sachant que faire, il m'en avait parlé et j'ai accepté de le garder dans les sous-sols de Lyon.

À l'entendre, il s'agissait d'un sacrifice pour le bien commun. J'étais dégoûtée.

— Comment avez-vous pu cacher ça à Joachim ? ragea Rolland.

— Nous le connaissons ! Il nous aurait ordonné de le faire disparaître.

— D'abréger ses souffrances… oui, probablement et il aurait mieux valu !

Le ton montait entre la mère et le fils mais le prisonnier ne bougeait toujours pas.

— Mais pourquoi ?! Pourquoi nous défaire d'un atout ? tenta de se justifier Aliénor. Ceux sous l'emprise de Lilith ont tous disparu. Nous les avons éliminés car ils étaient incapables de suivre les règles. Ils étaient pires que des non-sevrés. Mais ils étaient les seuls qui pouvaient nous confirmer que leur maîtresse était toujours de ce monde.

— Ça tu ne le sais pas ! Personne ne connaît les limites de ce pouvoir. Est-ce qu'il disparaît avec le temps ou son utilisatrice ? Nul ne le sait !

— Peut-être, mais nous ne pouvions laisser passer cette occasion…

— L'occasion de trouver la reine ou de doubler Joachim ?

Aliénor ne répondit pas. Elle fixait durement son fils qui lui rendait aisément la politesse, la condamnant silencieusement. La cheffe reprit plus calmement.

— Nous avons tenté de le faire parler par tous les moyens, mais comme prévu il n'a rien dit sur la reine ou quoi que ce soit d'autre d'ailleurs… ce que l'on a pu constater, c'était qu'il restait cruellement attaché à la vie.

Jugeant être restée suffisamment dans le dos de Rolland, je le poussai légèrement pour faire face à Aliénor.

— Qu'attendez-vous de moi ?

Elle ne s'attendait pas à ce que je mette carrément les pieds dans le plat et mit un temps à répondre.

— Si nos doutes sont les bons, alors il répondra à votre appel... Il obéira à sa maîtresse.

Un grognement retentit dans la gorge de Rolland et Léa.

— Alié…

— C'est bon, finissons-en, coupai-je.

Elle était persuadée que j'étais Lilith. Personnellement, je ne pouvais même pas l'assurer du contraire. À quel point l'âme de la reine qui résidait en moi était manifeste ? Restait-il suffisamment d'Élizabeth pour empêcher ce vampire au sol de répondre à mon appel ? Et pourtant… un fragment de culpabilité me faisait presque espérer qu'il m'entende, car je pourrais alors le libérer de cette éternité de souffrance. Je me doutais que trop bien de l'intitulé de l'ordre qu'avait dû énoncer Lilith lorsqu'elle avait usé de son pouvoir sur lui.

Je fis un pas vers le prisonnier avant de m'arrêter. Mon épaule était presque contre celle d'Aliénor et je pivotai ma tête vers elle :

— Comment s'appelle-t-il ?

Un rictus déforma sa bouche. Elle semblait presque déçue,

persuadée que je n'allais pas lui poser la question. *Même si je connaissais en effet la réponse, je n'étais pas bête à ce point.*

— Jacob… son nom est Jacob.

J'avançai à nouveau, suivie de Rolland et Léa. Un détail accrocha mon regard maintenant que seul le prisonnier était dans mon champ de vision. Le mur derrière lui était recouvert de petites griffures, pas plus longues que deux centimètres et espacées de manière régulière. Elles n'avaient pas été faites suite à un accès de violence mais bien volontairement tracées avec des ongles. Je levai les yeux et m'aperçus que ce que je pensais être des aspérités naturelles des cloisons de la pièce n'en étaient pas. Les murs et le plafond étaient recouverts de ces entailles qui par moments se superposaient rendant impossible leur décompte.

« Je t'ordonne de vivre, Jacob, et chaque jour qui passe tu feras une encoche sur le mur. »

Lilith aussi avait cherché à comprendre les limites de son pouvoir. Jacob n'était qu'une expérience. Je ne sus dire ce qui était le pire. Demander à une personne de mourir ou lui ordonner de tout faire pour survivre, la forçant ainsi à utiliser les bassesses les plus primaires de ce monde : la fuite, l'égoïsme, la trahison, la traîtrise, le mensonge… J'étais la première à comprendre le besoin de connaître son don mais elle était tout de même tordue. J'entendais presque le rire narquois de Lilith à l'intérieur de moi. Il y avait une conclusion à tirer de tout ceci, le pouvoir de la reine n'avait pas de limite. Il fallait l'en libérer.

Je levai un bras vers Jacob et repris la même intonation que Lilith dans ses souvenirs.

— J'ordonne, Jacob !

Je sentis l'angoisse des vampires autour de moi. Entendre les mots que leur ancienne reine avait trop souvent prononcés ne devait pas être agréable. Jacob redressa la tête et sembla chercher quelque chose dans l'obscurité. La bouche ouverte – sans crocs car on les lui avait probablement arrachés – il eut un râle d'agonie. Le moindre mouvement le faisait souffrir.

— Jacob ! Relève-toi !

Sa douleur actuelle était telle qu'il ne bougerait pas sauf s'il ressentait le besoin irrésistible de répondre à ma demande. Jacob se fixa. Nous patientâmes tous dans l'anxiété la plus profonde, interprétant sa plus petite réaction. Pour l'instant, je ne sus s'il répondait à son prénom ou à mon ordre. Finalement, il se rassembla de nouveau et reposa sa tête contre le mur.

Ça n'avait pas fonctionné.

Rolland et Léa relâchèrent leur respiration et j'avouai faire de même. Malgré cela, j'étais triste de ne lui être d'aucune aide. Mon regard vola vers Aliénor qui semblait à la fois perdue et prête à accepter les conséquences de ses actes.

Qu'allait-il advenir de lui ? Ils le laisseraient encore croupir dans cette cage plusieurs siècles. Jacob continuerait à faire ses entailles et lorsqu'il n'y aurait plus de place sur les parois, il repasserait sur les premières. Ma frustration se changea en colère et j'eus une réaction à laquelle mes collègues ne s'attendaient pas. Je m'approchai du prisonnier.

Rolland me retint par le bras.

— Que fais-tu ? C'est fini, il n'y a plus rien à faire.

— On ne peut pas le laisser comme ça. C'est un être pensant, doué de sentiments…

— Non, il ne l'est plus, me souffla-t-il en m'attirant vers lui. Viens maintenant.

Je me dégageai durement en grognant. Nous nous défiâmes silencieusement. Le temps où il pouvait simplement me porter jusqu'à Lucas parce que je m'apprêtais à faire une bêtise était dépassé. Lucas n'était pas là et je jouissais d'un libre arbitre. Lentement, je refis quelques pas vers Jacob et m'arrêtai quand il fut à portée de bras. Je ne pouvais de toute façon pas aller plus près, car Rolland me ceinturait fermement la taille de son bras. L'exécrable odeur que dégageait le corps de Jacob était presque insoutenable et me confortait dans l'idée qu'il n'avait jamais eu de contact bienveillant depuis son incarcération. Un seau d'eau glacé en pleine figure devait être son seul moment d'hygiène. Je m'accroupis et m'aperçus un peu tard que ma jolie robe traînait dans l'eau croupie mélangée au sang. *Tant pis* …

— Jacob ? appelai-je plus doucement.

Il grommela des paroles incompréhensibles. Son corps fut parcouru d'un frisson mais il ne bougea pas. Je recommençai et avançai mon bras. Je voulais juste qu'il sente autre chose que des coups.

— Jacob…

Cette fois, le vampire réagit. Brusquement, il se jeta sur moi en hurlant. Le corps de Rolland se tendit dans mon dos et il m'éjecta sur le côté. Je volai jusqu'à percuter violemment le mur à l'autre bout de la pièce. Mon crâne rencontra la pierre et je poussai une plainte avant de retomber par terre. Quant à Rolland, après m'avoir mise hors de portée, son épaule rencontra Jacob qui fut également propulsé au sol. Complètement obnubilé par ses pulsions, le prisonnier se remit en mouvement en criant de douleur et, tel un zombie, rampa vers moi. Il n'eut pas le temps de faire un mètre qu'il se retrouva flottant dans les airs seulement retenu par ses chaînes.

— Récupérez-le ! aboya Léa.

Les deux vampires du clan de Lyon attrapèrent les chaînes de Jacob et tirèrent dessus pour l'aplatir au sol. Le prisonnier utilisa ses dernières forces pour se débattre, puis ses grognements devinrent des jappements et enfin de faibles gémissements.

Je me relevai sur les coudes puis des mains attrapèrent ma taille et me mirent debout. Rolland étudia chacun de mes membres afin de constater les dégâts de sa « bousculade ». Personnellement, je déplorai d'être absolument entièrement recouverte de boue nauséabonde. Je frottai les souillures de ma robe dans le but de les faire partir mais c'était peine perdue. *Ça ne se serait jamais passé si je ne bridais pas mon pouvoir,* tempêtai-je pour moi.

— Liza…

— Quoi ? grommelai-je.

Rolland fit quelques pas en arrière. Sa soudaine hésitation me surprit et je relevai les yeux. Il tentait de me cacher son visage mais je vis très clairement ses belles pupilles briller sous l'effet de son excitation. Il n'était pas le seul. Tous les vampires présents autour de moi me scrutaient de leur regard inquiétant qui rougeoyait comme des lanternes dans la nuit noire. J'étais seule au milieu de prédateurs en proie à leur instinct. Mon attention se déporta aussitôt vers mon bras sanguinolent. Jacob avait réussi à me griffer salement. Ma blessure s'était certes refermée depuis longtemps mais le sang avait traversé ma chair et recouvert ma peau. *Là aussi c'était peine perdue.* Sans point d'eau, je ne parviendrais pas à effacer ce nectar dont l'exquis parfum était devenu une légende dans toute l'Europe. Ainsi, après tous ces efforts, je n'allais pas me faire tuer par Jacob mais par mes propres alliés. Cette situation avait un certain comique.

Obnubilés par mon sang, les geôliers baissèrent leur garde et Jacob se releva brusquement pour réclamer également sa dose. Je me préparais à le rejeter lorsqu'il serait sur moi mais, une fois de plus, sa course fut stoppée par le pouvoir de Léa. La petite vampire était la seule qui parvenait à se maîtriser. Elle s'approcha, mécontente, tout en sifflant entre ses dents puis déchira un long morceau de sa robe et s'en servit pour essuyer un maximum de sang sur mon bras.

— Vous avez l'intention de la reluquer encore longtemps ? ! gronda-t-elle. Ramenez-nous, sur-le-champ !

Aliénor se reprit puis fut bien obligée de s'exécuter en nous rouvrant la porte. Ses deux subordonnés se secouèrent et rattrapèrent les chaînes de Jacob pour l'éloigner de moi. Léa me poussa vers la sortie mais, avant de quitter la pièce, je m'arrêtai. Mon amie eut des paroles pressantes mais je ne l'entendais pas. Mes yeux fixaient la créature gémissante que nous nous apprêtions à laisser derrière nous. Ses chaînes se resserraient de plus en plus le forçant à reculer contre le mur où nous l'avions trouvé en rentrant. Les vampires de Lyon les firent glisser dans des anneaux et tirèrent dessus une dernière fois avant de les sceller. Jacob poussa un hurlement à peine humain quand ses articulations déboîtées furent remises en tension.

— Liza, viens ! insista Léa.

— Nous l'emmenons.

Tous restèrent sous le choc, espérant avoir mal entendu ma

demande.

— Quoi ?!

— Gardez ces chaînes en main, lançai-je aux geôliers. Vous en aurez besoin pour le guider jusqu'à la sortie.

— Non, certainement pas ! refusa catégoriquement Aliénor.

Cette fois, je me fis moins douce. Mes crocs sortirent et je fis un pas intimidant vers elle. Nous faisions la même taille et nos visages se faisaient face.

— Son existence n'a plus rien d'un secret. Croyez-moi, je détruirai vos chers souterrains pierre par pierre pour le retrouver si vous ne faites pas ce que je vous dis.

Elle se contenait pour ne pas me répondre. Chaque muscle de son visage était sous tension, la rendant plus impressionnante encore mais je ne me laissai pas désarçonner. J'avais été suffisamment docile jusqu'à présent, maintenant c'était à son tour de se plier quitte à l'obliger par la force. Ma colère monta et je m'imaginais la saisir par la crinière pour l'aplatir au sol. Ressentant une pression angoissante, elle fut tout d'abord surprise puis céda et baissa les yeux.

Chapitre 15

Je devais être soulagée d'avoir passé cette épreuve sans avoir été confondue et d'être à présent sur le trajet du retour, mais ce fut l'un des moments les plus difficiles de mon existence. Les galeries souterraines résonnaient des cris de douleur et des pleurs de Jacob. Nous nous déplacions lentement, car sa cécité le faisait trébucher et ainsi déclenchait de nouvelles plaintes déchirantes. Il était encadré des deux membres du clan de Lyon. L'un était devant et le forçait à continuer, l'autre était positionné à l'arrière et l'empêchait de se jeter vers l'avant, fou de rage et de douleur. Nous ouvrions la marche avec Aliénor qui planait à quelques centimètres du sol. Léa s'était permis d'utiliser son pouvoir sur elle afin de lui couper l'envie de nous fausser compagnie. Personnellement, je ne pensais pas qu'elle était le genre de personne à fuir ses responsabilités mais il fallait reconnaître que ses minutes étaient comptées. J'avais envoyé un message mental rassurant à Lucas, mais cela n'avait eu absolument aucun effet sur son humeur hostile. Je lui avais également demandé de nous attendre dans la cour. Même si cette méthode était rebutante, je ne pouvais laisser les autres chefs de clans s'imaginer les raisons de la condamnation d'Aliénor. Jacob était la preuve de ses crimes et tous devaient le constater de leurs yeux.

« *Tu commences à comprendre* » me félicita Lilith.

Finalement, moi aussi je me servais de lui. Privé de tout amour-propre, torturé et maintenant abusé, il n'allait être qu'un instrument pour orchestrer une démonstration de pouvoir. Il ne restait qu'un seul facteur que j'avais du mal à prendre en compte dans mon équation. Rolland. Je jetai un regard en biais vers le vampire qui ne prêtait pas attention à moi. Occupé à fixer un point devant lui, il s'était refermé. J'aurais voulu qu'il tourne la tête, qu'il me confirme qu'une lueur d'espoir subsistait encore, car moi je n'en avais plus. Me kidnapper était déjà une raison suffisante pour la condamner aux yeux de Lucas mais ce qu'elle avait fait secrètement à Jacob était une honte. Ses pairs ne manqueraient pas de la sanctionner sévèrement.

Les cris de douleur et les pleurs étaient insoutenables. Je maudissais que mon pouvoir ne fût pas celui de Joachim. Il méritait de se reposer à présent. Il méritait qu'on lui offre la mort d'un simple bras lui traversant la poitrine, et pourtant, les chaînes le forçaient encore et encore à avancer et à hurler. La culpabilité était ma punition personnelle et c'est pour cela que mes mains ne m'écrasaient pas les oreilles. Jusqu'au bout j'allais entendre ses plaintes résonner dans ma tête... et même après, lorsque tout serait fini.

Nous étions de retour dans la première pièce faite entièrement en nithylite. Aliénor – toujours prisonnière du pouvoir de Léa– déverrouilla la porte et nous remontâmes les marches pour atteindre le bureau. Il était désert mais je m'y attendais. Nous continuâmes vers les couloirs pour atteindre la cour intérieure. Avant de retrouver le lieu du bal, j'ordonnai aux deux vampires qui guidaient Jacob de patienter. Ses cris n'étaient pas passés inaperçus mais je ne voulais pas exacerber les tensions trop vite.

— Tu peux la reposer, demandai-je à mon amie.

Léa hésita puis finalement se relâcha, et Aliénor pu retrouver la terre ferme. Être trimballée en apesanteur devant les autres chefs de clans restait dégradant. Même si cela pouvait être mérité, je ne voulais pas être complice de ce genre d'humiliation.

Je passai la première. Dès que nous eûmes fait quelques pas sur les pavés jonchant la cour, Gisèle et Alex apparurent dans mon dos. La première menaça de trancher la gorge d'Aliénor d'une main crépitante d'énergie et la seconde retourna son bras dans le dos, la forçant à plier les genoux. Je n'intervins pas, laissant désormais les rênes entre les mains du puissant vampire à quelques mètres de moi. Sa colère était palpable. Il suffisait d'observer l'attitude prostrée des membres du clan de Lyon. Quant aux chefs, ils se tenaient éloignés et, discrets, observaient la scène. Certains notèrent ma piteuse apparence et s'empressèrent de chuchoter des commentaires à leurs voisins. Préservant ce qui me restait de fierté, je me tenais droite et avançais vers l'archange. Lui aussi n'avait pas manqué les souillures sur ma robe mais surtout les traces de sang séché sur mon bras. Ses pupilles brillaient d'un éclat funeste, débordant d'une rage presque incontrôlable. Il tendit un bras vers moi mais ce n'était nullement une invitation à le rejoindre. Je fis de même et sa main prit fermement la mienne. Aussitôt je le sentis se faufiler en moi mais je ne le repoussai pas. Il s'appropria tous mes souvenirs de cette dernière heure et lorsqu'il eut fini, je crus qu'il allait définitivement éclater.

Et ce fut ce qui se passa, d'un certain point de vue. Un vent violent se leva et s'engouffra dans la cour. Les tables encore pleines de mets et de verres de champagne se renversèrent. Les nappes blanches se déchirèrent. Les lustres s'écrasèrent contre les murs. Les cages se brisèrent faisant fuir les animaux, mais surtout des nuages menaçants recouvrirent le ciel au-dessus de nos têtes et se rencontrèrent brutalement. Des flashs impressionnants embrasèrent le cumulonimbus, puis vint un déchaînement de grondements et de tonnerre. Une averse nous tomba dessus mais personne n'osa bouger. Personnellement je fus rincée de la crasse et du sang qui tapissait ma peau. Les dernières bougies s'éteignirent, complètement noyées, nous plongeant dans une ambiance sombre et inconfortable.

Lucas me lâcha et me dépassa. Il eut à peine un regard pour moi, bien trop préoccupé par sa proie et le châtiment qu'il pourrait lui faire subir.

— Tu as cru que Joachim s'était fait domestiquer ? lança-t-il d'une voix pleine de colère. Tu as cru que *je* m'étais fait domestiquer ? !

Aliénor – toujours prisonnière d'Alex et Gisèle – s'aplatit jusqu'au sol.

— Mon prince…

Il grogna, ne tolérant aucune interruption, et continua les mâchoires serrées.

— Comment as-tu *osé* ? Elle est ma femme… *Ma femme* !

Je ne perçus pas la réaction d'Aliénor, croyant que cette dernière avait, de nouveau, utilisé son pouvoir sur moi. L'ensemble de mes sens ont cessé de fonctionner après avoir entendu ses mots. *Sa femme.* Bon, j'étais au courant que notre union était largement consommée et officielle mais il ne m'avait jamais présentée comme tel.

Lucas interpella Léa.

— Transporte-le jusqu'ici.

Elle disparut par le couloir que nous venions d'emprunter. Un cliquetis de chaînes résonna, suivi d'aucun cri, ce qui me soulagea.

Lorsqu'elle réapparut avec Jacob qu'elle maintenait au-dessus du sol, des sifflements indignés s'élevèrent de l'assemblée. Le pouvoir de Léa épargnait au prisonnier tous les mouvements qui pouvaient déclencher sa souffrance. Éreinté par son trajet dans les souterrains, il se laissait porter. Son corps était parcouru de petits tremblements et il ne s'échappait de sa bouche que de vagues gémissements. L'ancien archange se rapprocha et prit le temps de le détailler. Au fur et à mesure qu'il listait les sévices dont il avait été victime, ses lèvres se tordaient, il était écœuré. Après avoir effectué un tour, il demanda à Tobias de s'avancer.

— Est-ce le vampire que vous avez découvert ?

Le chef du clan de Bordeaux se pencha pour étudier le visage de Jacob. Des rides de concentration apparurent sur son front. Il ne s'attendait pas à être autant en difficulté pour valider l'identité du prisonnier. Tobias se racla la gorge.

— C'est… c'est bien lui mais… mais il est bien plus « abîmé » que dans mes souvenirs.

De nouveaux murmures scandalisés naquirent un peu partout dans la cour. Lucas revint vers Aliénor et posa une nouvelle question suffisamment forte pour que tous l'entendent.

— L'a-t-il reconnue comme étant sa maîtresse ?

— Non…

— Plus fort !

— Non, il s'est retourné contre elle !

Satisfait, Lucas se plaça dans le dos de Jacob et fit un signe à Léa. Le prisonnier regagna le sol. Il était de nouveau écrasé par son propre poids, chaque articulation, os et muscle le firent crier. Cela ne dura qu'une seconde, car l'ancien archange le libéra enfin de ses siècles de souffrance en plantant son bras à travers son cœur. Ses sensations de mal-être partirent en poussière comme le reste de son corps et il afficha enfin un visage apaisé. Cette vision provoqua une vive émotion en moi et je serrai les poings pour contenir mes larmes.

Cette soirée approchait de sa conclusion et l'acte final s'annonçait déchirant. Lucas se plaça face à Aliénor, la dominant de toute sa hauteur et de toute sa puissance, tel un juge prêt à accomplir sa sentence. L'air se concentra autour de lui et devint si dense que tous pouvaient le voir. Tel un voile délicat, il entourait l'ancien archange, le protégeant et prêt à accomplir le moindre de ses désirs. Mon regard se posa brièvement sur Rolland. Il observait sans faillir les derniers instants de sa mère sans qu'il puisse lui adresser quelques mots.

Les mouvements de l'air s'accélèrent et formèrent des lames qui s'affinèrent encore et encore. Elles devinrent si fines qu'elles semblèrent aussi affûtées qu'une épée. Puis par sa simple volonté, Lucas relâcha les lames qui partirent et sectionnèrent les membres et la tête d'Aliénor. Les restes puants de son corps retombèrent en six morceaux au sol.

Cette technique, il l'avait déjà utilisée pour me libérer de l'emprise meurtrière de Valérie, mais je ne savais rien de son affinité avec l'air à cette époque. C'était une attaque d'une rare violence, dans le sens où elle ne laissait aucune chance à son adversaire. Je savais qu'il pouvait être aussi puissant que son grand frère mais je n'avais pas poussé la réflexion pour savoir jusqu'à quel point. Que ce soit Lucifer, Michel ou Gabriel, ils pouvaient tuer sans toucher leur ennemi. Mais ils réservaient cette capacité pour l'exécution des sentences. Lucifer pour

Vassa – la cadette des Poupées Russes –, Michel pour Malachia... Et maintenant, Gabriel pour Aliénor.

Lucas serrait ma main avec une rare force. Il me traîna derrière lui et me fit entrer dans notre chambre d'hôtel, puis ferma brutalement la porte qui, par miracle, ne se brisa pas. Nous étions maintenant seuls et il libéra ma main que je massais pour faire passer la sensation d'écrasement. Le vent hurlait à l'extérieur. Mon petit ami fulminait toujours et tournait comme un lion en cage dans le salon. Je n'osai pas perturber son processus d'apaisement en prenant la parole, même pour lui dire des mots rassurants. De toute façon, je doutais de lui être d'une grande aide car j'étais affairée à clarifier mes propres sensations, perturbées à cause de son lien. Soudain, il se rapprocha dangereusement de moi, ses crocs sortis et ses pupilles qui brillaient d'une folie presque meurtrière. Je ne le repoussai pas, par peur de provoquer ses instincts de prédateur, lorsque ses puissants bras m'emprisonnèrent, ce qui déclencherait un bain de sang conjugal (événement rare mais bien connu des vampires). Il renifla sans ménagement mes cheveux, mon cou, mon visage en se retenant de me mordre. Sa respiration fébrile et ses crocs effleurant ma peau ne m'apportèrent aucun plaisir car, à l'heure actuelle, il ne me considérait pas mieux qu'un sac de sang lui appartenant. Ses mains attrapèrent le col de mon bustier, prêtes à le déchirer. Les mâchoires serrées, il ferma les yeux et se retint. Ses épaules reprirent enfin un rythme ordonné au fur et à mesure qu'il retrouvait son calme. J'avançai mes mains et caressai sa taille. Il rouvrit ses yeux et je reconnus leur douce couleur turquoise.

L'ancien archange me relâcha et partit se chercher une poche de sang dans le réfrigérateur. Me tournant le dos, il la dévora d'une traite.

— Si j'ai ce lien avec toi c'est aussi et surtout pour que tu l'utilises ! me gronda-t-il.

— Je sais, mais c'était une épreuve que tu ne pouvais pas passer à ma place.

Il se retourna vers moi et me condamna à nouveau :

— Pourquoi tu n'as pas utilisé ton pouvoir ? !

— Qu'est-ce… ça n'a rien à voir !

— Ça a tout à voir !! enchaîna-t-il en levant son bras pour désigner le palais Saint-Jean en contrebas derrière notre fenêtre. Tu t'es fait blesser au beau milieu de vampires qui n'ont pas l'habitude de ton odeur ! Ça aurait pu très mal se finir si tu n'avais pas eu Léa avec toi ! Tu aurais pu l'éviter si tu avais utilisé ton pouvoir. Pourquoi tu n'as pas cessé de le brider ? !

— Tu…

J'aurais voulu lui hurler à quel point sa rudesse était injuste et me peinait, mais je n'avais plus la force de lutter ce soir.

— Tu as bien vu pourquoi. Depuis que j'ai eu cette vision, mon pouvoir me terrifie ! Je ne veux plus avoir à revivre ces images ! Alors oui, je l'avoue. J'ai tout fait pour l'étouffer.

Je retins un sanglot et essuyai une larme avant qu'elle ne coule sur ma joue. Larmoyer comme une pauvre femme émotive après que son copain l'a rabrouée m'embarrassait. Je baissai la tête et lui tournai le dos pour qu'il ne voie pas mon état de faiblesse.

Je l'entendis pousser une longue expiration.

— Je ne t'ai pas appris à construire une barrière mentale pour que tu t'y enfermes à l'intérieur, reprit-il plus calmement.

— Après ce qui s'est passé avec Camille ne je savais pas comment réagir. Je ne sais pas encore à quel point, mais cette vision te concerne…

— Tu sembles, en effet, persuadée de cela.

J'inspirai profondément et revins vers lui, prête à lui dévoiler l'ensemble de mes conclusions sur ma rencontre avec Richard.

— Elle s'est manifestée juste après que mon oncle a parlé de toi. J'espère me tromper, je prie chaque seconde. Il est intelligent et … il… il a des intentions malsaines envers moi et Rémi. Je pense qu'il est capable du pire, Lucas.

Il eut besoin de quelques secondes pour encaisser ma révélation. Puis il croisa les bras et l'on devinait très clairement la tension dans ses muscles. Les poings serrés, la mâchoire carrée et les pupilles encore animées d'une aura menaçante, l'ancien archange se contenait.

— J'ai déjà éliminé des ennemis pour bien moins de raisons, avertit-il.

— Je m'en doute.

Voyant à quel point son désir de tuer un membre de ma famille me perturbait, il n'insista pas. Son amour pour moi l'empêchait de commettre un acte qui me rebutait autant. En réalité j'avais juste besoin d'un peu de temps pour être sûre de moi. Entre mon salaud d'oncle et Lucas, mon choix était déjà fait. Cependant, je me méfiais de ma peur et des conclusions hâtives qu'elle pouvait provoquer. L'image de ce corps carbonisé me revint en mémoire et je grimaçai. Cette nuit, j'avais accusé Lucifer d'être encore la cause de mes tourments mais le premier archange ne laissait aucune trace de ses victimes lorsqu'il les enflammait. Elles finissaient en cendres. Au contraire, le brûlé de ma vision avait été lentement consumé par les flammes. *Lucas est un puissant vampire. Comment pouvait-il être aussi odieusement blessé? Encore une fois, est-ce que je me fourvoyais ou est-ce que j'étais en plein déni ?*

— Tu es sûr que tu ne risques rien, m'inquiétai-je. L'ange de la basilique en feu…

— Cela n'a rien à voir avec ta vision … Une malheureuse coïncidence orchestrée par Aliénor.

J'avais failli oublier tout ce que j'avais vécu par la suite. Il avait exécuté la cheffe du clan de Lyon sans me concerter et sans fouiller dans ses souvenirs.

— Après tout ce temps, tu ne crois pas qu'elle ait pu avoir des informations sur Lilith ?

— Ceux touchés par le pouvoir de l'ancienne reine sont dans l'incapacité physique et mentale de divulguer quoi que ce soit contre elle. Aliénor le savait et elle s'est entêtée poussant sa folie à l'extrême. Seuls quelques membres de son clan connaissaient l'existence de ce prisonnier. Laisser une telle personne à la tête d'un clan n'était bon ni pour nous ni pour tous.

Pour nous... Après tout ceci, j'avais failli oublier ce pour quoi nous étions à ce bal.

— Je suis tellement désolée, j'ai tout gâché.

La déception qu'il avait affichée me hantait. J'avais perdu le contrôle et intimidé involontairement les chefs de clans. Cette nuit, j'avais été une gamine qui ne connaissait pas les limites de sa propre puissance. C'était indigne d'un protecteur.

Lucas me rejoignit et prit délicatement mon menton entre ses doigts pour me faire relever la tête.

— Ne te méprends pas sur mes réactions. Tu as été exceptionnelle et c'est ce qu'ils retiendront concernant ton pouvoir... Tu ne dois pas craindre la fatalité. Ce serait se refuser à la vie, choisir la nuit plutôt que le jour, l'effroi plutôt que la joie et ce jusqu'à ce que ce destin que tu rejettes tant vienne tout de même te prendre. Alors que tout te semble sombre et perdu, tu peux choisir de vivre dans la lumière. Il suffit de le vouloir, mon amour.

— Mais… mais tu n'as pas peur ? Cette vision…

— J'ai la foi, coupa-t-il.

Il posa ses lèvres sur les miennes. Je m'imprégnai de sa douceur et m'accrochai à sa force. Il se retira un peu trop vite à mon goût et murmura.

— Si tu veux bien me laisser t'aider…

Je fermai les yeux, prête à donner mon consentement pour tout ce qu'il jugerait juste ou bon. Il posa son front sur le mien et sa voix envoûtante résonna dans mon corps et mon esprit.

— *Ta peur est légitime mais, lorsque cette vision apparaîtra, elle ne te paralysera pas.*

Il utilisait son don de manipulation mentale pour paramétrer mes émotions afin qu'elles ne me perturbent plus durant mes visions. Mon pouvoir aurait alors l'occasion de s'exprimer pleinement.

C'était le procédé qu'il avait utilisé contre Lilith mais, à cette époque, il ne le maîtrisait pas complètement et avait provoqué un cataclysme dans l'esprit de l'ancienne reine. Un soupçon d'amertume m'envahit provenant probablement du plus profond de mon être, là où résidait l'âme de Lilith. Heureusement, cette dernière n'avait pas été suffisamment imposante pour captiver Jacob.

Je reposai sur le ventre, les bras enserrant mon oreiller sur lequel reposait ma tête. Tôt ce matin, j'avais senti comme un poids qui se glissait hors du matelas, puis je m'étais retournée, encore habitée par le sommeil. Maintenant, je tendis une main pour explorer les draps et vérifier si ce que j'avais perçu était également le fruit de mon imagination. La place était vide. J'étais bel et bien la dernière encore au lit.

Je sentis quelqu'un s'asseoir à mes côtés et soulevai légèrement la tête pour la faire pivoter vers celui que j'avais cherché quelques secondes plus tôt.

— Je vais au palais Saint-Jean afin d'organiser une gouvernance dégradée, le temps qu'un nouveau chef prenne place.

Il était habillé et sur le départ. Personnellement, je peinai à hiérarchiser mes propres pensées mais voulus tout même lui apporter mon aide.

— Tu veux que je t'accompagne ?

Ses belles lèvres se retroussèrent et une charmante ride se creusa non loin de sa narine. Aucun mot n'accompagna ce rictus mais son refus se comprenait aisément.

— Tu ne peux pas me cacher éternellement, mon amour, lui rappelai-je.

Les péripéties de la veille le hantaient toujours et il ne souhaitait pas me revoir dans les locaux du clan de Lyon d'autant plus qu'il n'y avait plus aucun chef pour cadrer les vampires de la ville. Les autres chefs étaient repartis et il était le seul qui pouvait assurer la cohésion du clan nouvellement orphelin. J'avais été impliquée de près dans les événements qui avaient mené le clan de Lyon à cette situation. Je ne pouvais pas faire comme si de rien n'était... Mais il ne le voyait pas ainsi.

Lucas se pencha pour mordiller la peau dénudée de mon épaule et déclencher de petites étincelles qui éclatèrent un peu partout dans mon corps. Je me souvins alors que seules mes fesses étaient camouflées sous un drap fin.

— Ce serait du gâchis. Je veux que tu te reposes pour ce soir. Ce dîner est de la plus grande importance et tu en seras la clé.

— La clé ?

— Je t'expliquerai, dit-il en m'embrassant vivement avant de se lever pour rejoindre l'entrée. Ne sors pas de l'hôtel.

Je n'eus pas le temps de me plaindre. La porte claqua et je me retrouvai seule. Ma tête retomba lourdement sur mon oreiller et je grognai. *Me reposer... Comment veut-il que je me repose ?* Mon cerveau était en ébullition. Cette nuit, nous devions assister à la représentation de la fameuse tsarine de la danse, suivie d'un dîner en tête à tête avec elle. J'avais soudainement un doute concernant les vampires, mais dans le monde des humains partager un repas avec l'ex de son copain était risqué... bref cela pouvait à tout moment finir en bain de sang. Comment pouvais-je sincèrement croire que cela allait bien se passer alors que nous serions trois vampires tendus autour d'une table ?

Une vision m'apparut, alourdissant encore plus mes appréhensions.

Mikaela caressa le bras de l'ancien archange, un sourire radieux sur le visage.

— *Ulric... Oh non ! Will ?* dit-elle en éclatant de rire. *Quel est ton nom déjà dans cette vie ?*

— *C'est Lucas,* répondit le bel homme qui ne lui tint pas rigueur de son approximation.

— *J'ai toujours préféré Gabriel...*

Je me redressai brusquement. Le rire cristallin de Mikaela résonna dans ma tête comme si elle se trouvait à côté de moi. Voilà que mon pouvoir fonctionnait trop bien à présent. Je me massai les tempes en soufflant avec lassitude. *En fait... je risque de l'égorger.* Je n'étais pas sûre que ce soit le bon message à envoyer à Vassily.

Mais ils ont vécu combien de vies ensemble ?

Je décidai de me bouger avant qu'une nouvelle vision réponde à ma question. Je sautai hors du lit. J'enfilai un tanga en dentelle ainsi qu'une robe légère et courte – les seuls vêtements confortables choisis par Léa.

Je tombai justement sur la petite vampire en sortant de ma chambre. Nous nous dirigeâmes avec Gisèle – sans un quelconque but – vers le bout du couloir.

— Alors ? Que veux-tu faire ? Bar de l'hôtel ? Piscine de l'hôtel ? Jacuzzi de l'hôtel ?

Léa semblait autant ravie que moi d'être coincée ici. Incrédule, je l'observai sautiller joyeusement tout en repensant à la rage qui avait été la sienne la veille. Son humeur s'était métamorphosée et je la retrouvais telle que je l'avais toujours connue. Pétillante... et surtout excitée. Le temps qu'il nous fallut pour atteindre le hall ne fut pas suffisant pour lui permettre de lister toutes les activités qu'elle avait prévues pour combler ma journée. Je soupçonnai Lucas de lui avoir demandé de m'occuper afin que je ne pense pas trop à ce qui nous attendait ce soir ou bien à ce qui s'était passé la veille. En fait, j'avais l'impression que seul le présent était clément avec moi.

Enfin presque…

Dans le grand hall de la Villa Florentine, Rolland surveillait les allées et venues des clients autant que du personnel de l'hôtel. Personne n'échappait à ses sens développés, et la moindre intention douteuse envers Lucas ou moi serait immédiatement captée et reportée à l'ensemble de notre équipe. Il remarqua bien évidemment notre présence et mon cœur se serra. Nous n'avions pas eu le temps de parler de la perte qu'il avait subie. Même si j'avais voulu que cela se passe différemment, j'avais largement pris part à son malheur actuel.

— J'aimerais, en effet, que tu fasses quelque chose pour moi, coupai-je Léa tandis qu'elle m'énumérait la liste des cocktails du bar.

Elle fut tout ouïe et je l'incitai à suivre mon regard. Rolland fronça les sourcils en voyant les trois paires d'yeux se tourner vers lui.

— Tu veux me mettre en salle ! s'offusqua Léa.

— S'il te plaît, quelques minutes… Après je te laisserai faire ce que tu veux de moi pour ce soir.

Son expression changea et elle commença à se perdre dans toutes les possibilités qui s'offraient à elle.

— Combien de centimètres le décolleté ? vérifia-t-elle.

— Je te laisse juge.

— Et la fente ?

— Aussi longue que tu le souhaites.

Gisèle me lança un coup d'œil inquiet. Elle savait autant que moi de quoi Léa était capable lorsqu'elle laissait libre cours à son expression stylistique. Tant mieux, je voulais qu'elle se déchaîne et qu'elle me trouve une tenue qui occulterait toutes les pirouettes que cette tsarine de la danse pourrait faire devant Lucas.

Léa frappa dans ses mains et se jeta à corps perdu dans ce défi.

— Tu seras le spectacle de la soirée !

— J'espère bien…

Elle s'éloigna pour rejoindre le poste de Rolland. *J'y suis peut-être allée un peu fort...* Ma dernière vision me revint en mémoire et ma contrariété remonta en flèche. Malgré son don certain pour trouver la toilette appropriée, Léa n'arriverait pas à effacer les nombreuses vies que Lucas et Mikaela avaient vécues ensemble. Alors elle pouvait bien élargir le décolleté de ma robe, agrandir sa fente, dénuder mon dos… ce ne serait jamais assez suffisant.

— Ça va ? s'enquit Gisèle.

Au fur et à mesure que je me persuadais de la futilité de mon entreprise, mon corps était devenu flasque. Je me ressaisis.

— Oui.

Après avoir été littéralement éjecté de sa place, Rolland s'approcha. Je le rejoignis au milieu de la salle et, une fois que nous fûmes face à face, lui demandai modestement.

— Tu veux bien venir avec moi ?

Il acquiesça non sans être légèrement surpris et me suivit en quête d'un endroit au calme. À cette heure, le bar et le restaurant étaient encore bondés de clients friands du petit-déjeuner. Mes recherches nous menèrent jusqu'à la piscine déserte à cause de la température de l'eau jugée trop froide par les humains à cette période de l'année. Je m'assis sur le bord et immergeai mes jambes jusqu'aux genoux. À l'autre bout du bassin, j'aperçus le toit de la cathédrale Saint-Jean. Derrière elle, s'étendait la ville de Lyon. Comme lorsque j'observais Rome du haut de la colline du Pincio, j'étais coincée et ne pouvais qu'inventer des promenades dans les rues étroites de la vieille ville.

Je tournai la tête et me rendis compte que j'étais seule. Rolland s'était reclus auprès de Gisèle restée quelques mètres derrière moi. *Je n'avais pas l'intention de lui crier ce que je voulais lui dire.* Ma main tapota l'espace à côté de moi. Il s'approcha et s'accroupit pour être à ma hauteur. Son visage était fermé et bien qu'il s'agît là d'une expression habituelle chez lui, je ne pouvais m'empêcher d'avoir de la peine.

— Rolland, je…

— Nous ne sommes pas obligés d'en parler, tu sais, me coupa-t-il doucement.

Résigné, il attendait ma décision en observant le soleil jouer avec les replis de ma robe.

— Oui, mais j'aimerais, malgré tout, insistai-je.

Même si je ne l'exprimais pas pleinement, je lui laissais la possibilité de refuser. Un signe, une grimace ou même un grognement me faisant comprendre qu'il ne le voulait pas me suffirait pour stopper cette discussion. Le beau vampire ne fit rien de tout ça.

— Elle était ta créatrice ?

— Oui.

Rolland était figé dans sa vingtaine. Quant à Aliénor elle avait dû avoir à peine plus de 30 ans lorsqu'elle avait été transformée. Leurs âges étaient trop proches.

— Comment… Comment est-ce que ?…

— On lui a toujours dit qu'elle ne pourrait jamais avoir d'enfant. Quand elle est tombée enceinte du duc de France, elle l'a caché aux yeux de tous, redoutant un assassinat. Je n'avais que 10 ans quand elle a été transformée contre son gré. Elle a attendu que je grandisse avant de me transformer à son tour, puis elle m'a éduqué afin que nous n'attirions pas l'attention de Michel et Gabriel sur nous. Nous nous sommes relevés et elle s'est naturellement imposée à la tête d'un clan. La suite, tu dois déjà la connaître.

Alors qu'elle n'était qu'un non-sevré, elle n'avait jamais oublié son fils malgré l'appel du sang. Elle l'avait transformé sans le tuer et éduqué, alors qu'elle-même devait à peine savoir se contrôler. Puis en acceptant d'être celle qui guiderait le clan de Lyon, elle avait dû se séparer de l'être qu'elle avait de maintes manières toujours protégé.

Cette femme était la preuve que nos sentiments pouvaient nous préserver de notre propre folie meurtrière. Lucas m'avait convaincue que l'amour que je portais à ma famille et mes amis humains était la raison de mon sevrage incroyablement rapide. Je l'avais cru, jusqu'à ce que l'on apprenne que Lilith habitait mon âme et que son expérience déteignait – en quelque sorte – sur moi.

— Qu'importe ce qu'elle était, continua Rolland. Elle s'est condamnée au moment où elle a voulu se dresser devant Joachim. C'est pour ça que je suis là. Ce qu'elle t'a fait, je ne m'y attendais pas et ça a accéléré son exécution.

— Joachim avait des doutes ?

— Depuis longtemps, il avait juste besoin d'une preuve.

— Et tu étais chargé de la trouver, je suis désolée.

Je me détournai n'osant plus affronter son regard. J'avais conscience que certaines situations nécessitaient une prise de position dure et radicale, mais c'était au détriment de notre empathie.

— Ne prends pas cet air triste. Mon seul désir est de protéger Joachim et j'obéis à ses ordres.

— Peut-être… mais te demander te trouver une raison d'abattre ta propre mère était terrible et je peux comprendre la rancœur qui pourrait être la tienne à l'heure actuelle.

— Je n'ai aucune rancune envers qui que ce soit. C'était certes par devoir à la base mais je suis pleinement satisfait d'avoir été présent ce soir-là.

— Comment ça ?

— En plus de Joachim, j'ai découvert qu'il y avait une autre personne pour qui je serais capable de me sacrifier. Et cette personne mérite que l'on prenne soin d'elle.

Je n'osai pas le croire et vérifiai s'il se moquait de moi. Lui qui avait l'art de préserver ses émotions, essayait-il encore de m'induire en erreur ? Ses yeux me fixaient sans faillir, assumant pleinement ses paroles. Ma bouche resta entrouverte, car je ne sus que lui répondre. Je ne me voyais pas être l'égale d'un chef de clan aussi charismatique que Joachim. Pourtant, il n'avait aucune raison de se jouer de moi en ce moment.

— As-tu besoin de moi pour autre chose ? demanda-t-il simplement.

— Non… c'est bon…

Il baissa la tête, puis se releva et s'éloigna d'un pas pour me laisser de l'intimité. Je ne pensais pas inspirer autant de déférence surtout venant des personnes qui avaient connu mes premiers jours en tant que vampire. Je triturai nerveusement mes doigts tout en m'inquiétant à nouveau de ce que l'on attendait de moi. Mon aisance en public intriguait au vu de mon jeune âge. J'étais considérée comme une curiosité, voire un amusement, mais ce serait différent lorsqu'ils allaient attendre de moi que je sois inflexible. À l'image de Lucas, je devrais juger, ordonner, proclamer des sentences et même les exécuter. Je ne concevais toujours pas de tuer une personne désarmée et en dehors d'un combat singulier.

« Quoi que... »

Je souris, sachant pertinemment à quoi Lilith faisait allusion. Cependant, Mikaela était loin d'être inoffensive et je ne doutais pas que nous nous étions lancées toutes les deux dans un autre genre de duel que le simple corps à corps.

« Cela reste à voir... »

Ma dernière vision et mes envies d'égorgement qui avaient suivi me revinrent en mémoire. Je sifflai entre mes dents, mécontente. Cette maudite reine mettait mes nerfs à vif. Ce dîner était important et il était hors de question que je déçoive Lucas surtout en présence de son ex.

Léa m'enleva plus tôt que prévu pour jouer les poupées avec ma personne. Elle me força à rester presque une heure entière dans un bain de lait d'amande.

— Tu sais que ce procédé est inutile, parce que ma peau de

vampire peut difficilement être plus douce qu'elle ne l'est déjà, expliquai-je en regardant mes bras nus.

— Ça n'a pas pour but d'avoir une action physique quelconque, c'est pour te détendre.

Elle enroula mes cheveux sur le sommet de mon crâne et, ses mains sur mes épaules, m'obligea à m'allonger. Mon corps fut entièrement immergé jusqu'à la nuque qu'elle commença à me masser. Au début, perplexe, je me laissai néanmoins envahir par le plaisir que me procuraient ses massages. Les yeux fermés, je finis même par somnoler. Je fus réveillée par l'odeur du sang. Léa m'avait préparé un verre du succulent nectar que je sirotais volontiers à l'italienne.

À l'extérieur, tout en séchant emmitouflée dans un peignoir, elle me coiffa. La petite vampire essaya plusieurs coupes élaborées mais sembla toujours insatisfaite. Finalement, elle laissa mes cheveux libres et accentua simplement certaines torsades.

— Qui ne pourrait pas tomber amoureux d'une telle crinière, me félicita-t-elle.

Je souriais modestement quand Lucas entra dans la chambre. Il s'était absenté toute la journée et je me languissais de lui. Cependant je risquais le fouet si je me levais de mon fauteuil, et il avait appris à rester loin de moi lorsque Léa jouait les chefs d'orchestre avec ma toilette. Elle ne voulait pas que des heures de travail soient gâchées à cause d'un baiser un peu trop entreprenant. Cette intransigeance n'était pas ce qu'elle inspirait au premier abord mais il ne faisait nul doute que ce trait de caractère avait dû séduire son centurion de mari.

Mon petit ami appuya un regard aimant vers moi avant de

disparaître dans la salle de bains pour se préparer lui-même. Il fut prêt et parfait avant moi. *La perfection était probablement une formalité pour un ange.* Son trois-pièces avait une coupe plus moderne que celui de la veille, ce qui le faisait ressembler à un PDG très sexy d'une multinationale. Tout en ajustant sa veste, il me rassura sur la cohésion du clan de Lyon malgré l'absence d'un chef, et il prévoyait de retarder notre départ pour parachever cette période de transition inattendue. J'étais consciente que cela prendrait du temps et n'étais pas surprise de sa décision.

Lorsqu'il quitta notre chambre, Léa me présenta ma longue robe. Argentée et pailletée, elle semblait éclater alors qu'elle n'était frappée par aucun faisceau de lumière. Elle ne tenait sur moi que grâce à de fines bretelles qui se croisaient élégamment dans mon dos entièrement dénudé jusqu'aux reins. Le tissu se resserrait au niveau de la taille, ce qui accentuait la rondeur de ma poitrine et de mes hanches. Un décolleté échancré offrait une vue alléchante sur la naissance de mes seins qui se tenaient très bien sans soutien-gorge. Enfin, la robe s'ouvrait au sommet de la cuisse sur une généreuse fente qui dévoilait ma longue jambe. J'étais montée sur de somptueux escarpins.

Je tournai sur moi-même pour observer mon reflet dans le miroir mural. Ce que je vis me plut et me redonna confiance pour la suite.

— *Grazie mille.*

— *Bellissima*, cette robe n'est qu'un accessoire, même pas un outil à ta véritable beauté. « *L'elegenza non è farsi notare, ma farsi ricordare* ».

Lorsque Léa citait Giorgio Armani, c'était très sérieux. J'étais vaincue. Malgré mes efforts pour écarter le sujet, prétextant que cela ne me touchait pas, la petite vampire avait deviné mes appréhensions concernant Mikaela. Ainsi elle s'était appliquée à mettre en évidence toutes mes perfections afin de me redonner l'assurance nécessaire pour affronter cette épreuve. Je hochai la tête pour lui faire comprendre que j'avais compris son message. Elle claqua des dents, satisfaite, et alla finir de se préparer elle aussi.

Lucas ne revint pas et je décidai d'attendre patiemment le moment de notre départ au bar de l'hôtel. Je tombai sur Alex et Éric dans le couloir. Eux aussi étaient sur leur trente et un.

— Oh ! Je me demande ce qu'aurait été ma vie si je t'avais rencontrée avant Meredith, lança la belle femme en détaillant ma tenue.

Éric réfléchit :

— Une vie moins versatile ?

— Pour sûr, tu ne m'aurais peut-être pas fait autant d'effet, attaqua Alex.

Meredith était une vampire du clan de Paris qui avait choisi de vivre dans la capitale plutôt qu'au château. Elle se complaisait dans une existence fantasque jonchée d'amourettes ou d'histoires d'un soir en tout genre. Alex avait été sa partenaire avant de devenir plus sage auprès de Léa et de s'attacher à Éric.

Notre déplacement fut remarqué même si nous avancions aussi silencieusement que des félins au milieu d'un troupeau de proies bruyantes. Comme hypnotisés, des humains de tous les âges peinaient à nous quitter des yeux. Certains accrochaient également mon attention, notamment un grand mâle qui nous croisa. Je tournai la tête, montrant mon intérêt, et il fit de même. Je remarquai aisément la musculature de ses bras saillants grâce à ses manches retroussées et ses veines apparentes. *Délicieux.* Heureusement pour cet homme, je mis fin aussitôt à ce début de chasse. Ce fut alors lui qui revint à la charge en m'offrant un cocktail quelques minutes plus tard. Mon serveur le désigna comme étant l'auteur de ce présent et installé au bar le beau mâle observait ma réaction. J'étais tentée d'accepter mais il viendrait probablement m'aborder, ce qui engendrerait un grand moment de gêne lorsque Lucas se pointerait. Ce dernier n'approuvait pas vraiment les parties de chasse grandeur nature. Je refusai donc courtoisement le verre ainsi que les trois autres qui suivirent venant de différents prétendants.

Pendant ce temps, les deux vampires installés en face de moi échangeaient leurs opinions concernant l'écart d'âge d'un couple d'humains à l'autre bout de la pièce.

— À quelques années près ils ont la même différence que nous, conclut Alex.

Un peu plus de cinquante ans les séparaient…

Ils pouffèrent discrètement comme des gosses. Je souris, attendrie, puis mon regard glissa sur leurs mains entrelacées. Inconsciemment, Éric jouait avec la bague à l'annulaire de sa fiancée. Le vampire avait fait sa demande il y a peu et j'avais été tellement heureuse pour eux ; aujourd'hui je mentirais si je disais que cela ne me chagrinait pas. Ma morosité était surtout en lien avec le contexte de la soirée, car j'avais eu une vision relativement explicite et rassurante sur l'avenir de ma relation avec Lucas. Elle était en lien avec notre accession au trône des vampires mais celle-ci ne se ferait pas dans l'immédiat…

Pour résumer, je savais que nous nous unirions un jour mais je ne savais pas quand. Par contre, nous avions l'éternité devant nous... Bref, j'avais de quoi être affligée.

Une main entra dans mon champ de vision et je levai la tête pour voir son propriétaire.

— Je t'ai fait attendre, s'excusa Lucas avec un charmant sourire.

J'eus du mal à me commander de bouger. Premièrement, qui pouvait en vouloir à quelqu'un d'aussi beau ? Deuxièmement, j'avais cru qu'il avait deviné l'objet de ma petite bouderie. Lorsque finalement je pris sa main et me levai, ce fut lui qui se figea. Ses yeux dévorèrent chaque parcelle de peau dénudée. Je le dépassai, sachant très bien l'effet que mon dos nu plongeant jusqu'à mes fesses ferait sur lui. Mine de rien, je me fis force pour ne pas le prendre en flagrant délit de matage.

Notre groupe au complet, nous sortîmes avec Léa, Agnel, Gisèle et Rolland. Yoan avait déjà avancé notre voiture et fut lui aussi brièvement confus en me voyant. Il m'ouvrit la portière et je voulus le charrier en tapotant son torse.

— Merci mon cher.

— Hum... grommela-t-il.

Lui qui avait toujours une remarque, le voir sans voix m'amusa et je prévis de le taquiner encore un peu mais pas dans l'immédiat, car la cabine avant de la Mercedes était isolée de la partie passager par une cloison. Le dossier de mon siège était légèrement allongé et je profitai pleinement de l'espace et du confort à ma disposition en reposant mes bras sur les accoudoirs. Mon petit ami s'installa à la place voisine et nous nous retrouvâmes seuls dès que les portes furent fermées. Le ronronnement du moteur fut l'unique son qui perturba le silence dans l'habitacle. Je sentis le regard ardent de l'ancien archange sur moi. Un frisson me parcourut et je m'intéressai à mon voisin. Comme prévu ses pupilles brillaient au gré de son désir de plus en plus puissant.

— Le chemin est court.

Hein ? Il me plongeait dans la perplexité. Il voulait vraiment me parler du trajet et remplacer le guide vocal du GPS ?

— Pour ?

Lucas se pencha par-dessus l'accoudoir central et effleura la zone entre mes seins, visible aux yeux de tous.

— Pour aller de là …

Ses doigts se déplacèrent légèrement et s'immiscèrent sous ma robe pour trouver mon mamelon qui durcit.

— … à là.

Sa manœuvre fit tomber la bretelle et libéra mon sein. Sa bouche embrassa mon cou puis il continua ses murmures.

— Et pour aller de là …

Sa main se posa au sommet de ma cuisse où se finissait la fente, repoussa juste un peu le tissu et pénétra à l'intérieur de mes jambes.

— …à là.

Il ne trouva aucune culotte et en fut étonné, avant de rire doucement. Ma bouche s'ourla, pleine de malice. Ses doigts glissèrent entre mes lèvres et rentrèrent encore plus profondément en moi. Je retins un gémissement.

— Là aussi.

Je fermai les yeux, appréciant ses caresses indécentes et fut presque déçue lorsqu'il se retira. Lucas remit ma bretelle en place et rabattit le tissu sur mes cuisses.

— Fais attention en croisant les jambes, me conseilla-t-il.

Il déposa un nouveau baiser sur mon épaule avant de revenir à sa position initiale. Je me raclai la gorge et me réinstallai également dans mon siège. Involontairement, mon corps avait glissé pour s'allonger. Certes nous n'avions pour nous que quelques minutes, mais je fus épatée qu'il soit aussi sage, surtout après avoir eu un aperçu de mes arguments.

— J'aurais cru que cet endroit était propice à un moment intime.

— Tu as raison, dit-il. D'ailleurs nous devons parler.

Ma tête se renversa en arrière et j'expirai bruyamment.

— Mmm... « parler » ? soupirai-je. Vous savez ce qui excite les femmes grand maître des ténèbres.

Il rit mais ne réfuta pas ma remarque.

— Écoute-moi. C'est important, m'avertit-il après avoir repris son sérieux.

Tout en restant avachie, je lui promis mon attention.

— Assister à cette représentation était sa condition pour cette rencontre. Cependant, je ne suis pas naïf au point de croire qu'un simple rendez-vous soit suffisant pour la convaincre de faire parvenir notre message à son maître... et les souvenirs de notre vie commune – qu'elle ne manquera pas d'exhiber – n'auront aucun poids non plus.

J'étais aux anges.

— Son statut de membre caché du clan de Moscou lui permettait d'avoir un train d'avance sur ses interlocuteurs. Elle n'a d'ailleurs jamais confirmé mes soupçons, se jouant des preuves en prétextant des rumeurs, mais c'était avant qu'elle rencontre un vampire comme toi. J'aimerais que tu utilises ton pouvoir sur elle.

— Tu… Je pensais que l'employer pour mes propres intérêts était mal.

— Mettre fin à la menace omniprésente que Vassily exerce sur les autres clans du monde ne touche pas seulement ton intérêt. Tu dois savoir une chose sur Vassily. Une particularité qui à ce jour encore reste un mystère. Il a ressuscité plusieurs fois.

— Q… quoi ?

— Il a, à plusieurs reprises, était victime d'assassinats, mais il subsiste toujours. Cependant, je ne pense pas qu'il use d'un quelconque pouvoir de résurrection. Lorsqu'il disparaissait d'un lieu, il apparaissait ailleurs. À une époque, je me suis même demandé s'il n'était pas à deux endroits à la fois. Vassily nous a toujours tenus en échec avec Gaël. Son pouvoir est puissant et lui a permis de rester à la tête d'un clan alors que nul ne le connaît vraiment.

— Donc, personne ne sait où il est ?

— Au moins une personne le sait et nous sommes en route pour la voir. Je veux que tu utilises ton pouvoir pour donner une raison à Vassily de bouger et qu'il n'ait d'autre choix que de venir nous rencontrer.

Je me redressai, me sentant bien plus impliquée.

— Tu veux qu'il se sente menacé ?

Il sourit d'un air entendu.

— C'est dans tes cordes ?

— Absolument, dis-je tout bas comme si je lui faisais une confidence.

Il s'en amusa puis le silence retomba.

Nous nous déplacions dans les rues du centre-ville. Au fur et à mesure que nous nous rapprochions de notre destination, une question me turlupinait et j'avais besoin d'avoir une réponse avant la représentation.

— S'il fallait que tu le trouves, pourquoi tu n'as pas fouillé dans l'esprit de Mikaela ? Dégoter ce genre d'information est largement à ta portée.

Il ne répondit pas tout de suite. J'avais touché un point sensible.

— Parce que Mikaela a élevé au rang d'art sa protection mentale et elle l'a probablement enseignée au peu de personnes qui connaissent le secret de Vassily. C'est moi qui lui ai tout appris lorsque l'on se côtoyait, mais je ne savais pas à cette époque qu'elle était venue vers moi sur ordre de son maître. Après plusieurs siècles d'entraînement, même moi je ne pouvais plus rien contre elle... sauf si mon but était de la détruire au passage. Lorsque j'ai deviné son lien avec Vassily et le danger que je faisais courir à Gaël ou Joachim en la côtoyant, j'ai coupé court à notre relation. L'un comme l'autre, nous n'avions plus cherché à nous revoir.

Bien évidemment, après des millénaires d'existence sur terre, sa puissance ne l'avait pas préservé des désillusions. J'étais bien placée pour confirmer qu'il était un excellent professeur. En quelques mois, j'avais ingurgité toutes les connaissances élémentaires pour repousser n'importe quel pouvoir psychique. Elle avait eu des siècles pour se perfectionner et je n'osai imaginer la robustesse de sa défense. De plus, il y avait en effet certains avantages à côtoyer Gabriel si l'on voulait avoir des informations sur les deux clans les plus importants d'Europe. Après l'offense qu'elle lui avait faite, à lui l'un des premiers vampires, il était surprenant qu'il l'ai laissée vivre.

— Tu es trop bon. Elle s'est servie de toi.

— En effet, ce passage de mon existence ne fut pas une réussite.

Concernant l'effronté qui avait orchestré ce mensonge, Vassily, je comprenais que l'ancien archange ait une rancœur sévère contre lui. Le chef du clan de Moscou n'hésitait pas à se mettre à dos un ancien archange pour parvenir à ses fins. Il prenait des risques sans crainte de représailles, persuadé que personne ne pouvait l'atteindre là où il était. L'ignorance des autres et le silence de ses plus proches collaborateurs étaient sa force. Je me demandais bien comment mon pouvoir allait mettre à mal cette mécanique bien huilée.

Je glissai ma main dans celle de Lucas et la serrais pour lui assurer ma loyauté. Il la leva jusqu'à sa bouche et l'embrassa.

Chapitre 16

L'Hôtel-Dieu était une immense bâtisse de style néoclassique située le long du Rhône. Il abritait maintenant des commerces, des restaurants et également un hôtel. C'était dans l'une des salles de séminaire que se déroulait la représentation privée de *Coré*, le spectacle de danse solo de Mikaela Petrova. Nous laissâmes Éric et Rolland en surveillance à l'extérieur de la salle et suivîmes le flux des spectateurs arborant des robes pailletées pour les femmes et leurs plus beaux costumes trois-pièces pour les hommes. Le dress code annonçait le caractère très chic de cette soirée. Encore une fois, grâce à Léa, j'étais en parfait accord avec le thème, et pourtant, nombre de regards se levèrent sur notre passage. Un membre du personnel très serviable nous guida jusqu'à une petite table ronde placée juste devant une large piste de danse entièrement recouverte d'une couche de sable blanc. D'autres tables plus ou moins grandes étaient disposées dans la salle, et nos « gardes du corps » s'installèrent à celle derrière nous. Yoan et Gisèle restèrent debout et se positionnèrent vers l'entrée afin d'avoir une vue d'ensemble de l'espace.

En gentleman, Lucas m'aida à m'asseoir en faisant glisser ma chaise sous mes fesses, ce qui m'évita de me remuer sur mon siège à grand concours de raclements au sol. Il prit place à côté de moi et nous pûmes observer la scène. Au-dessus de ce qui pouvait grossièrement faire penser à un immense bac à sable, un miroir suspendu par des poulies reflétait ce qui se passait sur la piste de danse. Tout autour d'elle, les spectateurs finissaient de s'installer et des serveurs vinrent nous offrir un cocktail à la violette. Avec curiosité, je bus une gorgée de ce mélange original.

Soudain, les spots qui éclairaient la salle d'une lumière bleutée s'éteignirent et que quelques notes de musique enchanteresses naquirent. Dans le noir complet, une ombre – seulement visible par nos yeux de vampire – s'avançait au milieu du sable. La musique se tut et les lumières se rallumèrent, baignant la piste de danse d'une douce couleur verte. La danseuse apparut, tête baissée et bras en cercle comme une ballerine. Lorsque les notes reprirent, elle leva la tête et je faillis recracher mon cocktail par les narines. Pour plus de sécurité je le reposai devant moi. Mikaela était d'une rare beauté. Je l'avais pourtant vue dans l'une de mes visions, mais la découvrir à travers mes sens exacerbés lui donnait un charisme qui au premier abord m'avait désarçonnée. Une lourde chevelure blonde comme les blés, des yeux vairons saisissants, un corps fin et gracieux. Je ne pouvais m'empêcher de lister les caractères physiques qui nous rapprochaient, puis ceux qui nous séparaient. Elle était vêtue d'un simple drapé blanc maintenu par des anneaux dorés au niveau de l'épaule et de la taille. Ce tissu vaporeux ondulait aux moindres mouvements et couvrait juste ce qu'il fallait pour maintenir une certaine décence. C'était un open bar sur ses élégantes jambes et son ventre musclé. *Un vrai délice,* jugeait le vampire en moi. Sa danse, légère et frivole, était ponctuée de petites pirouettes gracieuses sur le rythme d'une musique pétillante. Certains spectateurs séduits désignaient le miroir dans lequel on pouvait admirer la danseuse sous un autre angle mais également le dessin sur le sable qu'elle dessinait au fur et à mesure de ses mouvements.

Le spectacle se divisait en quatre tableaux représentant les quatre saisons et qui rythmaient la vie de Coré. Dans la mythologie grecque, elle était la déesse de la Fertilité et de la Moisson durant l'été et le printemps, puis devenait Perséphone, déesse des Enfers, en automne et hivers. À chaque interlude le spectateur pouvait admirer le reflet du bac dans le miroir. Grâce au jeu de lumières sur le sable ondoyant, il ressemblait à une toile abstraite éphémère qui était effacée à chaque nouvelle danse.

Lorsque Mikaela se jeta dans sa dernière danse, celle représentant l'hiver, le rythme de la musique s'accéléra. Ses mouvements lascifs gagnèrent en intensité tout en débordant de grâce et de sensualité. L'hiver était la saison où Hadès retrouvait son épouse. Celle pour qui il n'avait pas hésité à se mettre l'Olympe à dos pour la faire sienne. Les déhanchements de Mikaela exhalaient d'une tension érotique qui nous donnait un aperçu de la fougue du roi des Enfers en présence de la plus belle des déesses. Elle fixait les spectateurs mâles les uns après les autres puis s'arrêta sur mon voisin. Un sourire coquin aux lèvres, elle quittait petit à petit le centre de la piste tout en accentuant ses déhanchements dans notre direction, nous offrant par la même occasion une vue mémorable sur son entrejambe à peine couvert. Je comprenais mieux pourquoi on nous avait réservé une place au premier rang. Je jetai un regard en biais vers Lucas qui maintenait une expression neutre sur son visage, alors que son ex était en train de tisser autour de lui un envoûtement sexuel dont je me serais bien passée. Je serrai les mâchoires et m'appliquai à garder mon sang-froid alors qu'elle était clairement en train de m'insulter. À moins que, chez les vampires, on attendît d'un prince qu'il puisse jouir de tout ce qui était à sa portée, surtout s'il s'agissait d'une minette joliment gaulée. Que ce soit le cas ou pas, je n'allais pas donner pas satisfaction à Mikaela en montrant mes sentiments.

La danse arrivait à son point culminant. Mikaela, au sol, attrapa le sable par poignées pour le jeter en l'air et renversa la tête pour l'accueillir sur elle comme une éjaculation faciale. Complètement désarçonnée, je ne parvins même pas à tourner la tête vers mon petit ami pour vérifier si cela lui remémorait un quelconque souvenir. La musique s'évanouit et un tonnerre d'applaudissements retentit dans la salle. La danseuse se releva couverte de sable et remercia les spectateurs. Je ne tapai nullement des mains et fus soulagée de constater que Lucas non plus. Il regardait la danseuse s'en aller avec un air austère. En dehors de la salle, nous prîmes la direction du restaurant suivis des autres membres du clan de Paris. Notre groupe était relativement silencieux. Quoi de plus normal. Nous avons assisté à ce spectacle selon la volonté de Mikaela et elle s'était bien amusée à nos dépens. Cela n'augurait rien de bon pour la suite. Elle n'était pas là pour négocier quoi que ce soit. Elle voulait jouer avec nous et surtout jouir de la présence de Lucas comme elle l'entendait.

Au restaurant, nous nous installâmes à une table isolée. Pour l'occasion, trois places étaient réservées, nos amis allaient à nouveau veiller sur nous. Cela était bien dommage car j'aurais tant voulu me changer les idées en leur joyeuse compagnie. Mon compagnon était toujours aussi silencieux et à mille lieues de se détendre. *Ce repas s'annonce épique.*

Je suppliai un gentil serveur du regard qui s'approcha aussitôt et lui commandai une bouteille de vin rouge. Même s'il ne voulait probablement pas en parler, j'avais besoin que l'on communique sur ce que nous venions de voir. Nous ne pouvions pas rencontrer Mikaela en étant divisés et enfermés dans notre mutisme.

— Elle est douée…

On avait vu mieux comme entrée en matière, mais cela eut au moins le mérite de le sortir de son silence.

— Elle n'a pas volé son titre, c'est certain, dit-il tout en continuant à scruter la salle.

— Et… Elle est belle.

Cette fois, il baissa sur moi un regard surpris. J'essayai de le cacher mais il comprit bien vite que j'avais passé la moitié du spectacle à me comparer à elle.

— Tu l'es bien plus encore, affirma-t-il avec douceur.

J'eus un soufflement amusé … ou désespéré.

— Et objectivement ?

— Vraiment ? Je vais te donner objectivement des preuves. Depuis que je t'ai rencontrée, je dois lutter contre une panoplie de mâles en rut qui recourent à l'audace, voire à l'impudence pour te côtoyer.

— Tu penses à ce chat ? dis-je en faisant allusion au tigre du bal qui avait osé me lécher.

— Ce chat et bien d'autres. Des vampires mal intentionnés ou parfois trop bien intentionnés. C'est plus hétéroclite chez les humains : des photographes, des camarades de classe, des garçons sur la plage, des serveurs que tu n'as pas besoin de héler pour attirer leur attention…

Le jeune homme serviable débarqua pile à ce moment-là. Un

silence pesant tomba pendant qu'il débouchait la bouteille et nous servait un verre. Je souris gentiment pour le remercier de son efficacité et il rougit jusqu'aux oreilles. Lucas me lança un regard narquois. Je ne pris pas la peine de lui répondre et bus une gorgée de vin.

— Des chasseurs aussi…

Cette fois, je m'étranglai bel et bien et dus gérer une quinte de toux incontrôlable. Je pris ma serviette pour l'étouffer et préserver un minimum de dignité.

— Non, ce n'est absolument pas le cas, réfutai-je la voix râpeuse, en sachant très bien de qui il parlait. C'est un ami.

— Et le plus incroyable dans tout ça, c'est que tu ne te rends toujours pas compte de l'effet que tu fais sur les autres… et je n'ai pas encore parlé des femelles.

— Des femelles ? répétai-je sans comprendre.

Agnel se déplaça entre les tables jusqu'à nous et nous avertit de l'arrivée imminente de Mikaela. Cet interlude entre nous avait permis de nous détendre avant d'enchaîner sur cet instant fatidique. Lucas prit ma main et la souleva pour la baiser tendrement. J'appréciai au maximum la douceur de ses lèvres.

La tsarine de la danse se présenta dans le restaurant en somptueuse robe de soirée bleu nuit et sans sable sur elle. Ce serait mentir de dire que, le temps qu'elle traverse la pièce, elle n'attirerait pas les regards sur elle. Ses longs cheveux étaient relevés et maintenus sur son crâne grâce à une broche argentée. Quelques mèches blondes ondulaient gracieusement autour de son joli visage.

Arrivée devant notre table, nos yeux se croisèrent et je devais avouer avoir rarement vu une expression aussi hostile et possessive. Elle se courba légèrement. Lucas fit un mouvement de tête qui l'autorisa à se redresser et à s'asseoir à nos côtés.

— Votre présence ici m'honore. Votre notoriété est en train d'atteindre la côte pacifique.

— Donc tu connais déjà Élizabeth, dit-il en me présentant.

— Bien évidemment, dit-elle en forçant un regard vers moi. La femme qui rayonne autant chez les mortels que chez les immortels. On ne peut faire un pas en Europe sans entendre parler d'elle.

Son ton dépourvu de chaleur changea soudainement et elle se pencha un peu plus vers Lucas.

— J'espère que votre séjour vous est appréciable malgré les quelques déboires récents.

OK, Elle était au courant de tout : Aliénor, son exécution, tout...

— Nous savons profiter des moments lorsqu'ils se présentent, dit Lucas sur un ton neutre.

Il restait très vague et c'était voulu. Il ne voulait lâcher aucune information compromettante qui serait immédiatement relayée à Vassily.

— Mmm...,ronronna-t-elle. Oui, j'en suis persuadée. D'ailleurs, je me suis récemment souvenue de notre dernier séjour à Amsterdam dans cette petite maison donnant sur le canal. Elle était devenue un rite de passage pour chaque vampire isolé souhaitant un abri. Un soir tu es rentré, et ne pouvant plus faire deux pas à l'intérieur tant le nombre d'immortels était grand, tu les as littéralement mis à la porte, se remémora-t-elle avec un rire cristallin. Te souviens-tu Ulric ?

Transportée par sa propre exaltation, elle caressa le bras de

Lucas… à moins que ce soit fait de manière totalement calculée. Sous la table, ma main saisit brutalement un pan de ma robe et le serra très fort.

— Non Will ! tenta-elle de se rattraper en riant de plus belle. Quel est ton nom dans cette vie ?

L'ancien archange n'esquissa nul sourire. Le serveur revint avec un verre et servit Mikaela. Elle ne lui décrocha aucun regard lorsqu'il repartit pour nous laisser à nouveau seuls.

— C'est Lucas. C'était ta maison et l'activité qui y régnait commençait à perturber les humains qui se posaient des questions.

— Ça a eu au moins le mérite de te faire revenir, répliqua-t-elle en lançant une nouvelle caresse visuelle à mon petit ami. Tu as toujours aimé cette maison.

— Elle était un avant-poste de votre clan, alors oui elle avait beaucoup d'attrait pour moi.

— Oh ! Ainsi tout ce qui s'y est passé était un sacrifice pour le bien commun ?

— On peut aisément te retourner la question.

— Tu sais bien que non, Gabriel.

Elle but une gorgée de vin tout en évaluant notre réaction. Je savais qu'elle userait d'un tel stratagème et ne réagis pas à son grossier « rentre dedans ».

— J'ai toujours préféré Gabriel, se justifia-t-elle.

Ce naufrage fut heureusement interrompu par Yoan. Il se posta au côté de Lucas et attendit que ce dernier tournât la tête vers lui. Il était compliqué de savoir où se situait mon petit ami à l'heure actuelle, à quel point les phrases de Mikaela l'atteignaient ? Quelles étaient ses ressources pour la mettre en échec ? De mon point de vue, nous étions dans une impasse. Elle affirmait toujours n'avoir aucun contact avec le clan de Moscou. Lucas toisa la tsarine pendant encore quelques secondes puis se décida à fixer Yoan afin de commencer une conversation silencieuse. Mon propre pouvoir se manifesta également.

Les anciens du clan de Paris étaient tendus. Ils se tenaient en cercle autour d'un haut-parleur d'où s'échappa bientôt la voix de Lucas.

— *Je sais que le moment est très mal venu mais nous ne pouvons pas nous permettre de laisser passer cette occasion. Nous te transférons un appel d'Akira du clan de Tokyo. Il accepte ton invitation sous réserve de pouvoir te parler... Il a été très peu communiquant mais attends-toi à ce que sa fidélité ne te soit accordée que sous certaines conditions... Et... Nous n'avons pas de nouvelles d'Hiroshi non plus.*

— *Passe-le moi,* ordonna Lucas sans plus d'explication.

Deux bips retentirent avant qu'un son de téléphone que l'on décroche annonce le nouvel interlocuteur.

— *Ohayô gozaimasu, Gabriel-sama,* salua respectueusement la voix calme d'Akira.

— *Konbanwa Akira-kun,* répondit Lucas en japonais avant de continuer en français. C'est un appel tardif pour toi.

Akira respecta la langue que lui imposait Lucas, qui était hiérarchiquement supérieur à lui.

— *Je suis la course du soleil là où se situe le nouveau roi.*

— *Tu seras donc à nos côtés dans un mois. Je m'en réjouis.*

— *Nous serons honorés de vous servir tant que vous pouvez*

assurer notre sécurité en retour.

— Je n'ai pas l'intention de faillir à mon rôle.

— Tel que vous l'avez toujours fait, Oji-sama... Je parlais d'un ennemi plus perfide. Comme vous le savez, Zirui a toujours convoité notre archipel et il tente encore à ce jour d'infiltrer nos rangs. Nous tenons à notre indépendance et notre volonté est de vous suivre, mais il en serait bien évidemment autrement si Pékin s'emparait du Japon...

J'arrêtais là ma vision car j'en avais assez vu. Cet appel nécessitait toute l'attention de Lucas. La loyauté de Pékin serait difficilement acquise si l'ancien archange se mettait en travers de ce que Zirui convoitait. D'un autre côté, Lucas ne pouvait pas se détourner de cette main que lui tendait Akira. J'avais confiance en lui pour qu'il résolve cette équation complexe, mais ses chances de trouver une solution s'amenuiseraient s'il continuait à se battre seul sur tous les fronts .

— Tu devrais prendre cet appel, mon amour, dis-je.

Yoan et Lucas levèrent un sourcil surpris. L'ancien archange comprit que j'avais eu une vision mais hésitait à me suivre. Je lui envoyai personnellement un autre message.

— Le chef du clan de Tokyo a une faveur à te demander. Cela concerne Zirui et tu dois absolument entendre ce qu'il a à te dire. Laisse-moi ici. Je gère Moscou. Tu gères Pékin.

Je ne sus dire s'il prit sa décision parce qu'il s'inquiétait de l'objet de cet appel ou bien parce qu'il ressentait ma confiance. À voir son regard ardent, probablement la deuxième option. Il entreprit de se lever.

— Veuillez m'excuser.

Mikaela esquissa un sourire, lui pardonnant bien évidemment cette impolitesse. Lucas m'adressa un ultime avertissement silencieux mais je l'entendis à peine. Mon cerveau était en ébullition, il cherchait le moyen le plus douloureux de rendre la monnaie de sa pièce à cette tsarine. Je sentis la ruse de l'ancienne reine prendre possession de moi. Tout comme elle, je n'avais envie que d'une chose : piétiner l'aplomb de mon adversaire.

Lucas dut s'en douter car, avant de partir, il glissa à Yoan :

— Reste là.

Le vampire n'avait jamais apprécié de jouer les chaperons. Aujourd'hui c'était pire, car il se retrouvait seul pour surveiller deux femelles en train de se dévisager mutuellement. Notre animosité était à peine cachée.

Depuis que j'avais ouvert la bouche, je n'avais cessé d'observer les réactions de Mikaela afin de déterminer si elle avait un semblant de doute sur mon pouvoir. Était-il parvenu aux oreilles de Vassily ? Avait-elle eu la même conclusion que Lucas lorsque j'avais deviné cet appel téléphonique alors que nul n'en avait parlé avant ?

Je devais bien avouer que la belle vampire ne laissait rien transparaître sur son visage.

— Devons-nous vraiment converser sur ce succulent cépage ? dit-elle en buvant une nouvelle gorgée de vin.

J'eus un soufflement amusé. Elle n'avait pas l'intention de parler pour ne rien dire. *Tant mieux.*

— Non… et ce serait regrettable de vous demander de vous étrangler avec. Il paraît que l'on a encore besoin de vous. Mais je n'assure pas de rester courtoise si vous vous amusez encore à l'aguicher.

Elle posa son verre et retint, elle aussi, un ricanement. Ses crocs se baladèrent sur ses lèvres charnues sans crainte d'être vue par un humain.

— Jouer les faux-semblants avec toi n'a aucun intérêt, commença-t-elle. Gabriel a raison. Je n'étais censée rester à ses côtés que quelques années. Chaque jour de plus passé avec lui augmentait le risque que je sois découverte. Mais après l'avoir goûté de toutes les manières possibles, il m'était de plus en plus difficile de simplement partir. Tu vois de quoi je parle…

Elle avouait avoir accompli cette mission pour le clan de Moscou, mais c'était pour mieux me balancer ses expériences sexuelles à la figure.

— Je me contrefous de ce qu'il a pu te faire ressentir. C'est du passé. Concernant le présent, arrête de le toucher.

Cette fois, elle ne retint pas son rire et désigna ma main.

— Peut-être si vous étiez liés, mais je ne vois nullement de bague à ton doigt.

— C'est pour ne pas laisser de trace lorsque je te mettrai mon poing dans la figure.

Yoan remua légèrement, de plus en plus mal à l'aise. Mikaela affichait un sourire moqueur et but à nouveau dans son verre.

— Je ne recherche pas l'exclusivité même si tu sembles persuadée de l'inverse, mais je commence à comprendre pourquoi Gabriel te garde jalousement à ses côtés. Quel gâchis autant pour l'un que pour l'autre…

— Et tu ne t'es jamais dit que ce genre de relation se situait en dehors de ta compréhension ? Tout comme ce que nous tentons de construire…

Cette fois j'étais parvenue à suffisamment la titiller pour qu'elle redevienne sérieuse.

— J'ai parfaitement compris ce que vous voulez et pourquoi vous êtes venus jusqu'à moi. Je vous le dis maintenant, votre entreprise est vaine. Jamais vous n'aurez le soutien de Moscou…

Elle inspira et reprit sur son ton narquois.

— Mais je dois dire que j'ai été ravie de revoir Gabriel.

Comme la danseuse qu'elle était, elle avait l'art de sauter d'une émotion à l'autre, se jouant de ses interlocuteurs en les baladant à son gré. Ses moqueries commençaient à me taper sur le système.

Lucas avait prédit que, quoi qu'il se passe, elle garderait le silence. C'était donc libérée de toute culpabilité que je poussai mon pouvoir à me révéler son plus sombre secret. Les images fusèrent dans mon esprit.

Il était dans une pièce entièrement plongée dans le noir et dans laquelle étaient disposés aléatoirement des miroirs. Ces derniers se renvoyaient leurs propres reflets à l'infini, créant une ambiance distordue et presque labyrinthique de la salle. L'on pouvait dangereusement s'y perdre mais ce n'était pas le cas de l'hôte de ces lieux. Un très jeune homme, figé en pleine adolescence, se regardait dans la glace, puis son reflet se mit à bouger et ils furent bientôt deux dans la pièce. Le second s'en alla. Il sortit d'un bunker souterrain au beau milieu d'un paysage froid et mort ressemblant au biome de l'Asie du Nord, la toundra de la Sibérie. Son chemin le mena dans les contrées verdoyantes de la Chine où il accomplit sa mission. Mais le vampire ne revint jamais. Il se fit capturer, torturer pendant des mois et pour finir succomba à ses blessures.

Au même moment, un cri déchirant retentit dans cette sombre pièce. Les miroirs reflétèrent un corps recroquevillé au sol. Le vampire tentait de contenir sa souffrance mais ses gémissements d'agonie continuaient de se répercuter dans la pièce. Il n'était pas seul.

— *Je t'avais dit d'utiliser quelqu'un d'autre*, reprocha la voix de Mikaela en russe.

— *Pour être trahi une fois de plus !* vociféra le jeune homme qui tremblait. *VA T'EN ! SORS D'ICI !*

La belle vampire s'exécuta.

Je revins à la réalité et craignis d'avoir été découverte. J'étais figée, déroutée par la singularité de cette vision et tentais de démêler les informations que j'avais découvertes. Heureusement, mon interlocutrice était bien trop absorbée par le retour de Lucas auprès de nous. Peut-être tenta-t-il d'attirer mon attention, mais je continuai de fixer mon verre encore rempli de vin rouge. Petit à petit, je parvenais à saisir le secret du clan de Moscou.

Le pouvoir de Vassily était d'une puissance incommensurable. Ce vampire parvenait bel et bien à se jouer de la mort mais il n'était pas question de résurrection. Il avait le pouvoir de se dédoubler et son clone risquait sa vie à sa place. Mais il y avait un revers de médaille. Lorsque le clone disparaissait, tout ce qu'il avait vécu revenait à son propriétaire… notamment les souffrances engendrées par des séances de tortures abominables.

Je passai discrètement une main sous la table et, de l'autre, attrapai mon verre pour boire deux grosses gorgées. Le liquide alcoolisé me donna un petit coup de fouet. Je tournai enfin la tête vers Lucas – qui avait eu le temps de s'inquiéter de mon mutisme – et lui offris un sourire crispé.

— As-tu apprécié le thème de mon spectacle, Gabriel ? relança Mikaela comme s'il n'était jamais parti et surtout comme si nous ne nous étions jamais insultées quelques minutes plus tôt.

— Le thème ?

— La tragédie de Coré, déesse adulée par les mortels. On dit que sa beauté dépasse celle d'Aphrodite et lorsque le roi des Enfers s'est épris d'elle, sa vie a basculé . Dès qu'elle est devenue la reine du monde souterrain, ceux qui jusqu'à présent la choyaient se sont mis à la rejeter et à la craindre. Dans ces conditions, ne penses-tu pas que le désir du roi des Enfers était égoïste ?

L'ancien archange ne fut pas dupe du véritable sens de sa question. La vie de Coré ressemblait étrangement à la mienne. Ce sermon était grossier et il préféra s'en amuser. Lucas devait avoir de sérieux penchants masochistes pour avoir vécu avec une nana qui aime autant le faire souffrir.

J'intervins avant que les anciens amants se lancent à nouveau des critiques. Ma main se déplaça sous la table et caressa la cuisse de Lucas. Aussitôt ses doigts se glissèrent entre les miens et je lui laissai libre accès à l'ensemble de ma dernière vision.

— Personnellement, j'ai actuellement une préférence pour le mythe de Prométhée, répondis-je à la place de mon petit ami. Ce titan qui a osé se moquer des dieux et qui est condamné à une expiation douloureuse et éternelle. En fait, le châtiment le plus impitoyable que l'on puisse donner à un immortel est de lui faire ressentir encore et encore l'arrivée de sa propre mort. Pour peu que cette mort soit lente et violente, c'est encore pire.

Mikaela s'était tue et m'observait intensément.

— Qu'en penses-tu, mon amour ? continuai-je à l'intention de Lucas. Ne trouves-tu pas que Prométhée cloué sur un rocher est un décor un peu minimaliste ? J'imagine plutôt un désert arctique renfermant dans ses profondeurs une chambre qui ne voit jamais la lumière. Un endroit parfait pour qui souhaite hurler sans risque d'être entendu même pour des vampires.

L'ancien archange me laissait parler, appréciant l'effet de cette bombe que j'étais en train de lâcher sur la tsarine. Cette dernière espérait encore se tromper, se persuadant qu'il était impossible que je sache la vérité. Mais elle était fébrile, son regard jaugeait la distance la séparant de la sortie. Lucas attira l'attention d'Agnel et lui ordonna silencieusement de la neutraliser au moindre geste.

À mon tour, j'apportai mon verre à mes lèvres et me délectai du vin. Puis d'une voix désinvolte, je donnai alors le coup de grâce.

— J'ai toujours argumenté, auprès de mon ami Aurèle, l'utilité d'avoir une coiffeuse dans sa chambre, mais il préférait se faire construire une salle de bains personnelle. Quoi qu'il en soit, autant de miroirs réunis dans une même pièce, ça frôle le narcissisme.

— Comment, grogna-t-elle furieuse. Quel artifice as-tu utilisé pour pénétrer mon esprit ?

— Je ne brise pas les barrières, répondis-je gravement. Je les contourne.

Maintenant persuadée qu'un piège venait de se refermer sur elle, la vampire porta sur moi un regard empreint de folie. Elle se redressa tout en attrapant sa broche argentée –probablement de la nythilte – afin de la planter dans mon sternum. Agnel bloqua son bras et Gisèle attrapa sa nuque. Mikaela poussa une plainte étouffée et fut contrainte de se rasseoir, vidée de son énergie. Agnel confisqua sa broche en nythilite et les longs cheveux blonds de la danseuse retombèrent de part et d'autre de son visage crispé.

Les autres membres du clan s'étaient rapprochés afin de dissimuler nos mouvements aux autres convives.

— Au fait, si tu veux préserver votre secret, dis-je en soulevant nos mains enlacées avec Lucas et en les posant devant elle, sur la table. Tu devras aussi te débarrasser de lui.

Folle de rage, Mikaela utilisa ses ultimes forces pour se débattre mais elle parvint à peine à effleurer Gisèle. Lucas prit alors la parole d'une voix profonde et pleine de colère.

— Arrête-toi.

La danseuse se fixa aussitôt et la tension redescendit avant même que nous ayons pu attirer l'attention. Elle semblait exténuée et submergée par une force invisible qui la maintenait clouée sur sa chaise. Maintenant certains qu'elle ne réitérerait pas un acte de rébellion, Agnel et Gisèle la lâchèrent.

— Que pensez-vous qu'il fera quand je le lui dirai ? Il me tuera et vous n'aurez plus qu'à recommencer, anticipa Mikaela.

— Ce n'est pas un problème, rétorqua Lucas. S'il ne veut pas que l'on vienne directement le chercher, il doit faire acte de présence, lui ou un de ses clones, à Paris dans un mois. Dis-lui simplement que nous avons les capacités de le retrouver n'importe où dans ce monde.

Ses yeux vibrèrent de colère et la belle vampire sembla se recroqueviller encore plus sur elle-même.

— Pour l'instant, nous n'avons aucune raison de partager notre découverte. Moscou a besoin d'un chef et Vassily est le seul dans l'histoire des clans à avoir fait preuve d'un minimum d'efficacité pour mettre en déroute les Clans Noirs qui cherchaient à s'installer en Russie… Mais s'il tente quoi que ce soit envers Élizabeth, je révélerai à tous les chefs la particularité de son pouvoir et le type de cachette où il aime se terrer. Je ne dormirai pas tant que je ne serrerai son cou entre mes doigts. Je le trouverai quitte à démolir cette planète pierre par pierre. Au final, ce ne sera qu'une question de temps avant que l'un d'entre nous le déniche et l'extermine.

Je me retins de le dévisager, car cela anéantirait l'effet de son discours. Mais je n'étais pas forcément d'accord avec le passage sur l'apocalypse.

Mikaela secoua lentement la tête et, les lèvres tremblantes, dit d'une voix implorante.

— Tu vas devoir m'exécuter Gabriel… Ce sera moins douloureux.

— Ne me tente pas, grogna-t-il sans aucune pitié. Je t'assure que les accès de colère de Vassily ressembleront à de douces caresses si tu me désobéis.

J'étais consciente de la nécessité d'être intraitable si l'on voulait qu'elle aille au moins délivrer notre message. Après tout, elle serait libre de fuir son propre clan si elle était persuadée que la mort l'attendait au côté de Vassily. Or, nous n'allions pas lui tenir la main jusqu'en Sibérie. Le seul moyen de la forcer à s'exécuter était qu'elle soit convaincue qu'une fin plus tragique l'attendait si elle refusait de se soumettre à la volonté de l'ancien archange.

Est-ce que cela s'était passé ainsi avec Ludovick ? Le vampire qui avait hanté mes rêves alors que j'étais devenue un vampire avait été contraint par Lucifer d'entreprendre une mission suicide. Il avait préféré accomplir la volonté du premier archange plutôt que de périr de sa main et probablement dans d'atroces souffrances. À l'heure actuelle, je ne pouvais m'empêcher d'imaginer les mots de Lucas dans la bouche de son grand frère. Ce n'était pas très plaisant.

— Très bien, je le ferai, mon prince, abandonna-t-elle en retenant un sanglot.

Je ne parvenais pas à prendre du plaisir à la voir ainsi. Je lâchai la main de Lucas et une sensation désagréable d'engourdissement me fit grimacer. J'ouvris et fermai mes doigts afin de vérifier qu'ils fonctionnaient correctement. Nous ne nous étions pas aperçus que nos mains s'étaient violemment accrochées l'une à l'autre. Lucas fit un mouvement de tête pour congédier la belle vampire. Elle se leva lentement en minimisant ses gestes, car nos gardes du corps étaient à l'affût du moindre mouvement suspect. Sa tête était toujours baissée lorsqu'elle s'en alla sans ajouter quoi que ce soit. Malgré son départ, nous ne pouvions nous laisser aller au soulagement. L'avenir dépendait de la volonté et des actions de tant de personnes autour de nous. Nous ne pouvions tout gérer et étions obligés d'observer de loin les conséquences de nos actes en priant pour que cela aboutisse dans notre sens.

— Alors ? me questionna Lucas.

Je me concentrai sur Mikaela et la replaçai dans ce bunker au beau milieu de la toundra. Une vision rassurante ne tarda pas à m'apparaître.

— Elle ira… tu as été convaincant.

Il soupira avec lassitude et son dos retomba contre le dossier de sa chaise.

— Ma réputation me précède, or je ne peux contraindre des vampires insoumis par de la bienveillance.

— Tant que tu leur inspires le respect et non la crainte.

Il prit ma main et la baisa délicatement tout en me dévorant du regard.

— Avec toi à mes côtés, je ne pourrai pas dévier.

Je souris modestement. Il avait une trop grande estime de moi alors que n'avais même pas un quart de siècle à mon actif. Je profitais de la douceur de ses mots et de la fraîcheur de ses lèvres.

— *Et Akira ?* lançai-je grâce à son pouvoir.

— *Je dois encore réfléchir sur ce que cette alliance a à m'offrir. Le clan de Tokyo et celui de Pékin ont une histoire commune. Même si la tension règne en mer du Japon, Akira a des connaissances non négligeables de son voisin. Peut-être nous offre-t-il le moyen de faire plier Zirui en échange de la sécurité de son pays.*

— *Et Hiroshi ?*

— *Il est vivant tout comme ses guerriers vampires mais concernant les humains qui les accompagnaient, ils ont tous été exécutés.*

— *Quoi ?!*

— *Ils ont été bannis du Japon, ils n'ont donc plus le droit de jouir de leurs traditions et, notamment, la possession de nakama.*

— *C'est ridicule.*

— *C'est leur culture. Nous devons la respecter. Ne crois pas qu'Hiroshi soit heureux d'avoir survécu à la place Seigi. En plus de perdre un compagnon, il devra apprendre à se nourrir autrement. Pas facile pour un vampire vieux de plusieurs siècles, qui n'a connu rien d'autre que cet apport de sang illimité consenti par un être humain. De plus, lui et son groupe devront le faire en terrain hostile non loin des clans d'Asie qu'ils ont également trahis... ils risquent de se faire tuer avant même de m'avoir rejoint.*

Il semblait vraiment se retenir d'aller secourir son ami. Je n'avais pas les mêmes notions de l'honneur qu'Hiroshi, mais il serait probablement couvert de honte si Lucas partait le rejoindre. Ce voyage risqué devait être un moyen de rédemption pour lui, une épreuve à passer. Je caressai son dos du bout des doigts, ce qui lui déclencha des frissons.

— Il survivra.

— Une vision? voulut-il vérifier.

— Non... un acte de foi.

Chapitre 17

Lilith plongea tout d'abord ses pieds dans l'eau puis appréciant sa fraîcheur, pénétra carrément dans le petit étang jusqu'à mi-cuisse. Ses jambes, alourdies par la grossesse, lui semblèrent tout d'un coup bien plus légères, à moins que ce ne soit parce qu'elle ne ressentait plus rien tant la température de l'eau était extrêmement basse.

Elle marcha un peu tout en longeant le bord. Habituellement, Enlik plongeait avec elle et lui servait de soutien au cas où le sol inégal la ferait trébucher. En l'absence de l'étalon, c'était Gabriel qui jouait les chaperons. Le jeune homme la suivait depuis la terre ferme, évaluant chacun de ses mouvements et prêt à sauter si elle en requérait le besoin. En fait, elle songea que ses mâles la maternaient peut-être un peu trop. Un sourire amusé s'étira sur ses douces lèvres et ses mains vinrent caresser instinctivement son ventre maintenant bien rond.

— Que ressens-tu ? demanda doucement Gabriel.

— Oh… juste de petits coups.

Elle rit lorsque le bébé, en effet, provoqua une secousse sur son flanc droit.

— Je veux dire… de manière plus holistique.

La jeune femme releva la tête et s'inquiéta du visage grave de son ami. Il semblait piégé dans une réflexion dont il ne pouvait se défaire.

— Eh bien… je ne l'ai pas encore rencontré mais j'ai l'impression de l'aimer depuis toujours.

Ce phénomène ne lui était pas inconnu. Elle se remémora sa

rencontre avec le grand frère de Gabriel, à quel point ce moment avait été si singulier. La jeune femme avait parlé à cet étranger comme s'ils étaient des amis de longue date.

— En fait, je n'ai ressenti cela qu'avec Samaël.

Elle se souvint de la torture que son amant avait éprouvée lorsqu'il s'était confronté à ses propres sentiments. Les anges n'appréhendaient pas l'amour de la même manière qu'un humain. C'était en réalité deux visions totalement opposées. Alors que l'homme avait tendance à pratiquer un amour sélectif, l'ange ne pouvait se montrer aussi exclusif. Il se devait d'être attentif et disponible pour ceux qui se sentaient perdus et esseulés.

— Je pense que ça se rapproche d'un bien-être intense, expliqua-t-elle timidement. Une plénitude. C'est compliqué à appréhender. Je pense que l'on ne comprend vraiment que lorsqu'on l'a expérimenté, moi je ne savais rien.

Sa voix se brisa quand les derniers souvenirs de son village natal lui revinrent en mémoire.

— Tu as beaucoup souffert, comprit l'ancien archange.

— En effet, mais pas à cause de lui. Quand il était avec moi, tout semblait tellement plus beau et plus facile. Rien à voir avec un quelconque pouvoir, ça venait de moi. J'étais heureuse quand j'étais avec lui.

— Alors pourquoi tu souffrais ?

— Parce que tout ne s'est pas passé comme je l'aurais voulu avec mon époux. J'étais… j'appartenais déjà à un autre homme avant de rencontrer Samaël. C'était une union voulue par mon père et j'ai cru que c'était ce que je voulais aussi.

— Mais si l'amour ne concerne que deux personnes, pourquoi demander l'approbation des autres ?

— C'est… c'est ainsi… mais tu as raison, « aimer » ne devrait pas dépendre de quelqu'un d'autre. C'est une promesse, la promesse d'être auprès de l'autre qu'importent les épreuves, de jouir des moments de joie ensemble, d'endurer la tristesse ensemble... Et dans certaines circonstances, ce sentiment de bonheur intense se concrétise physiquement, comme des étincelles allumant un doux feu à l'intérieur de ton corps. Vient alors un paroxysme suivie d'un sentiment d'épanouissement et de contentement personnel.

Elle détourna son visage du regard beau et franc de Gabriel afin qu'il ne voie pas la couleur rouge qui s'était emparée de ses joues. L'ancien archange ne mesurait probablement pas à quel point leur discussion était intime. Il avait tellement moins de connaissance que son grand frère sur ce monde et les créatures qui le peuplaient. À l'heure actuelle, cela la sauva de la honte.

— Je suis persuadée que ça t'arrivera un jour, ajouta-t-elle en gardant les yeux baissés. Quand ce jour viendra, tu repenseras à ce que je t'ai dit.

Un écho se perd dans mon esprit : « *Tu repenseras à ce que je t'ai dit... Tu repenseras à ce que je t'ai dit... »*. Venait-il vraiment de moi ? Ou bien était-il transporté par ce vent qui me fouettait le visage ? Derrière mes paupières closes, une lumière que je devinais éblouissante parvenait presque à se frayer un chemin jusqu'à mes pupilles. Mais j'étais encore trop habitée par le sommeil pour m'en préoccuper. J'étais frappée par des bourrasques. Le drap qui me recouvrait se souleva, découvrant une de mes jambes nues. Des mèches de cheveux s'envolaient autour de moi et je refis suffisamment surface pour m'apercevoir qu'il était anormal de ressentir toutes ces choses dans une chambre.

J'ouvris les yeux puis, surprise, me redressai pour étudier l'endroit dans lequel j'avais atterri. J'étais bien loin de la chambre de Lucas à Villette, et pourtant, cela ne m'angoissa pas. J'étais entourée de pitons rocheux blancs pointant vers un ciel sans nuage, avec des nuances irréelles de bleu, d'orange, de jaune et de rose. Impossible de déterminer si le soleil se couchait ou se levait. J'avais l'impression que le crépuscule rencontrait l'aurore.

Le large lit de Lucas semblait être en équilibre sur une crête. Mon corps se déplaça lentement vers le bord. Ce mouvement ne fit nullement basculer le lit qui semblait solidement ancré dans la neige. Je me trouvais en fait sur la montagne la plus haute. J'avais l'impression de dominer le monde en étant seulement vêtue d'une simple nuisette blanche. Regardant autour de moi, cherchant celui qui avait bien pu m'amener là, je vis un chemin de pétales rouges s'en allant jusqu'au sommet qui se trouvait à une dizaine de mètres de moi. Avec un sourire épris, je me levai et suivis cette invitation romantique. Mes pieds nus s'enfonçaient légèrement dans la neige mais ne ressentaient nullement la morsure du froid ; j'avais l'impression de marcher sur un tapis de coton rugueux. Mes jambes me portèrent aisément sur la pente raide et durant l'ascension, le vent sembla monter en puissance.

Une fois en haut, Lucas était de dos. Les jambes écartées, stoïque, il observait le somptueux paysage montagneux à ses pieds. Ses vêtements en lin semblaient respirer au gré du vent et, grâce aux rayons de soleil les traversant, laissaient aisément deviner la beauté de son corps élancé et vigoureux. Je me délectai de cette vue jusqu'à ce que sa voix m'interpelle.

— Tu as trouvé ton chemin ?

— C'était bien indiqué… où sommes-nous ?

Il pivota et je pus enfin admirer son beau visage.

— Sur le toit du monde, dit-il en désignant le paysage ainsi que le ciel.

Je me doutais qu'il n'avait pas pu inventer tout ce que je voyais. Généralement il se jouait de la cohérence en remodelant des éléments de la réalité. En l'occurrence ici, le mont Everest ne semblait plus être sous la course du soleil telle que nous la connaissons. Nous étions dans une dimension qui ne connaissait ni le jour ni la nuit. La Lune et le Soleil se faisaient face. Était-ce le paradis ? Le royaume des cieux ne pouvait être clairement perçu par les humains, car ils étaient incapables de saisir son irrationalité. Lucas sentait ma perplexité et semblait s'en amuser. Je pourrais poser cette question qui me brûlait les lèvres mais j'avais peur que sa réponse retire tout le mystère du lieu qui l'avait vu naître. Dans mon cœur, je préférais ne pas tout savoir et laisser la place au rêve.

— On dirait tellement que c'est vrai, avouai-je émerveillée.

— L'esprit est une source d'imagination infinie.

Le vent disparut, laissant un silence incroyablement apaisant s'installer.

— Et mon pouvoir n'a pas lieu ici, ajoutai-je.

Sa bouche se crispa légèrement avant d'afficher un sourire vaincu.

— En effet… j'avoue avoir choisi une zone que je pouvais avoir sous contrôle. C'est plus réconfortant lorsque l'on a le trac.

— Ainsi… même le maître des ténèbres peut avoir peur.

— Tu mets mes émotions à rude épreuve, comme toujours.

Il se rapprocha et ses doigts effleurèrent la peau nue de mes bras. Je tremblai mais il continua ses caresses. Son corps fut si près du mien que je pouvais sentir son souffle dans mes cheveux.

— Tu me crois fort mais je ne me suis jamais senti aussi fragile que depuis notre rencontre, débuta-t-il dans un murmure. Rien de tout ceci n'était prévu lorsque j'ai été déchu. Je ne pensais pas que je tomberais à nouveau. Quand tu es partie, je ne pensais pas ressentir à nouveau cette atroce douleur, comme si mes ailes se déchiraient encore et encore… Dès le début, je suis tombé amoureux de toi. C'est si évident que j'en viens même à me dire que tout cela n'est qu'un trait supplémentaire d'un dessin que je ne vois pas encore. Peut-être suis-je né pour te dire que je t'aime?

Sa voix était empreinte de douceur et pourtant je ne pouvais m'empêcher de ressentir de la douleur dans certains de ses mots. Ma main remonta vers son visage et caressa tendrement sa joue. Nous étions toujours l'un contre l'autre et sa bouche n'était qu'à un souffle de la mienne.

— Tu te crois faible et pourtant c'est ta présence qui me permet de perdurer. Tu as donné vie à mes espoirs. Je ne veux plus que l'on te voie comme une création ou celle qui a attiré mon attention. Je veux que tu sois celle avec qui j'ai envie de passer chaque seconde du reste de mon existence. Je veux que tu sois ma femme…

J'aurais voulu le serrer dans mes bras et lui assurer que mon unique souhait était qu'il me fasse sienne encore et encore. Mais avant que j'aie pu dire ou faire quoi que ce soit, il s'évapora littéralement sous mes yeux. Déboussolée, je le sentis petit à petit fuir entre mes doigts et disparaître. Le vent se leva emportant avec lui une multitude de pétales qui tournoyèrent autour de moi de plus en plus vite et de plus en plus nombreux. J'étais au centre de cette tornade florale qui s'épaississait et où le parfum exquis de la rose s'échappait. Un petit cri enchanté perça et je tournai sur moi-même pour ne rien rater de ce beau spectacle. Soudain la tornade se dispersa, laissant les pétales retomber comme une pluie sur moi. Le silence se fit à nouveau et les pétales tournoyant dans leur chute réfléchirent la lumière, la faisant presque rougeoyer comme si elle prenait joliment feu. Au fur et à mesure qu'ils rejoignaient le sol, je discernai à nouveau le paysage et devinai la silhouette de Lucas. Lorsqu'il n'y eut plus rien autour de moi à part lui, mon cœur fit un bond. Un genou à terre, il me présentait un coffret ouvert en cuir rouge. Le solitaire à l'intérieur était serti d'un gros diamant lui-même élégamment orné de pavés de la même pierre de taille plus petite.

— Élizabeth.

— Lucas, fis-je d'une voix frêle.

— Veux tu m'épouser ?

Je savais pertinemment que telle était son intention mais il avait habilement œuvré pour maintenir l'effet de surprise. Je ris sans parvenir à retenir des larmes de joie.

— Bien sûr que je le veux… Oui. Oui, je suis à toi.

Lucas me tendit une main et je lui donnai la mienne pour qu'il glisse la bague à mon annulaire. L'anneau était imposant mais il s'adapta parfaitement à mon doigt. Le visage bien plus détendu et souriant, il se redressa. Nos regards accrochés l'un à l'autre, je vis que le sien étincelait comme si ses pupilles étaient animées de millions de petits feux d'artifice. Il brilla de plus en plus et je compris que c'était dû à la luminosité ambiante qui avait diminué. Le crépuscule dominait. Les montagnes enneigées rougeoyaient sous les derniers rayons du soleil. Au-dessus de nous, un ciel bleu marine était parcouru d'étoiles filantes roses et or qui éclataient en une pluie d'étincelles. Ces petites explosions se produisaient au rythme de nos deux cœurs qui accéléraient, car nous étions persuadés que nul ne pourrait plus briser ce lien qui nous unissait. Pour cela, nous nous sentions plus forts.

L'obscurité tomba. Je me laissai flotter vers la surface et m'éveillai là où je m'étais endormie. Je me sentais différente. J'étais déjà plus lourde, premièrement parce que les pétales rouges que j'avais vus en songe semblaient avoir échoué sur mes draps. En me redressant, ils tombèrent par grosses poignées sur le sol. L'odeur de la rose me fit frissonner et je fus tentée de replonger la tête la première dans ce bouquet déstructuré. Mais mon attention fut attirée par une apparition bien plus intéressante. Lucas se tenait debout près de moi et à nouveau m'offrit sa main. Tournant le dos aux fenêtres de sa chambre par lesquelles transperçait la lumière matinale, son corps semblait encadré d'un halo éclatant. Une magnifique apparition, tel un ange. Avec un large sourire, je glissai mes doigts dans les siens et voulus me lever. Mon mouvement fut stoppé par la surprise de voir en vrai le bijou qui ornait mon annulaire. Le diamant faisait la taille d'un ongle et renvoyait à mes yeux de vampire des faisceaux de multiples couleurs tous plus beaux les uns que les autres. L'ancien archange m'attira vers lui. En me levant, une grosse quantité de pétales tomba à nos pieds et libéra une agréable senteur.

Mes doigts effleurèrent ses lèvres, comme je l'avais fait plus tôt alors que nous n'étions que de simples projections dans mon esprit.

— Je te veux, souffla-t-il avant d'embrasser la paume de ma main.

Ce n'était pas forcément une invitation au désir mais la verbalisation d'un engagement, à l'image de deux êtres se promettant fidélité et amour.

— Je te veux, répondis-je à mon tour.

Il m'avait dit, un jour, que Dieu n'avait pas besoin d'une cérémonie pour bénir deux personnes qui s'aiment. À cet instant précis, j'en fus convaincue. Une sensation étrange comme une pression n'émanant pas de Lucas me toucha. À moins que ce ne soit mon imagination. Attirée par cette présence autour de nous, je voulus me détourner pour voir si je pouvais mieux la discerner.

— Répète après moi.

Mon attention revint vers Lucas qui affichait une attitude solennelle. Fascinée, j'acquiesçai sans crainte. Il posa une main sur son cœur.

— De cette main, je chasserai ta détresse…

— De cette main, je chasserai ta détresse, dis-je en reproduisant ses mouvements.

— Ta soif j'apaiserai, car mon sang à jamais t'appartiendra.

Il souleva mon poignet gauche au niveau de sa bouche et me présenta le sien. J'entendais sa carotide pulser de plus en plus vite et son odeur commença à m'envahir. Je pris sa main pour la rapprocher et repris d'une voix habitée par le désir.

— Ta soif j'apaiserai, car mon sang à jamais t'appartiendra.

Ses pupilles éclatèrent et devinrent bleu clair, preuve que ses pulsions s'emballaient. Il mordit dans mon poignet. Des étincelles grisantes remontèrent le long de mon bras avant de se déverser dans mon corps. Je gémis bruyamment. Derrière ses yeux à demi clos, il m'observait, attendant que je fasse de même. Je m'exécutai et lorsque mes crocs le pénétrèrent il émit un profond grondement qui nous fit trembler tous les deux. Nous nous repûmes du sang de l'autre jusqu'à ce qu'il s'arrête. Sa langue lécha les quelques gouttes qui restaient sur ses lèvres puis il approcha le poignet que je venais de mordre vers sa propre bouche.

— Dans ce baiser, nos âmes se reconnaîtront et par cette union tu seras à jamais mienne.

Sentant la fin approcher, je me pressai pour pouvoir à nouveau le toucher.

— Dans ce baiser, nos âmes se reconnaîtront et par cette union tu seras à jamais mien.

Nous mordîmes nos propres poignets à l'endroit exact où l'autre venait de planter ses crocs. Nous ne prîmes qu'un peu de sang puis il se pencha et enfin m'embrassa. Nos bouches s'ouvrirent l'une à l'autre partageant le nectar qu'elles contenaient. Ma langue trouva la sienne et s'enroula fiévreusement autour d'elle. Je ne sus si ce que je ressentais venait de lui ou de moi : le désir d'accepter l'autre comme un fragment d'âme que l'on aurait perdu, cette volonté forte de vouloir s'abandonner entièrement à lui et lui à moi, de se lier de toutes les manières possibles. Immortels, nous ne pouvions nous contenter d'une signature sur un papier périssable dans un registre. C'était un consentement éternel, une promesse entre deux âmes qui s'imprégnaient l'une de l'autre. Une signature faite dans le sang qui faisait de lui mon époux et moi sa femme.

Une infime partie de moi en avait conscience et tentait de me faire réagir : je venais de me marier.

Petite fille, ce n'était pas franchement la cérémonie dont j'avais rêvé et pourtant tout était parfait. J'avais juste besoin de lui, de ses bras, de ses mains et de son corps... Je m'accrochai à son cou, n'ayant que pour souhait de prolonger cette étreinte ardente quitte à l'aspirer tout entier. J'étais heureuse que nous n'ayons pas besoin de reprendre notre souffle car je ne l'aurais pas permis. Nous n'avions jamais partagé notre sang ainsi et je me sentais prête à basculer dans cette zone obscure de mon esprit où se tordaient mes pulsions vampiriques que je ne parvenais plus à étouffer. Cette cérémonie devait-elle vraiment se finir dans un bain de sang ? Ou bien l'union de deux vampires n'était conclue qu'au terme d'une telle épreuve ? Celle de ne pas tuer son nouveau mari…

Nos gémissements me ramenèrent à l'instant présent. Il avait fait tellement d'efforts pour me surprendre, je n'avais pas envie de foutre en l'air ce moment romantique à cause de mes instincts lubriques. Je le repoussai un peu plus durement que ce que j'aurais voulu et il me regarda surpris.

— Attends… Stop… Ce serait… ce serait vraiment dramatique.

— Dramatique ? dit-il en levant un sourcil. Tu t'en sors très bien, mon amour.

Encore habitée par l'excitation, je ne parvenais pas à décoller mes mains de son corps. De toute manière, il me tenait fermement contre lui, je ne pouvais pas m'enfuir. Dans le feu de l'action, j'avais fait craquer les boutons de sa chemise maintenant ouverte sur les reliefs de son torse lisse. J'inspirai longuement.

— C'est que… je ne veux pas tout gâcher.

— Comment le pourrais-tu ? Ne te retiens pas parce que j'ai bien l'intention de consommer cette union ici et maintenant.

— « Consommer » ?

J'eus un doute légitime. Ce mot avait-il la même signification que celui employé par les humains ou cela signifiait-il que le sang allait encore couler ?

— Comme « manger » ?

Il prit quelques secondes pour comprendre le fil de mes tortueuses pensées. Un terrible casse-tête pour quiconque s'y attelait. Il s'en tira facilement et réussit même à rire.

— Pas vraiment… sauf si c'est ce que tu souhaites.

Ses grands bras se resserrèrent et sa bouche se plaqua sur la mienne pour reprendre là où je nous avais interrompus. Comme pour répondre à ma question, il guida ma main vers le bas, le long de son ventre et l'invita à glisser derrière sa ceinture. Il dégrafa son pantalon et je pus saisir son sexe déjà dur qui dépassait. Maintenant que tout doute avait été levé, je répondis pleinement à son baiser. Avec quelques mouvements de bras, il se débarrassa de sa chemise sans cesser de me tenir. Ma main s'activait de bas en haut. Sa respiration se fit plus profonde et il attira encore plus mon corps sur le sien, avançant une jambe qui s'immisça entre mes cuisses. Je dus m'agripper à ses épaules pour ne pas tomber en arrière sauf qu'il ne me laissa pas le choix. Avec un petit cri surpris, je basculai sur le lit de pétales de rose. Lucas grimpa entre mes cuisses et se courba au-dessus de moi. Sa bouche avide revint se plaquer sur la mienne avant de parcourir chaque parcelle de mon visage, puis plongea vers ma gorge qu'il embrassa langoureusement. Je repliai les jambes et le pressai de se rapprocher encore plus près. Sa langue traça un sillon humide et ardent jusqu'à ma poitrine. Il fit glisser les bretelles de ma nuisette pour libérer mes seins et dévoiler mes mamelons dressés. Il s'en empara à pleine bouche, les mordant et les suçant avec voracité. Son appétit m'arracha un gémissement animal. Mes bras se tendirent pour saisir à nouveau son phallus au niveau de mon bas-ventre. Sa respiration se heurta mais il n'octroya aucune pause à ma généreuse poitrine, la dévorant goulûment et la pressant sans aucune réserve. Une partie de mon esprit repensa brièvement au sens du mot « consommer » qu'il avait employé plus tôt. Cette divagation fut vite chassée par le déchaînement de désir entre mes cuisses, engendré par nos caresses.

Soudain il s'écarta, retira définitivement son pantalon et fit glisser ma nuisette le long de mon corps pour la jeter au sol. Il me saisit par la taille et me redressa, avant de s'installer sur le lit puis de m'entraîner sur ses jambes repliées en tailleur. Je m'assis sur lui. Nos corps s'imbriquèrent, le sien s'enfonçant profondément en moi. Je me cambrai furieusement tout en poussant un long soupir. Ses mains fondirent sous mes fesses, les soulevèrent et les laissèrent retomber brutalement sur lui. Mes bras autour de sa nuque me permettaient de subir cette sauvage mais au combien excitante étreinte.

— Regarde-moi, dit-il entre deux souffles.

Nos visages étaient si proches que je sentais sa respiration sur mon nez, ma joue puis mes lèvres. Nos deux regards ne dévièrent pas l'un de l'autre même lorsqu'il s'empara de ma bouche. Jouissant de sa puissance, je le laissai volontiers manipuler mon corps comme il le désirait, accueillant avec délice les ondes brûlantes de plus en plus nombreuses, de plus en plus grandes qu'il propageait en moi. Tout en lui me consumait : ses mains empoignant ma croupe, sa langue enroulée autour de la mienne, ses yeux chargés d'une intention indécente scrutant la moindre de mes expressions, nos deux bustes nus s'activant l'un contre l'autre. Je poussai de puissants gémissements à travers notre baiser. Quand finalement, sur une ultime descente, je vins violemment, mon corps se tordit et je le sentis se contracter autour de lui par vagues incontrôlables, sublimant cette sensation d'ivresse profonde qui résonna longtemps en moi jusqu'à ce que je cesse de trembler. Mon cri de bonheur se perdit dans sa chevelure. Je n'avais pas pu garder le contact visuel, ce qui apparemment lui déplut. Son membre toujours dur et brûlant en moi, il me renversa sur le matelas et maintint mes mains de part et d'autre de ma tête.

— Je veux voir ton visage quand tu jouis.

Nos doigts entrelacés, il entreprit de me faire l'amour plus lentement. Il appréciait l'effet que chacune de ses longues poussées, centimètre par centimètre, déclenchait chez moi. Ma bouche ouverte laissait échapper un lourd soupir à chaque fois qu'il se glissait entièrement en moi. Nos corps se frottaient précautionneusement, emplissant chaque repli, excitant le moindre nerf et me donnant la sensation d'être pénétrée par un organe plus imposant que ce que j'aurais cru. Petit à petit, de nouvelles étincelles éclatèrent dans chacun de mes muscles. Je jouis à plusieurs reprises sous ses yeux brillants d'un bleu intense. Enfin satisfait, il se redressa, attrapa mes hanches pour soulever mon bassin et intensifia ses mouvements, prêt à se libérer également. Le rythme de nos peaux claquant l'une contre l'autre s'accéléra. Vifs et très efficaces, ses coups de reins m'arrachaient des gémissements de plus en plus forts jusqu'à de nouveau déclencher un incendie entre mes cuisses qui m'irradia de plaisir. La voix cassée tant j'avais crié, et prise de vertige, je voulus me redresser mais il me gardait clouée au lit. Je ne sus ce qu'il vit sur mon visage mais cela provoqua sa propre délivrance. Figé dans sa dernière poussée, Lucas retint sa respiration puis la relâcha bruyamment en se laissant tomber à mes côtés, comblé mais exténué.

Je plaidai coupable car il avait absolument tout géré... Comme lorsqu'il m'avait fait l'amour pour la première fois. Mes muscles étaient encore endoloris mais je poussai tout de même sur mes bras pour me retourner sur lui. Mon corps nu s'allongea sur le sien, secoué par sa respiration haletante. Satisfaite, je croisai mes mains sur son torse. Enjoué, il mit un bras derrière sa nuque pour incliner sa tête afin de mieux me voir et caressa ma main sur laquelle trônait la magnifique bague.

— Ce moment est probablement l'un des plus heureux de mon existence, dit-il en effleurant le diamant.

Je n'osai me réjouir avec lui, persuadée qu'il devait probablement oublier quelques bons souvenirs de son lointain passé... quand il vivait encore en paix avec ses deux frères en tant qu'ange, par exemple. La mélancolie habitant mon regard le chagrina.

— Je suis sérieux. Rejeter l'indépendance et trouver de l'attirance au fait de marcher éternellement auprès d'une autre personne n'est arrivé qu'une seule fois depuis ma naissance. Ce n'est pas un exercice aisé.

Je souris modestement.

— Tu doutais de ma réponse ?

— Disons que je sais que c'est une période compliquée pour toi. Je ne voulais pas que tu croies que cette demande ait une autre raison au fait que je t'aime.

Une vague de chaleur m'envahit. Convaincue, je rampai sur lui jusqu'à pouvoir l'embrasser.

— Qu'importent les circonstances, tant que c'est toi qui me le demandes, je répondrai toujours « oui ».

Je déposai un baiser sur ses lèvres autant de fois que je lui répétai ma réponse.

— Oui. Oui et mille fois oui.

Un sourire éclatant sur le visage, mon époux leva son bras pour me serrer contre lui et prolonger cet instant de tendresse.

Lorsque nous pénétrâmes dans le château, tout était silencieux. Les patrouilles avaient été renforcées depuis notre retour, déplaçant la concentration des vampires du clan autour du domaine. Les quelques immortels restés aux abords de la demeure se partageaient le jardin et l'intérieur. Même s'ils m'avaient connu non-sevré, ils ne purent s'empêcher de baisser la tête. Ne sachant que faire car ils agissaient sur instinct, je ne pus que leur sourire humblement pour les remercier de leur attention.

— Et maintenant ? m'enquis-je alors que nous nous engagions dans les escaliers.

— Ah ça…

Lucas sembla hésiter à poursuivre. Mon cerveau eut le temps d'imaginer des traditions décalées qu'une vampire vieille de 18 ans ne pouvait pas forcément comprendre. J'étais prête à appeler mon pouvoir à l'aide quand il ouvrit la bouche.

— Tout comme le font les humains, nous devons l'annoncer.

Je grognai. Son esprit railleur ne m'avait pas manqué.

— Très drôle.

Il accueillit mon amertume avec un rire moqueur qui lui valut une tape sur le bras. Comme à son habitude, il ne prit pas la peine de frapper avant d'entrer dans le bureau de Joachim. Ma bague sembla plus lourde et je commençai à la tripoter nerveusement avec mes doigts. J'avais l'impression d'entrer dans le bureau de mon père pour lui annoncer une nouvelle importante. Cette comparaison me fit presque sourire. Joachim étant le chef du clan, j'avais été naturellement attirée par lui. Si maintenant je le considérais comme un père, je devais sérieusement réviser mon complexe d'Œdipe.

Tous les Anciens étaient présents et sagement en train d'écouter Léa qui exposait le déroulé de la cérémonie qui accueillerait les chefs de clans des pays du monde entier.

— Il faudrait qu'ils assistent au *Lac des Cygnes*, nouvellement interprété par Anna Paolina, une véritable perle qui réinvente le mythe de manière tout à fait moderne et féministe.

Je croisais le regard amusé de Lucas. *Elle avait tout prévu.* Léa avait en charge l'organisation de l'événement qui se déroulerait au

Palais Garnier en plein centre de Paris.

— Je pense qu'on pourra réussir à faire changer le programme de l'Opéra, évalua Arnaud. Il faudra privatiser le Palais Garnier en invoquant un dîner de gala organisé dans Le Grand Foyer.

L'Ancien sembla soudainement préoccupé par quelque chose. Hugo entendit ses pensées et confirma qu'il s'agissait là d'un sujet d'inquiétude :

— Il faudra également le prévenir… afin qu'il se tienne sage.

— J'irai lui parler, intervint Lucas.

La gêne qui s'était emparée d'eux, associée au mystère de leur échange, me dérangea.

— Qu'est-ce qui se passe ?

— Disons que le Palais Garnier possède un résident assez troublant. Un vampire plutôt jeune qui a malheureusement un peu trop fait parler de lui à la fin du XIXe siècle. Il ne fait pas partie du clan mais il s'est avéré utile dans de nombreux projets, d'où le fait qu'il soit toujours de ce monde aujourd'hui. Il ne quitte jamais l'Opéra, l'arpentant nuit et jour, laissant traîner ses oreilles un peu partout.

Un résident qui apparente encore l'opéra et qui a probablement commis des crimes à la fin des années 1800. Je crus deviner l'identité de ce vampire mais le doute m'envahit.

— Je pensais que c'était une légende, avançai-je prudente.

L'ancien archange sourit.

— Il y a bien un fantôme dans l'Opéra mais il est fait de chair et d'os.

Ma bouche resta ouverte sous l'effet de la surprise. Ce vampire ne devait même pas avoir deux siècles d'existence, un très jeune vampire à peine sevré aujourd'hui en plein Paris.

— Pourquoi l'avoir laissé en vie ? demandai-je à l'intention de Joachim.

Le chef du clan désigna mon conjoint.

— Ernest a su se racheter auprès de Gabriel à qui il voue une fascination certaine. Il lui obéit aveuglément aujourd'hui, donc nous le tolérons sur nos terres en échange de ses petits espionnages.

« *Une fascination certaine* » me répétai-je avec humour. J'avais visiblement de la concurrence mais je n'arriverais jamais à obéir au doigt et à l'œil à Lucas. J'étais au contraire un modèle de désobéissance, donc cet Ernest me battait.

— Bien ! reprit Joachim. Nous arrivons au terme des préparatifs de cette fastidieuse réunion. Il nous faut maintenant communiquer l'ensemble du planning au Conclave afin qu'ils nous renvoient leurs intentions.

— Ils déploieront probablement des chasseurs pour encadrer l'événement, vu qu'il se déroulera en plein centre-ville, jugea Lucas. Nous nous efforcerons de rappeler les règles de bonne conduite en France. Chacun devra s'y plier : pas de morsure.

Le chef du clan hocha la tête. Lucas continua.

— Et de notre côté nous travaillerons à ce que nos invités n'aient aucun doute sur notre engagement.

Il glissa ses doigts dans les miens et le gros diamant sauta littéralement aux yeux des vampires. Ils se redressèrent subitement mais, curieusement, n'eurent pas la réaction que je pouvais imaginer : une exclamation ou même un éclat de joie. Je ne m'étais jamais fiancée mais j'avais vu des films ! Ils restèrent bizarrement bloqués entre enthousiasme et confusion. J'étais désarçonnée. Joachim se leva.

— Il est rare, même chez nous, de voir un ange se marier, commença-t-il tendrement en faisant le tour de table. En réalité, pour tous, c'est la première fois que nous y assistons. Lucifer et Michel s'étaient unis bien avant nos naissances.

J'expirai péniblement, comprenant mieux leur manque de réactivité. La première main du chef du clan se posa sur l'épaule de Lucas et la deuxième prit la mienne.

— Je vous félicite, mes chers amis, dit-il en soulevant à peine ma main et en se courbant délibérément pour l'embrasser. Avec vous, renaît l'espoir.

Ma main glissa contre ses douces lèvres et vint caresser sa joue. Lentement il revint à sa position initiale – c'est-à-dire sa tête me dépassant largement. Je devais ma renaissance à ces deux vampires. Lucas l'avait voulue et Joachim l'avait permise. Il me semblait que je n'aurais jamais assez de temps pour remercier le chef du clan, et pourtant le voilà en train de me gratifier. Je ne saisissais pas les changements qui s'opéraient dans le système. Je ne ressentais pas l'effondrement des clans, hormis dans le ton fataliste et angoissant qu'employaient ceux qui avaient vu naître, voire créé ce système. Bref, j'espérais être à la hauteur de ses attentes... de leurs attentes à tous.

Joachim m'offrit un dernier sourire avant de donner une accolade à Lucas. Les deux amis de longue date s'étreignirent et je leur laissai un peu d'intimité. Léa profita de ce moment pour fondre sur moi. Elle serra mes mains dans les siennes et en profita pour vérifier que ma bague n'était pas un mirage. La petite vampire me sauta au cou et beaucoup auraient pu croire qu'elle voulait m'étrangler ; en fait, son embrassade fut si brusque qu'elle m'avait coupé le souffle.

— J'ai tant prié pour que ce jour arrive, dit-elle d'une voix frêle dans mes cheveux.

— Léa ?

Je caressai son dos, bouleversée par son attitude. Elle me repoussa légèrement, retenant quelques larmes.

— Ça va, m'assura-t-elle. Enfin presque…

Son ton était redevenu sérieux et elle dévisagea mon nouveau mari. Avec Joachim, ils levèrent des sourcils étonnés.

— Tu as osé, grogna-t-elle.

— Je devais agir sans que son pouvoir ne lui révèle mes intentions, se justifia Lucas. La préparation d'une fête aurait été bien trop flagrante.

— Oui, nous aurons juste le temps d'une soirée.

Elle semblait prise en tenaille entre filer pour préparer un semblant de fête dans le château et continuer à le fustiger. Andrea fit un pas vers sa charmante épouse, prêt à la modérer.

— Mais si tu le souhaites, je te laisse le soin d'organiser une cérémonie publique, négocia Lucas.

Je retins un rire. *Nous avons les mêmes stratagèmes pour la canaliser.*

— Un mariage ?! s'emporta-t-elle. Au nom du ciel, qui pourrait bien présider une telle cérémonie ?!

L'ancien archange gronda.

— Personne sur terre est adaptée pour bénir notre union. De plus, par « cérémonie », je n'entendais pas « mariage ».

J'avais été débarquée dès l'entente du mot « mariage ». J'eus même du mal à imprimer qu'il s'agissait du mien vu qu'ils en discutaient sans me consulter. De toute manière, j'étais à mille lieues de pouvoir sortir une idée intelligente pour eux. Par exemple, concernant la personne qui pourrait officialiser publiquement notre union, mon cerveau d'ancienne humaine pensa à un prêtre mais étant un fils de Dieu, Lucas n'avait besoin d'aucun intermédiaire pour avoir la grâce de son père. Il s'en était d'ailleurs aisément passé tout à l'heure et, me souvenant de la curieuse sensation que j'avais eue, être dans une église n'était pas nécessaire pour lui.

Léa mit un doigt sous son menton et réfléchit à haute voix.

— Donc ce serait une cérémonie d'intronisation qui, profitant de l'occasion, célébrerait également cette union orchestrée en douce…

Mon époux tiqua sur la dernière partie de sa phrase et s'apprêta à répliquer à nouveau.

— Oui voilà ! intervins-je. Ce serait parfait.

J'appuyai un regard vers Lucas qui, comprenant qu'il n'avait plus le choix, marmonna son accord. Maintenant que nous étions – pratiquement – tous d'accord, une foule d'idées sembla prendre possession de Léa. Elle énuméra une liste bien fournie de tous les éléments à prendre en compte pour les préparatifs : le lieu, le décor, les invités, un thème, une robe… Regrettant presque de m'être interposée, je fis un pas en arrière, les mains levées, pour lui faire comprendre qu'elle allait beaucoup trop vite pour moi. Heureusement, elle finit par s'arrêter toute seule mais c'était parce qu'elle attendait visiblement un signe de ma part. Bien trop occupée à lui échapper, j'avais zappé sa dernière question.

— Quoi ? osai-je en espérant que cela ne la relance pas depuis le début.

— Est-ce que tu voudras que des humains assistent à la cérémonie ?

Ma gorge se serra. Par humains, elle entendait mes amis et ma famille. Je ne saurais répondre, entre ceux qui ne sont pas au courant de mon état et ceux qui ne veulent même plus me voir, il serait complexe de faire venir qui que ce soit. Concernant ceux qui connaissaient ma situation et qui s'en foutaient... Rémi aurait du mal à justifier son absence auprès de Julie et je doutais que les Pionniers acceptent que le dernier descendant des Gauthier se promène au milieu de vampires. Quant à Tristan, c'était Lucas qui risquait d'avoir du mal à l'accepter.

— Je... Je suis désolée. Je ne sais pas...

Elle se rendit compte du désarroi dans lequel elle venait de me plonger et se confondit en excuses.

— Oh non ! Ne t'excuse pas ! C'est moi qui ne tiens plus en place ! Pour l'instant, une soirée... Oui ! Cela fera l'affaire pour l'instant. J'y vais de ce pas !

Elle s'éclipsa avant que j'aie pu lui assurer que je n'attendais rien et surtout avant que Joachim lui ait donné un quelconque feu vert. J'eus un sourire contrit à l'intention du chef qui secoua la tête avec un air amusé. Pendant qu'il s'en retournait s'asseoir à son bureau, Lucas revint vers moi inquiet. J'essayai d'effacer la mélancolie qui perturbait mon vissage mais c'était peine perdue. Je devais me faire à cette fatalité : le monde des humains m'était de plus en plus inaccessible. *C'est peut-être mieux ainsi.*

— Je vais tenter de la raisonner, dit Andrea.

Joachim l'arrêta d'une main.

— Ce serait peine perdue. Laisse-la. De plus, nous avons tous besoin de nous détendre, donc ce sera l'occasion.

Il inspira profondément avant de reprendre.

— Et j'ai besoin que tu assistes à la fin de cette réunion.

Joachim tria les quelques feuilles se trouvant devant lui.

— Nous avons un bon aperçu des vampires étrangers qui nous feront l'honneur de leur présence d'ici maintenant quelques semaines. Cependant, il persiste une zone d'ombre.

— Moscou, devina Lucas.

— Oui, d'après nos sources, voilà maintenant plusieurs jours que Mikaela Petrova a pénétré le territoire russe. Nous n'avons pour l'instant aucune nouvelle…

Selon la dernière vision de la jolie danseuse, elle irait jusqu'au bout de la mission que lui avait assignée Lucas, mais y avait-elle survécu ? Cette question entraîna dans mon esprit un flot d'images. Avant d'être entièrement prise dedans, j'invitai Lucas à prendre ma main. Il s'exécuta et je lui partageai une conversation en russe.

— *Voilà des siècles que je n'avais plus été aussi déçu, Mikaela.*

— *Je vous assure…*

— *Tais-toi*, la coupa-t-il sur un ton plus qu'agacé. *Je me fous de tes pitoyables excuses.*

Vassily marchait lentement entre les miroirs de sa chambre noire. Parfois, il disparaissait du champ de vision de Mikaela puis réapparaissait non loin d'elle, alimentant un climat de peur et d'intimidation.

— *Comment est-elle ?* demanda-t-il finalement.

Le somptueux visage de la ballerine se crispa. Chaque mot pouvant décrire la nouvelle compagne de Gabriel lui arrachait une grimace, car elle ne pouvait faire que l'éloge de sa beauté et complimenter son intelligence. En voyant l'irritation de son interlocutrice, Vassily explosa de rire.

— *интересно... Vraiment très intéressant. Qu'importe ce qu'elle est vraiment pour lui, Gabriel a frappé fort cette fois-ci. J'irai à Paris.*

— *Vous allez assister à cette réunion ?* s'étonna Mikaela.

— *J'exècre l'opéra. Tu m'as dit qu'elle n'avait pas pu passer tes barrières mentales et qu'elle avait eu ces informations d'une manière « détournée ». Je laisse le soin à cette petite Française de trouver l'endroit où je serai une fois dans la capitale. Toi, tu as été découverte. Tu iras à cette représentation et t'assureras qu'elle ait bien « ressenti » mon message.*

Je revins à la réalité et croisai le regard triomphant de mon époux. Nous avions réussi à attirer le chef de Moscou à nous. Il ne restait plus qu'à le convaincre de la nécessité, pour sa propre survie, d'accepter de se soumettre à une nouvelle royauté. Quelque chose me disait que le vrai défi concernant Vassily commençait maintenant.

Nous partagions nos connaissances avec les Anciens. Chacun prit le temps d'apprécier cette nouvelle, puis ils nous détaillèrent l'accueil qui serait fait aux représentants des plus grands clans du monde. Une assemblée exceptionnelle, jamais réunie, même de mémoire de vampire.

Chapitre 18

Une fois de plus, Léa avait visé juste. En pénétrant dans la grande salle du château, j'eus l'impression de me revoir une année plus tôt. J'avais occupé cette place tout l'été avec Andrea afin qu'il m'apprenne à me battre, puis à danser. Au terme de ce dernier apprentissage, un bal avait été rapidement organisé où j'avais pu expérimenter mes nouvelles capacités. Léa ne serait probablement pas satisfaite de n'avoir pu faire mieux mais, pour moi, c'était parfait. Un détail différait par rapport à l'année dernière : la présence de Lucas. Il ne permettrait probablement pas que d'autres vampires m'invitent à danser – revers de la médaille d'être la femme d'un ancien archange – mais étant le meilleur cavalier que je connaisse, cela ne me minait pas. Le vampire me fit d'ailleurs effectuer quelques tours sur moi-même dès que nous croisâmes la piste de danse au centre de la pièce où quelques couples valsaient. La robe courte en mousseline que je venais d'enfiler tournoyait élégamment autour de moi, offrant un spectacle alléchant sur mes longues jambes nues.

— Déjà ? souris-je en faisant allusion à son invitation précipitée.

Nous n'avions même pas eu le temps de saluer nos amis ou de partager un verre avec les membres du clan.

— Je n'ai pas appris à partager.

Nos deux corps tendrement enlacés l'un à l'autre, il nous guida sur une valse lente et reposante. Je me laissais mener sans chercher à faire des prouesses, profitant simplement de cet instant rythmé par une musique du groupe Imagine Dragons.

Le reste de la soirée confirma les propos de Joachim. Nos propres amis ne surent, au premier abord, comment exprimer leurs sentiments en notre présence. Ne pouvaient-ils s'empêcher de voir, maintenant plus qu'avant, ce que nous représentions ? Même si je m'efforçais de garder le même ton que lorsque je n'étais qu'une simple membre du clan, une barrière semblait persister pour certains. Petit à petit, je devenais réservée pour ne pas les perturber et me réfugiais auprès de ceux qui parvenaient à mettre les règles de bienséance de côté : Léa, Éric, Alex, Meredith, Léon, Roxane, Thierry... Même Agnel et Gisèle avaient réussi à abandonner leur courtoisie pour traîner avec cette bande de joyeux drilles.

— Agnel, pourrais-je avoir un cocktail ? lui lança Alex.

— En quel honneur ?

— Oh, je pensais qu'avec ton nœud papillon, Léa t'avait commis au bar.

Tous ricanèrent et charrièrent le vieux vampire sur sa tenue un peu trop formelle. Même Gisèle, sa coéquipière de vie, s'amusa avec le fameux accessoire avant de le faire glisser sur son col et de le retirer. Agnel déboutonna ses premiers boutons afin d'ouvrir sa chemise et retrouver un *dress code* plus décontracté. Son initiative fut accueillie par des sifflements approbateurs qui déclenchèrent une petite hilarité dans la salle.

Andrea fut le premier Ancien à venir nous rejoindre. Il embrassa furtivement son épouse avant de tendre une main vers moi. Je le dévisageai sans comprendre.

— Montre-moi ce que tu as appris, dit-il sur un air de défi.

Bouche entrouverte, j'étais estomaquée, partagée entre l'envie de me jeter dans ses bras et la crainte qu'il se fasse rabrouer par Lucas. À mes côtés, mon époux sembla s'amuser du culot de l'Ancien. Il n'y avait que le centurion pour oser m'emprunter de manière si discourtoise. Après tout, il était celui avec lequel j'avais passé le plus de temps et nos activités avaient été assez tactiles. Je vérifiai tout de même auprès de Lucas et, une fois sûre qu'il n'y avait pas de gêne, je pris sa main. Sa peau dure me rappela des souvenirs. Je souris.

— Je ne peux rien refuser à mon premier cavalier.

Il m'entraîna avec lui et il put constater que mes mouvements avaient gagné en assurance et en grâce depuis la dernière fois où il avait pu me tenir dans ses bras. Cette fois, je ne crachai pas sur le nombre de tours, parvenant parfois à en enchaîner cinq d'affilée sur moi-même. Il se défendit bien malgré la cadence que je lui imposais. Oui, j'avais beaucoup appris mais pas forcément auprès de Lucas. L'expérience de Lilith y faisait énormément. Elle était une danseuse hors pair, égalant le talent de Léa. Ses capacités, dont j'usais pleinement, me rappelaient sans arrêt à quel point elle était comme une épée de Damoclès au-dessus de ma tête. Lorsque nous terminâmes essoufflés au milieu des autres couples, nous applaudîmes les prestations de chacun. En gentleman, il me ramena auprès de mon époux.

— Elle est fougueuse !

Éric faillit s'étrangler avec son verre de vin. *Je retire le « gentleman ».* Il tenait toujours des propos dignes d'un goujat.

— Je le sais, répondit Lucas en enlaçant ma taille.

— Tu t'encrasses, envoyai-je de manière moins disciplinée. Tu devrais sortir du bureau de Joachim et reprendre une activité physique.

— Je suis bien d'accord ! intervint malicieusement Léa en s'accrochant aux larges épaules de son mari.

Il accepta la moquerie et embrassa le corps de son épouse qui se souleva sous la force du centurion. Ces élans de tendresse impudiques me rappelèrent mes moments de solitude lorsqu'ils se bécotaient en ma présence alors que je tentais d'apprendre les bases de la valse. Lorsque l'envie les prenait, ils n'avaient presque aucune retenue. Malgré tout, j'avais envié leur passion et je m'étais demandé si des sentiments similaires m'attendaient alors que je me trouvais dans la peau d'un vampire. Comme pour répondre à cette question du passé, mon attention se déporta vers Lucas. Plus réservé, il sourit et me serra contre lui pour déposer un baiser sur mon front. J'allais avancer mes mains pour réclamer une étreinte supplémentaire quand mon portable sonna. Nous fûmes tous les deux agréablement surpris du nom qui s'affichait sur l'écran et il me laissa de l'espace pour répondre. Je fis quelques pas sur le côté et répondis.

— Salut, Rémi.

— *Hey... Tu fais quoi ?* demanda-t-il en percevant probablement le brouhaha de la musique.

— Oh ! C'est une petite fête très vite organisée à Villette.

— *Pour fêter quoi ?*

Je souris et mes doigts se refermèrent machinalement sur ma bague. Il entendrait mon ton anormal et me questionnerait jusqu'à me tirer les vers du nez.

— J'aurais voulu te l'annoncer en direct...

— *Ça y est ?! Il l'a fait ?* s'empressa mon frère.

— Tu le savais…

— *Depuis que vous êtes revenus avant le bal du printemps. Il tenait à avoir ma bénédiction,* se vanta mon frère.

Mon regard glissa vers mon époux au loin. Celui-là même qui avait dit que nulle personne sur terre n'avait son mot à dire sur notre union.

— Vraiment ? Il a fait ça…

— *À l'ancienne,* se marra-t-il avant de reprendre plus sérieusement. *Je suis heureux pour toi. Te savoir avec lui alors que l'éternité t'attend, ça me rassure.*

— Tu viens de prendre vingt ans de plus en disant ça.

Il rit.

— *Quand tu es repassée la dernière fois, j'ai failli faire une gaffe ! En plus avec ton pouvoir… Ne lui dis pas que j'étais à deux doigts de tout foutre en l'air.*

En effet, il avait plus que zieuté mes mains de manière incompréhensible.

— Ne t'inquiète pas. Nous avons dû nous charger de choses bien plus préoccupantes.

— *En parlant de ça, Julie ne supporte plus les allées et venues de Richard. Donc pour les vacances, nous partons en Bretagne. Il n'y sera pas… Tu ne veux pas passer ?*

Julie avait grandi dans le Finistère. Elle était une cousine éloignée par alliance de ma mère. Lorsque les Morvan se sont éteints les uns après les autres, les parents de Julie avaient élevé Alice comme leur propre fille. En dehors des Gauthier, ils étaient notre seule famille.

— J'aimerais bien, mais cette décision ne dépend pas que de moi.

Je dois… je dois demander la permission en quelque sorte.

Était-il prévu qu'accéder au trône signifiait perdre son indépendance comme un enfant de 12 ans encore sous la coupe de ses parents ? Heureusement, mon frère n'était pas d'humeur à me taquiner là-dessus. Il reprit sur un ton plus grave.

— *Tu devrais tout de même essayer de venir. Aurèle et Émilie seront également en vacances là-haut.*

— Quoi ?

Les prénoms de mes deux amis semblaient sortir tout droit d'un passé lointain. Je me souvins vaguement que les Leroy avaient un domaine non loin de Brest, mais c'était une coïncidence bien trop grossière.

— *J'ai eu Em au téléphone… souvent, en réalité. Ils aimeraient te revoir, Liza.*

Ma bouche se crispa et des larmes commencèrent à monter. Je retins ma respiration, espérant par la même occasion les empêcher de couler. J'avais une folle envie de lui dire « oui ». De tout laisser en plan et partir maintenant. J'aurais bien le temps, sur le trajet, de penser à ce que je leur dirais quand je les verrais enfin.

« *Réfléchis !* » m'ordonna la voix de la reine dans ma tête.

Ma conscience me rattrapa au dernier moment et les incohérences de ce plan arrivèrent en nombre. Ce n'était un secret pour personne, notamment chez les Pionniers, que j'avais de la famille en Bretagne. Grâce à Richard, tous savaient également que mon frère connaissait la vérité et me soutenait. Donc, jamais les Pionniers laisseraient leurs enfants quitter la sécurité de leur foyer pour se rapprocher d'une zone où potentiellement je pouvais m'y trouver. *C'est quoi cette arnaque,* m'énervai-je intérieurement. Comment Rémi pouvait-il penser que ce serait aussi simple ? À moins qu'il ait choisi de fermer les yeux. Pouvait-il me trahir ? Non, ce devait être autre chose. Je devais le faire parler.

— Je ne comprends pas, dis-je d'une voix sombre.

Avant même que mon frère me réponde, mon pouvoir intervint.

Richard faisait les cent pas devant le tableau noir, tel un professeur attendant que ses élèves lui accordent leur attention. Face à lui, nul banc d'écolier mais une immense table ovale autour de laquelle étaient installés les représentants des Pionniers : les aînés de chaque famille pour la majorité. Parmi eux se trouvaient Nathalie Dubois, M. Morel mais aussi Christine, la mère d'Émilie, et également le père d'Aurèle. Tous écoutaient Gauthier qui leur parlait d'une voix enflammée avec des mouvements de bras entraînants.

— *Mes amis, vous rendez-vous compte ? Nous n'avons jamais été aussi proches d'accomplir le but premier de Guillaume Gauthier, notre père à tous ! Tout ce qui s'est passé, même les peines les plus horribles, nous fait converger vers ce destin. Nous n'avons plus qu'à nous en saisir ! Ne laissons pas les morts tragiques de nos enfants tomber dans un abysse de regrets. Relevons-nous et acceptons de les voir comme des sacrifices qui vont servir une cause bien plus grande, bien plus fondamentale que notre court passage sur terre. Pouvons-nous le voir comme un message de Dieu ? C'est possible. Il nous donne le moyen de réussir là où notre ancêtre avait échoué – son seul échec –, et là où les trois frères archanges ont échoué :* canaliser les vampires.

Les Pionniers s'observèrent indécis. La peur les habitait encore et aucun ne voulait faire le premier pas. Finalement, ce fut le père d'Aurèle qui posa la question fatidique.

— *Et que voulez-vous que l'on fasse ?*

Richard le remercia d'un hochement de tête.

— *Fermez les yeux et laissez vos enfants la retrouver.*

Des éclats de voix indignés jaillirent un peu partout dans l'assemblée.

— *Nous ne devons pas la perdre ! Elle doit pouvoir se retourner vers nous, le moment venu. Et nous lui tendrons la main, parce qu'elle n'aura plus que ça.*

Mes doigts frottèrent ma tempe pour tenter d'étouffer une migraine. Tandis que les images de ma vision s'estompaient, j'entendais Rémi m'expliquer ses longues heures de discussion avec Émilie.

— *Elle avait beaucoup de questions sur ce qui t'était arrivé et comment tu subsistais à présent. Je lui ai tout raconté. Les circonstances de ta transformation et ta manière de vivre tout à fait honorable. Ça m'a pris du temps pour répondre à toutes ses questions parce que nous ne pouvions jamais rester trop longtemps en contact, et ses parents lui avaient supprimé tout moyen de communication. Heureusement, Aurèle a de nombreuses ressources et nous a fourni des téléphones par satellite intraçables ou un truc dans le genre...*

— Attends. Attends, le coupai-je.

J'étais heureuse que mes amis aient déployé autant d'efforts pour savoir ce qui m'était arrivé mais j'avais besoin de réfléchir à la vision que je venais de voir.

En quoi mon ancêtre avait-il échoué ? Au contraire, il avait créé la nithylite, l'unique moyen de protection des humains contre leur premier prédateur.

En quoi Lucas et ses frères avaient-il échoué ? Beaucoup trop de choses selon mon conjoint. Cette réflexion était un cul-de-sac.

Reprenons avec les problèmes actuels. Mes pensées s'organisèrent dans ma tête.

Premièrement, le fait qu'Aurèle et Émilie se retrouvent au bon endroit, au bon moment n'était pas une coïncidence. Deuxièmement et cela me culpabilisa, Rémi n'y était pour rien. Je ne devais pas me tromper d'ennemis. Celui qui était responsable de ce plan était Richard. Il voulait que je reste en contact avec mes amis, moi un vampire, même si cela pouvait les mettre en danger.

Mais pourquoi ?

Il avait dû avoir des arguments de taille pour convaincre les Pionniers de laisser leurs enfants servir d'appât. Et chose encore plus préoccupante, mon oncle avait avancé que je viendrais à eux de ma propre volonté, après avoir tout perdu. Les souvenirs traumatisants du corps calciné me revinrent en mémoire. *Non, encore.*

Que de raisons qui m'imposaient de refuser cette invitation. Je n'allais pas laisser Richard mettre son plan à exécution et encore moins si cela sous-entendait de se servir de mes amis pour me piéger.

— Comme je te l'ai dit, Rémi. Je ne suis plus aussi libre de mes mouvements. Je suis tellement soulagée qu'ils ne se soient pas complètement détournés. Tu ne pouvais pas m'offrir un plus beau cadeau ce soir. Mais ils ne doivent pas se mettre en danger pour tenter de me trouver. Tu… Tu les embrasseras pour moi ?

— *Liza, je…*

Je priai pour qu'il ne me demande pas d'en dire plus. C'était déjà suffisamment difficile pour moi d'aller à l'encontre de ce que criait mon cœur.

— *Très bien. Si tu changes d'avis, appelle-moi, n'hésite pas.*

— Merci, Rémi. Je t'aime.

Je raccrochai mais maintins mon portable contre mon oreille. J'avais encore besoin de faire le point. Pas forcément de faire le point dans mon esprit, car ma décision était prise : je ferais tout ce qui pourrait enrayer les actions de mon oncle. J'avais besoin de faire le point sur mes émotions, car elles étaient sens dessus dessous. J'étais à la fois heureuse et triste pour mes amis. Je ressentais de la peur et de la colère vis-à-vis de mon oncle. Ce n'étaient pas vraiment des sentiments appropriés pour une fête et je ne pourrais rien faire de plus ce soir.

Je pris une grande inspiration et abaissai mon téléphone. Choisissant de ne pas rejoindre tout de suite mon groupe d'amis, je rejoignis le buffet. Les quelques vampires que je croisai sur mon passage partagèrent leur sérénité avec moi et cela me fit le plus grand bien. Lorsque je me servis un verre de champagne, qui n'aurait malheureusement aucun effet euphorisant sur moi, je respirai déjà un peu mieux. Je me délectai de la première gorgée avant d'avaler d'une traite le reste de ma coupe. Comme prévu, je ne ressentis absolument rien de grisant.

Tout en m'en réservant une autre, je m'aperçus qu'une autre personne s'était laissée tenter par la profusion d'alcool et d'amuse-bouches. Nous levâmes la tête ensemble et fûmes toutes les deux surprises. Cet instant resta suspendu tout comme nos verres.

Diane s'aperçut qu'elle me dévisageait et baissa subitement la tête. Figurez-vous que cela me déplut. Son corps bougea exactement comme tous les autres, c'est-à-dire de manière odieusement soumise. Petit à petit et sans un mot, elle rebroussait chemin, comme un loup oméga cédant sa place à l'alpha. Je ne voulais rien de tout ça alors, moi aussi, j'agis par instinct.

— Je n'y avais jamais songé…

Ma voix se brisa sous l'émotion. Ces dernières minutes n'avaient pas vraiment été de tout repos pour mon petit cœur. Elle s'était néanmoins figée, ne me faisant pas l'affront de me mettre un monumental vent alors que j'engageais la conversation.

— Je n'y avais jamais songé, repris-je plus calmement, mais nos pouvoirs étant des extensions de nos personnalités… une personne portant le bouclier ultime a dû subir maintes épreuves difficiles pour développer la capacité à se protéger de tout et de tous.

Le somptueux pouvoir de Meera m'avait permis de reconnaître sa bienveillance alors même qu'elle venait de se rendre coupable de crimes atroces. À mon image ou celle de Léa, un don n'était que la manifestation de notre passé.

— Il m'a beaucoup aidée en effet, avoua Diane. Alors que j'étais persuadée de n'avoir plus aucune ressource, il m'a donné la force de remonter la pente, parce que je savais que je ne souffrirais plus. Mais l'éternité s'écoule et même mon bouclier ne peut me protéger de certaines désillusions.

Elle souffrait toujours du deuil de son ami Nick. Un vampire du clan que j'avais brièvement rencontré et qui avait disparu à cause d'un sbire de Lucifer qui m'avait prise pour cible.

— Oui… bien sûr.

À chaque fois que je la rencontrais, elle ne se privait pas de me faire comprendre quel désordre j'avais engendré dans le clan depuis mon arrivée. Reine ou pas, ce soir ne faisait pas exception, visiblement. Je pensais que notre conservation s'arrêterait là mais, à mon plus grand étonnement, elle poursuivit.

— Je voulais te remercier pour ta bienveillance envers Rolland. Il semble t'apprécier et c'est une chose que je respecte.

Je dus me faire force pour ne pas me retourner, histoire de vérifier qu'elle s'adressait bien à moi.

— Je lui ai pourtant causé beaucoup de troubles, regrettai-je.

— Oh ! Qui n'en a pas eu depuis ton arrivée ?

Le ton léger qu'elle avait employé changeait pour beaucoup l'interprétation que je pouvais faire de cette pique. Elle me sourit et je crois qu'il s'agissait là du moment le plus choquant de cette soirée. Quelque chose capta son attention. Elle baissa la tête en signe de respect avant de s'effacer et partir. Cette fois, j'étais persuadée de trouver, dans mon dos, la raison de son comportement bizarre.

Je pivotai et tombai sur une chemise en soie bleue à l'odeur attrayante. *Beaucoup trop près.* Avant que je renverse mon champagne sur son torse, Joachim emprisonna ma main et saisit la coupe pleine entre mes doigts pour la reposer sur la table. Hugo et Arnaud l'accompagnaient. Les deux derniers Anciens me saluèrent d'un hochement de tête avant de me laisser avec leur chef.

— J'espérais bien que tu aurais encore du temps à m'accorder pour une danse, proposa Joachim.

Par amour-propre pour la femme que j'étais, je me retins d'aller chercher l'autorisation de Lucas. Malheureusement, il vit mon malaise et s'en amusa. Je m'étais grillée, alors autant le prendre à la légère.

— Si tu as une autorisation écrite, je suis toute à toi.

— Une dernière fois, il ne peut me le refuser. Après, tu seras tout à lui.

Ma main toujours dans la sienne, il me guida au milieu des autres couples puis me ramena délicatement vers lui. Nos deux corps commencèrent à lentement se balancer sur le rythme d'une musique douce. Avec lui, j'étais abonnée au slow mais je nous voyais mal dévaler la piste de danse comme je le faisais avec Lucas. C'était une ambiance bien plus propice à la conversation.

— À quoi tu penses, Élizabeth.

Depuis que j'avais appris à camoufler mes pensées, Hugo ne pouvait plus l'informer de ce qui se passait dans mon cerveau. Mais il n'eut pas besoin du pouvoir de son subordonné pour sentir mon chamboulement intérieur. Ça aussi, c'était récurrent. Nous profitions de nos danses ensemble pour organiser une petite consultation psy.

— Il t'en a parlé n'est-ce pas ? Cette vision…

Le visage du beau vampire s'assombrit, confirmant mes doutes. Tant mieux, je n'avais pas la force de lui expliquer ces images horribles en détail.

— J'ai peur pour lui, avouai-je tout bas.

— C'est un grand garçon, Liza.

Ma bouche se crispa et je parvins à esquisser un petit sourire. Il m'avait déjà répondu cela alors que j'avais eu une vision de Lucas se faisant torturer. J'avais également eu beaucoup de craintes, surtout parce que je n'avais pratiquement aucun moyen d'action à l'époque. J'étais consignée régulièrement dans ma chambre où l'on me demandait d'apprendre à me contrôler.

— Tu l'as déjà vu dans des situations de danger similaires. N'oublie pas, le futur n'est pas bloqué.

En effet, ce fut finalement Yoan qui avait été victime de Ludovick à la place de Lucas. Cette mission ne fut pas entièrement une réussite au final, malgré mes efforts quelqu'un avait souffert. *Ce corps calciné avait-il vraiment une identité ?* Je n'osais le croire... Une chose était sûre cependant : selon ma vision, une personne allait très certainement souffrir et c'était moi.

— Alors, je dois attendre et espérer que mes choix inversent complètement le destin ?

— Non, ce serait agir de manière irréfléchie. Je te conseille de rassembler les personnes en qui tu as confiance, pour que le moment venu, tu ne sois pas seule.

Le moment venu. Richard attendait que je le choisisse comme refuge lorsque tout s'écroulerait autour de moi. Je me gardais bien de partager le contenu de cette vision pour l'instant. Il resserra ses doigts autour des miens, m'apportant un peu de sa force, et usa de son pouvoir pour apaiser mon esprit au moins pour cette nuit. Il l'utilisait de manière très minutieuse, si bien que j'en oubliais régulièrement son existence. Du coup, j'en appréciai d'autant plus les effets en le redécouvrant. Nous fîmes encore quelques lents tours sur nous-mêmes lorsqu'il changea de position et s'éloigna légèrement.

— Ma reine.

Je me raidis, désarçonnée. Il prit mes deux mains dans les siennes pour les embrasser avant de reculer. Son regard doux et chaleureux me réchauffa le cœur le temps qu'une autre prenne sa place auprès de moi. Il se serra contre mon dos et ses bras s'enroulèrent autour de mon corps. Une autre forme de chaleur m'envahit tandis que l'odeur de mon époux prenait possession de moi. Je ne pouvais m'empêcher de penser que cet échange de partenaire allait bien au-delà de la simple danse. J'avais depuis quelque temps cessé de sentir la domination de Joachim. Petit à petit, je m'étais émancipée et, à présent, je n'étais plus l'un de ses enfants qu'il gratifiait d'un baiser sur le front. D'un côté, j'étais à la fois satisfaite de l'évolution de mon existence, celle-là même qui aurait dû se finir un an plus tôt. D'un autre, j'étais triste de laisser derrière moi les piliers qui avaient soutenu ce refuge au-dessus de ma tête, ce refuge qui avait été mon salut lorsque j'avais revêtu la peau d'une immortelle.

Profitant de la fin de la musique, nous nous berçâmes l'un l'autre, tendrement enlacés. Ma tête reposait contre son épaule et j'accrochai ses bras, priant que, le moment venu, je puisse également le retenir auprès de moi.

Partie 2

Mais, tel le phœnix,
l'éclatante lumière renaîtra et
elle prendra son envol.

Chapitre 19

Mon corps se tournait et se retournait. Des flashs agressaient mon esprit. Je lâchai une plainte. Mes mains fouettèrent l'air au-dessus de moi, tentant de repousser cet appel qui m'empêchait de retomber dans le sommeil. Ce n'étaient pas des images agréables. Les pleurs d'une fille grandissaient et je ne pus plus les ignorer. Je basculai.

Élizabeth regarda autour d'elle. Le couloir sombre dans lequel elle avait atterri était en effervescence. Beaucoup de personnes parlaient tout bas entre elles. Certaines portaient l'uniforme de la police et poursuivaient leur interrogatoire sans prêter attention à la nouvelle venue. En fait, personne ne semblait la voir et on la dépassait tout en fixant le bout du couloir. Elle détonnait pourtant, rien que par ses vêtements qui contrairement aux autres ne provenaient pas d'une friperie des années quatre-vingt. *Le passé ?*

Elle continua. Cette demeure était immense, un vrai château, aux boiseries ébène et anciennes. Élizabeth ne savait pas où elle se trouvait jusqu'à ce qu'elle perçoive le son d'une voix qu'elle connaissait. *Tante Angèle.* Mais elle était bien plus jeune que dans ses souvenirs.

— Quel désastre. C'est une véritable malédiction, se lamentait-elle à son interlocuteur.

Une petite fille l'accompagnait. Élizabeth reconnut la forme gracile de sa bouche et de son menton. *Julie ?* Accrochée à la taille de sa mère, Julie ne pouvait s'empêcher de jeter des regards inquiets vers le salon. Là, loin de tout ce tumulte, une autre fillette était assise seule sur le canapé. Nul n'osait s'approcher d'elle, chacun s'appliquait soigneusement à l'éviter. Le cœur d'Élizabeth s'accéléra. Elle fit un pas hésitant dans le salon vide puis un autre, rejoignit le centre de la pièce et fit le tour du canapé. La petite fille à peine âgée de 10 ans fixait le sol. Il n'y avait nulle joie sur son visage, aucune étincelle de vie dans son regard. On se demandait même si elle respirait.

Élizabeth s'accroupit face à elle.

— *Maman.*

La petite fille releva brusquement la tête.

— *Tu dois revenir.*

Elle faillit tomber sur les fesses, tant elle ne s'attendait pas à ce que quelqu'un la voie et encore moins lui parle.

— *Quoi ?*

Alice ne lui répondit pas. Son corps s'affaissa et elle replongea dans son mutisme jusqu'à ce que sa tante et sa cousine viennent la voir.

— *Alice, ma chérie, tu vas venir vivre avec nous dorénavant.*

La petite fille fondit en larmes et même les bras d'Angèle autour d'elle ne parvinrent pas à apaiser sa peine. Élizabeth ne comprit que trop bien ce que venait de vivre sa mère, car ce serait son tour dans quelques décennies.

Les murs de la demeure ancestrale des Morvan s'évaporèrent. Avant que tout disparaisse, elle vit sa mère, une lourde valise dans les mains, sur le palier de la porte. Elle se retourna et, à nouveau, la regarda.

— Reviens là où tout a commencé.

Élizabeth secoua la tête. Elle ne comprenait pas. Était-ce son pouvoir qui se manifestait ? Jamais une vision ne s'était adressée à elle de la sorte. Autour d'elle, une nouvelle scène se mettait en place. Une pelouse et des arbres poussèrent devant de grands bâtiments carrés. Elle ne le connaissait que trop bien malheureusement. Devenue une ravissante jeune femme, Alice sortit de l'hôpital de Brest en serrant ses cahiers. Son sac débordait de livres. Elle fit signe à ses amis qu'elle les rejoindrait pour le déjeuner. La belle étudiante avait bien envie de saluer quelqu'un avant. Elle recoiffa quelques mèches de cheveux et ramena sa longue tresse sur son épaule, puis elle se pencha sur un banc où un jeune homme était nonchalamment allongé, un livre maintenu juste au-dessus de son charmant visage.

— Que lisez-vous seul dans votre coin, monseigneur de Paris ? dit-elle avec un air taquin.

Sébastien bougea légèrement son livre, juste assez pour apercevoir la personne qui venait de s'adresser à lui. Reconnaissant la jeune femme, il stoppa définitivement sa lecture et se redressa.

— La dernière édition de La sémiologie selon le Docteur Allaris, *je vous le conseille chère habitante de la province.*

— Je l'ai déjà lu. Tu espères encore me battre au concours ?

— J'ai l'intention de te coller jusqu'au diplôme... dans le classement, je veux dire.

L'audace de Sébastien la réjouit. Cacher leur attirance mutuelle devenait de plus en plus difficile et quelques mois plus tard, il lui demanda de venir avec lui à Paris. Ils vécurent dans la joie jusqu'à ce qu'ils fréquentent plus souvent les hôpitaux, mais pour une autre raison que leur travail.

Élizabeth se revit enfant, une blouse bleue à carreaux couvrant son petit corps frêle. Elle observait derrière les vitres de sa chambre d'hôpital ses parents en discussion avec un de leur confrère. Elle ne les entendait pas mais ce n'était pas utile. Le désespoir qui se lisait sur leur visage était suffisant. Élizabeth le savait maintenant, elle était atteinte d'une tumeur cérébrale particulièrement agressive qui lui laissait peu de chance de vivre. Heureusement, elle avait extrêmement bien répondu aux traitements. Cette guérison, que les médecins ne parvenaient pas à expliquer, relevait du miracle.

Un soir, alors qu'Alice était restée pour veiller sur elle après une journée de traitements intensifs, Élizabeth s'était endormie en entendant la berceuse de sa mère. Elle l'avait écoutée tellement de fois et pourtant elle ne s'en souvenait presque pas, sa mémoire avait effacé tous les souvenirs de son enfance en lien – de près ou de loin – avec l'hôpital. Soudain, Alice cessa de chanter et murmura à l'oreille de sa fille :

— *Reviens… Reviens là où tout a commencé. Reviens là où tu m'es revenue.*

Je dois revenir… Quelque chose dans son esprit s'éveilla et se débattit. Les images affluèrent en masse et avec violence comme si son pouvoir se pressait de lui faire parvenir un message. Un hurlement de cheval déchira son âme. Alice, complètement déboussolée, fixait à travers une pluie battante une bête noire sale et à la crinière emmêlée. *Enlik ?* Élizabeth s'accrocha si fort à cette apparition qu'elle se vit, elle-même, face à l'étalon. Elle leva une main et caressa son large front. Les images se superposèrent et elle revit la même scène mais

Lilith avait pris sa place.

— *Pardonne-moi mon vieil ami, mais tu vas devoir faire une dernière chose pour moi,* murmura-t-elle en caressant le poil soyeux de la créature.

Élizabeth déploya toute sa volonté pour maintenir la vision à flot. Elle avait l'impression de lutter dans un duel de bras de fer. Elle se doutait contre qui.

— *Maudites visions !*

Elle fut submergée par un déferlement de rage. Surprise, elle trébucha et s'enfonça dans le vide.

Je refis surface et me redressai brusquement. Haletante, je vérifiai que j'étais bien dans mon corps et que mon corps se trouvait bien à l'endroit où il s'était endormi. Durant cette investigation, mes mains se posèrent un peu partout autour de moi et réveillèrent la personne à mes côtés.

— Que t'arrive-t-il ? s'enquit Lucas en s'asseyant.

Je ne répondis pas, encore sous le choc de cette bataille intérieure. Elle était là, tout près. Je pouvais presque la toucher. Sa puissance était immense. Pourquoi n'en a-t-elle pas profité pour m'écraser définitivement ? La réponse me tomba dessus tout naturellement ou plutôt elle me toucha. Je dévisageai Lucas qui venait de passer un bras autour de ma taille. Il arqua les sourcils, tentant de deviner ce que je n'arrivais pas encore à lui dire. Bien évidemment, tant que l'ancien archange était avec moi, elle ne voulait pas prendre le risque d'assiéger mon esprit. Elle pensait probablement perdre face à lui. Cependant, en choisissant de crécher simplement dans un recoin de mon âme, elle laissait filtrer involontairement des indices sur sa position. Des éléments qu'elle ne voulait pas que je découvre. « *Maudites visions* » avait-elle crié. Mon pouvoir venait de me donner un avantage que je me devais de saisir.

— Je la tiens, dis-je pleine d'espoir.

— Liza ?

Mon pouvoir ne s'était pas déclenché de manière anodine. Depuis que Rémi m'avait dit qu'il se trouvait dans le Finistère avec Aurèle et Émilie, je n'avais cessé de penser à eux. Coup du sort, une semaine plus tôt c'était Victor, chef du clan de Brest, qui nous invitait sur ses terres. Et maintenant, mon pouvoir m'avait déversé une multitude d'images de ce même lieu. *Je dois revenir là où tout a commencé.* Pourquoi ma propre mère n'avait-elle cessé de répéter ces mots ? Pourquoi me montrer mes parents dans leur jeunesse ? Et si c'était ça le commencement ? Je devais revenir là où ils s'étaient rencontrés. Et, par un lien que je ne connaissais pas encore, je trouverais des indices sur Lilith, voire la reine en personne…

— Nous devons aller en Bretagne, lançai-je avec aplomb.

— Nous… Quoi ?!

Il avait reçu cette annonce comme une gifle dans la figure, je le consentais. Il avait du mal à l'encaisser surtout que je ne lui laissais pas beaucoup de choix. J'attendais un « oui » de sa part et rien d'autre.

— Et si tu me disais ce que tu as vu, tempéra-t-il.

Bien évidemment, il ne céderait pas aussi facilement, d'autant plus que les représentants des clans étrangers et leurs gardes allaient bientôt affluer en masse. Dès que ce serait le cas, il serait préférable que nous restions à Paris. Je sautai hors du lit et commençai à lui raconter mes visions tout en les commentant. Mes jambes ne cessèrent de bouger, me faisant aller à droite et à gauche dans la pièce. Parfois, je m'arrêtai pour réfléchir avant de repartir de plus belle. Sachant pertinemment qu'il ne pourrait pas en placer une tant que je n'avais pas entièrement vidé mon sac, Lucas m'écouta avec patience. Lorsque j'arrivais au moment où l'ancienne reine avait été obligée de déverser sa colère pour mettre un terme à mes visions, son attention grimpa en flèche.

— Je pense… je pense que mon pouvoir, à travers le souvenir de ma mère, me dit d'aller là-bas, conclus-je.

Il attendit de voir si je reprenais mais j'avais bel et bien fini.

— C'est une vision particulièrement dangereuse, mon amour. Ton pouvoir n'avait jamais fait ça avant.

— Mais ce n'est pas important ! Gaël m'avait bien dit qu'il continuerait d'évoluer et qu'il s'apparenterait plus à de la clairvoyance qu'à de la simple voyance. Il avait raison et ça ne me fait pas peur ! Je veux trouver des réponses !

— Quelles réponses ? remarqua-t-il calmement.

Je ne m'étais pas rendu compte que mon ton était monté et que je m'étais limite mise à crier.

— Je ne sais pas mais ça concerne ma famille, ma mère, repris-je plus doucement. Et surtout ça concerne Lilith.

Il ne restait jamais de marbre lorsque son impitoyable belle-sœur était au cœur du sujet. Malheureusement, il était bien trop intelligent pour se laisser manipuler par ce simple prétexte. Mon époux se leva finalement du lit et me rejoignit.

— Et, une fois là-bas, par où comptes-tu commencer ?

Il marquait un point. Mon pouvoir ne m'avait pas franchement aiguillée vers un lieu particulier, juste sur le Finistère. *C'est vague.* Je pouvais toujours espérer qu'une nouvelle vision se déclenche une fois sur place mais je n'allais pas m'arrêter à chaque rocher que je croisais en priant pour que mon pouvoir se manifeste. Soudain, mon regard s'illumina.

— Enlik ! Il y était ! La première chose à faire est de vérifier s'il n'a pas été aperçu dernièrement dans la région. Peut-être même qu'il y est toujours ?!

Le regard de Lucas vacilla. Je venais d'éveiller sa curiosité. L'étalon de Lilith était immortel depuis qu'il portait, tout comme moi, un fragment d'âme de l'ancienne reine. Il avait réussi à se dissimuler tout ce temps à l'image de sa maîtresse. Il était la première étape pour retrouver l'ancienne reine et conjurer la menace qu'elle représentait.

Le vampire prit une grande inspiration et céda.

— C'est d'accord, mais pas plus de deux jours. Après, il nous faudra rejoindre la capitale.

Des palpitations étranges saisirent ma poitrine. La fenêtre grande ouverte, je m'appuyais sur la portière du véhicule en marche et passai ma tête à l'extérieur. Je vis les premiers géants mégalithes et leurs larges portes ouvertes semblaient m'accueillir. J'avais pénétré le seuil de mon enfance, ce lieu peuplé de souvenirs de vacances si paisibles à mon cœur. Reposant sur mes bras croisés et accoudée à la fenêtre, je me laissais bercer par l'odeur de la mousse régulièrement mouillée surtout à cette période de l'année. Au-dessus de nous, un duvet blanc recouvrait le ciel atone. Les regards étaient ainsi attirés au sol par les contrées verdoyantes regorgeant de vie où les reliefs rocheux et les forêts fourmillaient à perte de vue, nous plongeant dans un décor brut mais somptueux.

Je retrouvai des villages dominants des vallées dont les noms du pays me rendaient nostalgique. Les maisons de granit sombre ornées de balcons fleuris nous faisaient traverser le temps, un voyage vers un passé certes édulcoré mais fort appréciable.

En observant les alentours, je vérifiai que notre petit cortège était entier. Agnel conduisait la voiture qui nous transportait avec Lucas. Gisèle était installée sur le siège passager. Quant au véhicule qui suivait, il était occupé par Alex, Éric, Meredith et Yoan. Nous avions dû nous séparer de Léa qui bouclait les ultimes préparatifs concernant la réunion à l'Opéra. Joachim n'avait pas forcément sauté de joie lorsque nous lui avons annoncé que nous avions à nouveau besoin de nous déplacer dans l'urgence. Après lui avoir révélé l'identité de notre cible, il ne put que se ranger à notre décision.

Les chefs des clans de Brest et Rennes, respectivement Victor et Elona, mettaient à notre disposition une de leurs propriétés le temps de notre court séjour. J'avais eu besoin d'une précision concernant ce genre d'attention. Normalement, il était déconseillé d'accepter des cadeaux d'un chef de clan étranger si l'on ne voulait pas s'endetter d'un service qu'il faudrait un jour ou l'autre rendre. J'avais accepté une fleur de la part de Kévin, le chef de Nice, mais c'était bien peu comparé à un logement.

— Nous sommes prédisposés à devenir les nouveaux souverains des vampires ; pour beaucoup, nous le sommes déjà. Ils n'attendent pas de services de notre part. Ils feront tout pour assurer notre confort quitte à nous donner leurs dernières réserves de sang pour nous nourrir.

— Ça ne diffère pas beaucoup des privilèges de la monarchie humaine.

— À ceci près que les immortels n'attendent rien en retour. Ils sont poussés par leur instinct à se soumettre et se sacrifier, alors que les humains se mettent généralement en avant pour avoir l'attention de leur roi ou obtenir des passe-droits.

Je haussai les épaules. Je ne saurais dire ce qui était le pire : le joug naturel que nous faisons subir aux immortels ou l'intérêt sournois des humains.

Nos véhicules s'engagèrent dans un domaine arboré et empruntèrent un chemin qui montait entre les arbres. Nous croisâmes un grand manoir mais ne nous arrêtâmes pas, continuant notre ascension. Lorsque nous franchîmes la dernière ligne de troncs, nous tombâmes sur une immense cour plate. Notre voiture passa entre deux jardins à la française et s'arrêta devant l'imposante bâtisse faite de brique rouge et de pierre grise. Le château de Trevarez ressemblait à ces palais que l'on trouvait dessinés dans les livres de contes de fées. Ces larges tours rondes coiffées de hauts toits pointus en faisaient une parfaite représentation du style néogothique.

Je souris malgré moi en me délectant de la beauté de la façade qui arborait une couleur presque rose. Lucas me prit par la main et m'entraîna à sa suite. Visiblement j'étais restée un peu trop longtemps stoïque et tous m'attendaient. Les membres du clan de Paris se dispersèrent autour et derrière nous. Par-delà leur ligne de sécurité, j'aperçus au loin quelques vampires bretons. Les plus curieux osaient franchir la lisière des arbres pour nous observer. J'étais contente d'avoir opté pour une tenue classe sans être osée : une combinaison avec un pantalon ceinturé et serré aux chevilles. Les gravillons sur le parvis n'étaient pas pratiques pour mes sandales à talons mais ma condition de vampire me permettait de me déplacer aisément et gracieusement.

Deux vampires quittèrent le perron du château et s'avancèrent pour nous accueillir. Il s'agissait de nos hôtes que l'on reconnaissait aisément, notamment Victor et son impressionnante carrure. Le géant leva les bras et parla avec une grosse voix de ténor.

— Et l'ange Gabriel entra chez elle et dit : « *Je te salue toi à qui une grâce a été faite* ».

— Salut à toi, mon ami, mais je t'avais demandé de ralentir tes allusions au texte sacré.

— Vous m'inspirez, mon prince, et votre visite est une faveur immense que vous nous faites.

Victor et son épouse posèrent une main sur leur cœur et se courbèrent légèrement.

— Une faveur, que dis-je ? ! C'est une grâce éternelle de vous revoir, ma Dame.

— Nous sommes honorés de votre visite.

Leurs postures aussi bien que leurs mots me mirent mal à l'aise et je lançai un regard confus à Lucas. Tout ceci était de l'ordre de la normalité pour lui. Il m'encouragea d'un hochement de tête à répondre.

— Je vous remercie pour votre accueil, d'autant plus que nous

nous sommes imposés brusquement.

— Cela fait un peu plus de quatre siècles que nous attendions qu'une dame telle que vous s'impose à nous ! plaisanta le mâle.

Elona claqua sa langue. Son espièglerie se stoppa net et il reprit un air plus sérieux. Visiblement, ils avaient fait le point sur les règles de la bienséance avant notre venue. Qu'un grand gaillard comme lui se fasse reprendre comme un enfant était tout même désopilant.

— Nous vous félicitons pour votre union. Cette terre vous appartient et ce toit est le vôtre, dit la cheffe du clan de Rennes avec une grande sincérité. Bienvenue au château rose.

Elle leva un bras vers le château, nous invitant à avancer. Au fur et à mesure que nous nous rapprochions, la grande demeure nous dévoilait ses somptueux détails extérieurs telles des gravures faisant référence à la Bretagne et à la royauté. À l'intérieur, nos hôtes nous menèrent vers le grand salon. Cette pièce avait perdu son plafond et les étages le supplantant lors de d'un bombardement en 1944. Ainsi nous pouvions voir le toit du château, trois étages plus haut. Les murs des étages supérieurs avaient été entièrement rénovés dans le style industriel, profitant des poutres apparentes de la charpente métallique. Ce style se mariait élégamment avec les larges fenêtres d'allure renaissance et rompait de manière originale avec les boiseries peintes raffinées et les panneaux de frêne d'antan qui arboraient toujours les murs du grand salon au rez-de-chaussée.

— C'est magnifique, dis-je en levant les yeux vers les combles rénovés.

On se croirait dans une chapelle avec un style très éclectique. Un trésor, car l'on ne s'attendait vraiment pas à tomber sur un tel espace lorsque l'on se trouvait à l'extérieur du château.

— Je vous remercie, dit Elona. Ce sera un plaisir de vous faire visiter les jardins également.

— Malheureusement, il nous faut partager avec vous certaines inquiétudes et le temps presse, confia Lucas.

Les deux grands chefs de clans se regardèrent interloqués avant de se reprendre et nous accorder leur attention.

— Nous sommes à votre disposition. Qu'est-ce qui vous préoccupe ? demanda Victor.

— Avez-vous vu récemment l'étalon noir de l'ancienne reine ? Ou même perçu des rumeurs sur sa localisation ?

— Enlik ? Ce maudit cheval ne laisse aucune trace, ni dans la vie ni dans la mort.

Victor ne cachait pas son amertume. Voilà plusieurs siècles que Lilith et son cheval se faisaient discrets et ils en parlaient comme s'ils les avaient quittés la semaine passée. Une bizarrerie que je ne pouvais pas saisir du haut de mes 18 ans.

— Il est possible qu'il se trouve ici, sur les terres armoricaines, dévoila Lucas.

Les visages des vampires se métamorphosèrent. La surprise laissa peu à peu place à la peur. Enlik était intimement lié à sa maîtresse, personne ne pouvait l'ignorer chez les immortels ni se voiler la face. Son retour signifiait que la reine des damnés n'était pas loin.

— Êtes-vous certains de cela ? s'inquiéta Elona.

— C'est la conclusion qui s'est imposée à nous.

Il restait mystérieux, se préservant d'avancer quoi que ce soit qui mettrait le doute sur moi et un quelconque pouvoir de clairvoyance.

Mon époux tourna la tête vers moi. Nos regards se croisèrent et je hochai la tête pour appuyer ses propos. Alors Victor parla d'une voix sombre.

— Le souvenir du chant funeste des rocs brisés et des crânes écrasés par ses larges sabots glace le sang des plus braves. S'il est bien ici, que Dieu ait pitié de nous et nous protège de la folie de la maîtresse des succubes. Nous allons de ce pas quérir des informations auprès de nos confrères et consœurs et si la moindre rumeur ou le moindre fantôme a traversé nos contrées, nous le saurons.

— Il nous faut également nous rapprocher des vétérinaires, réfléchit Elona. Si des humains l'ont croisé peut-être apparaîtra-t-il dans leurs archives.

— Oui, c'est une excellente idée, dis-je, agréablement surprise de leur engouement.

Les deux vampires baissèrent la tête et s'en allèrent sans plus attendre. À présent, nous ne pouvions qu'attendre. J'avouais que dans ces conditions, la patience n'était pas mon fort. Après avoir fait le tour du château, nous errâmes dans les jardins. La beauté naturelle des jardins à l'anglaise qui parsemaient le parc ne suffit pas à apaiser mes pensées. Nous flânâmes à travers une multitude de scènes arborées et pittoresques autour d'une rivière, de bassins, de fontaines et même d'une chapelle. L'abondance de fleurs et de plantes de toutes les couleurs et toutes les formes ne m'atteignait pas non plus. Alors que nous remontions une large allée vers le château, je finis par interroger Lucas :

— Toi qui l'as connu… je veux dire, tu as vécu avec lui, tu as pris soin de lui. Quelles sont ses habitudes ?

— Mon amour, Victor n'a pas employé le terme fantôme pour le désigner par hasard. Il sait se fondre dans la masse et devenir invisible : un animal comme les autres aux yeux des mortels et des immortels. C'est comme ça qu'il a pu survivre pendant des millénaires, car il était une cible de choix pour fragiliser la reine. Elle n'a jamais caché son affection pour lui.

— Comment fait-il ?

— Il n'a pas tout le temps été auprès de Lilith. Il a plus d'une vie à son actif et a eu plusieurs propriétaires. Des figures qu'il choisissait de suivre et qui l'ont emmené d'un bout à l'autre de la terre. Il ne laissait derrière lui que des souvenirs ou des légendes.

— Des légendes ? Tu ne l'as vraiment jamais revu depuis cette clairière ?

— Oui, la première fois, c'était un pur hasard dans les écuries de Babylone.

Lucas leva sa main et la posa sur ma joue. Aussitôt, j'entendis le son de la pluie.

Un soir d'orage, Gabriel dut se résoudre à faire une halte pour s'abriter. Depuis que les troupes du grand conquérant macédonien avaient envahi les rues et les demeures de la belle cité perse, le vampire devait se trouver de nouveaux repaires. En attendant, il jugea que le seul lieu qui ne serait pas visité de manière impromptue par des gardes abrutis par l'alcool serait le palais. Avant de se faire surprendre par des soldats qui entamaient leur ronde, il escalada une bâtisse, pénétra à l'intérieur par une ouverture sur les toits et se laissa tomber cinq mètres plus bas. Il atterrit avec un bruit sourd sur une épaisseur de paille. L'odeur caractéristique de l'herbe sèche et du crottin de cheval envahit ses narines. Au moins, c'était sec. Il retira sa capuche et secoua ses cheveux mouillés. Ses yeux perçants évaluèrent les alentours. L'écurie richement décorée d'or et de pierres précieuses n'était habitée que par de superbes créatures, les plus beaux chevaux de l'ancien roi Darius III. La présence de Gabriel ne sembla pas les perturber et Gabriel se détendit. Il était chanceux. Aucun prince ne viendrait se promener ici alors que la pluie gagnait en intensité dehors.

Le vampire fit quelques pas dans l'allée et examina chaque box, cherchant un vide. Il n'en trouva pas mais celui du fond, plus large que les autres, avait suffisamment d'espace pour lui et son résident. Il passa sous la corde et fit aussitôt face à l'imposant animal. Gabriel se figea. Le manque de sang commençait à lui monter au cerveau, ce qui lui fit très certainement voir des mirages. L'étalon noir était immense et avait un port de tête haut. Il le dévisageait ouvertement, outré d'avoir été dérangé. Cependant, il ne cria pas ni ne s'agita.

Gabriel posa lentement un genou à terre et adopta une posture non agressive. Il attendit que la créature baisse la tête à son tour et en profita pour détailler l'animal. Plus il regardait, plus il lui semblait reconnaître ce corps. Il avait déjà peigné son crin. Ses jambes musclées, ils les avaient déjà massées.

Bientôt l'étalon allongea l'encolure avant de s'avancer vers le vampire qui toucha sa grosse tête noire. Gabriel en était sûr maintenant.

— C'est bien toi, mon vieil ami, murmura-t-il en caressant son chanfrein.

— Écartez-vous de lui ! C'est le cheval du roi !

Le vampire grogna avant de tourner la tête vers l'intrus.

— Comment avez-vous réussi à entrer ? questionna l'homme armé de son épée.

Je revins à la réalité après avoir reconnu le visage du soldat macédonien.

— C'est aussi à ce moment que j'ai rencontré Agnel, confirma-t-il.

Gisèle m'avait raconté leur romance, celle du soldat de la garde d'Alexandre le Grand avec l'une des princesses perses. Dans les souvenirs de Lucas, Agnel avait des cheveux mi-longs. L'on comprenait aisément qu'il ait pu attirer l'attention de la belle jeune femme avec ses boucles brunes et son visage fin. *Le cheval du roi ?* Agnel ne parlait certainement pas du dernier roi achéménide mais plutôt du monarque macédonien qui avait conquis le Moyen-Orient jusqu'en Inde. La monture d'Alexandre le Grand était en effet le premier cheval à entrer dans la légende. Il avait suivi le conquérant dans ses plus grandes batailles jusqu'en Asie.

— Bucéphale, me souvins-je.

La bouche de Lucas afficha un sourire triste. Pour ceux qui ne le reconnaissaient pas, il passerait, au mieux, pour un cheval d'exception. À travers ses multiples vies, il avait probablement dû se forger une expérience inégalable. Il pouvait être n'importe où, se cacher sous l'identité d'un simple cheval de centre équestre ou bien tirer un attelage pour des touristes. Un véritable fantôme… un fantôme du passé pour certains.

— Je suis désolée, cette traque ne doit pas te rappeler que de bons souvenirs, dis-je.

— Ce n'est pas envers lui que j'ai commis un crime.

Il ne souhaitait visiblement pas s'étendre sur le sujet et je respectais son choix. L'ancien archange se sentait toujours coupable d'avoir utilisé son pouvoir sur Lilith alors qu'il ne le maîtrisait pas.

Nos pas nous avaient ramenés au château et nous n'étions pas plus avancés. En l'occurrence, j'étais toujours impatiente.

— Je n'aime pas attendre et être à la merci de la moindre nouvelle, bonne ou mauvaise.

Mon époux me prit par la taille et me ramena vers lui. Au bout de quelques secondes, j'osai lever la tête et croiser son doux regard turquoise.

— On ne peut rien faire de plus concernant cette affaire, mais ça ne veut pas dire qu'on ne peut pas profiter de notre présence ici pour visiter des amis ou de la famille.

Toute gaieté quitta mon visage. Je n'aurais jamais cru qu'il ferait ce genre de proposition. Nous nous jaugeâmes dans un silence troublant, observant chacun la réaction de l'autre. La sincérité de son regard me déstabilisa. *Il était sûr de lui.* Me concernant, il avait dû percevoir mes craintes.

— Nous... nous ne sommes pas venus ici pour ça.

— Je sais, mais je pense que tu devrais les voir, avant de ne plus pouvoir.

Mon pouvoir se manifesta et confirma mes doutes. La gorge nouée, j'avalai péniblement ma salive.

— Ils seront là-bas, Émilie et Aurèle.

— Et c'est une mauvaise chose ?

Je ne lui avais pas caché le discours qu'avait tenu mon oncle devant les membres les plus éminents des Pionniers. Je m'étais fermée à toute possibilité de revoir un jour mes amis et maintenant, ma volonté était petit à petit en train de s'effondrer.

— Bien évidemment ! m'alarmai-je. Ça fait partie du plan de Richard que je me rapproche d'eux. Jusqu'à ce que je sache ce qu'il attend de moi, je foutrai en l'air le moindre de ces plans !

Tout comme lui, je tentais de me convaincre du bien-fondé de cette décision. Malheureusement, ce n'était pas très éloquent.

— Liza, débuta-t-il contrarié.

— Je t'en prie ! Ne me torture pas ! sanglotai-je en enfouissant mon visage dans son torse.

J'aurais voulu qu'il ne me voie pas ainsi, qu'il me voie forte et intransigeante mais je ne pus, plus longtemps, retenir mes larmes de frustration. Il fut, tout d'abord, surpris de ma réaction puis finit par lever ses bras pour me serrer contre lui. Ses mains enfouies dans ma longue chevelure caressèrent mon dos et sa bouche près de mon oreille me murmura doucement :

— Liza, t'infliger un tel supplice n'est pas la bonne solution pour te protéger de tes tourments. En cherchant à éviter la souffrance, tu ne fais que la provoquer.

— Que devrais-je faire d'autre ?

— Ne pense pas trop au futur. C'est parfois en voulant éviter une vision que tu la déclenches. Fie-toi à ton cœur et à ton corps. Aie confiance.

J'effaçai mes larmes tout en me redressant. Je savais ce dont j'avais envie, ce dont j'avais besoin... Mais je n'osais pas me le dire.

J'allais trouver de l'aide auprès de lui. Son regard bienveillant me donna la force de faire taire mes démons le temps que je donne ma réponse.

— Je... J'aimerais les voir.

Chapitre 20

Cette fois, je ne fis presque pas attention au paysage qui défilait derrière la fenêtre. Depuis que nous avions démarré la voiture, mon esprit tout entier était tourné vers cette rencontre. Je n'osais pas imaginer la réaction d'Émilie et d'Aurèle par peur d'être déçue si les choses ne se passaient pas comme je le désirais. Je ne voulais pas non plus utiliser mon pouvoir pour les mêmes raisons. Il fallait aller jusqu'au bout de cette voie et accepter sa finalité.

J'étais assise à droite de mon charmant conducteur. Lucas avait pris le volant dans l'unique but de me détendre. En effet, se faire véhiculer à l'arrière d'une voiture comme un couple présidentiel commençait à me saper le moral. Enfin seuls, nos deux mains enlacées sur l'accoudoir central, j'avais presque l'impression que nous étions un couple normal. Un coup d'œil dans le rétroviseur de droite me confirma cependant que nous n'étions pas parvenus à semer nos gardes au nombre de quatre. Les deux autres étaient restés au château. Cela me gênait une fois de plus que mes amis maintiennent une distance disciplinaire avec moi. Aucun d'eux ne nous accompagnerait à l'intérieur de la propriété de ma tante. Ils se contenteraient de sécuriser l'extérieur tout en restant attentifs à nos signaux.

— Tu ne comptes vraiment pas les prévenir ? intervint Lucas.

— Euh… je n'ai pas des masses envie qu'ils préviennent tout le Finistère de notre présence avant d'avoir eu un temps calme avec eux.

L'emballement dont pouvait être victime la famille de Julie le fit sourire.

— Très bien.

— Et nous concernant, nous sommes juste fiancés. Je n'ai pas encore trouvé les mots pour leur expliquer en quoi consistait une cérémonie d'union chez les vampires, ni pourquoi ils n'ont pas été invités.

— Ils n'auraient pas survécu, c'est sûr.

Un rire nerveux m'échappa. Un humain aurait très vite tourné de l'œil, en effet, comme Rémi lorsqu'il m'avait vue mordre Lucas pour la première fois. Quant aux vampires, l'échange pour le moins érotique de nos deux sangs les aurait excités à un point tel que cela n'aurait pu se terminer qu'en boucherie. Le fait que les vampires s'unissent dans l'intimité, c'est-à-dire, en dehors de toute cérémonie était finalement limpide, d'autant plus que mon sang et celui de Lucas avaient une odeur particulièrement enivrante. C'était peut-être nous qui n'aurions pas survécu à notre propre mariage s'il y avait eu des invités immortels.

Nous avions quitté le village avoisinant. J'indiquai à Lucas de s'engager sur une voie protégée par les feuillages des arbres. La voiture roula lentement dans ce tunnel de verdure .

— Rappelle-moi qui ils sont pour toi, demanda mon époux qui nous sentit proches de notre destination.

— La famille de Julie est assez éloignée de la nôtre et liée par un ascendant commun qui était mon grand-oncle. Ils ont élevé ma mère comme leur propre fille quand… quand elle-même a perdu ses parents. Leur bateau a pris feu au large de la mer d'Iroise.

— Ta mère aussi a perdu ses parents dans un accident, répéta

Lucas surpris.

— Il est connu que la famille Morvan est… comment dire… Elle est sous le joug d'une malédiction. L'ensemble de la famille proche de ma mère n'est plus. C'est pour cela que ce sont les Teissier, des parents éloignés, qui l'ont prise sous leur aile, dis-je en souriant tristement. Encore aujourd'hui, la malédiction nous poursuit.

Tout en restant attentif à ce qui se passait devant lui, il leva ma main et l'embrassa. Ce toucher passionné électrisa ma peau.

— Je ne trouve pas que notre rencontre soit un si grand malheur.

— Tu sais très bien de quoi je parle, murmurai-je doucement.

Il garda ma main près de sa joue, maintenant le contact tandis que son regard perdait un peu de son éclat. Le souvenir de mon corps meurtri après mon agression le hantait toujours. Grâce à son pouvoir, j'arrivais à mieux gérer mes démons même si je vivais avec la crainte qu'ils refassent surface si je revenais à vivre une situation aussi traumatisante. Je caressai tendrement son visage.

— Mais… Tu m'as offert une éternité à tes côtés et avec ça le pouvoir de sauvegarder l'avenir de mes proches. Peut-être avions-nous juste besoin d'un ange gardien ? Mon ange gardien, mon ange de la nuit.

Il arrêta la voiture et je compris que nous étions arrivés au bout du chemin. Je n'eus pas le temps d'observer les alentours, car il s'empara de mon visage pour le couvrir de baiser. Son corps exultait d'une tension passionnée. Je sentis ses crocs m'effleurer et les miens sortirent également. Heureusement que nous nous étions sustentés en sang au château sinon, nous nous serions probablement sautés dessus.

— Je te dévorerai probablement un jour, promit-il d'une voix

---

grisante.

Sa bouche rencontra la mienne qui s'ouvrit pour l'accueillir un peu plus en moi, puis elle se déroba et saisit ma lèvre inférieure qu'elle suça avant de définitivement couper le contact. Ce fut bref mais il eut le temps de m'arracher un gémissement.

Je ne savais plus trop où j'en étais. Tout d'un coup cela me revint : amis qui attendaient dans la voiture de derrière, bout du chemin, portail, retrouvailles fatidiques… *Merde. Je préférais quand il m'embrassait.* J'étais toujours légèrement crispée lorsque je sortis du véhicule. Lucas fit de même et s'accouda à sa portière ouverte, s'amusant de ma démarche chancelante. *Sadique.*

L'immense portail face à nous était encastré dans un haut mur de pierre, empêchant quiconque de pouvoir ne serait-ce que regarder ce qui se passait de l'autre côté. J'actionnai le visiophone – que je rencontrais pour la première fois – et me rassurai en me disant que je n'aurais pas besoin de fournir des preuves de mon identité. En effet, mon visage dut s'afficher en beaucoup trop grand sur l'écran qui devait se trouver dans le hall de la demeure de ma tante. Sa voix déformée par la surprise s'échappa du haut-parleur :

— E-Elizabeth ?

— C'est moi, tata.

Un mécanisme s'enclencha et les larges portes du domaine s'ouvrirent. Je fis signe à Agnel de rester sur place et aussitôt Meredith, Yoan et Gisèle se dispersèrent. Ils disparurent dans la nature et je rejoignis Lucas qui s'était rassis à sa place. Il fit démarrer la voiture et entra. Aussitôt, des myriades de souvenirs de vacances me revinrent et je parvins à sourire. Le petit manoir des Teissier se trouvait au centre d'un parc dégagé, à la pelouse toujours fraîchement coupée. L'envie de courir pieds nus et de s'allonger sur cette herbe verte et épaisse était toujours aussi forte ; c'était la première chose que l'on voulait faire avec mon frère lorsque nous arrivions de Paris. La demeure ne comportait majoritairement qu'un seul niveau mais était très étendue. Sa toiture haute et pointue avait permis un aménagement des combles que mon oncle et ma tante avaient réservés aux enfants. Faites de pierres et d'ardoises, peu éclairées par le ciel nuageux breton, les jardinières garnies de fleurs colorées et les plantes rampantes sur les murs embellissaient la propriété.

— Pourquoi Julie fait-elle un métier aussi contraignant alors qu'elle ne semble pas dans le besoin ?

— Julie a souvent été en conflit avec ses parents. Elle te dira qu'elle a longtemps entretenu une rivalité avec sa mère qui, selon Julie, réussissait tout ce qu'elle entreprenait. Si elle fait le métier d'hôtesse de l'air, ce n'est pas pour l'argent, en effet. C'est parce qu'elle apprécie par-dessus tout, la sensation de partir. Elle ferait sa vie dans un avion qui décolle si c'était possible.

Des personnes commencèrent à sortir en trombe de la grande maison et Lucas dut se ranger en urgence s'il ne voulait pas trouver des Bretons agités sur son capot. Avant d'être emportée dans ce torrent d'effervescence, j'échangeai un dernier regard avec Lucas qui me sourit pour me donner du courage. *C'est quand même quelque chose pour un mec vieux de quatre mille ans !* Rencontrer la famille de sa femme était une première pour lui et il semblait tellement calme ! J'étais troublée alors qu'il s'agissait de mes proches. Encore heureux que je n'aie pas à effectuer cet exercice avec sa famille à lui.

Les seuls présents sur Terre, je les connaissais déjà. Je pris soin d'enfiler une veste avant de sortir.

— Mais qu'est-ce qui se passe ?! s'effraya mon oncle Raymond.

Menant le groupe de trois personnes avec ma tante Angèle et sa fille, Julie, il semblait à mi-chemin entre la joie et l'affolement. Il réussissait étonnamment à maintenir son avance sur les deux femmes alors qu'il claudiquait presque sur ses jambes arquées. Je me retins de le serrer dans mes bras, car j'eus peur de le briser définitivement.

— Mais tu veux ma mort, à me faire des embuscades pareilles ! Mon cœur ne redescend pas, se plaignit le vieil homme grisonnant.

— Bonjour, oncle Raymond, répondis-je simplement en esquissant un sourire.

J'avais l'habitude de son caractère décalé et franchement éloigné de celui de ma tante.

— Eh bien va le faire redescendre un peu plus loin ! s'exclama Angèle en levant ses bras. Viens là, ma chérie !

Cette fois, je ne me privai pas et acceptai volontiers son invitation. Nous nous serrâmes l'une contre l'autre.

— Bonjour, tata. Je suis désolée pour cette surprise.

— Non, non, non, pas d'excuse ! se déchaîna-t-elle en prenant mon visage entre ses mains. Nous sommes plus qu'heureux de te voir. Tu es si rayonnante ! Je crois voir Alice !

— Merci.

Il était impossible de ne pas deviner le lien de parenté entre Angèle et ma marraine. Elles se ressemblaient tellement, seules les années permettaient de les différencier. La dernière fois que nous nous étions vues, c'était pour l'enterrement de mes parents. Depuis, elle avait encore pris quelques rides et son visage s'était légèrement creusé. Elle avait dû tellement s'inquiéter pour Julie, Rémi et moi. Nous avions décidé de rester dans la maison de nos parents en banlieue parisienne et de finir nos études dans le lycée que nous avions toujours connu. Mon existence aurait été bien différente si, comme ma mère, nous étions venus vivre ici. Peut-être était-ce pour cela que je ne parvenais pas à me défaire de cette sensation bizarre en les voyant. La sensation que j'avais raté quelque chose.

Non, c'est faux... je n'ai rien manqué.

Du coin de l'œil, je vis que Julie avait accueilli Lucas. Je ne pouvais m'empêcher de m'imaginer incomplète si je ne l'avais pas à mes côtés. Je m'éloignai d'Angèle pour me rapprocher de lui et le présenter comme il se doit, à elle et mon oncle. Après avoir embrassé ma marraine, je glissai ma main dans celle du vampire.

— Euh... Voici Lucas Degrace, mon... mon...

— Mais nous savons très bien qui il est, coupa Angèle. Julie nous a déjà tout raconté dans les détails.

— Sous la contrainte, je tiens à le préciser, informa l'intéressée.

— Vraiment ? marmonnai-je confuse, car ils devaient connaître à peine la moitié de la vérité.

Lucas se pencha légèrement vers moi mais ce fut à travers son lien qu'il en remit une couche :

— *Tu n'as plus les mots pour me qualifier ?*

— *Oh ça va !* lançai-je avec rage.

Un soufflement amusé se perdit dans les cheveux. *Il y en a au moins un qui s'éclate.* Face à nous, Angèle continuait sans faire attention à notre mutisme.

— Oui ! Ravie de faire votre connaissance. Il nous tardait de mettre un visage sur celui qui a chamboulé la vie de Liza. Julie et Rémi ont largement comblé notre imagination vous concernant.

— Parce que tu l'imaginais comme ça, toi ? glissa presque discrètement mon oncle complètement obnubilé par la beauté de l'ancien archange.

Personne ne retint la remarque de Raymond.

— Elle a chamboulé mon existence aussi, dit Lucas en passant un bras autour de ma taille. Je suis heureux de rencontrer la famille de Liza.

Rémi se pressa enfin à l'extérieur. Il était seul. Le mouvement des voilages derrière les fenêtres de la maison me fit comprendre qu'Émilie et Aurèle se contentaient d'observer la scène depuis le salon. Je ne pouvais pas leur en vouloir. Ils ne s'attendaient plus à me voir et devaient être complètement désarçonnés.

— On va vous préparer une chambre, dit Angèle. Vous restez, bien évidemment.

— Non.

Elle me dévisagea surprise. Je me forçai à faire abstraction de mes amis pour lui pondre une réponse correcte.

— Nous nous sommes déjà installés.

— C'est ma faute. J'avais promis à un ami que l'on dormirait chez lui et je ne pouvais plus décommander, intervint Lucas.

— Oh très bien. Mais sachez qu'une place vous est réservée ici, la prochaine fois que vous viendrez.

— Vous restez combien de temps ? demanda Julie.

Ce fut à nouveau Lucas qui répondit.

— Quelques jours.

— À peine ! s'exclama mon frère une fois près de nous. Enfin c'est déjà mieux que rien, n'est-ce pas ?!

Mon frère serra le bras de Lucas en guise de salut avant de m'enlacer. Il était beau comme un rayon de soleil qui réchauffait mon cœur et son odeur était toujours aussi agréable. Je retins ma force pour ne pas l'écraser contre moi. Puis il s'écarta et s'empara de ma main où il put enfin admirer la bague qu'il avait déjà cherchée la dernière fois que je l'avais vu.

— Alors, elle a accepté facilement ? demanda-t-il, narguant Lucas.

— Oh mes aïeux !! s'exclama Angèle en voyant le diamant. Élizabeth ?!

Rémi se crispa en pensant avoir finalement fait une gaffe. Maintenant que tous attendaient ma réponse, je levai le doute.

— Oui, c'est ce que nous voulions vous dire.

La stupéfaction saisit les membres de ma famille, puis les réactions divergèrent. Mon oncle persista dans l'incompréhension et eut du mal à suivre l'allégresse des autres. Julie me serra dans ses bras mais je la sentais troublée par cette soudaine décision. D'un tout autre genre, ma vieille tante ne parvenait pas à retenir sa joie et poussa de petites exclamations aiguës.

— Tu es encore jeune. Rien ne presse, intervint mon oncle au milieu de ce joyeux tintamarre.

— Papa ! Ça suffit ! le gronda Julie.

S'il savait que tout était déjà officialisé et consommé, son cœur ne tiendrait pas. Angèle étreignit Lucas et réussit à l'embrasser sur la joue en se hissant sur la pointe des pieds. L'ancien archange fut pour la première fois depuis son arrivée légèrement ébranlé. Chez les immortels, personne ne se permettrait de le toucher ainsi. Une main sur ma bouche cacha mon amusement.

— Nous devons fêter ça ! Ce soir, ça risque d'être un peu juste mais demain vous devez revenir ! Je vais de ce pas lancer les invitations. Ils seront tous heureux de vous voir !

Voilà pourquoi je ne voulais rien leur dire sur notre venue.

Sur ce, Julie nous ordonna à tous de rentrer, car le froid avait traversé depuis longtemps les petits pulls des mortels qui commençaient à frissonner. Nous les laissâmes passer devant et restâmes en retrait avec Rémi et Lucas, ralentissant sciemment notre marche.

— Il fallait bien que je fasse la gaffe, s'excusa-t-il.

— En fait, je ne savais pas comment leur dire. Donc voilà, le rassurai-je.

Il rit brièvement avant de se frotter le crâne. Son visage s'assombrit et il lança des coups d'œil hésitants vers l'intérieur de la bâtisse.

— Euh… Est-ce que tu le sais ? me questionna-t-il timidement.

Il n'avait pas besoin d'en dire plus. J'étais aussi embarrassée que lui concernant la présence d'Émilie et Aurèle… Mais c'était une épreuve nécessaire.

— Oui.

— Em est encore mal à l'aise avec sa famille, après ce qui s'est passé. Du coup, ils ont dormi ici la nuit dernière avec Aurèle.

Je ne le remercierais jamais assez pour ce qu'il faisait pour eux et indirectement pour moi.

— Comment ont-ils réagi à notre arrivée ? s'enquit Lucas.

— On a tous été chamboulés, mais la surprise passée, ça va aller.

Sa voix était pleine de douceur et ses mots se voulaient rassurants. J'étais comme un animal tendu qu'il essayait d'apprivoiser. Sa bienveillance me bouleversa, si bien que j'eus envie de me confier sans plus attendre. Je voulais lui dire que j'avais vu papa et maman alors qu'ils se faisaient mutuellement la cour ; lui raconter à quel point ils avaient été beaux et heureux. Mais une ombre planait au-dessus de ces visions. Je n'aurais jamais dû pouvoir les voir, l'ancienne reine s'était trahie et sa rage avait été immense. Concernant Enlik, je ne voyais pas le lien avec ma famille, mais mon pouvoir tentait de me pousser vers l'étalon. À l'image de la statue de Michel au château Saint-Ange à Rome, je n'avais qu'à suivre les indices pour trouver ce que l'on tentait de me cacher. Sauf que c'était un cheminement bien plus ardu que la simple fugue que j'avais faite dans la capitale italienne.

— Ça va ? s'inquiéta Rémi.

— Je… je ne sais pas.

Nous n'avions presque pas bougé, profitant de l'accalmie de l'extérieur pour parler sans crainte d'être entendus. Un mouvement attira notre attention vers la maison. Émilie et Aurèle se tenaient sur le pas de la porte. Ils avaient osé un pied dehors mais se contentaient à présent de nous détailler de loin. Leurs bras collés, ils avaient l'intention d'endurer cette réunion, serrés l'un contre l'autre.

Encore hésitante, je levais une main pour les saluer de loin, consciente que ce simple geste aurait un impact considérable sur la suite des événements. Rémi me rejoignit et leur fit un signe encourageant. Ils se regardèrent puis s'approchèrent lentement. Ils n'avaient pas changé depuis la dernière fois que je les avais vus, si bien que je faillis oublier que c'était il y a presque six mois, au Bal du printemps. C'était la première fois que nous étions séparés aussi longtemps et j'en vins à me demander si nous pouvions encore nous considérer comme des amis. *Ce n'est que maintenant que cela m'intrigue,* pensais-je avec ironie.

Émilie avait laissé ses cheveux ébène librement frisés sur sa tête. Quelques mèches ondulées retombaient souplement sur son doux visage couleur chocolat, donnant un effet glamour pas déplaisant. Quant à Aurèle, il se laissait pousser les cheveux qui commençaient à boucler au niveau de sa nuque gracile. Associé à son regard naturellement enjôleur, il devait toujours briser le cœur des filles.

Les deux humains s'arrêtèrent et nous nous observâmes de longues secondes. Eux tentaient probablement de faire la liste de ce qui avait changé chez moi maintenant qu'ils savaient la vérité, mais ils ne trouveraient rien. J'étais le portrait craché de leur amie d'enfance.

Ne souhaitant pas laisser plus longtemps perdurer ce silence stressant, je parlai la première.

— J'ai entendu ce que m'a dit Rémi mais je ne souhaite pas que vous vous accrochiez si ne serait-ce qu'une infime partie de vous lutte contre une peur qui est justifiée.

Rémi voulut intervenir mais je continuai :

— N'ayez pas de remords, car vous savoir en bonne santé suffit à mon bonheur.

À nouveau, mes deux anciens camarades de classe se dévisagèrent puis ce fut Aurèle, mécontent, qui me renvoya :

— Et notre bonheur à nous, Gauthier ? Nous sommes là parce que, malgré les histoires flippantes qu'ont pu nous raconter nos parents, visant à nous laver le cerveau et frôlant l'endoctrinement, nous n'arrivons pas à te rejeter.

Mon cœur se serra.

— On ne peut pas le cacher, surenchérit Émilie. Tout ce qui se passe est hyperangoissant mais ça nous mine de t'ignorer.

Cette fois, ce fut moi qui dus trouver un soutien oculaire du côté de mon époux. J'étais désarçonnée. Je m'étais préparée au fait qu'ils me repousseraient de manière plus ou moins explicite. Me voilà sous le choc à cause de leur compassion et, comme pour enfoncer le clou, Émilie avançait une main hésitante. Je me contentai de la fixer. C'était de la folie. Pour eux, pour moi, pour ces obscures visions dont je ne saisissais pas encore le lien, je me devais de tourner les talons. Et pourtant, mon cerveau avait beau me hurler ce raisonnement rationnel, ce fut mon cœur qui prit les rênes. Je fis un mouvement vers l'avant et pris sa main dans la mienne. Elle était douce et chaude. Une larme roula sur ma joue.

— C'est ça ta tête du « ça suffit à mon bonheur » ? lança Aurèle.

Un sanglot éclata dans ma gorge. Il s'agissait plus d'un éclat de rire qu'un véritable pleur à vrai dire. J'avais envie de lui dire de se la fermer mais, contrairement à lui, je n'osais pas encore reprendre mes anciennes familiarités.

— Mais après tout ce que vous avez dû entendre, vous n'avez pas peur de nous ?

— Tu veux rire ! Tu connais ma relation conflictuelle avec mon pater et l'attention –presque nulle – que je porte à ce qu'il me dit. Tu m'offres enfin l'occasion de pouvoir royalement le foutre en rage en lui désobéissant ouvertement ! Je dois au contraire te remercier pour ça !

J'aurais bien voulu m'approcher pour les serrer contre moi mais là encore je me retins. Instinctivement, j'allais chercher le regard de Lucas qui me rendit un sourire lumineux. Il avait vécu mes angoisses en silence et maintenant il était aussi soulagé que moi. L'attention des humains se déporta également sur l'ancien archange. Leur expression changea et un silence pesant s'abattit sur nous. S'ils arrivaient à faire abstraction de ma nouvelle nature avec moi, ce n'était pas aussi évident avec lui. Tout comme moi, lorsque j'avais découvert son identité, ils se débattaient avec ce qu'ils tenaient pour acquis et ce qui n'était censé relever que du mythe. Originaire d'un monde qui n'existait qu'à travers la foi, cet ange déchu se trouvait hors de portée de toute rationalité, et pourtant, il se tenait bien devant eux. Avec un mélange de respect et de crainte, ils bredouillèrent un salut sans oser le regarder.

— Je vous en prie, intervint aussitôt Lucas d'une voix apaisante. La loyauté est une qualité rare qui mérite d'être honorée. C'est à moi de vous rendre hommage.

Il posa une main sur sa poitrine et baissa légèrement la tête. La considération qu'il portait à mes amis, de petits humains de 18 ans, me mit en émoi. Lui, un fils de Dieu destiné à gouverner les immortels. Cependant, cela n'arrangea pas l'état d'Émilie et d'Aurèle qui rougirent violemment et ne surent plus vraiment où se mettre. Je caressai le bras de Lucas.

— *Tu les impressionnes, mon amour*, le charriai-je à travers son lien.

— Je déclenche souvent cette réaction chez les autres.

Sa modestie s'était très vite fait la malle.

— Vous vous y habituerez, rassura Rémi.

C'était moi, ou Rémi confondait mon mari avec une boîte de vitesses manuelle ? Du genre : « *Vous verrez c'est dur au début, puis on s'y habitue.* » Nous nous déplaçâmes finalement à l'intérieur avant que Julie soupçonne un problème. Heureusement, elle était occupée à poursuivre sa mère et tentait d'enrayer son effervescence. Les pièces étaient restées les mêmes que dans mes souvenirs, la déco y était vieillissante certes, mais je ne souhaiterais qu'elle change pour rien au monde. Dans le salon, mon oncle avait repris sa place habituelle dans le fauteuil devant le téléviseur. Lucas demanda à Rémi de lui faire visiter la maison, ce que mon frère accepta avec plaisir. Je le remerciai silencieusement, car le véritable but de cette curiosité était de me débloquer un temps seul avec mes amis. La demeure était grande et nous trouvâmes facilement un coin tranquille. Émilie semblait heureuse de mon union avec Lucas mais elle se retenait, elle aussi, de me prendre dans ses bras.

— On digère encore à peine toutes ces révélations et voilà que tu réapparais, fiancée. Finalement, ça occulte tout le reste, dit-elle avec sincérité. C'est rassurant de savoir que tu as eu quelqu'un auprès de toi alors que nous ne le pouvions pas et que tu l'auras pendant encore très longtemps.

Elle aussi rencontrait des difficultés à appréhender l'éternité.

— Merci, c'est vrai qu'il s'est passé beaucoup de choses, mais vous avez eu un impact tellement bénéfique sur moi, même si vous ne le saviez pas. J'avais besoin de vous garder auprès de moi.

Les jolies lèvres pleines d'Émilie tremblèrent et elle essuya rapidement la larme qui venait de couler sur sa joue.

— J'avais promis que je ne pleurerais pas, dit-elle d'une voix étranglée.

Elle renifla et s'empressa de changer de sujet. Ses mains s'agitèrent dans ma direction et elle dit sur un ton pressant :

— Allez, allez, montre-nous cette foutue bague !

Mes amis étudièrent le gros diamant serti d'un pavé qui éclatait à mon doigt et, bien évidemment, Aurèle y alla de son commentaire.

— La vache ! Celui-là coûte aussi cher que la piscine que je veux me faire construire dans notre villa sur la Côte d'Azur !

Remarque très peu romantique, et nous lui fîmes comprendre en le dévisageant ouvertement. Des éclats de voix continuaient de retentir dans les différentes pièces du manoir. Ma vieille tante multipliait les appels téléphoniques aux proches qui habitaient les environs, tout en faisant des va-et-vient entre la cuisine et le salon. Julie, sur ses talons, essayait toujours de contenir ses ardeurs. Je soupirai et priai le ciel qu'une grande majorité des invités ait déjà quelque chose de prévu pour demain.

— Angèle est adorable, dit Émilie qui était tout de même un peu gênée. Moi, si j'annonçais que j'allais me marier, ma famille me pulvériserait.

— Dans la logique des choses, elle pulvérisait celui qui a osé demander ta main sans leur autorisation. Toi, tu survivrais, Leroy, se moqua Aurèle.

Elle répliqua avec un humour tout aussi caustique mais leurs voix se perdirent dans mon esprit. Une autre conversation accapara mon attention et une vision se pointa.

— *Maman, tu en fais trop. Je les connais, ils n'aiment pas vraiment l'effervescence, surtout Lucas. C'est un auteur à succès. Il aime être discret.*

— *Tu te demandes ce qui lui arrive,* devina Angèle perspicace.

Prise de court, Julie bredouilla un début de réponse.

— *C'est... C'est vrai qu'elle ne courait pas franchement après le mariage mais il est indéniable qu'il lui a fait du bien.*

— *Oui,* dit la vieille tante en tournant les pages de son répertoire téléphonique. *Qui sait combien de temps elle pourra profiter de ce bonheur...*

Julie était outrée. Son regard vola partout autour d'elle pour vérifier qu'il n'y eut personne pour entendre ça.

— *Maman !*

— *Non !* se révolta sa mère les larmes aux yeux. *J'ai enterré beaucoup trop de membres de cette famille ! Des enfances brisées. Des vies déchirées... Elle a déjà frôlé la mort par deux fois, alors oui, je préfère célébrer ses fiançailles plutôt que de fêter un quelconque diplôme.*

— *Je ... Je n'ai rien dit par rapport à ça.*

— *Tu n'en penses pas moins !*

Elle se mordit les lèvres, ne trouvant aucun moyen de contredire Angèle. Le corps de Julie sembla s'affaisser et elle donna raison à sa mère

— *D'accord. Fais comme tu le souhaites...*

Ma vieille tante n'avait qu'à moitié raison. J'avais frôlé la mort une fois de trop juste avant de devenir un vampire et après être devenue immortelle, c'était devenu pire. J'avais cessé de compter d'ailleurs.

Je retrouvai mes esprits un peu trop tard et mes amis s'inquiétèrent. Leurs regards perplexes attendaient que je me remette à bouger.

— Euh, je suis désolée. J'étais perdue dans mes pensées, m'excusai-je maladroitement. En fait, il y a plein d'autres choses que je dois vous avouer sur moi. Je ne sais pas où s'est arrêté Rémi mais c'est à moi de prendre le relais, mais pas ici.

— Bah justement, histoire de fêter tes fiançailles, on voulait t'inviter ce soir, osa timidement Émilie. Ce serait l'occasion de parler aussi si tu le souhaites, et si c'est possible.

Même si j'en avais une folle envie, je n'osais pas leur dire « oui ». Je ne craignais pas pour ma sécurité mais pour la leur. Si j'avais bien compris une chose à force de péripéties malheureuses, c'était que j'attirais l'attention des vampires et généralement ceux mal intentionnés. Un humain traînant avec moi était en danger, à moins qu'il possédât un flingue en nithylite.

— Allez Gauthier, insista Aurèle. À l'ancienne.

Je fermai les yeux en soupirant, prête à craquer.

Qu'allait penser Lucas de cette idée ?

Nous n'étions pas venus ici pour que je fasse un semblant d'enterrement de vie de jeune fille. Je n'aurais même pas dû venir visiter ma famille. Peut-être qu'une fois de plus, je me fermais à mes désirs un peu trop durement ? Parce que je m'étais persuadée que suivre ce que mon cœur désirait allait forcément me mener vers les mauvais choix et déclencher cette vision atroce. Mais elle pouvait très bien se déclencher parce que justement je n'avais suivi que la raison.

Bref, Lucas avait raison, à force de restrictions, je choisirais surtout la voie de la souffrance.

Émilie et Aurèle me tendaient une main, je devais la saisir.

Chapitre 21

Yoan aura finalement été plus difficile à convaincre que Lucas. D'ailleurs le vampire ténébreux ne semblait toujours pas comprendre la décision de son supérieur de me laisser sortir seule cette nuit. Mon mari avait bien évidemment grimacé lorsque je lui avais parlé de cette soirée « à l'ancienne » et il n'avait pas retenu les quelques arguments portant sur la dangerosité de ma participation. J'étais consciente d'être une cible mouvante pour certains de mes congénères et n'avait donc eu aucun contre-argument à lui opposer, mais une pensée m'avait alors traversé l'esprit et provoqué un sourire.

— Y avait-il une quelconque ironie dans ce que je viens de dire ? remarqua Lucas sur un ton on ne peut plus sérieux.

Je me raclai la gorge.

— Non, mais il n'y a pas si longtemps, j'aurais fait le mur pour y aller.

— Tu as bien mûri de ce côté-là en effet, avait-il avoué.

— J'aimerais vraiment leur donner ce moment, avec des chaperons cela va sans dire, sauf si tu estimes que je mettrai tout le monde en danger.

Le fait que je ne réagisse pas d'une manière bornée avait penché en ma faveur et il avait réfléchi à une nouvelle option. Lucas avait profité d'une brève réunion avec Victor et Elona, qui nous firent part du début des recherches concernant Enlik, pour mettre le couple dans la confidence. Ces derniers avaient chargé quelques vampires du clan de

Brest d'assurer ma sécurité en plus de Yoan, Meredith, Éric et Alex. Avant de me quitter, l'ancien archange m'avait glissé ses dernières directives.

— Garde ton troisième œil ouvert. Si tu ressens la moindre anomalie, n'hésite pas. Appelle-moi et je serai là avant même que tu aies le temps de compter jusqu'à dix.

J'étais partie rassurée. Depuis qu'il avait usé de son pouvoir sur moi après les événements catastrophiques de Lyon, mes visions fonctionnaient relativement bien. J'étais confiante et sûre qu'elles se manifesteraient si quelqu'un prévoyait une action contre moi. Cependant, même après avoir partagé mon assurance avec Yoan, ce dernier semblait toujours grognon. Les deux mains sur le volant et les yeux fixant sombrement la route, il avait été impossible de le dérider depuis le début du trajet. À l'arrière du véhicule, Meredith – la dernière passagère – se pencha vers moi.

— Si tes amis sont ouverts d'esprit, j'ai deux ou trois adresses qui leur feront passer une expérience charnelle hors du commun.

Mes sourcils se froncèrent et, constatant qu'elle était très sérieuse, je me devais d'ôter un doute.

— Je crois que nous n'avons pas la même notion de comment passer ce genre de soirée. Le but n'est pas d'engendrer un divorce.

— C'est bien un « enterrement de vie » ? Les humains vont dans ce genre d'endroit pour oublier leur insupportable mortalité rythmée par un travail barbant et leur vie de couple vouée à l'échec. Une nuit que les humains oublient aisément lorsqu'ils se laissent convaincre par l'ivresse et la voix envoûtante d'un vampire qui veut également passer du bon temps. Le règlement est naturellement très strict pour que tous puissent être satisfaits de leur soirée.

Yoan souffla bruyamment. Le voilà maintenant persuadé que cette soirée allait mal se finir.

— Ce genre d'endroit existe en France ? m'étonnai-je. Mais il est interdit de mordre un humain.

— Oui, oui, « interdit », tout comme la consommation de drogue, conduire en état d'ébriété ou même les claquettes-chaussettes... Cela ne les empêche pas d'exister.

— Et les chasseurs ?

Elle se rapprocha comme pour me faire une confidence.

— Comment crois-tu que ces soirées existent encore ? Ils sont nombreux à en profiter.

— J'ai du mal à y croire...

— C'est parce que tu as surtout côtoyé le porteur de Thémis qui est un modèle de droiture dans son genre, tellement coincé et beaucoup trop sérieux ! Ils ne sont pas tous comme lui mais ne le crient pas sur tous les toits.

J'eus besoin d'un petit instant pour digérer cette nouvelle. Elle crut à tort que j'y songeais sérieusement et m'empressai d'anéantir ses espoirs.

— Je pense qu'on va rester soft pour ce soir, histoire de ne pas définitivement leur foutre la trouille.

Elle cacha à peine sa déception puis se laissa retomber dans son siège non sans me glisser un « dis-moi si tu changes d'avis en cours de route ». La démesure de cette vampire pouvait être flippante, pire qu'Alex qui se trouvait dans la deuxième voiture avec son fiancé. Notre échange avait au moins pu arracher un sourire à notre conducteur.

Une fois arrivées chez ma tante, Aurèle et Émilie, tous les deux apprêtés, nous attendaient devant la maison. Avec Émilie, nous avions opté pour une robe courte avec un col en v – accompagnée de collants pour Émilie. La mienne était rose pâle et recouverte d'un tulle pailleté qui recouvrait également mes bras. Il était cintré sous ma poitrine, ce qui mettait en valeur la silhouette de mes fesses, sans dévoiler la finesse de ma taille ou la rondeur de mes seins. Aurèle portait ses habits habituels mais ils étaient déjà d'une telle extravagance que cela pouvait parfaitement coller au thème de la soirée déjantée. Concernant les vampires, ils avaient fait l'effort de porter des vêtements classes mais pas trop chics non plus – nous n'allions pas vraiment à un bal d'immortels. Meredith et Alex risquaient tout de même d'attirer l'attention avec leur combinaison légèrement moulante et très décolletée. Malgré tout, ce ne furent pas les tenues olé olé des vampires femelles qui attirèrent le regard de mon ami Aurèle.

— Oh... my... god... articula le jeune homme en voyant Yoan m'accompagner.

Je me retins de dévisager mon voisin pour constater sa réaction face à cet humain qui le dévorait littéralement des yeux. Emilie envoya un petit coup de coude dans les côtes de son ami qui se reprit. Heureusement, le vampire cachait mieux ses émotions que le mortel et il ne laissa rien transparaître sur ce qu'il avait pu comprendre de la réaction d'Aurèle. *Il ne manquait plus que ça,* désespérai-je.

Une fois devant eux, je saluai mes amis avant de leur présenter brièvement les vampires qui nous accompagneraient :

— Émilie et Aurèle, rappelai-je aux immortels, même s'ils

devaient déjà le savoir. Voici, Meredith, Yoan, Alex et Éric.

J'espérais que personne n'ait deviné la raison de la vitesse avec laquelle j'ai balancé le prénom de Yoan.

— Ou est Rémi ? enchaînai-je.

— Mineur, dit simplement Aurèle. Il s'est fait gauler avant même d'avoir pu se coiffer. Angèle est un vrai gardien de prison.

Cela ne m'étonna guère. J'eus une pensée pour le pauvre adolescent, privé de sortie, qui devait regarder avec désespoir par la fenêtre notre groupe prêt à partir. Je fis un petit signe à Julie qui nous guettait depuis le pas de la porte. Elle répondit à mon salut avant de réajuster son gilet en grosse laine posé à la va-vite sur ses épaules. Nous nous retournâmes vers les deux Mercedes qui nous véhiculeraient jusqu'à Brest. Ce fut presque à contrecœur que Yoan me laissa ses clés.

— Ça va aller ?

— Je sais conduire, si c'est ça ta véritable question ! renvoyai-je.

Il parvint à sourire avant de s'échapper vers la deuxième voiture dans laquelle ils allaient se serrer. Ils voulaient me laisser, le temps du trajet, un peu d'intimité avec mes amis d'enfance, car ils ne cesseraient de me coller une fois en ville. C'était très attentionné de leur part.

Une fois dans la voiture, Émilie s'installa à côté de moi et Aurèle vida son sac avant même que l'on sorte de la propriété.

— Bon ! C'est qui cet éphèbe ?

Sachant pertinemment qu'il ne me demandait pas simplement son prénom, car il avait dû parfaitement bien l'imprimer dans son esprit lors des courtes présentations, je fis une petite description du vampire.

— Une des personnes en qui j'ai le plus confiance. Il est l'un des bras droits de Lucas. Mais tu l'as déjà vu à mon anniversaire.

Il fit une pause pour tenter de faire remonter le peu de souvenirs qu'il avait de cette soirée où il avait fini complètement torché. Sa réflexion était vouée à l'échec.

— À cette époque, je n'avais d'yeux que pour ton fiancé, réfléchissait-il. C'est compréhensible que je ne m'en souvienne pas.

— Oui, on va dire ça comme ça, l'excusa Émilie qui était arrivée à la même conclusion que moi.

Décidément, notre complicité n'avait pas pris une ride. Nous nous observâmes d'un air entendu et finîmes par rire aux dépens de notre ami. Ce fut malgré tout un rire contenu, car nous étions étonnées l'une comme l'autre de pouvoir encore partager des moments de gaieté. Elle devait probablement se demander si j'avais toujours mon sens de l'humour et moi, je craignais que le moindre éclat de voix ne les fasse sauter hors du véhicule.

Après être sortie des sentiers sinueux, je lançai la Mercedes sur la nationale. Le calme revenu et Aurèle toujours aux prises avec ses souvenirs, j'en profitai pour rebondir sur le terme qu'il avait employé.

— À ce propos, nous ne sommes pas pour ainsi dire juste « fiancés ». Je sais que ça va vous paraître incompréhensible, mais vous devez essayer de vous détacher de votre point de vue de mortels.

— Je ne comprends pas, dit Émilie, perdue. Vous n'avez pas l'intention de vous marier ?

— C'est… c'est déjà fait.

— Quoi ?! s'étonnèrent-ils en chœur.

Les émotions des deux mortels étaient sens dessus dessous. Ils ne savaient plus s'ils devaient être heureux où bien tristes, voire carrément en colère suite à une telle révélation. Les pauvres n'avaient aucun moment de répit depuis qu'ils connaissaient l'existence des vampires.

— Mais c'est allé beaucoup trop vite ! se désespéra la jeune fille. Nous n'avons pas pu être là. Nous n'étions même pas au courant !

— Je te rassure de ce côté-là : il n'y avait personne.

— Hein ? ! firent-ils à nouveau ensemble.

— Je vous l'ai dit, vous ne devez pas vous fier à votre simple dogme de mortels.

Aurèle agita frénétiquement ses mains.

— Wouah Gauthier ! Il va falloir que tu nous expliques pourquoi même ta famille n'est pas au courant que tu t'es mariée… Et avec des mots simples !

Je pris une grande inspiration et poursuivis sans ménagement.

— OK, vous vous souvenez quand on se racontait nos parties de jambes en l'air ? Il va falloir que vous ayez une ouverture d'esprit maximale.

— Après avoir accepté le fait que tu sois un être surnaturel, je crois qu'on ne peut pas faire mieux question ouverture, mais vas-y.

Je devais bien leur accorder cela en effet.

— C'est vrai, des immortels ne peuvent pas accorder une importance à une signature sur un bout de papier. Un jour, l'encre s'effacera et la feuille se désagrégera. C'est une union qui se scelle par le sang. Les protagonistes se… se mordent mutuellement et s'abreuvent du sang de l'autre. La moindre blessure, même volontaire, peut faire entrer un vampire dans une folie destructrice.

L'apprentissage de la stabilisation permet normalement de pallier ce défaut mais le sang de Lucas est particulièrement enivrant, car il est l'un des premiers de notre espèce. Un vampire est parmi les vampires et bizarrement c'est le cas du mien également, mais l'on ne sait pas vraiment pourquoi. Du coup, cela aurait été problématique, voire dangereux, que des personnes mortelles ou immortelles assistent à ce rituel.

J'essayais de leur faire comprendre que les invités auraient pu s'entretuer, sans leur foutre les jetons. Ce n'était pas gagné car l'incompréhension se lisait encore aisément sur leurs visages.

— Mais les vampires ne célèbrent rien ? demanda Émilie doucement comme si les passagers de la voiture de derrière pouvaient l'entendre.

Je m'en étais déjà rendu compte. Ce n'était pas un choix de la part de mes confrères immortels mais le résultat logique et compréhensible d'une vie éternelle.

— C'est vrai que leur déco de Noël avait sacrément pris la poussière. Mais quoi de plus normal ? Quand le temps n'a plus de valeur, les souvenirs des événements passés se ternissent et parfois disparaissent avec les personnes qui comptent à tes yeux et avec qui tu célébrais ces moments. Mais en ce qui concerne le mariage, il y aura en effet une cérémonie. Je n'ai cependant pas totalement les rênes de l'organisation. De nombreux vampires de la haute société seront présents et je ne sais pas quelle place peuvent avoir des humains au milieu de tout ça. Je ne pensais pas vous revoir donc je n'ai pas sérieusement réfléchi à la question.

—J'ai l'impression que nous sommes les invités à problème que tous redoutent lors d'un mariage, conclut amèrement Aurèle.

— Je suis désolée, ce n'est pas une réponse très satisfaisante.

Je fus heureuse que mon statut de conductrice nécessite que mon regard se fixe sur la route. Cela m'empêchait de devoir affronter leur désarroi. J'accélérai sur une ligne droite. Alors que le moteur de la Mercedes émettait un ronronnement grisant, je préparai un florilège d'excuses pour la suite du trajet, car j'allais probablement à nouveau les frustrer à cause de l'emploi d'un vocabulaire flou et d'explications superficielles.

Finalement, Émilie enchaîna sur une question à laquelle je ne m'attendais pas :

— Mais est-ce que ça te convient ? Je veux dire, ce n'est pas ton genre de laisser d'autres personnes gérer des choses aussi importantes. Est-ce que tu es heureuse ?

J'étais agréablement surprise et mes yeux quittèrent quelques secondes la route pour vérifier que je n'avais pas fabulé l'empathie dans sa voix. Son doux visage n'exprimait qu'une profonde magnanimité et je laissai tomber ma liste d'excuses.

— Cela me convient, répondis-je avec autant de tendresse. Je n'ai pas vraiment la tête à ça en ce moment mais je sais que ça doit être fait, alors autant que cela soit accompli par des personnes qui ont connaissance du protocole que je ne maîtrise pas encore, dis-je en inspirant lentement.

Un sourire contrit s'étira sur ses lèvres.

— Ce n'est pas la joie.

— Pas des masses, mais ça va aller. Je suis bien entourée depuis le début. Les choses auraient pu être bien pires pour moi de maintes manières. J'arrive à maintenir les apparences auprès de mes proches afin d'avoir le droit de les côtoyer, ce qui était important pour moi. Et il y a Lucas. Il a été présent à chaque étape, chaque épreuve, et savoir qu'il sera toujours à mes côtés me donne plus de joie que je n'aurais jamais osé l'espérer.

Pour la première fois, ils semblaient satisfaits de ma réponse et je me surpris à apprécier de nouveau cette conversation. Mentionner l'ancien archange avait apaisé cette tension qui persistait entre nous depuis nos retrouvailles. Eux se rendaient compte que j'avais des sentiments qui se rapprochaient fortement des émotions humaines et moi, je me confiais avec de plus en plus d'aisance.

— Alors… un ange ? dit timidement Émilie.

— En reconversion, nuançai-je. Mais oui, c'est exact.

— Dans tout ce florilège de révélations, c'était la seule chose qui ne m'avait pas étonné, envoya Aurèle qui avait, en effet, toujours dit que Lucas était d'une beauté divine.

Un éclat de rire m'échappa et entraîna l'hilarité de ma voisine. Aurèle l'interpella en lui rappelant qu'elle avait été la première à flasher sur l'auteur. Outrée, Émilie maintint que c'était sa plume qui l'avait plus impressionnée que son visage, ce qui déclencha encore plus de moqueries de la part du garçon. Leur petite dispute m'avait manqué, donc je les laissai volontiers s'amuser à se renvoyer des mots d'esprit. Et une fois qu'ils eurent fini, je leur demandai des nouvelles de mes anciens camarades de classe maintenant membres à part entière des Pionniers et gardiens de leur terrible secret. Les réactions furent multiples mais rares étaient ceux qui n'embrassaient pas la cause de leurs parents. Ils se fondaient plus ou moins facilement dans le moule qu'avait fabriqué la Fondation pendant leur études. C'était une machinerie bien rodée, car personne ne se retournait contre « la cause ». En fait, il semblerait que seuls Aurèle et Émilie aient choisi de se rebeller pour moi.

En plein cœur de la ville portuaire, dans une rue résidentielle, nous pénétrâmes dans le parc d'une demeure bourgeoise rénovée en un restaurant à la décoration chic et contemporaine. Ce lieu très prisé par les amateurs de cuisine raffinée était parfait pour un moment posé entre amis. Les quatre vampires nous accompagnant étaient déjà en train de se partager le secteur pour sécuriser les lieux. Je les arrêtai.

— C'est une grande table. Ce soir vous vous assiérez avec nous.

— Nous ne sommes pas là pour manger, refusa Yoan.

— Non, vous êtes là pour me garder à l'œil. Donc, autant que vous soyez le plus proches possible.

Une petite grimace déforma son beau visage. Il chercha de l'aide auprès de ses collègues qui affichaient des petits sourires conquis. Ils avaient déjà fait leur choix. Meredith posa une main sur les fesses du vampire récalcitrant.

— Allez, viens donc faire une ronde avec moi si cela peut te rassurer, dit-elle en se collant un peu plus pour lui murmurer. Comme ça tu pourras pleinement profiter de ta soirée.

Sa proposition ne lui fit ni chaud ni froid. Ce mutisme amusa la belle vampire qui s'adressa à moi cette fois.

— Nous vous rejoindrons d'ici quelques minutes.

— Bien sûr, répondis-je, légèrement perdue.

Le regard soupçonneux, je me promis de réfléchir un peu plus tard à la scène qu'ils venaient de nous faire et qui n'était certainement pas passée inaperçue aux yeux d'Aurèle. Ce dernier n'était pas du genre prude mais il devait encore être tenu au courant de certaines dispositions concernant les vampires, notamment leur penchant pour la luxure parfois très exacerbé chez certains… et surtout certaines. J'agrippai le bras d'Aurèle pour le tenir contre moi et l'entraînai à l'intérieur du restaurant. Un coup d'œil sur ma droite me permit de vérifier qu'Émilie suivait, ainsi qu'Alex et Éric. Nous fûmes aussitôt accueillis par le propriétaire des lieux, un immortel du nom de Fabrice, qui pour l'occasion avait revêtu son tablier blanc et sa toque de chef.

— Madame, soyez la bienvenue. Nous sommes ravis de vous accueillir ainsi que vos amis. Comme convenu, *L'Insta-Sens* vous est entièrement réservé et sachez que le personnel est seulement composé d'immortels pour cette nuit.

Eh bien, Lucas n'avait pas fait les choses à moitié.

— Je vous remercie pour votre effort.

Fabrice se courba respectueusement et leva un bras pour nous inviter à le suivre. Il nous conduisit jusqu'à une grande table ronde près d'une large verrière courbe qui donnait sur le jardin joliment éclairé. Fabrice n'avait pas menti : les autres tables étaient vides et leurs chaises soigneusement rangées. Aucun couvert n'était mis, si bien que nous avions l'impression d'être à la fin du service alors que la soirée débutait à peine.

— Je vous en prie, dit-il en nous présentant l'endroit où nous allions dîner.

Aurèle n'avait pas oublié ses réflexes de gentleman et recula ma chaise avant de la glisser sous mes fesses alors que je m'asseyais. Je le remerciai et il prit place à côté d'Émilie.

— Je suis déjà venue ici avec mes parents, mais j'étais loin d'imaginer que le chef n'était pas vraiment un humain, avoua la jeune fille une fois Fabrice parti en cuisine.

— D'ailleurs euh… hésita Aurèle.

Il regarda les vampires à tour de rôle avec un air embarrassé, ce qui n'était pas du tout dans ses habitudes. Éric et Alex eurent un sourire compatissant, comprenant aisément ce qui devait gêner le jeune homme.

— Tu peux parler de tout avec eux, lui assurai-je. Ils sont rodés sur les questions gênantes et situations bizarres depuis que je suis arrivée dans le clan.

— Tout à fait. C'est nous qui étions chargés de la ramener dans sa chambre si jamais elle s'échappait, balança Alex.

Les deux humains ne surent comment prendre cette révélation. Éric ferma les yeux en soupirant. Niveau génance, sa fiancée était imbattable… ou presque.

— Alex n'a pas vraiment de filtre et Meredith est pire, tentai-je de rattraper. Elles répondront avec une vérité déstabilisante à vos questions.

Finalement, Aurèle n'était pas si différent des deux femelles immortelles, donc j'étais persuadée que le courant finirait par passer. Le jeune homme se jeta à l'eau.

— Les vampires ne côtoient pas les humains ? En temps normal, je veux dire…

Bien évidemment, les mesures de sécurité énoncées par Fabrice ainsi que la conversation que nous avions eue un peu plus tôt dans la voiture, où je laissai sous-entendre qu'ils ne pourraient peut-être pas assister à mon mariage à cause de leur condition d'humain, tout cela les conduisait à une conclusion. Celle que les immortels ne se mélangeaient pas avec les mortels. Je me devais de clarifier les choses.

— Sauf situation exceptionnelle, il est vrai que les immortels et les mortels ne se côtoient pas. Deux raisons : premièrement, moins il y a d'humains au courant, moins le secret a des chances de s'ébruiter. Deuxièmement, la peur que nous engendrons déclenche un mécanisme de défense tout à fait compréhensible chez le peu d'humains au courant de notre existence. Ainsi, ils cherchent plus à nous traquer qu'à simplement nous rencontrer. Mais ce n'est pas le cas dans tous les pays, certaines cultures rendent possible une cohésion entre nos deux espèces. Il nous faut apprendre de ces coutumes étrangères pour perfectionner notre appréhension de l'autre en Europe.

— Parce qu'en France, les humains sont plus du genre à éviter, voire à tuer des vampires, conclut justement Émilie.

Éric prit la relève.

— Ceux qui commettent des actes répréhensibles, oui. Ceux-là sont pris en chasse par les chasseurs pour être éliminés, expliqua-t-il. Nous-mêmes œuvrons à les mettre hors d'état de nuire.

À voir leur visage dépité, je n'eus pas l'impression que nos réponses étaient satisfaisantes. L'un tripotait les dents de sa fourchette tandis que l'autre triturait ses ongles.

— Lorsque nos parents nous ont dévoilé leur secret, ils ne se sont pas vraiment attardés sur la notion de bons ou mauvais vampires, se souvint Émilie. Je veux dire que le doute n'était pas permis pour la survie de l'humanité : hommes et vampires ne peuvent se mélanger et encore moins s'associer.

Ils avaient maintenant la certitude que le groupe hétéroclite que nous formions à l'heure actuelle ne durerait pas. Ce dîner serait probablement le dernier et notre amitié ne tenait plus qu'à un fil. Une certaine déprime s'empara de moi.

— Ce n'est pas tout à fait le cas depuis l'arrivée de Liza, intervint Alex. Elle a une approche tout à fait originale concernant notre collaboration avec les chasseurs. En fait, elle est une pionnière dans le genre. Ses ancêtres peuvent être fiers.

Mais de quoi elle parle, celle-là. Éric se pencha vers moi pour me glisser :

— Si elle va trop loin, n'hésite pas à la remettre en place.

— Pas de souci, elle est inoffensive, contre-attaquai-je.

Alex prit une gorgée d'un vin d'une grande cuvée qui venait de nous être servi et le but d'une traite.

— Autant que le porteur de Thémis ? insinua-t-elle, un regard malicieux me scrutant par-dessus son verre.

Touchée ! Légèrement hébétée, je forçai un rire. Aurèle et Émilie étaient largués. À contrecœur et parce que le sujet était maintenant sur le tapis, je leur dévoilai :

— Elle parle de Tristan.

Agréablement surpris que la conversation tourne enfin autour d'une personne qu'ils connaissaient, les deux humains se détendirent.

— Oh celui-là, quelle plaie ! lança Aurèle.

Peut-être un peu trop détendus… Alex tapa dans ses mains.

— Enfin quelqu'un qui ose lui dire la vérité !

Meredith et Yoan choisirent de revenir à ce moment précis. Leur timing était en ma défaveur, car les deux femelles se feraient un plaisir d'explorer le sujet « Tristan Rodriguez » en long en large et en travers. En effet, autant pour les humains que les vampires, l'évolution de ma relation avec le jeune chasseur était un mystère. Lucas avait ses propres conclusions mais il se gardait bien de les partager avec ses congénères. Encore heureux, car il était persuadé que le fils de Cyril Rodriguez avait des sentiments pour moi. Julie m'avait également pondu une impression similaire lorsque je m'étais temporairement séparée de Lucas. *Non c'est impossible.*

— Quelle est cette effervescence ? demanda Meredith qui cachait à peine son excitation.

Yoan prit la chaise à côté de moi et commença à la manipuler. Meredith se glissa devant le siège et il y eut comme un moment de flottement. Yoan dévisageait Meredith qui, quant à elle, l'observait interloquée et attendait qu'il l'aide à s'installer. C'était à se demander si Yoan avait vraiment touché le dossier de la chaise pour elle. Quelle que fût son idée première, il dut céder cette place à la belle immortelle. Nul doute que ce sourire moqueur qu'elle tentait de dissimuler cachait une ruse dont Yoan était la victime. Lorsque ce dernier fit le tour de la table pour s'installer sur la dernière chaise, je compris. Il prit la place voisine d'Aurèle qui ne pouvait s'empêcher de détailler les mouvements gracieux du beau vampire sur lequel il avait flashé. *Et merde, il est complément hypnotisé.* Le son de la voix de Yoan et même l'odeur qu'il dégageait, tout était fait pour piéger

Aurèle dans un rêve sensoriel. Un rêve qui pouvait très vite se transformer en cauchemar. Je voulus m'accorder une minute de réflexion sur cette situation, mais Alex intervint et rompit cette sphère de silence qui nous avait englobés depuis leur arrivée.

— Ce charmant jeune homme me confirmait le caractère détestable du petit prodige du président du Conclave.

— Vraiment ? s'intéressa Meredith. Peut-être sait-il pourquoi Liza tient à le garder en vie ?

Je me détournai du cas de Yoan et Aurèle pour m'intéresser à celui des deux trolls.

— Il nous a tirés d'un mauvais pas lorsque nous poursuivions le clan d'Edward, lui rappelai-je.

— Comment pourrais-je l'oublier ? dit-elle en noyant ce souvenir dans un nouveau verre de vin.

Mauvaise manœuvre. *OK, c'est moi qui les avais menés dans cette impasse mortelle.* Meredith croisa ses bras et se pencha sur la table, ce qui mit naturellement sa poitrine en avant. Les deux humains ne purent que constater les centimètres de son décolleté.

— Par chance, ce soir, deux autres camarades de classe vont pouvoir nous aider à comprendre les événements qui ont pu aboutir à une telle folie.

— Meredith, gronda Yoan. N'oublie pas de qui tu parles !

Je levai une main apaisante vers le vampire pour le retenir. Meredith se tut, prête à stopper la conversation, si je le désirais. Cependant, la dernière chose que je voulais était que mes amis me jugent différente depuis mon nouveau titre. Ils avaient accepté le fait que j'étais morte et devenue autre chose qu'un être humain, mais la future reine d'une société obscure et secrète, cela demanderait encore quelque temps. De plus, je ne me sentais absolument pas gênée d'aborder le sujet puisqu'il n'y avait rien à dire de toute manière.

— Donc quelle a été votre relation avec Tristan ? relançai-je auprès des deux mortels.

— Eh bien, hésita Émilie. C'était assez chaotique vu le mauvais caractère du personnage.

— Au début, il persistait à s'isoler et son ton désagréable nous faisait limite regretter de lui adresser la parole, renchérit Aurèle.

J'eus un sourire triomphant. Malheureusement, ils continuèrent.

— Puis Liza s'est installée à la même table que lui, ils se faisaient des messes basses. C'était incompréhensible !

— Ouais… Bon maintenant, on se doute de la nécessité de garder leur conversation secrète mais sur le coup, on était largués.

C'est quoi cette description des faits ! J'aurais pu leur ordonner de se taire ou au moins de confirmer qu'il n'y avait pas eu de flirt mais ma défaite n'en serait que plus grande. Je noyais donc le reste de ma dignité dans ce vin hors de prix qui habitait mon verre.

— À partir de là, il est allé vers les autres, continua Émilie. C'est comme s'il s'était sociabilisé.

J'avais l'impression qu'elle nous parlait d'un chiot. Franchement, ils n'allaient pas en tirer la conclusion grossière que Tristan me faisait un quelconque effet.

Aurèle enfonça le clou :

— Mais ce n'est pas étonnant, tout ce que Gauthier touche est aussitôt sublimé !

— Sublimé ?! releva Meredith.

— Les filles lui ont couru après tout le restant de l'année ! Bon, il faut dire que son corps est *so sex,* mais son antipathie est *so* glauque.

— Mmm ! C'est donc ça ! ronronna la vampire en revenant vers moi.

— Quoi ? grommelai-je sans comprendre.

— Son sang bouillonnait dans ses veines, n'est ce pas ? s'imagina-t-elle en passant sa langue ses lèvres.

— Je ne comprends pas ce que cela veut dire.

— C'est à se lécher les babines rien que d'y penser.

— Arrête ça ! grognai-je sur un ton plus sec.

Toutes les personnes autour de la table se raidirent. Meredith abandonna aussitôt en levant ses deux mains en guise de soumission.

— À vos ordres.

Je n'avais pas voulu la soumettre. J'avais toujours du mal à nuancer ma colère afin qu'elle n'éclate pas à la figure de ceux qui m'entourent. Et pour en revenir à Tristan, je n'avais jamais fantasmé sur son sang ou son corps tout simplement. Bon j'avais remarqué ses attributs mais il aurait fallu être aveugle pour ne pas les voir. Cependant, je n'ai jamais voulu en profiter car son caractère me donnait toujours la migraine.

Mon intervention avait laissé comme un froid. Les immortels n'oseraient pas reprendre la parole et heureusement, Émilie était suffisamment sensible pour le sentir. Elle brisa le silence :

— En tout cas son antipathie n'a fait que croître au fur et à mesure qu'il distribuait des râteaux, notamment à Adélaïde.

— Sérieux ?! Adélaïde ? dis-je en retenant un éclat de rire.

Imaginer Tristan distribuer des vents me procura plus de joie que je

ne l'aurais cru. C'était moche de se moquer mais Dieu me pardonnerait certainement si c'était de cette mythomane d'Adelaïde. Nous nous amusâmes des mésaventures du reste de mes anciens camarades. J'avais raté beaucoup de choses mais j'avais avec moi le meilleur orateur de la cité Pasteur. Une fois qu'Aurèle eut fini de raconter ses rumeurs, j'eus presque l'impression d'avoir été présente ces derniers mois. J'arrivais enfin à me détacher de tout ce qui m'avait frappée. J'oubliais presque la raison de ma venue ici. Je me sentais légère. Je me sentais bien, si bien que je laissai volontiers mes amis vampires narrer mes propres déboires à mon entrée dans le clan et j'en ris avec eux.

Au cours du repas, Yoan et Aurèle entamèrent le même mouvement pour prendre la bouteille de vin devant eux. Leurs doigts entrèrent en contact et chacun eut un mouvement de recul. Cela avait été un geste très discret mais l'étincelle qui s'en était échappée m'avait frappée.

— Je m'excuse, dit le vampire d'une voix rauque.

— Il ne faut pas. J'ai bien aimé.

Yoan ne surenchérit pas mais il semblait avoir très bien compris le message sous-jacent du jeune mortel. Les autres convives autour de la table étaient bien trop occupés à se balancer des moqueries, si bien qu'ils n'avaient pas assisté à ce bref échange. Cependant ce ne fut pas le cas d'Émilie. Le regard de la belle métisse était empreint d'une certaine angoisse. Elle était la première à être heureuse pour son ami lorsqu'il avait un crush mais, vu la nature du crush, elle peinait à trouver le bonheur. Personnellement, leur comportement me fâcha. *Dit celle qui avait flirté la première avec un vampire.* Pour ma défense, à cette époque, je ne savais pas que Lucas était un vampire, et lorsque je l'ai appris j'en étais devenue moi-même un. Ainsi, c'était complément différent, n'est-ce pas ?

Pour revenir au présent, objectivement, les deux garçons n'avaient pas fait grand-chose mais cela avait été suffisant pour éveiller la crainte d'Em. Afin de la protéger, je me cachais bien, cependant, de lui partager mon irritation. D'un sourire je tentais de lui faire comprendre qu'il n'y avait pas de raison de s'agiter. Aurèle était déjà bien aviné et sous le pouvoir attractif d'un vampire… rien de plus. La preuve en était, dès que nous eûmes quitté la sécurité du restaurant il s'exclama en pleine nuit.

— Bien ! C'est quoi la suite du programme ?!

Nous nous observâmes.

— Quoi ? dit-il sans comprendre.

— Un dîner, c'est tout ce qui était prévu, informa Alex.

— Hein ?! Même les immortels ont un couvre-feu ? C'est une blague !

Les vampires jetèrent quelques coups d'œil vers la rue pour vérifier qu'elle était bien déserte.

— Aurèle, on est dehors maintenant. Mets-la en veilleuse ! le réprimanda Émilie.

— Oui, pardon, chuchota-il entre deux gloussements.

— Celui qui a imposé ce couvre-feu n'est pas du genre à pardonner les transgressions, prévint Éric.

— Ouille ! Je comprends. Mon père me fait la même alors que je suis majeur.

En fait, il s'agissait de mon mari. Lorsqu'il serait sobre, je le

remercierais de l'avoir comparé à un paternel. *Il n'y a que moi qui aie le droit de le traiter d'ancêtre.* En effet, il s'attendait à ce que tous lui obéissent, sauf une personne. La seule capable de contredire un ordre du roi parce que sa parole a autant de valeur. Dans un silence pesant, tous attendaient ma décision.

J'étais toujours hantée par l'idée que ce dîner serait le dernier que je passais avec Aurèle et Em mais je ne pouvais pas piétiner ma sécurité et celle de ceux qui m'accompagnaient. Heureusement pour moi, il y avait une troisième entité : mon pouvoir. Ce dernier avait toute mon attention et c'était généralement lui qui avait le dernier mot. Je poussai mes visions à me révéler les secrets de cette soirée. Bien évidemment, le futur n'était pas figé mais je devais juste m'assurer qu'aucune attaque sur notre groupe n'avait été anticipée.

Élizabeth tenait la main d'Émilie au milieu des corps qui bougeaient au rythme de la musique. Des matelots nous firent un clin d'œil au loin, avant de reprendre leurs déhanchements sous les cris d'un groupe de filles en furie.

Une soirée à thème ? devinai-je. C'était un programme très alléchant. Mais surtout, Je n'avais vu aucun danger, juste l'ébullition attendue dans une boîte de nuit.

— Je crois… je crois qu'on peut se permettre de prolonger cette soirée.

Yoan secoua la tête.

— Liza…

— J'ai décidé ! m'agaçai-je. Je veux passer du temps avec mes amis. Or, pour l'instant, ce temps est trop court.

Il n'ajouta rien et baissa la tête, résigné. Je me sentis coupable. Encore une fois, l'assujettissement que j'avais sur mes congénères me surprenait.

— Je connais un endroit parfait, s'immisça Meredith.

— Non, pas ce genre de lieu, la coupai-je.

La vampire souffla bruyamment.

— On va vous montrer dans quel genre de soirée les mortels s'amusent.

Nous nous dirigeâmes vers les voitures et Éric m'ouvrit la portière passager.

— Si nous allons en centre-ville, je reste avec toi au cas où on se perdrait de vue.

J'approuvai le bon sens de cette décision et acceptai qu'il nous y conduise.

Chapitre 22

Les deux voitures prirent la direction du port de Brest. Je me doutais que Lucas serait immédiatement averti de mes mouvements. Appellerait-il ou interviendrait-il en personne pour faire cesser cette escapade ? Ni l'un ni l'autre ne se produisit et notre avenir ne fut nullement troublé. *Il me laissait libre.* Je me sentais à la fois heureuse et coupable de cette confiance qu'il avait choisi de me porter.

Notre habitacle était silencieux. Normal, Aurèle, la tête basculée sur l'appui-tête, avait rapidement sombré dans les bras de Morphée. J'espérais qu'il aurait de nouveau les idées en place à son réveil. Émilie, silencieuse et le regard glissant de temps en temps vers son voisin inerte, devait se dire la même chose que moi.

— Ça va aller Em, la rassurai-je en me tournant sur mon siège. Il est juste bourré.

Sur place, nous ne rencontrâmes aucune difficulté pour trouver cette soirée, car le lieu était visiblement bien connu des jeunes adultes en mal d'originalité. Et pour cause, dès que nous entrâmes dans le *night-club,* nous fûmes plongés au cœur du port d'Amsterdam au temps où les quartiers avoisinants abritaient des divertissements pour adultes en tout genre. À certains endroits de la boîte avaient été placées des cages en verre où se dandinaient sous une lumière rouge singulière des femmes seulement vêtues de nuisette ou de maillot de bain et des hommes déguisés en matelot au torse dénudé. Ce spectacle érotique, encensant la prostitution, ne me déplut pas. Ma langue caressa secrètement la pointe de mes crocs et j'appréciai que l'ambiance des néons camouflât la lueur dorée de mes yeux. J'eus envie de me laisser emporter par la musique avec la foule d'humains se déchaînant dans une grande fosse. Et je n'étais pas la seule… À mes côtés, Émilie commençait à bouger la tête au rythme du son sortant des immenses enceintes. Alex et Éric semblaient se délecter du spectacle qu'offraient les matelots. Quant à Meredith… Je n'avais pas besoin de vérifier son état.

J'entamais un mouvement vers l'avant pour descendre dans la fosse au milieu des mortels quand on me saisit la main. Je me retournai vivement vers un Yoan inquiet.

— Liza, il y a trop de monde, me glissa-t-il à l'oreille pour que notre conversation reste secrète. On ne peut pas correctement te protéger dans ces conditions.

Inutile d'utiliser la force comme tout à l'heure. Je caressai sa joue et le rassurai.

— Ne t'inquiète pas, Yoan. La chose la plus dangereuse ici est un seau de vodka, donc je ne risque rien. Meredith va se trouver un gentil matelot et nous, on va se trouver une piscine de champagne. Détends-toi, il ne se passera rien.

Je le traînai avec moi entre les corps qui dansaient. L'ambiance était à son apogée, si bien que mon corps lui-même se mit à bouger au rythme de la musique tout en continuant mon ascension vers le bar. Certains mortels ne ratèrent pas notre cortège. Sans cesser leurs mouvements, ils se tournèrent vers nous et tentèrent d'attirer notre attention en se rapprochant. Leur essai ne me choqua pas – il n'y avait pas cinquante manières d'aborder un inconnu sur une piste de danse –

mais ce ne fut pas au goût de mon garde du corps qui enroula ses grands bras autour de moi et me pressa d'avancer tout en dévisageant ceux qui voudraient nous barrer le chemin. Une fois arrivée à destination, je me hissai sur le bar et me penchai vers l'avant pour héler gentiment un serveur.

— Liz…

Yoan se posta juste derrière moi pour probablement dissimuler la vue sur ma croupe. Je ne m'en préoccupai guère car je revins très vite à ma position initiale. En effet, telle une sirène attirant sa proie, un charmant matelot ne résista pas à mon appel. Le voir délaisser aussi facilement des clients médusés, car ils attendaient depuis plus longtemps que moi, me rappela la phrase de Lucas : « *Depuis que je t'ai rencontrée, je dois lutter contre une panoplie de mâles en rut qui recourent à l'audace, voire à l'impudence pour te côtoyer.* »

— Qu'est-ce qui vous ferait plaisir ? demanda le mâle du moment.

Mon charme vampirique fonctionnait en effet un peu trop bien mais soyons sérieux qui n'avait jamais rêvé d'attendre si peu de temps à un bar bondé. Je commandais plusieurs bouteilles et l'on nous dégagea une table autour d'une banquette. Aurèle s'affala dessus en soupirant :

— J'avais presque oublié que tu étais notre passe-partout, Gauthier.

Encore cette histoire… Il m'avait avoué l'an dernier ce qu'il pensait de mes « facilités ». Ainsi, je n'avais pas besoin de faire des courbettes aux directeurs des grandes écoles, car ils m'acceptaient après avoir simplement lu mon nom sur le dossier d'inscription.

— Ça s'appelle « l'amabilité », chose dont tu es dénué.

Cette description lui seyait à merveille et il éclata de rire. Puis le groupe siffla l'arrivée de plusieurs seaux de glace dans lesquels nos bouteilles avaient été glissées. Les fontaines scintillantes plantées entre les glaçons crachèrent leurs étincelles jusqu'à ce que les serveurs disposent notre commande devant nous. Nous débutâmes sobrement avec une coupe de champagne et trinquâmes. Meredith s'éclipsa rapidement en nous promettant de ramener de « la chair fraîche ». Heureusement, Aurèle et Émilie qui avaient plusieurs verres d'alcool à leur actif prirent son annonce à la rigolade. Alex et Éric partirent inspecter le lieu. Je les laissai effectuer leur travail même si je savais qu'il n'y avait aucun danger. Une vision de leur escapade m'apparut peu de temps après leur départ.

Les deux vampires passèrent à côté d'une des prisons de verre dans laquelle un matelot bougeait de manière sensuelle.

— *Ça doit te rappeler des souvenirs*, commença Alex. *Ça ira ?*

— *Oui. Mis à part cette nuit de cauchemar, nos escales dans les ports étaient en général relativement plaisantes. Le matelot a toujours été un fantasme pour les humains ; c'est parce que leurs costumes sont bien trop propres.*

— *Tu es le plus beau matelot ce soir, et le mieux monté.*

Ce ne fut pas l'avis d'Alex sur les attributs de son fiancé qui m'interpella. Éric a été transformé à Amsterdam lors d'une nuit où les marins profitaient de leur halte sur terre pour prendre du bon temps. Je fus gênée que le sort ait fait que nous nous retrouvions à cette fête à thème. Heureusement sa fiancée comptait lui faire passer une bonne soirée.

De notre côté, notre groupe était relativement sage. Yoan, le dernier présent, était moins expressif que mes autres congénères. Il gardait un œil sur la foule mouvante, prêt à exiger notre départ à la moindre anomalie. Au bout d'un moment, Aurèle ne se satisfaisait visiblement plus de mater le vampire et se leva :

— Vous venez danser ?

En entendant le mot « danser », mon corps se redressa de lui-même. J'aurais pu dire qu'il ne s'agissait que de Lilith mais moi-même j'avais envie de me dépenser. Malheureusement, Yoan était prêt à m'attacher sur la banquette pour que je ne m'approche pas des mortels.

— Vas-y en premier, déclinai-je.

Émilie semblait déçue mais choisit de rester avec moi. Nous regardâmes notre ami fuir vers une zone plus joyeuse. Même si son sacrifice m'allait droit au cœur, j'eus de la peine pour Em qui aurait bien voulu faire partie des danseurs. Certains garçons lançaient des regards envieux vers nous avant d'échanger leurs impressions avec des potes. Mon amie répondait à leurs signaux silencieux par quelques sourires. S'apercevant soudainement que je l'étudiais, elle sembla embarrassée.

— Ne te gêne pas pour moi, la rassurai-je. Si tu veux rejoindre Aurèle, c'est avec plaisir que je vivrai cette soirée par procuration à travers toi.

Ça, c'était un message caché envers mon charmant garde du corps.

— Ce n'est pas… hésita-t-elle. C'est vis-à-vis de Pierrick que tu aurais le droit de me juger.

Ce fut à mon tour d'être incommodée. Ma dernière rencontre avec

Pierrick avait été très tendue. Après la découverte du corps de sa sœur, il était venu chercher un réconfort dans le seul lieu où il pensait encore avoir quelqu'un qui se souciait de lui. Nous avions brièvement parlé d'Émilie et je ne savais déjà que trop bien à l'époque pourquoi elle l'évitait alors qu'il avait besoin d'aide. Je n'avais jamais pensé qu'elle était cruelle. C'était moi qui l'étais, car je les avais plongés dans un monde de mystère et de souffrance.

— Certainement pas. Depuis que tu es dans la confidence, je me doute que cela n'a pas été facile de partager la vie de quelqu'un qui n'est pas en droit de savoir.

— C'était pire que ça, dit-elle accablée. J'avais besoin d'en parler, j'avais besoin que l'on me rassure, que l'on me dise que j'avais raison de ne pas me détourner de toi. Même en sa présence, je me sentais seule puis finalement déprimée... En plus de devoir gérer mes propres problèmes, j'ai dû me confronter à son incompréhension à lui. Mes parents m'ont mis une pression monstrueuse pour que je ne lui dise rien et j'avais l'impression de ne plus avoir en main ma propre vie. Enfin... ce n'était pas la panacée avant mais c'était devenu bien pire après. Du coup, je n'avais plus les mots, je ne savais pas comment lui dire qu'il n'était pas en faute. De son point de vue, je le rejetais tout simplement mais je n'avais pas le courage de l'admettre. Il n'avait pas totalement tort, je n'ai pas eu le courage de lui dire que je ne pouvais pas continuer avec lui dans ces conditions, surtout après que l'on a découvert Valérie.

Ses doigts effectuaient un ballet tortueux et probablement même douloureux, mais c'était son unique moyen de se décharger de sa tension sans fondre en larmes. Yoan, qui avait gardé un minimum d'empathie, s'éloigna finalement pour nous laisser un peu d'intimité. Il alla s'adosser au bar un peu plus loin, sans cesser de nous observer.

— C'est ridicule, continua Émilie. Je crois qu'on n'a même pas cassé officiellement. Ça s'est fini comme ça, sur des non-dits.

— Tu te sens coupable de ne pas avoir été présente pour le soutenir alors qu'il était en deuil.

Elle serrait ses poings sur ses genoux et retint un pleur.

— En effet, oui…

— Mais tu étais en deuil également.

Mon amie se redressa légèrement sans comprendre.

— Tes parents n'ont cessé de te répéter que j'étais morte. Je le sais. Et même si Rémi a pu te persuader que ce n'était pas vraiment le cas, tu avais compris que la vie que nous avions menée jusqu'à présent était bel et bien finie.

Son corps trembla. Avais-je anéanti ses dernières forces qui lui permettaient de ne pas s'effondrer ? Je pris ses mains et effectuai des pressions pour maintenir son attention.

— C'est vrai que je ne prétends pas avoir eu les bons réflexes lors de mes séparations. Ces dernières ont souvent été inachevées et il persistait une douleur qui aurait pu être évitée si je n'avais pas fui. Pierrick n'aurait jamais espéré si je lui avais clairement dit de ne pas m'attendre. Quant à Lucas, l'un comme l'autre, nous aurions pu moins souffrir si nous nous étions donné une chance de nous parler. Donc… dans le but que chacun puisse retrouver la paix, vous devriez vous donner cette occasion de clore votre relation sainement. En plus, tu as envie de savoir comment il va, non ?

Elle l'avait aimé en cachette pendant des années. Si elle n'avait pas été brisée par le secret des Pionniers, elle serait encore avec lui. Bien sûr, elle ne pourrait pas entamer une reconstruction si elle laissait les choses telles qu'elles avec Pierrick. Ils souffraient tous les deux de ses non-dits.

Émilie hésitait. Elle tripotait son portable, le faisant tourner entre ses doigts, allumant son écran sans pour autant l'utiliser. Mon regard se détourna brièvement pour faire un point sur la position de mes amis. Je vis très rapidement qu'Aurèle s'était rapproché de Yoan et avait accaparé son attention. Sans le vouloir, il nous offrait une diversion.

Je posai ma main sur le smartphone d'Émilie qu'elle venait une fois de plus d'allumer.

— Pas tout de suite, lui conseillai-je avant de continuer sur un ton plus enjoué. Je demande une trêve dans tout ce foutoir. Toi tu as besoin de te changer les idées et moi j'ai juste envie de profiter de mon EVJF comme je l'entends. Qu'est-ce que tu en penses ?

Elle parvint à sourire et accepta de ranger son téléphone dans son sac.

— Je craignais que soit devenu trop sage, Gauthier, répondit-elle en imitant Aurèle.

Nous nous servîmes un mélange d'alcool qui rendrait ivre un vampire – ça tombait bien – et le bûmes d'une traite. Le puissant breuvage me provoqua des spasmes et déclencha une quinte de toux à ma voisine. Nous éclatâmes de rire ce qui nous fit tousser de plus belle. Une fois remise, j'attrapai sa main et la forçai à se lever. Nous eûmes à peine le temps de faire le tour de notre table que nous tombâmes nez à nez avec Meredith. Un air moqueur sur son beau visage, elle semblait s'amuser de nous avoir prises en flagrant délit de fugue. *Mince, j'avais cru qu'elle s'était trouvé une occupation.*

— Tu viens danser ? lui proposai-je gaiement.

Je misais sur son excentricité pour l'amadouer. Étant plus laxiste que Yoan, il valait mieux négocier avec elle.

— Si c'est une aussi belle femme qui me le propose, roucoula-t-elle en me laissant la voie libre.

Toutes excitées, nous nous emparâmes de notre liberté. Arrivées dans l'épicentre de la boîte, nous nous glissâmes entre quelques corps, la main d'Émilie toujours dans la mienne. Lorsqu'un espace suffisant pour nous deux se créa, nous nous fîmes face et commençâmes à danser sur une musique latine. Ce n'était rien de plus que des déhanchements, des ondulations de bras, mais je pris beaucoup de plaisir à le faire avec Émilie. Tournant lentement sur moi-même, j'aperçus au loin Yoan et Aurèle qui avaient réussi à entamer une discussion. Le vampire n'avait toujours pas remarqué notre désertion et tentait tant bien que mal de repousser les avances de l'humain pugnace. Mon attention était sur eux et mon pouvoir fit le reste.

Après un refus, Aurèle insista et tendit à nouveau un shot rempli d'un liquide fluorescent à Yoan. Ce dernier finit par accepter. En prenant le verre, leurs doigts se touchèrent puis, sans décrocher un sourire, il le but cul sec avant de le reposer sur le bar.

— *Wouah ! Tu es du genre glacial*, commenta Aurèle.

— *Je suis froid pour n'importe quel humain*, dit Yoan.

— *Ça tombe bien, je ne suis pas n'importe qui.*

La bouche du vampire se crispa.

— En effet, tu es un ami cher à ma reine. C'était insolent de ma part.

Le vampire prenait toutes ses répliques au premier degré, ce qui empêchait Aurèle de le courtiser comme il le voulait. Mais il n'abandonna pas.

— Liza te dirait que j'adore l'insolence, dit-il. *C'est un de mes hobbies, mais ce que j'aime par-dessus tout c'est le pratiquer une nuit entière avec une personne qui ne craindrait pas cette indécence.*

Cette fois, sa réponse fut suffisamment grossière pour alerter l'immortel qui se tourna vers lui.

— Je suis un vampire, lui rappela-t-il.

— Le cou est une de mes zones érogènes la plus sensible, enfonça Aurèle.

Le caractère insistant et complètement déplacé du mortel le fit sourire. Son instinct de prédateur s'éveilla.

— Il n'y a pas que cette zone, insinua-t-il pour le plus grand plaisir du mortel.

Celui-là... L'alcool l'avait complètement désinhibé à un point tel qu'il accepterait de coucher avec un mec capable de le tuer. Un véritable danger pour lui-même. Quant à Yoan, son attitude me contrariait mais je ne voulais pas me fâcher avec lui. De plus, je n'avais nullement connaissance de ses réelles intentions, il était donc inutile de tirer des plans sur la comète. En théorie, une telle relation pouvait être possible si tant est que l'immortel ait une parfaite maîtrise de ses pulsions. En pratique, je n'allais pas faire passer un bilan de compétences à Yoan à notre retour de soirée. Ma contrariété était surtout alimentée par ma jalousie vampirique : Aurèle était mon ami mortel.

Il ne serait pas content.

Le meilleur moyen de me froisser avec Aurèle alors que nous venions de nous retrouver était de lui dicter sa manière de vivre – à l'image de ses parents qu'il n'écoute guère. Je devais calmer mes ardeurs et continuer à profiter de cette soirée.

Pendant que je cogitais, quelques garçons s'étaient rapprochés et certains se déhanchaient un peu trop près d'Emilie. Afin de ne pas les inciter à poursuivre leurs avances, elle avait ralenti ses mouvements. Soudain, je sentis des mains prendre possession de mes hanches pour m'attirer en arrière vers un corps. Cet instant fut infime mais le temps se ralentit odieusement. Mon cœur sembla s'arrêter et je me demandai pourquoi je ne parvenais pas à me soustraire à cette emprise. Préférant me réfugier dans une illusion, je me demandai comment Lucas avait fait pour me retrouver aussi vite. Car cela ne pouvait être que lui... *Alors pourquoi je ne connais pas cette odeur ?* M'entraînant un peu plus contre lui, son souffle chaud sur ma nuque et la dureté qui s'écrasa sur mes fesses eurent fini de me réveiller.

Je me dégageai de cette étreinte et me retournai. L'homme qui me faisait maintenant face leva ses mains, plaidant coupable, et sourit. Le temps qui avait arrêté sa course se précipita tout d'un coup. Mes pulsations maintenant plus rapides résonnèrent dans ma tête et mon corps entier se mit à bouillir. La musique bien qu'assourdissante ne fut pas suffisamment forte pour m'empêcher d'entendre des pleurs déchirants et des exclamations d'hommes. Ces souvenirs qui étaient profondément enfouis en moi, furent comme happés vers la surface.

Mes yeux se souvinrent de la forêt. Mon corps se souvint de leur brutalité. Mes oreilles se souvinrent de leurs éclats de rire. Je pouvais presque sentir à nouveau leurs mains sur moi. À défaut de m'effondrer, j'explosai. Mes crocs sortirent derrière mes lèvres closes. J'attrapai la chemise du mec et envoyai violemment mon genou dans son entrejambe Il poussa un cri strident et s'écroula au sol. Mes sens se raccrochèrent subitement à la réalité. Des exclamations retentirent un peu partout autour de moi, car dans sa chute le jeune homme avait bousculé plusieurs personnes.

— Hé ! Mais t'es tarée ! m'apostropha un autre gars.

Il voulut me toucher quand Yoan apparut dans mon champ de vision. Sans l'envoyer au sol, il le tint à distance. La facilité avec laquelle il domina l'opportun et l'expression dans ses yeux calmèrent temporairement les ardeurs de ses amis.

— Maîtrise ta copine ! cracha l'humain.

— Question maîtrise, ton pote en tient une couche.

Je ne ressentais pas le besoin d'être protégée et j'avais bien l'intention de leur montrer. Je fis un pas en avant quand Alex et Éric se mirent en travers de ma route. Ils voulurent me retenir :

— Ne me touchez pas ! lançai-je sèchement.

Les deux vampires obéirent mais campèrent vaillamment sur leur position. Le mec, toujours maintenu par Yoan, voulut se dégager mais lorsqu'il comprit que l'immortel, légèrement en colère, n'avait pas l'intention de le lâcher, il s'énerva.

— Ça va ! C'était pour rire ! Tu comptes faire quoi, hein ?!

Pour rire… Mes crocs me lancèrent tant l'envie de le déchiqueter était grande. Ma mâchoire se serra pour atténuer ce désir de violence mais ce ne fut pas très efficace. À nouveau le temps se suspendit. Le regard vague des personnes autour de moi, certaines au bord du malaise, attestait de la pression que j'exerçai sur eux. Leur corps était sous tension à cause d'un danger qu'ils ne parvenaient pas à identifier mais qui pourtant les tétanisait. C'était la raison pour laquelle l'intervention de Yoan n'avait pas fini en baston générale. Les vampires étaient également victimes de cette pression bien qu'ils aient connaissance de la source. Meredith rejoignit Yoan et posa une main sur son épaule.

— Allons les garçons, calma-t-elle d'une voix enjôleuse. Vous devriez l'emmener à l'hôpital, histoire de vérifier si tout est en place.

Elle désigna l'homme à genoux, qui tenait toujours ses bourses, qui étaient probablement remontées jusqu'à sa gorge. S'inquiétant de ses gémissements, ses potes tentèrent de le redresser et déclenchèrent de nouvelles plaintes. Yoan lâcha celui qu'il avait attrapé mais, les poings serrés, fusilla la bande du regard jusqu'à ce qu'elle sorte de la boîte.

— Sortons, Élizabeth, préconisa Éric. Il le faut.

Je restai quelques secondes à observer les humains quitter les lieux avec ma proie. La musique s'était tue et personne n'osait bouger, notamment Aurèle et Émilie qui m'observaient. Les deux se serraient l'un contre l'autre avec une expression que je n'aurais jamais voulu voir dans leurs yeux : la terreur. Cela me refroidit. Aussitôt, ma colère s'effondra et se transforma en une odieuse culpabilité. La tension levée, tous semblèrent mieux respirer. Je hochai la tête en direction d'Éric et Alex qui me guidèrent vers l'extérieur.

L'ambiance dans la rue était festive. Nous nous éclipsâmes

cependant loin des regards de biais que certains clients de la boîte nous lançaient. Les yeux baissés et encadrée de mes gardes du corps, j'entrapercevais à peine les deux mortels qui nous suivaient sans dire mot. Ils avaient fait preuve d'un grand courage et d'une loyauté immense en se dressant face à leurs parents, rejetant leurs terribles histoires qui narraient la violence des vampires. *J'ai tout gâché.* Je leur avais montré mon plus sombre visage. Avec cela, le pire avait failli arriver, car j'avais vraiment voulu déchiqueter un humain. *J'avais tort. La vodka n'était pas la chose la plus dangereuse de cette soirée, c'était moi... juste moi.*

Notre groupe ralentit puis s'arrêta. Je crus que nous étions arrivés à nos véhicules quand une voix inconnue me fit relever la tête :

— Restons calmes. Nous voulons simplement faire le point sur la situation.

Nous étions encerclés par six personnes. Je ne reconnus que trop bien leur type vestimentaire : veste en cuir noir. *Et merde... Il ne manquait plus qu'eux.* Ce n'était pas la première fois que je rencontrais des chasseurs après avoir corrigé un être humain. La dernière fois cela avait failli me coûter la vie. L'un d'eux, une femme, s'approcha. Les cheveux courts et le visage inflexible, elle semblait s'être construit une image d'austérité lui permettant de se faire respecter des chasseurs qui débordaient de testostérone. Sa main était sur la garde de sa rapière en nithylite pendant à sa ceinture. Après m'avoir repérée, elle s'adressa à moi :

— Nous savons qui vous êtes mais cela ne vous donne pas le droit de porter atteinte à un mortel.

— Cet homme a eu une attitude inqualifiable envers elle, répliqua

Yoan.

Un rire mesquin traversa les lèvres pincées de la chasseresse.

— En même temps, elle attire l'attention… les bonnes comme les mauvaises attentions.

Ma bouche se crispa et mes crocs menacèrent de sortir de nouveau. Les vampires grognèrent, ce qui tendit quelque peu nos interlocuteurs.

— Quelle remarque crapuleuse, même pour toi.

Nous nous tournâmes vers l'autre bout du trottoir où s'avançait une femme. Une immortelle cette fois-ci. Les chasseurs jetèrent quelques coups d'œil derrière eux, remarquant que la rue avait été investie par d'autres vampires. Les deux groupes se toisèrent.

— Autant de membres du clan de Brest… c'est une menace ? lança la chasseresse.

— C'est toi qui le prends comme tel. Nous faisons juste notre devoir, calma le vampire de Brest.

Ils sont là pour me protéger. Un élan de culpabilité m'envahit de nouveau. J'étais censée être leur future reine et mes actions avaient conduit ceux sous ma responsabilité dans une situation difficile. Je fis un pas sur le côté pour dépasser Yoan et affronter les conséquences de mes actes.

— Le clan de Brest n'est pas en cause. C'est avec moi que vous vouliez faire le point de la situation, non ?

La chasseresse regarda le vampire de Brest avec dédain avant de revenir vers moi. Elle pensait probablement qu'elle aurait une certain ascendant sur moi, une gamine de 18 ans, qui se planquait derrière son puissant époux.

— Vous avez raison. Le vampire que je suis n'est pas en droit de porter atteinte à un être humain parce que j'en ai le pouvoir ou la puissance, confessai-je avant de reprendre d'une voix plus dure. Mais vous aurez bien compris ce soir qu'il ne s'agissait pas d'un acte de violence d'un prédateur envers sa proie, mais bien d'une femme se défendant contre un homme. Sauf si vous sous-entendez que, du fait de ma race et de mon statut, je dois laisser n'importe quel connard me transformer en putain ? Voilà une tâche que mon mari avait omis de me soumettre.

Son teint pâlit à vue d'œil. Son assurance s'effondra justement parce que de tels propos sortaient de la bouche d'une gamine de 18 ans. L'allusion à Lucas ne fut que le coup de grâce qui la fit bégayer.

— Nous... nous ne voulons pas de problème avec Gabriel.

— Non, mais ce n'est pas le cas avec moi, c'est ça ?

— Nous nous assurons que tout est sous contrôle.

— Je n'en doute pas. Êtes-vous satisfaits de ce vous avez pu voir ? Si c'est le cas, nous souhaiterions rentrer.

J'espérai qu'ils ne nous retiendraient pas, sinon j'allais devoir utiliser mes jokers : mon amitié avec Cyril ou la menace d'une tornade dans la tronche. Je fis un signe à Yoan pour l'intimer de continuer notre chemin quand la chasseresse désigna d'un coup de tête Aurèle et Émilie.

— Et concernant les humains qui vous accompagnent ?

— Ils ne sont ni plus ni moins que mes amis.

— Vraiment ? dit-elle franchement étonnée. Ils sont libres de partir alors. Nous pouvons les raccompagner.

La dernière phrase était une invitation lancée aux deux mortels. Je ne montrai pas à quel point l'angoisse me tenait alors que tous attendaient leur réponse. S'il refusait de m'accompagner, est-ce que cela voulait dire que je les avais définitivement perdus ? Dans ce cas, je ne pouvais nullement les blâmer, c'était entièrement ma faute. Lorsque Aurèle prit la parole, je m'apprêtais à recevoir un tsunami de regrets.

— Ce ne sera pas la peine, refusa catégoriquement le jeune homme. Je développe des crises d'urticaire lorsque j'entends des propos misogynes. Et c'est bien plus violent lorsque ces propos sortent de la bouche d'une femme.

La chasseresse grimaça. Quand Aurèle prenait la parole, il laissait rarement les gens indifférents. En l'occurrence ici, une aura presque meurtrière habitait les yeux de la chasseresse. Certains vampires tentèrent de cacher leur hilarité et heureusement ce ne fut pas vers eux qu'elle se tourna. Elle me fixa, se demandant probablement ce qu'elle pouvait encore faire pour me déstabiliser. J'affrontai sans ciller son regard haineux jusqu'à ce qu'elle tourne les talons. Ses acolytes la suivirent sans broncher et ils disparurent aussi vite et silencieusement qu'ils étaient venus.

Je ne souriais pas. Moi non plus, je n'étais pas restée indifférente aux propos d'Aurèle. J'étais reconnaissante et à la fois très surprise. Mes amis mortels et moi-même échangeâmes un regard. Nous avions toujours pu tout nous dire mais, à cet instant, je ne parvenais même pas à leur décrocher un merci. Un sourire apparut sur les lèvres d'Émilie. Bien qu'il soit tendu, je comprenais que ma peur avait certainement été injustifiée. J'étais la seule à me considérer comme un monstre.

Alex complimenta joyeusement Aurèle pour sa repartie.

L'ambiance était en train de s'alléger et les membres du clan de Brest s'approchèrent.

— Je vous remercie pour votre intervention, dis-je à celle qui avait interpellé la chasseresse.

— Ce fut un honneur. Puis-je vous proposer de vous escorter sans détour au château ? Mon équipe se chargera de raccompagner vos amis chez eux.

En effet, j'avais suffisamment profité de ma bonne fortune. Les choses auraient pu se terminer bien plus mal ce soir, et il était temps d'être raisonnable.

— Nous sommes venus avec deux véhicules. Yoan et Meredith, vous les raccompagnerez avant de nous rejoindre. Je rentre avec Éric et Alex.

Yoan acquiesça et je le remerciai intérieurement de ne pas me faire de remarque sur la distribution des véhicules. Il était le plus expérimenté des gardes, je préférais qu'il s'occupe de mes amis.

— Permettez-nous de vous suivre alors, demanda le porte-parole du clan de Brest.

J'acceptai et tous commencèrent à se séparer pour que chacun rejoigne sa voiture attitrée. Je profitais de cet interlude pour aller vers Aurèle et Émilie. Le temps me manquait tout comme les mots.

— Je suis désolée que cela se soit fini ainsi, parvins-je à dire.

— Ce n'est rien. Je me demande si un jour on a su finir une soirée dignement, réfléchit Aurèle.

— On se voit chez ta tante demain, me rappela Émilie.

J'avais failli oublier le repas de tata Angèle. Un éclat d'espoir raviva mon cœur et je réussis à esquisser un sourire.

Chapitre 23

La tranquillité dans laquelle était plongé le Château de Trévarez jurait avec l'activité nocturne des rues de la capitale des océans, d'autant plus après une sortie de boîte mouvementée. Le véhicule des vampires de Victor s'arrêta juste derrière le nôtre. Je leur fis un bref signe de la tête pour les remercier de leur escorte. Ils s'inclinèrent et restèrent sur place pour participer à la surveillance du domaine.

Suivie d'Alex et Éric, je marchai sur les gravillons en direction du château, me demandant ce que j'allais trouver à l'intérieur. Nous fûmes accueillis à l'extérieur par Gisèle et Agnel. La vampire m'offrit un sourire compatissant avant de m'ouvrir la porte d'entrée. Je leur fus reconnaissante de ne pas me demander comment j'allais, car je n'avais pas la force de sonder mon esprit pour faire un contrôle de ma santé mentale.

Une fois à l'intérieur, je tombai aussitôt sur le locataire de ce lieu. Lucas venait vers moi. Le visage fermé, il camouflait assez bien ses émotions mais lorsque ses doigts effleurèrent ma joue pour y déposer une caresse, je sentis qu'il était tendu.

— Nous avons manqué à notre devoir, avouèrent Éric et Alex dans mon dos. Veuillez nous pardonner.

Surprise, je me retournai, prête à rejeter leurs excuses mais ils étaient déjà pliés en deux et attendaient leur sentence. Lucas ne parla pas et les congédia d'un simple mouvement de la main. Ce mutisme confirmait en effet son état de contrariété. Les deux vampires, pourtant des amis, s'exécutèrent sans attendre et nous laissèrent seuls. Une fois le bruit de leurs pas disparu, un silence troublant prit possession de la pièce. J'entendais à peine le bruit de nos respirations. Les doigts de Lucas remontèrent le long de ma tempe et il remit une mèche de cheveux derrière mon oreille.

— Eh bien, ce n'est pas exactement ce que j'imaginais de ma première soirée de liberté, confessai-je.

— Je suis désolé que ça se soit mal passé, mon amour.

Je posai ma main sur la sienne et frottai tendrement ma joue contre sa paume avant de l'embrasser. Une partie de moi voulait qu'il me prenne dans ses bras, une autre préférait qu'il ne se souille pas en touchant l'endroit où ce crétin avait posé ses sales mains.

— Ne le sois pas. Je… je vais me laver.

Je coupai le contact et m'échappai vers notre chambre quand il parla d'une voix plus forte.

— Est-ce que… est-ce que tu aimerais que je te soulage ?

Mon corps se figea, troublé à la suite de cette demande. Il devait vraiment être très préoccupé pour me proposer de me servir de son pouvoir. Car, bien qu'il ait déjà manipulé mon esprit pour l'alléger de ses tourments, ce n'était pas une chose qu'il aimait faire.

— C'est inutile, le rassurai-je en revenant légèrement vers lui. Les regards d'Émilie et Aurèle m'ont bien refroidie. C'est surtout ça qui me hante à l'heure actuelle.

C'était la stricte vérité et il ne devait pas utiliser son pouvoir pour ça. Au contraire, à chaque fois que j'avais la sensation de perdre pied, je devais me souvenir de la peur que j'avais pu voir sur leurs visages pour m'aider à reprendre le contrôle. Je m'apprêtai à repartir quand l'objet de notre voyage me revint en mémoire.

— Y a-t-il des nouvelles des recherches ?

Il secoua la tête.

— Elles sont en cours.

J'acquiesçai silencieusement avant de me remettre en mouvement. Je chopai avant tout une poche de sang dans le frigo de l'immense cuisine déserte et l'avalai tout en me rendant à l'étage. Je la vidai avant d'atteindre notre salle de douche. Elle avait un équipement moderne mais les murs étaient revêtus d'une faïence rosée rappelant la couleur du château. Là, je m'empressai d'ôter ma robe pour m'en débarrasser dans une poubelle. Enfin, je plongeai entièrement sous le jet d'eau et laissai sa puissance masser la peau de mon visage puis de mon corps. Je me frictionnai jusqu'à ce que l'odeur du savon envahisse mon cerveau et que je ne pense plus à rien d'autre qu'à l'odeur de l'huile essentielle de lavande. Ne souhaitant pas inquiéter Lucas, je ne traînai pas sous la douche. Après avoir égoutté mes longs cheveux et m'être enroulée dans une serviette, je sortis et rejoignis la chambre attenante à la salle d'eau.

L'ancien archange m'attendait. Du rebord de la fenêtre où il était installé les bras croisés, il m'observait. Ni l'un ni l'autre ne prit la parole pour aborder les déboires de cette nuit. C'était une discussion stérile et nous n'en avions tout simplement pas envie. Ma serviette tomba à terre et, momentanément nue, je vis le regard du vampire briller dans l'obscurité. Il resta cependant immobile, me contemplant alors que j'enfilais une nuisette. Ce ne fut que lorsque je m'assis sur le lit et caressai le drap à côté de moi qu'il bougea. Tandis qu'il se déshabillait, je me demandais s'il avait vraiment attendu mon approbation pour me rejoindre. Seulement vêtu d'un boxer il se glissa sous les draps à mes côtés, mais tout comme la première nuit où nous avions dormi ensemble, il resta de son côté du lit.

Il n'ose pas me toucher, compris-je tristement.

Ces événements avaient également dû lui remémorer de mauvais souvenirs. Nous nous regardâmes, chacun respectant l'espace de l'autre, pendant de longues minutes.

— Comment puis-je t'aider, Élizabeth ? murmura-t-il finalement.

Ma main glissa sur le matelas jusqu'à lui. Je caressai la peau fine de son bras mais il n'entreprit aucun mouvement vers moi. *Risquions-nous vraiment un cataclysme si jamais nous nous rapprochions ?* Depuis qu'il était auprès de moi, mon esprit était redevenu serein. Je savais que je ne risquais plus rien.

— J'aimerais… j'aimerais que tu me prennes dans tes bras.

Il ne bougea pas et la crainte qu'il décline ma demande m'envahit. Heureusement, il ouvrit finalement ses bras et glissa vers moi. Je me blottis contre sa poitrine et aussitôt son odeur me fit frissonner. Je sentis ses lèvres caresser mes cheveux et les embrasser.

Ainsi, serrés l'un contre l'autre, je m'endormis d'un sommeil sans rêve.

Quelques heures plus tard, mon réveil fut légèrement moins agréable car j'étais seule. J'avais l'impression de vivre cette situation un peu trop souvent. Lucas était bien plus matinal que moi et quand il était préoccupé, il ne s'attardait pas dans le lit. Je savais donc à quoi m'en tenir lorsque je le verrais.

Avant de sortir de la pièce, j'enfilai un kimono court en soie. Je ne fus pas étonnée de trouver Gisèle dans le couloir qui avait patiemment veillé ma chambre.

— Bonjour.

— Bonjour, Liza. As-tu pu te reposer ?

J'appréciai qu'elle emploie la deuxième personne du singulier lorsque nous étions seules, comme je le lui avais demandé. Le vouvoiement, surtout de la part de mes amis, me provoquait des crispations cardiaques. En tout cas, c'était l'excuse que je leur avais fournie.

— Disons que la deuxième partie de soirée a rattrapé un peu la première... Où est-il ?

— Dans le grand salon.

Elle me suivit alors que je me rendais au rez-de-chaussée. Le château était désert. La majorité des gardes se trouvaient à l'extérieur et nous appréciâmes de nous occuper de nous-mêmes avec Lucas. Autrement dit, pas de gouvernant avec un plateau de poches de sang rôdant dans les couloirs. Au fur et à mesure que l'on se rapprochait du salon restauré, la voix de Lucas se faisait de plus en plus distincte.

Il n'était pas seul ? Pouvais-je arriver comme ça, à moitié nue ? Je jetai un regard interrogateur à Gisèle qui m'encouragea d'un mouvement de tête. Mon pouvoir ne se manifesta pas non plus et j'en déduisis que je pouvais aller à sa rencontre sereine.

Agnel patientait, droit comme un i et les mains croisées dans le dos, à l'entrée de la pièce. Il se courba légèrement et me laissa passer. Je pénétrai seule dans le salon dont les hauts plafonds rapportaient efficacement les échos de la conversation de l'ancien archange. Regardant par une fenêtre et accaparé au téléphone, il ne s'aperçut pas tout de suite de ma présence.

— Quels sont les pronostics ?

La personne répondit au bout du fils mais je ne distinguais pas ce qu'elle disait.

— Inutile, dit Lucas sèchement. Il a largement eu ce qu'il mérite. Reviens.

Il abaissa son portable puis se retourna. Un éclat de surprise anima son regard en me voyant. Sa bouche s'ourla délicatement et il s'approcha. Je me dandinai d'un pied sur l'autre et posai la question qui me brûlait les lèvres.

— Qui était-ce ?

— Alex. Elle est passée à l'hôpital pour moi.

Mon cœur fit un bond et je blêmis.

— Qu'as-tu fait ? dis-je d'une voix blanche.

— Pas grand-chose. Ton souvenir lui sera déjà suffisamment douloureux.

Ses bras se tendirent et il m'attira doucement vers lui. Perturbée par sa réponse, je me laissai faire. En même temps, il n'était pas dans son caractère de simplement fermer les yeux sur ce qu'il m'était arrivé. J'espérais simplement qu'il ne se rendrait coupable de rien aux yeux des chasseurs.

Il approcha sa bouche de la mienne et je me mis sur la pointe des pieds pour l'embrasser. Ma main trouva automatiquement sa place derrière sa nuque et mes doigts dans ses cheveux.

— J'aurais voulu être là pour ton réveil, susurra-t-il entre deux baisers.

Je ne cachais pas que moi aussi. Ses lèvres glissèrent vers le bas et firent pleuvoir une pluie de bisous dans mon cou. Il m'arracha un petit rire et je tentai de me soustraire gaiement à ses chatouilles.

Un vieux livre posé sur la table ronde au centre du salon m'interpella.

— Qu'est-ce que c'est ?

Il leva juste un œil et grogna, sentant que cet objet allait accaparer toute mon attention.

— Les registres que t'avait promis Victor sur ta famille.

Il me relâcha à contrecœur pour que je puisse étudier le recueil. Il était imposant. Je caressai sa couverture râpeuse sans l'ouvrir. Avais-je vraiment besoin de savoir quelque chose sur les Morvan ? Ma mère s'était efforcée de rarement aborder le sujet de sa famille. Peut-être pensait-elle qu'oublier le passé, ne pas le remuer et s'en éloigner, lui permettrait d'enrayer cette incompréhensible malédiction. C'était pour cela qu'elle avait si facilement quitté sa terre natale pour suivre mon père.

Maintenant que j'avais le choix, je n'avais moi non plus pas très envie de me renseigner sur mes ancêtres. Je n'oubliais pas que sans l'intervention surnaturelle de Lucifer, je serais morte avec elle sous ce pont.

Laissant le livre de côté, je me retournai vers mon mari et le tentai d'une voix enjôleuse :

— Elona m'a parlé d'une salle d'eau secrète dans le château.

Un sourire d'une jeunesse presque innocente éclata sur son beau visage.

— Vraiment ? Elle t'a dit ça ?

Mes doigts remontèrent le long de sa chemise jusqu'à son torse et jouèrent avec les bords de son col largement ouvert.

— Tu veux bien m'aider à la trouver ? minaudai-je en déboutonnant les premiers boutons.

Il se pencha sur moi pour plaquer sa bouche sur la mienne. Nos lèvres s'ouvrirent l'une à l'autre et commencèrent un balai fiévreux et langoureux. Je profitai de sa proximité pour dégrafer son haut et l'ouvrir. Mes doigts effleurèrent les reliefs fermes et lisses de son ventre, puis de sa poitrine. Il frissonna. Son corps si alléchant m'appelait, si bien que je quittai sa bouche pour embrasser goulûment son cou. Mes crocs me démangèrent. J'attrapai les bords de sa chemise et les écartai encore plus.

— Tu veux me déshabiller ici ? sourit-il en stoppant le travail de mes mains.

J'observai mon œuvre : sa chemise avait glissé sur ses bras, dénudant entièrement son splendide torse.

— Tu es sûre que c'est ce que tu veux ?

Son ton était devenu sérieux mais empreint d'une grande douceur. Il caressa mes joues et déposa un simple baiser sur mon front. En fait, je n'avais pas vraiment planifié la suite. J'avais juste besoin de m'étendre avec lui dans un moment de tendresse.

— Un bain ensemble, ce serait le paradis.

Ma main dans la sienne, nous partîmes en quête d'une baignoire qui nous satisfasse. Il y avait l'embarras du choix dans cet immense château. Nous tombâmes sous le charme d'un bassin transparent faisant le coin d'une salle de bains moderne dont la majorité des murs et du sol était revêtue d'un parquet de bois.

Une fois confortablement installée dans une eau chaude, je

m'allongeai contre lui. Il essora une fleur de douche entre ses longs doigts pour faire couler l'eau entre mes seins. Je fermai les yeux et me laissai bercer par la sensation de ses mains parcourant lentement mon ventre, puis mes hanches, puis mes cuisses…

Comme lors notre première venue chez ma tante, ce fut avec Lucas que nous pénétrâmes dans la propriété des Teissier. Les autres vampires restés à l'extérieur se chargeraient de surveiller les alentours. Avec le peu de temps dont elle disposait, Angèle n'avait pas réussi à ameuter toute sa famille. Même si elle le regrettait, je cachais mon soulagement car sa maison accueillait déjà suffisamment de monde. Notre arrivée fut remarquée et tous nous félicitèrent pour nos fiançailles, les uns après les autres. Je reconnus quelques oncles et cousins de Julie. Pour d'autres, je ne les avais pas rencontrés suffisamment pour m'en souvenir. Beaucoup parmi les plus jeunes avaient bien changé et quitté l'enfance pour rejoindre l'âge tortueux de l'adolescence au grand dam de leurs parents qui tentaient de garder un minimum d'emprise sur leur progéniture. Lucas eut un effet dévastateur sur mes plus jeunes cousines qui s'enfuyaient en rougissant dès qu'il posait le regard sur elles.

Populaire en toutes circonstances.

Après quelques présentations, nous tombâmes sur des visages un peu plus connus. Au milieu du brouhaha, mon frère, les deux coudes appuyés sur la chaise d'Émilie, discutait joyeusement avec celle-ci et Aurèle. Ce dernier arborait un somptueux, mais totalement décalé, ensemble rose fuchsia. Sa veste criarde brûlait presque mes rétines d'immortelle et clamait haut et fort : « Je suis gay ! »

— Qu'est-ce que c'est ? lui lançai-je sans détour après les salutations.

— C'est pour tes cousines, répondit-il en époussetant sa manche. Je ne veux pas leur donner de faux espoirs.

Son immense modestie nous fit bien rire. Je m'empressai de le faire redescendre.

— Quand elle est assumée, la couleur rose révèle une virilité décomplexée.

— Autrement dit, ça ne va pas marcher, traduit Émilie.

Il feignit un éclat de rire avant de reprendre aussitôt son sérieux et de me renvoyer.

— J'irai me balader dans les bois pour les éviter, alors.

Traduction : « J'irai faire un coucou à Yoan. »

J'étouffai une grimace et lui rendis un sourire insondable. Pour une fois, Julie choisit le bon moment pour m'interpeller. Avec Lucas, elle nous guida jusqu'à sa tante qui me rappela les quelques séjours que nous avions passés chez elle non loin de l'île de Bréhat. Ce fut l'occasion de ressortir les souvenirs gênants. Ces souvenirs qui ne refaisaient surface qu'aux grandes réunions de famille et qui amusaient toujours autant alors que cela faisait cent fois que vous les écoutiez. Il y en avait au moins un qui se délectait de ce genre d'anecdotes sur mon enfance, c'était Lucas.

Alors que je pensais que cette journée allait être une épreuve pour lui, il semblait aussi aisé qu'un poisson dans l'eau, flottant parmi la foule de personnes qui quémandait des informations sur lui. Il les distrayait alors avec ses activités d'auteur. Lorsque la question de mes futurs projets vint sur le tapis je m'en sortis sans trop de dégâts en leur disant vouloir suivre Lucas lors de ses déplacements, pour l'instant. L'exercice fut simple jusqu'à ce que le cousin de Julie, Joseph, intervienne dans la conversation.

— Tu sais que les Martin sont mes voisins et que nous partageons le même club de golf lorsqu'ils sont de passage dans leur résidence secondaire. J'ai discuté avec eux. Apparemment c'est le divorce entre toi et la Fondation.

Les Martin étaient des Pionniers et n'étaient donc pas sans savoir la réelle cause de « ce divorce ». Concernant Joseph, il faisait ce qu'il savait faire le mieux selon Julie : « dégoter des ragots et remuer la merde ».

— C'est ma faute, annonçai-je sans ciller. Je ne me sens pas de répondre à leur attente.

— Tu es encore jeune, tu as encore le temps de changer d'avis. Vu tous les espoirs qu'ils avaient en toi, ils sauront t'attendre finalement.

Quelqu'un qui ne le connaissait pas aurait pu prendre ça comme un compliment mais venant de lui, il s'agissait une fois de plus d'une critique alimentée par sa jalousie maladive. Ne souhaitant pas le suivre sur ce terrain malsain, je souris poliment et me tournai vers Lucas.

— Je te fais visiter la maison ?

— Volontiers, répondit-il aussitôt, comprenant mon envie de détaler au plus vite.

Il enlaça mon bras tout en lançant un regard froid à Joseph. Concernant les autres personnes nous encadrant, il resta courtois :

— Veuillez nous excuser.

Nous nous faufilâmes entre les convives jusqu'à la limite du salon, puis je l'entraînai derrière moi vers les escaliers. Heureusement, personne ne nous arrêta sauf Angèle qui nous héla du rez-de-chaussée.

— Ne vous éloignez pas trop ! On va bientôt passer à table !

Une fois à l'étage, je vérifiai que nous étions seuls pour lui expliquer ce qui venait de se passer.

— Il n'y a aucune chance que Joseph sache quoi que ce soit. Si les Pionniers dévoilaient leur secret au premier venu, ils perdraient leur position avantageuse dans le pays.

— J'en suis sûr, me rassura-t-il.

Le premier étage était calme. Tous profitaient des bons amuse-bouches de tata Angèle. Je guidai Lucas jusqu'à la chambre que devait occuper Rémi, celle de ma mère lorsqu'elle vivait ici. Une pièce que j'avais toujours appréciée par sa simplicité. De l'époque de ma mère, il ne restait plus que quelques photos et des livres de médecine.

— En fait, Joseph ne supporte pas de ne pas faire partie d'une élite quelle qu'elle soit. Il exècre être laissé de côté et il a très bien saisi la politique du secret orchestré par la Fondation. Il ferait n'importe quoi pour doubler un Pionnier, même à se familiariser avec un vampire.

— Lui aussi…

Sa remarque avait été aussi faible qu'un murmure mais je l'avais très bien entendue.

— Comment ça ?

Mon époux prit une grande inspiration avant de venir vers moi. Ses mains se posèrent sur mes bras et commencèrent à les caresser de haut en bas. Il continua sur un ton tout aussi doux.

— J'ai eu vent de ce qui se passait avec Aurèle. Tu n'as pas de justification à donner. Si tu ne veux pas de cette relation, tu n'as qu'à le dire à Yoan. Il t'obéira.

La bouche entrouverte, je fus tout d'abord troublée par notre conversation qui déviait sur ce sujet. Puis légèrement honteuse, mes yeux fixèrent le sol. Le système actuel des vampires ne tenait plus qu'à un fil et nous voilà en train de parler de futilités dignes d'une cour de collège. Le fait qu'il me confirme que j'avais un droit de veto sur les actions de Yoan me dérangeait. Lilith harcelait ses succubes en s'immisçant dans les moindres aspects de leur existence. Je ne voulais pas être ce genre de dirigeant.

— Mais comment le justifier à moi-même ? dis-je en souriant tristement. Même si Yoan est ce qu'il est, il n'est pas une brute. Quant à Aurèle… Déjà, il n'a pas de menstruations. Bref ça pourrait être pire.

Mon argumentation probablement bourrée de failles et ô combien candide le fit bien rire, mais il respecta mon choix. Son regard, animé d'une passion contrôlée, m'observait avec fierté. Sa bouche vint fiévreusement embrasser la mienne et j'eus envie de me perdre dans la chaleur de ce toucher quand mes yeux furent attirés par des photos qui trônaient sur une étagère. Un instant, je crus me voir. Sentant que je ne répondais pas à son baiser, il se redressa et suivit mon regard. Je me déplaçai vers l'étagère, pris le cadre entre mes doigts et caressai la surface de la petite vitre.

— Je ne me souvenais plus de cette photo. Elle devait avoir mon âge à cette époque.

Le visage de ma mère rayonnait de bonheur au milieu de ses amis de faculté. Elle semblait épanouie dans ses études. Ces dernières lui offraient une échappatoire, la possibilité d'aller exercer un métier qui lui plaisait n'importe où en France, mais surtout loin des pierres tombales de sa famille.

— Tu lui ressembles, constata la voix de Lucas dans mon dos.

Par-dessus mon épaule, il observait la photo. Je m'attendais à ce qu'il ait un visage certes étonné mais au moins attendri, mais il restait bizarrement fermé, les yeux fixés sur le cadre. *Quelque chose le gêne sur cette photo ?* J'essayai de trouver ce qui pouvait clocher sur les personnes entourant ma mère ou bien le paysage que l'on devinait derrière, mais mon regard était irrésistiblement attiré par la longue chevelure sombre tressée et retombant gracieusement sur les épaules d'Alice. Personne n'avait pu résister à une telle crinière, pas même mon père. Mes cheveux étaient plus clairs mais avaient la même épaisseur.

Un bruit nous tira de notre contemplation. Émilie et Aurèle venaient de se présenter sur le pas de la porte de la chambre.

— On aurait aimé te parler avant, hésita Em. Peut-être qu'on n'en aura plus l'occasion avant un petit temps.

Je ne sus si je devais être soulagée ou bien effrayée d'une telle initiative, si bien que je restais muette. Lucas bougea le premier. Il embrassa brièvement mon crâne tout en me soufflant qu'il m'attendrait en bas. Lorsqu'il passa à côté des deux humains, Aurèle lui glissa une remarque.

— Courage. Elles sont sous le charme.

Le vampire sourit.

— Jaloux ? le nargua-t-il avant de reprendre sa route.

Le jeune homme, sous le choc, émit un petit rire aigu. Aucun mot ne sortit suffisamment vite de sa bouche pour répliquer, ce qui n'était pas commun de sa part. À la place, il désigna le bout du couloir où Lucas avait disparu.

— Il sait faire de l'humour ?!

On aurait dit un gosse rapportant à sa maîtresse tout le mal qu'on lui avait fait.

— Il n'est pas aussi sage que tu le penses, dis-je avec un brin de mystère.

Mes amis entrèrent dans la pièce. Je me rendis compte que je tenais encore le cadre de ma mère et le reposai ou je l'avais trouvé. Je le regardai une dernière fois en me disant que je ne le verrais peut-être plus. Émilie me sortit de cette triste réflexion.

— Heureusement qu'il était là pour toi… Je veux dire… cette nuit-là et les jours qui ont suivi. Tu as dû tellement souffrir que ça me rend malade.

— Rémi nous a raconté dans les très grandes lignes ce qui s'est passé la nuit où tu as disparu, continua Aurèle. Ce n'est pas vraiment un passage qu'on apprécie.

Ils avaient aisément fait le lien entre mon comportement de la veille et les événements qui avaient conduit à la transformation. C'était délicat de la part de Rémi de m'avoir évité de leur expliquer cela.

— C'est vrai qu'il a pu me soulager de mon traumatisme de plusieurs manières : par sa présence bien sûr, mais aussi… comment dire, en ayant eu un impact direct sur mon esprit et ainsi me permettre d'affronter plus facilement ses horribles souvenirs.

Ils m'écoutaient mais je vis bien leurs regards dévier légèrement sous l'incompréhension.

— Rien à voir avec de la psychothérapie, c'est un de ses pouvoirs, expliquai-je simplement. Mais ce serait mentir s'il ne s'agissait que de ça. Le fait que ma transformation suive directement cet événement m'a bien occupée. Je ne pouvais pas me laisser m'enfoncer. Je me serais transformée en une créature primaire n'écoutant que ses instincts les plus basiques : la survie, la recherche du plaisir... Même si l'on me considère comme un vampire « sevré », qui sait se contrôler, je n'ai plus mon caractère d'autan. Je suis globalement plus violente ou plutôt facilement irritable.

Je me mordis l'intérieur de la joue en attendant leurs critiques qui ne tardèrent pas à venir, mais avec une nuance inattendue.

— Tu es devenue infréquentable quoi, conclut Aurèle avec un sourire moqueur.

Son insolence me titilla et je répliquai sur le même ton.

— Vu d'un simple mortel, c'est probablement ce à quoi ça ressemble.

— Pourquoi ça sonne comme une insulte ?

Un rire m'échappa, ce qui ne ménagea pas la susceptibilité du jeune homme. Émilie balaya ses jérémiades d'un revers de main et vint vers moi.

— N'écoute pas ce déséquilibré émotionnel. Tu n'as pas à avoir honte de ce qui s'est passé. Tu n'as pas non plus à te justifier, ajouta-t-elle en me prenant les mains. Tu es parfaite telle que tu es.

Je tentai de les contenir, mais quelques larmes finirent tout de même par rouler sur mes joues.

Je ne suis pas un monstre.

Mes mains serrèrent les siennes et les levèrent jusqu'à ma bouche. Ses mots m'avaient bouleversée, mais ce qui me réchauffa le cœur fut qu'elle n'eut aucun mouvement de recul lorsque j'embrassai le dos de ses mains.

La voix de Julie nous appela dans le couloir. Je pris un instant pour effacer toutes traces de pleurs puis nous quittâmes la pièce pour rejoindre les autres convives.

— C'est quoi un déséquilibré émotionnel ? questionna Aurèle.

Il était resté là-dessus ? Émilie sembla se faire un plaisir de lui répondre.

— Quelqu'un qui ne prend son pied que lorsqu'il se trouve dans des situations complexes et dangereuses.

À ce que je vois, Émilie l'avait déjà sermonné sur son récent crush.

— Ah, en effet, accorda-t-il sans plus en ajouter.

Et visiblement je n'avais pas besoin d'en remettre une couche. Cela ne voulait pas dire qu'il abandonnerait car, comme l'avait décrit Émilie, il excellait dans ce qui était de choisir des mecs compliqués. Yoan était un défi bien trop alléchant mais j'espérai qu'il réfléchirait aux conséquences d'un tel flirt si le vampire se laissait séduire.

Au rez-de-chaussée, Lucas s'était astucieusement rapproché de Julie et Rémi qui étaient de précieux gardes du corps. Ils repoussaient sans ménagement les plus jeunes cousines qui semblaient avoir perdu toute notion d'intimité. L'ancien archange ne se vexa pas en entendant leurs questions déplacées. Un adulte était plus difficile à envoûter qu'un enfant. Or, elles avaient à peine quitté l'enfance et le charme du vampire leur avait ôté tout esprit de méfiance.

En me voyant arriver, Julie s'interposa entre les groupies.

— OK ! Vous vous installerez à ce bout de table, décida-t-elle en repoussant les jeunes filles vers un côté du salon. Et vous, vous vous assiérez de l'autre côté !

Elle nous poussa avec Lucas vers l'opposé de la pièce. Une vague de mécontentement s'éleva parmi les adolescentes qui s'exécutèrent tout de même. La pièce fut aussitôt bien plus calme.

— *Il n'y a vraiment aucun moyen que tu arrêtes de produire cet effet sur les gens*, lui glissai-je en m'asseyant.

— *Et toi ?* me renvoya-t-il avant de se pencher et me susurrer. Et puis, tu apprécies cet effet aussi.

Il le fait exprès ! Lucas ne me toucha nullement mais sa voix suave et la proximité de ses lèvres à quelques centimètres de mon cou déclenchèrent mon excitation. Un frisson parcourut mon corps. Je me raclai la gorge et me réinstallai sur mon siège. Heureusement, j'étais entourée de mon frère et mes amis qui m'avaient déjà vue dans des situations plus gênantes. J'osai affronter le regard narquois du vampire et lui envoyai une menace silencieuse :

— *Ne joue pas avec moi, mon cher époux.*

— *Pourquoi ?*

— *Parce que je suis une très mauvaise perdante. Je vais tout faire pour te dominer.*

— *Mmm... j'ai hâte de voir ça.*

Un tintement de verre résonna dans la pièce pour demander le silence. Les convives étaient maintenant tous attablés et attendaient le discours de leur hôte. Tata Angèle porta un toast au « couple harmonieux » que nous formions et je n'eus pas suffisamment de vin dans mon verre pour faire disparaître mon embarras, même temporairement. Le repas se déroula sans incident notable mis à part quelques verres renversés involontairement sur la nappe. Depuis le décès de mes parents, nous n'avions pas eu l'occasion de retrouver une ambiance familiale aussi festive. Même si ce repas n'était qu'un bonus dans ce voyage qui avait un tout autre but, je fus heureuse d'avoir accepté de venir. Parmi le brouhaha des convives, un petit éclat de rire attira mon attention sur la droite. Je rencontrai le dos de Rémi qui, entièrement tourné vers Émilie, était en pleine conversation avec elle sur un sujet que je n'avais pas suivi. De temps à autre, ils s'esclaffaient tout en se touchant les bras ou les côtes. Avant que je puisse en déduire qu'il s'agissait bien là d'un jeu d'enfant, le portable de Lucas sonna. Il s'excusa auprès de ses interlocuteurs et décrocha après avoir légèrement pivoté sur sa chaise. Quelques secondes passèrent et aucun son ne sortit de sa bouche, pas même lorsqu'il posa sur moi un regard troublant.

Qu'est-ce que j'avais encore fait ? Je réfléchis. Mis à part lors de l'incident d'hier soir, j'étais persuadée d'être restée sage. J'avais pourtant dû faire quelque chose qui le choquait littéralement ! Le visage blême et toujours mutique, il me tendit son portable. L'angoisse me gagna alors que je prenais le téléphone pour le mettre à mon oreille. La voix d'Elona semblait perdue au bout du fils.

— C'est moi, Elona.

— Ma dame ? Je m'excuse pour ce dérangement mais après nos récentes découvertes, cela ne pouvait pas attendre. Cette information nous perturbe au plus haut point…

Mon cœur avait cessé de battre. Je sentais que Lucas auprès de moi usait de toute son expérience pour se contenir.

— Je vous écoute.

— Dans les archives d'un vétérinaire de Quimper, un signalement concernant un cheval errant a été fait par Mme Teissier-Jacquemon Angèle. Cette personne est de la famille éloignée de votre mère ?

Mes doigts se crispèrent et mon regard vola aussitôt vers ma tante qui était en train de servir le fromage.

— Oui, je la connais.

— Ce qui nous interpelle c'est que nous avons trouvé cette information sur un acte de décès écrit il y a treize ans… un acte de décès concernant un étalon de couleur noire. Enlik est immortel, il est difficile donc de croire qu'il s'agisse de lui. Peut-être pourriez-vous demander à cette personne ? Nous allons poursuivre nos recherches de notre côté.

— Oui, merci Elona,

J'abaissai lentement le téléphone. Mon corps était raide, plus froid que jamais, inanimé… En fait mon esprit s'était égaré et je parvenais à peine à rester assise sur ma chaise. *Cela ne pouvait pas être une coïncidence.* Mes visions dans lesquelles se trouvait ma propre mère m'avaient guidée ici dans le but de trouver Enlik. Pour une raison qui m'échappait, l'étalon légendaire avait un lien avec ma famille. Mais Elona avait raison de soulever qu'un acte de décès était improbable. C'était une solution idéale pour faire disparaître toute trace. La parfaite cachette. Et si depuis le début, la personne qui connaissait la réponse à ce mystère était à portée de main ?

— Tata Angèle, l'interpellai-je suffisamment fort pour qu'elle m'entende malgré le brouhaha.

Elle s'apprêtait à servir son mari et stoppa son geste.

— Oui ma puce ?

— Est-ce que tu as rencontré un cheval noir, il y a treize ans ?

— Un cheval ? Bien évidemment, ça fait déjà treize ans ! Tu ne t'en souviens pas, Elizabeth ?

— Comment veux-tu qu'elle s'en souvienne ? intervint mon oncle. Elle n'avait que 6 ans. Par contre, Alice avait fait toute une histoire pour ce cheval. C'est pour ça que je m'en souviens, moi !

Maman ? Je ne me rappelais pas que ma mère ait eu un intérêt pour l'équitation. Pourquoi aurait-elle eu une attention envers un cheval ?

— Quelle histoire ! se remémora Angèle. Ce jour béni des dieux où les médecins nous ont assuré ta guérison. Pourtant nous avions bien cru te perdre cette nuit-là.

Ma patience arrivait à son terme. Je ne comprenais rien de ce qu'ils me disaient. Mon oncle et ma tante se coupaient mutuellement la parole si bien que je ne parvenais pas à avoir un début de réponse claire. Ma colère monta et la pression dans la pièce commença à se faire sentir, car petit à petit les gens s'arrêtaient de parler. Lucas posa une main sur mon poing.

— Je ne comprends pas le rapport entre moi et ce cheval, insistai-je en serrant la mâchoire.

— Mais c'est lui qui t'a ramenée à la maison. J'en ai encore des frissons ! C'était un cheval noir, en effet. Pauvre bête…

— Où?! Où est-il à présent ? dis-je, pressée.

— À Crozon, le dernier domaine appartenant à ta mère.

Je me levai subitement avec un raclement de chaise qui fit taire les dernières conversations. Tous me regardèrent avec un mélange d'incompréhension et d'inquiétude.

— Nous… nous devons malheureusement partir mais nous vous remercions pour votre présence, bredouillai-je d'une voix rauque. Tata, merci pour ce repas. Excusez-nous.

Je me faufilai derrière les chaises pour sortir de la pièce. Inutile de lancer des regards dans mon dos, je savais que Lucas était sur mes talons.

— Élizabeth ? Mais il n'y a plus rien là-bas ! m'avertit Angèle.

J'avais déjà passé la porte d'entrée. Alors que je me précipitais vers notre voiture, le temps au-dessus de nos têtes se transformait. Le vent avait ramené des nuages noirs menaçants qui assombrirent l'atmosphère. L'air se chargeait en humidité. Une tempête allait éclater.

— Liza ! cria Rémi.

Nous n'avions jamais été si proches de dénicher l'ancienne reine, ou au moins de trouver une trace de son passage depuis des siècles, et pourtant mon corps s'arrêta net. J'étais dans l'incapacité physique de l'ignorer. Après tout, si Enlik se trouvait vraiment sur le domaine des Morvan, on pouvait supposer que notre mère ait eu un contact plus ou moins direct avec Lilith. Or selon Lucifer, l'ancienne reine avait sa part de responsabilité dans le décès de nos parents. Et si la clé qui me permettrait de résoudre ce mystère se trouvait à Crozon, Rémi devrait tôt ou tard connaître cette vérité.

— Liza ? s'étonna Lucas.

— Juste deux secondes, demandai-je en me retournant.

Rémi accourait vers nous.

— Mais qu'est-ce qui se passe ? C'est grave ?

— Je ne sais pas, avouai-je. Je dois faire un saut là-bas et je te tiens au courant.

— À Crozon ? Mais il n'y a jamais rien eu dans cet endroit. Rien de bon en tout cas...

— Justement. Attends mon appel, dis-je en faisant quelques pas en arrière.

Je repris ma route sans plus me retourner. Je me pressai côté conducteur et Lucas n'eut d'autre choix que de s'installer sur le siège passager s'il ne voulait pas rester sur place. Je fis hurler le moteur de la Mercedes et lui fis effectuer un demi-tour vers la sortie. Je poussai le bolide sur l'étroite route menant à la propriété des Teissier et une fois sur la nationale, mis le pied au plancher.

— Tu sais où nous allons ? vérifia Lucas.

— Oui, je sais où c'est.

— Tu y es déjà allée ?

Mes mains se serrèrent sur le volant.

— Non. Ma mère a hérité très jeune d'un patrimoine colossal. Lorsqu'elle s'est installée avec mon père au château des Gauthier, elle a vendu la majorité de ses terres. Puis elle a utilisé l'argent pour notamment racheter la part de la propriété appartenant à mon oncle Richard, afin qu'elle et mon père soient les seuls propriétaires du château des Gauthier. Dans le Finistère, elle n'avait gardé que le manoir de son enfance, mais elle ne voulait pas qu'on y aille. Elle disait que cette maison était maudite.

— Alors pourquoi l'avoir gardée ?

— Je ne sais pas.

Un silence angoissant retomba. Il fut bientôt troublé par le son harassant de la pluie qui se fracassait de plus en plus fort sur le pare-brise. Grâce à ma vision et mes réflexes d'immortelle, je ne ralentis pas mais accélérai encore plus. Le temps pluvieux était une spécialité locale mais cette tempête était-elle totalement normale ? Je me permis quelques coups d'œil en direction de mon voisin afin de constater son état. Le visage sombre, il semblait être torturé par quelques obscures pensées. Je n'oubliais pas qu'il était tombé amoureux de Lilith avant qu'elle ne devienne un vampire exécrable.

— Tu crois qu'elle est là-bas avec lui ? osai-je.

Ma question le tira hors de ses sombres réflexions.

— Est-ce que lui y est vraiment ? dit-il en parlant d'Enlik. Si l'un comme l'autre gambadaient sur les côtes armoricaines depuis tout ce temps, mon frère les aurait trouvés.

Pas bête. Lucifer m'avait bien avoué qu'il n'avait jamais pu mettre la main sur le compagnon à quatre pattes de Lilith depuis qu'elle avait disparu. Même si nous avions eu l'aide de mes visions, il serait étrange que nous le trouvions en à peine quelques jours. Je ne devais pas me faire un film, car il s'agissait peut-être juste d'un canasson noir… Un canasson noir qui m'aurait ramenée chez moi il y a treize ans ?

Ça, c'est carrément bizarre.

Nous échangeâmes un regard avec Lucas et tombâmes d'accord sur l'aspect surnaturel de cette histoire. L'ancien archange eut la délicatesse de ne pas me harceler de questions concernant mes souvenirs d'enfance. Il voyait bien que les paroles d'Angèle m'avaient perdue. Ma maladie s'était écoulée dans les premières années de ma vie, j'en avais très peu de souvenirs et mes parents ne s'étaient pas trop étendus sur ce passage douloureux.

Maman… qu'est-ce qui s'est passé ? Dans ma vision, elle me demandait de revenir là où tout avait commencé, mais c'était vague. *Qu'as-tu fait ?* Avait-elle rencontré l'ancienne reine ? L'avait-elle heurtée ? Cet événement avait-il un lien direct avec son accident treize ans plus tard ? Mais surtout, est-ce que cela me concernait ? Étais-je une fois de plus le nœud d'un problème épineux ? Et moi qui pensais que la poisse était arrivée avec ma puberté…

Lucas qui depuis tout à l'heure « textotait » sur son portable, pivota sur son siège et jeta un coup d'œil derrière.

— Tu viens de semer nos gardes du corps.

En effet, la route largement trempée qui se reflétait dans mon rétroviseur était déserte. Je sifflai entre mes dents.

Chapitre 24

Le véhicule se présenta à l'entrée du sentier où était planté un panneau « propriété privée ». Je stoppai. Il y avait une légère accalmie si bien que le domaine des Morvan était visible de notre position. Devant nous, une étendue arborée et rocailleuse descendait vers la mer. À l'extrémité, un grand manoir sombre protégé de hauts murs trônait face à la falaise sur laquelle de hautes vagues venaient se briser. Leur écume s'élevait parfois au-dessus du toit de la demeure, créant un tableau impressionnant… et peut-être aussi angoissant. Je n'étais jamais allée plus loin que ce panneau. J'avais toujours eu l'impression de faire partie de ces intrus à qui il était destiné, et pourtant cette terre m'appartenait maintenant.

Jaugeant mon hésitation, Lucas investigua :

— Que te dit ton pouvoir ?

— Rien, il se tait, déplorai-je. De toute façon, elle m'interdirait de voir quoi que ce soit.

Il claqua sa langue. Un geste de mécontentement chez lui.

— Ta volonté doit être plus forte que son envie de te dissimuler ses souvenirs.

Recevoir des leçons sur le psychisme était bien la dernière chose dont j'avais besoin en ce moment. Et pourtant, il avait raison. Avais-je pleinement envie de savoir ce qui s'était passé ? Certainement pas. J'avais peur, peur de découvrir que ma mère avait échoué. Celle qui était mon idéal, un but à atteindre, avait peut-être commis une erreur

515

qui avait entraîné sa perte et celle de son époux. Mes mains se resserrèrent sur le volant et je me forçai à appuyer sur l'accélérateur. Après avoir fait toute cette route, ce n'était pas le moment de flancher. Et il était nécessaire que je sache ce que cachait l'ancienne reine.

Les autres vampires ne nous avaient pas encore rejoints, mais Lucas leur avait envoyé notre position. Notre voiture s'avança sur le chemin boueux. De temps en temps secouée par des nids-de-poule, je réussis tout de même à maintenir une allure soutenue. Nous passâmes près d'une vieille chapelle jouxtant un cimetière où l'on voyait à peine le sommet des pierres tombales dissimulées par les hautes herbes ; probablement le dernier lieu de repos des premiers Morvan ayant habité cette plaine.

Lorsque nous arrivâmes au mur d'enceinte en pierre, nous sortîmes de la voiture et continuâmes à pied jusqu'au portail encadré de deux larges piliers surmontés de statues de cerfs qui regardaient en direction de l'océan. Le rideau de pluie s'était transformé en bruine, ce qui nous permettait de voir à travers le portail ajouré l'imposante maison au bout d'une vieille allée jonchée de trous à cause des pavés manquants. Une chaîne en acier liait fermement les deux battants. Je soulevai les lourds maillons, ultime obstacle qui me séparait de la vérité. De mes deux mains, je tirai de toutes mes forces sur les mailles jusqu'à les ouvrir et sectionner la chaîne qui tomba au sol avec un dernier cliquetis. Lucas força un des battants du portail qui se tordit dans un cri métallique déchirant jusqu'à céder. Nous nous faufilâmes dans l'ouverture qu'il avait créée et continuâmes vers l'ancienne demeure.

À présent sur nos gardes, nos yeux balayèrent le vaste pré qui entourait la maison. L'herbe verte y était haute et mouillée à cause de la pluie qui recommençait à tomber. Nos pantalons furent tout d'abord trempés jusqu'aux genoux puis ce fut l'ensemble de nos vêtements.

Les toits noirs et les pierres grises avec lesquelles était faite la demeure de ma mère la rendaient austère. Sur deux étages, les pignons de façade en forme d'escalier encadrant des toits sur différents niveaux rappelaient le style des châteaux au temps de la Renaissance. Toutes les ouvertures, de la plus étroite fenêtre à la large baie vitrée du rez-de-chaussée, étaient condamnées par des plaques en métal. C'était également le cas de la haute porte d'entrée surmontée de bas-reliefs sur la chasse. J'effleurai la soudure et songeai à quel point cette barricade était radicale, comme si ma mère avait voulu sceller la malédiction des Morvan à l'intérieur et l'oublier par la suite.

Cette prison ne fut pas suffisante.

— Tu veux entrer ? demanda Lucas.

— Non, il n'y a plus rien là-dedans.

Un rire enfantin éclata derrière nous. Lucas ne sembla pas l'avoir entendu car je fus la seule à me retourner. Une petite fille courait joyeusement dans les hautes herbes. Elle jouait avec des pavillons de signalisation maritime qu'elle cherchait à faire voler. La pluie ne semblait pas l'atteindre et sa jolie robe jaune reflétait les rayons d'un soleil que l'on ne voyait pas.

Une vision ?

Je la reconnus malgré son jeune âge. Était-ce une image du passé encore heureux d'Alice ? Soudain, la petite fille s'arrêta et me dévisagea. Toute joie avait quitté son visage.

— *Souviens-toi du jour où tu es revenue,* dit-elle en me fixant intensément avant de se remettre à courir vers l'ouest.

Lorsqu'elle disparut derrière une des tours, le temps sembla reprendre son cours. J'attrapai la main de Lucas et l'entraînai derrière moi. Sans un mot, nous suivîmes le chemin emprunté par la jeune Alice. Il nous fit contourner la grande demeure jusqu'à un jardin délimité par la falaise et surplombant l'Atlantique. Là, se dessinant sur l'horizon pâle, la silhouette d'un cheval se tenait entre l'océan et nous. Mon cœur s'emballa. Celui que je n'avais vu jusqu'à présent qu'en rêve se trouvait là, devant moi. J'avais cette impression inexplicable de ne plus être victime d'une illusion. Tout ce que j'avais pu voir des souvenirs de Lilith, le meilleur comme le pire de son passé, me ramenait à cet instant précis. Je ne sus si mon empressement était dû à la part de l'ancienne reine en moi mais je partais vers l'avant quand Lucas me retint brusquement. Il y avait quelque chose d'anormal. La créature ne bougeait pas, figée dans un ultime élan sur une dalle.

C'est une statue.

L'ancien archange passa en premier. Il posa une main sur la croupe de la bête en bronze comme je l'avais souvent vu faire dans les souvenirs de sa première vie. Il flatta le métal sombre tout en se déplaçant vers la tête et caressa tendrement son large front. Il paraît que la tête du légendaire cheval d'Alexandre était si grosse qu'on l'avait nommée Bucéphale, ce qui, en grec ancien, se traduisait par « tête de bœuf ». Le modèle ayant inspiré la statue face à nous avait la même particularité anatomique. La statue était faite à taille réelle et la tête de l'équidé était si énorme que la grande main de Lucas ne la dépassait pas. En plus de cette preuve physique, il me suffisait d'observer le trouble de l'ancienne reine qui grandissait en moi et la réaction de mon époux pour ne plus avoir de doute. Ses yeux couvant la créature inanimée, je m'attendais presque à ce qu'il lui parle, qu'il lui demande ce qu'elle faisait à l'extrême ouest de l'Europe et quelles épreuves elle avait dû traverser pour en arriver là.

Ainsi cette nuit-là, il y avait treize ans, ce n'était pas un simple canasson noir. *C'était bien lui.* Des images arrivèrent comme des flashs dans mon esprit.

« *Tu vas devoir faire une dernière chose pour moi...* »

Une atroce migraine prit mon crâne en étau. Lilith luttait. Elle œuvrait à faire taire mon pouvoir mais mon assurance avait grimpé en flèche. Refoulant ma douleur, je rejoignis Lucas, prête à accomplir ma vision. Nous n'eûmes nullement besoin d'échanger sur ce que je m'apprêtais à faire. Une détermination sans faille brûlait dans mes yeux topaze. Je savais qu'elle ne pourrait rien contre moi cette fois. Je l'avais vu.

Lucas s'écarta. Exactement comme dans ma vision, je levai la main nouvellement ornée de ma bague et la posai sur le front du cheval. L'éclat du diamant grandit jusqu'à m'éblouir. Je fermai les yeux.

Lilith caressait l'étalon. Bien trop heureux de la revoir après toutes ces années, ce dernier s'amusait à la pousser avec son museau. Mais la belle vampire n'était pas d'humeur à rire.

— *Pardonne-moi, mon vieil ami, mais tu vas devoir faire une dernière chose pour moi,* annonça-t-elle.

Des larmes apparurent dans ses yeux et elle enfouit son visage dans la crinière d'Enlik afin que lui seul soit le spectateur de sa tristesse.

— *Trouve-les… Trouve-les pour moi. Protège mes enfants,* supplia-t-elle.

La vision se brouilla pour laisser place à une autre. Élizabeth se réveillait de sa sieste. Son petit corps était encore fiévreux mais elle se sentait bien mieux après ce temps de repos. Alors qu'elle descendait discrètement dans le salon de tante Angèle, elle surprit une conversation entre les adultes. Son état de santé avait préoccupé ses parents qui s'étaient rendus en ville pour lui prendre des traitements. Son oncle s'inquiétait du tonnerre qui grondait, signe qu'une tempête approchait, et du fait que ses parents s'étaient précipités dehors sans protection. La petite Élizabeth rassembla sa volonté et partit à la rencontre de ses parents un parapluie sous le bras. Elle n'avait pas informé les adultes de son idée, ils le lui auraient interdit et ses parents allaient se faire mouiller à cause d'elle. La petite fille connaissait le chemin mais très vite elle ne reconnut plus ni les arbres ni la route qui semblaient bien différents de ce qu'elle avait l'habitude de voir derrière une vitre de voiture. La pluie tombait à verse sur son parapluie, trempant ses chaussures et ses chaussettes. Ses dernières forces la quittaient et bientôt, elle se mit à grelotter. La dernière fois qu'elle avait tremblé de la sorte, son père l'avait aussitôt amenée à l'hôpital, mais il n'y avait personne pour l'aider.

Soudain elle aperçut un homme venant dans sa direction. Quelle chance ! Pleine d'espoir elle interpella le voyageur en long manteau brun le couvrant jusqu'aux pieds. Nullement pressé, il n'avait pourtant que son chapeau pour le protéger de l'eau. Une fois près d'elle, il lui fit face dévoilant un poignard courbe qui dépassait de sa large manche. Elle ne vit pas son visage mais il la scrutait de toute sa hauteur. Apeurée, elle fit un pas en arrière hors de la chaussée et chuta en contrebas de la route. Elle roula jusqu'à ce qu'un tronc stoppe sa course. À peine consciente, elle regarda plus haut vers la route où elle vit l'homme au manteau qui l'observait. Puis il tourna lentement les talons et disparut. Élizabeth laissa sa tête retomber dans la terre. Ses vêtements couverts de boue, elle se doutait que plus personne ne pourrait la trouver maintenant. À court d'énergie, elle ferma les yeux,

Ce fut un animal qui l'empêcha de s'endormir. Ses lourdes pattes firent trembler la terre et son museau la secoua sans ménagement. Elle poussa une plainte et la créature s'allongea auprès d'elle. Malgré son corps imposant, il prenait soin de ne pas l'écraser. Le ventre de la bête était chaud et elle avait si froid. N'écoutant que son instinct de survie, la petite fille rampa jusqu'à cette source de chaleur et se retrouva sur le dos de l'animal qu'elle reconnut finalement : un cheval. Élizabeth s'accrocha à sa crinière pour ne pas tomber lorsqu'il se hissa sur ses quatre pattes. Exténuée, elle s'allongea complètement sur lui et il se mit en mouvement. Son allure était tout d'abord soutenue – sans être trop brusque pour ne pas désarçonner sa cavalière endormie – puis petit à petit, il ralentissait et parfois même trébuchait. Heureusement, la fillette gagnait en force et il lui fut plus aisé de tenir sur son dos malgré la pluie battante.

Lorsque le cheval poussa de puissants hennissements suivis des cris inquiets de ses parents, Élizabeth comprit qu'elle était rentrée. L'agitation s'empara de l'étalon dès que des humains l'accostèrent de toutes parts dans un état de panique intense. Sébastien Gauthier voulut aborder la créature par le côté mais cela ne fut pas du goût de l'animal qui se dressa sur ses pattes arrière. Les humains eurent un mouvement de recul, sauf Alice qui s'avança bras tendus. L'étalon se calma aussitôt et posa sa grosse tête contre le ventre de la femme. Surprise, elle caressa ses poils couverts de terre et sa crinière crasseuse.

— Alice ! appela son époux qui en avait profité pour s'emparer d'Élizabeth.

Il était en train de porter le corps endormi de leur fille vers la voiture. Alice s'empressa de le suivre mais lorsqu'elle ouvrit la portière, le cheval poussa un nouveau hennissement, bien plus faible cette fois-ci.

— Attention ! Il se couche ! Écartez-vous !

Alice vit la misérable créature s'agenouiller puis se laisser tomber sur le sol. Son cœur se serra mais elle ne sut pourquoi.

— Alice, monte dans la voiture ! ordonna Sébastien qui avait fini d'installer leur fille.

Constatant son hésitation, Julie cria à sa cousine.

— Allez-y ! On s'occupe de lui !

Alice fixa une dernière fois l'étalon agonisant avant d'entrer dans le véhicule. La dernière chose qu'elle vit fut les Teissier s'affairant autour de l'animal qui avait cessé de bouger.

Ma vision s'évanouit et je revins à la réalité. Ébranlée, je ne parvins pas à bouger. Ma main tremblante restait bloquée sur la statue. Je crus que la pluie ruisselait sur mon visage mais elle avait cessé de tomber. C'étaient mes larmes que je ne parvenais pas à réfréner. *C'est impossible. J'ai dû mal interpréter ma vision.* Je baissai les yeux puis m'accroupis pour toucher la dalle lisse sur laquelle reposait la statue.

Mes doigts suivirent les veines dessinées sur le marbre. Une stèle. Je ne pouvais nier cette évidence qui pourtant fit saigner mon cœur. *C'était une tombe.* Mon oncle avait dit que ma mère avait fait toute une histoire de ce cheval. J'avais l'espoir que ce soit pour répondre aux besoins de l'animal qui coulerait une retraite paisible sur le domaine des Morvan. C'était en réalité pour la prise en charge de son corps et son inhumation.

Étais-tu au courant ? lançai-je à l'intention de l'ancienne reine qui ne broncha pas.

Elle avait tellement lutté pour que je ne trouve pas le chemin de cette tombe. Bien évidemment qu'elle était au courant, même si la tristesse qui m'habitait devait probablement être aussi la sienne.

J'essuyai mes larmes et tentai de rassembler mes connaissances. Enlik était immortel parce qu'il était l'hôte d'une part de l'âme de Lilith. Dans ce cas, comment pouvait-il s'effondrer aussi facilement ? Me concernant, mon état de santé avait été préoccupant et je m'étais mise en grand danger. Si ça n'avait pas été ce taré en manteau qui m'avait tuée, cela aurait été le froid. J'avais pourtant survécu à cette terrible nuit, de plus, Angèle affirmait que j'avais été guérie de cette tumeur cérébrale qui m'avait condamnée dès ma naissance. *« Souviens-toi du jour où tu es revenue »* m'avait dit Alice dans la vision. Enlik disparaissait et moi je renaissais.

Mon estomac se tordit tant je commençais à comprendre la cause de cette étrangeté. Si l'étalon perdait ce fragment d'âme qui lui octroyait l'immortalité, alors – redevenu mortel – il aurait succombé sous le poids de plusieurs millénaires d'existence. Et si ce fragment s'était logé dans une autre personne qui serait entrée en contact avec

Enlik, alors ce nouvel hôte pourrait bénéficier de la vitalité d'une puissante âme ancestrale et peut-être même de la capacité de régénération de sa véritable propriétaire. Et si ce nouvel hôte portait encore cette âme en elle. Ma main se posa sur ma poitrine comme si je pouvais toucher du bout de mes doigts les émanations de l'esprit de Lilith ayant appartenu au bel étalon et qui étaient maintenant profondément enfoui en moi.

Mais pourquoi aurait-il fait ça ? Pourquoi s'est-il sacrifié pour une pauvre enfant bien trop fragile pour vivre ? Le début de ma vision me revint en mémoire. Les larmes de la reine étaient un aveu d'adieu. Elle savait que cette quête serait la dernière de son compagnon. « *Protège mes enfants* », avait supplié l'ancienne reine. Ce mot, je l'avais déjà entendu dans mon esprit au moment même où ma résonance avec Lilith s'était activée. Cette nuit où la nithylite avait pénétré mon crâne avec force, me laissant comme morte. « *Ma douce enfant* » avais-je entendu. À ce moment-là, mon pouvoir avait produit beaucoup d'images et de sons qui s'étaient mélangés dans ma tête. De plus, j'étais à mille lieues de me douter qu'il s'agissait de Lilith s'adressant directement à moi. Selon Lucas, cette dernière avait disparu après s'être souvenue d'avoir donné naissance à l'enfant de Samaël.

D'une main tremblante, je remis une mèche de cheveux derrière mon oreille tout en cachant mon visage préoccupé. *C'est impossible.* Si Lilith avait découvert que son fils avait eu le temps d'engendrer une descendance avant de mourir de la main de son propre père – ignorant son identité à cette époque –, elle aurait été à la recherche de ses enfants depuis tout ce temps. Et je serais l'un d'entre eux ? *Non,*

Enlik a dû se planter.

Requérant l'aide de Gabriel et de son savoir ancestral de toute urgence, je bredouillai à son attention :

— Lucas, je… je…

— Lève-toi Liza, me coupa-t-il. Lève-toi et prépare-toi à te battre.

Je relevai brusquement la tête. Mon époux me tournait presque le dos. Son regard plein de colère se portait vers l'ouest où une personne se dressait devant la falaise. Je me mis aussitôt debout pour faire face à l'intrus.

Comment avais-je pu me laisser surprendre aussi facilement ? La réponse était si simple. L'opportun connaissait parfaitement les failles de mon pouvoir pour les avoir souvent exploitées dans un passé proche. En l'occurrence aujourd'hui, j'étais complément désarçonnée par les nombreux rebondissements de cette quête, que ce soit le lieu dans lequel elle nous a conduits ou l'émergence de plus en plus dérangeante d'un lien avec mes origines. J'aurais voulu débriefer ce que j'avais découvert avec Lucas mais celui-ci n'était plus du tout enclin à m'écouter. Ses yeux bleus vibrant de rage, il était enfin prêt à en découdre avec son grand frère.

Il émanait de Lucifer une hostilité inquiétante. Il leva ses bras. Je tendis mes muscles, prête à me défendre, puis il frappa lentement dans ses mains. Ce n'était pas une attaque mais cet applaudissement nonchalant me fit froid dans le dos.

— Tu ne m'as pas déçu, Élizabeth.

— Nous ne sommes pas là pour toi, nuança avec force Lucas.

Lucifer le dévisagea avant d'émettre un petit rire malsain.

— Salutations, mon frère. Bien évidemment, vous êtes là pour le savoir. La connaissance est une qualité indispensable pour ceux qui cherchent à gouverner. Bien que nous ayons des buts qui divergent, je me doutais que votre quête rejoindrait la mienne : Lilith et l'endroit où elle se cache.

Il désigna la statue d'Enlik reposant sur sa stèle.

— Mais je ne m'attendais pas à tomber sur un tombeau.

Le premier archange, désappointé, secoua la tête tout en soufflant. Il ne faisait nul doute que la disparition d'Enlik était une déconvenue pour lui et pourtant il fut frappé d'un rire incontrôlable.

— Je suis tout de même rassuré ! Je pensais avoir été mis en échec par ce canasson. Je ne me doutais pas qu'en te trouvant toi, Élizabeth, j'avais trouvé le fragment d'âme que je cherchais. Après l'avoir possédé pendant plusieurs millénaires, il te l'a légué avant de trouver finalement la mort, n'est-ce pas ?

Je gardai le silence car je n'avais pas l'intention d'aborder ce sujet devant Lucas. Je n'étais sûre de rien concernant ma vision. Je ne savais pas si une âme, même un fragment, pouvait se transmettre aussi aisément. En même temps, le pouvoir de Lilith était un mystère pour beaucoup, qui sait si Lucas pourrait me donner une réponse claire.

— Tes mensonges sont de plus en plus inventifs, se moqua mon époux.

— Demande à ta chère et tendre. Elle le sait, renvoya Lucifer.

Lucas ne risqua pas de dévier son regard pour le perdre de vue. Heureusement car je n'aurais pas pu affronter une quelconque interrogation. Il dut sentir mon terrible inconfort à travers son lien, ce qui l'a sans doute aiguillé sur la plausibilité des mots de son grand frère.

— Je t'ai connue bien plus bavarde mais je peux te comprendre, renchérit Lucifer qui semblait se délecter à l'avance de la suite de la conversation. Cela nous mène forcément à la question du pourquoi il t'a choisie pour être un réceptacle pour sa maîtresse, ajouta-t-il en secouant la tête d'un air faussement embêté. Cela est assez gênant.

Lui aussi... En plus de Lilith, Lucifer semblait également au courant de cette descendance. *Non, ces enfants n'existent pas.* L'ancienne reine, dans son chagrin, avait très bien pu s'inventer des héritiers pour accepter plus facilement la disparition de son fils oublié.

— Ce n'est pas le cas, car il s'est trompé ! rétorquai-je.

— La Genèse, chapitre VI, me rappela-t-il. J'ai pourtant tenté de te transmettre cette information dès le départ. Celui qui t'a fais naître n'est pas celui qui se tient auprès de toi...

— Ce n'est pas toi non plus !

— N'oublie pas que j'en saurai toujours plus que toi, jeune reine, m'intimida-t-il avec un regard perçant. Les civilisations de la Méditerranée largement influencées par la Phénicie, empire oublié rivalisant avec la puissante Rome, possédaient du cuivre en abondance. Or, mélangé avec l'étain, le cuivre se transformait en bronze, un métal reconnu pour sa solidité et sollicité pour son utilité. La route de l'étain était le chemin commercial traversant la France, de la Méditerranée à l'Armorique qui regorgeait de mines d'étain. Une route largement exploitée par les Phéniciens et explorateurs carthaginois qui s'y sont implantés durablement, l'appelant « la péninsule de l'étain », ou *Barra-tanna*, ou *B'ratan*... Bretagne. Les Phéniciens proviennent de l'ancien Proche-Orient, le berceau de la civilisation, la région où elle a grandi, et où elle a enfanté. Le ressens-tu toujours comme une tromperie ? Serait-ce si aberrant de penser que certains de ses descendants aient pu atteindre l'est de l'Europe et exploiter la terre que tu foules à l'heure actuelle ?

Mon cœur avait cessé de battre et je me rendis compte que je devais déployer une énergie colossale pour rester debout. Cependant, tout s'effondrait en moi. Vaseuse, je n'entendais plus que ma respiration laborieuse. Mes yeux fixaient le sol à mes pieds qui semblait se rapprocher. Ça y est, mes genoux avaient ployé et me voilà assise par terre, vidée de toute envie de lutter.

— Oh ! Avec tout ça j'en ai oublié la politesse élémentaire ! Félicitations pour votre union, enfonça mesquinement Lucifer.

Si ce qu'il avançait était vrai, théoriquement, des milliers de générations nous séparaient, mais mon cerveau d'humaine confuse ne cessait d'y penser... *Ai-je épousé le petit frère de mon ancêtre ?* S'unir à une personne vieille de plusieurs millénaires, je l'avais accepté. Mais que cette personne ait la même ascendance que moi, c'était plus compliqué à encaisser. Bien évidemment, je n'avais pas la force de lever la tête vers Lucas. Resté debout, il avait décidé que chaque mot sortant de la bouche de Lucifer était des balivernes.

— *Ne le laisse pas entrer dans ta tête !*

Il tentait de me secouer mais je restai amorphe. Lorsqu'il comprit que je ne lui serais plus d'aucune aide et que nous étions en train de perdre notre avantage sur Lucifer, Gabriel prit les choses en main. Le vent se leva autour de nous.

— Je pense que nous n'avons accordé que trop d'attention à tes élucubrations.

Lucifer explosa de rire.

— Enfin petit frère, tu refuses de l'admettre ! Il suffit de la regarder pourtant. Cette ressemblance n'a certainement pas pu t'échapper, n'est-ce pas ?! Tu as finalement pu avoir ce que tu as toujours voulu.

Lucas oublia son propre conseil et céda à la colère. Lucifer avait trouvé sa faille pour somptueusement y planter un poignard. De puissantes rafales me bousculèrent. Instinctivement, je plantai mes ongles dans la terre pour m'y accrocher. *Il compte déchaîner son pouvoir à côté de moi ?* Yoan et les autres étaient arrivés depuis un petit moment, mais – la présence de Lucifer confirmée – ils avaient dû se poster en retrait pour ne pas risquer d'être pris en otage. C'étaient les ordres que tous avaient reçus pour ne pas commettre les mêmes erreurs faites à Rome.

— Tu espères la retourner contre moi pour me la prendre ! Cette fois, ton timing est mauvais ! s'énerva Lucas tous ses crocs sortis.

Au-delà de la falaise, le ciel chargé de nuages noirs se déforma pour descendre vers la surface de l'océan. Les rafales montèrent en puissance et semblèrent m'aspirer vers la mer. Alors que je me demandais si j'allais pouvoir résister à une telle violence et pourquoi j'en étais également la victime, plusieurs entonnoirs se formèrent au large de la côte. L'ampleur de l'attaque de Lucas était gigantesque, il n'avait pas le temps de faire dans la dentelle même pour moi. Les colonnes d'air reliant ciel et océan semblaient soulever des quantités astronomiques d'eau. Des vagues de plusieurs dizaines de mètres venaient se fracasser sur la falaise arrosant abondamment la terre autour de nous. Immobile, Lucifer observait le phénomène météorologique d'un œil impressionné sans pour autant trouver une raison de paniquer alors qu'il dégoulinait littéralement d'eau.

— *L'eau ne fonctionne pas sur lui,* me rappelai-je à l'intention de Lucas.

— *Pas totalement, je peux l'empêcher d'avoir l'avantage du terrain, Cette fois, reste en arrière.*

Le corps du premier archange s'embrasa et une boule de feu jaillit de son poing, qu'il propulsa dans notre direction. Lucas refoula l'attaque d'un revers de main accompagné d'un puissant coup de vent. Lucifer réitéra ses attaques, de plus en plus fortes, forçant Lucas à avancer pour ne pas se faire acculer. L'ange du vent dévia le feu puis se projeta en avant tout en disparaissant dans un souffle. Lucifer se propulsa sur le côté pour éviter les bourrasques qui tentaient de l'éjecter. Son enveloppe physique avait également disparu pour se transformer en torche humaine, répliquant avec agressivité. Le feu ne pouvait s'étendre sur un terrain aussi mouillé, ce qui réduisait les possibilités d'attaques de Lucifer qui ne pouvait que tenter de frapper directement son adversaire, alors que Gabriel jouissait d'air à volonté.

Les trombes d'eau se rapprochaient, me forçant à m'aplatir un peu plus pour ne pas être emportée. J'entendais la demeure ancestrale de ma famille grincer, et la statue d'Enlik au-dessus de moi oscillait dangereusement. Un horrible son de métal déchira mes oreilles. Les sabots de bronze de l'étalon se soulevèrent, dévoilant des pieux plantés dans la stèle qui ployèrent puis finirent par céder. La statue fut éjectée hors de mon champ de vision. Je n'eus pas le temps de m'attrister sur cette profanation, car j'étais proche de subir le même sort. Au milieu de l'ouragan, les deux vampires continuaient leur joute céleste. *Comment Lucifer pouvait-il résister à une telle puissance alors qu'il en était la cible ?* Je poussai une plainte et choisis de me déséquilibrer volontairement pour changer de position. Je levai mes mains et les plongeai l'une après l'autre dans la terre pour raffermir ma prise.

Malheureusement, le fait de privilégier une posture adéquate pour résister à cette tempête m'empêchait de me défendre correctement. Lorsque Lucifer mit ses mains de part et d'autre de sa bouche et cracha tel un dragon un torrent de flammes dans ma direction, je ne pouvais qu'encaisser. Une telle attaque était risquée mais il savait que les assauts de Gabriel cesseraient. En effet, mon époux se matérialisa devant moi. Il rassembla son pouvoir dans sa main et fendit la vague de feu qui me contourna, in extremis. Même s'il avait encore besoin de moi pour retrouver Lilith, Lucifer devait avoir l'intention de nous tuer s'il voulait vaincre Gabriel. Et il le faisait bien. Le premier archange ne reprit pas son souffle et maintint son jet de flammes sur nous. Toujours en position de défense, Lucas et son pouvoir étaient l'unique barrière qui nous empêchait de griller. Les gerbes de feu étaient d'une telle puissance qu'elles atteignirent le grand manoir derrière nous. J'avais l'espoir qu'il serait suffisamment humide pour résister, mais la chaleur était telle qu'elle sécha la charpente qui s'embrasa. Le feu transperça le toit de l'ancienne demeure se mourant dans les flammes. Tirant avantage de ce désastre, Lucifer reconquit la zone. Nous étions cernés par le feu, l'atmosphère devenait insupportable. L'air que j'inspirais ressemblait à de la lave ravageant mon poumon. Au loin, les trombes marines furent aspirées vers le haut et disparurent derrière les nuages. *Lucas...* Avait-il épuisé ses forces ? Stoïque, il parvenait toujours à refouler les flammes mais combien de temps tiendrait-il encore ? La force du vent diminuant, je fus plus libre de mes mouvements. *Je dois l'aider.*

Je poussai mon pouvoir à me montrer une échappatoire et je vis alors que notre situation était bien moins alarmante que ce que je pensais. Le murmure angoissant d'un remous me fit lever les yeux. Des nuages noirs parcourus de flashs inquiétants tournoyaient au-dessus de nous mais ce n'était pas le tonnerre que j'entendais. Le son des vagues s'écrasant sur la grève semblait non pas venir de la côte mais bien d'en haut. Les cyclones avaient accumulé une gigantesque poche d'eau juste au-dessus de nos têtes. Gabriel stoppa les puissants courants ascendants qui la maintenaient en l'air, ce qui la relâcha d'un seul coup. D'impressionnantes chutes d'eau traversèrent les nuages et s'abattirent avec une force démesurée sur la falaise. Lucifer, qui nous croyait pourtant piégés, se prit l'équivalent des chutes Victoria en pleine tronche. Il disparut sous des quantités astronomiques d'eau. Cela aurait pu également être notre cas si Lucas n'avait pas propulsé son pouvoir au-dessus de nos têtes, nous protégeant ainsi sous un parapluie d'air. Cette attaque d'une violence extrême ravagea la totalité du domaine et emporta le reste du manoir qui s'effondra sur lui-même.

Lorsque la dernière goutte d'eau eut rejoint l'océan, que le vent retomba totalement et que le dernier mur de la maison de ma mère tomba, le calme revint. Encore sous le choc de ce déferlement, je restai au sol, fixant les récents décombres éparpillés autour de nous et songeant à la puissance inimaginable de ces anciens anges. Gabriel me tendit d'ailleurs sa main et m'aida à me relever. Il m'inspecta brièvement. Je le laissai se rassurer sur mon état physique. Maintenant debout, je pus voir le corps de Lucifer toujours écrasé sur le sol à quelques mètres de là. Le grand frère de Lucas bougea puis se hissa péniblement sur ses jambes. *Pour sûr, il est résistant, mais incapable de continuer le combat.*

Grimaçant de douleur et le souffle court, il me lança un ultime regard :

— Tu es bien loin de savoir ce qui touche ta famille. Le jour où tu en auras marre de chercher, je ne serai pas loin. En attendant, j'ai le secret espoir que nous nous retrouverons devant notre compagne commune.

Avant que Lucas ait pu le rejoindre, des flammes le propulsèrent vers les hauteurs, au-delà de la falaise, et il plongea dans l'océan.

Chapitre 25

Lucas poussa sans ménagement la lourde porte en bois massif duk château de Trevarez qui faillit sortir de ses gonds. Alors qu'il pressait ses vêtements dégoulinants d'eau à cause de la pluie qui faisait rage dehors, il lança un ordre à qui voulait l'entendre :

— Apportez-moi du sang !

Son humeur massacrante était la raison de la tempête qui régnait encore à l'extérieur – déstabilisant nos compagnons. Je jetai un regard désolé à Agnel qui s'éclipsa aussitôt pour répondre à son besoin. Nos gardes du corps s'étaient tenus à l'écart de la bataille mais l'attaque finale de Lucas ne les avait pas épargnés non plus. Dès la disparition de Lucifer, ils s'étaient empressés de nous rejoindre. Je les avais alors retrouvés essoufflés et surtout trempés. Le plus étonnant dans cette situation, était que celui qui s'était battu semblait le moins éreinté de tous. La colère lui donnait visiblement des ailes. Lucas continua jusqu'au salon, prit le registre portant sur la famille Morvan que Victor avait mis à notre disposition et l'ouvrit. Il espérait encore que les paroles de son frère ne soient qu'un mensonge et qu'il en trouverait la preuve dans ce livre. *C'est désespéré...* Il y a quelques semaines, avant même que nous décidions de venir ici pour trouver Lilith, Victor nous avait parlé des origines phéniciennes des Morvan. Ces livres ne feront que confirmer les dires de Lucifer.

Lucas tournait rapidement une page, s'arrêtait brièvement pour lire, puis recommençait aussitôt si l'information contenue sur la page ne l'intéressait pas.

— Lucas...

— Pas maintenant ! coupa-t-il sèchement.

Ma colère faillit exulter. *Il me gronde maintenant !* J'avais l'impression d'entendre mon père me rabrouant et me demandant de me taire le temps qu'il accomplisse un devoir de grande personne. Cette comparaison me mit d'autant plus en rogne que je m'assimilais à une gamine – ce que les autres vampires faisaient très bien pour moi la plupart du temps. Il ne se rendit même pas compte de l'état de rage dans lequel il m'avait mise et ne leva la tête que lorsque Agnel lui fournit ses poches de sang.

— Les troupes de Brest ratissent la baie de Douarnenez, informa-t-il.

— Qu'elles se concentrent sur la côte, il a dû rejoindre la terre à l'heure actuelle et il va chercher à se sustenter, ordonna l'ancien archange.

Il vida les poches tout en lançant ses directives sur les zones de recherches à privilégier. Il eut le temps d'en dévorer quatre avant que je décide de partir. La voix irritée de mon époux semblait résonner dans chaque couloir de ce château et mon ouïe d'immortelle n'arrangea les choses en rien. Après toutes les épreuves de la journée, nul repos ne m'était permis, car j'étais condamnée à écouter Lucas s'agacer sur ce qu'il refusait d'admettre. Ma main se crispa sur mon ventre douloureux, tant mes entrailles se tordaient d'angoisse.

J'étouffai.

J'avais besoin d'air, et pas d'un typhon cette fois. Mes jambes prirent le chemin de la porte que Lucas avait failli fracasser quelques minutes plus tôt.

Gisèle et Alex se mirent en travers de mon chemin.

— Élizabeth, ta sécurité ne peut être assurée nulle part à l'heure actuelle, dit la première. Sois raisonnable et restons à l'intérieur.

Ce que j'assimilais à un sermon ne passa pas, surtout après avoir subi le blâme de Lucas.

— Arrêtez de me traiter comme une enfant ! m'énervai-je.

Mes crocs sortirent malgré moi et je les fixais avec tout le courroux que mes yeux topaze pouvaient porter. J'avais tellement envie de passer que j'étais prête à les écraser. Les deux vampires femelles répondirent à mes désirs secrets comme si elles les avaient entendus. Elles baissèrent la tête, puis s'écartèrent légèrement tout en pliant les genoux, de telle sorte à ce qu'elles paraissent bien plus petites que moi. Je n'aimai pas les soumettre mais cela se faisait naturellement au gré de mes émotions.

— Je vais sortir et je veux qu'on me laisse en paix, repris-je d'une voix plus contrôlée.

Elles ne m'empêchèrent pas de passer la porte. Je descendis quelques marches sous la pluie et constatai que même ici je n'étais pas seule. Ma sortie avait attiré l'attention des vampires bretons en charge de la surveillance du château. Surpris de me voir débouler au-dehors, ils se rapprochèrent. *Merde !* Je partis vers la droite et longeai un bassin plus long que large. Me retournant de temps à autre pour observer les alentours, je m'aperçus que l'on me suivait. Mon pouvoir me vint en aide. Il y avait des gardes cachés dans les bois et d'autres qui m'attendaient au bout du jardin. Je bifurquai subitement et choisis la forêt. L'ensemble des vampires convergèrent vers ma position. Je marchai sur une dizaine de mètres avant de retirer ma veste imbibée d'eau et la laissai sciemment tomber au sol. Je tournai en angle droit pour me diriger vers un groupe d'immortels chargés de veiller le bois. Ces derniers m'entendirent et s'approchèrent afin de vérifier l'identité de l'intrus. Là je ralentis pour laisser mes poursuivants gagner du terrain et attendis que mes visions me confirment le bon positionnement de chaque pion. Je sautai alors vers la branche d'un des arbres et me hissai habilement vers ses hauteurs feuillues. Quelques secondes plus tard, j'étais accroupie bien à l'abri dans la frondaison de l'arbre. En dessous, les deux groupes de gardes se rencontrèrent comme prévu. Tout d'abord étonnés de tomber l'un sur l'autre, ils regardèrent autour d'eux persuadés d'avoir manqué quelque chose. La pluie les empêchait d'utiliser leur odorat qui aurait pu leur être bien utile. Avant qu'ils aient eu l'idée de lever les yeux, un des vampires trouva ma veste et tous repartirent loin de ma position. Dès qu'ils furent suffisamment loin, je sautai d'arbre en arbre tout en souhaitant trouver un abri au sec. *Je ne vais pas rester perchée là-haut tout de même.*

Dieu devait s'intéresser à mon cas, car arrivée à la lisière de la forêt, je vis une ravissante petite chapelle juste en face de moi. Elle appartenait au château qui se trouvait un peu plus haut mais je n'avais pas encore eu l'occasion de la visiter. Secouant la tête tout en soufflant, je m'abandonnai malgré tout à accepter cette proposition du destin. Je sautai au sol et courus vers la bâtisse en pierre. Je poussai la porte et la refermai aussitôt derrière moi. Maintenant à l'abri, j'attendis de voir si mon dernier déplacement avait été remarqué, mais je n'entendis rien dehors si ce n'était la pluie. Quant à l'intérieur, seul le son de ma respiration venait troubler le silence de la maison de Dieu. Cette chapelle était certes petite mais joliment restaurée. Les statues à l'effigie des saints et de la Vierge étaient fraîchement peintes, les vitraux propres et les boiseries cirées. Quelques bougies étaient allumées dans le chœur. Avant de faire un pas de plus, je fis le signe de croix puis ma main resta bloquée en suspens. Que représentait ce geste pour moi maintenant que je connaissais mes origines ? Une minute s'écoula sans que je puisse trouver de réponse à ma propre question. Je marchai alors le long de la nef jusqu'au chœur et fus attristée de constater que les derniers cierges étaient en train de s'éteindre. Une boîte de chandelles neuves se trouvait au pied d'un pilier. J'en pris une dizaine et les allumai patiemment l'une après l'autre. Elles éclairèrent de leur chaleureuse lumière la représentation de la Vierge et du fils de Dieu dans ses bras.

Une fois de plus, mon esprit fut assailli de questions. *Et sa place à lui ? Qu'en est-il ? Qui est-il ?* Je savais pertinemment que l'identité de Jésus différait selon les religions : « Fils de Dieu », « Christ », « Prophète », « Parole de Dieu », « Messie »… L'identité de Jésus était extrêmement divergeant d'une religion à une autre. Cependant, sa personne et sa vie étaient autant considérées dans le Coran que dans la Bible. Qu'il soit un simple humain ou un Dieu, il insufflait l'espoir dans un monde et un peuple qui n'en avait plus. De mon point de vue, son identité importait bien moins que ses actes. *Oui qu'importe mon nom ou mes origines, je restais celle que j'étais,* me rassurai-je. Assise au premier banc, je fermai les yeux et profitai de cet instant d'apaisement, mais mon pouvoir l'entendait différemment.

Le registre sur la famille Morvan était ouvert à la dernière page. Le corps lourd, Gabriel s'appuyait de tout son poids sur la table. Les traits de son beau visage étaient tirés comme si la fatigue l'avait enfin rattrapé. La respiration profonde, il écoutait la voix de son frère, Michel, sortant du haut-parleur de son portable :

— *Je suis désolé. Il n'avait jamais pris d'épouse mais j'aurais dû vérifier qu'il n'avait pas eu d'enfants hors mariage.*

— *Il avait grandi et c'était un nomade,* lui rappela Gabriel. *Tu n'allais tout de même pas espionner ses bivouacs et border son couchage.*

— *Non, mais si ton rôle était de surveiller ses parents, le mien était de veiller sur lui.*

Gabriel se souvint de ses interminables traques qui firent remonter un sentiment de frustration. Lilith ne s'était jamais cachée de lui, au contraire, elle s'était plu à le titiller dès qu'elle avait pu. Son époux avait toujours été bien plus complexe à trouver. Gabriel ne l'avait jamais autant côtoyé que maintenant, alors que Lucifer traquait cette fois Élizabeth, sa propre femme.

— *Nous avons échoué tous les deux, alors,* déplora-t-il tristement.

— *Pas totalement, apparemment,* le contredit Michel. *Cet enfant vit encore à travers Élizabeth et son frère. Finalement, l'intérêt que Lilith lui porte n'a peut-être rien à voir avec de la vengeance,* dit-il avant de marquer une pause et de reprendre plus gravement. *Tu sais ce que cela veut dire aussi ?*

Gabriel frotta son visage pour tenter d'effacer sa fatigue et poussa un lourd soupir.

*— Je ne sais pas comment la société des vampires va réagir à ça...
Le sang de Samaël coule dans ses veines.*

Les deux frères encaissaient le choc de cette vérité quand Agnel prit la liberté d'entrer dans la pièce et de s'adresser à Gabriel :

— Elle est dans les jardins et nous l'avons perdue de vue.

L'ancien archange expira avec lassitude.

Je rouvris les yeux et fondis aussitôt en larmes. Toutes mes réflexions portant sur mon identité et le fait qu'elle n'était pas la définition de ce que j'étais tombèrent à l'eau. Ce que j'étais s'inscrivait dans mon sang. Ce sang à l'odeur exquise qui ferait vriller n'importe quel vampire sevré. Ce sang auquel Gabriel succombait chaque jour au cours d'une étreinte fiévreuse. Ce sang était en fait celui de son frère, celui d'un traître. Je méritais ses reproches car j'étais une duperie.

Mon corps tremblant se recroquevilla sur lui-même et je pleurai, le visage dans mes jambes repliées. Lucas n'utilisa nullement son lien. *Mon esprit est-il devenu si fétide pour qu'il ne veuille même plus s'en servir ?* De toute manière, s'il m'avait demandé où j'étais, je ne lui aurais probablement rien dit, car je ne voulais pas subir sa déception. Aussi, lorsque les portes de la chapelle s'ouvrirent et que je sentis qu'il ne pouvait s'agir que de lui, je resserrai mes jambes encore plus fortement contre moi. Cela ne devrait plus m'étonner : lorsque je me sentais perdue, il trouvait toujours le moyen de me rejoindre, même sans le lien. Les pas du vampire se rapprochèrent et il prit place à côté de moi. Ses doigts jouèrent avec mes mèches de cheveux mouillés et les soulevèrent pour les humer. J'aurais tant voulu me perdre dans sa douceur et oublier le fait qu'il avait épousé une escroquerie. Son odeur me donnait des frissons et mes crocs le réclamaient. *Foutu vampire !* Si j'avais pris du sang avant de m'enfuir, je n'aurais pas aussi faim.

Quand bien même, lorsqu'il se rapprocha encore plus et voulut voir mon visage, je détournai la tête.

— Est-ce que je te dégoûte ? lançai-je misérablement. Maintenant que tu sais que le sang du Malin coule dans mes veines, est-ce que je te dégoûte ?

Il cessa de me toucher. Mon amertume le déstabilisait peut-être mais, je n'allais pas sauter de joie après les récents événements. Il finit par me répondre :

— Je serais bien sot si cela était le cas.

Au lieu de me rassurer, sa remarque m'agaça et me donna l'impression que ma réaction était exagérée.

— Je ne suis pas une hystérique. Je sais ce que j'ai vu : ce qu'il nous a dit t'a mis en colère.

— Parce qu'il voulait enlever ma femme.

— Tu refusais d'admettre qu'il disait vrai, surenchéris-je.

— J'ai pour principe de ne jamais croire aveuglément ce que me dit mon frère.

Cette fois, je relevai la tête et plongeai mon regard dans le sien. Nous étions tous les deux exténués, trempés et sales mais aucun n'avait l'intention de céder.

— Tu m'as repoussée… au lieu de me parler, tu m'as repoussée. Je ne suis pas fière de ce que je viens d'apprendre. La descendante d'une despote et d'un pyromane psychopathe, ce n'est pas la panacée, crois-moi ! Je n'avais pas besoin de subir en plus ta consternation.

Sa mâchoire était serrée et une ride apparut entre ses sourcils. Ses yeux s'égarèrent quelques secondes le temps qu'il comprenne le fil de mes pensées. Enfin, il hocha lentement la tête puis se laissa glisser au sol pour poser un genou à terre devant moi. Il attrapa mes chevilles et les attira délicatement vers lui. Je dépliai mes longues jambes et il s'inséra entre mes cuisses. Sa main prit la mienne et il embrassa tendrement ma paume.

— Je suis désolé si mes actes t'ont laissé croire ça, murmura-t-il. Je ne suis pas consterné. Sache une chose : tes véritables ancêtres sont morts, tués par les vampires qu'ils sont devenus. Lilith était une jeune femme intelligente et pleine de rêves. Quant à Samaël... Notre existence ne débute pas sur Terre. La majorité des souvenirs que j'ai de mon grand frère sont des souvenirs heureux. Je l'aimais. C'est peut-être pour ça que je n'arrive pas à en finir avec lui aujourd'hui.

Ma main se déplaça légèrement pour caresser sa joue, puis sa chevelure avant de redescendre vers sa mâchoire et sa bouche.

« Pas à en finir », me répétai-je. *Il y avait pourtant mis toute sa puissance tout à l'heure.* Lucas embrassa la partie charnue à la base de mon pouce, se délectant de ma peau et s'abreuvant de mon odeur. Ses crocs me titillèrent de nouveau. Attirés par cet alléchant danger, mes doigts glissèrent à la lisière de sa bouche. Je poussai une petite plainte. La pulpe de mon doigt venait de se couper sur sa canine acérée faisant aussitôt perler une goutte de ce nectar censé le rebuter. Ses pupilles éclatèrent. Il attrapa fermement ma main et fit entièrement pénétrer mon doigt à l'intérieur de sa bouche. Le vampire suça méticuleusement mon sang. Un frisson remonta le long de mon

bras et fit éclater de petites étincelles un peu partout dans mon corps mais surtout entre mes jambes. Mon gémissement résonna dans la chapelle. Ne pouvant plus me retenir, je récupérai ma main et entraînai son beau visage dans un baiser brutal. Ses bras enserrèrent ma taille et j'écartai un peu plus les cuisses pour l'accueillir contre moi.

— Je t'aime, Liza, murmura-t-il entre deux baisers.

Emportées par l'ivresse de notre passion, nos bouches multiplièrent caresses lascives et sensuelles. Mes mains glissèrent dans ses cheveux que je tirai légèrement en arrière pour maintenir sa tête.

— Ne me repousse plus, l'avertis-je, le souffle court.

— Jamais.

Au comble du désir, mon corps se pencha à nouveau sur lui et nos baisers gagnèrent en tension. Ma soif était telle que mes crocs me faisaient mal. Mes lèvres glissèrent le long de sa mâchoire pour atteindre son cou mais il eut un mouvement de recul. Je réitérai mon essai mais il m'empêcha à nouveau d'atteindre sa carotide.

— J'ai faim de toi ! le suppliai-je avec force.

Mon impétuosité le fit sourire. Il effleura mon visage de manière bien plus douce, ce qui calma mes ardeurs.

— Il faut y remédier, mais pas ici.

Me souvenant du lieu où nous étions, je me redressai subitement. *Mince ! J'ai voulu forniquer dans une chapelle.* Même si Dieu accordait son pardon, je doutais que ce péché soit réellement accepté en confession. Lucas se dégagea de mon emprise et passa un bras sous mes jambes. Avant que j'aie eu le temps de protester, il était en train de me porter et avait plaqué sa bouche sur la mienne. Finalement, j'acceptai de jouer les indisposées. Je m'accrochai à lui comme à son baiser afin de le faire durer encore et encore.

Chapitre 26

Richard passa le long des étagères et lut les titres sur les vieilles reliures des livres de Cyril. Les cernes qu'il avait sous les yeux marquaient son visage qui s'affaissait sous le poids de nuits sans sommeil. Le bureau du président était en constant désordre, du moins c'était ce que toute personne pénétrant dans l'antre du puissant chasseur pensait, mais Cyril semblait parfaitement s'y retrouver dans ses montagnes de papiers. L'oncle d'Élizabeth lorgnait une pile de classeurs qui menaçait de s'effondrer.

— *Il serait regrettable que cela aille plus loin, Cyril*, reprit-il. *Où est-elle ?*

Assis derrière son bureau, le président du Conclave leva sur son congénère un regard menaçant.

— *Cette arme n'a sa place qu'en temps de guerre. As-tu l'intention d'en débuter une prochainement ?*

Richard eut un ricanement dédaigneux et lâcha d'une voix de plus en plus irascible :

— *Il est connu que, de tous ses porteurs, tu es celui qui a su le mieux l'exploiter. On dit qu'elle est une extension de ton bras. On t'a surnommé « le chasseur de crocs ». Cependant, tu sais que Némésis ne t'appartient pas !*

— *Vous laissez finalement éclater votre vrai visage.*

— *En plus d'avoir été créée par mon ancêtre, seul le président du Conclave a le droit de la manier !*

— *Ce que je suis encore, me semble-t-il*, répliqua fermement Cyril. *Le président te demande maintenant de quitter les lieux.*

Humilié, le visage de Richard se tordit dans un odieux mélange d'expressions : la rage, le mépris, le dégoût… et curieusement un soupçon d'euphorie.

— *C'est imminent, Cyril. Lorsque ce sera fait, je suis prêt à détruire les Invalides pierre par pierre pour la trouver. Et ton petit toutou, le rôdeur d'Orient, ne te sera d'aucune aide. Si je le retrouve sur mon chemin, je le pulvérise.*

—*Ismaël Meïr est sur une mission assez sensible… j'ose espérer que s'il s'est retrouvé sur ton chemin, c'était une fausse piste,* soupçonna Cyril d'un air inquiet.

Richard se dirigea vers la sortie sans plus rien dire.

—*Avant cela, un peu de repos te rendrait moins nerveux,* continua Cyril.

L'homme quitta la pièce en claquant violemment la porte, ce qui fit tomber une pile de papiers. Cyril ne déplora nullement ce fatras supplémentaire. Le visage fermé, il se leva et enjamba simplement le pêle-mêle au sol pour atteindre l'autre bout de son bureau où se trouvait la peinture moderne. Il regarda le tableau avec beaucoup d'intensité.

— *Vois-tu ce qui se passe, Élizabeth ?*

Mon regard s'était momentanément perdu. La vision avait disparu et je me concentrai de nouveau sur mon reflet. Dans le miroir se tenait une somptueuse jeune femme aux boucles brunes élégamment remontées en un chignon bas, chic et romantique. Cette coiffure offrait une vue admirable sur son cou gracile et son décolleté de la reine Anne en tulle. Ce décolleté, imposé par la reine dirigeant l'Angleterre au XVIIe siècle, se fermait derrière la nuque et s'ouvrait vers l'avant dans une profonde encolure en forme de cœur. Ma robe fourreau ivoire laissait deviner les courbes harmonieuses de ma croupe ainsi que de mes cuisses. Je pris le bracelet de Cléopâtre que m'avait offert Lucas et le glissai à mon bras jusqu'à ce qu'il tienne au milieu de mon biceps.

Cette vision tombait mal. J'avais besoin de toute ma concentration pour ne pas commettre une immense bourde ce soir. Les vampires les plus puissants de ce monde seront tous regroupés au Palais Garnier et détailleront chacun de mes pas. *Je ne peux pas me préoccuper d'autre chose.* Pourtant Cyril – qui avait très bien saisi le fonctionnement de mon pouvoir – m'avait lancé un avertissement à travers cette vision. Je ne pouvais pas l'ignorer parce que, justement, cela pouvait avoir un impact sur la sécurité des chefs des clans.

Némésis...

Cette arme était un danger. Nombreux étaient ceux qui désiraient la posséder pour de mauvaise raison. Sa puissance était un fléau pour notre espèce et il aurait mieux valut que mon ancêtre ne la forge jamais.

L'une des portes-fenêtres derrière moi s'ouvrit. Dans le miroir, je vis l'ancien archange arborant un de ses plus beaux costumes pénétrer dans la pièce. En me voyant, ses pupilles s'animèrent d'une aura bleutée. Lentement, il s'appuya dos au mur et glissa ses mains dans les poches de son pantalon pour profiter de la vue. Dans cette position, sa chemise blanche se plaquait sur sa poitrine bien faite et sa veste remontait légèrement sur ses épaules accentuant leur carrure. Sa manière de me regarder me donna l'impression d'être transpercée d'une myriade de petites aiguilles. Je tripotai ma bague, confuse qu'il me fasse toujours autant d'effet alors que nous étions maintenant mariés. J'étais en effet victime de ces symptômes depuis le jour de notre rencontre. Prenant plaisir au spectacle que je lui offrais, ses lèvres s'ourlèrent discrètement.

— Ce choix de couleur est inhabituel.

Mes doigts caressèrent le doux tissu ivoire.

— Le noir était sa couleur, expliquai-je en faisant allusion à Lilith. Je voulais marquer les esprits.

Je crus avoir fait une bêtise. Si l'ancienne reine s'habillait en noir, c'était peut-être parce qu'elle avait constamment été hantée par un deuil qu'elle ne s'expliquait pas. Et lorsque enfin elle put se souvenir de son enfant, c'était pour apprendre par la même occasion son assassinat des mains de son propre père.

Lucas ne sembla pas s'émouvoir. Il n'avait peut-être pas la même interprétation… ou bien ce détail n'affectait que moi. Depuis la Bretagne, je n'avais pas pu lui cacher bien longtemps mes doutes concernant les mauvaises intentions de Lilith. Il m'avait alors suppliée de ne pas m'attendrir. L'on ne savait pas pourquoi elle avait demandé à Enlik de retrouver ses descendants. Peut-être avait-elle besoin d'eux ? Mais dans quel but ? La survie de ce descendant était-elle garantie ? Me concernant, mieux valait que la réponse à cette dernière question soit positive, car elle m'avait déjà trouvée, et par mon biais, elle avait également trouvé Rémi. Je n'avais pas encore dit ce que j'avais appris à mon frère même s'il m'avait un peu secouée pour que je lui explique pourquoi le domaine de notre mère avait été dévasté. Je n'avais pas le commencement d'un début d'explication sur le dessein de l'ancienne reine. Lucifer m'avait laissé sous-entendre que j'ignorais toujours à quel point ma famille était impliquée. Lorsque je le saurais, je ferais un compte rendu à Rémi, pas avant.

Lucas m'invita à le rejoindre. J'attrapai un pan de ma robe pour la soulever légèrement puis allai prendre sa main. En rejoignant la cour avant du château de Villette, les quelques vampires de Paris que nous croisâmes se courbèrent tout en nous cédant le passage. Je les observai longuement avec une pointe de culpabilité. La vérité sur mon ascendance – qu'elle concerne Lilith ou Samaël – avait été cachée. Seuls ceux qui nous avaient accompagnés en Bretagne, les Anciens et Michel étaient au courant.

Sur le parvis, près de notre voiture, Andrea et Hugo nous accueillirent entourés des vampires du clan restés sur place pour garder le château. Les autres avaient été déployés en centre-ville pour assurer la sécurité du Palais Garnier. Les deux Anciens baissèrent humblement la tête et je ne pus m'empêcher de vérifier si cela choquait autant Lucas que moi. Bien sûr que non, car il était né avec une cuillère céleste dans la bouche.

— Souhaitons que cette soirée soit un succès, dit Hugo dont le regard légèrement brillant se bloqua sur moi. Mais je ne me fais pas de souci, car vous avez mis toutes les chances de votre côté.

Andrea ouvrit la portière de la voiture et m'offrit son aide pour monter. Lorsque je lui donnai ma main, il y déposa un baiser :

— Je pensais être suffisamment résistant mais voilà que la plus grande des beautés me rend muet, avoua-t-il.

Je lui souris. En effet, le centurion n'avait en général pas sa langue dans sa poche. Il était, à mes yeux, le plus « turbulent » des Anciens mais ce n'était pas pour autant qu'il n'était pas un modèle de loyauté. Sa présence à mes côtés m'aurait rassurée mais nous avions suffisamment d'alliés ce soir, à commencer par Agnel et Gisèle qui prirent place à l'avant de la voiture. La belle vampire avait toujours de douces expressions à mon encontre et, surtout, était de bon conseil. À mes côtés, Lucas ordonna notre départ.

— Je pensais que Joachim ne se séparait jamais de Hugo. Son pouvoir pourrait être utile au milieu de tous ces vampires étrangers.

— Ces vampires ne sont pas des novices. Ils ont tous des notions de défense psychique. Ces rudiments sont peut-être inefficaces contre moi mais suffisent à rendre leurs pensées muettes. Hugo n'aurait pas été d'une grande aide pour Joachim, contrairement à Diane et Arnaud.

Le don du bouclier aurait très certainement son utilité dans ces circonstances. C'était la deuxième fois que j'allais voir Joachim en dehors de Villette – la première étant quand il était venu me sortir des griffes des chasseurs. Ce soir, bien qu'il jouât les hôtes, il ne serait pas en position de force, car les convives possédaient le même rang que lui. Les seuls qui pourraient prétendre à une plus grande notoriété étaient Gabriel et Michel... et moi, de surcroît.

Je pris une grande inspiration qui me provoqua un élancement dans la poitrine. Ma main se posa automatiquement sur mes seins. J'eus l'impression d'avoir respiré cet odieux gaz à base de nithylite, une création d'Edward. Ce dernier nous avait causé bien des problèmes l'année dernière avant de disparaître totalement. Arnaud et même

Morgana – l'indic de Gaël- soupçonnent sa mort. Me concernant, à l'heure actuelle, il n'était rien de tel. Si ma respiration semblait laborieuse, c'était à cause de la peur. Je ne pouvais même pas retenir mes tremblements. *Mon Dieu ! Mais qu'est-ce que je fous ici ?!*

— Tu as confiance en moi ?

Lucas prit ma main et l'amena à sa bouche pour l'embrasser – exactement au même endroit où l'avait fait Andrea quelques minutes plus tôt. Mon époux n'aimait pas que je porte l'odeur de quelqu'un d'autre, même s'il s'agissait d'un ami. À son contact, mon corps se réchauffa et cessa de trembler.

— Oui, oui j'ai confiance en toi.

Plongé dans l'obscurité de l'habitacle, son doux regard turquoise se discernait très distinctement. Il caressa tendrement mon visage.

— Tu es parfaite, mon amour.

Je fermai les yeux pour apprécier pleinement ce doux toucher qui apaisa mon esprit. Avait-il utilisé son pouvoir ? *Non.* Sa présence suffisait à éloigner les pires démons. Il garda ma main serrée sur sa cuisse jusqu'à ce que nous atteignions le centre de la capitale. L'avenue de l'Opéra, cette large percée haussmannienne était dépourvue d'arbre, sur la demande de Garnier pour ne pas boucher la perspective sur l'immense théâtre. De part et d'autre de l'avenue, les petites rues du Paris XVIIe et XVIIIe – bien moins éclairées – débutaient. La façade éclectique du Palais Garnier était un véritable spectacle à elle seule. Il était aisé de se perdre dans les différents styles et couleurs employés par le jeune architecte qui ne laissa aucun détail à un autre. Les iconographies rendaient hommage à la mythologie mais également à Beethoven, Mozart et d'autres grands musiciens de ce monde dont les visages ornaient les murs de part et d'autre des arcades. Son imposant dôme ressemblant à une couronne impériale était surmonté de la statue d'Apollon, le dieu des Arts. Son commanditaire, l'empereur Napoléon III, avait également sa place au sommet de la façade, au travers d'un médaillon portant la lettre N.

La voiture s'engagea dans la rue qui longeait le théâtre à l'ouest jusqu'au pavillon de l'empereur. Elle s'engouffra dans la rampe d'accès réservée fut un temps aux carrosses et s'arrêta en haut de celle-ci. Quelques immortels, tous vêtus de costume ou combinaison chatoyante, se pressèrent d'assurer la sécurité autour du véhicule. Certains visages m'étaient connus mais ils ne se permirent aucune familiarité. La rue était bondée de visiteurs nocturnes et les plus proches s'arrêtèrent pour nourrir leur curiosité. Lucas sortit et fit le tour de la voiture pour m'aider à m'extirper de l'habitacle. Lorsque je fus enfin debout, face à la rue, quelques humains sortirent leur portable pour immortaliser ce moment. Je ne faisais rien de transcendant pourtant, ce qui m'amena à croire qu'ils avaient reconnu le célèbre auteur qui venait d'accrocher ma taille. Mon ouïe capta quelques exclamations :

— Est-ce que ce sont des célébrités ?!

— Je ne vois rien, il fait trop sombre !

— Sa robe a été cousue sur elle !

Non, rien à voir avec Lucas. Mon époux m'entraîna vers l'entrée à quelques mètres de nous. Nos gardes nous encadraient de très près ce qui empêchait les curieux d'avoir des photos potables. Nous passâmes les portes du Palais et une fois en sécurité à l'intérieur, nous nous arrêtâmes quelques secondes. Les lieux étaient calmes.

L'immense vestibule circulaire nous accueillit dans une atmosphère sombre, presque intime. Les plafonds voûtés, de pierre pâle, nous donnaient l'impression d'être dans une grotte dans laquelle seuls résonnaient les pas des personnes qui nous accompagnaient. Mon regard fit très vite le tour de la rotonde. *Il n'est pas là.* Autour de nous, il n'y avait que des immortels.

— Où est Cyril ?

— De tous, je ne pensais pas que ce serait *ce* chasseur que tu voudrais voir, ironisa Lucas.

En temps normal, cet humour n'aurait eu aucun effet sur moi mais, ce soir, il m'affecta. Mon air inquiet le surprit et il proposa une réponse plus sérieuse.

— Il doit être dans les étages en train de faire un dernier point avec ses hommes.

— J'aimerais le voir.

Il posa ses deux mains sur mes épaules dans le but de m'apaiser et, par la même occasion, de m'empêcher de fuir vers l'étage pour chercher le président du Conclave.

— Un problème ?

— À lui de nous le dire…

Je fermai les yeux pour me concentrer, il comprit mes intentions. Par le biais de son pouvoir, il capta ma dernière vision. Lorsque je relevai la tête, son beau visage s'était figé. Ce n'était pas tant de l'angoisse que j'y lus mais plus du désappointement. Après quelques secondes de réflexion, il attira l'attention d'Agnel qui s'approchait. L'ancien archange lui glissa deux mots à l'oreille et le vampire fit un hochement de tête avant de se retirer. *Comme attendu, cette vision était grave*. De plus, le perturbateur était un membre de la famille de celle qui se voulait être la future reine des vampires. Cela pouvait tout compromettre et faire s'écrouler les fondements de ce que Lucas tentait de construire. Il devait se maudire de ne pas avoir abattu Richard le jour de son arrivée. Peu à peu, la déception faisait place à la colère en lui.

— Lucas…

— Excuse-moi, dit-il aussitôt en posant son front sur le mien. Ce que se passe ici est de la plus haute importance, ne nous laissons pas distraire.

Nous poursuivîmes vers l'axe central nous menant vers une zone aux multiples plafonds bas et courbes. Au centre, se tenait *La Pythie*, sculpture de Marcello, de son vrai nom la duchesse de Castiglione Colonna. Elle semblait attendre patiemment ses invités et leur indiquait la voie à suivre en tendant gracieusement un bras vers les escaliers. Dans la mythologie grecque, la pythonisse était l'oracle du temple d'Apollon. Elle entrait dans des transes effrayantes pendant ses visions. Moi, qui avais en quelque sorte le don de voyance, j'étais ce que si se rapprochait le plus d'une pythie moderne. Heureusement les manifestations de mon pouvoir n'étaient pas aussi spectaculaires.

En suivant le chemin indiqué, nous fûmes enfin dans le lieu qui a fait la renommée de ce théâtre que l'on nomme « palais » alors qu'il n'était la demeure d'aucun roi. Le grand escalier trônait sous une nef ornée d'un balcon servant autant pour se donner en spectacle que pour observer les nouveaux visiteurs. Un chef-d'œuvre de marbre, d'onyx et de dorures que nous pouvions fouler de nos pieds et toucher de nos mains. En levant les yeux, je pouvais admirer le plafond composé de quatre œuvres d'Isodore Pils : *Le triomphe d'Apollon, Minerve combattant la force brutale devant l'Olympe réuni, Le charme et la musique ainsi que La ville de Paris recevant le plan du nouvel Opéra.*

D'immenses compositions florales de fleurs rouges et blanches ornaient les escaliers ainsi que les balustrades. J'appréciai le choix des couleurs fait par Léa. En plus de représenter l'innocence et la passion, deux critères qui correspondaient bien à un couple nouvellement marié, ils pouvaient émoustiller l'imagination de nos convives. On pouvait aisément voir la pureté entachée, comme une morsure sur une gorge douce et pâle ou du sang gouttant sur un tapis de neige blanche fraîchement tombée. Il était toujours utile de mettre un vampire dans une situation confortable. Cependant, il n'y avait nul immortel se délectant de ce spectacle. Encore une fois, nous étions seuls avec nos gardes. J'avais espéré pouvoir croiser Gaël ou même Joachim.

— C'est… c'est vide.

— Ils sont déjà tous dans la salle, installés dans l'orchestre et au balcon, personne, hormis nous, ne sera dans une loge.

— Mais cela veut dire que nous sommes en retard ! m'angoissai-je.

— Absolument pas. Tout comme l'avait voulu Garnier, les spectateurs font partie du décor de l'Opéra, comme un ballet qui aurait déjà débuté sur la place dehors. Mais le véritable spectacle ce soir, c'est toi. Nous nous devons de les faire languir.

Un ronronnement guttural m'échappa alors que des souvenirs torrides de nos ébats à Lyon me revinrent en mémoire.

— Mmm… ta grande spécialité. Je confirme que c'est efficace dans certaines circonstances, insinuai-je.

— Tu verras que ça marche aussi dans ce genre de situation, me glissa-t-il à l'oreille.

Les poils de ma nuque se redressèrent et un frisson parcourut l'ensemble de mon corps qui semblait s'être soudainement éveillé. L'odeur affriolante qui s'échappait de son superbe costume m'attira. J'étais tiraillée entre le fait de lui arracher tout simplement ou de profiter de son corps mis en valeur par cette chemise blanche et cette veste noire hors de prix. *Pas maintenant !* Je me giflai mentalement pour me faire revenir à la raison. *Je savais que ces fleurs allaient déclencher des pensées lubriques.*

Nous montâmes les escaliers jusqu'aux premières loges et allâmes au fond du couloir qui longeait la salle. Les portes numérotées des loges défilèrent jusqu'à ce que nous atteignions celle qui se trouvait juste au-dessus de la scène : la loge impériale.

— *C'est une blague ? Tu veux vraiment me faire entrer là-dedans ?*

— *Cette loge n'aura jamais connu plus belle reine.*

— *Sauf que je ne suis pas encore reine.*

Il accueillit ma remarque avec amusement, comme si je faisais de l'humour. Ce n'était pas le cas mais, une fois de plus, mon époux semblait si sûr de lui alors que moi, je ne me demandais que trop souvent ce que je foutais et pourquoi je le faisais.

— *Et tu sais que tu n'es pas vraiment un empereur,* lui fis-je remarquer, espérant lui faire ravaler sa fierté.

— *C'est vrai, je suis mieux que ça.*

Ce mec avait un syndrome qui ne devait pas exister dans le lexique de la psychiatrie. Un orgueil indécent et nonchalant, mais qui lui seyait à merveille.

Il m'attira à l'intérieur de la loge richement décorée de tapisseries pourpres et arborant des motifs floraux en relief. Ces brocatelles étaient présentes absolument partout : le plafond, les murs, les cadres des miroirs... De lourds rideaux rouges séparaient la petite antichambre à l'abri des regards – idéal pour les conversations discrètes – et la loge où se trouvaient trois rangées de fauteuils dorés matelassés et recouverts de soierie rouge également. Nous arrivâmes au premier rang devant la large balustrade aux moulures dorées. Les sièges semblaient plus tournés vers la salle que vers la scène. Le véritable but de cette loge prenait tout son sens. Ceux qui l'utilisaient voulaient voir et surtout être vus. La salle se plongeait peu à peu dans l'obscurité, annonçant le début imminent du spectacle, ce que – comme l'avait dit Lucas – nous étions assurément. Même dans la pénombre, mes yeux de vampire pouvaient discerner chaque détail des personnes assises en contrebas. Leurs regards se tournèrent également vers moi et des rumeurs commencèrent à s'élever dans la salle. Qu'étais-je censée faire ? Me voyant hésitante et sans solution, Lucas vint à mon secours.

— *Assieds-toi simplement. Ils n'attendent aucun signe de ta part.*

Soulagée mais également confuse, je me posai dans le fauteuil juste derrière moi et n'osai plus regarder l'orchestre. Je fixai la scène qui accueillait les premiers danseurs sur un fond de musique classique mélancolique. Petit à petit, les murmures se turent mais cela ne voulait pas dire que l'attention des spectateurs était entièrement réservée au ballet.

Le Lac des cygnes raconte l'histoire du prince Siegfried qui tombe amoureux d'Odette, une princesse victime d'un sort. Cette dernière se transforme en cygne blanc la nuit. Il promet de l'aimer et ainsi de lever la malédiction qui pèse sur elle. Malheureusement il se fait piéger par l'auteur même de ce sortilège et se laisse séduire par un imposteur se faisant passer pour sa bien-aimée sous les traits d'un cygne noir. Il la choisit pour épouse et condamne ainsi Odette à demeurer un cygne blanc éternellement. Cette dernière choisit de se donner la mort en sautant dans le lac, et son amant la rejoignit.

L'interprétation de ce soir plaçait Odette au centre de l'histoire. Allongée au bord du lac, la jeune princesse se voyait dansant en cygne noir avec un homme lors d'un songe. À la cour, son précepteur condamna sa promenade nocturne – indigne d'une princesse – et lui présenta son futur fiancé. Résignée, elle revêtit à l'occasion d'un bal l'habit du cygne noir, personnification de cette partie d'elle-même qu'on lui avait appris à haïr. Ce désir de liberté impie et honteux qu'on lui avait tant reproché n'était plus qu'une flammèche vivant ses derniers instants. Enchaînée au sol, à chaque fois qu'elle s'apprêtait à prendre un élan, elle était retenue par les mains de son futur époux. Les demoiselles de la cour tournoyaient autour d'elle, la félicitant pour son union. Odette semblait vouloir courir à l'opposé de cette voie que d'autres avaient choisie pour elle mais l'emprise de ses proches était écrasante et oppressait même le spectateur, du moins, j'espérais ne pas être la seule à me sentir étouffer. Sentant le regard pesant des autres sur moi, je me forçais à ne pas trop me dandiner d'inconfort sur mon siège. Tandis que la danse continuait, je sentais que je manquais d'air. Je pris plusieurs grandes inspirations.

— Sais-tu pourquoi elle a rêvé du cygne noir avant même qu'on la réprime ?

Le souffle de Lucas était sur ma nuque. Je ne m'étais pas aperçue qu'il s'était autant rapproché. Son murmure me tira de ma noyade mais je ne trouvais pas les mots pour lui répondre. Ma confusion était encore trop grande. Alors Lucas posa sa main sur ma cuisse et continua tout bas :

— Parce qu'elle sait, au fond d'elle, qu'avoir de tels désirs est interdit. Elle le personnifie comme un oiseau sombre et malfaisant.

Ses doigts se déplacèrent sur ma robe et tirèrent progressivement le tissu qui remonta lentement sur ma jambe, amenant petit à petit mes sens vers un éveil assez agréable. Je fus alors persuadée qu'il ne parlait pas de la simple volonté d'émancipation mais d'un désir un peu plus freudien. Odette atteignant la maturité, elle s'attachait à comprendre les sensations que lui criait son corps depuis ses recoins les plus enfuis. D'ailleurs, la main de Lucas s'immisça sous ma robe et glissa sur la peau entre mes cuisses. Ma respiration eut un raté et je vérifiai si nos gardes derrière nous n'étaient pas spectateurs d'une telle inconvenance.

Personne. Nous étions seuls dans la loge. Lucas avait dû les congédier avant de m'aborder.

— Pourquoi n'aurait-elle pas le droit de ressentir ça ? dis-je alors.

Ses doigts vinrent effleurer la bordure de ma lingerie et je serrai instinctivement les cuisses, car la bienséance m'interdisait de rechercher plus dans un tel lieu.

— Parce qu'une femme qui connaît le plaisir, connaît la faiblesse des hommes.

Il joua avec la dentelle et en suivit les reliefs jusqu'à atteindre mon mont de Vénus. Lentement mes crocs affleurèrent à mes lèvres. Mon corps tout entier fut pris dans un étau de désir mais je ne me sentais nullement écrasée, car je ne souhaitais qu'embrasser cette force grandissante en moi. Ma volonté défaillait et mes yeux balayèrent fébrilement la salle afin de vérifier si les vampires le ressentaient. Finalement, je me rendis compte qu'ils devaient surtout être surpris de voir mes pupilles chatoyer alors que je ne faisais que regarder un ballet classique.

Lucas voulut plonger encore plus. Je le retins.

— Attends… mes yeux… on va nous voir, chuchotai-je inquiète.

— L'obscurité nous cache, donc les humains ne verront rien tout comme les immortels qui sont, eux, en contrebas. Ils ne voient que ton visage. Ne quitte pas la scène des yeux.

En effet, rien dans la posture de l'archange ne laisser soupçonner ce qu'il me faisait. Son buste était droit, son visage tourné vers la scène, seul son bras avait glissé vers moi.

Je m'exécutai aussitôt et fis comme si j'étais complètement absorbée par l'histoire dramatique d'Odette. Pourtant, à l'abri du garde-corps, mon époux reprit ses caresses. Sa main se faufila sous ma lingerie et mes cuisses s'écartèrent, appréciant son initiative. Ses doigts glissèrent entre mes lèvres, déclenchant aussitôt une vague de plaisir dans mon corps. J'agrippai l'accoudoir de mon siège. Un bruit inquiétant de bois se fracturant retentit et je relâchai subitement ma pression. *Merde !* Si je ne me contenais pas, j'allais détruire un mobilier vieux de plusieurs siècles. Semblant à mille lieues de ces préoccupations, Lucas se servait de la moiteur grandissante pour amplifier ses mouvements circulaires autour de mon nœud qu'il travaillait à saturer. La bouche entrouverte, je me fis force pour nouer ma gorge, notamment lorsqu'il osa s'aventurer plus bas pour jouer à la lisière de mon sexe sans le pénétrer. Il me maintenait ainsi au bord du vide, m'empêchant de basculer dans l'extase que je désirais. Les poings serrés, je ne pouvais ni me retourner pour aller moi-même chercher ce que je voulais, ni le commander de me prendre sauvagement dans ce temple de l'art où l'on célébrait la beauté de la danse et qui plus est rempli de monde. L'excitation de l'interdiction était grisante et contribuait grandement à mon ivresse. Je n'avais certainement pas la volonté de lui demander de stopper tout simplement.

La musique s'emballa et monta crescendo. Les danseurs amplifièrent leurs mouvements, qui annonçaient la fin de l'acte. Comme s'il avait attendu ce moment, mon époux me pénétra subitement. Je ne pus retenir ni mon corps ni mon cri. Heureusement l'expression de mon orgasme se perdit aisément entre les accords des violons et les battements des tambours. Lucas ne bougea plus. Était-il trop étonné de ce scandaleux gémissement ou se délectait-il de mes contractions involontaires autour de ses doigts ? Lorsqu'elles cessèrent, je repris contenance et attrapai son poignet.

— *Je t'avais prévenu de ne pas jouer avec moi.*

— *Et je t'avais dit que j'avais hâte de voir la suite.*

Doté d'un sourire malicieux, il retira ses doigts encore imbibés de mon humidité et les lécha subtilement avec un air de défi. Un nouveau frisson me parcourut. Les mâchoires serrées, je détournai la tête vers la scène et applaudis avec la foule les danseurs qui quittaient le parquet.

— Tu es belle mon amour, mais quand tu jouis, tu rayonnes encore plus, complimenta tout haut mon mari en sachant qu'il ne pourrait être entendu que de moi.

L'entracte débuta lorsque les lumières du théâtre s'allumèrent. Des rafraîchissements – à base d'hémoglobine – étaient prévus mais il n'était pas l'heure pour les chefs des clans de nous rencontrer. Cela se fera à la fin du spectacle.

Je me levai tout en réajustant ma longue robe. Le calme se fit dans la salle. Dans cette position dominante, l'on me voyait à présent très distinctement. Dos au public, je baissai un regard ardent sur Lucas qui était encore assis. Peut-être aurais-je dû attendre que tous quittent la salle pour que nous puissions prendre le temps d'évaluer les invités du haut de notre loge ? Au lieu de cela, c'était moi qui leur offrais un beau spectacle et un sujet de conversation devant un verre de sang. Franchement, à l'heure actuelle, je m'en contrefoutais complètement. Il avait déclenché un besoin chez moi qui était terriblement inassouvi.

Prononcer mon invitation était inutile. La flamme topaze qui brûlait dans mes yeux était suffisante et ma volonté, très claire. Je me déplaçai vers le fond de la loge. Il me suivit jusque dans le couloir où nous retrouvâmes Agnel et Gisèle. Ils nous guidèrent aussitôt vers une autre porte non loin de là qu'ils ouvrirent. Je me pressai à l'intérieur d'un charmant salon et commençai à faire les cent pas entre un canapé en tissu damassé avec un dossier mouvementé et une table basse style Napoléon III. Lucas distilla quelques ordres aux vampires avant de refermer la porte derrière lui. Je ne tenais plus en place. J'étais en train d'exulter.

Nous étions enfin seuls et il combla l'espace qui nous séparait en quelques enjambées. J'ouvris mes bras pour aussitôt saisir son visage et l'embrasser. Ce baiser passionné que j'avais tant réclamé m'arracha de profonds soupirs. Nos bouches se pressaient langoureusement l'une contre l'autre, se dévorant voracement, ne s'offrant aucun répit. Les mains de mon amant empoignèrent chaque courbe de mon corps : la taille, les hanches, les fesses... Il attira mon bas ventre un peu plus contre lui et je sentis son membre grossir entre nos deux corps en proie à une folie érotique. J'en voulus plus mais alors que je me cambrais contre lui pour éloigner mon visage, il ne me laissa pas atteindre son cou.

— Pas de sang.

Ma gorge était desséchée. Mon envie de le mordre était telle que cela me provoquait une douleur lancinante dans la gencive. Je m'apprêtai à passer outre son avertissement. Il saisit mon bras et, de son autre main, attrapa ma mâchoire pour bloquer mon visage entre ses doigts.

— Pas de sang, insista-t-il.

Nous nous regardâmes l'un l'autre avec un air presque menaçant. Bien évidemment, si l'un de nos deux sangs devait couler, l'odeur inégalable qui s'en dégagerait incommoderait la majorité des vampires présents dans le palais. Et si, dans notre emportement, c'étaient les deux en même temps qui devaient être versés, nous provoquerions une tuerie. Je grognai. Quand bien même, je ne tolérais pas qu'il me maîtrise ainsi. Mes doigts enserrèrent son poignet et j'envoyai toute ma force dans les bras pour le faire pivoter. Un éclat de surprise traversa momentanément ses pupilles turquoise lorsqu'il se rendit compte que ma puissance égalait presque la sienne. Soudain je le repoussai avec force et il tomba assis sur le canapé. Il me regarda retirer mon tanga avec un air de délectation. Je jetai ma lingerie à ses côtés puis, ma robe soulevée, je grimpai sur lui. Mes lèvres rencontrèrent brutalement les siennes et nos langues repartirent dans une danse sensuelle tandis que mes doigts s'affairaient à dégrafer son pantalon. Il se souleva légèrement pour m'aider à le faire glisser juste suffisamment pour laisser jaillir son sexe long et dressé. Un soupir au bord des lèvres, tant je l'avais désiré depuis le dernier acte, je le saisis et, sans aucune maladresse, le guidai en moi tout en redescendant sur ses cuisses. Lucas laissa échapper un délicieux gémissement qui fut bientôt rejoint par les miens bien plus sonores. Alors que mon corps entamait d'exquis va-et-vient, je déboutonnai et écartai sa chemise. Je ne pouvais pas le goûter alors je comptais bien rattraper ma frustration en exaltant mes autres sens. Mes mains pelotèrent sa poitrine, jouissant de la fermeté de ses pectoraux bien dessinés. Ma bouche quitta la sienne pour glisser plus bas, bien plus bas que son cou. Son odeur pénétra ma tête et tortura mon esprit. Je me faisais force pour ne pas mordre chaque parcelle de sa peau marbrée. Ma langue traça un sillon circulaire autour de son téton que je finis par sucer avec avidité avant de le mordiller. Un petit grognement fit trembler son torse mais il ne me repoussa nullement.

Ses mains remontèrent ma robe jusqu'à mes hanches pour dénuder mes jambes, et caressèrent mes cuisses qui se mouvaient au rythme de mes déhanchements. Notre union était parfaite. Nous savions à quel moment bouger et de quelle manière. Il déplaça ses mains vers mon dos et attira mon buste contre lui afin d'avoir accès à ma gorge qu'il embrassa. Tête renversée en arrière, j'appréciai pleinement chaque onde extatique provoquée par chaque longue pénétration. Mon corps adaptait sa position pour induire un nouvel angle de pénétration accentuant les frottements, recherchant plus de profondeur… Lorsque Lucas voulut glisser ses doigts dans mon chignon, j'écartai ses bras et les bloquai au-dessus de lui.

— Pas les cheveux.

Il rit mais obéit. Je maintins ses mains croisées derrière sa tête tout en accélérant mes mouvements. Il s'abandonna à mon désir qui nous embrasa. Je ne pouvais le boire mais je comptais bien consommer son corps jusqu'à ce que je m'effondre de plaisir. Mes coups de reins gagnèrent en puissance. Nous n'avions nul besoin du sang pour saisir les désirs de l'autre et les combler. Nos esprits s'entremêlaient aussi aisément que nos corps. Je ne distinguais plus mes pensées de celles de mon époux. Sous l'emprise d'une délicieuse ivresse, je n'étais plus que sensations. Plus rien n'avait d'importance, ni les chefs de clans, ni ce bal, ni le trône, juste nos deux corps. Je songeai qu'il avait délibérément détourné mon attention lors du ballet pour me sauver de ma tourmente, même si je pouvais lui en vouloir de m'avoir mise dans une situation dérangeante. Je m'accrochai une dernière fois à ses caresses, ses lèvres et la chaleur qu'elles déclenchaient en moi avant d'être emportée dans un torrent de flammes. Je poussai un puissant gémissement juste avant lui, nos deux corps parcourus de spasmes d'extase. Je me cramponnais à son corps, retenant le plaisir aussi longtemps que je pus avant de le laisser s'échapper avec un soupir.

Je libérai ses mains et ses bras s'enroulèrent aussitôt autour de moi. Nous restâmes enlacés, nos regards amoureux attachés l'un à l'autre. Quelques baisers furent laissés tendrement sur une joue ou le coin de la bouche.

— Merci, tu as encore été là pour me rattraper, dis-je tout bas.

— Je ne te laisserai jamais chuter surtout si c'est dans tes propres doutes.

Il m'embrassa délicatement et je le serrai une dernière fois contre moi. Puis nous nous séparâmes pour nous redresser et réajuster nos vêtements, voire les renfiler me concernant. En hôte soucieux, Lucas alla vérifier le déroulement de la soirée. En ce moment, les invités devaient se restaurer au niveau du hall principal, attendant la fin de l'entracte qui ne saurait tarder.

Je restai seule dans le foyer qui nous avait été alloué, en profitant pour rassembler mes pensées. Cette distraction m'avait permis d'aborder ce bal sur un ton plus léger. Ce n'était pas la première fois que j'assistais à ce genre de réunion fastidieuse. Chez les Pionniers aussi, le moindre de mes pas avait été étudié et calculé depuis ma naissance. Si je m'écartais un tant soit peu de leur représentation de l'héritière idéale, c'était la disgrâce. Je le savais et j'avais à merveille fait tout ce que l'on attendait de moi. Je n'avais jamais attiré d'opprobre sur ma famille, du moins jusqu'à présent, mais cela n'avait rien à voir avec un comportement inadapté.

Je dois me remettre dans la peau d'une Gauthier.

Je me penchai vers un miroir pour réajuster quelques mèches de cheveux – heureusement ma coupe avait survécu à nos ébats imprévus. Mes doigts caressèrent mes lèvres encore meurtries. Elles arboraient une couleur rouge sang assez agréable pour un vampire. Tout comme je l'avais fait avec la plus prétentieuse des sociétés parisiennes, je devais flirter avec ces immortels pour m'apporter leur sympathie. *Bon vu comme ça, cela ne semble pas impossible...* J'expirai avec lassitude, peu convaincue par mes propres pensées.

Mes lamentations silencieuses furent interrompues par une vision pour le moins imminente : à travers un petit trou dans le mur, je me reconnus dans ma robe fourreau blanche qui épousait ma croupe de manière alléchante ; de dos, j'étais exactement dans ma position actuelle, penchée face au miroir.

Sur mes gardes, je me redressai lentement et pivotai vers la zone que je soupçonnais être le lieu de ma vision : un pan de mur opposé. Je fixai le trou, invisible pour celui qui ne savait pas qu'il était là.

— Montrez-vous, ordonnai-je d'une voix glaciale. Cela ne sert à rien de vous cacher plus longtemps, je sais que vous êtes là, à moins que je ne doive demander à mes gardes de fouiller les murs de ce palais.

Il n'y eut aucun bruit. Les rats eux-mêmes avaient dû cesser de bouger, tant le silence était pesant. Mais ce n'était pas un rongeur que j'essayai de faire sortir. Je m'apprêtai à avertir Gisèle quand le *clic clic* d'un petit verrou retentit. Une petite partie du mur s'ouvrit, dévoilant une porte à peine plus large qu'un demi-mètre. Un homme passa par l'ouverture et fit un pas dans le salon. Le corps prostré et la tête baissée sur le côté, il se recroquevillerait volontiers sur lui-même. Son visage était entièrement dissimulé sous un masque de théâtre sans expression et ses vêtements de matador avaient probablement été sortis des coulisses de l'opéra *Carmen*.

Cette personne n'avait peut-être pas l'occasion de souvent sortir pour se vêtir à la mode actuelle. *Il dissimule son visage et semble connaître tous les passages secrets du Palais Garnier.* L'identité de l'individu ne tarda pas à se dévoiler dans mon esprit.

— Depuis quand êtes-vous là ?

— Depuis le début j'ai toujours été là, balbutia-t-il, les mains tremblantes avant de s'emporter subitement. C'est ma maison, mon tombeau. Ce sont eux les intrus ! C'est vous qui…

Il stoppa aussitôt, se rendant compte de sa soudaine agressivité. Je ne retins pas vraiment son comportement, car une personne n'ayant pas l'habitude de vivre en société pouvait avoir une attitude décalée. Il était un fantôme n'ayant eu comme interlocuteurs depuis des siècles que des rongeurs pesteux. Ce que je retins en revanche c'était qu'il avait probablement tout vu de notre « échange » avec Lucas.

Bon… ça, c'est fait.

Mes mains lissèrent instinctivement ma robe pour vérifier qu'elle était bien en place. Je ne percevais rien de malsain en lui. Ses sens surdéveloppés captaient ce que les spectateurs acceptaient de dévoiler. En l'occurrence, ce n'était pas lui qui nous avait poussés à faire l'amour dans ce lieu. Mais Lucas était capable de le décapiter pour avoir été au mauvais endroit au mauvais moment. Immobile et mutique, il attendait mon jugement.

Le rassurant sur ma volonté de vouloir simplement converser, je m'assis sur un fauteuil.

— Tu es Ernest.

La respiration du vampire eut un raté en entendant son nom. Selon la légende, en 1863, Ernest perdit sa mère, une célèbre danseuse, alors qu'il n'était qu'un enfant. Il devint malgré tout un jeune pianiste de renom et tomba amoureux d'une ballerine du conservatoire avec laquelle il se fiança. Malheureusement, le sort s'acharna et la belle mourut dans un incendie. Le jeune homme, fou de chagrin, se réfugia dans les sous-sols de l'Opéra Garnier et se consacra entièrement à la composition d'une partition d'amour qu'il ne parvint jamais à finir. Il est dit que le son triste de son piano résonnait parfois dans les sous-sols. De nombreux événements étranges parsemèrent l'histoire du Palais mais personne ne put vraiment l'expliquer, car la dépouille du pianiste resta introuvable. Cependant, ce n'était pas un cadavre qu'il aurait fallu chercher. Le fantôme de l'opéra était finalement un surnom bien trouvé pour ce vampire hantant le bâtiment.

— Vous n'avez pas peur de moi ? osa-t-il.

— Je suis… curieuse.

Mal à l'aise, il se dandinait sur ses jambes et ses doigts tripotaient les manches de sa veste noire. J'examinai la peau autour de son masque : le cou, les oreilles, le cuir chevelu… À l'image de n'importe quel immortel, elle semblait lisse, sans imperfection.

—Qu'y a-t-il derrière votre masque ? demandai-je doucement.

Il ne répondit pas.

— Il est dit que votre visage porte la marque de brûlures et qu'il est…

— Qu'il est horrible ? devina-t-il embarrassé. Le visage d'un vampire en proie à sa folie marque les esprits et les humains l'expliquent comme ils le peuvent.

J'avais en effet cru comprendre qu'il s'était rendu coupable de quelques crimes, mais qu'après services rendus, Lucas l'avait absous.

— Comment vous nourrissez vous maintenant ?

— L'Opéra regorge de rats, pas de « rats d'opéra », de vrais rats, rectifia-t-il avec ce qu'il pensait être de l'humour. Je n'ai plus pris de sang humain depuis longtemps.

Amusé de sa propre blague, il était parcouru de soubresauts. Un sourire triste se dessina sur mes lèvres. C'était, mine de rien, un personnage attendrissant et, d'un certain point de vue, tout à fait remarquable. Il parvenait à survivre sans sang humain et, même s'il était légèrement inadapté, il restait fréquentable.

— Je ne pensais pas que c'était possible.

— Il ne faut pas être difficile. Je suis plus friand de rumeurs.

Sa voix était, tout d'un coup, devenue mystérieuse et il m'observait à présent droit dans les yeux. Derrière les orbites de son masque, je devinai des pupilles claires, d'un vert saisissant.

— Voulez-vous savoir ce qu'ils disent ?

Mon regard dévia quelques secondes mais ce fut suffisant. Il comprit mon désir coupable et s'empressa d'y répondre. Ernest fit un pas dans ma direction, puis se mit à genoux pour s'approcher encore plus tout en restant en dessous de moi, soumis. Il parla d'une voix presque imperceptible.

— Beaucoup spéculent sur votre pouvoir car ils savent que vous en avez certainement un. Ils se demandent si ce pouvoir est ce qui vous a amenée à cette place que nulle autre n'a pu atteindre avant vous.

Si ce n'était que ça. Ces ragots ne différaient pas de ceux que j'avais entendus à Lyon. Ernest glissa sur ses genoux, se rapprochant encore tout en continuant.

— Beaucoup vous comparent à l'ancienne reine et listent les critères qui vous rapprochent d'elle, mais également ceux qui vous en éloignent. Vous avez de précieux alliés, des immortels haut placés, des prophètes... Ils les écoutent, s'abreuvent des récits de vos voyages, se nourrissent des descriptions faites sur votre beauté... Les médisances sont très vite remplacées par l'envie de vous voir de près.

Il était maintenant agenouillé à mes pieds, le visage levé vers moi, faisant silence pour me détailler. Peut-être se sentait-il chanceux d'être ainsi face à moi avant tous les autres ? Je ne m'en préoccupais pas, mon esprit occupé à traduire certaines expressions qu'il avait employées. Ainsi, les alliés en question devaient être Gaël et Joachim, considérés comme des guides dans leur propre espèce mais je ne les aurais pas qualifiés de « prophètes ». Mes réflexions furent interrompues.

— Il n'y a que l'Égypte qui ne dit rien.

Le dignitaire du Caire, compris-je. Un chef de clan qui ne ragotait pas sur moi, je ne voyais pas où était le mal.

— Et c'est un problème ? dis-je.

— Ce sont les plus discrets qui ont quelque chose à cacher.

Il semblait parler par expérience. J'eus une expression soucieuse.

Notre conversation fut coupée par l'entrée de Lucas. Il ne fut que très peu surpris de voir le vampire presque à plat ventre devant moi.

— Tiens ? Ernest…

— Mon roi, salua le vampire d'une voix frêle.

Telle une misérable créature, il recula sur le sol et s'empressa de rejoindre l'autre bout de la pièce non loin du mur par lequel il était sorti. Comme si rien ne venait de se passer, il attendit la tête baissée qu'on lui dise quoi faire. L'ancien archange se déplaça vers moi tout en l'observant.

— Il s'est bien comporté ? me demanda-t-il.

J'avais l'impression qu'il me parlait d'un enfant sous sa tutelle, ce qui me désarçonna et m'empêcha de répondre dans un premier temps. Mais je ne devais pas être si loin de la vérité pourtant. Ernest n'était pas sous la responsabilité de Joachim mais de Lucas, depuis qu'il avait accepté de le laisser vivre dans le Palais. Ainsi l'Opéra Garnier était une zone particulière dans Paris, à disposition de l'ancien archange.

— Étonnamment oui, le rassurai-je.

Satisfait, Lucas congédia le vampire.

— Redescends Ernest. L'endroit est rempli de chasseurs.

Ernest se plia littéralement en deux puis enfonça son doigt dans une imperfection du mur derrière lui. La tapisserie s'ouvrit pour cette fois le laisser sortir puis se referma aussitôt.

— Encore une porte dérobée, marmonna Lucas.

Il m'offrit sa main. Je me levai et le laissai me guider vers notre loge pour assister aux derniers actes. Selon Lucas, le programme de la soirée se déroulait sans encombre. Je ne lui transmis pas les propos d'Ernest vis-à-vis du chef du clan du Caire. Le fait d'être discret n'avait jamais constitué un crime et nous ne pouvions pas nous permettre de jouer les paranoïaques. Nous avions besoin de l'approbation des chefs, pas de leurs reproches à cause de quelques insinuations peu fondées.

Une fois installée dans mon fauteuil, plus détendue et ma main toujours dans celle de mon époux, j'osai observer les quelques centaines d'immortels installés en contrebas. La chevelure blonde de Mikaela me sauta littéralement aux yeux. Je m'empressai de regarder ailleurs avant qu'elle ne se rende compte que je la dévisageais. Beaucoup m'étudiaient également jusqu'à ce que l'obscurité se fasse et que la musique reprenne. J'eus le temps de reconnaitre Gaël ainsi que ses deux enfants : Max et Violaine. Mon cœur fit des bonds dans ma poitrine et je me retins de leur faire un signe. Se couvrir de ridicule n'était pas prévu dans le programme de Lucas.

La fin du ballet fut plus tolérable. Envers et contre tous, la belle Odette choisit la liberté, représentée sous les traits d'un très bel homme vêtu de blanc. Elle plongea dans le lac et se transforma en cygne blanc, succombant à ses rêves et ses désirs sans peur d'être entachée. Je compris mieux l'aspect féministe que Léa nous avait présenté : la valeur d'une femme ne se mesurait pas à sa vertu mais à sa résilience, sa force à se redresser malgré les désillusions et à s'élever en déployant ses ailes d'un blanc éclatant.

Chapitre 27

Cette fois, c'était la bonne. Je n'avais jamais été aussi proche du rôle que l'on voulait que j'endosse. Les danseurs avaient quitté la scène depuis une demi-heure mais le spectacle était loin d'être fini. Un nouvel acte s'ouvrait et tous attendaient la véritable attraction de la soirée. L'impatience était palpable même dans les couloirs, car nous avions abusé de leur patience depuis le début de la soirée comme on agite un foulard rouge devant un taureau. Nous observer de loin n'était plus suffisant, ils désiraient une rencontre.

Alors que nous nous déplacions vers les grands escaliers, nous échangeâmes un long regard avec Lucas. Nous savions que ce moment intime était de ces instants qu'il nous faudrait chérir. Si tout se passait bien ce soir et que nous devenions le deuxième couple d'immortels à monter sur le trône, nous n'appartiendrions pas seulement à l'un et à l'autre. Nous serions au service des vampires autant qu'ils seraient au nôtre. Je me surprenais encore à penser que ce serait un poids bien trop lourd à porter, mais m'entêter serait accepter de subsister dans la peur de voir tout ce qui m'était cher sur cette terre se faire saccager, me condamnant ainsi à la lente et lancinante agonie qu'était le chagrin.

Au bord de la première marche, je vis les visages tous plus beaux les uns que les autres des plus puissants vampires de ce monde se lever vers moi. Les voix se turent. Les corps se tournèrent. Je me sentis écrasée. Je crus, le temps d'une seconde, qu'ils exerçaient une pression trop forte pour moi et que la gamine que j'étais se faisait démasquer.

« *Tu es légitime !* » s'énerva la voix de Lilith dans ma tête.

L'ancienne reine s'était faite discrète depuis nos péripéties en Bretagne mais elle soignait ses apparitions. Depuis notre retour à Paris, j'avais prétexté que ce que nous avions découvert sur mes origines ne pouvait que me desservir, voire me distraire de mes obligations, agaçant royalement Lilith qui s'agitait dans mon esprit comme un tigre griffant ses barreaux.

Je suis légitime, me répétai-je. Je m'accrochai à ses mots. J'étais la descendante du premier archange, l'être le plus puissant après Dieu, et de la dernière reine des vampires, aussi trouble qu'avait pu être leur passé. Je ne pouvais pas me sentir écraser par une quelconque pression seulement par mes propres appréhensions. Lucas sentit ma détermination et ses lèvres s'ourlèrent subtilement sur un excès de fierté. Je pris la main qu'il me proposait. Prête à me montrer digne de l'attention que l'on me portait, je fis un pas avec lui vers la lumière de la haute nef.

Nous prenions le temps de venir vers les vampires marche après marche, sachant que ce court instant était ce qu'ils avaient attendu depuis plusieurs semaines. Cela me permit d'examiner certains de nos invités et d'imaginer l'endroit d'où ils venaient en fonction de leur teint ou la forme de leurs yeux. Leurs toilettes étaient également en harmonie avec leurs origines. Ensemble, ils formaient un élégant mélange de couleurs et de toilettes. Plus nous nous rapprochions du grand hall, plus ils reculaient en arc de cercle pour nous laisser l'espace qui nous était dû. Nous fûmes accueillis aux pieds des escaliers par les représentants de France et d'Italie. Joachim, sur notre droite, baissa respectueusement la tête tout comme Arnaud, Diane ainsi que Léa – le maître d'œuvre de ce bal. À gauche, Gaël posa une main sur sa poitrine et se courba légèrement. Max imita son père tandis que Violaine fit une élégante révérence en pliant légèrement les genoux. Je ne pus m'empêcher de leur offrir un sourire reconnaissant pour leur présence. Beaucoup d'autres les rejoignirent et marquèrent leur respect en s'inclinant ou par des gestes rituels. Quelques regards surpris s'attardèrent sur le bracelet légendaire qui enserrait mon bras et le bijou à mon doigt.

— Notre histoire n'a jamais connu une assemblée similaire, dit Lucas. Je peux lire dans vos yeux l'agitation et la crainte que vous tentez ardemment de cacher à votre cœur. Nul ne peut vous en blâmer car, il y a peu, vos hésitations furent les nôtres.

Je me retins de le dévisager. *Lui ? Hésiter ?* Il s'était bien caché de me le dire, à juste titre, car je me serais enfuie au moindre soupçon de défiance de sa part.

— Mais toutes les affres ne sont pas un mal. Elles ne sont que l'accouchement d'une renaissance. Ce n'est que dans la plus profonde des obscurités, là où tout espoir semble perdu, que la plus infime des lumières nous apparaît éclatante. Se purgeant de tout orgueil, il suffit de la saisir pour qu'elle nous guide et, humblement, de se dire que l'espoir ne se mesure ni à la force ni à l'âge.

Je ne me rendis compte que mon regard avait effectivement glissé vers lui que lorsqu'il tourna vers moi ses yeux aimants et empreints d'abnégation. Fut un temps, il n'y a pourtant pas si longtemps, j'aurais odieusement rougi et, embarrassée, fui cette attention. Je n'y parvins pas. Cet amour passionnel qui nous liait nous empêcha de nous détourner l'un de l'autre. Esclaves de cette attraction, nous pensions que cet échange avait duré le temps d'un souffle. Plusieurs secondes venaient de s'écouler, en réalité. Nous brisâmes le contact pour revenir vers nos invités légèrement troublés. Tous venaient d'être témoins du dévouement que nous portions l'un envers l'autre. Quelques sourires se dessinèrent, notamment sur les lèvres de nos proches. Joachim appuya un regard vers Léa qui s'avança. Comprenant le signal, Lucas enchaîna.

— Nous vous invitons à rejoindre le Grand Foyer où nous pourrons parfaire cette rencontre.

Léa se manifesta et ouvrit la voie. Je n'avais pas encore eu le temps de la remercier pour le travail qu'elle avait fourni. En attendant de pouvoir lui parler, je lui offris un beau sourire. Agnel et Gisèle – qui s'étaient tenus à distance dans notre dos – descendirent les dernières marches pour se poster à nos côtés. Les autres vampires passèrent autour de nous et profitèrent de notre proximité pour nous détailler plus amplement. Lorsqu'ils baissaient les yeux pour nous communiquer leur respect, nous les remerciâmes d'un petit mouvement de tête. Vêtue d'une robe de cocktail rouge, Mikaela fut la dernière à emprunter les grands escaliers. Son assurance s'était certes atténuée depuis notre rencontre à Lyon, mais elle maintenait toujours un petit air malicieux qui cachait quelque chose. Malheureusement pour elle, le plan de son maître n'avait aucun secret pour nous : nous savions que Vassily serait absent ce soir. Cependant, il devait être actuellement dans la cité. Il sera bientôt temps de jouer à cache-cache avec lui.

Lorsque nous fûmes seuls avec nos amis et familles, j'osai relâcher un peu la pression. Nous les rejoignîmes et Joachim me rassura sur les réactions des convives.

— Ce n'est pas de la curiosité malsaine, mais plus un intérêt certain.

Ses yeux brillants d'un léger éclat de jais me balayèrent brièvement de haut en bas.

— Même dans une vie d'immortel, il est rare de rencontrer autant de magnificence. Reste maintenant à leur montrer que ce qui se trouve à l'intérieur est aussi gracieux que l'extérieur.

— Il vaut mieux qu'ils ne sachent pas tout non plus si nous ne voulons pas qu'ils s'enfuient en courant, ironisai-je mal à l'aise.

— Vous aurez juste à trébucher dans les bras d'un dignitaire et il restera, assurément, rebondit Arnaud.

J'eus aussitôt le réflexe de zieuter la réaction de Diane qui cacha son petit rire derrière sa main. Une grimace déforma ma bouche. *Il aurait pu se retenir de me sortir ce souvenir.* Et pourquoi il me vouvoyait ?!

Les vampires de Paris cédèrent leur place au frère de Lucas et ses enfants. Une vague de bonheur m'envahit et je ne pus m'empêcher de faire un pas vers Gaël. À défaut de le prendre dans mes bras – ce que j'avais l'intention de faire mais qui n'était franchement pas convenable ce soir – il serra mes mains dans les siennes et les embrassa chaleureusement.

— Je suis si heureuse que vous soyez ici.

— Je serai à vos côtés jusqu'à ce que vous n'ayez plus besoin de moi, répondit-il autant à son frère qu'à moi-même.

Il continua plus bas à mon attention.

— Et un ami commun m'a assuré que tu aurais besoin d'un maximum d'alliés à tes côtés prochainement.

Violaine me fit un clin d'œil. Je saisis alors la présence exceptionnelle des jumeaux alors qu'ils étaient censés protéger Rome en l'absence de leur père. Je me tournai vers Joachim qui baissa modestement la tête comme pour s'excuser d'avoir pris une telle initiative sans m'en parler. Le chef du clan de Paris était celui qui m'avait conseillée de rassembler mes alliés afin que je sois prête à affronter ce futur traumatisant qui m'attendait. En effet, avec eux, je me sentais plus confiante. Je bougeai mes lèvres et prononçai un « merci » silencieux à mon ancien chef.

La main de Lucas se posa sur ma taille et les vampires autour de nous se réorganisèrent pour laisser approcher un nouveau groupe dont le style vestimentaire tranchait sévèrement avec celui des immortels.

Au moins, leurs vestes en cuir sentent le neuf, pensai-je.

Menés par le président du Conclave lui-même, ils s'avancèrent. Je ne pus m'empêcher de détailler leurs visages et ressentis une pointe de déception en ne les reconnaissant pas.

Cyril fut le seul à nous saluer en baissant la tête, mais la situation était trop grave pour nous offusquer pour si peu.

— Je dois avouer être toujours chamboulé par nos rencontres, Élizabeth.

— Tant que ça reste dans le bon sens du terme, dis-je sur un ton amical.

Il sourit mystérieusement sans contredire ou affirmer ma réponse. Je ne sus comment le prendre.

Lucas intervint tout en mesurant ses mots. En effet, les chasseurs qui accompagnaient le président n'étaient – normalement – en rien au courant de mon don.

— Un mauvais présage nous est parvenu concernant la direction des chasseurs. Qu'en est-il ?

Cyril comprit aussitôt que son message m'était parvenu et congédia ses propres gardes qui hésitèrent.

— Rejoignez le premier groupe et mêlez-vous à la surveillance de la salle, insista-t-il.

Toujours perplexes, ils obéirent malgré tout et empruntèrent le même chemin que les convives. Maintenant seul, Cyril m'observait en silence, tentant de discerner mes sentiments sur cette affaire délicate et presque familiale.

— Parle sans gêne. Je sais que ses intentions sont mauvaises, assurai-je. Que veut-il ? Que cherche-t-il ?

— Ce que Guillaume a toujours voulu : avoir la main sur les vampires. Les humains – aussi violents que peuvent être leurs propos à votre égard – ont toujours eu la secrète envie de contrôler une créature aussi puissante en usant de divers moyens inavouables. La dernière en date est l'emploi du gaz en nithylite d'Edward Hofstadter lors de la Seconde Guerre mondiale. Les camps de concentration ne furent pas seulement remplis d'humains de confession juive...

Mon cœur se souleva et je vérifiai la véracité de tels propos auprès de mes congénères bien plus âgés. Leurs visages étaient fermés, cela semblait être une période de l'histoire qu'ils désiraient oublier. Je n'osais imaginer les sévices et les expériences qui avaient dû être faits dans ces camps.

Cyril conclut :

— Concernant Richard, il convoite le trône mais n'étant pas un immortel lui-même, il a probablement envisagé un moyen détourné.

— Un coup d'état, comprit Joachim.

Qu'importe la personne qu'il avait l'intention de mettre sur le trône, il devrait se débarrasser de nous avant. Mon propre oncle orchestrait notre disparition, celle d'un des archanges et de sa nièce. J'en eus la nausée. Ce n'était finalement pas une bonne idée d'aller lui parler avant le début du bal.

— Il ne l'aura pas, certifia Lucas avec colère. Le trône n'est pas une place aisée à obtenir ou à maintenir. Je vois mal comment un humain pourrait réussir là où Lucifer a échoué et bien d'autres après lui.

Son assurance nous transporta et tous choisirent de le croire.

— Je prie pour que Gabriel soit porteur de vérité, dit Cyril en se courbant. Pardonnez-moi de ne pouvoir faire plus. J'ai manqué de vigilance et me voilà bientôt sur la touche.

Je ne pouvais pas le blâmer. Moi-même, j'ai préféré ne pas voir que Richard pouvait aller aussi loin.

Le Grand Foyer ressemblait à une immense galerie où le jeu des miroirs et des fenêtres, rappelant la galerie des Glaces de Versailles, accentuait ses vastes dimensions. Le somptueux plafond peint mettait en scène l'art et son histoire au milieu de fastueuses moulures d'or représentant des lyres et masques de théâtre. Les lourds lustres, tous auréolés de la lumière des bougies qu'ils portaient, plongeaient la pièce dans une intime ambiance dorée. Tentant, en vain, de se fondre dans le décor, des chasseurs étaient postés à chaque fenêtre pour surveiller les allées et venues des vampires qui osaient une promenade dans la loggia. Cette fois, je trouvai assez rapidement ce que mon cœur avait cherché ardemment depuis notre rencontre avec Cyril. Les mains croisées dans le dos, les jambes légèrement écartées, Tristan regardait droit devant lui. Imperturbable, il jouait son rôle de garde à la perfection. Constater la disparition de son plâtre me suffisait amplement et je me concentrai de nouveau sur le bal.

De longues tables dressées le long des miroirs croulaient sous une profusion de fleurs rouges et blanches. Leur senteur se mélangeait agréablement aux odeurs des mets délicieux et du sang. En effet, le liquide pourpre disponible à volonté emplissait les nombreuses coupes entre les mains des convives. Ces derniers se présentaient par groupe de quatre ou cinq devant nous afin de faire ma connaissance. Le but était, comme l'avait compris Joachim, de déceler ce qui se cachait derrière mon visage de poupée. Tous choisirent de s'exprimer en français, notamment parce que les vampires les plus puissants de la soirée – Lucas, Gaël et moi accessoirement – parlaient la langue de Molière. Pour des immortels multilingues, les règles étaient faites ainsi. De plus, tous devaient croire que je ne comprendrais pas un mot de leur langue natale, ce qui, sans l'âme de Lilith en moi, serait effectivement le cas.

À l'image d'une meute, les vampires à la tête des clans les plus puissants se présentèrent en premier. Revêtant une attitude des plus affables, je tentais de parler avec aisance et intelligence aux chefs de l'Europe. Je parvenais à déjouer les difficultés de certaines questions et pris même du plaisir à m'initier aux coutumes de nos voisins tels que le clan de Berlin ou de Bruxelles. De plus, j'étais satisfaite de mettre un nom et un visage sur ceux qui avaient protégé la France il y a quelques mois contre une horde de vampires qui nous recherchaient Lucas et moi.

Cependant, le niveau de difficulté augmenta lorsque Zirui du fameux clan de Pékin vint à notre rencontre avec le dignitaire de l'Inde, celui de Londres ainsi que le chef du Caire, pour qui j'eus une certaine curiosité. En plus d'avoir attiré les soupçons d'Ernest, c'était une femelle. Une belle dame dont les yeux bleu pâle se mariaient étrangement à son teint mat. Elle était coiffée d'un foulard bleuté mettant d'autant plus en avant la couleur de ses pupilles. Nous échangeâmes un regard puis je déviai vers Alisha, le chef de Delhi, avant que l'on se demande pourquoi je la dévisageais.

— Meera et Prya ont-elles retrouvé une place dans votre clan ?

— La meilleure des protections leur a été attribuée et Meera travaille maintenant à perfectionner son pouvoir. Je vous réitère toutes mes excuses pour ma précipitation alimentée par une crainte qui s'est révélée être injustifiée. Je vous assure que notre volonté était de dialoguer. J'avais avant tout envoyé Omkar en messager et non en guerrier, se confondit Alisha.

— Omkar ?

— Le vampire que tu as vaincu et qui se faisait surnommer « le collectionneur », me rappela Lucas.

Ma mâchoire se crispa. Comment oublier celui qui était responsable de la mort de Camille et Grégoire ? Heureusement que la coupe dans mes mains n'était pas vide. Je bus une grande gorgée de sang pour altérer mes émotions qui devenaient de plus en plus vives.

— Pour avoir sorti ses armes sur le sol français, il aurait été exécuté dès son retour, nous assura Alisha.

Je repensais à mon combat et à quel point la négociation n'avait en aucun cas fait partie des plans de cet enfoiré. *Un messager ? Mes fesses, ouais.* Soit Alisha était d'une bêtise sans nom, soit il mentait sur ses intentions pacifiques. Aucune des deux options ne me plaisait.

— Son but était bien plus égoïste que vous ne le pensez, corrigeai-je. Il ne serait pas revenu vers vous de toute manière.

Le chef de Delhi leva un verre vers moi.

— Alors estimons-nous heureux que vous ayez mis un terme à ses aspirations, ma dame. Aussi, à l'image de Meera et Prya, nous avons mis la main sur les vampires qui étaient sous son joug.

Le souvenir des immortels accompagnant Omkar était désolant. Ils n'étaient rien de plus que des esclaves qu'il vidait de leur sang. Traiter ainsi ses semblables, était-ce une habitude du collectionneur ? Ou bien devions-nous ce charmant massacre à une coutume locale ? N'ayant pas confiance en Alisha, je lançai une proposition à mon époux.

— Meera était tout à fait extraordinaire, je suis curieuse de voir si ses entraînements ont porté leurs fruits.

Lucas m'étudia avec un regard de braise. Il avait très bien compris mon manège et, étant mon meilleur allié, entra dans mon jeu.

— Qu'en pensez-vous, Alisha ? Mon épouse aimerait revoir cet enfant.

Le vampire fut momentanément troublé avant de répondre avec empressement.

— Ce… Ce serait un honneur de vous accueillir. Votre intérêt pour l'un des nôtres est très plaisant.

J'étais maintenant assurée qu'il prendrait soin de Meera. Si jamais elle avait subi les moindres sévices, Alisha savait qu'il devrait en répondre devant Gabriel.

— Le collectionneur était venu ici probablement pour s'approprier les armes de votre ancêtre, calcula le chef du clan de Pékin. Nous devons vous remercier qu'elles soient encore sous votre protection.

Zirui avait bien fait ses devoirs. Il connaissait le nom de ma famille ainsi que son histoire. Il avait également saisi les vraies raisons de la venue de Omkar alors que personne n'avait abordé le sujet de Némésis ou Thémis.

— C'est exact, mais les armes de mon ancêtre ne sont pas entre mes mains.

— Oh ! Elles sont encore avec les humains. C'est regrettable.

Comme attendu du chef du clan de Pékin, il camouflait aisément ses véritables préoccupations derrière des paroles mystérieuses. Nous nous approchions d'un terrain glissant, alors Lucas prit la relève.

— Elles ne sont d'aucune utilité pour nous. Autant qu'elles servent pour une bonne cause.

Aucune utilité ? répétai-je sans comprendre. Je n'eus pas le temps de me questionner sur l'emploi des mots de Lucas. Zirui lança un regard méprisant au premier chasseur qui montait la garde à quelques mètres de nous.

— Bien évidemment, nous le voyons ce soir. Ici, il est normal de voir des humains hostiles et armés se balader autour de nous.

— Dites-nous quelles sont vos réelles inquiétudes Zirui, si vous désirez une réponse, trancha Lucas sans se préoccuper de son antipathie.

— Bien sûr, mon prince…

Il gardait un minimum de déférence envers Gabriel même si ses mots semblaient lui avoir arraché la bouche. Cependant ce fut vers moi qu'il se tourna pour poser sa question.

— Il est légitime de se demander vers où va votre intérêt, ma dame, alors que vous sortez à peine de votre humanité et que votre famille est connue pour avoir traqué les nôtres. Le moment venu, où un choix s'imposera à vous, serez-vous avec eux ou avec nous ?

Diane m'avait déjà maintes fois questionnée sur ce sujet. À l'époque, je l'avais haïe pour m'avoir torturée ainsi, mais elle avait raison. J'avais bien plus à perdre que n'importe quel immortel. Si cela ne concernait que moi, il n'y aurait pas de problème, mais pour une reine, ma famille mortelle était une monstrueuse faille qui pouvait entraîner les mauvais choix.

— De nos jours, il est un fait qui rend inutile tout étalage d'expériences ou d'années d'existence : la situation mondiale du temps de la première monarchie a évolué, commençai-je avec assurance. Ce qui était il y a un millénaire ne marche plus aujourd'hui. Ainsi, tout comme nous ne pouvons ignorer qu'il y a des clans, nous nous devons de traiter également avec les chasseurs. Être en bons termes autant avec vous qu'avec eux est nécessaire si l'on veut la stabilité. Ma famille est ce qu'elle est mais elle n'a rien à voir dans ce choix. C'est une décision pragmatique.

Les vampires face à moi échangèrent des regards troublés. Mon discours ne les avait pas atteints comme je l'aurais voulu. Alors que je me demandais ce que j'avais loupé, Zirui continua avec un sourire indulgent. Venant de lui, cela ressemblait plus à une moquerie qu'à une véritable expression de sa miséricorde.

— C'est un choix sensé. En réalité, ma question portait sur l'espèce humaine de manière générale et … comment dire… les coutumes qui sont les nôtres et qui pourraient vous heurter. Nos liens avec les hommes ne sont pas aussi courtois que ce dont vous avez l'habitude ici en France.

Sa fausse charité, associée à ses propos insidieux, fit grimper ma colère. Je m'apprêtai à le presser de mettre des mots concrets sur ce qu'il faisait exactement à l'espèce humaine quand Lucas intervint.

— Il suffit, Zirui, dit-il d'une voix glaciale. Nous en avons déjà parlé. Tant que « vos petites affaires » n'ébranlent pas l'équilibre du monde et ne mettent pas en péril notre existence, nous ne viendrons pas à vous. À vous de ne pas abuser plus que nécessaire des mortels si vous ne voulez pas que je vienne moi-même « souffler » sur vos coutumes.

Le chef du clan de Pékin m'observa longuement me laissant l'initiative d'aller à l'encontre des propos de l'archange. C'était un compromis assez dérangeant, car Lucas l'autorisait à continuer ses crimes envers l'humanité. Cela me rebutait au plus haut point mais je ne pouvais pas balayer des siècles de pratiques d'un simple revers de main même si elles m'incommodaient. Lucas m'avait avertie que je serais confrontée à cette difficulté. En bonne élève, j'appliquai à la lettre ce qu'il m'avait demandé de faire si jamais je ne parvenais pas à faire la part des choses. Je ne dis rien.

Zirui eut une expression satisfaite. Il se courba légèrement devant nous tout en s'excusant pour son audace. Mes crocs me démangèrent. « *Excuses non acceptées* » mais cela non plus je ne pouvais pas le *dire.* Cette muselière était difficile à porter.

— Vos coutumes ont toujours un goût écœurant, Zirui, réprima Zéphir, le chef de Londres.

— Si le sang du peuple anglais n'avait pas le goût de leur alimentation vous me comprendriez.

Quelques éclats de rire fusèrent dans le groupe. Il n'y eut que Lucas, moi et la cheffe du Caire qui ne suivirent pas. Je sentis le poids du regard de mon époux sur moi, vérifiant que cet ultime trait d'humour noir n'avait pas anéanti ma tolérance.

— Eh bien, Lysandra. Nous te connaissons plus dévergondée que ça, interpella Alisha, soupçonneux.

— Nous n'avons pas les mêmes fascinations, renvoya simplement la vampire égyptienne.

— Mais je vois où va la vôtre, dit Zéphyr en désignant mon bras. Le bracelet que vous portez, *lady* Élizabeth, a appartenu à une reine légendaire et de votre famille, Lysandra.

La vampire devait appartenir à l'ancienne famille des Ptolémée, les successeurs d'Alexandre le Grand, d'où provient notamment Cléopâtre. Lysandra sourit modestement.

— Gabriel sait s'entourer des femmes les plus puissantes et elles lui rendent bien.

Personne n'osa rebondir après cela. Tous se demandaient si elle me complimentait ou si elle déclarait ouvertement que mon mari avait séduit toutes les reines de l'histoire. En tout cas, Lucas ne prit pas la peine de répondre. Il m'avait dit qu'il n'avait jamais couché avec des humaines, mais je me demandais ce qu'il avait bien pu faire avec la dernière reine d'Égypte pour qu'elle lui offre son bracelet préféré.

Qu'importaient les chemins qu'empruntait mon imagination, aucun ne me ravissait.

Ces dignitaires avaient décidé de me mettre mal à l'aise. Lucas ne pouvait pas me sauver de la noyade à chaque fois que l'un d'eux voulait me mettre la tête sous l'eau. En l'occurrence, il m'avait demandé d'être prudente concernant les us et coutumes des clans étrangers, mais sur les coups en dessous de la ceinture, j'avais encore mon libre arbitre. J'appelai mon pouvoir à se manifester et me perdis temporairement dans les yeux clairs de Lysandra avant de sombrer dans une sinistre vision.

Il n'y avait nul cri, nulle plainte dans la vaste demeure. Pourtant le parquet recouvert d'une épaisse couche de sang était le vestige d'un crime atroce. Il y avait plusieurs corps figés dans leur dernière expression de peur, des adultes mais aussi des enfants. Une famille. Il n'y avait nul pleur, juste le chant d'une berceuse. Au milieu du massacre, assise dans la flaque pourpre, une femme berçait dans ses bras un enfant tout en lui fredonnant :

— *Il y a une ombre qui s'avance. Je crois qu'une tragédie m'attend. Oh comme je t'aime mon cher petit ! N'aie crainte de ma folie. Je garde espoir que tu m'aimes éperdument même si c'est un tourment.*

Les longs cheveux roux de la femme à la peau pâle, penchée au-dessus du garçon vivant et tremblant, retombaient autour d'eux comme un rideau de sang.

Il ne me sembla pas reconnaître Lysandra dans cette vision et pourtant elle était bien trop singulière pour ne pas être en lien avec l'Égyptienne. Ce n'est pas tous les jours que mon pouvoir me servait de pareilles horreurs, sauf si j'en rencontrais l'auteur. Le corps glacé d'effroi, je ne pourrais me taire cette fois car, à l'intérieur, je hurlais. Tous furent surpris de ressentir un étau se repliant sur eux et cherchant à les aplatir sur le sol. Les chefs présents autour de nous ne saisirent pas la portée de ma colère, car la réplique de Lysandra ne méritait pas que je m'énerve ainsi. Et pourtant c'était bien vers la vampire égyptienne qu'était tournée ma rage. Cette dernière affrontait de manière déraisonnable mon regard glacial.

Lucas prit ma coupe pour m'en débarrasser et saisit ma main.

— Liza…

— Cette soirée doit en effet vous sembler bien morne, lançai-je froidement. Vos « fascinations » sont difficiles à satisfaire.

La surprise et l'inquiétude se lurent successivement sur le visage de Lysandra qui s'empressa de vérifier l'effet de mes paroles sur Lucas et les autres convives. Les concernant, je ne sus s'ils avaient une quelconque connaissance des penchants de leur voisine et je m'en foutais. En revanche, leurs soupçons se portèrent sur le moyen que j'avais déployé pour avancer de telles accusations.

— Élizabeth.

L'appel de Lucas me sortit de ma rage. Je tournai la tête vers lui et il raffermit son emprise sur ma main. Je savais que j'avais agi petitement et que mon action était condamnable.

Nous nous déplaçâmes et les chefs s'effacèrent sur notre passage en ployant l'échine. Je fusillai une dernière fois Lysandra du regard tandis que Lucas nous guidait vers le centre de la galerie. Un quatuor venait d'entonner une musique, à croire qu'on leur avait donné le signal alors que je perdais pied.

— *Qu'est-ce qui se passe, Liza ?*

Mes pensées restèrent silencieuses. Un espace venait de se créer sur le parquet et tous semblaient attendre avec impatience la suite du spectacle, car il s'agissait bien de cela. Malgré toutes les complications qui pouvaient se dresser sur mon chemin, *the show must go on.*

— *Parle-moi Liza,* insista Lucas dans ma tête.

— *C'est ce genre de personnes que tu souhaites gouverner ?* lançai-je finalement avec mépris. *Des criminels et des tortionnaires autant de leur propre espèce que du simple mortel.*

Par un élégant relevé de jambe, j'attrapai un pan de ma robe qui traînait pour ne pas me prendre les pieds dedans. Il me fit tourner sur moi-même et j'atterris contre lui.

— *C'est justement pour cela que nous sommes là. Notre rôle est de rétablir l'équilibre qui jour après jour fléchit, car les vampires ont la vocation de détruire avant de s'auto-détruire.*

— *Ce n'est pas ce que j'ai compris lorsque tu as répondu à Zirui.*

Lucas posa une main dans mon dos et soutint mon premier bras. Le deuxième, il le maintint en l'air. Ce n'était pas la position de départ d'une valse et la musique ne s'y prêtait pas de toute manière. L'influence de Lilith se manifesta et corps trouva automatiquement sa place. Je me cambrai et nos corps se soudèrent au niveau de l'abdomen et des hanches.

— *Nous ne pouvons pas simplement effacer des années de pratique parce qu'on le leur demande,* reprit-il plus calmement. *Cette arrogance ne nous apporterait que déconsidération. Cela prendra du temps, Liza, beaucoup de temps.*

Ma tête se pencha sur le côté, dévoilant largement mon cou. J'étais prête à me laisser guider. Abandonnant toute lutte, je me disais que les réflexes de Lilith feraient le reste.

— *Veux-tu me parler de ce que tu as vu ?* demanda-t-il avec douceur.

— *Non... Non, c'est bon.*

Je ne voulais pas revivre cette horrible vision. Lucas fit un grand pas en avant et je le suivis en effectuant un pas en arrière. Suivant le rythme de la musique, nous entamâmes le déplacement doux et glissant d'un foxtrot. Cette danse ressemblait à une respiration, alternant mouvements de pas lents puis un peu plus rapides avant de faire une pause gracieuse au bout d'une diagonale. Nos corps jamais ne s'éloignèrent, ce qui nous permettait parfois d'effectuer plusieurs tours d'affilée avec beaucoup de beauté. Ma robe tournoyait élégamment autour de mes jambes dévoilant suffisamment de peau pour aguicher les immortels qui nous dévoraient des yeux. En effet, ce soir, notre danse n'était nullement un outil de distraction mais de séduction. D'ailleurs, lors d'un tour, je réussis à capter le regard de Tristan qui n'était pas parvenu à rester stoïque. Délaissant temporairement son rôle de garde, son attention n'était plus tournée vers la salle mais entièrement sur nous. Lucas nous entraîna sur une nouvelle diagonale, nous éloignant de la position du chasseur. Était-ce seulement dû au déroulé naturel de la danse ? Ou bien mon époux ne tolérait pas que ma concentration déviât vers un autre que lui ? Il passa un bras autour de ma taille et me souleva. Je m'accrochai à ses larges épaules avec un petit sourire et il nous fit tourner très rapidement. Ma robe vola, laissant une traînée blanche autour de nous. Lorsqu'il me reposa à terre, le quatuor entonnait ses derniers accords. Je me cambrai excessivement dans ses bras et lui offris une vue outrageante sur mon cou. Même lui, le plus sage des vampires, ne put y résister et il déposa un doux baiser sur ma gorge qui déclencha de délicieuses petites explosions dans mon corps.

Ce geste intime n'offusqua nullement nos convives immortels qui, au contraire, tombèrent un peu plus sous le charme. Un brouhaha enjoué s'élevait au milieu des applaudissements. Un rire embarrassé au bord des lèvres, je dégageai une mèche de cheveux de mon visage. Ma confusion amusa Lucas qui embrassa ma main pour se faire pardonner de son embuscade passionnée.

Léa vint à notre rencontre alors que nous laissions la piste de danse à d'autres. Le bal était lancé, elle allait pouvoir s'amuser un peu. Après avoir fait un rapport sur le déroulement de la soirée et le nombre de convives qui nous restait à voir, elle me glissa à l'oreille.

— Joli jeu de jambes pour attraper ta robe, mais interdiction de le refaire, me gronda-t-elle. Appelle-moi si tu as un problème de vêtement à l'avenir. Il manquerait plus que tu me fasses un nœud avec.

J'avais cru qu'elle aurait apprécié mon ingénierie mais elle semblait plus vexée qu'autre chose.

— Promis, j'improviserai plus.

Satisfaite, elle me laissa à mon cavalier qui s'était bien amusé de cette scène.

Finalement, cet interlude aura atténué mon inconfort et, c'est plus calmement que nous reprîmes le fil des rencontres. Des chefs de plus petits clans vinrent se présenter et ne me posèrent pas de difficulté. Lorsque le chef de Tokyo vint vers nous, Lucas se permit une familiarité.

— Akira ? Tu ne te présentes que maintenant ?

— Je ne voulais pas m'imposer, mon prince.

Il se courba ainsi que l'humain qui l'accompagnait. Ce dernier qui était armé d'un large sabre en nithylite devait être son *nakama*.

— Ma dame, je me présente : Akira du clan de Tokyo et mon compagnon, Ijin. C'est un réel plaisir d'avoir enfin la satisfaction de vous rencontrer.

— Le plaisir est partagé.

Je m'effaçai pour laisser Lucas discuter avec lui.

— Tu seras heureux d'apprendre qu'Hiroshi est en vie et à présent sous ma responsabilité.

— C'est un soulagement, assura Akira. Je vous le confie, *Gabriel-sama*. Puisse-t-il mieux servir son nouveau maître.

Pendant que les deux vampires parlaient, j'avais du mal à décrocher mon regard d'Ijin. Il était un être à part. Ce n'était pas un immortel et pourtant il dégageait autant de prestance que l'homme qu'il servait. Il n'était certainement pas un chasseur, car il donnait volontairement son corps pour assurer la survie d'un vampire. Ils étaient ce qui se rapprochait le plus d'une symbiose et nous devrions peut-être tous apprendre d'une telle association. Mais pour que cette relation soit parfaite, elle devait également être profitable à Ijin. Je ne pense pas qu'il se contentait seulement de donner son sang. Qu'obtiendrait-il en retour de la part d'Akira ?

Le chef de Tokyo s'aperçut de mon intérêt pour son « compagnon » qui se tenait en retrait. Il l'invita alors à s'approcher.

— Je vois qu'Ijin est une source de curiosité pour vous, dit-il avec un brin d'amusement. Peut-être pourrait-il répondre à certaines questions que vous vous poseriez ?

— C'est que… c'est la première fois que je vois une telle union. Je peux comprendre le besoin d'une telle association pour vous mais pour lui, dis-je en m'adressant directement à Ijin. Que vous apporte cette fusion ?

L'homme répondit très courtoisement :

— Les bénéfices sont multiples, ma dame. Lorsqu'un humain boit régulièrement et en petite quantité du sang d'un vampire, sa longévité s'accroît. Sa condition physique augmente et il est de surcroît immunisé contre la maladie…

Il hésita à poursuivre. L'homme chercha l'approbation d'Akira avant de poursuivre d'une voix plus basse.

— Le partage peut s'étendre au-delà du sang pour ceux qui nourrissent certains fantasmes. La quête d'un plaisir singulier que ne peuvent connaître deux humains ou deux immortels ensemble. Lorsque la proie séduit le prédateur soumis, seulement à ce moment-là, apparaît une émulation extatique singulière.

Mon imagination s'emballa et des frissons me parcoururent. Je me souvins un peu tard de la proximité de mon époux immortel. Je me donnai une claque mentale pour revenir à l'instant présent : une conversation très intime au milieu du gotha des vampires.

— Merci pour votre franchise, réussis-je à articuler. C'est… c'est fascinant.

— Vos désirs, ma dame.

Ijin se plia en deux et recula d'un pas derrière Akira. Ce dernier fit également preuve de déférence avant de s'éloigner pour nous laisser un peu d'intimité. Les mâchoires serrées, j'osai à peine lever la tête vers Lucas. En réalité, ce ne fut pas seulement ma réaction qui me troubla mais plus le doute qui naquit soudainement en moi. Lui qui avait tant vécu, je ne pouvais pas croire qu'il n'ait pas voulu toucher à ce genre d'expérience. Nous sortions à peine ensemble lorsqu'il m'avait dit n'avoir couché qu'avec des vampires. À présent, je me demandais si je l'avais correctement cuisiné à ce sujet. Mes doigts effleurèrent sa main et je m'empressai de lui rappeler ce qu'il m'avait dit :

— *Tu n'as jamais eu de relation sexuelle avec une mortelle.*

— *Je n'ai jamais dit ça. J'ai dit qu'il était impossible que j'aie pu avoir un enfant avec une mortelle,* rectifia-t-il.

— *Donc... Donc cette « émulation » dont il parle, tu sais ce que c'est ?*

Nos regards se croisèrent et je revis dans ses yeux le même embarras mêlé à de l'amusement qu'il m'avait pondu la première fois.

— *La définition de « relation sexuelle » est vaste, mon amour.*

Je coupai le contact avec lui, ce qui mit également un terme à notre conversation silencieuse. Quelle cruche ! Et moi qui pensais que le nombre de ses conquêtes était restreint au nombre de vampires présents sur cette planète ce qui était, au demeurant, déjà bien assez. J'avais cette frustrante impression d'être retournée en arrière quand ma seule préoccupation était de savoir si j'allais pouvoir le satisfaire sexuellement. La petite humaine que j'étais ne se doutait alors pas qu'il s'était complu dans des expériences qui allaient au-delà de mon imagination et qui nous étaient inaccessibles en tant que couple immortel.

— Oh mon Dieu ! gémis-je discrètement.

Oui parlons-en de Dieu ! Dieu seul savait ce que son fils avait fait durant ses quatre mille ans à errer sur terre et avec qui !

— Liza, m'appela Lucas.

Je fis un signe à Gisèle qui saisit ma détresse. Elle lut sur mes lèvres le mot « champagne » et s'éclipsa pour m'apporter une coupe. Après une telle conversation, j'aurais recraché la moindre goutte de sang. Je bus une grosse gorgée du liquide qui pétilla agréablement dans ma bouche. Avant que j'aie pu avaler, Lucas posa ses doigts sur les miens tenant le pied du verre.

— *Rien… absolument rien n'égale ce que je ressens à chaque fois que je te touche. Tous ici ne sont que des ignorants, des profanes et à la fois des chanceux, car ils n'ont pas à subir cette douloureuse et ardente passion que tu déclenches en moi à chaque fois que tu te rebelles. C'est effrayant à quel point tu consumes mon corps et mon esprit, mais je suis heureux que tu m'aies choisi moi et non un autre.*

Il pencha la coupe vers lui et but une gorgée tout en me dévorant des yeux. Un doux feu s'éveilla en moi et grossit au fur et à mesure que je me répétai à quel point je l'aimais.

— *Masochiste*, dis-je avec un sourire comblé.

— *Je peux jouer ta proie dès que tu le souhaites.*

— *Mmm… tu n'y survivrais pas.*

Une étincelle bleutée traversa ses pupilles. Il appréciait décidément un peu trop mon opiniâtreté.

Le ballet des invités arrivait à son terme. Ce fut Gaël qui revint avec le clou du spectacle. Il était d'ailleurs compliqué de discerner s'il jouait les cavaliers ou les geôliers de Mikaela. Bien que je l'aie déjà aperçue plusieurs fois dans la soirée, la voir éclatante de beauté devant Lucas m'agaça. De plus, le fait qu'elle titille aussi facilement ma jalousie m'irrita au plus haut point. Je la regardais avec un air un peu plus hostile que ce que j'aurais voulu.

Gaël se posta auprès de son frère. Quant à Agnel et Gisèle, ils se rapprochèrent de moi. Elle avait après tout cherché à me poignarder avec une broche en nithylite à Lyon.

— Ainsi tu te présentes finalement comme un membre officiel de Moscou, commenta Lucas.

Mikaela afficha un demi-sourire crispé.

— Ce n'est pas de tout repos. On a tenté de m'assassiner un nombre incalculable de fois sur le trajet.

— Heureusement que tu es à présent dans le lieu le mieux protégé de Paris.

Le regard de la Russe passa successivement des vampires nous entourant aux chasseurs postés aux fenêtres.

— C'est vrai que c'est une garde impressionnante bien que dépareillée. Cela entrave malheureusement toute conversation intime, ce que préfère mon maître.

Je faillis éclater de rire. Nous n'avions pas vraiment eu ce problème « d'intimité » avec les dignitaires japonais.

— Viens-en au fait, pressa Lucas.

— Vassily vous attend dans un lieu qu'il aura lui-même choisi, loin de toutes ces frasques. Puisque vous semblez doués pour dénicher les secrets, vous n'aurez aucun problème à le trouver dans Paris par vos propres moyens.

Mon pouvoir répondit aussitôt à son défi et me montra des images du lieu en question.

La pièce était sombre mais traversée de faisceaux de lumière. La musique, très forte avec une basse prononcée, entraînait les corps à bouger en rythme. Certains étaient des danseurs, d'autres s'adonnaient à leurs pulsions sexuelles immédiates. Il y avait des vampires mais également des humains concrétisant ensemble leurs plaisirs les plus inavouables. En hauteur, sur une banquette, un très jeune homme observait la scène d'un air passif.

Le terme « intime » prenait tout son sens même si l'on pouvait malgré tout émettre une nuance devant une orgie. Je repris le cours de la discussion.

— Vassily est nostalgique des jeux de cours d'école ? se moqua Lucas. Malheureusement pour lui, nous sommes assez doués à cache-cache.

Il était doué. En l'occurrence, je perdais à chaque fois.

Mikaela retint un rire malicieux qui n'augurait rien de bon.

— « Nous » ? C'est une invitation pour la prétendante au titre de reine, et elle seule.

Tous les regards se portèrent sur moi. Je ne sus si j'étais confuse parce qu'ils m'épiaient ou en raison cette annonce inattendue.

— Comment cela ? intervint Gaël.

Mikaela s'adressa directement à moi.

— Vous avez le droit d'avoir vos gardes du corps bien évidemment, autant que vous le souhaitez. L'unique condition pour rencontrer mon maître est l'absence de Gabriel, Michel ainsi que ses enfants.

— Et il pense vraiment que j'accepterai de lui faire ce plaisir ? grogna Lucas qui commençait à bouillir lentement.

Elle baissa la tête, sentant que la seule chose qui empêchait Lucas de laisser éclater sa colère était la présence des autres chefs de clans.

— Si... Si vous refusez, en tant que messager, je dois vous prévenir que ce ne sera pas une rencontre pacifique.

Un grondement sourd s'échappa de l'ancien archange, attirant définitivement l'attention des convives. Ils restèrent à distance tout en scrutant la suite de la conversation. Je réfléchis à toute vitesse.

Vassily ne comptait pas sur une simple discussion pour mesurer ma valeur. Cela commençait maintenant avec cette invitation déconcertante et le choix des personnes qui m'accompagneraient. Me cacherais-je derrière des vampires éminents capables de m'aider dans cette rencontre ? Les Anciens ne sont visiblement pas considérés comme *persona non grata* mais ils ne pourront simplement pas se taire et se restreindre au rôle de garde, aucun des quatre. Or si je laissais mon temps de parole à un autre, ma position serait décrédibilisée. Je serais la future reine qui ne pourrait prendre de décision sans un conseiller ou un chaperon à ses côtés. Je devrais choisir judicieusement les quelques vampires qui allaient m'accompagner.

Vampires ?

Une idée s'immisça dans mon esprit et je pris la parole.

— Mis à part les personnes que tu viens de citer, tu peux m'assurer que je peux m'entourer de qui je veux ?

Elle osa relever la tête, la surprise dominant ses jolis traits. Doucement, sa bouche s'arqua mystérieusement.

— Qui tu souhaites, mais venir avec une armée serait ridicule, n'est-ce pas ?

— N'est-ce pas, lui accordai-je avec un sourire forcé.

Lucas posa une main sur ma taille et me fit pivoter vers lui, coupant net ma discussion avec Mikaela. Sa rage couvait en lui et je la ressentis d'autant plus lorsqu'il s'adressa à mon esprit d'une voix vibrante.

— *Je m'oppose à cette mascarade ! Vassily est beaucoup trop dangereux !*

Sérieusement… Il comptait me faire une scène ici ? Autour de nous, nos amis s'organisaient pour nous permettre d'effectuer cet échange silencieux à l'abri des regards indiscrets des invités. Ayant ressenti la pression de leur oncle, Max et Violaine entrèrent dans mon champ de vision pour nous assister. Il en fut de même pour Joachim, Arnaud et Diane. Tous patientèrent, comme si nous venions de crier « pouce ! » dans une partie de trappe-trappe.

— *Franchement, de tous les tarés présents ici, Vassily est peut-être le moins pire,* ironisai-je.

—*Tu ne mesures pas sa perfidie, Liza. Je suis prêt à décapiter Mikaela et lui envoyer sa tête en guise de réponse.*

—*Mais tu n'es pas un tyran, donc tu ne feras rien.*

— *Il veut m'atteindre à travers toi. Il va te faire du mal.*

— *J'aurai mes propres armes. Laisse-moi gérer ça, s'il te plaît,*

601

l'apaisai-je. *Tu te souviens ? Je m'occupe de Moscou et toi de Pékin.*

Mon époux prit une grande inspiration. Une bataille faisait rage en lui entre la volonté de me faire confiance et la peur de me perdre. Les pupilles brillantes, il secoua la tête et se força à envisager le scénario de Vassily.

— *Quelles armes ?* voulut-il savoir.

Depuis qu'elle avait confirmé mes doutes, j'avais fait mon choix, sur un de mes gardes en tout cas. Et bien que cela provoquerait en lui une énième envie de meurtre, je ne changerais pas d'avis. Dans mon esprit, l'image de la personne qui allait m'accompagner se dessina. Lucas se crispa puis eut un coup d'œil vers Tristan – toujours en poste près de sa fenêtre – et, comme prévu, explosa.

— *C'est une blague, Liza ?!*

— *Il veut me déstabiliser en me séparant de toi. Laisse-moi lui retourner son geste et lui faire faire une rencontre à laquelle il ne s'attendra pas !*

Je priai pour que sa jalousie s'apaise et qu'il entende raison.

— *C'est un boulet. Face à un esprit comme celui de Vassily, il va te desservir.*

— *Je m'occupe de l'esprit. Pour le reste, c'est de Thémis dont j'ai besoin. Il se trouve que je ne peux l'obtenir qu'en prenant le gars qui va avec.*

J'avançai mes cartes avec assurance mais espérai qu'il ne saisirait pas mon coup de bluff. Dénigrer Tristan en affirmant que je n'avais besoin que de son arme était un mensonge. Mais un mensonge nécessaire pour le calmer. Une faille commençait à se former en lui et je m'engouffrai dedans.

— Tu crois en moi ?

— Ta manipulation est limpide mon amour, me gronda-t-il avant d'ajouter plus sereinement. *Mais oui, je crois en toi.*

On n'apprend pas à un vieux singe à faire la grimace. Je n'ai aucune chance de le doubler sur la manipulation mentale. Je n'avais malheureusement plus aucun argument.

Soudain, il relâcha sa respiration et quitta mon esprit. C'était sa façon de me donner son accord. Ainsi, j'étais libre de continuer ma conversation. Il ne s'interposerait plus. Avant qu'il ne change d'avis je me retournai vers Mikaela.

— J'accepte cette invitation. Tu peux aller prévenir ton maître maintenant.

La vampire baissa la tête et tourna les talons. Je la congédiai rapidement mais, vu la réaction de Lucas, je ne pouvais pas garantir sa sécurité à l'intérieur du palais. Tous la dévisageaient avec mépris alors qu'elle quittait la salle. J'espérai juste qu'elle délivrerait mon message avant de se faire tuer. Heureusement la vision que j'avais eue sur le potentiel lieu de débauche où se trouvait Vassily se confirma.

Je cherchai autour de moi et trouvai les vampires dont j'avais besoin.

— Je dois parler à Meredith, dis-je tout bas à Joachim.

Il acquiesça silencieusement sans me poser aucune question. Je fis un signe à Léa qui s'approcha.

— J'ai besoin de la loggia, maintenant.

Aussitôt, elle partit vérifier que le long corridor extérieur était vide. Les réactions de Tristan étaient parfois imprévisibles. En présence des immortels les plus éminents de notre espèce, je ne prendrais pas le risque qu'il me balance une de ses piques.

Avant de poursuivre, je caressai tendrement la joue de mon époux, mutique. Je pouvais ressentir la douleur de l'inquiétude qui le malmenait et tentai de le rassurer par ce toucher. Son visage glissa légèrement et il embrassa ma paume. Je lui souris et il accepta de me laisser partir.

En me déplaçant toute seule dans cette immense galerie peuplée de personnes curieuses, je me sentis si petite et fragile. Je ne me rendais pas compte que Lucas prenait autant d'espace à mes côtés et je fus rassurer que Gisèle me suivît de près. Certains vampires que je reconnaissais – car ils s'étaient présentés à moi quelques minutes plus tôt – s'écartèrent tous en s'inclinant légèrement sur mon passage. Nouvel électrochoc. Là encore, j'avais toujours cru que les vampires se courbaient devant moi parce que j'étais auprès de Lucas. La désagréable impression de manquer d'air me prit. Je me tins droite et les remerciai d'un hochement de tête avant d'accélérer gentiment vers Tristan. Cyril était à ses côtés. Les chasseurs avaient probablement ressenti la tension qui s'était emparée de la pièce pendant quelques minutes. Voyant que ma trajectoire me menait directement vers eux, le président du Conclave s'avança.

— Un problème ? me demanda-t-il en devinant ma contrariété.

— En voie d'être résolu je l'espère, répondis-je le souffle court. Je... j'ai besoin d'un moment avec lui sur la terrasse.

Cyril fronça les sourcils et suivit mon regard pour vérifier que l'on parlait de son fils. Il serait en droit de demander des explications, car je n'étais rien pour lui. Heureusement, il reconnaissait la situation d'inconfort qui était la mienne en ce moment alors que je lui demandais une faveur.

— Très bien.

Il s'en retourna vers Tristan qui avait suivi notre échange du coin de l'œil sans comprendre qu'il en était le sujet central. Je bifurquai aussitôt vers la première fenêtre sur la droite et sortis dans la loggia. Un coup d'œil à droite puis à gauche confirma que j'étais seule avec Gisèle. Ressentant moins le poids du regard des vampires, j'osai me détendre et prendre quelques grandes inspirations. Les battements de mon cœur qui s'étaient accélérés depuis quelques minutes revinrent à la normale. Je fis quelques pas dans le corridor et posai ma main sur la balustrade pour admirer la grande place illuminée en contrebas. Les voitures et les piétons tournaient autour du terre-plein central où débouchait une large sortie de métro, facilement reconnaissable grâce à son panneau rouge.

J'entendis des bruits de pas et Gisèle s'anima dans mon dos. Tristan dévisagea ma gardienne ne comprenant plus pourquoi on lui avait demandé de quitter son poste. Bien évidemment, Gisèle n'était pas au courant de mon plan et je n'avais pas vraiment le temps de l'expliquer à tout le monde. Je levai une main pour l'apaiser et lui demander de rester en retrait, ce qu'elle fit à contrecœur.

Nous nous observâmes et je fus surprise de voir le manque troublant d'émotion dans son regard. Il avait montré bien plus d'enthousiasme avant notre départ pour Lyon, alors que son bras était encore dans le plâtre.

— Tu voulais me voir ?

Son ton était si solennel que je fus presque surprise qu'il ne me vouvoie pas. J'allais lui demander ce qu'il lui prenait quand je me souvins du lieu où nous étions. Nous ne pouvions pas trop nous attarder.

— Je dois rencontrer Vassily du clan de Moscou sous peu et j'aurais besoin que tu m'accompagnes.

Il ne parvint pas à cacher totalement sa surprise mais se retint de me répondre avec familiarité. À la place, il me rappela le protocole alors que lui et moi savions pertinemment qu'il se foutait bien des procédures.

— Pour les ordres de mission, c'est au président qu'il faut s'adresser.

— Je n'ai pas le temps de remplir un formulaire. Je te le demande parce que tu es un chasseur et je te sollicite pour te jeter avec moi dans la gueule du loup, et ce n'est pas une métaphore.

La fin de ma phrase fut aussi basse qu'un murmure mais il l'entendit très bien. Je l'avais surtout dit pour moi-même, me souvenant de détails plus ou moins sordides de ma vision. Lui faire voir ce genre d'orgie inter espèce me fit me sentir coupable, lui qui tolérait à peine les vampires.

— Si c'est si dangereux pourquoi tu n'y vas pas avec ton mari ?

— Parce que je dois y aller seule. À cette unique condition, je pourrai rencontrer le chef de Moscou.

Dans son esprit, les pièces manquantes se rassemblèrent et il comprit le pourquoi des tensions qui étaient survenues un peu plus tôt. Le chasseur se frotta le crâne et soupira, maudissant probablement la perfidie des vampires.

— Les choses ont peut-être changé de ton côté, mais me concernant, je suis toujours partant pour une bonne chasse.

C'était presque un aveu d'alliance. J'aurais dû me réjouir et pourtant je me sentis blessée. Oubliant toutes les convenances, je l'interrogeai brusquement.

— Pourquoi tu dis ça ?

— Parce que c'est vrai.

— En quoi j'ai changé ?

— Il suffit de te regarder.

Me regarder ? Il avait un problème avec ma robe peut-être ?! Ce crétin avait balancé sa remarque sans même baisser les yeux sur moi !

— Mais tu tournes encore la tête ! Depuis le début de la soirée, tu fais comme si on n'était pas amis.

— Je ne… s'emporta-t-il d'une voix un peu trop forte.

Il jeta un coup d'œil derrière nous. La proximité des fenêtres le calma. Il reprit sa position – le dos droit et les mains croisées sur ses fesses – avant de reprendre plus doucement :

— Je t'ai suffisamment observé toute la soirée.

OK, il avait de nouveau esquivé mon regard mais il n'y avait nulle médisance dans sa voix. Notre conversation lui donnait des sueurs froides. Une goutte roula le long de sa tempe jusqu'à son cou parsemé de chair de poule. Mes crocs jouèrent avec mes lèvres tandis que je détaillais la largeur de ses épaules et la vigueur de son corps bien trop couvert. Heureusement, sa veste moulait ses longs bras suffisamment pour que je devine leur force. Mon imagination fit le reste : des veines proéminentes remplies d'un sang chaud suivant la ligne d'un biceps saillant.

— Alors, c'est pour quand ?

Sa question me tira de ma rêverie et je me surpris en train de sourire.

— Demain soir, répondis-je d'une voix râpeuse. Habille-toi bien.

— C'est-à-dire ?

— Je ne vais pas te donner des cours vestimentaires à ton âge. Habille-toi pour sortir, c'est tout.

Je m'en retournai à l'intérieur de la galerie en évitant de penser à ce qu'une des chemises de Lucas aurait comme effet sur lui. Pour m'aider, j'allais me chercher un verre de sang.

Chapitre 28

Elle avait espéré le contraire, mais Lilith se souvenait de chaque détail de son ancienne maison, des défauts sur les murs aux objets qui peuplaient le salon. Ces lieux étaient pleins de colère et de tristesse bien que ce soit également ici qu'elle retrouvait son amour en cachette. Tout était calme mais non silencieux. Les rumeurs des festivités du mariage envahissaient le village. Cela lui remémora sa propre nuit de noces. Adam devait être de ceux qui hurlaient et riaient encore dans les rues. *Il n'a pas changé.*

Lilith s'arrêta face à la chambre nuptiale. Son ancienne chambre, celle où elle avait vécu tant de bonheur mais aussi de malheur. Le vampire dans son dos l'enlaça et lui chuchota à l'oreille.

— Tu es sûre ?

Elle ne répondit pas. Sa peine était trop grande mais elle ne pouvait faire marche arrière, elle ne le voulait pas. La belle femme hocha simplement la tête. Alors Lucifer tendit un bras vers la porte et les faisceaux de lumière qui traversaient les interstices de la porte en bois s'atténuèrent. La chambre tomba dans l'obscurité et le vampire entra. La voix surprise d'Éve s'éleva.

— Mon époux ?

Pas de réponse. La porte se referma.

— Pardonnez-moi, les foyers se sont éteints subitement. Laissez-moi un peu de temps pour les rallumer.

— Ce ne sera pas nécessaire, répondit la voix suave de Lucifer.

Elle n'osa pas questionner celui qu'elle prit pour son mari, pensant que cette voix inhabituelle devait probablement être due à sa réjouissance. Le sommier du lit craqua sous le poids des corps qui s'allongeaient. La crédulité de la petite sœur de Lilith l'aura finalement rattrapée et elle se laissa prendre.

Lilith se détourna et attendit que la porte d'entrée s'ouvre sur le fameux époux. Adam titubait sous l'alcool. Lui aussi ne l'a pas reconnue et lorsqu'il posa ses mains sur elle, persuadé de toucher sa nouvelle femme, elle le gifla si fort qu'il tomba à terre inconscient. Lilith regarda sa main, pas rouge, pas même endolorie après un tel coup. Elle se dit que ce corps qui était à présent le sien lui aurait bien servi par le passé.

Elle attendit toute la nuit, se forçant à entendre chaque gémissement que prononçait sa sœur jusqu'à ce qu'ils se taisent. Lorsque les premiers rayons du soleil apparurent, un cri retentit. Elle prit Adam toujours endormi par le col de son vêtement et le traîna dans la pièce voisine.

Ève, le visage transi de peur, regarda le bel homme brun nu auprès d'elle. Ses bras rassemblèrent un peu le drap autour d'elle pour couvrir son corps qui était maintenant celui d'une femme. Lorsqu'elle reconnut sa grande sœur, Ève passa de l'effroi à l'incompréhension la plus totale.

— Félicitations, ma chère sœur, tu as finalement eu ce que tu voulais. Depuis combien de temps pries-tu les dieux pour ton rachat ? Après ma disparition, tu as ramassé ta part.

— Non… non je n'ai pas.

— Tu oses me dire que tu ne m'as pas trahie ?!

— Tu avais tout !! explosa Ève en frappant son matelas. Tout ce que j'ai toujours désiré et tu as craché dessus ! C'est toi qui as trahi ta promesse envers ton mari. Tu l'as dénigré alors que moi… alors que moi je l'aimais ! Je lui ai tout dit de ton adultère parce que je n'arrivais pas à apaiser ma souffrance !

— Que sais-tu de l'amour, ma pauvre sœur ? dit froidement Lilith avec mépris.

Sans une once d'expression, Lucifer se leva lentement et se rhabilla. Lilith jeta Adam au pied du lit. Il émit une plainte mais n'émergea pas.

— Tiens. Je te rends ton époux tant désiré. Souviens-toi de moi, lorsque tu l'attendras toutes les nuits ; lorsqu'il soufflera son haleine puante dans ta bouche. Souviens-toi de moi, lorsque tu compteras tes bleus le matin alors qu'il ronflera encore à tes côtés. Tu essayeras de te convaincre que c'est lui qui est en train de rompre le serment qu'il a fait de prendre soin de toi, mais il n'en sera rien. C'est toi qui as perdu ta vertu entre les bras d'un autre lors de ta nuit de noces. Tu es une pécheresse Ève, et tu le seras à tes propres yeux toute ta vie.

Ève prit sa tête en étau comme pour étouffer ses paroles et les empêcher de la pénétrer. Lucifer sortit de la pièce. Ils en avaient définitivement fini ici. Lilith s'apprêta à faire de même quand un berceau en bois vide attira son regard dans un coin de la pièce. Elle le connaissait et pourtant elle n'avait jamais été aussi triste de le voir. Ses entrailles se tordirent à l'en faire souffrir. Elle ne sut pourquoi. Une main sur son ventre plat, une voix envoûtante sortit de son corps et condamna sa sœur une dernière fois :

— Tu auras la joie d'enfanter trois fois, mais malheureuse tu seras, car ton premier-né tuera ton deuxième fils.

En sortant, elle entendit le hurlement de colère de sa sœur. Alors qu'ils se déplaçaient dans les rues, Lucifer enflamma quelques maisons et bottes de foin qu'il trouva sur son passage. Il brûla les greniers à grains et les champs, réduisant à néant la survie du village et obligeant ses habitants à trouver de nouvelles maisons. C'était son ultime souhait avant de définitivement tourner la page : réduire en poussière ce lieu et les souvenirs qui s'y trouvaient. Petit à petit sa main quitta son ventre pour remonter sur sa poitrine. Son cœur était en train de se déchirer.

Elle atteignit la rivière à bout de souffle et fixa dans son dos le carnage qu'engendrait Lucifer. Cette vallée n'avait à présent plus rien d'habitable. Enlik s'approcha pour l'aider à traverser la rivière mais elle se tint à sa grosse tête. Quelque chose en elle s'était brisé et cherchait maintenant à sortir.

— Enlik... Porte-moi, dit-elle en s'accrochant de toutes ses forces à la créature.

Un éclair jaillit entre eux.

Mes yeux furent presque éblouis par la fin de la vision. Je frottai mon crâne, prise de vertige. J'avais déjà vu des scènes de Lilith en tant que vampire, mais elle était déjà reine. Ce souvenir devait suivre sa séparation avec Gabriel et Michel. Elle avait déjà perdu son enfant sans le savoir. Lucifer l'avait retrouvé et elle était désormais une immortelle en quête de vengeance prête à embrasser une nouvelle destinée après s'être débarrassée de son passé. Sa vendetta envers Ève l'avait amenée très loin dans l'abject : elle avait demandé à celui qu'elle aimait de déflorer sa sœur. Je retrouvais les prémices de sa cruauté future.

L'esprit de Lilith était en ébullition. Je la sentais se débattre comme un oiseau cherchant à tout prix à fuir la tempête. Je rassemblai toutes mes connaissances de défense mentale et la repoussai au plus profond de mon âme tout en promettant d'en parler à Lucas. Ainsi je pus me reconcentrer sur le présent.

Ma vision de Vassily m'avait tout de suite fait penser aux soirées très libertines décrites par Meredith. Un lieu où se retrouvaient humains et vampires pour des séances de dépravation charnelle dans lesquelles se mélangeaient autant les semences que le sang, c'était tout à fait son genre. Il n'y avait qu'elle qui pouvait m'aider à localiser Vassily. Je l'avais donc sollicitée pour m'accompagner ainsi que Gisèle. Sa puissance autant en attaque qu'en défense était un atout majeur et je commençai à m'attacher à elle. Assise à l'arrière de la voiture qui me conduisait aux Invalides, j'écoutais les diverses expériences de Meredith dans ce genre de réunion même si je n'avais pas vraiment l'intention de profiter des prestations que l'on pourrait me proposer.

— Loyal est un maître de soirée particulièrement flamboyant. Ta première fois sera mémorable ! s'excita Meredith en agitant ses mains qui quittèrent momentanément le volant.

— Tu as bien compris que nous n'y allons pas pour le plaisir ? vérifia Gisèle assise à côté d'elle. Tu es sûre que c'est là-bas ?

— La dernière fois que Loyal s'est montré à Paris c'était il y a une demi-vie humaine, son Carrousel fait le tour du monde. Crois-moi, si ce Russe est friand de ce genre de plaisirs, c'est la soirée à ne pas manquer.

— Tu y es déjà allée ?

— Non ! Y accéder relève de l'impossible ! Loyal se réserve toujours un droit de veto sur les personnes entrant dans son établissement. C'est un homme qui apprécie la beauté encore plus quand celle-ci transcende le genre et l'espèce.

— C'est-à-dire ? grimaça Gisèle.

Elle commençait à s'inquiéter de l'étrangeté de notre hôte.

— Il est en quête de la perfection, qu'elle soit humaine, vampire, homme ou femme… tout lui plaît tant que la beauté telle qu'il la conçoit est à son paroxysme. Bien évidemment – sa notoriété ayant traversé l'Europe –, lorsque j'ai mentionné Élizabeth, j'ai aussitôt eu la localisation du Carrousel.

Je me penchai brusquement vers la fenêtre, mal à l'aise. Le dôme d'or des Invalides brillait comme un phare au milieu de la nuit. Entre lui et notre voiture se dressaient sur des pylônes les quatre statues d'or délimitant le pont Alexandre III. *Ça fait combien de temps que je n'étais plus venue ?* Mon corps se mit à trembler et je me renfonçai dans mon siège. Des images de l'accident me revinrent, notamment celles de la voiture coulant au fond de l'eau avec mon père et ma mère encore vivants. Lucifer n'avait sauvé que moi, parce qu'il avait reconnu la trace de Lilith mais je ne savais pas pourquoi il se trouvait lui aussi sur ce pont à ce moment précis de ma vie, à ce moment où – à l'image de la voiture de mes parents – tout avait basculé. Me suivait-il ? Il m'avait dit qu'il n'était en rien responsable de l'accident mais il avait le mensonge dans la peau.

— Dévie. Prends plutôt le pont de la Concorde, ordonna Gisèle en désignant la route qui longeait la Seine.

Meredith fit un grognement de protestation mais s'exécuta, acceptant de rallonger le trajet pour atteindre notre destination. Gisèle se retourna vers moi et je lui offris un sourire en guise de remerciement. Je n'avais jamais abordé le sujet de mon accident avec la femme d'Agnel, et pourtant, elle savait de multiples choses sur mon passé et mes goûts, ce qui lui permettait de savoir avant tout le monde ce dont j'avais besoin.

— N'oublie pas que tu ne seras jamais seule, me confia-t-elle avec tendresse. La vraie sagesse c'est aussi savoir quand demander de l'aide si la situation l'exige.

J'acquiesçai et elle revint satisfaite sur son siège.

Nous traversâmes la Seine et alors que nous nous approchions des Invalides et de Tristan, mes doigts tripotaient ma bague et la faisaient tourner sur mon annulaire. Je ne cessais de ressasser ma dernière conversation avec mon mari.

Emmaillotée dans une grande serviette de bain humide, j'avais fini d'attacher mes cheveux en une élégante queue-de-cheval. Puis j'avais pris une poche de sang dans le frigidaire et l'avais sirotée tout en me déplaçant vers la chambre. Lucas était assis sur le rebord de son lit. Il avait dû s'installer pendant que je finissais ma douche. Nous nous étions longuement observés à travers son grand miroir. Puis j'avais tiré sur ma serviette et l'avais laissée glisser jusqu'au sol. Le vampire s'était délecté de l'image de mon corps nu, sa langue caressant subtilement sa lèvre. J'avais enfilé une combinaison pourpre moulante à manches longues et munie d'épaulettes ornées de franges torsadées dorées, que je savais parfaitement adaptées au thème de la soirée. Cependant, elle était largement ouverte dans mon dos, de mes omoplates jusqu'à la naissance de mes fesses et suivait les lignes de ma taille jusqu'à mes hanches. Lucas était venu vers moi pour contempler de plus près l'effet de cette combinaison sur mes courbes.

— Tu désapprouves cette tenue ?

— Elle n'a qu'un seul défaut, avait-il murmuré en caressant le tissu sur mon épaule. Elle est portée pour un autre que moi.

Je m'étais retournée pour m'emparer de son visage et l'embrasser.

— Mais tu seras celui qui l'enlèvera, avais-je soufflé entre deux baisers.

Notre étreinte s'était éternisée. Elle était habitée d'une certaine tension et non de passion, comme s'il préférait me dévorer plutôt que de me laisser partir. Ses mains m'avaient attirée si fortement vers lui que je m'étais cambrée pour ne pas être complètement absorbée. Il s'était alors penché et avait enfoui son visage dans le creux de mon cou où sa langue avait laissé des sillons brûlants. Son empressement avait déclenché mon excitation et j'avais commencé malgré moi à modifier le planning de la soirée dans ma tête. S'il m'avait prise rapidement contre son bureau, j'aurais eu encore le temps d'arriver à l'heure. Cependant, ce scénario irrésistible n'était pas raisonnable.

— Lucas, avais-je gémi en le repoussant alors que ses mains étaient accrochées à mes fesses.

Lorsque nos corps s'étaient séparés, nous étions à bout de souffle. Il avait tendrement caressé ma joue.

— Sans toi, je ne suis rien, ni un roi, ni un mari, ni même un homme… juste un immortel affaibli, une ombre.

L'affliction que j'avais vue dans ses yeux m'avait tellement torturée que j'avais failli tout abandonner pour l'entraîner avec moi sous les draps.

— Tout ira bien, l'avais-je rassuré avant de lui promettre : Je n'hésiterai pas à t'appeler si j'ai un problème.

La promesse d'utiliser le Lien avait été un lot de consolation suffisant et il m'avait laissée partir.

La voiture s'arrêta sur la place devant l'église Saint-Louis des Invalides. Meredith se pencha sur le volant pour apercevoir le bâtiment dans son ensemble. Elle frissonna et annonça son diagnostic sur un ton médisant :

— Cet endroit est capable de me provoquer un cancer.

Je fus bien la seule du véhicule à voir les choses différemment. Mes yeux ne parvenaient pas à se détacher de la cathédrale. Il me semblait que ses murs se rapprochaient, me donnant la sensation d'être aspirée. Cela ne m'effrayait pas, au contraire. Poussée par une force intérieure, je pris la poignée de ma portière pour sortir, mais ce fut la portière opposée qui s'ouvrit, brisant cet envoûtement énigmatique dans lequel j'étais prise.

Tristan n'attendit aucune autorisation et s'installa sur la banquette arrière à mes côtés.

— Vas-y. Fais comme chez toi, grommela Meredith.

Gisèle resta silencieuse mais le regard froid qu'elle lança au jeune chasseur en disait long sur ce qu'elle pensait. Tristan se dandina sur la banquette pour réajuster ses vêtements qui, à ma grande surprise, étaient ceux qu'il portait pour ses chasses.

— Je t'avais demandé de t'habiller correctement.

Le garçon stoppa ses mouvements et eut une expression faussement perplexe.

— C'est un rencard ?

Les deux vampires à l'avant se raidirent, choquées de son insolence.

— Non ! m'empressai-je de répondre, gênée.

— C'est bien ce que j'avais compris alors laisse-moi m'habiller en pro. En plus, on ne peut pas dire que le mec que tu t'apprêtes à rencontrer soit un enfant de chœur.

Sur ces mots, il s'assura de la présence de Thémis cachée sous sa veste et la sortit même de son fourreau pour vérifier que son chargeur était plein. L'élégante arme entièrement gravée d'arabesques ne faisait pas l'unanimité parmi mes gardiennes. Heureusement, le chasseur la rangea assez vite. Je tendis un bras vers Meredith et lui tapotai l'épaule tout en lui demandant de démarrer. Elle arrêta de fixer son rétroviseur et lança la voiture sur la chaussée pavée.

— Je peux accepter tes fripes en cuir mais je ne tolérerai pas que ça dégénère. Donc, ne fais pas de vagues, s'il te plaît.

— Il va falloir que tu me fasses une liste de ce que je peux faire, dit-il avec lassitude. Ça ira plus vite.

— C'est pourtant très simple. Même toi, tu devrais y arriver : ne parle pas et évite de sortir Thémis à tout va.

— Qu'est-ce que je fous là, alors ?

— Oui, nous pouvons encore ramener ce charmant garçon chez son papa, se proposa gentiment Meredith.

Tristan lança un regard glacial à la conductrice. S'il avait eu des flingues à la place des yeux, il aurait perforé la têtière du siège pour exploser le crâne de la vampire. Je savais qu'il était capable de se barrer sur un coups de tête si on le bousculait un peu trop alors je posai une main fermée sur sa cuisse. Il baissa la tête sur la zone que je touchais avant de revenir vers moi

— Tu es mon arme de dissuasion, calmai-je.

— Comment puis-je jouer mon rôle de dissuasion si je ne peux pas sortir Thémis ?

— Parce qu'on ne brandit la menace de l'arme nucléaire qu'en cas d'extrême urgence.

Il prit mon parallèle avec la bombe atomique comme une sorte de louange. Après avoir vérifié que Meredith et Gisèle fixaient le pare-brise, j'ouvris ma main dans laquelle se trouvaient deux tubes remplis de sang. Le garçon les regarda sans comprendre.

— C'est au cas où tu te blesserais de nouveau, dis-je simplement.

Le garçon ne savait pas quoi faire. Bien évidemment, dans ses cours d'histoires de chasseurs, un tel don n'était mentionné nulle part. Les explications d'Ijin m'avaient inspirée et il était devenu évident, pour moi, que je devais lui faire ce présent. D'autant plus, qu'il se retrouvait souvent en danger par ma faute, ce soir en était un exemple parmi d'autres. C'était la moindre des choses que de lui offrir un peu de mon sang, mais il le voyait différemment.

Tristan secoua la tête silencieusement et je laissai les fioles sur ses jambes.

— Tu n'es pas obligé de les utiliser, mais ça me rassurerait que tu les aies.

Je sentais qu'il luttait contre une partie de lui-même qui rejetait tout ce que je pouvais représenter. Je ne pouvais pas savoir à quel point cette partie avait de l'influence sur lui et quels étaient les arguments qui pouvaient faire qu'il choisirait de les prendre au final.

Il finit par cacher les tubes à l'intérieur de sa veste.

— Merci… mais tu n'aurais pas dû… pour plein de raisons.

Il ne put me les dicter car les deux vampires à l'avant de la voiture comprendraient l'objet de notre échange. *Tant mieux.* Je n'avais pas envie de les entendre. Je me détendis et au bout de quelques secondes, il fit de même. Son corps s'enfonça dans la banquette et il regarda par la vitre la vie nocturne de la ville.

La voiture prit la direction de Pigalle. Le célèbre quartier qui s'éveillait à la nuit tombée arborait ses fameuses lumières rouges rappelant le cabaret du Moulin Rouge. Imité mais jamais égalé, il trônait sur le quartier des plaisirs depuis le XIXᵉ siècle. Ce fut non loin de ce musée de l'amusement et de la jouissance, devant une porte cochère relativement standard que Meredith stoppa la voiture. Nous sortîmes sur le trottoir étroit forçant les passagers à passer sur la chaussée. L'activité semblait battre son plein dans la rue et chacun trouvait son compte dans les différents bars ou boîtes de nuit aux alentours. Cependant, nous faisions partie des rares qui arboraient des tenues chics – sans compter le chasseur – ce qui attirait bien évidemment les regards. Je crus que Meredith s'était plantée quand un homme en tenue de majordome rouge et blanc sortit par l'un des battants de la porte cochère. Il s'inclina avant de prendre en charge notre véhicule. *Un vampire.* Je me demandais ce qu'il allait en faire, car ce n'était pas comme si nous étions devant un hôtel avec un parking attitré. Un autre se plaça à côté de la porte et nous invita à entrer.

Le bâtiment censé abriter le fameux Carrousel n'avait rien d'original et ressemblait à tous les autres. Après tout, s'il changeait de place régulièrement, il ne pouvait pas prétendre à une devanture personnalisée. De l'autre côté de la porte, nous tombâmes sur une cour intérieure somptueusement décorée d'une multitude de guirlandes lumineuses imitant un ciel étoilé. De nombreux espaces détente richement arborés et composés de canapés en cuir rouge étaient dispersés dans la cour. Les personnes qui en profitaient semblaient bien trop sages comparés à l'aperçu que j'avais eu dans ma vision. De plus, l'absence de Vassily me confirma que la véritable soirée n'était pas dans cette coursive. L'un des canapés était occupé par un bel homme métissé, vêtu d'un somptueux costume de maître de piste rouge et noir. Le doigt tapotant ses lèvres fines, il nous observa avec intérêt avant de se lever. Des hommes et des femmes dans des habits de cabaret très découverts ne le quittaient pas. Je reconnus le culte de la beauté prisé par Loyal, car tous étaient bien faits de leur personne avec de puissants corps à la musculature fine.

— Quand on m'avait dit qu'une tête couronnée viendrait peut-être, je m'attendais à voir Gabriel, clama-t-il d'une voix étrangement mielleuse. Quel déchirement. Mais ce lot de consolation va bien au-delà de mes espérances. Je vous demanderais bien d'être ma partenaire de scène pour ce soir si vous n'étiez pas déjà prise.

J'aurais bien voulu lui répondre courtoisement mais sa remarque concernant l'absence de mon conjoint et la frustration que cela avait visiblement entraîné chez lui me laissa dubitative. Une main sur son torse, il fit une révérence avec d'amples mouvements gracieux et théâtraux. Il fut imité par ses groupies.

— *Ma lady,* monsieur Loyal pour vous servir.

— Merci pour votre… votre chaleureux accueil. Ainsi, on vous a prévenu de mon arrivée. Où puis-je trouver la personne qui vous a informé ?

— Ma dame, ici, il n'y a plus ni nom, ni titre, ni race. Qui vous étiez ou ce que vous avez fait n'a plus d'importance. Ceux qui entrent sont libres de côtoyer ceux qu'ils veulent secrètement. Et si vous souhaitez vous prêter au jeu, lorsque vous entendrez la cloche du Carrousel tinter, suivez le mouvement.

Sans me quitter des yeux, il tendit la main à un de ses subordonnés qui y déposa des jetons. Il les compta, puis après réflexion décida de me donner la totalité. Je regardai perplexe les petits palets dorés et tentai de les mettre en lien avec ce qu'il venait de dire sans y parvenir.

— Le mouvement ?

— Un jeton pour un tour de manège, ma lady, répondit-il mystérieusement. Je vous laisse donc trouver ce que votre cœur cherche, même si je suis persuadé que votre époux sait répondre à tous vos désirs.

Cette nouvelle allusion à Lucas me fit bondir intérieurement. Je commençai sérieusement à me questionner sur ses antécédents avec mon mari. Bien évidemment, il était inutile que je demande si Lucas avait également fait usage de ces jetons dans le passé.

Le regard de Loyal dévia vers les deux vampires qui m'accompagnaient et fit un signe de tête à ses assistants qui leur fournirent également des jetons d'une couleur différente. Lorsque le maître de soirée s'arrêta sur Tristan, son visage s'éclaira.

—————

— Mais que voilà un humain de premier choix !

Le vampire fit quelques pas autour du chasseur et le déshabilla littéralement du regard avec un œil expert. Puis il s'approcha et se pencha vers son cou pour le humer. Cette vision me choqua, car jamais je n'aurais ouvertement osé faire cela au chasseur... du moins, pas sans m'en prendre une dernière. D'ailleurs Tristan leva un bras que l'immortel évita sans mal.

— Ne me colle pas ! gronda l'humain.

— Eh bien ! C'est que celui-là aurait presque des crocs ! s'enthousiasma Loyal. Les rebelles sont trop complexes pour beaucoup mais je les convoite personnellement.

Ce vampire commençait à me taper sur le système. Il prenait un peu trop ses aises avec Tristan et parlait sans gêne de Lucas devant moi. Ses paroles sucrées m'écœuraient tant elles vomissaient l'hypocrisie.

Je m'emparai du bras du chasseur et le guidai autour de ma taille tout en me faufilant vers lui. Le jeune homme se laissa faire, bien trop surpris par ma manœuvre. Dans cet élan que j'avais espéré naturel, sa main termina sa course sur ma fesse et mon corps se coinça contre le sien.

— Celui-là est à moi.

Ma cuisse se frottait contre sa jambe et ma propre main avait pris appui sur son torse mais, pour ma défense, c'était pour ne pas complètement m'effondrer sur lui ! En fait, je n'avais pas vraiment calculé notre position finale, mais cela eut au moins le bénéfice d'étonner tout le monde – même Tristan et moi, mais on se garda bien de le montrer. Son parfum épicé me pénétra et déclencha en moi une réaction à laquelle je ne m'attendais pas : mes crocs sortirent et une furieuse envie de le mordre me remplit l'esprit.

— Mmm, on n'est pas prêteuse à ce que je vois, s'amusa Loyal dont les pupilles commençaient à briller.

Sa remarque eut l'effet d'une douche froide sur moi. Je me ressaisis.

— Je plaide coupable, lui donnai-je raison avec un sourire qui dévoilait mes crocs menaçants. D'ailleurs, Gabriel est à présent exclusif. Je vous saurais gré d'aller déverser vos allusions lubriques à une autre épouse et d'aller renifler le cou d'un autre humain.

— Nous verrons bien ce qui restera de cette possessivité avec le temps. Mon Carrousel sera toujours ouvert, m'avertit-il avec un clin d'œil.

Des jetons furent également donnés à Tristan, qui fut contraint de les accepter s'il ne voulait pas rester sur le trottoir. Alors que Loyal nous conduisait vers le fond de la cour, Tristan et moi n'eûmes aucun regard l'un pour l'autre, bien trop gênés de mon dernier numéro.

Possessivité mes fesses ! Tristan se faisait ouvertement malmener par une créature qu'il exécrait sans qu'il puisse pleinement se défendre parce que, premièrement, il m'avait suivie dans ce bourbier édulcoré et deuxièmement, je lui avais demandé de ne pas faire de vagues.

Avant de pénétrer dans une sorte de hangar, je me tournai vers mon ami.

— Tu te rappelles la conversation que nous avons eue dans la voiture ?

Le garçon fut surpris de voir autant de colère dans mes yeux et devait probablement se demander s'il avait commis un impair. Il hocha simplement la tête en guise de réponse.

— Oublie-la.

Mon ordre le désarçonna mais il se reprit vite. Son visage s'illumina et un sourire en coin apparut sur ses lèvres maintenant détendues.

— Je commence à apprécier cette soirée.

Loyal nous invita à pénétrer dans son antre d'un ample mouvement de bras théâtral. Le Carrousel s'était temporairement installé dans un immense loft aménagé dans un ancien hangar. La verrière d'époque au-dessus de nos têtes avait été préservée. Des chevaux de bois montés par des cavaliers dénudés effectuant des acrobaties assez explicites d'érotisme y étaient suspendus. Deux mezzanines étaient suspendues de part et d'autre de la grande pièce principale où nous nous tenions. Elles étaient habitées par ceux qui avaient choisi de se prélasser sur des canapés en cuir. Les autres préféraient jouer autour d'une roulette russe en forme de chapiteau ou se frotter langoureusement les uns contre les autres –parfois à deux, parfois à plus – sur le rythme lent et envoûtant d'une reprise de Louise Attaque, *Les Nuits parisiennes.* Il n'y avait pas de distinction de race, mortels et immortels se mélangeaient, flirtaient et se nourrissaient du sang de l'autre. J'eus un coup d'œil inquiet vers Tristan qui ne parvenait pas à totalement cacher sa consternation. Après ça, c'est sûr qu'il refuserait catégoriquement de boire mon sang, même s'il était à l'article de la mort.

L'odeur du sang envahissait tout l'espace et nos pulsions vampiriques s'éveillèrent. Mes jolies pupilles dorées attirèrent l'attention des humains tandis que les vampires préféraient se délecter de mon odeur qu'ils avaient flairée de loin.

— C'est une blague, persifla Gisèle tout bas avant de me murmurer à l'oreille. Liza, cet endroit est dangereux pour toi. Ces gens sont devenus imprévisibles depuis qu'ils ont cédé à leur plaisir. Allons-nous-en.

Le vampire en moi me criait de rester et j'étais tentée de l'écouter. Une sonnerie retentit et les partenaires se séparèrent. Ils partirent aussitôt en quête d'un nouveau compagnon et avancèrent un de leurs jetons lorsqu'ils eurent trouvé quelqu'un qui leur plaisait. La personne acceptait le jeton ou bien, plus rarement, avançait un de siens. *Un jeton pour un tour de manège,* me rappelai-je. Les règles du jeu de cette tournante consentie se dévoilèrent petit à petit à moi. Tandis que j'étudiais plus longuement le comportement des convives, mon regard fut attiré vers le veut d'une mezzanine. Un vampire d'une beauté juvénile m'observait, accoudée à la rambarde en fer forgé. Lorsque nos yeux se croisèrent, il sourit mystérieusement et se détourna lentement pour aller probablement rejoindre un canapé qui était hors de mon champ de vision.

— Rien n'est totalement imprévisible, répondis-je à Gisèle en faisant un pas à l'intérieur.

— Gardez vos gardes du corps très près de vous, me conseilla Loyal. Je sens que les enchères ne vont pas tarder à monter.

Les enchères ? Quel était encore ce jeu tordu auquel il faisait allusion ? Le maître de soirée s'en retourna vers l'extérieur pour accueillir de nouveaux invités.

Gisèle fit un signe à Tristan pour l'intimer de se mettre à côté de moi, sa carrure imposante pourrait au moins me cacher une fois que nous serons dans la fosse. Les vampires seraient juste derrière moi. Depuis quelque temps, j'avais pris l'habitude que les gens me cèdent le passage mais ce ne fut pas le cas ici. À leurs regards un peu trop insistants, je sentais qu'ils détectaient quelque chose de différent en moi, mais leur état de transe empêchait tout discernement – d'où le caractère dangereux de ce lieu. Certains sortirent un de leurs jetons mais je savais qu'ils ne pouvaient rien en faire pour le moment. Je devais rejoindre mon objectif avant la prochaine sonnerie. Les plus téméraires ou les plus fous osaient s'approcher, le cou en extension, pour humer un peu plus mon odeur. Sans m'en apercevoir je m'étais collée à Tristan qui jouait parfois du coude pour nous frayer un passage. Je les conduisis jusqu'à un escalier en colimaçon en fer forgé. Là, un humain d'une beauté indescriptible, dont je peinais à discerner le sexe, me barra le passage. Il embrassa son jeton tout en me défiant du regard comme une promesse qu'il ou elle viendrait me chercher le moment venu. Meredith se mit entre nous. Je ne sus ce que l'humain vit dans ses yeux mais il s'écarta. Une fois arrivés sur la mezzanine, la tension diminua quelque peu, car les personnes présentes nous dévisagèrent mais restèrent au moins assises sur les divans.

Le vampire qui m'intéressait n'en imposait pas par sa carrure, mais il émanait de lui une certaine pression propre aux immortels particulièrement vieux et puissants. À nouveau, nous nous observâmes et nous reconnûmes mutuellement.

— C'est ce gamin ? me souffla Tristan.

En effet, il avait l'apparence d'un adolescent pas plus âgé que

15 ans. Sa mâchoire carrée durcissait ses traits d'une finesse insoupçonnée pour une personne que l'on savait aussi terrible. De jolies boucles brunes retombaient sur sa nuque gracile en train d'être sauvagement reniflée par deux belles immortelles. Leurs mains baladeuses caressaient le corps fin de Vassily qui ne leur prêtait aucune attention malgré leurs efforts. Il était bien trop occupé à me regarder avancer vers lui.

— Добрый вечер Vassily, le saluai-je avec un joli sourire.

Il hocha la tête, acceptant sa première défaite. J'avais relevé son défi avec succès et confirmé l'efficacité de mon pouvoir. Il leva son verre vers moi et but une grande gorgée.

— Votre venue est une bonne chose même si l'on voit rarement des chasseurs accompagner des vampires en France, dit-il en russe tout en pointant Tristan. Ou bien c'est avec des menottes.

Je continuai dans sa langue avec aisance.

— J'ai toujours aimé bousculer les traditions. J'espère que cela ne vous incommode pas.

— Incommodé par un en-cas ? Ce serait bien triste.

Je remerciai le ciel que Tristan ne comprenne pas un mot de russe. Cependant, le regard méprisant que lançait Vassily au jeune homme ne passa pas inaperçu et résuma parfaitement ce qui venait d'être dit.

Le chef de Moscou dégagea une des jambes dénudées qui traînaient sur ses cuisses. Les deux femmes qui avaient continué à le lécher pendant que nous parlions lui laissèrent un peu plus d'espace. Elles semblèrent s'apercevoir de notre présence et me dévisagèrent avec dédain.

Vassily désigna le canapé face à lui.

— Je vous en prie, installez-vous, invita-t-il en français. Mettez-vous à l'aise.

— Je commençais à avoir des crampes, lâcha Tristan.

Le puissant vampire russe le regarda s'effondrer sur le divan en soupirant. Tristan exagérait son impolitesse pour agacer notre interlocuteur. En l'occurrence, c'était un champion dans ce domaine. Les pupilles de Vassily brillèrent de colère et il reprit en russe.

— Ce sac à sang veut crever ?

Peut-être un peu trop... Nous venions à peine d'arriver et Vassily se sentait déjà insulté. Son envie de dévisser la tête du chasseur était grandissante. Cette tension n'était pas vraiment la panacée pour discuter.

Gisèle et Meredith restèrent debout dans mon dos. Tristan continua de se mettre à l'aise. Quelque chose sembla le gêner dans sa veste. Il mit sa main à l'intérieur, sortit Thémis et la posa sur la table basse entre les deux canapés. *Il est complètement fou !* Le chasseur croisa ses jambes et s'avachit dans sa place. Il écarta un bras sur le dossier du canapé et l'étendit derrière moi.

— C'est mieux comme ça, dit-il en me faisant un clin d'œil.

En cherchant à contrarier Vassily, il allait se faire voler l'une des armes anti-vampire la plus convoitée du monde. Cependant personne ne chercha à s'en emparer, bien au contraire. Les deux vampires femelles autour de Vassily émirent un petit couinement et se recroquevillèrent sur le divan. Leurs yeux apeurés fixaient la belle arme comme si elle allait leur sauter dessus. Quant au chef de Moscou, sa colère redescendit brutalement. Intéressé, il se pencha pour détailler le revolver. Il pouvait très bien le prendre s'il le désirait.

Tristan était bien plus éloigné que lui et certainement pas assez rapide. Face au calme étrange du chasseur, je pris conscience qu'une information devait me faire défaut. Lucas avait dit que Némésis et Thémis étaient d'aucune utilité pour les immortels. Fallait-il prendre ceci au premier degré ? Peut-être qu'il nous était tout simplement impossible de les utiliser, d'où l'assurance de Tristan.

Je me décrispai et parvins à esquisser un sourire.

— Thémis, reconnut Vassily. Ainsi, les chasseurs donnent leurs atouts à n'importe qui.

— Les vampires acceptent bien un gars avec la tronche d'un prépubère à la tête d'un clan. Plus rien n'est étonnant.

Le prépubère en question éclata d'un rire sombre qui me donna presque la chair de poule. Il dévoila ses crocs.

— Celle qui veut être reine dresse bien mal ses domestiques, me reprocha-t-il.

— Que dire ? répliquai-je avec un air faussement désolé. J'ai un penchant pour l'insolence.

Vassily caressa ses lèvres figées dans un sourire indéchiffrable. Je ne pouvais pas l'approcher comme les autres chefs en faisant appel à sa raison. Vassily n'avait rien à perdre. Traqué et condamné à vivre dans un bunker pour l'éternité, sa seule possibilité de voir le ciel était au travers de ses clones jusqu'à ce qu'ils se fassent violemment assassiner. Il n'avait aucune raison d'éviter la destruction du monde car il vivait déjà en enfer. Le seul moyen de le faire plier était de frapper là où ça faisait mal, en usant du même stratagème que Lucas avait employé pour le faire venir jusqu'ici.

L'alarme que j'attendais retentit et les deux femelles prirent leurs jambes à leur cou sans demander leur reste. Vassily était maintenant seul avec moi.

— Ce n'est pas lui qui vous retient, repris-je plus doucement en désignant Tristan.

Je déposai un de mes jetons dorés devant lui.

— C'est moi qui vous choisis pour un tour.

Le vampire s'empara du jeton, acceptant de ce fait mon invitation, et y déposa un baiser tout en observant ma réaction.

— Vous comprenez vite, mais j'ai bien peur que vous n'ayez pas suffisamment de jetons pour me garder toute la soirée.

— Peut-être, mais vous avez des jetons également. Qui sait ? Je pourrais peut-être apprécier votre compagnie.

— J'en ai, mais ils ne nous servent à rien n'est-ce pas ? Vous êtes ici parce que vous avez besoin de moi et je suis ici parce que vous et votre mari m'avez menacé.

— Aussi, avouai-je avec un sourire. Il semblerait que vous soyez devenu une victime.

Un serveur vêtu d'un pantalon serré et d'un gilet de costume cachant à peine les atouts de son torse présenta à notre groupe un plateau de cocktails plus ou moins rouges. Je pris un verre et eus la douce surprise de constater, après avoir bu une gorgée, qu'il était à base de sang. Tristan s'abstint bien évidemment, mais un deuxième plateau plus petit apparut devant lui avec un jeton posé en son centre. Le chasseur le fixa sans comprendre. Avant qu'il fasse une bêtise qu'il regretterait, je pris un de ses propres jetons dans sa poche et le lançai sur le plateau. Le serveur s'inclina et repartit sans rien dire. Ici, accepter un jeton, c'est accepter une invitation. Celle-ci pouvait être une simple discussion, comme avec Vassily, ou bien consentir à un contact plus charnel, ce qui semblait être la norme dans ce Carrousel. Pour annuler une invitation, il fallait se défausser soi-même d'un jeton. Gisèle et Meredith comprirent d'elles-mêmes ce qu'elles devaient faire pour rester à mes côtés. Mon seul doute était, qu'à ce train-là, nous allions tous user bien trop vite nos jetons.

— Je vois parfaitement ce qui a plu à Gabriel, dit Vassily tout en m'observant par-dessus son verre. Vous étiez inaccessible : un joyau que l'aristocratie parisienne gardait précieusement, si désirable pour n'importe quel grand prédateur ; une proie impulsive qui stimule son besoin de chasse. Et pour couronner le tout, votre fuite solitaire pour l'Italie il y a quelques mois a dû réveiller une jalousie insoupçonnée envers son propre frère et attiser son envie de vous posséder. Bref, une véritable équation à résoudre chaque jour, dit-il en ricanant. Gabriel a toujours été attiré par les défis.

Je m'efforçai de maintenir une expression neutre. *Il cherche à me déstabiliser.* Prétendre que j'ai pu engendrer une jalousie entre Lucas et Gaël et provoquer une discorde, c'étaient des conneries ! Bon d'accord, Aurèle avait avancé la possibilité d'une relation avec Gaël mais il racontait beaucoup d'idioties. Quant au fait que je sois un genre de défi pour Lucas, il devait me confondre avec Mikaela qui avait assurément était un sacré challenge.

Vassily savait pertinemment que mon mari était inapte à la routine et toujours en quête de vampires détraqués à corriger. Il avait semé suffisamment d'indices pour que Lucas approche Mikaela dans le but de le trouver. La jolie danseuse avait alors jouer de ses charmes pour endormir la vigilance de l'ancien archange et le pousser à l'erreur.

— Ne croyez pas que je sois comme vous. C'est vous qui aimez le provoquer, à l'image de cette invitation dans ce lieu de débauche. Vous vous appliquez tant à l'énerver, c'est presque une déclaration d'amour.

— C'est lui qu'on devrait accuser de sentiments, car il m'a couru après pendant longtemps, me nargua-t-il.

Même si tout cela était son stratagème, le fait qu'il médise en toute impunité sur l'ancien archange commençait à m'irriter sérieusement. Il était temps que je lui rappelle la menace de Lucas. Mon pouvoir répondit aussitôt à mon envie de l'écraser et me montra un élément d'un passé lointain, un passé intime que je sus très bien relier à son insolence présente.

— Ça vous plaît bien d'attirer l'attention de vos aînés. À l'image d'un petit garçon s'accrochant désespérément aux jambes de son grand frère qu'il aimait tant.

Je n'eus pas besoin d'enfoncer le clou pour qu'il comprenne à quoi je faisais allusion. Ses pupilles brillèrent d'un éclat funeste à l'image de l'envie de destruction qui l'animait. Gisèle et Meredith firent un pas vers lui. Était-ce leur manœuvre qui l'avait dissuadé ? Rien n'était sûr, car un sourire sombre venait maintenant d'apparaître sur son visage.

— Vous parlez trop et venez de condamner votre indic. Nul doute que je le trouverai facilement maintenant.

Bien évidemment, très peu de personnes devaient connaître sa relation avec son défunt frère. S'il tenait une liste des personnes qu'il suspectait d'être mon informateur, celle-ci s'amenuisait. Malheureusement pour lui, c'était peine perdue.

— Vous ne trouverez personne, Vassily…

— Nous verrons. Je ne crois pas que vous ayez un pouvoir plus puissant que celui de Gabriel. Toutes ces rumeurs sur votre incroyable don n'est qu'une mise en scène pour impressionner les autres clans. Je vous déshabillerai lentement de toute votre arrogance et vous mettrai à nu ma chère. Puis quand tout cela sera fini, quand Gabriel sera devenu la risée de son espèce et qu'il n'y aura plus personne pour vous protéger, je reviendrai vous chercher. Un tel talent d'élocution me divertirait bien pour le restant de mon éternité.

La tension était maintenant palpable. Lui était plus qu'irrité que je sois pour le moment hors d'atteinte. Il désirait tant piétiner ma fierté et déposséder Lucas de tout ce qu'il convoitait. Moi, je me contenais pour ne pas tout foutre en l'air après, à nouveau, l'avoir entendu insulter Lucas. Cependant, ce ne fut pas moi mais Tristan qui ne put se contenir.

Il se mit à pouffer doucement avant d'éclater de rire. Vassily le foudroya du regard comme on fixerait un vulgaire moustique qui avait sifflé une fois de trop dans l'oreille et qu'on s'apprêtait à éclater contre un mur.

— Tu peux faire mieux que ça quand même ! lança-t-il à mon intention.

Dieu soit loué, il est sobre. Il s'attendait à quoi ce chasseur crétin ? Mon pouvoir n'est pas aussi « spectaculaire » que celui de Léa ou de Gisèle. Et je ne pouvais pas simplement crier sur tous les toits que je pouvais voir le passé, le présent et également le futur d'une personne.

— Tiens ! Le matassin français semble croire que vous n'avez pas tout donné, ma chère ! provoqua Vassily.

— Allez, Liza ! Vladimir junior en redemande !

Ces deux-là vont me faire vriller. Heureusement, une accalmie s'annonçait… Enfin, disons que j'allais bientôt avoir l'occasion de démontrer l'existence de mon pouvoir tout en prenant congé des deux garçons.

L'alarme retentit, mettant fin à notre premier round. Nous fîmes silence et ressentîmes comme une tension qui n'émanait pas de notre groupe. Notre attention fut attirée par l'arrivée de Loyal sur la mezzanine, dans un brouhaha de plus en plus sonore. Nous ne nous en sommes pas aperçus à cause de notre conversation houleuse mais l'ambiance dans le Carrousel était électrique. En contrebas, la foule déchaînée suivait avec attention l'intervention du maître de soirée. Ce dernier leva les bras et tous se turent.

— Je demande une trêve, chers invités, pour organiser un jeu du chapiteau avec un prix particulièrement convoité ce soir.

Nous échangeâmes un regard avec Gisèle et je lui fis signe de ne pas intervenir quoi qu'il se passe. La vampire grogna, mécontente, mais elle m'obéirait. Loyal se déplaçait avec beaucoup de grâce comme s'il effectuait une danse sensuelle. Il tendit son bras vers moi et proclama le prix.

— Élizabeth, accepterez-vous de monter sur le chapiteau ? Mais je me dois de vous prévenir : le gain n'est pas juste votre compagnie, mais aussi votre chair.

Des grognements approbateurs retentirent.

— Un toucher, un baiser, un croc… rien ne sera interdit si vous dites oui. Acceptez-vous de jouer avec nous, Élizabeth ?

Personne n'osa briser le silence qui suivit la question de Loyal.

Tous étaient attentifs au plus petit son qui sortirait de ma bouche. Gisèle et Meredith n'intervinrent pas mais l'inquiétude les habitait et elles m'intimaient de ne pas me donner en spectacle. Quant à Tristan, il était plus assuré lorsqu'il insultait le chef de Moscou. Il tentait probablement de se rassurer : mon pouvoir avait résolu des problèmes plus complexes qu'un jeu de hasard. Cependant la perversité de l'enjeu le faisait douter et craindre pour ma sécurité. *Finalement il n'est pas si mauvais en garde du corps.*

Je n'avais franchement aucune envie de jouer. Ce fut l'expression pernicieuse de Vassily qui me décida. Le vampire attendait ma réponse tout en cherchant le meilleur moyen de salir la femme de son ennemi.

— Que dites-vous ? insista Loyal.

— J'accepte à une condition : que je puisse également parier pour avoir la possibilité de me remporter moi-même, dis-je tout en fixant le Russe.

Loyal réfléchit à ma demande mais il savait qu'il n'aurait pas meilleure occasion d'offrir un aussi grand spectacle à son Carrousel.

— Préparez vos jetons mesdames et messieurs ! Le jeu va commencer ! annonça-t-il.

J'entendis la foule s'agiter. Ceux des mezzanines descendirent afin de pouvoir participer aux paris. Seul notre groupe resta étrangement stoïque. Mes gardes étaient certainement en état de choc. Quant à Vassily, son sourire malsain me fit comprendre qu'il ne resterait pas un simple observateur. *Encore mieux !* J'avais envie qu'il se confronte à mon pouvoir et se brise dessus comme une vague sur un rocher.

Loyal me présenta sa main que j'acceptai de prendre avant de me relever. Nous nous déplaçâmes vers les escaliers. Jetant un coup d'œil vers la salle en contrebas, je remarquai l'engouement des convives qui s'amassaient autour du fameux chapiteau – en réalité une roulette russe revisitée à partir d'un toit de carrousel.

— Pour la mise de ce soir, trois jetons seront nécessaires ! déclara Loyal. On a rarement l'occasion d'avoir un prix aussi prestigieux.

Mon visage se crispa en une grimace. Mon pouvoir n'avait pas intérêt à être aux abonnés absents. Nombreux furent ceux qui se rapprochèrent des employés de Loyal pour échanger leurs euros contre une poignée de jetons. *Bien évidemment, le plaisir a toujours été un commerce lucratif.* Vassily donna ses trois jetons au maître de cérémonie qui allait visiblement se charger de miser pour lui. Il me fit un clin d'œil avant de s'accouder à la rambarde, prêt pour le spectacle. Avant de s'engager dans les escaliers pour me suivre, Meredith glissa à Tristan :

— Reste là pour guetter d'en haut.

Le chasseur souffla avec lassitude mais comprit l'intérêt de ce plan. Il réarma Thémis avant de la cacher dans sa veste, prêt à descendre le premier importun. Alors que je descendais les marches, je levai la tête vers lui et le rassurai avec un doux sourire.

Dès que tous eurent suffisamment de jetons pour jouer, les autres convives cessèrent leurs mouvements. Je sentais la pression de leur regard animal tandis que je rejoignais le toit du carrousel fixé sur un axe à un mètre du sol. À l'image d'une roulette de casino, des quartiers de couleur rouge et blanc s'alternaient. Une fente était présente en bordure de chaque segment dans laquelle chacun devrait glisser ses jetons recueillis dans des petites boîtes accessibles au bord du chapiteau. Comme promis, j'eus le droit de choisir la première. Je fis quelques pas autour de la roue attendant un signe. Meredith et Gisèle me suivaient de près et tenaient éloignés les plus confiants en les foudroyant du regard avant même qu'ils tentent de faire un pas. Finalement, je fis un tour complet avant de m'arrêter. J'observai la réaction de Loyal lorsque je glissai mes trois jetons dans la fente d'une des zones blanches. Ils atteignirent le fond de la boîte avec un tintement qui fit jubiler le maître de soirée. La boîte blanche se scella. Je venais d'accepter définitivement son jeu sordide. Loyal fit rouler les jetons de Vassily entre ses doigts tout en se rapprochant de moi et choisit de les glisser dans la fente de la partie rouge jouxtant la mienne. Puis, à la surprise de tous, il sortit ses propres jetons et les embrassa tout en me fixant. Son corps se pencha vers moi. Il tendit son bras et visa l'autre zone rouge juste après ma zone blanche. Je me refusais à lui céder du terrain et notre brève proximité lui permit d'humer mon parfum – ou celui de Lucas.

— Je vous aide à monter, ma chère ? proposa-t-il.

— Ne vous donnez pas cette peine.

Je me hissai pour m'asseoir sur le bord du chapiteau puis pivotai sur mes fesses pour que je puisse y poser mes pieds. Je me redressai alors sans mal et rejoignis le centre de l'immense roulette pour m'asseoir sur la large sphère au sommet de l'axe. La roue ayant une forme de toit de chapiteau, je dus me dandiner pour préserver mon équilibre et des sifflements approbateurs s'élevèrent dans la foule. Les jambes et les bras croisés, j'attendis que tous les parieurs scellent les boîtes les unes après les autres. Il y en avait une bonne centaine… autant de chances de perdre. Lorsque ce fut fait, une boule descendit du plafond et Jovial lança la roue qui tourna à toute vitesse sous moi. Les couleurs rouge et blanche se mélangèrent pour totalement disparaître. Impossible de savoir où se trouvaient mes jetons. Je saisis la boule et la laissai simplement tomber à mes pieds. Elle rebondit plusieurs fois contre les bords de la roue et passa parfois hors de mon champ de vision. Lorsque la vitesse de rotation commença à décroître, la boule se fixa quelques secondes sur des couleurs avant d'être à nouveau expulsée sur le côté. Petit à petit, elle cessa ses va-et-vient et stoppa sur la couleur rouge. Mes doigts se crispèrent. Je songeai quelques secondes au pouvoir de lévitation de Léa, qui aurait été pratique pour faire déloger la boule. Mais vu qu'il n'y avait aucun signe distinctif mise à part la couleur rouge ou blanche des quartiers, même le don de la femme d'Andrea était inutile en cet instant. Tous retinrent leur souffle et un sourire triomphant apparut sur le visage de Jovial. La roue entamait ses derniers tours et la boule se déplaça une dernière fois sur une partie blanche pour y rester. Des éclats de joie et de déception retentirent, mais rien n'égalait le désappointement de Loyal. Lui et Vassily avaient perdu et c'était déjà une petite victoire.

Je levai les yeux vers le chef de Moscou. Ses beaux traits étaient déformés par l'incertitude. La possibilité qu'il se passât quelque chose qui le dépassait commença à le torturer. J'avais gagné son attention. Encore fallait-il que ce soient mes jetons qui sortent de la boîte blanche. Dans un silence de mort, le maître de soirée rejoignit l'endroit où la boule s'était arrêtée. Indécis, il appuya sur la petite pédale de la boîte choisie et réceptionna les jetons dans sa main. Ses sourcils s'arquèrent de surprise. Un rire sombre lui échappa puis il leva son bras. Entre ses doigts, les trois palets d'or brillaient comme des étoiles.

—Votre ange gardien est auprès de vous, ma *lady*.

Chapitre 29

Nous serions probablement tranquilles pour un petit temps mais je ne garantissais pas que quelques pugnaces reviendraient à la charge. Je retrouvai Vassily sur son canapé, les bras croisés et l'air sévère, en train de démêler le nœud de ses pensées sans succès.

— Alors ? Avez-vous croisé mon indic ? le titillai-je.

Tristan se tenait maintenant avec Gisèle et Meredith debout dans mon dos. Ainsi il ne sera pas incité à perturber mes négociations avec le puissant vampire.

— Quel genre d'artifice avez-vous employé ?

— Le même qui m'a permis de vous localiser.

— Le hasard et le traçage d'une personne n'ont rien à voir.

— Pas pour moi, dis-je en finissant mon verre et me penchant vers lui pour le poser sur la table. Partez du principe que je suis capable de tout. Êtes-vous prêt à être raisonnable, maintenant ?

Ses mâchoires se serrèrent si fort qu'elles crispèrent l'ensemble de son visage. Il n'eut pas le temps de répliquer, car de nouvelles rumeurs d'agitation se firent entendre. Les employés du Carrousel accompagnèrent les invités à descendre de la mezzanine, mais personne ne vint vers nous pour nous demander de faire de même. Bientôt, nous restâmes seuls à l'étage et l'on entendait les bruits de la foule disparaître. J'appelai mon pouvoir à se manifester et aussitôt compris le danger qui nous guettait. J'échangeai un regard avec Vassily qui ne semblait pas plus perturbé que ça. *Bien évidemment, il avait l'habitude et il était un clone.*

Tristan glissa sa main dans sa veste.

— Ne la sors pas, lui intimai-je. N'attirons pas l'attention.

Cet ordre valait également pour les deux vampires qui m'accompagnaient.

Ce n'est pas nous qu'ils veulent.

Je ne lançai aucun appel à Lucas, me disant que j'aurais bien le temps de l'alerter en cas de réel danger nous concernant.

Un groupe d'une dizaine de vampires se trimballant en costume noir et affichant un air peu commode se pointa sur notre mezzanine. Ils auraient bien leur place dans un film de mafieux et leurs intentions étaient dignes de criminels impunis… Ce qui, dans ma ville, m'agaça au plus haut point. L'un d'eux se plaça entre nous et interpella Vassily en russe.

— Tu devais être dans un sacré état de manque pour oser te pointer ici comme n'importe quel péteux français venu tremper son biscuit ?

— Tu es jaloux que je ne me sois pas jeté dans tes bras ? le nargua le chef de Moscou en écartant ses bras sur le dossier de son canapé.

Plutôt que d'user sa salive pour l'insulter, l'importun cracha sur notre table basse. *Eh bien, ce n'était vraiment pas un ami.* Je ne pouvais pas voir ce qui se passait dans mon dos mais j'espérais que mes gardes se tiendraient tranquilles.

Le vampire inconnu me lorgna en insistant sur ma poitrine et la peau dénudée de mon dos.

— Comme d'habitude, je vois que tu ne te choisis pas la plus laide. Dis-lui de se casser sinon je la prends en levrette sur cette table avant de te buter.

Avant que le pervers en face de moi se fasse une joie de lui répondre « vas-y, fais-toi plaisir. » je pris la parole dans leur langue de l'est.

— Je ne suis l'instrument de personne, ni de lui ni de vous, et votre splendide sens poétique ne me touche pas. Je suis en affaire avec cet homme, donc j'apprécierai que vous ne le tuiez pas tout de suite.

Il éclata d'un rire gras.

— Sa spécialité est de détrousser les autres sans plus rien leur laisser, pas même un sous-vêtement, ma jolie. Vous ne tirerez rien de lui.

— Ainsi, tu sais que je ne te suivrai pas Ibragim, dit Vassily.

— Cette fois, je ne repartirai pas les mains vides. Est-ce que tu sais combien on me donnerait si je trouvais le secret de ton pouvoir ?

Le chef de Moscou plissa les yeux, réfléchissant au sens caché de cette question. Lorsqu'il comprit, il eut bref coup d'œil vers la seule personne à connaître son pouvoir dans la pièce. Je saisissais à présent pourquoi il s'était mis en danger pour venir à Paris. Si jamais nous avions décidé de dévoiler ce que nous savions de lui, Lucas et moi l'aurions condamné. Son bunker n'aurait pas été assez loin, assez caché, assez fortifié pour arrêter ceux qui voulaient sa peau.

— Tu as donc un *chapardeur* avec toi ? avança Vassily.

La conversation ne tendait toujours pas vers le français. Lilith connaissait presque toutes les langues de ce monde mais j'eus un doute sur le mot qu'il venait d'employer. *Qu'est-ce qu'un « chapardeur » ?* Dommage que je ne puisse pas demander une définition à Gisèle ou Meredith.

— Exact. Que choisis-tu alors ?

— La mort. Ton chapardeur n'aura rien.

Avais-je encore le droit de dire que je n'étais pas d'accord ? S'il crevait maintenant tout cela n'aurait servi à rien.

— Je savais que tu dirais ça. Avant que tu te suicides, j'ai apporté quelque chose qui mérite ton attention, dit Ibragim avec délectation.

Il tendit une main et un de ses acolytes lui envoya une boîte en métal de cinquante centimètres de côté. Avec un sourire malsain, il l'ouvrit et la posa sur la table. Avant même d'en voir clairement le contenu, tous les vampires se doutèrent du type d'objet qui était présent dans la boîte. Mes pupilles dorées brillèrent de manière incontrôlable même si ce qui se trouvait devant moi me rebuta.

Vassily se pencha lentement vers la boîte, contrôlant sa respiration et la rage qui le submergeait. Nul doute qu'il connaissait le propriétaire de la main arrachée au niveau du poignet pourrissant dans la boîte.

— C'est une bonne chienne, cracha Ibragim. Elle n'a pas pipé mot sur ta localisation et tu sais bien que je peux être assez brutal quand je n'ai pas ce que je veux. Heureusement, tu n'as pas joué la discrétion et nous avons finalement réussi à te trouver alors que nous nous apprêtions à lui ôter ses jolis petits membres. Étant une danseuse j'étais sûre de la faire plier.

Mon regard revint vers la gracieuse main ensanglantée. *Mikaela.* Même si je ne portais pas la danseuse dans mon cœur, je ne pus m'empêcher d'être atteinte par cette atrocité. Si elle s'était retrouvée en danger de mort, c'était parce que nous l'avions forcée à se mettre à découvert. Le poing du chef de Moscou tremblait tant sa colère s'apprêtait à éclater.

— Pourquoi avoir fait ça alors ?

— Tu disparaîtras peut-être encore ce soir. Sache qu'à chaque fois que je te retrouverai, je viendrai avec un nouveau morceau.

Cette fois, c'était inévitable. De violentes visions m'avertirent de ce qui s'apprêtait à suivre. Je n'avais pas le temps de parler de ma stratégie avec mes amis mais ils me suivraient si je leur faisais comprendre ma position.

Ibragim espérait bien que Vassily ne chercherait pas la fuite, d'où cette monstrueuse provocation. Il s'était attendu à la colère du chef de Moscou, si bien que lorsque Vassily bondit sur lui, Ibragim était prêt à le contrer. Mon corps bascula sur le côté et j'envoyai mon pied dans les parties du vampire debout. Ce dernier se plia en deux le souffle coupé et ne put donc parer le crochet de Vassily. Il vacilla en arrière et le chef de Moscou continua de l'accabler de coups.

Gisèle immobilisa un vampire et se gava de son énergie avant que Meredith lui arrache la tête. Puis Gisèle utilisa l'énergie captée pour en tuer deux autres. Tristan dégaina Thémis et la plaqua sur le visage d'un immortel un peu trop proche de lui. J'entendis le crépitement d'une peau qui brûle et de la fumée s'en échappa. Le vampire hurla de douleur et une terrible odeur de putréfaction parvint à mes narines.

CQFD : aucun immortel ne pouvait toucher Thémis.

Le chasseur sortit une lame en nithylite de sa manche et la planta dans le cœur de sa victime.

Les vampires qui restaient cherchèrent à atteindre Vassily qui était toujours au corps à corps avec Ibragim. Ce dernier avait une corpulence bien plus impressionnante que celle du chef de Moscou et pourtant il ne parvenait pas à prendre l'avantage. La rage et l'expérience du combat procuraient à Vassily une puissance insoupçonnée. Avec mon pied, je soulevai une des tables basses de la mezzanine, l'attrapai et l'envoyai voler vers les vampires voulant prêter main-forte à Ibragim. Trois s'effondrèrent, un résista et déséquilibra Vassily qui passa par-dessus la balustrade. Dans sa chute, il entraîna Ibragim et ils tombèrent tous deux sur le chapiteau en contrebas sous une pluie de jetons multicolores. De mon côté, je m'étais élancée pour percuter moi-même le vampire qui avait survécu à mon lancer de table et nous tombâmes également dans le vide. Tel un félin agile, je me contorsionnai et chopai mon adversaire en plein vol pour l'écraser de tout mon poids lorsqu'il rencontra le sol. Son crâne céda sous ma force et il ne se releva pas.

Tout près, Vassily arracha la carotide d'Ibragim avec ses crocs, puis planta sa main à l'intérieur de la gorge ouverte pour faire sortir l'artère qui se déversa sur la grande roue qui s'était littéralement pliée sous le poids des deux corps qui étaient tombés sur elle. Les employés de Loyal, restés pour organiser le déplacement imprévu du Carrousel, observèrent la scène avec des yeux brillants d'envie. Son ennemi n'étant plus qu'un corps desséché, Vassily se laissa tomber au sol en poussant une plainte. Ses blessures étaient en train de cicatriser quand une vision m'avertit d'un nouveau danger. Un vampire sorti de nulle part bondit sur lui avec la volonté de le mordre. N'écoutant que mon instinct, je me mis en travers de son chemin et levai un bras, prête à encaisser le choc. Ses crocs pénétrèrent brutalement ma chair et il se délecta de mon sang. J'étouffai un cri et le dégageai violemment avec l'aide de mon autre bras. Il alla percuter un amoncellement de chaises non loin de là.

— Liza ! s'inquiéta Gisèle qui me rejoignit aussitôt.

J'étudiai les dégâts en grimaçant. Mon sang avait eu le temps de couler abondamment sur mes vêtements. Les pupilles de Gisèle et Vassily, les vampires les plus proches de moi, s'agitèrent mais leur état d'excitation fut interrompu par de multiples cris stridents. Le vampire qui venait de me mordre s'était relevé et semblait comme possédé. Ses yeux révulsés brillaient d'une folie incompréhensible. Il prit son crâne en étau et se tordit dans tous les sens tout en hurlant :

— NON !! NON JE NE VEUX PAS !!

Déconcertés, nous l'observâmes se débattre avec ses propres fantômes, ses mains fouettant l'air comme pour tenter de repousser quelque chose que nous ne voyions pas. Soudain, il s'arrêta et se retourna pile au moment où Tristan levait Thémis sur lui. Malgré sa folie, il avait été le seul à voir le chasseur arriver. *Depuis quand il est là ?*

— NON !!!

La balle partit dans un *boum* assourdissant et emporta la cervelle du vampire qui s'éparpilla un peu partout autour de nous. *Toujours aussi efficace.* Après le vacarme que nous venions de faire, le silence qui s'installa était pesant. Meredith déboula vers moi et évalua mon bras, certes guéri mais toujours ensanglanté.

— Merde… souffla-t-elle.

— Qu'est-ce qu'elle a ?! s'inquiéta Tristan en se rapprochant.

— Eh bien, ça risque de se corser.

Nous levâmes les yeux vers les derniers vampires présents. Les employés de Loyal se redressèrent, humant le doux parfum de mon sang se baladant dans l'air. Leurs crocs jaillirent et leurs pupilles reflétant un éclat funeste n'eurent plus rien d'humain. Ils étaient en proie à leurs propres pulsions incontrôlables. Même si le maître de soirée avait disparu, il avait laissé toute son équipe sur place et cela correspondait à presque une vingtaine d'immortels. Tout en grognant, ils firent un pas vers nous, puis un autre, et s'apprêtèrent à fondre sur nous comme une horde de zombies. Tristan m'entraîna derrière lui et tira plusieurs fois à leurs pieds. La menace de Thémis les fit aussitôt hésiter.

— Le premier qui ose la renifler, je lui fais sortir la cervelle par la bouche ! gueula-t-il en visant les vampires les uns après les autres.

Certains reprirent conscience et reculèrent d'un pas. Les autres étaient toujours sous l'emprise de leurs pulsions mais restèrent sur place, nous barrant la route vers la sortie. Tristan saisit alors quelque chose dans sa poche et le lança vers le fond de la salle.

Un des tubes de sang que je lui avais donné !?

Les vampires excités par ce rab s'élancèrent vers l'origine de l'odeur. Nous nous déplaçâmes avec prudence pour ne pas provoquer leurs instincts de prédateur. Lorsque nous passâmes à côté de Vassily, Tristan pointa Thémis contre son front.

— Toi, tu nous suis, ordonna-t-il.

Nous sortîmes dans la cour puis nous nous pressâmes dans les rues de Pigalle. Le quartier vivait toujours de son activité nocturne comme si rien ne s'était passé. Tout en fuyant le regard des passants apeurés par le sang qui imbibait nos vêtements, nous marchâmes jusqu'à trouver une impasse sombre pour nous couvrir.

— Ce n'est pas pour cette utilisation que je t'ai donné ces tubes !

— J'ai improvisé, dit-il en haussant les épaules. Ça a marché, non ?

Je grognai mon mécontentement. Gisèle prit mon bras et commença à le nettoyer. Je l'aidai en déchirant ma manche et me servis du tissu pour frotter le sang séché sur ma peau.

— Pourquoi avez-vous fait ça ? dit Vassily qui n'avait pas l'intention de nettoyer son visage ensanglanté. Vous auriez pu le laisser faire, je ne risquais rien.

La réaction typique d'un clone en effet. Il avait tellement l'habitude de s'envoyer lui-même à l'abattoir que mon geste altruiste lui semblait débile.

— Mais vous croyez vraiment que j'avais le temps de peser le pour et le contre de ma décision. J'ai fait ce que j'ai cru juste de faire, qu'importe que vous ne soyez pas le vrai.

— Le fait de mettre en danger vos alliés si jamais vous saigniez n'entrait pas non plus en compte ?

— Vous savez que vos remerciements sont à chier ?! m'agaçai-je.

Mon langage de charretier le surprit, à moins qu'il n'ait pas l'habitude d'être injurié.

— Vous prenez beaucoup moins de pincettes, princesse…

— On vient de se bastonner dans un cabaret pour vous. On se cache maintenant dans une ruelle qui pue la pisse et le vomi, je crois qu'on a dépassé le stade où je vous parle poliment !

Il rit mais son amusement fut vite étouffé quand Tristan le visa avec Thémis. Nous fûmes tous surpris et n'osâmes plus respirer.

— Qu'est-ce que tu fais ? lui demandai-je.

— Ce vampire est recherché internationalement, dit-il simplement.

Après avoir sauvé Vassily d'un assassinat, il était hors de question qu'il me le retire parce que son âme de chasseur avait une recrudescence.

— Range-moi ça, dis-je avec lassitude. Ça ne servira à rien, crois-moi, hormis déclencher un conflit diplomatique.

— Et tu ne m'expliqueras pas pourquoi lui tirer une balle en pleine tête ne lui fera rien ?

— Tu veux que je te dicte la définition du terme « incident diplomatique » ?

Il resta un moment sans rien dire, le doigt bloqué sur la détente du revolver. Son regard mauvais fixait le visage serein du vampire face à lui, puis il souffla rageusement et rangea son arme. Le chasseur alla fulminer tout seul dans son coin. Gisèle et Meredith le dévisagèrent comme une curieuse créature instable.

Ça va être une longue soirée.

L'ambiance était toujours tendue mais au moins, personne n'était en train d'attenter à la vie d'un autre.. Seul Vassily affichait une expression détachée. C'était lui le plus instable de tous.

— J'ai une mauvaise nouvelle et une mauvaise nouvelle, annonça Meredith. La première est que nous n'avons plus aucun moyen de communication. Nos portables se sont soit cassés pendant le combat, soit ont été laissés sur place. La deuxième est que nous n'avons aucun moyen non plus de récupérer la voiture.

— Ce n'est pas grave, la calma Gisèle. C'est la ville de Joachim. Présentons-nous dans le premier point de ralliement et trouvons un membre du clan.

Notre situation était loin d'être désespérée, en effet. Nous pouvions choisir la prudence et nous mettre sous la protection du clan. Cette solution me provoquait cependant une sensation d'échec. Je n'avais rien fait. J'avais promis à Lucas que je m'occuperais de Moscou et voilà que la situation avait empiré. Si je m'arrêtais là, Vassily disparaîtrait à jamais, se moquant de mon incapacité et criant à qui voudrait l'entendre que nous étions inaptes à sauver qui que ce soit. Nous perdrions le respect de tous les délaissés à l'est du continent. Et ils auraient bien raison, si je n'étais même pas foutue de résoudre un problème dans ma propre ville.

— Ma mission n'est pas finie.

— Liza, nous ne pouvons pas rester dehors, insista Gisèle.

— Le dignitaire d'un clan étranger a failli se faire assassiner dans une ville sous la direction du clan de Paris. Nous ne pouvons pas fermer les yeux.

— Cela pourrait être justifié s'il ne s'agissait pas d'un criminel, comme l'a dit le chasseur junior, intervient Meredith.

Tristan lui réserva un doigt d'honneur qui l'amusa encore plus. *Un criminel...* Je repensai au chef des clans du Caire et de Pékin qui avaient commis ou commettaient encore une multitude de crimes. Apparemment, certains délits étaient plus tolérés que d'autres dans le monde des vampires ou bien cela dépendait de la personne qui les orchestrait. Les immortels n'étaient pas bien différents des mortels.

— C'est mon devoir, tranchai-je.

— On peut le traîner avec nous, proposa Meredith en haussant les épaules.

Vassily ricana en secouant la tête. Finalement, nous n'étions pas mieux que les salauds dont les corps jonchaient encore le Carrousel. Un pistolet sur la tempe, nous lui demanderions de nous suivre ?

— Non, refusai-je. Des vampires malveillants courent dans Paris.

Nous allons réduire à néant leurs actions.

— Quoi ?! s'exclamèrent Meredith et Gisèle.

Je désignai le chef de Moscou.

— C'est décidé et vous pourrez récupérer Mikaela au passage.

— Pourquoi voulez-vous l'aider ? demanda Vassily sur un ton soupçonneux. Elle et Gabriel ont largement pris leur pied ensemble fut un temps.

Je ne voyais pas quel était le rapport hormis s'il désirait que je lui mette mon poing dans son visage d'adolescent.

— C'est quoi votre stratégie à me balancer des vacheries ? Vous voulez que je vous laisse tout seul et qu'un autre que cet Ibragim vous poursuive et vous envoie les morceaux de cette danseuse à chaque fois qu'il ne parviendra pas à vous trouver ?

Plus personne ne répliqua. Je lançai un regard irrité à Tristan, le défiant de ramener sa fraise également. Le garçon qui surveillait l'entrée de la ruelle leva les mains, bottant en touche.

— Par où veux-tu commencer ? abandonna Gisèle.

Je me concentrai sur Mikaela mais mon pouvoir ne se manifesta pas. J'espérai que cela ne voulait pas dire qu'elle était morte. *Non, ils ont besoin d'elle vivante.* Je retentai ma chance avec le passé d'Ibragim… mais une fois de plus, rien. Étais-je perturbée ou dans un de ces états qui m'empêchaient d'utiliser mon pouvoir ? Je n'en n'avais pas l'impression. J'essayai une action neutre qui fonctionnait à tous les coups. Non plus. *Pas même la météo !*

— Je… je ne sais pas. Rien ne se passe.

Gisèle et Meredith froncèrent les sourcils mais elles furent bien incapables de m'aider. Mon pouvoir recelait encore bien des mystères, même pour moi. C'était seule que je devais trouver une solution.

Soudain, Meredith se redressa et s'écria :

— Attends ?! Il y avait un chapardeur avec eux ! C'est probablement celui qui t'a mordue !

— C'est quoi un chapardeur ? dis-je.

— Un vampire qui boit le sang des immortels pour s'approprier leurs caractéristiques, expliqua-t-elle en désignant Vassily. C'était pour découvrir son pouvoir à lui qu'il est venu mais, en t'interposant, il t'a finalement temporairement dépouillée du tien.

— « Temporairement », c'est-à-dire ?! la pressai-je.

— Généralement quelques heures, ça dépend de la puissance du chapardeur, répondit-elle en se frottant nerveusement la tête.

Tous observèrent ma réaction. Ils s'attendaient peut-être à ce que je panique ou explose de rage mais je restai calme. Forcément, cela aurait été plus rapide avec mon pouvoir mais rien n'était perdu. De plus, je m'étais déjà retrouvée dans des situations bien pires sans lui.

— Bon, ce n'est pas la première fois que ça m'arrive.

— C'est ridicule ! s'agaça Gisèle. Allons trouver de l'aide à un point de ralliement et nous aurons des renforts pour nous occuper de ces vampires.

Pendant que nous discutions, Vassily avait eu le temps d'analyser notre dynamique de groupe. Aux yeux du redouté chef de Moscou, nous devions ressembler à une belle bande de guignols français.

— Je ne vous accompagnerai pas, intervint-il en croisant les bras. Le temps presse. Ils pensent qu'Ibragim va me ramener, or quand ils ne vont pas le voir revenir, ils vont se douter que leur mission a échoué. Ils vont se déplacer et je ne pourrai pas les retrouver aussi facilement.

— Vous ne savez pas combien ils sont. C'est du suicide, l'avertit Gisèle.

— Exactement, dit-il avec un sourire mystérieux.

Bien évidemment, mis à part moi, tous le prirent pour un psychopathe. Grâce à son clone, il avait l'intention de faire un maximum de dégâts avant de disparaître. S'il se débrouillait bien, il pourrait même réussir à faire libérer Mikaela, mais dans l'état où elle était, je doutais qu'elle parvienne à rejoindre son pays natal seule.

— Très bien. Meredith tu iras au point de ralliement pour contacter le clan. Nous irons à la recherche de ces vampires.

Personne ne me demanda pourquoi je n'utilisais pas le lien qu'on avait avec Lucas et heureusement, car je n'avais pas envie de leur expliquer que je ne désirais pas que mon mari vienne à la rescousse. Ça empirerait la situation avec Vassily qui disparaîtrait au premier courant d'air.

Tristan quitta le mur sur lequel il était adossé.

— Bon, si ton souhait est vraiment d'accompagner ce taré, Liza, on va le faire à l'ancienne, mais il faut vraiment qu'il se rince la gueule si on ne veut pas que ce soit les flics qui nous tombent dessus.

Vassily regarda sa main et crut découvrir qu'elle était entièrement recouverte de sang. Il lécha ses doigts tout en matant le chasseur avec un air sournois.

Chapitre 30

La rue des Martyrs est une voie en pente qui débouche sur le Sacré-Cœur. Ses nombreux petits commerces de bouche faisaient sa renommée et attiraient toujours plus de touristes. Pas plus large que douze mètres, son charme me donnait l'impression de pénétrer dans une photo en noir et blanc du siècle dernier. Ce soir, les boutiques étant fermées, c'étaient les bars et leurs « joyeux » clients qui animaient la rue. Tristan nous mena à un des bistrots faisant un coin, apparemment tenu par un ancien chasseur qui avait rendu son arme. Il servait désormais le Conclave différemment en ouvrant les yeux sur les activités des immortels étrangers au clan de Paris, surtout celles qui étaient condamnables.

Tristan était à l'intérieur depuis un certain temps. Il nous avait fourni des serviettes humides pour nous débarbouiller, surtout Vassily. Le vampire faisait tache dans le décor même sans ses grosses taches de sang sur le visage et les bras. Son aspect prépubère attirait l'attention devant le bar et l'on devait probablement me prendre pour la baby-sitter un peu folle qui trimballait son gagne-pain en soirée.

Tandis que Meredith était partie rejoindre le point de ralliement, nous attendions, dans un silence parfois gênant, que Tristan ait fini sa récolte d'informations. En effet, alors que les mortels parlaient fort et riaient aux éclats, nous restions bizarrement stoïques. Vassily finissait de s'essuyer puis il observa sa serviette en coton avec un air médusé. Bien que le chasseur la lui ait balancée à la figure, il avait au moins eu la présence d'esprit de lui en fournir une. Le vampire brisa le silence troublant.

— Je me suis demandé comment vous aviez vaincu le Diapason de Nina. Je comprends mieux. Elle n'avait pas vu ce bouffon venir.

Bien que Nina et ses deux sœurs aient été des vampires renégats, elles étaient effectivement d'origine russe et donc largement connues de Vassily. Peut-être même avaient-elles fait partie du clan de Moscou fut un temps. Cependant, je me serais bien passée du souvenir du Diapason et de l'horrible sensation d'être prisonnière dans le corps d'une autre, surtout lorsque celle-ci baisait à tout va. Mais il avait vu juste. Tristan avait été la clé de ma délivrance, cependant je me gardais bien de lui fournir des raisons d'en vouloir au chasseur. Je ne savais pas quelle serait sa réaction si le chef de Moscou apprenait le rôle qu'avait joué le mortel dans la chute des Poupées russes.

— Ce « bouffon » va vous aider à sauver votre acolyte.

— Vous n'avez pas répondu à ma question tout à l'heure. Pourquoi m'aider à la sauver ?

Je ne répondis pas tout de suite parce que – pour dire la vérité – je me posais encore la même question. Il comprit que mon hésitation cachait une raison plus sombre.

— Comment l'avez-vous ralliée à votre cause ? À moins qu'elle ait toujours des sentiments pour Gabriel qui vous servent bien.

— Oh pitié ! lançai-je avec écœurement. Elle n'est certainement pas de mon côté ! Elle est loyale et, même si c'est envers un désaxé comme vous, c'est une qualité qui mérite d'être sauvée. De plus, comme je l'ai déjà dit, je ne tolère pas que de tels fous furieux se baladent dans la capitale.

Je ne sus s'il me crut mais il cessa d'avancer que nous faisions un genre de plan à trois pour le capturer. Quelques minutes passèrent et je sentis son regard pesant sur moi comme s'il essayait de trouver des explications à ses questions pour l'instant sans réponse.

— Ce n'était pas mon frère, dit-il finalement. Juste une personne que mon père avait adoptée et considérée comme son propre fils ; un fils dont il était si fier jusqu'à ce qu'il se fasse tuer par lui.

Essayait-il de déterminer les fonctionnalités de mon pouvoir en revenant sur l'allusion que j'avais faite sur son grand frère ? Probablement.

— Pourquoi a-t-il fait ça ? dis-je en maintenant une expression neutre.

— Parce que mon père avait tué toute sa famille. Nous étions dans une phase d'expansion de notre royaume, ceux qui refusaient notre autorité étaient exécutés. Il avait laissé vivre cet enfant étranger et l'avait adopté. Voilà ce que donne la charité.

— Qu'avez-vous fait ?

— J'ai fait ce que mon père aurait attendu de moi. J'ai tué ce traître ainsi que tout son peuple : des femmes, des enfants et aussi des bébés. C'est une habitude que j'ai gardée à chaque fois que je rencontrais des personnes trop réticentes.

S'il voulait me faire réagir par la colère ou le dégoût, c'était raté. Je n'allais pas laisser mes émotions lui répondre et ainsi tomber dans son piège. Il attendait une expression ou un simple mot qui lui permettrait de mieux appréhender mon pouvoir.

Autour de nous, les fêtards étaient trop occupés à rire de leurs blagues pour s'attarder sur des histoires de génocide. Cependant, je me gardai bien de parler lorsque des groupes passaient près de nous. Certains remarquèrent mon dos nu plongeant ainsi que la robe de Gisèle, et eurent le réflexe de resserrer leur veste chaude autour de leur corps.

— Dommage que votre père soit mort avant de vous empêcher de commettre un fratricide et perpétrer tous ces crimes inutiles, répondis-je sereinement.

— Fratricide ? C'était juste un otage, un ennemi qu'il gardait pour étouffer la révolte de son peuple.

— Un ennemi ? Un ennemi qu'il aurait accepté dans sa propre maison, éduqué et élevé auprès de son seul héritier ? Un ennemi qu'il était fier d'appeler « fils » et qu'il vous laissait nommer « frère » ? Vous ne vous êtes jamais dit qu'après tant de sang versé, votre père avait voulu se racheter de ses crimes ? Une rédemption qui a certes mal tourné, car votre frère adoptif n'a pas réussi à lui pardonner.

Il siffla de rage pour me faire taire. Ses pupilles brillèrent d'une profonde couleur verte. J'eus l'impression d'être aspirée au fond d'un lac de montagne. Bien sûr, il m'aurait forcée à me mettre à genoux si je n'avais pas eu un statut au moins égal au sien. Il fit un pas menaçant vers moi.

— Quel dommage que Gabriel me promette l'enfer si jamais je t'arrache la langue !

Gisèle attrapa sa nuque.

— Tu seras face contre terre bien avant, avertit la vampire mécontente.

Dans sa folie destructrice, il avait oublié mon garde du corps. Il était bloqué dans un âge immature et son impulsivité le mettait régulièrement en danger. Et bien évidemment, avec un pouvoir comme le sien, pourquoi chercher à se contrôler alors qu'il était si aisé de berner la mort. J'avais l'impression de voir mon frère Rémi relancer la même sauvegarde d'un jeu vidéo parce que son personnage mourait trop souvent.

— Ce que je vous ai dit vous trouble parce qu'il s'agit d'une vérité que vous haïssez, dis-je doucement. Mais il n'est pas trop tard pour vous. Vous pourriez aimer de nouveau votre grand frère.

Il recula tout en dévisageant Gisèle puis se libéra de son emprise. Il n'était pas parvenu à m'entraîner sur le chemin douteux de la colère. Maintenant plus calme, il reprit d'une voix grave :

— Quel pouvoir difficile à porter vous devez avoir pour qu'un autre hurle de terreur en le possédant.

C'était une déclaration inattendue et qui me plongea dans la perplexité. Mon pouvoir était une partie de moi, si bien que je ne l'imaginais pas chez quelqu'un d'autre. Maintenant que j'avais vu la folie qu'il pouvait provoquer, je me demandais si c'était ce qui me guettait. Ce chapardeur avait probablement vu sa propre mort. Moi aussi, le jour où mes visions atroces auront eu raison de mon esprit, allais-je hurler comme lui ?

Meredith arriva au milieu de cette terrible méditation. Sa longue robe avait été à peine déchirée par nos récents combats et comme pour nous, les mortels se demandaient comment elle faisait pour survivre par ce froid. Elle semblait dans l'embarras et lorsque nous la pressâmes de nous dire ce qui se passait, elle nous annonça que le point de ralliement du clan était vide.

— Qu'est-ce que ça veut dire ? demandai-je candide.

— Cela veut dire qu'ils ont probablement été dépêchés pour gérer un problème, expliqua Gisèle.

Meredith corrobora cette possibilité.

— C'est ce que j'ai pensé ! Et ce fameux problème pouvant être notre fin de soirée animé, j'ai donc rejoint le lieu du Carrousel pour voir si je tombais sur eux. Rien. Pas âme qui vive, comme s'il n'y avait jamais rien eu là-bas.

Eh bien, ils avaient été rapides pour rassembler leurs affaires.

— C'est ainsi que procède Loyal, crut bon de dire Vassily. Il disparaît sans laisser aucune trace de son passage pour réapparaître dans une autre ville. Ce business éphémère en fait tout son charme.

OK pour le Carrousel, mais cela n'expliquait pas où étaient passés les membres du clan. Je sentis comme un étau se refermer sur moi. Quelque chose était à l'œuvre et se dresserait bientôt contre nous. Je n'avais pas mon pouvoir pour prouver cette sensation donc, dans le doute, je lançai un appel à Lucas. J'avais juste besoin d'une phrase. Quelque chose qui me ferait comprendre qu'il attendait patiemment mon retour ou bien un signe de ma part pour me rejoindre. Cependant j'eus beau insister, ma propre voix restait sourde comme si je ne trouvais plus le micro d'un téléphone et que j'étais ainsi dans l'incapacité de laisser mon message.

Le chapardeur, devinai-je.

Et si ce salaud, en plus de m'avoir volé mon pouvoir, avait altéré pendant quelques heures le Lien de Lucas et m'empêchait de communiquer avec lui ? Gisèle avait traîné suffisamment de temps avec mon époux pour comprendre ce que signifiait ma petite absence.

— Que dit-il ? s'enquit-elle.

Il était hors de question que Vassily soupçonne cette défaillance. La menace de Lucas devait être présente dans son esprit et cela commençait par le fait que l'ancien archange avait un œil constant sur moi. Que pourrait-il tenter s'il savait que ce n'était plus le cas ?

— Pas grand-chose, répondis-je. Tout va bien.

Elle semblait rassurée et elle ne posa pas plus de questions.

Tristan sortit enfin du bar. Il avait chopé un nouveau portable et nul doute que s'il y avait eu un problème émanant des chasseurs il l'aurait su. *La ville est calme,* me déculpabilisai-je. Je me retins de lui prendre son téléphone pour appeler Lucas. J'étais censée avoir eu un échange avec lui à travers le Lien.

Non. La seule chose à faire était de boucler cette histoire au plus vite pour que nous puissions retrouver les nôtres.

— Apparemment, il y aurait eu de l'activité du côté de la place des Abbesses. Il faut se bouger maintenant si on veut encore les avoir par surprise. Je vous y conduis.

Le chasseur ne semblait pas avoir gagné qu'un téléphone chez son indic. Il s'approcha d'une superbe moto qui trônait sur la chaussée depuis le début et l'enfourcha. Avant de mettre son casque, il me regarda d'un œil pétillant et désigna la place derrière lui. J'eus un sourire en me rappelant du temps où nous bravions les recommandations de nos supérieurs pour traquer des vampires. Heureuse de retrouver notre « brigade mixte », je m'approchai. Gisèle et Meredith ne me retinrent pas lorsque je posai mon pied sur la pédale et montai sur le bolide en prenant appui sur les larges épaules du mortel. Ce dernier me regarda faire tout en me dissimulant son petit sourire ravi. Malgré la satisfaction de m'avoir dans son dos, il émanait de lui une certaine retenue, comme si l'inquiétude l'empêchait de savourer pleinement cet instant.

— Ça va ?

— Habituellement il me remballe quand je lui demande sa moto, explique-t-il en faisant allusion à son informateur.

— Je savais que tu aimais être insulté, mais à ce point...

Ma moquerie le bouscula.

— Je voulais dire que d'habitude, même si je me pointe en sang, je suis obligé de négocier avec ce bâtard pour qu'il me file du matos. Il a cédé bien trop rapidement, il ne voulait pas que je reste.

— En même temps, tu as amené avec toi un criminel de classe internationale... Tu as prévenu Cyril ?

— Il ne répond pas.

Lui aussi. Quel dommage que mon pouvoir soit en mode off. Je devais être attentive pour l'utiliser dès qu'il serait de nouveau opérationnel.

Tristan enfila son casque et démarra l'engin.

— Finissons-en rapidement, cria-t-il au-dessus du moteur.

Il accéléra brutalement en faisant crisser les pneus sur les pavés. Je m'accrochai aussitôt à sa taille et me serrai contre lui pour ne pas le gêner dans sa conduite. Les vampires partirent comme des flèches sur un autre chemin afin de nous retrouver sur place. Même si le vent fouettait mon visage, je percevais très clairement son odeur. Un parfum exotique qui se laissait apprécier, mélangé à une légère odeur de sueur. Je rapprochai mon nez et mon imagination alla bon train. Je songeai à son corps saillant et luisant sous ses vêtements, la sensation de mes crocs traversant comme du beurre sa peau fragile de mortel et du liquide chaud s'écoulant dans la gorge. Sans m'en rendre compte, mes cuisses s'étaient resserrées et mon corps se frottait subtilement contre le sien. Me souvenant de qui j'avais dans les bras, je me ressaisis. Heureusement mes mains étaient restées au niveau de sa taille, sinon ma séance de pelotage aurait manqué de discrétion, même si j'eus un doute sur le fait qu'il ait perçu mon impétuosité à travers ses vêtements. J'espérais que le cuir fut assez épais.

La place des Abbesses était un de ces lieux typiques de Paris très prisés des amateurs de poésie. Les terrasses de café permettaient de profiter au mieux de la place boisée qui accueillait un kiosque à journaux, des bancs publics, des lampadaires, un manège et une entrée de métro de style Art nouveau qui respirait le charme parisien.

Tristan stoppa la moto au pied de l'église en brique rouge Saint-Jean de Montmartre. Gisèle, Meredith et Vassily convergèrent vers nous et j'essayai de cacher au mieux mon embarras. Cela commençait par le fait de ne plus jamais croiser le regard du chasseur. Du coup, je ne sus ce qu'il pensait de moi et mon moment d'égarement. Peut-être qu'à travers quelques coups d'œil indécis, il m'aurait fait comprendre qu'il avait parfaitement ressenti mon exaltation. Bref, gardons les yeux rivés sur l'objectif ou sur le sol. Le chasseur nous guida vers un petit square à peine éclairé à côté de la place. Là, il dégaina Thémis mais la garda dissimulée derrière sa cuisse. Nous comprîmes que nous n'étions pas loin de notre cible. Des rumeurs de discussion nous parvenaient d'un entrepôt dont le toit dépassait au-dessus d'un des murs en pierre du jardin. Nous nous rapprochâmes et tombâmes nez à nez avec un rôdeur nocturne aux pupilles éclatantes qui fut aussitôt neutralisé par Gisèle qui avait emprunté un chemin détourné.

Nous sautâmes aisément sur le mur en pierre puis sur le toit de l'entrepôt qui se présenta à nous. Tristan fut moins rapide, se servant des défauts du mur pour poser ses pieds, mais il soutenait bravement l'allure des immortels.

Des verrières encrassées nous permirent de discerner le nombre de vampires à l'intérieur de l'entrepôt : cinq. C'était largement faisable. Je fis un signe circulaire à Gisèle et Meredith qui hochèrent la tête. Elles se séparèrent pour surveiller les alentours et veiller à se débarrasser du moindre imprévu lorsque nous serions à l'intérieur. Il ne restait plus que Tristan, Vassily et moi. Nous échangeâmes un regard puis, comme répondant à un signal silencieux, nous nous laissâmes tomber au travers du verre. Vassily s'abattit directement sur un des vampires et lui écrasa la tête par terre. J'étais encore surprise de tant de puissance dans un corps aussi chétif. J'atterris à côté d'un deuxième et lui fis aussitôt une balayette. Il s'écrasa lourdement sur le dos et, avant qu'il ait le temps de se relever, je plantai une main dans son torse et broyai son cœur. Tristan ne fut pas avare en balles et en mit deux à terre durant ce court laps de temps. Il n'en restait qu'un debout qui s'élança vers la sortie. Vassily se dressa face à lui, empêchant toute retraite, et je le chopai à la gorge.

— Pourquoi partir si vite ? dis-je en dévoilant mes crocs. À genoux !

Saisi par la puissance de la pression que j'exerçais sur lui, il ouvrit de grands yeux exorbités et se laissa aller au sol. Je le maintenais droit par la seule force de mon bras. Mes doigts se resserrèrent :

— La prisonnière ? exigeai-je en russe.

Son regard se déporta à droite vers un coffre en métal d'un mètre carré de côté. Vassily fut sur l'objet en quelques enjambées et abattit ses deux poings sur le couvercle qui se déforma. Il le souleva et eut un temps d'hésitation en découvrant l'intérieur. L'odeur qui s'échappa de la malle ouverte ne laissait aucun doute : quel que soit ce qu'il y avait dedans, cela avait saigné. L'étroitesse de la malle me fit craindre que la prisonnière ne soit pas tout à fait entière.

Je m'apprêtais à lui demander ce qu'il y avait quand Vassily se pencha et mit ses deux bras à l'intérieur du coffre. Il en sortit avec difficulté un corps recroquevillé mais apparemment en un seul morceau, qu'il allongea sur le sol. Mikaela était méconnaissable. Ses longs cheveux qui faisaient en grande partie sa beauté avaient été coupés grossièrement. Sa peau était sale et couverte de plaies qui ne cicatrisaient pas. Le moignon qu'elle tenait près de sa poitrine saignait et portait les traces de la nithylite. Ces connards ne l'avaient même pas soignée correctement. Elle se mourait doucement après avoir subi des tortures que j'osais à peine imaginer. Mes différends avec elle n'étaient rien à côté de cela. Ma rage exulta.

Je soulevai le vampire à bout de bras :

— Tu as de la chance, tu souffriras moins qu'elle, annonçai-je, mes pupilles dorées éclatantes.

Je plongeai une main dans sa bouche pour saisir sa mâchoire inférieure et la tirai vers moi. Mon autre main poussa sur sa mâchoire supérieure. L'immortel se débattit tout en hurlant alors que j'enfonçai lentement mes doigts dans ses orbites tout en écartant mes deux mains. Ses os cédèrent et sa mâchoire s'enfonça dans son crâne. Il retomba lourdement sur le sol, inerte et putréfié. Tristan n'avait pas manqué une miette de ce spectacle. Je ne vérifiai pas ce qu'il en pensait.

Lorsque Mikaela reprit connaissance, elle eut le réflexe de se défendre. Vassily bloqua ses bras avec fermeté mais également une certaine douceur. La danseuse déboussolée resta sans voix quand elle reconnut son maître. Son unique main meurtrie vint caresser la joue du vampire à la beauté juvénile comme pour se persuader qu'elle ne rêvait pas.

— Pourquoi es-tu là ? souffla-t-elle d'une voix faible.

Stoïque, il ne dit rien et cela pouvait presque être cruel. Mais il ne put lui cacher la tendresse mêlée à la douleur qui se reflétait dans son regard. Ce regard lui criait qu'il ne pouvait en réalité pas envisager de rentrer sans elle. Une humanité qui, je devais l'avouer, me contraria autant qu'elle m'étonna. Mikaela effleura les lèvres satinées de Vassily puis fondit en larmes. Cette surcharge d'émotion la vida du reste de son énergie et son bras retomba au sol.

Il était grand temps de lui ôter la nithylite qui empoisonnait son corps. Vassily lui présenta son poignet qu'elle mordit aussitôt. Puis il se tourna vers moi, mais ce n'était nullement pour demander mon aide.

— Ça ira. Je peux le faire seul, me congédia-t-il.

Persuadée qu'il savait ce qu'il faisait, je pris le chemin de la sortie pour leur laisser l'intimité nécessaire. Guérir de ce genre de blessure était une épreuve autant pour la victime que pour celui qui allait aspirer le sang. Je le savais très bien.

Je décidai de patienter dans le jardin par lequel nous étions passés. Je n'avais pas reconnu le square Jehan Rictus jusqu'à ce que je tombe sur le mur des « je t'aime ». Sur ce monument insolite fait de carreaux de couleur bleu nuit était écrit « je t'aime » dans presque toutes les langues de cette terre. Quelques éclats de couleur rouge parsemaient l'œuvre et représentaient un cœur en mille morceaux. Symbole d'un monde déchiré que seule l'union des hommes pouvait sauver. « Un doux rêve » ou « peine perdue », diraient beaucoup. L'être humain était irrémédiablement perverti par la jalousie, la vengeance, l'excès – et bien d'autres – qui le faisaient converger vers sa propre destruction. Il en avait conscience mais ne pouvait se détacher de ce destin tant il était accroché à ses vices. Les vampires pouvaient être bien pires. À l'image de leurs pouvoirs qui n'étaient que la surexpression de leurs qualités humaines, leurs défauts étaient également transcendés, les rendant ignobles. Et pourtant, l'amour sous toutes ses formes pouvait apparemment naître de n'importe où et nous donner tort.

Je ne pensais pas voir l'image même de l'abnégation chez ces deux Russes azimutés. Mais ce furent mes propres émotions qui me déstabilisèrent le plus. Serait-ce de la peine que j'avais éprouvée en les voyant aussi meurtris ? Et du soulagement de les voir finalement réunis ?

Mon empathie était déconcertante. Je me sentis ridicule.

— Je crois que je les préférais quand ils étaient simplement des salauds, avouai-je sur le ton de l'humour.

Tristan ne répondit pas. Il m'avait suivie et était resté en retrait pour observer le mur à l'effigie de l'amour. D'ailleurs, comment pouvais-je être aussi médisante devant une œuvre prônant la paix ? Voilà que j'étais en colère parce que j'avais osé éprouver de la compassion. Il semblerait que la plus dérangée dans cette histoire, ce soit moi. Je revins vers le mur des « je t'aime » et ne songeai qu'à la beauté du dévouement qu'ils se portaient l'un envers l'autre.

— C'est étrange à quel point deux personnes qui se comprennent se retrouvent dans le silence. Parfois la bouche n'a tout simplement pas les mots. Il suffit d'un regard et tout devient limpide.

— À l'Opéra, je ne pouvais pas te regarder parce que n'importe qui aurait vu à quel point mes pensées étaient tout sauf correctes envers toi.

Après mon speech, je n'attendais pas vraiment de réponse et encore moins ce genre de révélation.

— Quoi ? dis-je avec une voix à peine audible.

— Je n'arrête pas de me torturer l'esprit en me disant que si tu n'étais pas un vampire, tu serais avec moi.

Le choc de cette soudaine déclaration me laissa sans voix. *Qu'est-ce qui se passe ? Comment en est-on arrivé là ?* Je savais que je devais réagir mais je ne savais pas comment. Pour cela, je devais faire le point sur mes propres émotions qui à l'heure actuelle étaient un vrai fourre-tout. Les démêler prendrait trop de temps. Une chose était sûre, je ne pouvais pas le laisser me dévoiler ses sentiments ainsi.

— Si je n'étais pas un vampire, je serais morte, lui rappelai-je.

Cette maigre tentative de le faire revenir à la réalité ne fonctionna pas. Il plongea son regard suffoquant de désirs dans le mien.

— Dis-moi que je suis le seul à ressentir ça, dit-il d'une voix remplie de détresse.

Mon cœur se serra. Je ne pouvais nier qu'il déclenchait chez moi des pulsions indécentes. Le vampire en moi flirtait avec lui dès que son puissant parfum me pénétrait. Comment lui dire qu'il n'y avait rien d'humain là-dedans. *Où sont Gisèle et Meredith quand j'avais besoin de garde du corps ?!*

— Je… c'est le prédateur en moi qui…

Il combla l'espace entre nous et s'empara vivement de ma main pour la maintenir contre sa poitrine qui se soulevait et s'abaissait telles des vagues déchaînées. Je sentis son cœur battre follement sous mes doigts et bientôt, ce furent mes propres battements qui s'emballèrent. La bouche entrouverte de désir, je ne pouvais détacher mon regard de son torse où ma main commença à effleurer les lignes dessinées sous son haut.

— Ça, c'est le vampire ? murmura-t-il fiévreusement.

Il prit mon autre main et la posa contre sa joue chaude. La rugosité d'une barbe naissante me picota mais ce fut loin d'être une sensation désagréable.

— Et ça ?

Nous étions à présent tout près.

À cet instant précis, alors qu'il était vulnérable et prêt à tout me céder, je compris qu'une simple morsure ne me rassasierait pas. Certes, j'avais faim de son sang mais également de son corps brûlant entre mes griffes, de son souffle impatient dans ma bouche, du goût de sa peau sur ma langue… Je voulais me gaver comme une insatiable de tout son être jusqu'à ce qu'il disparaisse. Était-ce un désir sain ? Ou simplement l'envie d'une gourmandise ?

Lui qui avait tant souffert de notre perversion et subi la folie d'un vampire qui avait pris du plaisir à le voir souffrir, si bien qu'il l'avait laissé vivre après avoir tué toute sa famille, il ne méritait pas d'être pris pour une simple friandise.

— Je sais ce que tu aimerais que je te dise, mais je ne peux pas dissocier mes pulsions immortelles de mes sentiments humains. Je ne sais où débute l'un et où finit l'autre, ni lequel a le plus d'influence sur moi en ce mom...

— Alors dévore-moi ! me coupa-t-il dans une affolante supplique. Je me fiche que ton attirance ne soit que le caprice d'un vampire. Je veux juste que tu me libères de cette souffrance.

Nos lèvres se touchaient presque mais il se retint de franchir la limite. Cependant, lorsqu'il vit le fugace éclat doré dans mon regard, il comprit que j'étais en proie à un incendie que je ne parvenais pas à étouffer. Il n'eut plus la force de lutter.

Ses lèvres rencontrèrent les miennes avec rudesse. Sa main glissa le long de mon bras jusqu'à mon dos nu pour m'attirer vers lui. Il m'embrassa avidement comme un être en quête d'une goutte d'eau tandis que son corps se consumait dans les flammes.

J'avais envie de lui. C'était indéniable. Mes lèvres qui se mouvaient sur les siennes en étaient la preuve. Mais cette envie s'enfuit aussitôt lorsqu'elle se concrétisa. Nul frisson de désir n'embrasa mes reins alors qu'il poussait une jambe entre mes cuisses. La culpabilité s'abattit sur moi comme une douche glaciale. Ma main toujours sur son torse le repoussa et je geignis un vague « non » entre nos deux bouches liées.

Je parvins à m'extraire de son étreinte, à moins que ce ne soit lui qui s'échappa. Une main tremblante sur mes lèvres, je ne parvenais pas à oublier cette image. Son visage sur moi. Ses mains sur ma peau plaquant son corps contre le mien. *Lucas*, pensai-je coupable. J'avais laissé un autre homme que Lucas me toucher. Je m'étais fourvoyée dans une situation utopique et ma négligence allait faire souffrir deux personnes. Tristan parce que je n'avais pas accepté le fait qu'il pouvait y avoir plus que de l'amitié entre nous. Lucas parce que je l'avais trahi.

La bague à mon annulaire était soudainement devenue lourde. Mon mari avait tenté de me faire ouvrir les yeux sur les sentiments ambigus du chasseur, probablement avait-il senti la même chose chez moi. J'étais tombée dans le piège que je m'étais moi-même tendu et j'avais entraîné Tristan dans ma chute.

Le jeune homme n'osait me regarder. Il restait maintenant à distance et se frottait nerveusement le visage. C'était toujours embarrassant de repousser quelqu'un, mais ce qui m'acheva était la crainte d'avoir également perdu mon ami.

— Je suis désolée, dis-je alors que les larmes coulaient de mes yeux.

— Non. Non, c'est moi… je m'étais pourtant juré de ne rien te dire, s'excusa-t-il.

Sa voix était bien plus calme. Peut-être que tout n'était pas perdu ? Je fis un pas vers lui prête à ce que nous en reparlions posément. Alors qu'un soupçon d'espoir était en train de renaître en moi, nous fûmes interrompus et mon monde s'effondra.

Chapitre 31

Le square était tellement petit que nous eûmes l'impression qu'il fut littéralement envahi. Il n'y avait pourtant que quelques vampires typés asiatiques dont deux que je reconnus assez rapidement. Akira, le chef de Tokyo et Ijin, son *nakama*, se courbèrent aussitôt face à moi. Quant aux autres, ils devaient assurer la protection du dignitaire japonais. Je n'eus pas le temps de me demander ce qui se passait que Gisèle et Meredith bondissaient sur moi, l'air inquiet.

— Liza, il se passe quelque chose.

— Qu'est-ce qu'il y a ? Que se passe-t-il ? questionnai-je l'esprit encore embrumé par le baiser de Tristan.

Leur visage livide déformé par l'angoisse me fit prendre conscience de la gravité de la situation. Je tentai d'oublier ce qui venait de se passer avec Tristan pour me concentrer. Akira s'avança et les vampires femelles lui cédèrent la place.

— Ma dame, enfin nous vous trouvons. Avant tout, laissez-nous vous délester des traîtres.

Ijin fut aussi rapide qu'un souffle. Il dégaina son sabre qu'il mit sous la gorge de Tristan. Ce dernier prit par surprise n'eut pas le temps de dégainer Thémis.

— Ne bouge plus, menaça Ijin en rapprochant la lame de sa peau.

Le chasseur sortit sa main qui avait plongé dans sa veste et la mit en évidence.

— Arrêtez-vous ! ordonnai-je en me mettant entre les deux

mortels. C'est un ami.

Maigre résumé de la situation, mais je n'avais pas vraiment le temps de leur faire une dissertation sur l'état de notre relation.

Akira continua tout en dévisageant le jeune homme avec dégoût.

— Si je peux me permettre ma dame, nous avons de grands doutes sur les intentions de ceux que vous nommez « chasseurs », ce soir, car il semblerait que le clan de Paris soit en confrontation avec eux à l'heure actuelle.

— QUOI ?! m'exclamai-je en chœur avec Tristan.

Ce Nippon délirait. Cela ne pouvait être vrai. Cyril et Joachim ne pourraient jamais en arriver à de telles extrémités et pour quelle raison ?!

— Gabriel, ma dame, est sur le front, n'avez-vous donc eu aucune nouvelle ?

Je peinai à respirer car le poids de la culpabilité s'alourdissait jusqu'à presque m'écraser au sol. *Lucas est seul.* Depuis que la morsure du chapardeur avait brisé notre lien, avait-il tenté d'entrer en contact avec moi ? Qu'avait-il ressenti en ne détectant plus ma présence ? Mes battements martelèrent ma poitrine de plus en plus fort au fur et à mesure que je constatais l'étendue de mon erreur. Avait-il pu croire que j'avais disparu comme le soir où les chasseurs m'avaient tendu une embuscade ?

Dans ce cas, sa colère devait être immense, or nous n'avions ressenti ni tempête ni cyclone au-dessus de nos têtes. La manière de combattre de Gabriel pouvait décoiffer un max. Or tout était calme autour de nous. Je levai les yeux. *Trop calme.* Le ciel se nappait d'un manteau noir moucheté de quelques étoiles blanches. J'avais l'impression d'être dans l'espace, sans couleur, ni mouvement.

Personne n'avait répondu à nos appels et le point de ralliement était vide. Les vampires du clan avaient-ils été rapatriés pour combattre les chasseurs ? Se passait-il réellement des atrocités en ville pour que personne n'ait le temps de répondre à un foutu coup de fil ? Mon esprit se débattait avec toutes ces questions qui restaient malheureusement sans réponse tant que mon pouvoir était au point mort.

Vassily réapparut accompagné de Mikaela qui se tenait débout et en retrait, son bras à présent sans main contre elle.

— Ainsi, ils l'ont vraiment fait…

Des rumeurs d'indignation secouèrent les Japonais. Tous les *nakama* sortirent leurs armes, prêts à défendre leur maître.

— Tiens, le rôdeur de Sibérie, dit Akira d'une voix sombre.

— Sushi, salua Vassily avec un signe de la main.

Le chef de Tokyo grogna méchamment. Ijin cessa de menacer Tristan pour se retourner vers le chef de Moscou. Ne tolérant pas une telle offense, les vampires japonais et leurs compagnons firent un pas menaçant vers les deux Russes, prêts à leur donner la correction qu'ils méritaient. *Ce mec avait vraiment un esprit suicidaire,* regrettai-je en voyant Vassily s'amuser de la réaction de ses voisins.

— Attendez ! dis-je à l'intention de tous.

La délégation japonaise resta sur place et je pus cuisiner le chef de Moscou.

— Vous avez entendu, vous savez de quoi il parle ?

— Pas vraiment, je n'avais aucune idée de ce qu'ils allaient mettre en place mais j'avais des doutes sur leur pacifisme.

— Qui « ils » ?

Vassily m'observa sans répondre. Il se savait en position de force et comptait bien s'en servir mais je n'avais plus de patience. Même s'il avait le visage d'un gamin plus jeune que mon frère, je serais capable de lui défoncer le nez jusqu'à ce qu'il crache le morceau ou crève. Plus il me faisait attendre, plus ma rage se faisait ressentir, et certains vampires commencèrent à se dandiner nerveusement sur place.

— Il se trouve que j'ai apprécié ce moment avec vous et, même si j'ai conscience que ce n'était pas entièrement désintéressé, je vous dois notre survie ce soir... Je vais vous dire tout ce que je sais, commença calmement Vassily. Il y a quelques mois, j'ai reçu une commande étrange qui a nécessité mon attention. Elle portait sur du gaz en nythilite et la quantité demandée posait question quant à l'emploi qui serait fait de cette arme. On ne demande pas de tels volumes de gaz si l'on ne prépare pas une éradication complète. Nous sommes le premier fournisseur de ce gaz et je pensais que ne pas accéder à cette commande suffirait à enrayer les plans de ce client. Nous avons continué à suivre ses activités et nous avons appris qu'il avait réussi à se fournir en Égypte.

— La composition et la fabrication de ce gaz sont tenues secrètes depuis la Seconde Guerre mondiale. Il est bien trop dangereux pour notre espèce. Rares sont les pays qui sont capables de le produire, or l'Égypte n'en fait pas partie, contredit Akira.

— Sauf s'ils ont capturé puis séquestré le créateur de cette arme, Edward Hofstadter, pour lui soutirer ce secret avant de le tuer... Ils l'ont fait après que celui-ci a quitté précipitamment la France... après avoir perdu tous les membres de son clan, assura Vassily qui me regardait avec insistance.

Ce qu'il disait était vrai. Edward avait sévi quelques mois à Paris, cherchant Lilith comme un amant rendu fou par la disparition de sa bien-aimée. Il m'avait enlevée et ce fut là sa dernière erreur, car les derniers membres de son clan clandestin furent décimés par Lucifer lui-même. Depuis, il avait disparu des radars.

Si ce qu'il disait était vrai, elle se serait bien foutue de notre tronche. À l'Opéra, Ernest aurait vu juste en soupçonnant ses intentions cachées. Malheureusement, elle avait plus d'un terrible secret et mon pouvoir avait préféré me montrer cette horrible scène d'assassinat. Pour quelle raison ? C'était un mystère. S'il m'avait dévoilé un quelconque complot, cela m'aurait été plus utile.

— Si une telle quantité de gaz avait pénétré le territoire français, nous le saurions, intervint Gisèle.

— Ils sont entrés, affirma Vassily. Avec un transporteur maritime directement depuis le canal de Suez, et l'ont acheminé comme un carburant lambda à destination de la France. Invisible aux yeux de Joachim qui se serait probablement rendu compte d'une telle production si elle avait été faite sur son territoire.

L'identité du commanditaire de cette étrange commande commença à se préciser dans mon esprit, et cela me fit froid dans le dos.

— Il… Ces tankers transportaient une commande du gouvernement français ?

Vassily sourit, impressionné.

— Vous réfléchissez vite. Bien évidemment, votre gouvernement est complice d'avoir fourni le lieu de stockage, mais la commande ne vient pas de lui. Vous connaissez peut-être certaines personnes qui font partie de votre élite et qui connaissent l'existence des vampires, Élizabeth Gauthier ?

Oh merde ! Mes pupilles s'embrasèrent. Mes crocs étaient prêts à déchirer et déchiqueter. L'envie de plus en plus lancinante d'avoir enfin une réponse, enfin un nom qui libérerait toute ma rage, éveilla mon pouvoir. Une main sur mon crâne, je le sentis prêt à déverser un flot de visions. J'avais besoin de le guider pour qu'il me fournisse ce qui m'était utile.

— Vous souhaitez que le monde converge vers une catharsis mais vous oubliez une chose : tout le monde n'est pas comme vous, dit Vassily. Si vous ne vous en rendez pas compte, vous vous briserez sur la réalité.

— Un nom ! ordonnai-je avec colère.

— Richard Gauthier, obéit-il.

Une douloureuse plainte resta coincée dans ma gorge. Et mon pouvoir exulta.

Lysandra marchait d'un pas lent sur les pavés d'une coursive où se trouvaient les décorations d'une récente fête. Cette dernière avait été désertée précipitamment et l'on comprenait aisément pourquoi en pénétrant dans le bâtiment dans lequel elle avait eu lieu : des corps se purgeaient de leur sang au milieu du mobilier fracassé ou renversé, une immense roue pliée et des débris de verre éparpillés. Des immortels s'activaient à ranger et nettoyer les locaux. Ils ne se préoccupèrent pas de l'intruse qui se déplaçait vers la mezzanine où elle trouva la même scène anarchique. Elle souleva quelques chaises et trouva ce qu'elle cherchait : un portable. Elle prit l'appareil et le tint devant son visage. Ce dernier se transforma pour ressembler à celui de Meredith et elle déverrouilla le téléphone à reconnaissance faciale. Satisfaite, la fausse Meredith parcourut le répertoire et appela un numéro. L'interlocuteur décrocha dès la première sonnerie et parla d'une voix agitée.

— *Qu'est-ce qui se passe ?!*

— *Ils sont nombreux, Lucas ! Ils approchent !* répondit l'imposteur avec un air apeuré.

— *Où ?!* pressa la voix de l'ancien archange.

— *À Bercy, au village.*

L'appel coupa aussitôt. Un sourire mesquin aux lèvres, elle reprit son propre téléphone et passa un autre appel.

— *C'est fait... Non, je ne viendrai pas. Nos intérêts communs s'arrêtent là.*

Elle raccrocha puis réfléchit quelques secondes à la suite de son propre plan. Son visage revêtit une nouvelle apparence et elle prit le chemin de la sortie avec un ricanement sinistre.

Tout se mit à brûler. La vision se déporta vers un autre lieu et un autre temps. Les flammes étaient en train de dévorer un bâtiment tandis qu'Élizabeth pleurait seule et perdue face à cette apocalypse. Soudain, elle vit quelque chose sortir du ventre du bâtiment en feu. Soulagée, elle courut vers cette apparition qui s'effondra au sol inerte. Elle s'approcha, puis mit ses mains sur sa bouche ouverte sur un cri d'horreur qu'elle ne parvint pas à pousser. La jeune femme s'effondra.

Je secouai la tête avant d'avoir une énième vision de ce corps carbonisé. J'avais peur mais l'état d'urgence dans lequel nous nous trouvions m'empêchait de totalement paniquer. Cette prémonition, je l'avais eue un certain nombre de fois et je n'avais aucun moyen de savoir si elle était en cours ou non. Je devais rejoindre Lucas au plus vite et tenter d'enrayer cette vision comme je l'avais souvent fait par le passé.

— Nous partons pour Bercy ! annonçai-je en commençant à me déplacer.

— Si vous nous le permettez, nous vous accompagnons, proposa Akira. Nous ne savons pas quelle est la situation mais il est dans notre intérêt que Gabriel soit sauf.

Son aide serait précieuse et je l'acceptai.

— Vous retrouverez votre chemin seul ? lançai-je brièvement à Vassily en passant près de lui.

— Bien sûr…

Il enlaça le corps encore fragile de Mikaela d'un bras et se propulsa vers les toits pour disparaître avec elle. Je ne me faisais pas de souci pour lui. Nous nous étions débarrassés de ses poursuivants, ils devaient en profiter pour s'enfuir. Je me pressai vers la sortie du square quand Tristan me rattrapa et m'interpella.

— Liza ?

— Tu ne viens pas ! dis-je catégoriquement.

— Qu'est-ce qui se passe ?

— Demande donc à tes potes. C'est tout ce que nous récoltons pour vous avoir fait confiance !

— Hé ! Je suis là moi. C'est toi qui me l'as demandé ! s'énerva-t-il. Pour le reste, je ne suis au courant de rien !

Je fis un pas menaçant vers lui, ce qui le stoppa net, et lui crachai avec haine :

— Ce n'est pas une excuse !! Tu es le porteur de Thémis, une insurrection ne devrait pas t'échapper !

Les vampires autour de nous se raidirent et s'observèrent avec un mélange de surprise et d'angoisse. Maintenant tous étaient au courant de la gravité de la situation. Tristan fut sous le choc également mais il resta dans le déni en refusant d'accepter cette version de l'histoire.

— Une insurrection ? Liza, c'est du délire !

Il voulut me tirer par le bras pour me faire entendre raison. Ijin l'en empêcha en faisant voler son sabre que le chasseur évita de justesse. Le *nakama* fut étonné des bons réflexes du jeune homme, mais ne lui permit pas d'avancer pour autant.

— Reste à ta place, lui conseilla-t-il.

J'eus un dernier regard rempli de mépris puis m'élançais vers l'est. Les vampires me suivirent dans l'ascension de la butte Montmartre. J'avais besoin d'une vue d'ensemble de la ville et quel meilleur endroit que le parvis de la basilique du Sacré-Cœur. Une fois arrivée au sommet de la colline, j'entendis des éclats de voix terrifiées qui naissaient un peu partout autour de nous. Les mortels se regroupaient aux abords des balustrades et désignaient une zone bien particulière de la ville, en bordure de Seine, d'où s'élevait un épais brouillard ressemblant à de la fumée.

— Le 12e arrondissement est envahi par le gaz, constata Gisèle.

— Pourquoi le vent ne se lève-t-il pas pour balayer tout ça ? se demanda Meredith.

Tous levèrent les yeux vers le ciel, attendant un souffle ou même une petite brise, mais il n'y eut rien. Les branches des arbres étaient immobiles. On avait rarement vu un tel calme.

L'angoisse me saisit, comprenant ce que cela voulait peut-être dire. De nouvelles exclamations retentirent :

— C'est un attentat ?!

— La police nous demande de ne pas nous approcher du 12e.

— Je n'ai pas vraiment l'intention de mourir ce soir, donc pas de problème.

— Oh ! Regardez !!

À travers l'épais nuage de fumée, l'on voyait clairement à présent des bâtiments en feu.

—*Lucas* ! criai-je à travers son lien.

Je partis comme une fusée tout en répétant mes appels. Il ne répondit jamais, pas même une légère plainte, rien. J'accélérai et notre vitesse pouvait très bien être considérée comme totalement anormale par les mortels. Encore fallait-il qu'en pleine nuit, ils comprennent à quoi était due cette sensation d'avoir été frôlés ou bousculés par un vif courant d'air. Le temps qu'ils s'en inquiètent en tournant sur eux-mêmes, nous étions déjà dix mètres plus loin. Lorsque nous rejoignîmes la Seine, nous nous déplaçâmes sur les quais, moins peuplés.

En quelques minutes, nous nous trouvâmes à l'entrée du 12e arrondissement. Le gaz avait bizarrement cessé d'être diffusé, ce qui facilitait notre progression dans la zone. Le Village de Bercy était une ancienne halle au vin et autrefois le plus grand marché viticole au monde. Ses 42 chais sont classés monument historique et abritent maintenant presque autant de magasins ou restaurants. Fermé la nuit, il n'existait que très peu d'entrées à ce centre commercial à ciel ouvert, parfait pour tendre une embuscade. Pour nous qui venions de l'ouest, nous devions pénétrer dans le grand parc de Bercy pour y accéder tout en restant discrets. Enfin, c'était mon plan initial, mais il fut perturbé dès le départ car je n'étais pas la seule à l'avoir eu.

Plusieurs vans noirs – qui ne trompaient pas – étaient garés près de la roseraie. Mes poings se serrèrent lorsque je reconnus des immortels de Paris au sol, entourés de chasseurs vêtus de leur habituelle tenue de cuir.

— La reine, annonça l'un des mortels.

Aussitôt les vampires japonais et leurs *nakama* se préparèrent à me défendre. Ijin leva son sabre et avança d'un air menaçant vers le chasseur le plus proche qui leva ses mains et, dans un cri, implora :

— S'il vous plaît, nous ne voulons que vous aider !

Le nakama d'Akira s'arrêta avant de lui fendre le crâne. Je m'avançai et le pressai de s'expliquer.

— On ne pensait pas que ça allait prendre de telles proportions. Nous pensions assister à un exercice.

— Où est Cyril ?! poursuivis-je avec colère.

— Il…il a été arrêté.

J'accusai le coup de mais compris mieux cette invraisemblable déclaration de guerre. L'arrestation du président du Conclave et l'emploi du gaz en grande quantité corroboraient également les dires de Vassily sur mon oncle. *Richard avait mis ses menaces à exécution.*

— Pour les valeurs qu'il défendait, ceux qui lui sont fidèles se sont mutinés, continua le chasseur. Nous avons porté secours au maximum de vampires.

Pour illustrer ses propos, ses camarades continuèrent à sortir des immortels du van en les portant sur leurs épaules. À demi conscients, ils étaient secoués par de violentes quintes de toux suggérant une inhalation de gaz importante. La dernière victime à être transportée ne laissa pas Gisèle indifférente.

— Agnel ! s'exclama-t-elle en se précipitant vers son mari.

Il avait repris conscience mais chaque respiration le faisait grimacer. Elle le prit dans ses bras pour le soutenir et je vins également l'aider à l'installer par terre. Gisèle caressa son visage et inspecta rapidement le reste de son corps, espérant qu'il ne portait pas non plus de blessures qui aggraveraient rapidement son état. Elle n'en trouva aucune et expira de soulagement.

Les yeux du vampire étaient d'un rouge vif inquiétant, signe que le gaz avait également pénétré sa cornée. Agnel se rendit compte de notre identité. Il voulut se redresser sous le coup de la surprise, ce qui lui arracha une quinte de toux sèche et douloureuse.

— Qu'est-ce que…

— Lucas… Où est Lucas ? le questionnai-je avec angoisse.

— Je… je n'en sais rien… parvint-il à me dire entre deux spasmes. Il nous a dit que tu étais en danger puis il est parti. Il est beaucoup trop rapide. Nous n'avons jamais pu le rejoindre.

L'ami et second de l'ancien archange sembla se fustiger intérieurement d'être aussi impuissant à l'heure actuelle. Son désappointement accéléra son rythme respiratoire. Je maintins une main apaisante sur son épaule tandis qu'il se pliait en deux pour cracher de nouveau. Non loin de là, Meredith était en train de redresser Yoan qui s'appuya sur le fourgon pour ne pas s'effondrer. Petit à petit, les vampires refaisaient plus ou moins surface mais aucun n'était celui cher à mon cœur inquiet.

— Ma dame !

Je me retournai vers l'origine de cet appel. Akira et ses compagnons avaient tourné leur attention vers un groupe d'une vingtaine de personnes qui approchaient. Je me hâtai de les rejoindre pour réceptionner les intrus. Ils ne portaient pas l'habit des chasseurs et ne faisaient pas partie du clan de Paris.

— Y en a qui sont plus frais que d'autres, ricana un premier dans une langue sémitique. Il nous avait pourtant dit que ce serait aussi facile que retirer une tétine à un bébé.

Des vampires du Moyen-Orient ? Lysandra avait-elle osé envoyer sa propre armée pour appuyer le coup d'État de Richard ? Mais qu'avait-elle à y gagner dans cette histoire ?

Mon oncle avait prédit que les chasseurs n'iraient pas jusqu'au bout de leur mission. Ces vampires étrangers étaient clairement venus achever leurs congénères de Paris affaiblis. La diffusion du gaz dans le 12e avait cessé pour leur permettre de commettre ces meurtres. Tout avait été prémédité…

— Vous ne ferez pas un pas de plus, annonçai-je avec colère.

Je dois les protéger. La pression que j'exerçai les fit reculer d'un pas. Ils ne s'attendaient visiblement pas à tomber sur moi. Dans ce plan finement tissé, je me demandais bien où mon oncle pensait me trouver.

Les chasseurs se mirent en rang devant leur véhicule et ceux qui possédaient des armes longue portée visèrent les intrus. Akira se posta entre moi et nos ennemis.

— Nous nous occupons d'eux, ici. Vous partez retrouver Gabriel. Ne perdez plus de temps.

Il ne pouvait voir dans mon regard presque en larmes à quel point j'avais désiré entendre ces mots. Je n'avais qu'une seule envie : courir auprès de Lucas où qu'il soit. Cependant j'exécrais l'idée d'abandonner ceux qui avaient besoin de moi. Dans mon dos, les vampires qui s'en sentaient la force, étaient en train de se relever. Parmi eux, Agnel repoussa mollement la main de son épouse, refusant son aide, et l'encouragea à me suivre.

— Merci, dis-je d'une voix frêle avant de détaler en direction de l'est.

Je courus aussi vite que ma condition de vampire me le permettait. L'odeur piquante du bois brûlant devenait de plus en plus forte. Gisèle et Meredith soutenaient mon allure et nous fûmes en vue des entrepôts en feu. Les flammes montaient telles des tours ardentes dans le ciel noir qui menaçait d'embraser le parc à proximité. Pourtant, il n'y avait nulle sirène, nul néon bleu et rouge ou rumeurs de jets d'eau. Les Pionniers manœuvraient dans l'ombre et retardaient au maximum l'intervention des secours. Il ne faudrait pas que les pompiers sauvent Gabriel en effectuant leur travail. Venant des rues adjacentes, des haut-parleurs invitant les habitants à se barricader chez eux et ne sortir sous aucun prétexte tournaient en boucle.

J'atteignis enfin le bout du jardin quand des grognements retentirent dans mon dos. De nouveaux vampires avaient pris à partie Gisèle et Meredith qui s'étaient lancées dans un combat acharné, déchirant un peu plus leur robe longue qui entravait leur mouvement.

Je rebroussai chemin pour leur venir en aide quand l'une d'elles me cria :

— Vas-y !

Leur rage décuplait leurs forces mais leurs ennemis étaient nombreux. J'hésitai jusqu'à ce qu'une voix dans ma tête me pousse à continuer.

« *Bouge !* » ordonna Lilith.

Mes jambes obéirent et je m'élançai vers l'intérieur du village à travers le passage Saint-Vivant, le seul accès couvert qui menaçait de s'effondrer, car le feu avait largement entamé les poutres en bois soutenant la toiture. Les entrepôts réhabilités en commerces se succédaient de part et d'autre d'une longue voie centrale. La majorité était en feu, plongeant le village dans une fournaise apocalyptique difficilement tolérable, même pour moi.

— LUCAS ! criai-je.

Comment pouvait-on survivre à de telles flammes ? Ainsi, malgré toutes les précautions, ma vision s'était tout de même accomplie ? Ce corps dont je ne pouvais supporter l'image était-il bien celui de Lucas ? J'errai et tournai sur moi-même tout en continuant à hurler son nom. J'avais l'impression que chacun de mes efforts était vain : les craquements de l'incendie étaient plus puissants que ma voix et impossible de savoir dans quel bâtiment il se trouvait. Chaque seconde que je perdais à le chercher était des secondes de souffrance pour Lucas. D'immondes images et sensation m'assaillirent. Sa peau blanche et pure comme un duvet de neige fraîchement déposé était déchiquetée par la morsure du feu. Son parfum si pénétrant qui accompagnait mes réveils portait maintenant l'odeur de la chair brûlée. Sa voix suave me murmurant des désirs inavouables était à présent écorchée.

Était-ce mon pouvoir, mon imagination ou bien ce lien qui vivotait encore entre nous ? Qu'importait, je voulais juste que cela cesse. *Assez ! Assez !* Je pris mon crâne en étau puis trébuchai à terre. Ma torture continua : ce corps que je prenais tant de plaisir à caresser et embrasser se tordait de supplice. Cet esprit que j'aimais tant se mourait dans la folie. Je criai et abattis plusieurs fois mon poing sur le sol, priant pour que ma propre souffrance me fasse oublier celle de Lucas.

Bientôt, je ne parvins plus à exprimer quoi que ce soit. Je me redressai, chancelante. Mon âme était en train de se briser en mille morceaux. Chaque éclat se perdait à mes pieds tandis que j'avançais sans but entre les brasiers. Les larmes roulaient à flots sur mon visage. J'explosai en pleurs.

Impuissante, je ne pouvais que pleurer.

C'est fini. Je songeai à me jeter au hasard dans le feu quand des mains me saisirent vigoureusement et me forcèrent à me tourner.

— Éli… Élizab… Élizabeth ! parvins-je à discerner.

Gaël me secoua pour me faire revenir à moi. Sa ressemblance avec son petit frère était telle que je crus un instant que mon amour était sauf, mais ce n'était pas le cas et je larmoyai de plus belle.

— Tout est ma faute ! Tout est ma faute ! Si j'avais dès la disparition de mon pouvoir et l'annihilation de notre lien choisi d'entrer en contact avec lui ou le clan par tous les moyens, mes amis ne seraient pas en danger ! Si j'avais prévenu Lucas de l'ambiguïté de Lysandra, il aurait enquêté sur elle et l'aurait mise hors d'état de nuire ! Si j'avais laissé Lucas tuer Richard, il serait encore là ! Lucas serait là ! paniquai-je.

Vide de tout espoir, mon corps s'effondra sur lui-même. Gaël me souleva pour me remettre sur mes pieds.

— Liza, écoute-moi ! Joachim a lancé une contre-attaque. Max et Violaine sont à l'extérieur et combattent de toutes leurs forces. Personne ici n'a abandonné, donc relève-toi !

Les coups de tonnerre des jumeaux étaient en effet assourdissants. Je les entendais maintenant. Voyant que je reprenais mes esprits, l'ancien archange raffermit sa prise sur mes bras et me questionna avec insistance.

— Lucas ! Où est-il ?!

— Je… je ne sais pas, dis-je misérablement. Quelque part là-dedans…

Je désignai les multiples entrepôts en flammes. Le caractère insurmontable de cette recherche me fit de nouveau flancher. Je pris mon visage dans mes mains et me remis à pleurer.

Gaël étudia la scène tout en réfléchissant rapidement aux solutions qui s'offraient à nous, il n'en trouva qu'une seule. Il écarta mes mains et prit délicatement mon visage.

— Tu dois utiliser ton pouvoir, me conjura-t-il. Lui seul peut nous donner sa localisation. Concentre-toi ! Tu es sa seule chance !

Mon pouvoir avait un énorme défaut qui m'avait plusieurs fois mise dans l'embarras. Celui-ci était handicapé par mes émotions négatives. Autant dire qu'à l'heure actuelle, déclencher une vision relevait de l'impossible. Autant allumer une bougie sous la pluie.

— Je ne vais pas y arriver, abandonnai-je.

— Éteindre tous ces incendies prendrait trop de temps. J'ai besoin de savoir dans lequel il se trouve !

— J'en suis incapable !

Je tentai de me soustraire à son emprise mais il m'obligea à le regarder.

— Tu vas réussir parce qu'il t'en a donné la clé. Souviens-toi...

La clé ? En entendant ces mots, quelque chose se débloqua dans mon esprit. J'entendis presque le *clic clac* d'un verrou qui s'ouvre et je fus malgré moi envahie d'émotions chaleureuses. Le barrage érigé par mes angoisses les plus profondes se brisa et céda sous le poids d'un flot d'assurance et de réconfort.

— *Ta peur est légitime mais, lorsque cette vision se révélera, elle ne te paralysera pas,* entendis-je dans ma tête.

La voix de Lucas. J'ouvris de grands yeux exorbités et les visions jaillirent.

Cela faisait un certain moment qu'il ne s'était plus installé à la fenêtre du bureau de Joachim. Il l'avait souvent fait lorsqu'il observait Élizabeth se promener dans le jardin l'été de sa transformation. Le visage empreint d'une mélancolie, il s'était souvent demandé si avouer son amour à la jeune femme ne lui provoquerait pas un malheur plus grand encore que celui d'être devenu un vampire. Aujourd'hui, ses craintes semblaient devenues vraies et son visage s'était d'autant plus assombri.

— *J'ai apposé une clé de voûte dans son esprit. Lorsque le moment sera venu, l'un de vous devra la briser. Cela forcera l'emploi de son pouvoir et lui apportera – je l'espère – la volonté d'affronter la situation.*

Les Anciens du clan de Paris ainsi que Gaël approuvèrent silencieusement.

— *Comment la briser ?* demanda Joachim.

— *Tout simplement en lui dévoilant sa présence. Son esprit la rejettera et fera automatiquement sauter le verrou.*

L'image se troubla. L'instant présent rattrapa le passé. Lucas était allongé sur le dos. Les flammes l'entouraient de toutes parts, mais ce qui l'empêchait de se redresser était sa propre faiblesse induite par une grenade diffusant du gaz en nithylite non loin de lui. Il rassembla ses dernières forces pour se retourner sur le ventre, ce qui provoqua une violente quinte de toux. Malgré tout, le vampire envoya une lame de vent en direction du projectile qui fut projeté au loin. Son pouvoir de l'air attisa les flammes mais il avait pu se débarrasser de la source du poison. Exténué et toujours affaibli par la nithylite, il rampa lentement sur le sol jusqu'à retomber un peu plus loin sur une dizaine de grenade diffusant le fameux gaz. Il s'effondra et le brasier s'étendit vers lui.

Je revins à la réalité sous le regard pressant de Gaël. Aussitôt mon regard analysa les enseignes des différents commerces. Je me déplaçai tout en rassemblant les informations qui avaient pu fuiter dans ma vision. *Des banquettes et des tables...* il se trouvait dans un restaurant. Le grand frère de Lucas me suivait de près. Je me forçai à revivre chaque détail de cette atroce vision jusqu'à tomber sur ce que je cherchais. Une enseigne rouge avec une forme géométrique comme celle présente sur les serviettes en train de brûler près du corps de Lucas.

— Je saisis le bras de Gaël.

— C'est là ! C'est celui-là ! lui assurai-je.

Les murs du restaurant avaient disparu derrière un rideau de feu. On ne parvenait plus à discerner le sommet de l'entrepôt mais on entendait très bien les craquements des décombres se fracassant sur le sol. Le toit avait déjà dû s'effondrer, diminuant encore plus les chances de survie de Lucas.

Gaël regarda autour de lui et passa à l'action.

— OK ! Toi, tu restes là, dit-il tout en se déshabillant.

J'allai répliquer mais son initiative me coupa brièvement dans mes revendications. Il retira son pantalon et je détournai rapidement les yeux avant de parler.

— La salle est remplie de grenades qui diffusent peut-être encore du gaz. Tu ne pourras pas l'éviter ! Laisse-moi t'aider !

Seulement vêtu d'un boxer, il leva lentement ses bras. Un bruit inquiétant s'échappa de la bouche à incendie à quelques mètres, qui finit par céder sous la pression de l'eau qui s'en échappait. Gaël guida l'eau jusqu'à lui et telle une combinaison épaisse elle s'enroula autour de lui.

— Non ! Les flammes sont trop puissantes et il est fort possible que la majorité de mon eau s'évapore. Je ne peux pas nous protéger tous les deux. Reste-la.

Il déporta l'eau de la bouche à incendie directement vers le bâtiment afin d'apaiser le feu. Puis une vague se forma à l'entrée du restaurant et s'engouffra directement par la porte d'entrée, éclaboussant une large zone à l'intérieur. Il profita de l'accalmie provoquée par cette dernière manœuvre pour s'engouffrer dans le restaurant.

Très vite je le perdis de vue. Les secondes passèrent, puis les flammes reprirent leur place, bloquant la sortie. Horrifiée, je fis un pas en avant mais ma situation était redevenue similaire à ce qu'elle était avant que Gaël arrive. J'étais impuissante. Dans l'angoisse, l'attente était interminable. Les deux mains jointes devant la bouche, je priai pour ne pas les perdre tous les deux.

Soudain un mouvement attira mon attention. Mais ce n'était pas vers l'entrepôt en flammes. Dans l'allée centrale, un homme venait vers moi. La consternation m'envahit en le reconnaissant. Mon corps se mit à trembler en pensant à ce qu'il pouvait faire au milieu de cette fournaise, lui l'ange du feu.

Dans un ultime acte désespéré, je libérai mes crocs et serrai les poings prêts à défendre cette place, même s'il me menaçait de me carboniser lui-même.

— Où sont-ils ?! m'apostropha-t-il les pupilles vibrantes de rage.

Voyant que je n'avais nullement l'intention de lui répondre, il avança son bras, prêt à employer la force. Je dégageai son poignet d'un revers de la main et chopai son bras dans le but de le lui tordre. Il se contorsionna et parvint à retourner ma prise contre moi. Chacun immobilisant les bras de l'autre, nous nous défiâmes avec colère.

— Où sont Gabriel et Michel ? insista-t-il.

— Pourquoi ? Tu veux les achever toi-même ?! crachai-je. Une fois que tu auras la dépouille de Gabriel devant toi, tu étancheras enfin ta soif de satisfaction personnelle !

— Ah ! Je n'ai jamais eu l'intention de tuer ton cher et tendre, contrairement à lui ! s'exclama-t-il avec dédain. Les pouvoirs que nous a confiés notre père sont bien plus liés à cette planète que mes frères semblent le croire. Je t'assure que si Gabriel disparaît, nous serons les prochains !

— Lâche-moi ! ordonnai-je en le repoussant violemment.

Le premier archange fut éjecté quelques mètres en arrière. Je grognai et écartai mes jambes pour me mettre en garde, prête à recommencer.

Je ne devais pas me faire avoir, me martelai-je. Lucas m'avait dit que son frère avait un penchant pour les discours ambivalents. OK, il avait, semblerait-il, dit la vérité sur les origines de ma famille mais c'était pour mieux servir ses propres intérêts. En l'occurrence, me déstabiliser pour mieux m'apprivoiser afin que je l'aide à retrouver Lilith. Lucas avait toujours été un obstacle dans sa quête. J'allais lui arracher les jolis saphirs qui lui servent de pupilles avant qu'il pose un doigt sur lui.

Mon animosité n'impressionna pas Lucifer. Il expira avec lassitude et leva ses deux mains. Je me raidis, effrayée à l'idée qu'il puisse anéantir d'un claquement de doigts ce qui restait des entrepôts. Cependant, au lieu de ça, la chaleur irradiante de l'incendie diminua, tout comme la hauteur des flammes autour de nous. *Était-ce lui ?* Le premier ange commandait le feu. Il pouvait embraser – chose qu'il faisait très souvent – mais également apaiser ?

— Où sont-ils ? répéta-t-il encore.

J'hésitai.

— Je ne pense pas que Gabriel ait encore beaucoup de temps,

petite reine.

Mon regard vacilla et glissa vers le restaurant à ma gauche. Ce fut un mouvement très bref mais qu'il capta aisément. Il s'avança, son attention entièrement portée vers l'entrepôt en proie aux flammes dans lequel se trouvaient ses deux frères. Il concentra son pouvoir spécifiquement sur le restaurant. Contrairement à l'air qui était docile et maniable, le feu était un élément inflexible, difficile à convaincre et qui semblait avoir une volonté propre. Atténuer un incendie était bien plus complexe que d'en déclencher un, mais il y parvenait petit à petit.

— Pourquoi ?

Il tourna brièvement la tête vers moi pour vérifier que cette voix désormais calme était bien la mienne.

— L'eau, l'air, le feu… trois des quatre piliers qui soutiennent ce voile si fragile qu'est la vie. Si l'un d'eux s'effondre, toute vie disparaîtra.

— Il ne me l'a jamais dit.

— Vraiment ? Il a dû manquer ce cours sur les bancs célestes, sourit-il.

Il est sérieux ?! Il fait de l'humour à un moment pareil ! N'étant pas du tout réceptive à sa blague, il reprit plus sérieusement.

— C'est une des rares connaissances que je suis le seul à partager avec mon père. Il était temps que ces deux inconscients le sachent.

Mais c'est un détail hyperimportant !! C'était lui l'inconscient, car il ne le disait que maintenant ! Combien de fois Lucas et Gaël avaient risqué leur vie ? Encore plus depuis que je suis sur Terre.

La vie. Il n'était plus roi, élevé au rang de criminel aussi bien chez les vampires que chez les mortels et pourtant, par cet acte, il œuvrait encore à la préservation de la vie sur Terre. Cependant, il y avait un intérêt : cette planète était sa dernière maison. Si elle sombrait, il disparaîtrait et Lilith également, où qu'elle soit.

L'incendie avait bien diminué quand une poutre en bois fut violemment repoussée. Gaël sortit en transportant un corps sur ses épaules. Je me précipitai vers lui. Son corps secoué de spasmes après l'inhalation du gaz, portait la marque de brûlures qui peinaient à cicatriser mais rien égalait l'état déplorable dans lequel se trouvait son jeune frère. J'aidai à l'allonger sur le sol.

— Lucas ! soufflai-je en caressant son visage.

Inconscient, il avait même cessé de tousser. Gaël se rhabilla en vitesse et ne prit pas le temps de questionner son frère sur sa présence ici. Lucifer analysa l'étendue des dégâts avec moi. Son visage laissait imaginer la souffrance qu'avait dû être la sienne au milieu du brasier car sa peau n'était pas seulement carbonisée.

— Mais qu'est-ce qu'ils t'ont fait ?! larmoyai-je de plus belle.

La morsure du feu avait laissé des crevasses parfois profondes de plusieurs centimètres, mettant à nu muscles et tendons. Des dépôts argentés recouvraient les bordures des plaies et les empêchaient de cicatriser ou même de saigner. Je n'avais jamais vu cela. Les particules de gaz continuaient de le blesser en rongeant sa chair à leur contact. L'odeur putride qui s'en dégageait ne faisait que rendre ce constat plus aggravant. Je me coupai la paume et pressai ma main au-dessus de sa bouche pour y faire tomber des gouttes de sang. Ces dernières échouèrent sur ses lèvres meurtries, entrouvertes et immobiles.

— Non…

Je mordis mon poignet et me penchai pour déposer le peu de sang que j'avais aspiré à l'intérieur de sa bouche. Il ne réagit nullement à ce baiser désespéré et le liquide rouge s'écoula à l'extérieur.

— Ça ne sert à rien ! pesta Lucifer.

Il entailla profondément son bras et fit couler un large filet de sang sur les blessures qui crépitèrent. Gaël revint et se servit de la manipulation de l'eau pour faire pénétrer le sang de Lucifer dans les plaies ouvertes de Lucas. En plus des brûlures, le vampire avait été victime de lames en nithylite qui lui avaient laissé de larges entailles dans l'abdomen. Plus qu'une immense peine, c'était la colère qui prédominait petit à petit en moi. Ces salauds avaient clairement eu l'intention de le tuer avant même de le laisser dans les flammes.

— Il lui faut plus de sang, diagnostiqua Lucifer.

— Je sais ! grommela Gaël en saisissant son portable. Qu'est-ce que tu fais là d'ailleurs ?

— C'est tout ce que tu as à me dire après toutes ces années ?

— Il y a bien des choses que j'aimerais te dire mais, heureusement pour toi, ce n'est pas vraiment le moment.

L'interlocuteur qu'il cherchait à joindre lui répondit.

— Nous l'avons trouvé mais on est en train de le perdre. Avancez un véhicule à la sortie nord et préparez une baignoire de sang à Villette.

Les paroles qu'il avait prononcées semblaient être tout droit sorties d'un de ces cauchemars où l'on garde suffisamment de conscience pour forcer le réveil, sauf que c'était la réalité et qu'un réveil était impossible. J'étais désorientée, mes mains glissèrent inertes sur le sol.

Mon esprit n'avait retenu que ces quelques mots : *je le perds.*

Le sol semblait se dérober sous mes jambes me faisant basculer vers d'insondables profondeurs. Je suivis vaguement les tentatives de sauvetage de Gaël. Je n'étais qu'une coquille vide que même la tristesse ne parvenait pas à faire vivre. Je n'avais plus rien hormis la rage.

Tel un feu qu'on ravivait, je repris petit à petit possession de mon corps. Les battements de mon cœur s'accélérèrent. Ma respiration s'intensifia et je serrai les poings pour ne pas vomir ma rancœur sur les personnes devant moi.

« *Enlevé... On te l'a enlevé,* scandait la voix de Lilith dans ma tête. *Tu es si près...* »

Mes pupilles topaze s'embrasèrent et mes crocs réclamaient vengeance. Lucas était l'être le plus puissant de cette planète et même s'il était tombé dans un piège en voulant me sauver, jamais il ne se serait fait avoir par une seule personne. *Ce sont des lâches !* Je me fis une promesse : ceux qui lui avaient fait du mal allaient le payer. Leurs souffrances seront lentes, longues et atrocement douloureuses !

— Tu sais qui a fait ça, devina Lucifer.

Je lui offris un regard des plus hostiles. Mon soudain attrait pour la violence l'intéressa.

— Cette personne a réussi ce que personne n'avait pu faire en quatre mille ans. Que comptes-tu faire ?

— Arrête de la provoquer ! gronda Gaël.

Il se redressa en portant son petit frère toujours inconscient dans ses bras et se dirigea vers la sortie nord de l'allée commerciale où une voiture l'attendait. Lucifer resta sur place et moi aussi.

697

— Viens, Liza ! insista le chef du clan de Rome.

— Occupe-toi de lui, s'il te plaît.

— Liza, il a besoin de toi…

—NON ! Ce dont il a besoin, c'est de soins ! Moi, j'ai une promesse à mener à bien.

Je savais qu'il ne me suivrait pas. À choisir entre tenter de sauver Lucas et me courir après, c'était la première option qu'il se devait d'honorer. Je tournai les talons et, avant de décamper, pris l'initiative de glisser une menace à Lucifer.

— Je ne peux pas t'empêcher de me suivre, mais si tu entres dans mon champ de vision, je t'étriperai puis te pendrai avec tes viscères.

Chapitre 32

Mon humeur toxique empêchait mon pouvoir de pleinement s'exprimer. Qu'importait, je n'avais pas besoin de lui. Ma première victime ne serait pas difficile à trouver, car elle ne s'était jamais cachée.

Richard Gauthier, mon cher oncle.

Il était le commanditaire de ce gaz putride selon Vassily, mais il avait aussi dès le départ clamé son animosité envers Lucas. Mes souvenirs d'enfance heureux où il passait du temps chez nous m'avait maintenue dans le déni. Je ne voulais pas croire qu'il pouvait aller jusqu'au bout.

La dernière fois que j'avais foulé le jardin de la demeure des Gauthier, c'était pour le fuir. À présent, c'était bien mon oncle que j'étais délibérément venue voir. Alors que je marchais lentement vers le perron illuminé, la voix de Lilith se faisait de plus en plus forte.

« *Tu es si près...* »

Je devais peut-être m'inquiéter de la soudaine verbomanie de mon ancêtre, mais j'étais dans une tout autre optique. Même avec beaucoup d'imagination, Élizabeth Gauthier n'aurait pas suffisamment d'inventivité pour corriger le genre de salaud qu'était mon oncle, mais Lilith oui. Je désirais une torture sur mesure. Pour cela, j'avais besoin que sa cruauté m'envahisse.

« *Viens...* »

Je n'avais aucune preuve de la présence de Richard en ces lieux.

J'étais juste persuadée qu'il attendait ma venue. Depuis le début, il n'avait agi que dans ce but : m'attirer à lui. Il avait orchestré mes retrouvailles avec Émilie et Aurèle, puis il avait fait en sorte de me priver de ma seule source de bonheur et me rendre folle de tristesse. Ainsi je choisirais de revenir vers ceux qui m'avaient ouvert les bras : les Pionniers.

Félicitations mon oncle, je suis rentrée.

Ma main poussa la porte d'entrée sans frapper. Le hall était calme. Nul bruit venant de l'étage, la demeure était vide, enfin presque. J'allais vers l'unique source de lumière s'échappant du salon. Un feu avait été allumé dans la cheminée et réchauffait Richard assis dans le canapé en train de siroter un verre de bordeaux sur un air de Bach diffusé par les haut-parleurs de la télé.

En m'entendant arriver, l'homme tourna la tête. La première chose qui me frappa fut les poches sombres sous ses yeux fatigués.

— Oh ? Tu as une mine affreuse, Élizabeth, constata-t-il.

Il peut parler ! Mon style manquait en effet de fraîcheur. Ma combinaison était crasseuse et déchirée par endroits, c'était un miracle qu'elle tienne encore sur moi. Mes bras étaient couverts de sang séché et de traces de suie, tout comme mon visage. Quant à mes cheveux – ma coupe avait rendu l'âme depuis un moment –, ils cascadaient sauvagement sur mes épaules et mon dos.

— C'est normal, répondis-je d'une voix froide. Depuis l'accident de papa et maman, j'ai vécu des soirées affreuses, mais de toutes, celle-ci est bien la pire.

Richard posa son verre sur la table basse puis se leva en écartant chaleureusement les bras.

— Je serai toujours là pour toi, ma princesse.

Je fis quelques pas sur mes gardes.

— Tu bois seul ? Où sont les autres ?

— Mon petit péché, avoua-t-il en baissant le son de la télé. Julie est quelque part dans les nuages et Rémi est sorti. Dis-moi si je peux t'aider en quoi que ce soit.

Une vague de dégoût remonta en moi et j'eus envie de vomir toute la haine que je lui portais, mais c'était trop tôt. Si je lui disais trop vite que j'étais au courant de ses magouilles, il nierait et me laisserait dans la douloureuse ignorance de ce qui s'était passé. Je voulais qu'il avoue. Aurait-il le culot de me dire qu'il avait été à l'origine de la battue contre Lucas ? Oserait-il me dire qu'il était présent quand le corps de mon époux avait été taillardé ? Serait-il suffisamment effronté pour me dire que l'ordre de lui infliger la torture par les flammes venait de lui ?

Je me détournai, lui cachant l'éclat funeste de mes pupilles, et profitai d'aller vers la cuisine pour me reprendre. Je m'installai sur une des chaises hautes de l'îlot central et attendis qu'il me rejoigne.

— Que t'arrive-t-il, Élizabeth ? me posa-t-il sans le moindre soupçon.

— Après avoir survécu à l'accident qui a pris mes parents, après avoir subi la culpabilité d'être encore en vie et vu mon frère sombrer dans la désolation, après avoir été violée et transformée en une créature se nourrissant du sang des vivants, le bonheur était bien la dernière chose à laquelle je m'attendais, me confiai-je. J'ai joui de cette oasis de plénitude sans compter et maintenant j'ai l'impression de me perdre dans un désert de dévastation.

Le bloc de couteaux de cuisine était près de moi. J'en saisis un et fixai mon reflet dans sa large lame argentée.

— L'affliction et l'ennui m'attendent ; j'ai parfois l'idée qu'une lame dans le cœur serait un avenir moins douloureux.

Mes doigts caressèrent avec convoitise la lame affûtée. Richard vint près de moi et me prit le couteau pour le poser sur la paillasse. Il posa sa main sur mon poing.

— Tu es l'aînée des Gauthier, famille souveraine et protectrice des hommes. Ce ne sera pas ton avenir.

Richard s'octroya un temps de réflexion. Mon état de faiblesse était bien trop tentant. Il ne pouvait que profiter de ce moment de confession pour délivrer ses plus sombres intentions.

— Cette terre a besoin de guérir, elle a été laissée à l'abandon, la proie des insatiables. Et nous tous, par inaction, sommes complices de cette destruction, s'épancha-t-il. Tes parents baignaient dans le déni et leurs hôpitaux du tiers-monde, toutes ces misérables tentatives de charité, étaient très loin d'être suffisantes ! Ils avaient pourtant la solution à portée de main : une fille aînée aussi lumineuse que le jour, aussi claire que le ciel, aussi forte qu'un tremblement de terre...

Ses doigts effleurèrent la peau nue de mon dos. Je grimaçai et me retins de lui éclater la main. Puis il saisit délicatement ma mâchoire et fit tourner ma tête vers lui.

— Mais ils ont préféré me rejeter moi, le perturbateur de leur vie aisée. Puis tu es revenue transformée... Les Pionniers te regardent avec méfiance et je suis le seul à voir ta grandeur. Le seul capable d'accomplir ce que Guillaume n'a pas osé faire. C'est grâce à toi. Tu es la source qui va fertiliser cette terre en décomposition, mais encore faut-il te guider.

Il fut pris d'une violente quinte de toux. Son rythme respiratoire s'était accéléré, mais ce devait être le résultat de son excitation.

— Gabriel t'a souillée en te possédant le premier mais ta valeur n'a fait que croître malgré tout. Ta renommée a traversé l'Europe et est parvenue à ses oreilles. Ta place à ses côtés est plus que justifiée.

— Au... auprès de qui ?

— Caïn, le plus puissant vampire d'origine terrestre de ce monde. Il refuse toute autorité céleste et prône l'autonomie de la Terre et ses habitants, humains comme vampires. Cette planète a besoin de guérir, pour cela, elle doit se libérer de la servitude d'un Dieu tout puissant. Ce Père soi-disant protecteur qui endort les esprits et les corrompt à l'inaction. Rien n'est possible tant que ce n'est pas écrit dans leur foutu livre, toutes religions confondues ! s'enflamma-t-il. Quand ses croyants ne viennent pas quérir le pardon comme des enfants venant chercher un bonbon – une récompense pour bonne action – ils déclenchent des guerres ! Pathétique !

— Personne n'a le pouvoir de faire disparaître la foi.

— Oh si ! Un siècle lui a été nécessaire pour se remettre de la blessure que Némésis lui a infligée. Depuis, il attend le bon moment, la bonne personne pour gouverner à ces côtés.

Il toussa de plus belle et eut du mal à reprendre son souffle. On aurait cru un immortel atteint par le gaz en nithylite. J'avouai que le fait qu'il puisse s'étouffer avec ses propres glaires me réjouissait.

— Tu es souffrant mon oncle, observai-je froidement.

— Ce... ce doit être le vin, 2005 n'était pas la meilleure année.

J'entendais son pouls battre frénétiquement mais il voulait par-dessus tout continuer. À présent dans mon dos, ses mains enserrèrent avec force mes épaules.

— Maintenant que Gabriel n'est plus, j'ai ce que ce monde a de plus précieux. J'ai l'héritière des Pionniers, appelée à être la future reine des immortels. Même Caïn se pliera devant moi, s'il veut être roi.

L'erreur que j'attendais. Je ne lui ai jamais parlé de Lucas ou de la possibilité qu'il disparaisse. À travers son contact sur ma peau, mon pouvoir se libéra :

Une bourrasque s'engouffra dans le village commercial. Elle tournoya et se métamorphosa. Lucas, submergé par l'inquiétude et la colère, étudiait son nouvel environnement, relativement calme. Les commerces avaient fermé leurs portes depuis quelques heures et l'allée était vide. Il aurait pensé trouver plus d'agitation ou les traces d'un combat et se méfia aussitôt de cette irrégularité.

Il ne fut donc pas vraiment surpris d'être soudainement encerclé et sous la menace d'armes à longue portée. Ils étaient postés autour de lui et également sur les toits des entrepôts les plus proches. En revanche, le fait que ses adversaires aient revêtu l'habit des chasseurs le questionna jusqu'à ce que Richard s'avance.

Tout devint clair alors.

— La place de Cyril est encore chaude que tu bafoues déjà ses valeurs. Où est-elle ?

— Sous ma protection, elle est ma filleule et je compte bien rattraper le temps perdu. Nous avons tous un rôle à jouer dans cette famille, elle doit assumer le sien.

— Nous sommes mariés maintenant. Tu peux donc laisser tomber ce rôle de parrain qui ne te sied guère. Je n'ai pas l'intention de fuir mes obligations envers elle. Pour l'heure, je la protégerai de toute forme de trahison.

— Je vous dois des excuses. Son égarement l'a poussée dans des engagements qu'elle ne peut pas honorer. Considérez votre union comme caduque.

L'ancien archange laissa échapper un rire avant de reprendre d'une voix menaçante.

— Tu veux une sédition mais tu ne feras pas plier les vampires avec des manières aussi grotesques, tout comme moi.

— Grotesque ? Sachez que mes intentions sont toutes sauf grotesques, il vous suffit de voir l'état d'Élizabeth en ce moment, bluffa-t-il. Vous ne souhaitez pas qu'elle souffre plus, non ?

— Tu n'oserais pas, s'énerva Lucas avec un grondement sourd.

— J'ai la réputation de faire passer mes objectifs avant tout, avant même ma famille. C'est peut-être pour ça que mon propre frère et sa chère femme ont œuvré si durement à m'éloigner de leurs enfants.

Un son d'articulation mécanique se fit entendre de plus en plus fort dans l'allée. Sortant de la pénombre, quelque chose approchait. On aurait cru tout d'abord une araignée géante faite d'acier. Il s'agissait en fait de bras articulés en nithylite accrochés à un corps humain qui les commandait assurément.

Les yeux de Lucas, d'un bleu éclatant et saisissant de rancune, fixèrent l'exosquelette conduit par nul autre que Vincent.

— Vous vous connaissez paraît-il ? se rappela Richard. Un différend qui a laissé des marques. Quelqu'un qui n'avait plus rien à perdre et animé par la vengeance était parfait pour tester ce tout nouvel exosquelette. Cyril l'a étudié et optimisé pour les hommes après l'avoir prélevé sur cet immortel venu des Indes. Il n'avait jamais voulu passer à la phase expérimentale. C'est une réussite.

L'armature en métal semblait fixée sur l'ensemble du corps de son utilisateur et remontait jusqu'à la partie basse de son visage, bloquant à tout jamais ses mâchoires. Vincent ne pouvait ni marcher avec ses propres jambes ni utiliser ses propres bras – qu'il semblait ne plus avoir d'ailleurs – ni même parler. Un de ces appendices de métal tendit un sac à Richard. Ce dernier sembla satisfait de voir ce qu'il contenait puis le lança aux pieds de Lucas. Une partie de son contenu se déversa, notamment un portable couvert de sang. L'ancien archange reconnut le téléphone de sa femme mais pas l'odeur caractéristique de son sang. Intrigué, il se pencha et tendit son bras pour récupérer l'objet qui explosa. Du gaz fut expulsé directement dans son visage. Lucas toussa aussitôt et envoya des lames de vent pour éjecter les grenades de gaz qui tombaient sur lui. Malheureusement, il venait d'en inhaler suffisamment pour embrumer son esprit.

— Fais en sorte qu'il ne se relève pas mais laisse les flammes l'achever dans la souffrance, dédicace pour s'être approprié ce que je convoite, ordonna Richard.

Vincent se jeta sur Lucas tandis que des nuages épais de gaz s'échappaient des bouches d'égout.

De retour chez moi, Richard se vanta de sa réussite.

— Ensemble nous accomplirons de grandes choses, se félicita-t-il.

La musique classique nous parvenait toujours du salon. Le son des violons de Vivaldi se mit à dérailler dans ma tête et les fausses notes s'enchaînèrent tandis que ma colère implosait. Les assauts de Vincent qui s'étaient abattus avec violence et acharnement sur Lucas imprégnaient mon esprit.

Une seconde passa et je n'étais plus moi.

J'étais une autre, en proie à la folie meurtrière.

« Voilà, encore plus près... »

Tout en me redressant, mon corps tourna sur lui-même pour se glisser dans le dos de l'homme. Je l'aplatis face contre la paillasse, saisis le couteau de cuisine qu'il avait laissé là et l'abattis sur sa main. Quatre de ses doigts restèrent sur la pierre alors qu'il se redressait tout en hurlant. Ses yeux horrifiés fixaient son membre blessé qui saignait abondamment. Cette vue plus qu'appétissante décupla ma force. Je le saisis à la gorge, ce qui le fit taire instantanément.

— J'aime honorer les promesses que je fais. Je t'avais prévenu que je te ferais vivre un enfer si jamais tu le touchais, lui rappelai-je en le soulevant dans les airs. Te rendre au centuple chaque sévice que toi et ton bouledogue lui avaient fait subir a de grande chance d'écourter ta misérable vie. Je vais devoir y aller lentement. Heureusement, j'ai toute l'éternité et je sais me montrer patiente quand la situation l'exige. Tu vivras aussi longtemps qu'il faudra jusqu'à ce que tu expies très douloureusement ton crime !

Je le propulsai contre le mur opposé qu'il percuta avec violence. Avant même qu'il ne touche le sol, j'attrapai de nouveau son col et le portai à bout de bras.

— Éli...Éliz... tenta-t-il d'une voix fébrile.

— Il semblerait que tu sois dans une situation désespérée. Peut-être devrais-tu prier pour qu'un miracle se produise ?

La porte d'entrée du château retentit et des voix d'hommes résonnèrent dans le hall.

— C'est vraiment bizarre, dit celle de Pierrick. J'ai l'impression de courir dans une compétition, et cette chaleur, ce n'est pas normal. Il n'y a pas un seul courant d'air.

Le garçon semblait essoufflé tout comme celui qui lui répondit.

— Sans avoir été dans une compétition, étrangement, je vois ce que tu veux dire, dit Rémi avant d'être pris d'une quinte de toux.

J'eus juste le temps de pester intérieurement sur ma malchance – ou la chance de mon oncle – que les deux mortels se pointent dans la cuisine.

— Oh la vache ! prit peur Pierrick en voyant la scène.

Je resserrai ma poigne autour du cou de Richard pour l'empêcher de parler aux garçons. Il ne manquerait plus qu'il se fasse passer pour une victime. Rémi vérifia plusieurs fois la réaction de Pierrick mais il comprit que c'était foutu. Inutile de tenter de lui faire croire autre chose que ce qui se déroulait sous ses yeux.

— Liza ? Que… Qu'est-ce que tu fais ? commença-t-il avec prudence.

Il me sentait fébrile et capable de rompre, sans préavis, le cou de notre oncle aussi facilement qu'une brindille.

— Mais c'est des…

Pierrick voulut faire un pas vers les quatre appendices restés sur l'îlot central mais il fut retenu par Rémi. Le mouvement de mon ex avait attiré mon attention meurtrière vers lui. Mes yeux brillants de rage ainsi que mes crocs le désarçonnèrent et il suivit les consignes de mon frère. Qu'importe notre passé, j'étais capable de lui sauter dessus s'il se mêlait plus amplement de cette histoire. Déjà que je ne pouvais pas me venger correctement, je devais également me coltiner le novice qui ne comprendrait rien tant qu'on ne lui expliquerait pas tout depuis le début.

— Attends Pierrick. Je gère, assura Rémi calmement.

Les deux mains bien en évidence et légèrement relevées en signe d'apaisement, mon petit frère fit un pas prudent vers moi.

— Liza…

— Va-t'en Rémi ! dis-je d'une voix que je tentai de contrôler.

— Non, je ne partirai pas. Je reste avec toi.

— Alors tu vas devoir fermer les yeux.

Je levai un poing que j'ouvris lentement pour dévoiler mes ongles prêts à lacérer l'abdomen de Richard.

— Qu'est-ce qui t'arrive, Liza ? Où est Lucas ?

Ma souffrance ressurgit. Elle remonta tout d'abord insidieuse dans mon corps, puis me rongea le cerveau. Ma gorge se serra et ma vision embrumée dévia sur mon frère. Parce que c'était lui qui me le demandait, le douloureux souvenir de l'archange brisé altéra ma détermination au lieu de l'embraser.

— Il est…

Un pleur m'échappa. Je serrai les dents pour m'empêcher de fondre en larmes. J'avais tant besoin de lui crier mon désespoir : de lui dire que je ne voyais plus de raisons de fouler cette terre si Lucas ne s'y trouvait plus, que mon éternité était désormais ma malédiction, et que la seule chose qui m'empêchait de tomber dans la folie du désespoir était la vengeance.

— OK, je ne sais pas ce qui s'est passé, mais je suis persuadé que tu ne devrais pas être là, me confia-t-il.

Je voulus lui prouver à quel point j'étais à ma place ici, en train de serrer la gorge de cette raclure, et non ailleurs.

Soudain, quelque chose se débloqua dans mon esprit et les paroles de mon frère se frayèrent un chemin vers ma raison. *Qu'est-ce que je fous ici ?* Même si je souffrais de le voir mourant, je devrais être auprès de Lucas. Au lieu de ça, j'étais avec la personne que je haïssais le plus sur cette planète. *Il a raison.*

Le corps de Rémi fut secoué par de nombreux spasmes qui le plièrent presque en deux. Il ne parvenait plus à reprendre correctement sa respiration, comme s'il s'étouffait lentement après avoir avalé de travers.

— Rémi ? m'inquiétai-je.

Pierrick le soutenait. Il était celui qui s'en sortait le mieux de tous les mortels ici, le seul qui ne présentait pas de difficulté respiratoire. Richard était à présent inconscient mais, même si c'était péniblement, il respirait toujours. Je le lâchai et il s'effondra à mes pieds. Mon frère attrapa un torchon et emmaillota la main blessée de notre oncle.

J'étais extrêmement frustrée de ce dénouement mais je n'avais pas le temps de mener à bien ma vengeance, du moins pas ce soir. Je lançai un ultime regard plein de dédain vers Richard, puis sans un mot je sortis de la cuisine. Ce ne fut qu'à l'extérieur, après avoir dévalé les escaliers du perron, que je compris que je n'allais pas réussir à m'échapper aussi facilement.

— Liza ! m'arrêta Pierrick à bout de souffle.

Il était un sportif aguerri et pourtant les quelques pas rapides qu'il venait d'effectuer pour me rattraper l'avait essoufflé. Une goutte de sueur perla également sur sa tempe. La nuit était terriblement chaude pour un mois de novembre.

— Liza, dis-moi ce qui se passe, insista mon ex.

Son éternelle sollicitude était touchante mais je devais y mettre un terme définitivement.

— Tu devrais vraiment arrêter de me courir après, Pierrick.

— Pas quand tu es comme ça.

— Surtout quand je suis comme ça, rectifiai-je froidement.

Mon ton était très loin de ce à quoi il était habitué. Il poursuivit tout de même mais avec beaucoup d'appréhension.

— Tu lui ressembles. Tu ressembles à Valérie.

— Ce n'est absolument pas un compliment.

— Tu as blessé quelqu'un et tu t'enfuis comme si de rien n'était ?! Valérie était aussi instable avant de disparaître, or je ne veux pas que tu disparaisses.

Après ce qu'il venait de voir, il avait du cran pour oser me bousculer de la sorte, ou une confiance aveugle en moi. Il était temps que je piétine l'estime qu'il me portait afin de nous libérer tous les deux.

— J'ai déjà disparu, Pierrick. Celle que tu as aimée n'est plus. Ce corps n'est pas celui que tu as tenu dans tes bras lorsque nous partagions le même lit. Tu n'as aucune idée des choses que j'ai vécues ni des crimes que j'ai commis. J'ai tourmenté, j'ai frappé, j'ai fait couler du sang et tout cela avec un plaisir immense.

— Qu'est-ce… Mais qu'est-ce que tu racontes ?

— Demande à Rémi de tout te dire, je n'ai pas le temps. Sache juste que je suis désolée pour Valérie et David.

Le garçon ne comprit pas tout de suite pourquoi je lui disais cela, puis son visage changea. Lui qui m'avait toujours regardée avec affection, pour la première fois, je devinai l'horreur dans ses yeux.

J'avais gagné : il me fuirait à présent.

Chapitre 33

Le château de Villette était étrangement calme à moins que ce ne soit la nostalgie. À chaque fois que je me présentais dans la demeure de Joachim, j'avais la douce impression d'être revenue chez moi. Je m'attendais à être chaleureusement accueillie par ma nouvelle famille d'immortels, qu'importe ce qui se passait de l'autre côté des hauts murs d'enceinte. Ce sentiment de sérénité était franchement incompréhensible car, depuis mon arrivée, la vie du clan était devenue mouvementée. Je ne serais pas étonnée, qu'à ma vue, ceux que je considérais maintenant comme mes frères et sœurs me voient comme un corbeau, annonciateur de malheur.

Marchant à vive allure sur le chemin menant au parvis, je n'avais pas le temps de saluer les quelques vampires de Paris qui montaient la garde. De toute manière, ils baissèrent tous la tête sur mon passage, pas franchement la position adéquate pour débuter une conversation. Ce n'était pas vers eux que je devais de toute façon me tourner pour avoir des réponses à mes questions.

Au loin, deux gardes sautèrent du toit pour fondre aussitôt sur moi.

J'accélérai en les reconnaissant : Violaine et Maximus. Ils étaient suivis de près par Hugo qui était lui, sorti du château.

— Où est-il ? m'enquis-je dès qu'ils m'eurent rejointe.

— Par-là, indiqua Violaine en désignant le bâtiment principal. Tu es sauve...

— Tu n'aurais pas dû partir sans garde ! fit remarquer Max plus durement.

Lorsqu'ils étaient dans un état d'angoisse extrême, les personnalités des deux enfants de Gaël étaient inversées : Violaine était inhibée alors que Max bouillonnait. En toutes circonstances, ils s'équilibraient. Les jumeaux rebroussèrent chemin pour m'accompagner jusqu'au château. Nous rencontrâmes Hugo.

— Comment va-t-il ?

Le visage de l'Ancien était sombre et je sentais qu'il peinait à trouver les bons mots pour me décrire la situation qui semblait désespérée.

— Les soins ne sont pas efficaces pour l'instant.

J'acquiesçai silencieusement tout en étouffant ma peine. Une douloureuse boule d'amertume se coinça dans ma gorge et, une fois de plus, je préférai laisser éclater ma colère plutôt que ma tristesse.

— Où sont les autres ? dis-je en étudiant le nombre de vampires veillant sur les lieux.

— Les combats sont toujours en cours, expliqua Max. Les dignitaires des autres clans nous sont d'une grande aide. Ceux ayant des pouvoirs qui perturbent l'esprit s'occupent d'altérer les souvenirs des mortels. Les autres, comme Akira et ses hommes, exécutent les renégats.

— Comment sont-ils entrés ?

— On les soupçonne d'être arrivés avec les conteneurs de gaz et d'avoir aidé leur installation dans les égouts, répondit Hugo. Gisèle et Meredith nous ont rapporté ta discussion avec Vassily... à supposer qu'il ait dit la vérité.

— Il n'a pas menti, assurai-je.

Mon pouvoir n'avait fait que valider l'accusation de Vassily. Même si certaines parties de son plan restaient obscures, Richard était bien le commanditaire du gaz. Le dessein de ses alliés était en revanche encore flou.

— Alors nous sommes vraiment en présence d'une sédition préméditée depuis plusieurs mois, grommela Hugo.

— La cheffe du Caire est complice : les bateaux sont partis du canal de Suez et elle a fourni les vampires pour mener cette insurrection. Il faut la serrer mais ce ne sera pas facile car c'est un métamorphe.

Hugo s'arrêta net, déconcerté par cette révélation.

— Lysandra ? Ce n'est pas un métamorphe.

— Je t'assure que celle qui s'est présentée comme étant le dignitaire du Caire est un métamorphe. C'est elle qui a entraîné Lucas dans un piège en se faisant passer pour Meredith.

Nous nous regardâmes tous les quatre, tirant automatiquement la conclusion qui s'imposait. Si Lysandra, officiellement la cheffe du clan du Caire, n'avait pas un tel pouvoir... qui s'était présenté à nous le soir du bal à l'Opéra ? *C'est une blague.* Le poids de mon erreur s'alourdissait encore et encore. Même Ernest avait été non seulement plus observateur mais aussi plus méfiant. Mon pouvoir lui-même m'avait montré une vision dans laquelle je n'avais pas reconnu Lysandra. Je grognai de rage et montai les marches du château tout en réfléchissant.

Peut-être que j'étais déjà en possession d'éléments me permettant de connaître l'identité de ce métamorphe qui avait osé siroter une coupe de champagne devant moi. *Quelle était cette vision déjà ?* Il y avait beaucoup de sang, un enfant et une berceuse. C'était quoi déjà cette chanson ?!

« *Il y a une ombre qui s'avance. Je crois qu'une tragédie m'attend* » chanta une voix dans ma tête.

Je ne pus déterminer s'il s'agissait d'une hallucination en lien avec mon pouvoir ou si c'était autre chose. Plus je fouillai dans ma mémoire, plus les souvenirs m'échappaient. Une main sur mon crâne, je vacillai légèrement.

« *Tu es si près… viens… viens vers moi.* »

Lilith, compris-je. *Non*. Mon esprit s'évaporait et même si je luttais pour rester éveillée, mon corps, lui, défaillait. Je me retournai vers Hugo qui semblait avoir reconnu la voix qui m'appelait. Son regard épouvanté me fixa.

Apeurée, je tendis un bras vers lui.

— Hugo !

La dernière chose que je vis avant d'être aspirée était la main de l'Ancien tentant de me rattraper. Je me sentis tomber mais ne rencontrai jamais le sol, sombrant profondément vers une sombre destination. Je me débattis et tentai de m'accrocher aux enseignements de Lucas. Il m'avait préparée à me défendre lorsque le moment serait venu mais il ne s'attendait pas à ce que bien d'autres choses se produisent et fragmentent mon âme, prête à se briser. J'avais fait ce que mon époux m'avait déconseillé : la laisser entrer. J'avais souhaité qu'elle m'envahisse et m'aide à accomplir ma vengeance. De son côté, comme l'avait prédit l'ancien archange, elle avait patiemment attendu le bon moment pour surgir et m'écraser. Les forces me manquaient. J'étais en train de me perdre et Lucas n'était pas là pour me retrouver.

Mon monde bascula jusqu'à s'inverser. Lorsque j'ouvris les yeux, j'étais allongée au beau milieu des fleurs. Je me redressai brusquement et regardai autour de moi : des montagnes entourant une contrée verdoyante, une rivière parcourant le vallon auprès duquel s'était installé un petit village... j'étais dans l'un de mes rêves.

Des éclats de rire attirèrent mon attention vers un champ de fleurs rouges. Deux petites filles venaient de laisser tomber leur bouquet pour se courir après. La plus âgée avait une belle crinière sombre que je retrouvai dans une version un peu plus âgée, cette fois, assise sous un arbre en train de regarder le feuillage qui dansait au gré du vent. *Des souvenirs...* Je me trouvais probablement dans le lieu le plus intime de Lilith, l'endroit où était renfermée toute sa personne. Si ce lieu secret ressemblait à ma chambre pour moi, celui de Lilith n'était rien d'autre que cette fameuse cuvette de verdure dans laquelle elle avait grandi, un éden.

Je savais ou je devais aller pour la trouver. Je n'avais pas le choix si je voulais sortir d'ici et reprendre la souveraineté de mon corps. Je descendis vers la rivière où pataugeait l'étalon noir cher au cœur de l'ancienne reine. Enlik était somptueux et le voir s'ébrouer au milieu de l'eau m'émut. Il lançait des invitations à la jeune femme vêtue d'un long drapé pourpre restée sur le bord.

Les poings serrés, je les rejoignis prudemment. J'avais tant de fois imaginé cette rencontre, préparé ma riposte, conjecturer un dénouement... Depuis que notre résonance avait débuté, j'étais passée par une palette de sentiments la concernant. Tout d'abord, la crainte de ne pas comprendre ce qui m'arrivait, puis l'incertitude après avoir développé des pensées ambivalentes au fur et à mesure que je revivais son passé, la détresse lorsque j'avais découvert qu'elle était mon ancêtre et pour finir récemment sur la colère. La rage me possédait car, malgré tous les efforts, elle avait finalement réussi à mener à bien son plan ainsi que sa vengeance. Finalement, ce n'était pas si mal qu'elle m'ait attirée jusqu'ici. C'était compliqué de frapper un fantôme.

Enlik poussa un petit hennissement de bienvenue qui avertit sa maîtresse de ma présence. Lilith releva la tête et la tourna vers moi. Son regard bienveillant me percuta bien plus durement qu'un coup direct dans l'estomac.

— J'ai espéré si longtemps de pouvoir t'avoir face à moi, Élizabeth.

Sa grande beauté ainsi que sa voix douce faillirent endormir ma vigilance.

— Pour que tu puisses te réjouir de ta victoire. Est-ce que ta soif de vengeance est étanchée à présent ? Ou bien son supplice n'égalera jamais suffisamment le tien ? Maintenant qu'il n'est plus là, comment comptes-tu me torturer tout en éprouvant le plaisir de le voir souffrir ?

L'hostilité accompagnant mes accusations n'affecta nullement son humeur.

— J'ai aimé Gabriel, dit-elle très sereine. Je l'ai aimé autant que je l'ai haï par la suite pour son inconséquence, mais je ne suis pas le métamorphe que tu m'accuses d'être. Je n'ai jamais eu ce pouvoir. En réalité, j'avais espéré pouvoir un jour parler à un de mes enfants.

« Enfants » ? Moi un de ses enfants. J'eus un rire rauque mais j'avais clairement envie de hurler mon dégoût.

— Crois-tu vraiment que j'avais envie de te parler ? dis-je avec mépris.

— Je comprends ta défiance. Elle est tout à fait normale. Je ne me noierai pas dans les excuses car j'ai commis de nombreux actes impardonnables. Mais sache que dès que je me suis souvenue d'avoir enfanté, dès que les souvenirs de mon fils me sont revenus, je n'ai cessé de chercher ma descendance et d'œuvrer pour sa survie.

— Dommage qu'il n'y ait aucune preuve d'une telle dévotion.

— Oh… il y en a. La plus évidente se trouve ici, dit-elle en pointant ma poitrine où se trouvait mon cœur. Enlik t'a légué un fragment de mon âme.

— Je ne vois pas en quoi se faire posséder est une preuve évidente.

— Hormis la nuit de ta transformation, à deux reprises, tu as rencontré la mort. Si Enlik n'avait pas transféré mon âme en toi, tu n'aurais jamais guéri de ta maladie et tu en serais morte le soir même où il t'a trouvée. Une grande vitalité t'a parcourue cette nuit-là, ce qui t'a permis de survivre, puis mon âme épuisée s'est endormie pour se recharger. Elle s'est réveillée lorsque le poing de ce chasseur s'est abattu sur ton crâne pour te soigner de nouveau. À partir de là, je n'ai connu nul repos, hantant ton esprit pour te guider du mieux que je pouvais.

Je ne pouvais nier la plausibilité de certains passages de son histoire.

— Tu… tu me présentes ça comme si c'était un geste purement altruiste mais c'était pour mieux atteindre ton but, dis-je d'une voix qui avait perdu en assurance.

— Je reconnais la méfiance de Gabriel dans tes mots. Ce n'était pas facile d'entrer en contact avec toi, il a verrouillé de nombreuses portes. Je ne pouvais t'atteindre que par le biais de tes émotions.

— Comme ce soir alors que Paris brûle et que Lucas se vide du peu de sang qui lui reste...

Son regard s'assombrit et, pour la première fois, elle semblait affectée par ce que je lui disais.

— Ce n'est pas vraiment le bon moment, j'en ai conscience, mais je ne pouvais pas laisser passer cette occasion. Tu dois savoir ce qui s'est passé il y a un peu plus de quatre cents ans si tu veux pouvoir affronter le présent avec succès.

Elle attendit que je trouve une parade ou quelques mots blessants supplémentaires et fut presque étonnée que je me taise. C'était un de mes plus sombres désirs de savoir ce qui avait entraîné son départ. Je savais seulement que cela s'était produit après avoir récupéré ses souvenirs, d'ailleurs elle commença son histoire par cet événement.

— J'ai fait tellement de rêves, des cauchemars dans lesquels des enfants trouvaient la mort dans d'horribles conditions. Depuis ma transformation, j'avais toujours ressenti un manque que j'essayais de combler en transformant des bébés pour mon occupation personnelle. Bien évidemment, ils ne parvenaient jamais à se sevrer et lorsque leur existence représentait un danger pour notre espèce, ils étaient exécutés. C'est Lucifer lui-même qui s'est débarrassé du dernier en me fustigeant pour mon imprudence. Je ne voulais que faire taire cette douleur qui lancinait dans mon cœur à chacun de mes réveils. Nombreux sont ceux me traitaient de folle et je les ai crus. Dans un acte désespéré, je suis à aller quérir Gabriel. Je savais qu'il me tuerait dès l'instant où il verrait ma faiblesse mais c'était mon souhait. Je voulais que cette souffrance cesse. À la place, il eut pitié et m'avoua son erreur. Je l'ai supplié de me libérer de cette prison dans laquelle il m'avait enfermée sans le vouloir. Après qu'il s'était exécuté, la douleur n'avait pas disparu, fondue dans un mélange de culpabilité et de peine. Je suis partie à la recherche de mon fils, remontant le fil généalogique d'enfants atypiques, voire marginaux, espérant retrouver la trace de Samaël. Quand j'y suis parvenue, j'avais perdu le compte de ces années passées à errer. Ce que j'avais trouvé m'avait plongée dans une rage que je n'avais plus connue depuis longtemps. Je suis rentrée parce que j'avais besoin du soutien de mon époux… les choses ne se sont pas passées comme je l'avais prévu.

Ses souvenirs refirent surface et prirent vie à quelques mètres de moi. Le décor d'une chambre remplaça le nid de la rivière et à l'image d'un sitcom des années quatre-vingt, les personnages prirent vie sous mes yeux.

Lilith pénétra dans la pièce sans s'être annoncée au préalable et referma aussitôt la porte derrière elle. Elle n'avait prévenu personne de son retour et les visages transis de peur et de surprise des quelques vampires qu'elle venait de croiser avaient vite fait de le lui rappeler. Heureusement, elle trouva son époux seul.

— Je dois absolument te parler ! J'ai découvert quelque chose d'incroyable ! Nous ne pouvons pas rester sans rien faire !

Elle voulut le toucher mais se ravisa lorsqu'elle vit l'animosité grandissante dans son regard bleu ciel.

— Peut-être es-tu venu me dire où tu as disparu tout ce temps ?

— Je... je comprends que tu sois en colère, bégaya-t-elle avant de reprendre avec plus d'assurance. *Mais c'est important !*

— Tu « comprends » ? grogna-t-il d'un air menaçant.

— Lucifer...

— Où étais-tu ?! Avec qui ?

— Quoi ?! s'insurgea-t-elle.

Qu'il croit qu'elle ait pu mener la belle vie auprès d'un autre alors qu'elle avait durement enquêté sur leur descendance la dégoûta.

— Je n'étais avec personne ! Et si c'était le cas, ce serait un comble que tu me fasses la leçon !

— Vraiment ? Tu n'étais donc pas avec mon frère ?

Lilith se raidit, saisissant soudainement l'hostilité de son mari. Bien évidemment, vu qu'elle ne revenait pas, Lucifer avait mené sa propre enquête qui l'avait mené directement à Gabriel. Même si elle n'était restée que très peu de temps en sa compagnie, le fait qu'elle soit allée le trouver suffisait amplement à enrager son mari.

— J'avais besoin de lui poser une simple question, c'est tout.

Après quatre millénaires, Lucifer n'avait éprouvé de la jalousie qu'envers son petit frère. Les amants avaient pourtant été nombreux mais rien ne l'agaçait plus que le désir que portait Gabriel à Lilith. Son frère lui ressemblait trop physiquement pour qu'une relation avec lui soit considérée comme anodine.

— *Il fallait bien une excuse*, ne l'a cru pas Lucifer. *Est-ce qu'il t'a touché ?*

Le puissant vampire vint sur elle. Sa haine était si palpable qu'elle préféra reculer.

— *Non, Lucifer, c'est important. Écoute-moi...*

— *Ici ? Ou peut-être là ?*

Il posa successivement une main sur sa fesse puis son sein. Elle le repoussa violemment avant de lui cracher à s'en briser la voix :

— *Nous avons eu un enfant !*

L'ancien archange la regarda comme si elle venait de perdre la tête. Cela la mit d'autant plus en colère et elle le poussa de nouveau tout en laissant échapper un pleur.

— *Avant que tu ne me retrouves, je venais d'accoucher de ton enfant !* continua-t-elle malgré l'émotion. *Gabriel et Michel nous l'ont caché pour qu'il ne devienne pas une arme de pouvoir pour toi ! Dans notre folie de domination, nous l'avons tué. Si je suis partie c'est pour retrouver nos enfants, ceux de ton fils et de ses enfants après lui.*

Lucifer resta muet, son visage inexpressif. Bien évidemment, elle s'attendait à une telle sidération mais au bout de quelques secondes de silence, elle le conjura de parler :

— *Dis quelque chose.*

— *Ces enfants ne sont pas les miens.*

— *Q...quoi ?* dit-elle d'une voix étranglée.

— *Ce sont ceux de Samaël, or il a disparu il y a bien longtemps ! Dieu y a veillé, rayé des écrits, effacé des mémoires, son nom même ne doit pas être prononcé !*

— Non... ce n'est...

— Et toi ! Ma chère femme, tu le sais et cela te suffisait très bien jusqu'à présent ! explosa-t-il. Nous *nous suffisions, toi et moi ! J'ai créé ce monde et j'en suis devenu le roi aussi pour toi ! D'où te vient cette soudaine bienveillance, cet intérêt pour une famille qui n'a jamais été la tienne ? Gabriel a souillé ton esprit avec ces idioties !*

Il la rabattit petit à petit vers le lit puis la poussa en arrière. Elle s'étala sur le matelas et il grimpa entre ses jambes. Lilith voulut l'éjecter mais il appuya de tout son corps sur elle pour la maintenir et bloqua ses poignets au-dessus de sa tête avec une main.

— Tu as peut-être besoin que je te rappelle que je ne suis plus celui que tu as connu humaine ?

De son autre main, il déchira son vêtement pour mettre sa poitrine à nu et la malaxer sans douceur.

— Lucifer ! Arrête !

Il l'embrassa sauvagement. Elle cria à travers leur baiser tandis que la main du puissant vampire fondait entre ses cuisses. La sensation de dégoût qu'il fit naître alors qu'il violait son intimité réveilla sa rage. Elle se débattit plus vigoureusement, libéra une main et l'abattit sur lui tandis qu'il s'apprêtait à la mordre. Le claquement sonore de la gifle retentit dans la chambre et les sidéra tous les deux.

Lucifer, en proie à la folie, attrapa ses bras et brûla la peau en contact avec ses mains. Lilith geignit de douleur.

— Je reprendrai ce qui est à moi !

La reine enroula ses jambes autour de la taille de son agresseur pour lui empêcher toute retraite et attrapa sa gorge.

— J'ord...

Elle s'arrêta avant de déclencher son pouvoir sur lui. Sa colère l'habitait toujours mais elle était horrifiée d'avoir failli franchir un point de non-retour. Lucifer s'était immobilisé et l'observait.

— *Tu veux vraiment l'utiliser sur moi ? Vas-y*, l'incita-t-il.

— *Ne me tente pas !*

— *Fais-le mais je t'assure qu'il ne fonctionnera pas, je te suis entièrement dévoué. Je t'ai déjà tout donné et je suis prêt à recommencer. Tu m'as tout pris...*

Le cœur de Lilith sembla se déchirer. Elle se retint de pleurer de douleur et de peine. Sa main se desserra. Lucifer écarta avec rudesse une de ses jambes et s'extirpa du lit. Il la laissa seule, recroquevillée sur elle-même.

Le souvenir s'effaça. J'osai un coup d'œil vers ma voisine dont le visage était fermé.

— Qu'importait que ces propos soient partiellement faux, qu'importait où se situait la limite entre la vérité et la volonté de blesser, je n'avais pas le temps de le rattraper, continua-t-elle. J'avais besoin d'assistance. Sais-tu comment l'on scinde une âme en deux ?

Naturellement, je ne le savais pas et elle répondit à sa propre question :

— Lorsqu'un chagrin est si grand qu'il te déchire de l'intérieur, c'est à ce moment-là que j'ai compris que mon âme avait la capacité de se diviser en deux entités indépendantes. Ce n'est arrivé que deux fois dans ma longue existence. La première fois fut lorsque j'ai maudit ma propre sœur, tu as hérité de ce fragment. La deuxième, quand mon mari, ami et roi m'a rejetée.

— Donc, si je résume bien, ton âme s'est divisée à deux reprises. Si l'on tient compte de l'entité de départ, cela fait trois morceaux ?

Elle acquiesça.

— Chaque âme a besoin d'un réceptacle. Le temps me manquait et je venais de perdre mon meilleur soutien pour résoudre l'énigme que j'avais mise en évidence à la fin de mes recherches. Je savais que je n'avais pas la capacité d'y arriver seule, même avec mes pouvoirs, alors je suis allée voir la seule personne sur cette terre travaillant à la fabrication d'armes hors du commun et dont la puissance à cette époque était inqualifiable, mais c'était ma meilleure chance.

Je rassemblai mes propres connaissances pour les mettre en lien avec ce qu'elle disait et possiblement trouver des failles, preuves qu'elle mentait. Lilith avait disparu il y a quatre cents ans, cela nous ramenait donc entre la fin du XVIe siècle et le début du XVIIe siècle. La Renaissance était finie mais c'était encore les Temps modernes avec toutes les révolutions de pensées que cette période avait pu engendrer et qui n'avaient pas pu être étouffées par la religion : par exemple Copernic affirmant que la Terre tournait autour du Soleil. C'était le temps où les génies de l'innovation étaient moins réfractaires à soumettre leurs idées. Cependant militairement parlant, je ne voyais pas de quelles armes elle parlait. Était-ce les canons ? Ou les mousquets ? Des objets bien utiles pour nourrir les desseins des colons mais rien qui ne leur assurait non plus une victoire facile. C'est en me raccrochant aux souvenirs des manuscrits de ma famille que je compris à quel point j'étais à côté de la plaque.

L'année 1585...

Les Pionniers ont vu le jour à la fin du XVIe siècle, guidé par un homme qui fut le premier à employer des armes avec un alliage novateur qui changea la face du monde de la nuit.

— Guillaume Gauthier…

Lilith arqua ses jolis sourcils puis sourit.

— Ton intuition a vu juste. J'ai pénétré le laboratoire du comte Gauthier et j'ai été inspirée par ses recherches sur le corps des immortels. Il pensait que j'étais venue le tuer mais c'est une promesse que je voulais. J'étais prête à l'aider à parfaire son travail si en retour il me promettait de fournir aux mortels les armes les plus puissantes de ce monde, suffisamment puissantes pour abattre des vampires, suffisamment puissantes pour abattre des anges… Cela pouvait être une promesse en l'air faite par un homme transi de peur, mais je savais qu'il n'en était rien. (Elle fit une pause et sourit.) Ton pouvoir de clairvoyance est d'une puissance infinie, à côté de ça mes piètres prophéties ressemblent à de vulgaires prédictions imparfaites.

— Tu avais également ce pouvoir ?

— Ma première prophétie a été à l'intention de ma sœur lorsque je lui ai annoncé que son premier-né serait un criminel, mais ce que révéla la réalité fut bien plus complexe. Caïn, l'aîné des enfants d'Ève, n'était pas d'Adam. Il était un immortel né, s'abattant sur le monde encore à l'heure actuelle comme une plaie divine, une plaie dont j'ai été la créatrice. Tu le rencontreras bien assez tôt, et ce sera peut-être ta plus grande épreuve, Élizabeth.

Selon le Coran et la Bible, Caïn était considéré comme le premier meurtrier de l'humanité. Il tua son frère cadet par ressentiment, car Dieu avait préféré l'offrande de son plus jeune frère à la sienne. À l'image des archanges, cette légende était censée n'être qu'un mythe mais le monde obscur des vampires semblait bien plus implanté dans l'histoire de l'humanité que je ne le pensais. Par le biais de Guillaume Gauthier, puis de Richard, Caïn avait à deux reprises tenté d'acquérir le trône des immortels. *Avec ou sans Lucas à mes côtés, j'étais persuadée de le trouver de nouveau sur mon chemin...*

Préférant ne pas penser une seconde de plus à une éternité sans Lucas, je revins vers Lilith.

— Les chasseurs te considèrent comme une déesse. Qu'as-tu fait pour mériter ce titre ?

— Ma dernière prophétie, je l'ai annoncée au comte Gauthier. Elle te concerne.

— Moi ?

— Oui. Je pensais que tu la retrouverais dans ses écrits mais il l'a apparemment emportée dans sa tombe. Voici ce que je lui ai dit :

« Mon amour, ta passion est ce qui provoquera notre chute et celle du monde. Mais qu'importent les épreuves, rien ne pourra m'arracher à toi. Que ta jalousie m'écorche, mon âme, elle, ne connaîtra aucun repos et je guiderai le bras du gardien silencieux vers celle qui porte ta lumière. Obscur et harassant sera son chemin vers la vérité, car c'est celui de notre passé mais, tel le phénix, l'éclatante lumière renaîtra et elle prendra son envol. »

J'écoutais ces paroles avec la sensation de les avoir déjà entendues. Lilith les avait dites à Guillaume, mais celui qu'elle appelait « mon amour » n'était nul autre que Samaël, la véritable personne à qui était destiné ce poème.

— J'étais soulagée, poursuivit-elle. Cette prédiction m'assurait que mon sacrifice ne serait pas vain car ma descendance survivrait. Avec ton frère, vous êtes le phœnix, les enfants de Samaël, héritiers de l'étincelle qui commandent au feu céleste.

Il n'y avait plus que Rémi qui pouvait en effet assurer la survie de cette descendance qu'elle chérissait tant. Moi je ne pouvais qu'essayer, tout comme elle, de le protéger... si, en effet, cela impliquait de me sacrifier, je le ferais aussi. *Sacrifice ?* Je ne compris que maintenant la portée de ses mots.

— Comment ça, « sacrifice » ?

Elle me regarda avec un sourire triste.

— Mon propre nom a inspiré le comte pour sa découverte, car je me suis moi-même arraché le cœur pour le jeter dans la fonderie.

À nouveau, je crus que mon monde s'inversait. Si je n'étais pas une projection de mon esprit, je serais probablement tombée sur les fesses, car mon corps n'aurait pas pu tolérer de rester debout après ça.

— Tu... tu es...

— J'ai définitivement quitté ce monde, il y a plus de quatre cents ans.

La nithylite. C'était son sang, le sang de la reine des vampires, qui avait en premier servi à la fabrication des armes. Ce don de la déesse, comme l'avait décrit Guillaume dans son journal, n'était rien d'autre que sa propre vie. Les chasseurs, ou du moins les plus hauts placés dans le Conclave, étaient forcément au courant de l'identité de leur fameuse déesse. *Cyril doit forcément le savoir...* C'était un lourd secret, car aucun immortel ne se doutait du destin tragique de leur ancienne reine. Si la vérité venait à se savoir, cela impacterait probablement les fondements du Conclave. Les chasseurs accepteraient-ils de vénérer une ancienne vampire ? Les immortels laisseraient-ils passer une telle humiliation ?

La cruauté de Lilith avait été telle que personne n'était parti à sa recherche sauf les plus passionnés, comme Lucifer ou même Edward. Son souvenir n'inspirait que le mépris pour ses semblables mais elle avait fait le sacrifice ultime par amour pour des enfants qu'elle ne connaîtrait jamais.

— N'aie pas de peine pour moi, constata-t-elle en observant mon visage contrit. C'était mon souhait, et voir la femme que tu es devenue me conforte d'avoir fait le bon choix.

La luminosité diminua autour de nous et le ciel revêtit une chaleureuse couleur dorée.

— Le soleil se couche, c'est déjà la fin, annonça-t-elle tristement.

— Comment ça ?

— Mon esprit s'affaiblit et s'endort de nouveau. Je vais bientôt disparaître et cette fois, tu ne m'entendras plus.

Elle avait espéré me soulager car certaines de ses interventions avaient été franchement dérangeantes surtout quand elle prenait possession de mon corps. Je n'eus pas vraiment l'attitude attendue.

Après avoir partagé mon corps avec elle, après qu'elle avait révélé ses intentions, j'avais peur de me retrouver toute seule. Son expérience m'avait sauvée de nombreuses situations désespérées. Et en termes de situations désespérées, celle que je vivais actuellement était de loin la pire. Je craignais de retrouver Lucas, de voir son corps mutilé et surtout d'être dans l'incapacité de faire quoi que ce soit pour lui. J'étais condamnée à le voir souffrir et mourir.

Lilith devina mes angoisses.

— Il est fort, m'assura-t-elle.

— Tu ne l'as pas vu comme je l'ai vu.

— Il aura besoin de toi pour guérir. Il a besoin du sang d'un ange.

— Michel est à ses côtés et il regorge de sang d'ange ! paniquai-je, les larmes aux yeux.

— Mais le corps de Gabriel n'a pas faim du sang de son frère. Le sang est le reflet de l'âme. C'est ton amour qu'il veut. Tu as encore le temps, me rassura-t-elle doucement.

Malgré ses paroles réconfortantes, je m'effondrai en pleurs.

— J'ai fait tellement d'erreurs !!

J'avais honte de réagir ainsi devant une femme qui avait tellement plus souffert que moi. Je tentai d'effacer mes larmes mais elles coulaient continuellement et de plus en plus fort. Avant que je m'arrache les yeux de rage, Lilith me prit délicatement les mains.

— Tu attends tellement de toi-même que tu en oublies tes propres peines. Tu es née condamnée par la maladie, ton corps a été déchiré par l'égoïsme de quelques hommes, ton âme s'est brisée à de multiples reprises. On t'a volé ton cœur en écorchant celui que tu aimes. Tu as eu si peur et tu as agi impulsivement, dit-elle en serrant mes mains avec force. Ceux qui t'aiment savent qui tu es. Et tu sais qui tu es…

Elle hésita mais j'avais bien perçu son élan et n'en fus pas rebutée. Alors, elle ouvrit ses bras et m'enlaça. Tout d'abord étonnée d'y prendre du plaisir, je me laissai finalement aller sans culpabilité contre elle. À l'image d'une mère, la douceur de son corps m'appela et j'y plongeais comme dans un duvet chaleureux un jour d'hiver. Mon visage était enfoui dans sa poitrine, même son odeur était réconfortante. Ses mains caressèrent mon dos et l'arrière de mon crâne avec une force contenue. Il était aisé de sentir à travers ce contact le plaisir mêlé à la tristesse de Lilith. Depuis son nouveau-né, je serais l'unique enfant qu'elle pourrait toucher.

— Je te laisse tout : mon savoir, mon expérience, murmura-t-elle. Cela me permettra de rester indirectement auprès de toi, car des épreuves encore plus dures t'attendent.

Elle me repoussa légèrement pour pouvoir me regarder dans les yeux. Ses mains empoignant mes épaules, elle me confia :

— Le chant de la déesse a un dernier verset. Si je t'ai fait venir ici c'est avant tout pour t'avertir du danger qui vous guette, toi et ton frère. (Une larme roula sur sa joue.) Une mère et un père doivent protéger leurs enfants mais je me suis fourvoyée. Samaël n'est plus depuis bien longtemps et cet ennemi était plus puissant que moi. C'est pourquoi j'ai créé la nithylite après m'être rendu compte que Lucifer n'était plus que l'ombre de sa propre jalousie.

Elle se pencha. Son visage tendu exprimait pour la première fois de l'angoisse.

— Écoute-moi attentivement, nous n'avons plus beaucoup de temps.

Chapitre 34

Les paroles de Lilith imprégnèrent mon esprit alors que je remontais petit à petit vers la surface. J'ouvris péniblement les yeux comme si je m'éveillais d'un sommeil qui avait duré cent ans. J'émergeai petit à petit et redressai ma tête pour analyser les lieux. La pièce était sombre et inhospitalière : aucune fenêtre, aucun meuble, juste de larges anneaux en métal cloués à des murs. Il me sembla être déjà venue ici. Je me relevai et sentis aussitôt le poids des chaînes accrochées avec des menottes.

Des contentions en nithylite.

— Merde, soufflai-je dépitée.

Je fis rouler mes menottes et tirai sur mes chaînes pour appréhender leur solidité et la manière dont elles étaient accrochées. Impossible de les briser sans me blesser, or j'avais besoin de garder un maximum de sang et de préférence sain. Les chaînes disparaissaient dans un trou dans le sol. Lorsque je forçai dessus, un mécanisme invisible s'enclenchait et elles se raccourcissaient, me forçant bientôt à plier les genoux.

Je me tins tranquille en espérant que mon attente ne soit pas longue. Heureusement, le sas de la pièce s'ouvrit. Son *clic clic* fit remonter des souvenirs et je me souvins que j'étais déjà venue dans cette pièce. À l'endroit précis où je me tenais, Zac Valère – un des vampires manipulé par Lucifer et qui avait infiltré mon lycée – avait été torturé.

Pas vraiment une coïncidence joyeuse.

Hugo pénétra dans la pièce et s'arrêta à quelques mètres de moi. Il affichait une hostilité que je ne lui connaissais pas.

— Hugo, laisse-moi partir, s'il te plaît.

— Laquelle es-tu ?

Bien évidemment, après avoir entendu la voix de Lilith et vu la peur dans mes yeux avant que je m'évanouisse, il était persuadé qu'elle avait définitivement pris possession de mon corps.

— C'est moi, Élizabeth, alors laisse-moi partir.

Il ne dit rien, écoutant les moindres pensées de mon esprit, espérant capter une anomalie.

— Allez Hugo ! Mon esprit est entièrement à toi autant que tu voudras mais, s'il te plaît, laisse-moi le rejoindre ! insistai-je. Je… je peux le guérir, aucun de vos soins ne fonctionnera ! Tu peux même me laisser les chaînes si tu veux !

— Vu son état on ne peut pas se permettre de laisser une personne suspecte l'approcher.

— Ah ! Mais qu'est-ce que je dois faire pour que tu me libères ? ! m'énervai-je en secouant mes chaînes qui se raccourcirent de nouveau, me forçant à courber le dos.

— Utiliser la force ou ton autorité ne marchera pas ! Reste là sagement pour commencer. Je repasserai.

— Hug…

Je m'apprêtai à le supplier quand un détail me revint en mémoire. Si la colère m'avait aveuglée, la panique devait, mine de rien, avoir un impact positif sur mon activité cérébrale pour qu'une chose aussi importante me saute littéralement aux yeux, seulement maintenant.

— Où est Arnaud ?!

— Pourquoi le demandes-tu ?

Le jeu où il répondait à mes questions par une autre question m'enragea mais je me gardais bien de tirer sur mes menottes.

— Les hôpitaux sont sous tension, balançai-je. À l'heure actuelle, les personnes les plus fragiles doivent déjà engorger les urgences pour des troubles respiratoires. Bientôt ce sera l'ensemble de la population qui aura besoin de soins, et lorsque les réservoirs d'oxygène seront vides, ceux qui auront pu bénéficier de ce traitement crèveront comme les autres.

— Mais comment tu…

— L'air disparaît ! Dans quelques heures, le soleil se lèvera mais le ciel restera noir comme l'espace. Sans atmosphère, la vie telle qu'on la connaît disparaîtra. Le destin de cette planète est lié à l'archange qui commande l'air. Si Gabriel meurt, les mortels succomberont et nous serons les prochains.

Je l'avais vu de mes propres yeux mais ce n'était que maintenant que je fis le lien avec ce que m'avait révélé Lucifer. Personne, pas même Gaël ou Joachim, connaissait ce détail, d'où le gouffre d'incertitude que je lisais dans le regard de l'Ancien. Cependant, la situation catastrophique dans laquelle devaient se trouver les centres de santé n'avait pas pu échapper au clan, et il pouvait aisément trouver une logique avec l'état de Lucas.

— Je t'en prie, nous sommes déjà tous condamnés, que pourrais-je faire de pire ?

Il ferma les yeux en expirant profondément. Lorsqu'il les rouvrit après ce qui me parut être une éternité, il avait pris sa décision. Hugo tourna les talons et sortit.

Mais quel connard, ce type !

Un déclic retentit et mes chaînes furent libérées. Je pus me redresser pour mieux voir Hugo revenir vers moi une clé dans les mains. Il s'empara de mes poignets et ouvrit les menottes.

— Tu disais ? dit-il en faisant référence à ma dernière pensée.

— Je... Tu sais très bien que je pense sans réfléchir.

Je me raclai la gorge et le suivis sans plus rien ajouter. Nous montâmes un escalier étroit et arrivâmes au rez-de-chaussée du château. Max montait la garde et sauta littéralement sur ses pieds en nous voyant débouler.

— Pas de commentaire, l'arrêta Hugo.

Le fils de Michel s'exécuta et prit notre suite. L'odeur du sang saturait la demeure, menaçant de troubler mon attention. Une quantité astronomique du liquide avait dû être sortie de leur contenant. Pour cela, la demeure était bien évidemment vide. Nous nous pressâmes vers les escaliers menant aux étages. Je savais que Hugo nous guidait vers Lucas et je commandais donc mon matériel de soins.

— Je vais avoir besoin de couteaux.

— Bien sûr, si tu les demandes avec autant d'aisance, c'est parce que tu n'as pas de mauvaise intention.

Je grimaçai en songeant à ce que je m'apprêtais à faire. Heureusement je n'eus pas besoin de m'expliquer et Max fit aussitôt un décroché vers la cuisine. Il nous rejoignit assez rapidement alors que nous nous apprêtions à pénétrer dans les appartements de Joachim. La dernière fois que j'étais entrée dans sa chambre, c'était l'été de ma transformation. J'étais aussi pressée que maintenant mais mon niveau d'angoisse avait largement outrepassé mon seuil de tolérance. La salle de bains attenante aux appartements du chef du clan était certainement la plus grande, et sa baignoire était suffisamment large pour accueillir un homme de la taille de Lucas en position allongée. L'odeur du sang était telle qu'elle pouvait facilement déclencher un état de malfaisance mais mes pulsions furent totalement inhibées à la vue de Joachim et Gaël penchés au-dessus de l'immense baignoire remplie de sang. Je me précipitai vers cette dernière. Le corps nu de Lucas était entièrement immergé. Je plongeai mes mains dans le liquide pourpre et caressai son visage. Il n'ouvrit nullement les yeux et des plaies marquaient toujours son beau visage meurtri.

— Liza, interpela Gaël d'une voix faible. Je n'arrive pas à le récupérer.

La douleur et l'incertitude qui habitaient le regard du grand frère de Lucas pouvaient aisément saisir mon cœur et me faire abandonner tout espoir. Les traits tirés, l'ancien archange avait dû utiliser son propre sang pour alimenter la baignoire et, depuis, il s'était servi de son pouvoir pour faciliter son absorption. Tout cela sans réel succès comme il venait de me le dire.

— C'est normal, dis-je. Garde tes forces. Je prends la relève.

Max et Hugo s'inclinèrent et sortirent aussitôt de la pièce. Le fils de Gaël avait laissé les couteaux que j'avais demandés à Joachim. Je commençai à faire glisser le haut de ma combinaison sur mes bras avant de m'arrêter. J'avais pensé que Max et Hugo étaient sortis pour me laisser de l'intimité mais ils avaient probablement anticipé la suite des événements et leur incapacité à l'endurer.

— Si vous ne pensez pas être capables de le supporter, sortez, lançai-je sans détour aux deux chefs de clan.

— Nous allons t'assister, insista Joachim.

Satisfaite, je poursuivis et me déshabillai entièrement. Je gardai ma culotte mais ne portais pas de soutien-gorge – oubli nécessaire pour un dos nu décent. Si Joachim m'avait déjà vue à poil ce n'était pas le cas de Gaël qui baissa galamment les yeux. J'entrai dans le bassin et m'agenouillai à califourchon au-dessus de Lucas. Mon corps pénétra dans le sang jusqu'à la taille. Encore une fois, mon esprit était bien trop concentré sur ce que je devais faire et étouffait une quelconque excitation vampirique qui pourrait naître de cette situation. Je pris un couteau et le tins fermement au-dessus de mon bras tendu. Après une grande inspiration, je plantai la lame en travers de mon corps, juste au-dessus du poignet. Je retins une plainte et serrai le poing. Ma respiration s'emballa tandis que je faisais lentement remonter le couteau jusqu'à mon coude. Je sentais la lame faire un maximum de dégâts en moi. Mon sang dégoulina le long de mon bras jusque dans la baignoire pour se mêler à celui déjà présent. Je pris un deuxième couteau avec mon membre blessé et réitérai les mêmes gestes sur mon bras valide. Cette fois je poussai un petit cri de douleur lorsque la lame eut fini son trajet.

Ce n'est pas suffisant.

Alors que les deux chefs pensaient que j'allais m'arrêter, j'en saisis un troisième et le pointai vers ma gorge.

— Liz…

Gaël n'eut pas le temps de me retenir. D'un mouvement sec, je l'enfonçai dans mon cou pour sectionner la carotide, et le laissai en place. À chacune de mes pulsations, un jet de sang jaillissait de la plaie. Mes bras étaient immergés, mes mains se serraient et se desserraient pour faire affluer un maximum de sang et le perdre plus rapidement. Je me vidais à vitesse grand V et, sans m'en rendre compte, mon corps s'affaissait. Mon visage n'était plus qu'à quelques centimètres de la surface. À travers elle, j'étudiais la réaction de Lucas. Mes forces me quittaient et il ne se passait rien. Je résistais, donnant encore plus, serrant les poings de rage jusqu'à ce que ce nous attendions se produise enfin.

Lucas ouvrit subitement les yeux.

Personne n'eut le temps de se réjouir car il se redressa subitement pour se jeter sur mon cou. La brutalité de sa morsure me fit crier mais j'étais tout de même heureuse qu'il réagisse. Gaël eut le réflexe de tendre un bras entre nous pour retenir l'élan de son frère.

— Gabriel ! souffla-t-il en tentant de le faire reculer. Gabriel arrête !

Joachim retira tous les couteaux qui traversaient mon corps et passa un bras autour de ma taille pour m'empêcher de tomber. Lucas n'était pas lui-même, juste une bête accrochée à son instinct de survie. Il pompait sans retenue tout le sang qui me restait et je sombrais de plus en plus.

— Gabriel ! insista Gaël.

Les deux chefs cherchaient à nous séparer tout en me protégeant, car mon propre mari était à deux doigts de m'égorger'. Mon pouvoir de régénération s'amenuisait, rendant cette issue fatale.

— Gabriel, tu es en train de la tuer. Gabriel !

Je baissai les yeux sur mes mains accrochées au rebord de la baignoire. Elles se métamorphosaient. Vieillissante, ma peau se fripait de plus en plus et mes os étaient de plus en plus visibles. Bientôt, elle changea de couleur, prenant le ton grisâtre d'un corps pourrissant.

Ce n'était pas grave. Je lui devais bien ça surtout après ce que j'avais fait. Des images du baiser de Tristan me revinrent en mémoire et la culpabilité s'installa de nouveau en moi. Je sentis les crocs de Lucas se resserrer et un grondement fit trembler toute la pièce.

Soudain, le sang de la baignoire se figea. La glace remonta sur le corps de Lucas jusqu'à le recouvrir entièrement afin de l'empêcher de bouger plus. Puis Gaël posa une main sur le front de son frère qui geignait de douleur et il le fit lâcher prise.

Aussitôt, des bras me basculèrent en arrière. Joachim m'extirpa de la baignoire. Mon corps faible et rachitique était incapable de bouger et je peinais à garder les yeux ouverts. Je fus allongée sur le sol dur de la pièce et Joachim prit mon visage entre ses mains.

— Liza, m'appela-t-il inquiet.

Je ne répondis pas. Mon esprit divaguait entre rêve et réalité. Une horrible main squelettique et ensanglantée passa au-dessus de moi. Je crus que la mort m'invitait enfin à la rejoindre quand je compris que c'était la mienne.

— Liza, reste avec moi. Écoute ma voix, me répétait Joachim qui se mordit le poignet.

— Dis-lui… dis-lui que je suis désolée, parvins-je à dire avant de sombrer.

Un voile noir assombrit la pièce et le visage de Joachim penché sur moi.

Personne n'a le pouvoir de faire disparaître la foi.

Le chant de la déesse a un dernier verset.

J'errai dans les méandres de mes derniers souvenirs. Malmenée par leur violence, je luttai à l'image d'un nageur remontant un courant et finis par me noyer dans mes propres cauchemars.

Un toucher, un baiser, un croc... rien ne sera interdit si vous dites oui.

Hé ! Je suis là moi. C'est toi qui l'as demandé !

Mais, qu'est-ce qu'ils t'ont fait ?!

Je suffoquais de peur. J'étais nue dans les ténèbres, mes mains écrasaient mes oreilles mais j'entendais encore des cris déchirants. Je discernais les miens, ceux de mes amis mortels et immortels, ceux de Lucas dévoré par les flammes, ceux de Richard souffrant la perte de ses doigts, ceux de Tristan... J'avais juste envie de sombrer définitivement pour cesser de les entendre. Alors que mon souhait s'exauçait petit à petit et que tout semblait s'évaporer autour de moi, je me sentis disparaître à mon tour. Une voix persistait cependant. Elle se fit de plus en plus forte, refusant de s'éteindre comme le reste.

— *Gardez-vous de vous agenouiller car je suis votre serviteur et celui de vos frères.*

La lumière chaleureuse d'un foyer attira mon attention et me fit revenir. Un homme vêtu d'une tunique défraîchie se réchauffait auprès du feu avec d'autres. Sa carrure n'était pas forcément imposante mais sa présence rayonnait et m'attirait à lui.

— *Adorez Dieu. Aimez-le dans toute son âme et dans tout son esprit. L'amour ne sourit pas à la richesse et bienheureux est le pauvre, car il est riche du royaume des cieux. Aimez votre ennemi car Dieu fait lever son soleil également sur lui. Aimez votre prochain comme vous-même car vous subissez les mêmes injustices.*

Ces paroles me réconfortaient et j'avais envie d'en entendre plus. Alors je décidai de rester et l'obscurité s'éclaircit au fur et à mesure que je l'écoutais. Bientôt, il me sembla reconnaître la sensation de bouger une jambe ou un bras.

Je réintégrai mon corps.

— Mon Père qui êtes auprès de moi dans ce lieu secret, murmura une voix tout près de moi. Pardonnez-lui ses erreurs et absolvez-la de sa culpabilité car c'est l'amour, votre premier commandement, qui l'a poussé à faire le sacrifice ultime.

Je sentis une étreinte sur ma main. Ma tête pivota lentement sur l'oreiller en soie et mes yeux s'ouvrirent avec difficulté. Je discernai une personne auprès de moi qui continuait son imploration :

— Laissez-nous encore profiter des bienfaits de cette enfant à qui l'on demande beaucoup trop. Elle est pure et porte votre parole dans ce monde fracturé mieux que votre serviteur, pansant les plaies et façonnant des ponts entre vos enfants mortels et immortels.

Je le voyais très distinctement maintenant. Joachim était agenouillé devant mon lit et serrait une de mes mains entre les siennes qui étaient jointes dans une prière. La tête baissée, il ne s'aperçut pas que je l'observais.

Il aura fallu, dans cet instant des plus effroyables, qu'il partage pour la première fois son sang avec moi pour que je comprenne. Il avait pourtant maintes fois assisté Lucas pour me guérir de blessures induites par la nithylite mais sans jamais utiliser son propre sang. Sa véritable identité était-elle si puissante et imprégnée en lui pour qu'il se refuse à faire cela ? Très certainement…

Mes doigts bougèrent et il redressa la tête. Je le détaillais comme si je le voyais pour la première fois. Son beau visage hâlé se détendit en me voyant éveillée. Ses yeux noirs me couvaient comme un père veillant son enfant endormi. Sa chevelure noire, qui était habituellement proprement tirée en arrière, possédait cette fois quelques mèches ondulées rebelles qui retombaient sur son front.

Un prophète. À l'Opéra, Ernest avait dit très mystérieusement que j'avais un prophète pour allié. Son identité était donc de notoriété publique chez les vampires. C'était donc, à l'image de Lucas et de son secret, un mensonge nécessaire pour ne pas me perturber.

Mais je ne l'étais pas. Avec un sourire attendri, je resserrai mes doigts autour des siens. Il expira longuement, soulagé que je sois vivante ou bien que je ne panique pas en le voyant. Il embrassa ma main qui alla tendrement caresser sa joue.

Cette omission était compréhensible. Avant que j'apprenne l'existence de Gabriel, ce dernier n'était qu'un mythe dans mon esprit. Or celui qu'on appelait le Messie ou Isa était une légende. Son origine divine ou non divisait toujours durement les différents croyants. Mais nul ne pouvait réfuter que son existence avait tellement marqué l'histoire qu'il inspirait encore les hommes aujourd'hui. Et j'avais été un de ces mortels bercé par le récit de sa vie et influencée par ses paroles prônant l'amour. Je savais tout : les festivités de sa naissance jusqu'à sa fin. Les chrétiens avaient ajouté quelques étapes à son existence et ils pouvaient se vanter de ne pas être si loin de la vérité lorsqu'ils parlaient de résurrection, mais il n'avait jamais rejoint le royaume des cieux, condamné à vivre éternellement dans ce demi-enfer qu'était la Terre.

L'identité de celui qui l'avait condamné à cette éternité ne fut pas difficile à trouver. Il n'y avait pas beaucoup de vampires à cette époque qui pouvaient se permettre de transformer quelqu'un puis de l'éduquer afin qu'il ne devienne pas un non-sevré. Probablement que les deux vampires, le créateur et sa création, ne s'étaient jamais quittés depuis ? Une de mes visions montrant Michel et son frère en pleine discussion m'avait donné un indice. La dernière personne que Gabriel avait transformée, alors qu'elle était « aux portes de la mort », avant moi, c'était il y a plus de deux mille ans.

— Merci de m'avoir ramenée, dis-je tout bas.

Il déposa un baiser à l'intérieur de ma main.

— J'ai cru avoir échoué à un moment.

— Ce n'était pas toi. C'était moi. J'ai abandonné.

Ma main quitta son visage et je la levai au-dessus de moi. Elle était redevenue rosée et gracieuse. Une larme roula sur mes tempes que je m'empressai d'effacer.

— Heureusement pour nous tous, ce n'est pas le cas, contesta-t-il. Bienvenue chez toi.

Nous aurions pu discuter de ce que je venais de découvrir mais c'était inutile. Il aura bien l'occasion d'en parler quand il le voudra.

Je m'aidai de mes bras pour me redresser. Mon corps répondait assez bien à mes commandes, aucune douleur ou courbature. Les plaies sur mes bras avaient disparu et je supposais que celles sur mon cou également. J'étais opérationnelle.

La chambre dans laquelle nous nous trouvions était celle d'Andrea et Léa, facilement reconnaissable avec ses tons verts et crème. Les rideaux de la fenêtre n'étaient pas tirés et je discernais l'obscurité à l'extérieur. Il faisait nuit mais je ne parierais pas sur le fait que je m'étais remise en une poignée de minutes. Ma rencontre avec Vassily ne datait pas de quelques heures.

— J'ai dormi combien de temps ?

Vingt-quatre heures environ.

Beaucoup trop. Je repoussai les draps et sortis mes jambes nues du lit. J'étais vêtue d'une longue chemise blanche.

— Doucement, s'inquiéta Joachim.

— Non… Je ne peux pas. Où en sont les combats ? Où est Cyril ?

— Le Conclave l'a réhabilité. Il est libre et a repris le commandement des chasseurs même si certains se laissent difficilement repasser la corde au cou.

Il ne pouvait parler que d'une seule personne. Vincent était à présent un hybride mécanique suffisamment puissant pour se mutiner. Il était une cause perdue qui avait besoin d'être neutralisée.

— Nos compagnons sont toujours dans la ville pour sécuriser les lieux. Les combats sont finis, me rassura le chef du clan.

Il hésita à continuer ne comprenant pas pourquoi mon intérêt s'était porté sur l'extérieur et non pas ce qui s'était passé à l'intérieur du château. En réalité, j'étais satisfaite que Lucas ait réagi à mon sang. Il avait même déployé une force extraordinaire dans son état. Cependant, je craignais sa réaction lorsqu'il me verrait, car il avait très bien compris à travers mon sang ce que j'avais fait. Serait-il heureux ou bien dégoûté ?

— Ne veux-tu pas le voir ?

— Le veut-il, lui ? dis-je tristement.

— Il n'a pas encore ouvert les yeux mais je suis persuadé que la première chose qu'il aimerait voir à son réveil, c'est toi.

Je grimaçai tout en triturant les pans de ma chemise.

— Je ne sais pas ce qui t'accable mais tu ne comptes pas sérieusement l'éviter toute l'éternité ? me fit remarquer très justement Joachim.

De toute façon, j'avais l'impression qu'il ne me laissait pas vraiment le choix. J'expirai profondément et me mis debout. Ma chemise était tout de même assez courte et j'en avais marre de me trimbaler à poil dans ce château.

— Est-ce que je pourrais au moins avoir une tenue décente ?

Lucas avait été installé dans la chambre de Joachim. Sa chambre était gardée par Max et Violaine qui se retinrent de me serrer ensemble dans leurs bras. Ils m'auraient probablement achevée. Les jumeaux se défièrent du regard et ce fut Max qui céda. Sa sœur se jeta sur moi pour m'étreindre avant de reluquer ma tenue très « sport » – un legging surmonté d'un haut moulant. Elle se garda bien de faire une remarque dessus. J'avais frôlé la mort à de multiples reprises ses dernières heures, je ne méritais pas ça. Ces vêtements étaient les seuls appartenant à Léa que j'avais pu enfiler.

À l'intérieur de la pièce, Gaël et Hugo vinrent vers moi. À l'image de Joachim, tous deux semblaient avoir du sommeil en retard à force de veiller leur malade. Le premier me prit sans détour dans ses bras. Acceptant cette chaleureuse attention, j'enroulai mes bras autour de son cou et mes pieds ne touchèrent plus le sol. J'étais égoïste d'aller quérir le peu de force qui lui restait pour maintenir cette étreinte mais j'en avais vraiment besoin.

— Il commence à émerger, m'annonça Gaël avec beaucoup de soulagement.

Hugo confirma cette bonne nouvelle d'un mouvement de tête et m'invita à rejoindre l'ancien archange allongé sur le dos et immobile dans le grand lit du chef de Paris.

Ils quittèrent la pièce jugeant que j'avais besoin d'intimité avec lui. Mais une fois seule, j'hésitais à m'avancer vers le lit. Cette situation m'impressionnait autant qu'elle m'effrayait. Finalement je me donnai une claque mentale et avançai. *C'est mon mari et il a besoin de moi.*

Rejetant mes appréhensions et mes suppositions sur certaines réactions qu'il pourrait avoir à son réveil, je m'assis près de lui. Un simple drap le couvrait jusqu'à la taille. Il était aussi rayonnant que le jour où je l'avais connu. Sa peau lisse et pâle ne présentait plus aucune imperfection. Son visage paisible était l'archétype de la beauté grecque, angulaire et parfaite. Ses lèvres harmonieuses attiraient l'envie et je ne pus m'empêcher de les caresser. Puis mes doigts se déplacèrent plus bas vers son cou et sa poitrine dénudée, évaluant leur état. La douceur de sa peau alliée à la fermeté de ses muscles me rassura. Je caressai alors ses cheveux blonds et me penchai vers lui pour poser mon front sur le sien.

— Lucas, l'appelai-je.

Je ne ressentis rien et il ne fit aucun mouvement. *Bien évidemment, ce serait trop simple.* Son corps semblait sain mais qui sait, le souvenir des sévices qu'il avait subis imprégnait peut-être encore son esprit. Rien que d'y penser, mes larmes se remirent à couler. Je m'empressai de lui tourner le dos pour renifler.

— Reviens mon amour, implorai-je misérablement. Tu avais dit que tu resterais auprès de moi tant que j'en éprouverais le besoin, et là, j'ai vraiment *vraiment* besoin de toi. Rappelle-toi, ce monde était censé survivre parce qu'il avait connu pire que moi, eh bien je n'en suis plus très sûre. Il y a encore tant d'atrocités à venir. Si tu n'es pas auprès de moi, je suis censée faire comment ? Je… je ne sais même pas comment appréhender la moitié des pulsions qui sortent de ce corps que tu m'as refilé ! J'ai l'impression d'être une enfant qui ne connaît pas ses limites. Je sais avoir fait quelque chose de mal mais je sais aussi que mon corps ne peut se permettre autant de pudeur ou de retenue que le veut la moralité…

Je pensais simplement lui demander de revenir. Finalement, j'avais surtout besoin de me confesser et comme Dieu était un peu loin, je m'étais reporté sur son fils. *Dommage qu'il soit inconscient…*

— Commençons simplement alors, interpella la voix de Lucas dans mon dos.

Je me retournai en retenant un petit cri de surprise.

— Embrasser un mortel, certes, mais dans l'intention de le mordre par la suite, conclut-il.

Toujours allongé, son doux regard turquoise déclencha une agréable sensation de chaleur en moi. Affichant un charmant sourire en coin, ma réaction semblait l'avoir égayé. Il n'était nullement en colère, déjouant ainsi tous mes pronostics – pour une voyante, c'était surprenant. Soulagée, je souris.

— C'est noté.

Mon corps bascula vers lui. Heureuse de le retrouver, j'attrapai son visage et embrassai chaque parcelle de sa peau : ses joues, ses yeux, son front jusqu'à rencontrer ses lèvres. Aussitôt, la série de simples bisous guillerets se transforma en une longue étreinte passionnée. Sa bouche s'ouvrit permettant à ma langue de le pénétrer afin de me re approprier son goût et son odeur. Ses mains caressaient tendrement mes bras sans prendre l'initiative de m'attirer à lui. Je me penchai un peu plus et pris appui sur son torse. Il geignit et toussa aussitôt.

— Pardon, m'excusai-je en me retirant.

— C'est... c'est une sensation résiduelle, me rassura-t-il.

Son regard avait changé et semblait bien triste soudainement. Il effleura mon visage et joua avec quelques mèches de cheveux.

— Je ne suis pas exemplaire non plus, dit-il en touchant la zone où il m'avait mordue sans pouvoir me lâcher. Je n'ai pas pu m'arrêter... J'ai failli te tuer. Quel époux immonde, méprisa-t-il.

Je retirai sa main et la serrai entre mes doigts espérant l'éloigner ainsi de ce mauvais souvenir.

— Si tu étais dans cette situation c'était à cause de moi. J'ai fait beaucoup d'erreurs...

Mes propres mots me remémorèrent ma dernière discussion avec Lilith. Rembrunie, je me réinstallai sur le bord du lit. Je devais lui dire ce qu'il était réellement advenu de l'ancienne reine mais je craignais de déclencher chez lui un rebond de culpabilité. Il n'avait pas totalement récupéré sa force et j'étais sûre de l'achever. De plus, cette nouvelle allait ébranler l'ensemble du monde des vampires et il faudrait gérer les conséquences.

— Tant que tu es saine et sauve, c'est tout ce qui m'importe, dit-il en refermant les yeux.

— Je dois absolument te parler de quelque chose, mais il faut que Gaël soit là aussi.

S'il voulait se reposer, c'était compromis. Il releva légèrement la tête, inquiet de me voir aussi soucieuse.

— Voilà… je… ça concerne…

Ma vue se brouilla.

Lucifer s'avança vers l'homme à terre qui serrait contre sa poitrine un torchon ensanglanté emmaillotant sa main. Sur le côté, les deux jeunes mortels n'osèrent bouger de peur de provoquer le prédateur.

— *Les secours arrivent*, lança Rémi en espérant impressionner l'intrus.

— *Vu la situation, ils mettront du temps,* calcula Lucifer avec un sourire.

— *Qui êtes-vous ?*

— *Ce serait trop long à t'expliquer, jeune Gauthier, mais ne t'inquiète pas, je ne vous ferai rien. Je n'ai pas envie d'avoir ta sœur sur le dos. Elle peut être très virulente si on touche à la mauvaise personne. Valérie en connaît un rayon…*

Pierrick affronta le regard sournois du vampire sans rien dire. Lucifer félicita son sang-froid puis s'accroupit face à Richard.

— *Bien, bien… Ce n'est pas très beau à voir. Avant toute chose,*

Gabriel est mon souffre-douleur. Le mien. Il n'y a que moi qui puisse le toucher. Ta nièce a simplement eu un passe-droit car elle est ma privilégiée. Tu vas payer ton impertinence.

Richard ricana entre deux quintes de toux.

— *Je sais... Je sais des choses que seul le président du Conclave est habilité à savoir.*

— *Je doute que Cyril Rodriguez vous ait dévoilé quoi que ce soit d'intéressant,* coupa le vampire mécontent qu'il lui fasse perdre du temps. *Vous êtes un président illégitime, qui a déclenché un chaos pour s'installer dessus. Vous êtes bien trop dangereux pour qu'on vous laisse vivre.*

L'homme s'empressa de continuer en forçant sa voix.

— *Il y a une boîte scellée appartenant au président du Conclave. Afin que le secret de cette boîte ne soit jamais perdu si le président venait à mourir, la tradition veut qu'elle soit détruite par le nouveau président qui prend alors connaissance de son contenu avant de le sceller à nouveau dans un autre contenant de son choix. J'ai détruit la boîte pensant y trouver l'emplacement de Némésis, mais elle contenait un tout autre secret écrit de la main de Guillaume Gauthier lui-même et qui concerne votre épouse.*

La colère de Lucifer explosa plus vite qu'il ne l'avait prévu. Sa main s'ouvrit sur une flamme rouge menaçante.

— *Parle si tu ne veux pas que je brûle les dernières réserves d'oxygène de la pièce.*

Richard eut un rire perfide.

— *J'ai bien l'intention de balancer une dernière bombe avant de partir.*

L'angoisse qui se lisait sur mon visage ne rassura pas Lucas qui s'était redressé sur ses coudes. Au fur et à mesure que mon esprit considérait l'enchaînement d'événements tous plus cataclysmiques les uns que les autres, je fus prise de panique. Mon mari commença à sérieusement s'inquiéter.

— Liz…

La porte de la chambre s'ouvrit brutalement sur un Gaël agité.

— Les Invalides sont attaqués !

— Comment ?! lança Lucas en se redressant.

Son sursaut lui arracha une plainte et il mit une main sur sa poitrine. On ne guérissait pas aussi facilement du gaz en nithylite surtout après être resté aussi longtemps à son contact. Tout en soutenant Lucas, je fis le lien entre cette annonce et ma vision.

— Merde, il sait tout, déplorai-je.

— Qui ? gémit Lucas.

— Lucifer, comprit son frère. C'est lui qui attaque. Qu'est ce qui se passe, Liza ?

J'avais imaginé un moment plus calme pour le leur annoncer, d'autant plus qu'ils auraient besoin de digérer cette nouvelle, mais le temps pressait.

— Il cherche Lilith, mais il sait qu'il ne la trouvera pas, hormis son tombeau.

Mes mots firent leur chemin dans leur esprit. Leurs bouches s'entrouvrirent et leurs yeux devinrent vides. S'ils n'étaient pas déjà pâles, leurs visages seraient livides comme la mort.

Chapitre 35

Nous n'eûmes pas assez de temps pour que je leur explique tout dans la chambre alors je finis mon déballage de bonnes et mauvaises nouvelles dans la voiture qui nous conduisait aux Invalides. L'une des bonnes nouvelles était que nous n'avions plus à nous inquiéter de l'influence de Lilith sur moi. L'une des mauvaises nouvelles était qu'elle était en quelque sorte un allié. Une autre bonne nouvelle était qu'elle ne risquait pas de revenir imposer son joug. Et enfin, l'autre mauvaise nouvelle était que sa disparition avait provoqué la rage de Lucifer. Maintenant que la seule chose qui faisait tourner son monde avait disparu, plus rien ne pouvait l'empêcher de tout détruire.

À mes côtés, Lucas trouva une nouvelle position sur son siège. Son corps aurait eu besoin d'un jour supplémentaire pour se remettre entièrement. Et nous voilà en route pour affronter un être aussi puissant qu'eux.

— Tu n'as pas retrouvé toute ta puissance, m'inquiétai-je. Est-ce que tu es sûr ?

— Je n'ai pas le choix, dit-il avec un sourire contrit.

— Mais.. il est le premier archange.

— Non, répondit Gaël également assis sur la banquette arrière. Il n'est que l'ombre de Samaël, un résidu d'envie et de colère. Sinon il n'aurait jamais perdu la guerre, il y a quatre mille ans.

Je tentais de m'accrocher à ses paroles et de me dire que tout irait bien, mais je n'arrivais pas à m'en convaincre. Dans ma tête, des visions du tombeau de Napoléon dans les flammes ne cessaient de m'assaillir. Elles se finissaient toutes de la même manière : les anges de la victoire de marbre blanc entourant la rotonde du tombeau étaient en morceaux, sauf un se dressant encore au centre de l'apocalypse. Mon pouvoir voulait me faire passer un message mais je ne saurais ce qu'il en était que si j'allais à la rencontre de ma vision.

Nous étions seuls. Tous les vampires aptes à se battre étaient déjà dans la ville et convergeaient vers les Invalides. Mais notre groupe n'était pas sans défense : j'étais encadrée par Gaël et Lucas tandis que Max et Violaine se trouvaient à l'avant.

— Comment était-elle ? demanda Lucas.

Perdue dans mes pensées, je l'avais à peine entendu.

— Quoi ?

— Quand tu lui as parlé, comment était-elle ?

Ce n'était pas de l'intérêt ou de la curiosité mal placée, sa question était motivée par la culpabilité et la douleur. Bien évidemment, je m'attendais à cette réaction de sa part.

— Rayonnante comme lorsqu'elle était mortelle, répondis-je doucement. Elle se trouvait dans son village natal comme si elle ne l'avait jamais quitté. Il n'y avait aucune fourberie qui émanait d'elle, juste une certaine mélancolie… et surtout de l'amour. Son âme était restée en éveil grâce à sa volonté de protéger ses enfants.

Je ne savais pas ce qu'il en pensait car son visage était tourné vers la vitre. Ce n'était pas l'activité nocturne de la ville qui le branchait, il voulait surtout m'empêcher d'interpréter ses expressions. Son poing serré sur sa cuisse me suffisait amplement à deviner le conflit dans son esprit. Elle avait eu quatre mille ans pour se faire haïr de lui et cette manœuvre était peut-être un ultime moyen de le blesser. Mes louanges devaient lui hérisser le poil et pourtant il ne pouvait rejeter l'évidence de mon ascendance et des égards bienveillants qu'elle avait eus pour moi à commencer par ma résurrection.

Cependant, sa plus grande perplexité était l'intérêt d'avoir créé la nithylite avant de la donner aux mortels. Quel était le rapport entre la nithylite et la protection de sa descendance ? C'était une question tout à fait justifiée mais il n'était pas temps que je lui révèle cette partie-là de ma conversation avec l'ancienne reine. *Un traumatisme à la fois,* pensai-je accablée.

Si Lucas fuyait mon regard, Gaël, lui, m'observait avec tendresse, comprenant la difficulté d'avoir une discussion constructive sur le sujet « Lilith » avec son frère. Je glissai mes doigts dans une de ses mains et, de mon autre main, serrai le poing de mon époux.

— Aussi troublant que cela puisse être, son sacrifice l'a libérée. Après m'avoir délivré son message, son âme s'est éteinte. À présent, elle est en paix.

J'espérai ainsi apaiser l'émoi provoqué par la disparition de celle qui avait été leur ange gardien lorsqu'ils sont descendus sur Terre, celle qui leur avait appris à vivre comme des hommes et ainsi à ne pas devenir des monstres. La tête de Lucas pivota légèrement et il ouvrit son poing pour prendre ma main.

— Ce ne sera pas simple cependant d'en convaincre Lucifer. Il doit tenir les chasseurs pour uniques responsables de sa disparition. Or la vengeance est un puissant tisonnier qui peut attiser les flammes les plus destructrices.

Un couvre-feu semblait de nouveau en vigueur dans la ville car il y avait peu de personnes dans les rues. Le peu de mortels que nous croisions semblait marcher en direction inverse des Invalides, le regard vide, tels des zombies. La voiture s'arrêta au beau milieu du parc qui s'étendait entre les Invalides et le pont Alexandre III. Des vampires étaient déjà sur place, j'en reconnus certains.

Arnaud, Andrea, Gisèle et d'autres membres du clan se tenaient autour de Diane. Gisèle avait ses mains sur les épaules de Diane et faisait converger l'énergie vitale des autres vampires vers elle. Arnaud étudia la barrière protectrice qui enrobait les bâtiments du quartier.

— Le bouclier est solide, conclut-il.

Dès que nous arrivâmes, je m'enquis de l'état de Gisèle sans oser la toucher. Son pouvoir en état de marche, elle prendrait mon énergie pour enrichir le don de Diane. Le bouclier temporel dressé, toute dégradation qui se produirait pendant son activité n'aurait pas effet.

Des vampires issus des délégations étrangères se présentèrent à nous.

— Heureuse de vous voir sain et sauf, mon prince, dit une très belle femme au crâne rasé et à la peau ébène.

Elle se courba faisant tinter les multiples arceaux entourant son cou. D'autres l'imitèrent, et se rassemblèrent tous autour de Lucas et Gaël comme des troupes autour de leur capitaine. Lucas fit un mouvement de tête.

— Le camouflage est-il opérationnel, Okaye ?

— Mes guerrières du clan de Nairobi s'occupent de brouiller la perception des mortels. Comme elles n'étaient pas suffisamment nombreuses, Adriana et ses sirènes de Copenhague se sont jointes à nous. Nos chants combinés sont efficaces.

Il serait mal venu de demander un cours de vocabulaire maintenant. Je tentais donc de comprendre par mes propres moyens ce qu'ils entendaient par « camouflage ». Les sirènes étaient des créatures mythologiques qui piégeaient leurs victimes grâce à leur chant provoquant des hallucinations. À leur image, certains vampires doués dans les manipulations mentales pouvaient atteindre les mortels exclusivement par le biais de l'audition au moyen d'un chant. Ainsi les quelques humains que j'avais vus se déplacer avec un air absent devaient déjà être sous l'emprise de cette manipulation visant à les éloigner de cette zone.

— Tout ce qui se produira ici passera inaperçu, confirma Okaye. Nous pouvons contre-attaquer.

— Ce bâtiment a été construit de telle sorte à ne laisser entrer aucun vampire. De plus, il n'y a qu'un seul ennemi et vous ne pourrez rien contre lui, contredit Gaël.

Aussitôt une éruption de flammes perfora le dôme des Invalides. Sa puissance était telle que sa chaleur nous atteignit et illumina le parc comme en plein jour. Il était impossible que cette attaque n'ait pas fait de victimes parmi les chasseurs. Ce fut plus fort que moi : j'eus un élan vers l'avant mais fus retenue par Lucas. Il me garda entre ses bras jusqu'à ce que le geyser de feu disparaisse et que mon corps arrête de lutter.

Combien de victimes ? Était-il présent ?

Les dernières phrases blessantes que j'avais dites à Tristan me revinrent en mémoire. La culpabilité n'était pas vraiment le meilleur des sentiments pour se préparer à un combat. À l'image du pouvoir de

Gisèle, elle me pompait toute mon énergie.

Diane gémit mais tint bon, restaurant la coupole. Cependant, cette preuve de furie destructrice mit tout le monde d'accord. Beaucoup de chasseurs fuirent le bâtiment, certains gravement blessés s'étalèrent quelques mètres après être sortis.

— Allez réceptionner les blessés ! ordonna Lucas.

Les immortels s'apprêtaient à lui obéir quand un pan du bâtiment s'effondra, mais pas sous l'effet des flammes. Tel un arachnide informe, l'exosquelette à six pattes s'élança dans notre direction. Ses mandibules mécaniques soulevaient la terre à chaque fois qu'elles se plantaient dedans. Elles portaient Vincent à une hauteur de trois mètres au-dessus du sol et aplatissaient les rescapés qui ne parvenaient pas à les éviter. *Ses propres compagnons,* pensai-je avec dégoût. Son objectif était de fuir mais notre groupe attira son attention. Son regard se posa sur moi et un odieux rire mécanique retentit. *À croire que ses poumons sont aussi faits de métal.* Il changea ses plans, les pinces menaçantes au bout de ses bras articulés claquèrent et il s'approcha lentement, se délectant de la confusion qu'il provoquait chez les vampires.

Lucas grogna et le vent se leva. Il avait une revanche à prendre et j'étais persuadée que l'issue de leur combat serait différente de la dernière fois, mais il était hors de question que je l'accepte. Je posai une main sur son bras et il tourna la tête vers moi :

— Tu as déjà eu l'occasion de torturer ce salaud, c'est mon tour maintenant, réclamai-je en sortant mes crocs.

Ce ne fut pas la tempête dans mes yeux dorés qui le surprit mais l'énergie que je déployais pour la contenir à l'intérieur de moi. La pression que j'exerçais malgré tout fit reculer les immortels. Les images des sévices de Lucas arrivaient dans ma tête pour alimenter ma rage qui supplanta ma culpabilité et décupla ma force. Mes poings serrés réclamaient une cible. Mes crocs sortis exigeaient vengeance.

— Non, refusa Lucas. Cette armure a été pensée et créée par Cyril pour abattre des vampires. C'est une arme parfaite.

— Certainement pas, parce qu'elle est portée par un crétin ! C'est le chasseur qui fait l'arme.

Malheureusement pour lui, j'avais trop bien retenu ses leçons. Il ne put me contredire mais il ne semblait pas prêt à accéder à ma demande.

— Tu dois garder tes forces, insistai-je. Seul toi, Gaël et le pouvoir de la foudre de Max et Violaine êtes suffisamment puissants pour arrêter Lucifer. Allez-y ensemble Je m'occupe de cette machine. J'ai besoin de régler certains comptes.

Gaël attrapa l'épaule de son frère pour l'inciter à aller dans mon sens. Un bref échange silencieux débuta entre eux. Je ne sus si c'étaient les mots de son frère ou la détermination qu'il y avait dans mes yeux, mais il fut convaincu. Mon mari prit mon visage et m'embrassa fébrilement.

— Je t'aime.

À travers son lien de nouveau actif, nous ressentîmes le réconfort et la confiance mêlés à la passion que nous avions l'un pour l'autre. Ils se propagèrent dans nos corps comme un frisson suivi d'une onde chaleureuse. Nous nous séparâmes et il rejoignit Gaël et ses enfants. Ensemble ils partirent en direction du bâtiment par un chemin détourné.

— Nous sommes à vos côtés, ma dame, assura Okaye.

— Bien évidemment, surenchérit Andrea prêt à en découdre.

Je les remerciai et me tournai vers notre adversaire. J'avais déjà combattu cette arme mais elle avait été perfectionnée par l'une des personnes les plus insidieuses que je connaisse. Depuis notre rencontre, Cyril n'avait cessé de me surprendre. Cet homme à l'apparence relativement normale avait le poste le plus élevé dans la hiérarchie des mortels en ce qui concernait les affaires des vampires. Il était l'un des meilleurs chasseurs de son temps et le porteur de Némésis, la plus puissante arme en nithylite. Nul doute que cette version de l'exosquelette était à l'image de son créateur : incroyable.

Les vampires se mirent en position sur la même ligne que moi.

— Cette chose a probablement de quoi lancer des attaques à distance, me souvins-je. Évitez ses bras, ne prenez pas trop de risques jusqu'à ce qu'on comprenne comment il fonctionne.

De nombreuses délégations étrangères étaient présentes, ce qui gonflait grandement nos rangs mais c'étaient des chefs de clan, ils devaient être protégés également.

Les hostilités débutèrent plus tôt que prévu. Vincent ne s'était pas mis à notre portée qu'il envoyait déjà un de ses bras vers nous. Il se disloqua en de multiples parties qui libérèrent des picots menaçants et, tel un serpent, s'allongea pour nous happer. Nous nous dispersâmes, chacun esquivant cette attaque par des sauts ou des roulades au sol. Je me réceptionnai sur mes jambes tout en maudissant l'inconséquence de Cyril. Ce bras-là avait la même capacité que Némésis. *Pas étonnant qu'il ait abandonné sa production, car il avait compris sa bêtise.*

Les deux mandibules qui portaient Vincent le déplacèrent vers un premier groupe d'immortels. Nouvelle surprise, un autre bras cracha de la fumée. Ce n'était pas juste pour aveugler l'adversaire mais bien pour l'affaiblir. *Encore ce gaz.* Les vampires qui furent les victimes directes de cette attaque inhalèrent trop de gaz et devinrent des cibles faciles. Leurs poumons en proie à la douleur les firent ramper au sol et ils ne purent éviter l'immense pieu de nithylite qui sortit du troisième bras. Il pourfendit leurs corps qui restèrent coincés dans la lame. Pour s'en débarrasser, Vincent les éjecta au loin comme des pantins désarticulés avant d'abattre à nouveau sa lame.

OK, d'abord le bras avec du gaz.

Certains vampires tentèrent de renverser Vincent avec leurs forces surhumaines, mais ils ne parvinrent pas à le mettre à terre et se firent pourfendre, gazés ou déchiquetés. Okaye envoya une lance vers le corps de Vincent au centre des mandibules, mais elle rencontra l'armure qui recouvrait presque entièrement le corps du chasseur. À cela, Vincent utilisa son dernier bras ou envoya des fléchettes mortelles sur une large zone autour de lui.

Hormis les deux pattes qui lui permettaient de se déplacer, je connaissais les types d'attaques de ces quatre autres mandibules, et cela en seulement quelques secondes. Je ne pouvais laisser d'autres vampires se faire massacrer. Mon empressement déclencha mon pouvoir. Je vis avec précision le moyen de court-circuiter le diffuseur de gaz. C'était même trop simple, comme si ce mécanisme de sabotage avait été placé là délibérément. Je n'avais pas le temps de réfléchir à la plausibilité de la chose, je ne pouvais que faire confiance à ma vision.

— Un bras à la fois, me conseilla Andrea.

— Oui, le supérieur droit en premier. Je le veux sur moi.

— Quoi ?!

— J'ai besoin qu'il n'ait pas d'autre choix que d'envoyer ce bras-là sur moi ! répétai-je furax.

— J'avais compris ! Mais tu es sûre ?

Pour seule réponse, je m'élançai vers l'arachnide mécanique qui s'aperçut aussitôt de ma présence. Grâce à mon pouvoir, je pus facilement esquiver un premier bras en glissant sur le sol avant de me relever, puis de bondir sur un deuxième. Ne tolérant pas que je lui marche dessus, il éjecta une grosse quantité de gaz et tenta de m'expulser en secouant son bras. Lorsqu'il passa non loin de lui, je m'en servis comme tremplin pour faire une pirouette au-dessus de son corps principal et ainsi éviter le nuage de gaz.

La tête en bas, j'étudiai le point d'ancrage de l'exosquelette dans son dos. Telle une seconde colonne vertébrale de métal, elle s'implantait probablement tout le long de sa moelle épinière. Vincent déclencha son dernier bras et envoya une salve de flèches de manière aléatoire au-dessus de lui pour m'atteindre. Malheureusement je devais payer ma manœuvre dangereuse et fus touchée au bras. Gravité oblige, ma chute me fit retomber dans le gaz. Je retins ma respiration tout en protégeant mes voies aériennes. De nombreux vampires firent comme moi et lancèrent un assaut afin de le distraire et me permettre de me réceptionner sans me faire blesser davantage.

Les mouvements amples et hargneux des quatre bras de Vincent dispersèrent le gaz. À genoux dans la terre, je retirai les flèches qui m'avaient transpercé le bras. Heureusement que mon geste défensif m'avait empêchée d'être atteinte dans l'abdomen ou le thorax. Certes, la nithylite était dans mon corps mais j'avais encore du temps. Je devais tout de même en finir rapidement avec lui, car un autre combat m'attendait après celui-là.

Andrea était aux prises avec la mandibule cachant la lame. Cette dernière rata l'Ancien et se planta dans le sol. Le vampire en profita pour l'enserrer entre ses puissants bras et ainsi ralentir ses mouvements. C'était le signal. Je m'élançai de nouveau, courant sciemment sous le regard furibond de Vincent. Il avait peut-être quatre bras mais ne pouvait en gérer qu'un à la fois malgré sa grande vitesse. Je sautai pour esquiver une attaque, attirant son attention pendant que mes camarades s'occupaient de réduire ses possibilités d'actions. Je ne m'arrêtai qu'une fois sur sa droite. Ses autres bras étant occupés à se libérer de l'emprise des vampires, il n'eut d'autre choix que d'envoyer directement sur moi sa mandibule cracheuse de gaz. Son crochet s'ouvrit prêt à m'aplatir. Andrea cria mon nom mais je restai immobile, mes pieds solidement ancrés dans le sol. Mes bras se levèrent et bloquèrent la pince avant qu'elle ne se referme sur moi, mais sa puissance me fit glisser sur plusieurs mètres. Je maintins ma position en mobilisant toutes mes forces. L'embout du tuyau véhiculant le gaz était juste devant mon visage et prêt à souffler sa fumée mortelle. À côté, il y avait le mécanisme que j'avais vu en vision. Je dégageai un bras et enfonçai ma main à l'intérieur de la pince pour activer le mécanisme. L'appendice métallique montra aussitôt des défaillances. Le gaz s'échappa hors du bras parcouru de spasmes, comme si les fioles qui le contenaient se vidaient toutes en même temps. Il était évident que Cyril avait délibérément placé ce moyen d'arrêter sa propre machine si jamais elle était utilisée à mauvais escient.

Une nouvelle vision m'interpella. J'eus du mal à reconnaître le tunnel dans lequel se trouvait Vincent : ambiance obscure, des rails, des tuyaux… *le métro ?* m'étonnai-je. Le chasseur profita de mon moment d'absence pour m'éjecter. Même s'il avait perdu son pouvoir offensif, sa mandibule pouvait encore bouger. Encore imprégnée par ma vision, je volai sans pouvoir me retourner, mais au lieu d'être frappée au sol, je fus réceptionnée par un corps. La personne eut suffisamment de force pour amortir ma chute tout en restant sur ses jambes.

— Celui-là est mortellement épris.

Cette voix m'était familière. Je repoussai ses bras et me redressai aussitôt pour faire face à Vassily.

— Que faites-vous encore là ?!

Je ne me confondis pas en excuses pour l'avoir mis dans une situation périlleuse. Je ne le remerciai pas non plus de m'avoir rattrapée. Cela le fit éclater d'un rire amer.

— Je n'ai jamais eu l'intention de ramener ce clone en Russie. Il peut bien mourir ici, alors autant profiter un peu plus de votre compagnie. Elle est si charmante…

J'eus envie de lui lancer une réplique cinglante sur la compagnie qu'il méritait.

— Ma dame ! s'inquiéta Okaye qui venait vers nous accompagnée d'Andrea.

Momentanément perturbé par le dysfonctionnement de son diffuseur de gaz, Vincent fut la proie d'un nouvel assaut d'immortels galvanisés par cette preuve de faiblesse. Battant le fer tant qu'il était chaud, je rejoignis les chefs de clans et leur partageai ce que j'avais compris de ma vision.

— Nous devons continuer à le provoquer. Il doit creuser à cet endroit jusqu'à ce qu'il tombe.

— Le… le provoquer est du suicide, osa la cheffe de Nairobi.

— C'est une bonne nouvelle que je sois là alors, intervint Vassily qui regardait la créature de métal déchaînée.

Tous dévisagèrent le tyran avec mépris, mais après m'avoir aidée ils se retinrent de lui communiquer le fond de leurs pensées. Le regard d'Andrea passa de moi à Vassily. Mon maître d'armes devait se demander ce que j'avais fait pour qu'un tel démon se range de mon côté. J'eus le même rictus que je sortais à mon père lorsqu'il se rendait compte d'un truc franchement gênant.

— Je ne veux rien savoir, conclut-il. Dis-moi, tu as besoin de le faire tomber en contrebas ?

— Oui. À défaut d'avoir les vampires adéquats, ce dont j'ai besoin pour le neutraliser se trouve en dessous.

— Vous savez comment neutraliser cette chose ? Et comment savez-vous que c'est à cet endroit qu'il doit tomber ? demanda le chef de Prague.

J'échangeai un regard entendu avec Andrea qui alpaga les vampires comme s'ils étaient ses subordonnés. Il avait oublié qu'ils étaient du même rang que lui.

— Arrêtez de poser autant de questions et activez-vous ! Je me charge de le faire tomber dans deux minutes. Positionne-le.

Je hochai la tête puis repartis. De nombreux visages connus avaient pris la relève pour acculer Vincent : Akira, Zéphir de Londres et d'autres qui avaient quitté leurs vêtements d'apparat. Soudain, une violente secousse nous déstabilisa tous et le Dôme des Invalides explosa de nouveau à cause d'une gerbe de feu. Le vent se levait et avec lui vint la tempête. La pluie commença à tomber. Des nuages noirs s'amoncelaient au-dessus de nous et crachèrent leur premier éclair sur la cathédrale Saint-Louis.

Les anges avaient débuté leur combat. *Ça urge maintenant.*

Je me mis à découvert face au chasseur, et comme prévu il détourna son attention des autres vampires pour venir sur moi. Je courus vers le lieu où je souhaitais le voir chuter. Un de ses bras se planta devant moi pour me barrer le passage et voulut me balayer. Je l'évitai en roulant au sol mais un autre s'abattait déjà sur moi. Je sautai juste à temps mais pas suffisamment loin pour me mettre hors de danger. Heureusement une lance d'Okaye fila droit vers Vincent et ricocha au niveau de sa mâchoire de métal. Mon adversaire fut surpris, j'en profitai pour passer entre ses mandibules qui lui servaient de jambes. J'avais juste besoin qu'il se déplace encore de quelques mètres. Il se retourna et rétracta le bras, qui avait les mêmes caractéristiques que Némésis, pour m'attaquer avec. Vassily s'accrocha à la griffe qui le fit voler directement vers sa cible. Il sauta en l'air au dernier moment et retomba pile sur le chasseur avec ses deux poings serrés qui s'abattirent avec une extrême puissance sur la carcasse en nithylite. Vincent fut ébranlé vers l'arrière et ne vit pas le deuxième vampire qui réitérait le même coup après avoir été propulsé à la force des bras de deux autres immortels. Cette fois, l'arachnide tomba à la renverse et je sautai sur le côté pour l'éviter.

Enfin un rayon ardent fendit la pelouse du parc pour venir percuter la zone où le chasseur venait de s'écrouler. C'était Gisèle qui avait momentanément cessé d'alimenter Diane, pour envoyer une attaque grâce à l'énergie vitale d'Andrea. Après quelques secondes de silence, une secousse déstabilisa le sol, puis une autre suivie d'un grondement inquiétant. Nous nous écartâmes tous rapidement de la zone circulaire qui était en train de s'affaisser jusqu'à complètement se creuser, puis s'effondrer. L'exosquelette disparut sous une pluie de terre et de décombres une dizaine de mètres plus bas, en plein dans la ligne 8. Andrea avait une confiance aveugle en moi, car beaucoup devaient se dire que Gisèle avait manqué son tir mais je savais qu'elle n'aurait pu qu'émécher l'exosquelette à l'image de ce qui s'était passé avec Omkar.

Les immortels se rapprochèrent du cratère et virent la créature en contrebas se relever au milieu des décombres et des câbles électriques déchirés et qui crachaient des étincelles.

— N'y allez pas, leur ordonnai-je avant de sauter dans le trou.

Sentant mon piège petit à petit se refermer, je marchai autour de Vincent comme un prédateur jaugeant les derniers instants de vie de sa proie. Ses bras rejetèrent les blocs de béton qui le gênait et lorsqu'il me vit finalement toute seule face à lui, il se redressa bien haut sur ses mandibules menaçantes.

— Tu avais une haine contre nous mais regarde-toi, tu n'as plus rien d'humain, dis-je avec un petit sourire méprisant. Qui est le monstre maintenant ?

Furieux, il bondit, leva son bras armé de la lame et la lança sur moi. Il vit probablement ma fin dans ses yeux fous car mes jambes restèrent immobiles. J'étais à sa merci jusqu'à ce que j'attrape un imposant réseau de tuyaux isolants à mes pieds et le levai au-dessus de moi. La lame pourfendit les câbles électriques à l'intérieur et ils explosèrent. Je lâchai les tuyaux avant d'en être victime. Une puissante décharge électrique se propagea sur l'ensemble de l'exosquelette qui se tétanisa. Le corps de Vincent se révulsa et des flashs éclatèrent un peu partout jusqu'à ce que le chasseur s'effondre et entraîne dans sa chute le retrait de sa lame des câbles électriques. Fumant et parcouru de spasmes, il resta au sol. Je le contournai et, maintenant à ma portée, l'aplatis sous mon pied. Même s'il avait eu la volonté de me repousser, son corps de métal bien trop amoché n'aurait pas suivi.

— Souffre, lui glissai-je dans le dos.

J'attrapai le sommet de sa colonne en nithylite au niveau de sa nuque et tirai doucement, très lentement vers moi. Un cri inhumain s'échappa de sa carcasse tandis que vertèbre après vertèbre je lui ravageais la moelle. Puis je l'achevai d'un coup sec en arrachant le reste comme on retire un pansement. Son système nerveux, la seule chose qui fut encore humaine chez lui, me resta dans les mains. Comme un poisson éviscéré, il retomba inerte au sol, la carcasse vide.

Déçue, je jetai par terre ses entrailles neurales. J'aurais voulu qu'il se prenne quelques autres décharges dans le cerveau avant d'en finir. Je revins vers le cratère, montai sur le plus haut monticule de débris et sautai vers la surface. J'attrapai le bras que l'on me tendit et Andrea me hissa vers l'extérieur. Ma blessure commençait à me lancer mais je me gardais bien de me plaindre. En père protecteur, il serait capable de me faire soigner de force. Tirant sur ma manche, j'espérais que le sang de Vincent sur mes bras suffirait à camoufler mon odeur.

— Toujours aussi précises, félicita le centurion en parlant de mes visions.

Je souris modestement. Les chefs des clans avançaient vers nous. Je m'apprêtai à les remercier pour leur aide mais avant que j'aie pu ouvrir la bouche, ils posèrent une main sur leur poitrine et se courbèrent. Surprise, je ne me souvins même plus de ce que je voulais dire. Voyant leur maître se prosterner, l'ensemble des vampires des délégations firent de même et Andrea les rejoignit.

J'aurais voulu leur dire que je n'avais pas fait cela dans ce but, je voulais juste éviter le plus de victimes possibles. Un nouveau tremblement secoua la terre et les Invalides furent pris dans un amalgame de feu, de tempête et d'éclair.

— J'y vais, annonçai-je à Andrea.

— On s'occupe de maintenir les choses en ordre ici, m'assura-t-il avant de continuer sur un ton plus sombre. Fais attention, ce qui se passe là-bas dépasse ceux qui ne viennent pas du ciel.

Je tentai de garder un semblant de sérénité mais fus tout de même atteinte par l'angoisse. Si je n'avais pas eu des visions de ce qui se passait à l'intérieur, j'aurais été persuadée que ma place était à l'extérieur avec eux, mais au fond de moi, tout me criait que je devais rejoindre la cathédrale. En passant devant Vassily, le seul qui était resté droit avec les bras croisés, j'en profitai pour lui balancer :

— Ne me suis pas. Après ce qui s'est passé, ce serait franchement débile de donner ton clone en pâture à un sanguinaire céleste.

— Je n'ai pas vraiment envie de connaître la sensation de se faire cramer par Satan, se désista-t-il.

Enfin ce psychopathe pouvait parfois être sensé. Je partis accompagnée d'Akira et de quelques autres vampires qui m'escortèrent jusqu'aux pieds du bâtiment. Ils purent se rendre compte du nombre de blessés à prendre en charge. Les plus graves étaient des brûlés au troisième degré. Leur peau avait littéralement fondu et leur provoquait des douleurs atroces. Je n'avais pas le temps de partager mon sang avec eux mais j'espérais que les autres vampires ne rechigneraient pas à le faire.

J'avais visité le Dôme des Invalides une fois avec Tristan. Pour un vampire, y entrer seul était complexe et ce serait là mon premier problème. Enfin… c'était ce que j'avais cru, mais le combat des créatures célestes qui se déroulait à l'intérieur engendrait de multiples effondrements qui laissaient des trous béants dans les murs.

Chapitre 36

Le pouvoir de Diane commençait à montrer des signes de faiblesse. Les structures peinaient à se reconstruire une fois détruites, à l'image de la fente par laquelle je m'étais glissée pour entrer dans la zone de combat. Je me fis discrète et me mis aussitôt à l'abri dans une des chapelles d'angle de l'église. Mon pouvoir n'était pas offensif donc je ne pouvais pas rivaliser avec Lucifer et ne serais qu'une gêne pour mes alliés. Je ne pouvais qu'attendre le bon moment.

Appuyée contre un mur, je penchai légèrement la tête pour voir ce qui se passait au centre de l'immense salle.

— Arrête, Lucifer ! cria Lucas. C'est terminé !

Juste sous le dôme, dressé sur l'imposant tombeau de Napoléon, Lucifer toisait son frère.

— Ça le sera quand tu te décideras à me tuer.

Lucas, Gaël, Max et Violaine, restés sur le chemin circulaire autour de la crypte, l'encerclaient. Tous avaient une respiration soutenue mais aucun ne semblait blessé.

— Que dois-je faire pour que tu me tues ? continua Lucifer à l'intention de Lucas. Violer ta femme encore une fois ?

Mon mari sortit ses crocs tout en grognant mais ne se laissa pas prendre à sa provocation. Alors Lucifer s'adressa à Gaël.

— Dois-je égorger tes enfants ? Piétiner tout ce qui vous est cher ?

Comme pour illustrer ses propos, le premier archange leva une main vers Violaine. Max courut vers sa sœur et Gaël lança des pieux de glace en direction de son frère, qui fit apparaître un mur de flammes d'un simple mouvement de bras. Ce lieu refermé et sec n'était pas le meilleur endroit pour que Michel puisse exprimer toute sa puissance.

Quand bien même, Lucifer était l'un des trois anges dont l'existence maintenait la vie. Ils ne pouvaient pas le tuer, juste le neutraliser, ce qui était d'autant plus dur.

— Satan ! hurla une voix.

Les têtes des immortels se tournèrent vers une personne qui arrivait de la cathédrale Saint-Louis des Invalides. L'humain était seul. Il arborait un pantalon et une veste de cuir brune. Une tenue que je ne pensais pas voir un jour sur lui, tout comme je ne pensais pas qu'il fut possible de porter les deux armes anti-vampire les plus puissantes de ce monde en même temps.

Cyril tenait Némésis dans sa main droite et Thémis dans sa main gauche. C'était une image impressionnante, mais pouvait-il réellement manier les deux correctement ? Tristan manipulait son revolver à la perfection mais il utilisait ses deux mains.

— Ces armes… Donne-les moi, misérable mortel ! Elles sont à moi ! s'énerva Lucifer.

Répondant à sa colère, des flammes rouges jaillirent de son corps.

— Viens les chercher, le provoqua le mortel, le regard plein de haine.

Sachant qu'il allait de toute manière subir la rage de l'ancien archange, Cyril attaqua le premier. D'un coup de poignet, l'épée dentelée s'allongea tout en se disloquant en plusieurs morceaux et alla s'abattre tel un fouet sur Lucifer. En même temps, son autre main leva

Thémis et envoya une salve de balles qui ricochèrent les unes sur les autres, rendant impossible l'anticipation de leur trajectoire. Le premier archange dû choisir la retraite, en contrebas du tombeau. Il se réceptionna sur de l'eau qui gela autour de ses pieds. La foudre traversa le dôme et s'abattit dans la crypte. Lucifer déploya un impressionnant torrent de flammes qui fit évaporer l'eau avant de s'éjecter vers la coupole en train de s'effondrer. Son corps subit la paralysie de la foudre. Il se servit des débris en train de chuter pour se cacher des balles de Thémis. Némésis broya quelques blocs en voulant s'enrouler autour de lui sans parvenir à le toucher.

Alors Lucifer se recroquevilla autour d'une flamme pulsant contre sa poitrine. Je reculai, mon instinct me commandant de fuir. Soudain son corps s'ouvrit et laissa échapper un halo de feu carbonisant tout sur son passage. Lucas s'interposa avec son propre pouvoir. Les deux attaques se rencontrèrent et s'annihilèrent dans un choc surpuissant. Je tombai en arrière et me protégeai aussitôt. La cathédrale fut soufflée de l'intérieur. Le dôme éclata, les quatre murs ainsi que le sol s'effondrèrent sur eux-même. Je me mis à glisser en contrebas vers le tombeau Napoléon… enfin ce qu'il en restait.

Mes jambes et mes bras tentèrent de me réceptionner, mais je roulai tout de même jusqu'à ce que je bute contre un bloc. Je levai les yeux et vis une main de marbre qui tenait une couronne de laurier. C'était une des statues de la victoire gardant la galerie circulaire qui avait stoppé ma chute. *La statue de la vision.* Elle avait miraculeusement survécu au souffle se dressant fièrement au milieu de l'apocalypse comme un signe.

Alors que les derniers débris étaient tombés et que le pouvoir de

Diane commençait à faire son effet, je vis Lucas se débarrasser de décombres sur son dos à l'autre bout de la galerie. Il était à bout de souffle et, une main sur sa poitrine, gardait un genou au sol.

— Tu pensais vraiment me faire face avec tes blessures, petit frère ? dit Lucifer en s'avançant vers lui. Tu m'as tout volé, beaucoup ont trépassé pour m'avoir infligé ne serait-ce que le dixième de ce que tu m'as fait.

Mon cœur fut saisi d'angoisse. C'était Gabriel qui avait rendu à Lilith ses souvenirs, le point de départ de sa quête qui l'avait séparée de Lucifer. Ce dernier avait autant de raison de se venger des chasseurs que de Gabriel. J'eus un élan vers l'avant quand des coups de feu retentirent. Lucifer glissa sur le côté pour éviter une charge de Némésis. Elle alla se planter dans un amas de débris qui s'écroula sur elle et la bloqua. Malgré tout, une balle atteignit sa cible, car une des jambes du vampire se tordit sous la douleur. Pantin de sa propre colère, il retrouva Cyril. Une frappe dans le bras, il désarma le chasseur. Une frappe dans le ventre, il l'éjecta en arrière.

Thémis vola dans les airs et atterrit dans les mains Lucifer. Habité par la déraison, il regarda le revolver scintillant et caressa les fines arabesques gravées dessus. Soudain, il geignit de douleur. Ses mains tremblèrent mais il se fit force pour tenir l'arme qui était en train de lui brûler la peau. Profitant de son instant de faiblesse, Lucas effectua un coup de pied retourné. Une lame de vent jaillit de ce mouvement et expulsa Lucifer qui lâcha Thémis.

Telle une femme protégeant son amant, le feu enroba le corps de son maître et le mit à l'abri d'un assaut de Gaël. C'était interminable, les flammes semblaient avoir une volonté propre qui prenait la relève lorsque Lucifer perdait l'avantage.

Je fis un pas en avant et cognai dans quelque chose : Thémis. Le revolver m'attirait irrésistiblement. La certitude d'être enfin entière si jamais je le tenais dans mes mains m'obsédait. Je me demandai ce qui me prenait... lorsque je compris. Lorsqu'elle était allée voir mon ancêtre, Lilith venait de se briser. Sous la violence des propos de Lucifer, son âme s'était déchirée. À l'image d'Enlik qui avait accueilli un fragment de son âme après qu'elle s'était scindée en deux suite à sa querelle avec Ève, Lilith avait besoin d'un réceptacle. Puis lorsqu'elle s'était sacrifiée devant Guillaume Gauthier, elle perdit son corps pour créer la nithylite. Ce n'était donc plus un, mais deux réceptacles qui étaient nécessaires pour accueillir les deux âmes devenues errantes de Lilith. Némésis et Thémis étaient les deux premières armes anti-vampire forgées par mon ancêtre, mais il n'avait pu se servir que d'un seul sang pour les fabriquer : celui que l'ancienne reine lui avait offert, le don de la déesse. Or le sang était le reflet de l'âme. Lilith n'avait pas totalement disparu cette nuit-là. Ses deux âmes s'étaient logées dans les deux objets nés de son sang et leur octroyaient une puissance inqualifiable : Némésis et Thémis.

Répondant à l'appel, je me baissai et saisis la crosse du revolver. Thémis ne me rejeta pas et se nourrit de ma colère pour briller d'un nouvel éclat qui attira les regards des personnes autour de moi. Le bras tendu en direction de Lucifer, j'avançai vers lui. Tout d'abord surpris, ce fut finalement la résignation qui envahit son corps : ses épaules s'affaissèrent et les flammes se tarirent.

À cause de lui... Je me souvins de tous ceux qui étaient partis à cause de sa quête égoïste. Valérie, David, bien des vampires et des chasseurs… Il s'était appliqué à déverser son amertume en condamnant les autres pour la disparition de sa femme, notamment Lucas, alors qu'il ne pouvait s'en prendre qu'à lui-même. Il était le premier responsable de sa disparition. Elle était venue lui demander de l'aide et il l'avait brisée.

Le visage fermé et le regard plein de rancœur, j'armai Thémis, puis ma vision se brouilla.

Elle y était enfin arrivée. L'air marin caressait son visage comme un ami qui l'avait longtemps attendue. Assise sur un rocher face à la falaise, elle était restée des heures à regarder la grande étendue bleue. Maintenant qu'elle était arrivée au bout de son rêve, elle pouvait simplement se laisser dépérir ici, là où la terre finissait. Ou bien, elle pouvait s'ouvrir à des possibilités infinies comme la mer. Lilith ne pensait pas que se trouver un nouveau rêve pouvait être aussi difficile.

— *Il paraît que rien ne vaut sa beauté réelle, qu'importe le nombre de fois que l'on imagine la mer.*

Elle se tourna vers l'intrus qui s'était faufilé dans son dos. Il retira sa capuche et dévoila son visage. Lui aussi, elle l'avait tant de fois imaginé sans pouvoir égaler la réalité. Plus le temps passait, plus son souvenir lui échappait jusqu'à devenir une image floue dans son esprit.

— *Samaël ?*

L'homme grimaça. Elle sentit aussitôt que quelque chose avait changé en lui. Son aura avait perdu cette lumière chaleureuse qui la réchauffait et la rassurait.

— *C'est pour cela que je ne pouvais pas te voir,* comprit le bel homme en la voyant hésiter. *Je ne voulais pas être l'objet de ta déception parce que je ne suis pas à la hauteur de tes souvenirs.*

— *De quoi tu parles ? Je ne comprends pas…*

— *Je ne suis plus celui que tu as connu. C'est difficile à dire,* se lamenta-t-il.

Elle fit un pas vers lui.

— *Tu as pourtant toujours trouvé les mots, même pour les choses les plus insensées,* sourit-elle. *Et je t'ai écouté…*

— *Oui, c'est peut-être moi qui n'ai pas la force de les entendre.*

Elle aurait dû le haïr. Elle ne savait plus pourquoi elle en était persuadée. À présent, il était là devant elle alors qu'elle pensait ne plus jamais le revoir. C'était une créature blessée tout comme elle. Comment pouvait-elle le rejeter ? Lui qui se fustigeait au point d'en souffrir le martyre.

— *Je sais ce que tu es devenu,* dit-elle doucement. *J'ai rencontré tes frères.*

Le regard assassin qu'il leva sur elle la perturba. Elle mit machinalement une main sur son ventre qui venait de se tordre et de lui provoquer un spasme désagréable.

— *Que t'ont-ils dit sur moi ?*

— *Rien… ils ne m'ont rien dit.*

Elle disait la vérité. Gabriel et Michel n'avaient jamais parlé de leur grand frère, pourtant elle aurait bien voulu entendre leurs souvenirs avec lui chaque jour qu'elle avait passé à l'attendre.

— *Nous t'avons attendu, puis j'en ai eu marre d'attendre… probablement… je ne me souviens plus vraiment.*

Il se rendit compte de son expression sévère et s'adoucit aussitôt.

— Tu as eu raison de ne pas attendre Samaël. Il ne reviendra pas, mais si tu m'acceptes tel que je suis, je te donnerai tout. Si tu veux que je reste à tes côtés, je le serai. Si tu veux que je m'éloigne, je partirai. Si tu veux la mer, je te donnerai l'océan. Si tu veux une terre, je t'offrirai le monde. Je te donnerai tout, à commencer par l'éternité.

Il attendit patiemment sa réponse dans le silence. Elle s'approcha et il eut un léger mouvement de recul lorsqu'elle leva une main pour caresser sa joue. Lilith toucha sa peau marbrée et lisse, enroula ses doigts autour de ses boucles de cheveux noirs, mais ce qui la convainquit qu'il était bien celui qu'elle avait aimé fut ses saisissants yeux bleu azur qui reflétaient un amour irraisonné et bouillonnant. Elle sourit tendrement.

— Eh bien... pour commencer, tu veux bien être mon nouveau rêve ?

Il ferma les yeux, profitant de ses doux touchers. Lorsqu'il les rouvrit, ses pupilles brûlaient d'un beau feu bleuté.

— Et toi, le mien ? murmura-t-il.

Ils échangèrent un baiser timide puis un deuxième, puis leur corps se souvenant l'un de l'autre se rencontrèrent dans une ardente étreinte.

Ma bouche s'ouvrit sur une plainte tant je luttai pour ne pas me faire engloutir par la douleur de ces souvenirs. Des larmes roulèrent sur ma joue même si j'aurais tant voulu ne pas pleurer pour lui.

Cet ange déchu était bel et bien celui qui souffrait le plus.

Il était jaloux de ses frères et convoitait tout ce qu'ils possédaient, mais celui dont il était le plus envieux c'était lui-même, tout du moins, celui qu'il ne pourra plus jamais être. Il avait eu si peur de ne pas mériter Lilith car il ne serait plus jamais à la hauteur de Samaël. Et, il y a quatre cents ans, il avait cru que ses craintes étaient devenues vraies, lorsqu'elle était revenue pour lui parler de cet enfant qu'il jugeait ne pas être le sien. Sa jalousie avait fait fuir Lilith et depuis ce jour, il se mourait un peu plus chaque jour car elle avait tout été pour lui. Sa seule raison de perdurer avait été de continuer à la chercher. Sans elle, il était condamné à se perdre dans la folie.

Ce mec était bourré de défauts mais son principal était de l'avoir trop aimée, et cela avait provoqué son malheur.

J'entendis Lucas m'appeler désespérément mais je ne l'écoutai pas. Mon doigt se posa sur la gâchette et je révélai le dernier message de Lilith.

— *Mon amour, ta passion est ce qui provoquera notre chute et celle du monde. Mais qu'importent les épreuves, rien ne pourra m'arracher à toi. Que ta jalousie m'écorche, mon âme, elle, ne connaîtra aucun repos et je guiderai le bras du gardien silencieux vers celle qui porte ta lumière. Obscur et harassant sera son chemin vers la vérité, car c'est celui de notre passé mais, tel le phénix, l'éclatante lumière renaîtra et elle prendra son envol.*

Ma main trembla mais maintint le revolver pointé sur sa tête jusqu'au bout. Juste avant de faire partir le coup, je cédai. La balle frôla son visage et alla se loger dans une statue derrière lui.

Thémis, la justice, venait de parler : elle avait choisi l'absolution. J'abaissai l'arme en expirant profondément, laissant échapper toute la tension qui m'avait habitée.

Lucifer m'observa longuement. Il semblait enfin accepter ce qu'il refusait d'adopter depuis plusieurs siècles. Je m'attendais à ce qu'il s'échappe comme à son habitude mais il n'en fit rien à ma grande surprise. Résigné, il mit un genou à terre, puis le deuxième et attendit. Némésis vint s'enrouler autour de lui tel un serpent menaçant. Enfin prisonnier, son échappée se terminait et avec ça son influence basée sur la terreur.

Gaël et Cyril se présentèrent face à lui, le dominant de toute leur hauteur.

— Je partage ta douleur, mon frère, dit Gaël.

Lui aussi portait le deuil de son épouse pourtant décédée il y avait plusieurs millénaires.

— Ne te donne pas cette peine, le rabroua Lucifer.

Lucas s'approcha doucement de moi. Son regard s'arrêta quelques secondes sur l'arme que je tenais toujours dans ma main.

— J'ai vraiment cru que tu allais le tuer…

Comme lui, je baissai les yeux sur Thémis. J'ai toujours cru qu'elle pesait une tonne à cause de son armature argentée et richement décorée, mais elle était aussi légère qu'une plume.

— À un moment, je l'ai cru aussi, avouai-je tristement.

Il m'enlaça tendrement et déposa un baiser sur mon front. Ma tête se lova dans le creux de son cou. Son parfum et les battements de son cœur envahirent mon esprit et m'apaisèrent. *Il est là, présent auprès de moi,* me répétai-je en me laissant aller contre son corps. L'un comme l'autre avions si souvent frôlé la mort ces dernières heures que j'en eus des frissons.

J'aurais pu m'endormir d'éreintement dans ses bras mais il me repoussa légèrement lorsque Cyril nous rejoignit. Je me redressai et éloignai Thémis de Lucas. J'aurais pu le blesser rien qu'en l'embrassant.

— C'est incroyable, souffla le président sidéré en observant l'arme légendaire entre les mains de son ennemie.

— En réalité, ce n'est pas si surprenant, modérai-je en caressant Thémis. Les deux armes de Guillaume Gauthier et moi partageons chacune un fragment d'âme de l'ancienne reine. On se complète en quelque sorte. Normal qu'elle ne me fasse pas de mal.

Heureusement Cyril savait que les bizarreries étaient monnaie courante chez les vampires. Il ne grogna pas en entendant mes brèves explications surtout qu'il avait été le seul à savoir pendant très longtemps que Némésis et Thémis avaient été fabriqués grâce au sang de Lilith.

— Le chant de la déesse, où l'as-tu entendu ?

C'était probablement le nom qu'avait donné Guillaume au cantique de Lilith avant qu'elle lui offre son cœur. Un des nombreux secrets que seul connaissait le président du Conclave

— Ça aussi, c'est une longue histoire, dis-je gênée avant de lui présenter Thémis. Tenez... Est-ce que vous pouvez la rendre à son imbécile de propriétaire ?

Cyril sembla très surpris, pourtant ce n'était pas la première fois que j'affublais son fils d'un adjectif peu reluisant.

— À ce propos, commença-t-il en reprenant le revolver. Je pensais peut-être que tu saurais où il est.

Mon regard vola brièvement vers Lucas pour vérifier qu'il ne faisait pas une syncope. Pour l'instant, son état était stable.

— C'est... c'est-à-dire ?

— N'ayant aucune nouvelle de sa part, nous sommes allés où

bornait son implant à Montmartre mais il n'y était pas. Son arme avait été laissée sur place… ainsi que son implant arraché.

— Quoi ?!

Il m'en voulait à ce point ?! Bon OK, j'avais eu des propos méchants mais je ne voulais pas dire qu'il était indigne de Thémis.

Imbécile ! m'auto-insultai-je. *Ça ne peut pas être ça !*

— Liza, ça n'est jamais très bon lorsqu'on ne retrouve pas la trace du propriétaire d'une de nos armes, s'inquiéta Cyril.

Merde. Ma respiration peinait et je crus étouffer sous le poids de la peur et l'odieuse sensation d'avoir oublié quelque chose. Nous l'avions laissé seul pour nous diriger vers Bercy, mais nous nous étions débarrassés de tous nos ennemis. Les lieux étaient sécurisés… Non ?

— Que s'est-il passé hier soir ? insista Cyril.

— Il… il allait bien…

Une chanson résonna dans ma tête. Je crus que Lilith était revenue mais c'était mon pouvoir qui venait de se déclencher.

— *Il y a une ombre qui s'avance…*

La belle femme à la crinière de feu chantonnait autour d'un jeune homme ligoté à une chaise. Sa tête retombait mollement sur sa poitrine, il présentait cependant des signes d'éveil.

— *Je crois qu'une tragédie m'attend. Oh comme je t'aime mon cher petit ! N'aie crainte de ma folie. Je garde espoir que tu m'aimes éperdument, même si c'est un tourment.*

Tristan releva lentement la tête et fut surpris de ne pas pouvoir bouger. Il s'éveilla brusquement et tira sur ses liens solidement noués.

Troublé, il regarda autour de lui et tomba sur la vampire. Son visage blêmit et toute vie sembla quitter ses yeux exorbités.

— *Ahahah*, rit l'immortelle en sautillant de joie. *J'ai tant rêvé de ce regard et tant souhaité le revoir un jour. Mon cher petit, te voilà grand et fort maintenant.*

Elle approcha une main vers lui et il détourna la tête pour l'éviter. Elle caressa finalement sa joue, puis de manière plus brutale, saisit sa mâchoire et l'embrassa de force. Tristan tira si fort sur ses cordes qu'il s'arracha la peau.

Une main sur ma bouche ouverte dans un cri qui ne sortit pas, je me sentis défaillir. Je devais faire quelque chose, mais je ne savais pas par où commencer. La panique me tenait et je ne savais comment m'en défaire. Lucas me soutint car je devais bel et bien être en train de glisser vers le sol.

— Qu'est-ce qui se passe, Liza ?!

Tremblante, je saisis son bras.

— Le… la vampire qui s'est attaquée à la famille de Tristan, était-elle un métamorphe ?

— Helena ? Oui, c'est une puissante chapardeuse. Elle s'approprie l'apparence des personnes dont elle a bu le sang.

Mon estomac se tordit. Je crus être sur le point de vomir mes entrailles.

— Oh mon Dieu !

Lorsque j'avais eu cette vision devant Lysandra, je n'avais pas pu voir le visage du pauvre enfant que la vampire tenait dans ses bras mais cette horrible berceuse s'était gravée dans ma mémoire.

— C'est elle. Elle l'a retrouvé, comprit Cyril mortifié. Est-il… Est-il encore en vie ?

— Je… Oui. Ce n'est pas possible ! m'affolai-je. Je ne crois pas qu'elle ait l'intention de simplement le tuer.

Mes mains agrippèrent mon crâne repoussant toutes les possibilités de torture que pouvait infliger cette psychopathe à celui qu'elle a idolâtré pendant sept ans.

Cyril parvint à mieux gérer ses émotions et commença son interrogatoire.

— Dis-moi tout ce que tu sais, me pressa-t-il. Un lieu ? Un son ? L'aspect du ciel ? Même le plus infime indice…

Probablement grâce à l'adrénaline, mon cerveau se mit en branle.

— Ils étaient dans une pièce sommaire, je ne pense pas qu'elle ait l'intention d'y rester mais il n'y avait pas de fenêtre. Elle est entrée dans Paris sous les traits de Lysandra, la cheffe du clan du Caire qui est probablement morte depuis un bout de temps.

Je me tournai vers Lucas qui commençait à saisir la supercherie dont nous avions été victimes.

— Elle a pris les traits de Meredith pour te piéger et son apparence actuelle est celle d'une rouquine pas plus âgée que 30 ans.

— Je la vois très bien, grommela le président. Je vais faire la signalisation de toutes ces personnes pour commencer. Peut-être aurons-nous un point de départ, préviens-moi si tu as la moindre information, s'il te plaît.

— Oui, répondis-je déçue de ne pas pouvoir être d'une grande aide.

Cyril prit son portable et partit rejoindre Gaël, Max et Violaine en train de surveiller Lucifer. Il y avait quelques échanges de mots, mais le premier archange n'était pas d'humeur bavarde. Au-dessus de nous, la coupole avait fini de se reconstruire. Nous nous tenions dans la galerie circulaire alors que les autres se trouvaient plus au centre de la crypte, non loin de l'immense sarcophage de granit.

Mon mari posa ses mains sur mes épaules et me força à me tourner vers lui. La tête baissée, je n'avais pas la force de regarder qui que ce soit dans les yeux.

— Liza, ce n'est pas ta faute !

— Je sais, soufflai-je, affligée.

— Tu ne pouvais pas tout gérer hier soir.

— Je sais… j'ai besoin de sortir d'ici sinon je vais exploser ou exécuter mon beau-frère une bonne fois pour toutes.

Je fis quelques pas en arrière pour me soustraire à lui et m'apprêtai à tourner les talons quand il me retint par la main.

— Tu es blessée. Laisse-moi te soigner.

— Ce n'est franchement pas grand-chose, rétorquai-je. Il y a plus urgent à traiter !

— C'est ta manière de te punir ?!

— Tu ne comprends pas ?! m'énervai-je subitement, les larmes aux yeux. J'ai perdu ! Malgré tous mes efforts, c'est tout de même une défaite !

Accablé par ma détresse, il persista à vouloir m'apporter du réconfort.

— Liza…

— Non ! le repoussai-je. On se retrouve dehors. Juste… finis les choses ici s'il te plaît.

Je m'enfuis vers les escaliers qui menaient vers l'église et la sortie.

Chapitre 37

Mon cerveau en ébullition et mon pouvoir inefficace, je devais trouver un endroit pour me reprendre. Ce n'était certainement pas au milieu de vampires, probablement pleins de bonnes intentions, mais qui me proposeraient leur aide en voyant mon état désespéré.

Je me dirigeai à l'est et traversai le boulevard des Invalides pour arriver jusqu'à une grille montée sur un mur d'enceinte. Je bondis par-dessus cette herse et atterris dans le jardin qu'elle protégeait. Je marchais aléatoirement dans la roseraie, espérant que la plénitude des lieux réussisse à me calmer. Je croisai des bassins, de multiples statues de bronze spectatrices de mon monologue :

— Maîtrise tes émotions… Maîtrise tes émotions !

Il fallait que mon pouvoir se déclenche pour retrouver Tristan au plus vite. Mais pour cela, je devais me calmer… mais je n'y parvenais pas ! Je grognai et faillis shooter de rage dans l'énorme pilier sur lequel trônait *Le Penseur* de Rodin. Génial, je venais d'entrer illégalement dans un musée et j'avais été à deux doigts d'envoyer une des sculptures les plus célèbres de ce monde en orbite lunaire.

Je continuai dans le bosquet suivant tout en me répétant.

— Maîtrise-toi ! Maîtrise …

Il n'y avait rien à faire. Les événements de ces deux derniers jours me revinrent en pleine poire et je m'arrêtai, exténuée.

— Maîtrise… pleurai-je à bout. Maîtrise …

Mon bras commença à me lancer et je vis alors que mes veines étaient devenues bleues, signe que l'empoisonnement à la nithylite s'aggravait. J'empoignai mon bras malade et larmoyai de plus belle avant de m'écrouler sur des marches. *Jamais je ne pourrais sauver Tristan ce soir.*

— Je suis désolée, pardonne-moi…

— Pauvre Élizabeth. Pauvre petite princesse, dit une voix douce derrière moi.

Je me retournai brusquement. J'étais arrivée devant l'impressionnante et angoissante *Porte de l'Enfer* de Rodin. Devant elle, se tenait une personne vêtue d'une cape sombre au visage caché par une capuche. Elle semblait être tout droit sortie de cette porte gardée par une marée de corps tordus et aux membres crispés qui illustraient les souffrances de l'humanité.

— Il semblerait que tu aies un sérieux problème, Élizabeth.

— Qui êtes-vous ? lançai-je, sur mes gardes. Comment me connaissez-vous ?

— Je suis celui qui te connait mieux que quiconque Élizabeth, peut-être mieux que toi-même.

Il me sembla reconnaître cette silhouette imposante mais je ne savais plus où je l'avais vue… Lorsqu'il ôta sa capuche, cette impression s'accentua. C'était un homme à la beauté androgyne. Ses traits durs et ses pommettes hautes se mélangeaient avec un nez fin et des lèvres pulpeuses. Ce visage à la beauté si parfaite pouvait s'apparenter à celui de Lucas et ses frères.

— Dans un monde parfait, tel qu'il a été pensé par Dieu, tu n'es pas censée exister. Les anges restent à leur place et ne s'accouplent pas avec des mortels. J'ai été missionné pour supprimer les anomalies nées de la folie de mon frère. Voilà quatre millénaires que je me cache pour qu'en toute discrétion, j'annihile ces erreurs de la nature dont tu fais partie, Élizabeth.

Ce ne fut pas la violence extrême de ses propos qui me firent peur mais le calme avec lequel il les avait dits. Je ne pensais pas que ce fût possible mais il y avait un stade après la panique : la déliquescence émotionnelle. Bien évidemment, mon pouvoir choisit de se manifester à cet instant.

Ils avaient tant préparé ce moment et pourtant rien ne s'était passé comme ils l'avaient prévu. Lilith était censée rejoindre l'accoucheuse que Michel avait choisie et rester avec elle jusqu'à ce qu'elle mette au monde son enfant. C'était une femme discrète qui ne poserait pas de questions sur la situation atypique de la future mère, mais le travail avait débuté bien trop tôt et fut très rapide. Les deux vampires se succédèrent au chevet de leur amie, échangeant leur place lorsqu'ils ne pouvaient plus soutenir l'odeur du sang. Pour pallier leur pulsion, ils s'étaient nourris plus que nécessaire dès que les contractions eurent débuté. Sur les conseils de Michel qui heureusement avait beaucoup échangé avec les accoucheuses, ils purent aider Lilith dans cette épreuve dangereuse.

— *Elle crie beaucoup*, s'inquiéta Lucas.

La fin approchait et Lilith se reposait contre lui, s'aidant de son corps afin de se mettre dans la bonne position.

— *Encore un dernier effort*, l'encouragea Michel entre ses jambes.

La jeune femme attendit que de nouvelles contractions la déchirent pour courageusement pousser. En sueur, elle hurla jusqu'à ce que son corps se relâche. Elle venait de mettre au monde son fils. La respiration haletante et bruyante, elle regardait Michel poser son enfant qui criait sur elle. La nouvelle mère éclata en sanglots et serra ce petit être contre sa poitrine.

Les deux anciens archanges restèrent un petit moment à observer cette scène bouleversante. Donner la vie avait été, jusqu'à présent, le talent de leur père. Voir une simple mortelle effectuer cette prouesse les chamboula dans un premier temps. Puis vint le soulagement de constater que l'enfant comme la mère se portaient bien.

— *Je vais me laver dehors,* dit Michel en se redressant.

Ses mains étaient couvertes de sang et ses crocs étaient sortis. Il avait tenu jusqu'au bout et il était à présent nécessaire qu'il s'éloigne de la petite chaumière.

Lucas prit la relève auprès de Lilith. Elle lui sourit comme elle ne l'avait jamais fait auparavant. Son cœur s'agita et il se demanda s'il ne ferait pas mieux de sortir également.

— *Il est beau, tu ne trouves pas ?* dit-elle en couvant le bébé des yeux.

— *Il l'est, comme son… comme sa mère.*

Gabriel avait espéré que l'euphorie dans laquelle elle était l'avait rendue momentanément sourde mais ce ne fut malheureusement pas le cas. Une vague de tristesse envahit le visage de la jeune femme mais elle fut surtout peinée de voir son ami aussi gêné. Elle soutint son enfant avec un bras et libéra une main pour caresser tendrement la joue de Gabriel.

— *J'avais envie de te dire quelque chose depuis longtemps, mais je n'avais jamais trouvé le bon moment,* hésita-t-elle.

— *Qu'est-ce que c'est ?*

— *J'aimerais... j'aurais voulu que tu prennes soin de cet enfant avec moi.*

Elle sembla regretter sa proposition dès qu'elle l'eut dite mais elle se sentait plus légère à présent. Gabriel était désarçonné. Il n'avait pas soupçonné de tels sentiments, à moins que ce fût la peur d'être seule et l'éreintement après tant d'efforts qui la faisaient paniquer.

Son ouïe capta un appel de son frère à l'extérieur. Soucieux, il se leva.

— *Michel a besoin de moi. Je reviens, repose-toi.*

Cette attitude l'affectait mais elle se garda bien de le lui dire. Après tout, c'était elle qui lui avait fait une proposition déplacée.

— *D'accord*, dit-elle avec un faux sourire.

Il sortit et trouva Michel debout face à deux personnes. Les mots de Lilith quittèrent bien vite son esprit. Depuis leur arrivée dans cette clairière, ils n'avaient jamais eu de visiteurs. Enlik était à distance mais raclait le sol avec ses sabots d'un air menaçant.

— *Écartez-vous mes frères, ce n'est pas vous que nous voulons.*

Les deux anges, vêtus de leurs armures célestes, semblaient prêts à affronter une bête monstrueuse.

— *Et moi qui pensais que nous vous manquions*, lança Michel pour les apaiser.

— *Nous devons ôter la graine qui pousse dans le ventre de cette femme avant que le péché de notre frère affecte l'équilibre entre le monde des mortels et le royaume céleste.*

— *Amenadiel, c'est cela la punition que notre père t'a infligée ? Recoller les pots cassés de Lucifer*, comprit Michel.

— *Ne me parle pas comme si nous étions encore égaux, grand frère. Je commande aux anges maintenant. Mon rôle est de perpétuer la volonté de notre père, autrement dit l'équilibre et l'harmonie. Un enfant né de Samaël dans le monde des mortels ne peut qu'engendrer une instabilité et provoquer le chaos.*

— *Nul ne peut l'assurer*, défendit Gabriel.

— *Je n'attendrai pas de constater ce désastre pour en être sûr !*

Amenadiel sortit l'épée qui avait appartenu à Michel. Lucas grogna et fit un pas menaçant vers l'ange qui avait été son petit frère. Michel le retint.

— *L'enfant est né. C'est fait,* annonça Michel. *Comme chaque mortel, il est à présent une créature de Dieu sur laquelle vous n'avez aucun droit.*

— *Il n'est pas une créature de Dieu !* s'énerva le deuxième ange.

— *Mais sa mère, oui. Je ne suis pas sûr qu'un tel doute soit acceptable,* amena habillement Michel. *Toute vie est sacrée sur Terre. Oserais-tu pourfendre ce nouveau-né avec cette incertitude ? Deux erreurs en si peu de temps, Amenadiel, je ne suis pas sûr que tu puisses te le permettre.*

Le deuxième ange allait répliquer mais Amenadiel le fit taire. L'avertissement de Michel le fit hésiter et cela le mit d'autant plus en colère. Sa main serra si fort la garde de l'épée qu'elle se mit à trembler. La tension devint palpable pendant ce laps de temps où nul ne savait comment cela se terminerait.

Soudain Amenadiel tourna les talons et après un dernier regard haineux envers ceux qui avaient été ses aînés, il déploya ses ailes grises. Son second fit de même mais les siennes étaient bel et bien blanches. Michel et Gabriel baissèrent les yeux tandis qu'un portail d'une lumière aveuglante aspirait les deux anges.

Un silence angoissant retomba dans la clairière. Il fut troublé par les hennissements indignés d'Enlik. Michel expira longuement puis se tourna vers son frère.

— *Ils ne peuvent rester ici.*

— *Nous partons dès ce soir,* dit Gabriel en s'en allant vers le cabanon.

— *Non,* le retint son frère. *Nous n'avons fait que gagner du temps. Cet enfant est condamné, mais nous pouvons lui donner une chance de vivre. Il faut les séparer.*

— *Alors c'est elle que tu vas tuer !*

— *Il n'y a pas que ça, Gabriel,* le calma Michel. *Ils ont raison... Nous ne savons pas de quoi cet enfant est capable. S'il reste avec sa mère, il a de grandes chances de tomber sous l'influence de Lucifer. Ce serait pire.*

Gabriel ne contredit pas son grand frère. Il avait conscience de l'inconnu que représentait cet enfant. Il se souvint alors de la proposition de Lilith.

— *Sauf s'il ne la retrouve pas. Je pourrais rester avec eux.*

Attristé, Michel secoua lentement la tête.

— *Gabriel...tu le sais. Elle n'est pas du genre que l'on oublie. Il va la chercher et la retrouver. À ce moment-là, l'enfant ne doit pas être avec elle, et toi non plus, je suis désolé. Épargne-lui la souffrance de choisir entre toi et lui.*

Pour la première fois, Gabriel ressentit une terrible douleur dans la poitrine. Il détourna les yeux pour que Michel ne soit pas le spectateur d'une telle décadence. Les sentiments étaient décidément un supplice sur Terre. Et les anges avaient bien de la chance d'être aussi pragmatiques.

— *À moins... Pour sauver cet enfant, je peux la convaincre de le laisser.*

Les deux frères se regardèrent tandis que, dans leur tête, se montait un plan aussi zélé que désespéré.

Lilith m'avait dit que cet ennemi était plus fort que moi. Lorsqu'elle m'avait dévoilé son identité, j'en avais été persuadée, maintenant j'en étais convaincue. J'aurais pu appeler Lucas mais il était blessé et il ne laisserait pas Gaël mener ce combat tout seul. Pour l'instant, je devais gagner du temps afin de trouver un plan.

— Tu es celui qui a assassiné tous les descendants de Samaël.

— Azraël, se présenta-t-il, une main sur sa poitrine. On t'a parlé de moi ?

— Lilith a deviné ton incidence macabre sur la disparition de ses enfants.

— Cette vipère, cracha-t-il. Elle aura souillé l'œuvre de notre père jusqu'au bout.

Sa main gracieuse sous son menton, il sembla prendre conscience de quelque chose.

— C'est pour ça que ça ne fonctionne pas. Je pensais avoir été discret, mais j'ai eu un doute lorsque Lucifer s'est interposé pour te sauver sous le pont.

Mon cœur cessa de battre et s'atrophia douloureusement jusqu'à ne laisser qu'un espace vide dans ma poitrine. Ma bouche s'ouvrit mais aucun son ne traversa mes lèvres car je n'avais plus de souffle non plus.

— C'était... C'était un accident, dis-je d'une petite voix.

— Un accident ? sourit-il avec une certaine pitié.

Il tira sur sa cape pour la faire glisser et dévoiler l'élégante et rutilante armure dorée. À son poing, dépassait une petite lame courbe que je reconnus aussitôt. C'était le poignard que portait l'homme qui m'avait regardée tomber et laissée pour morte dans la boue juste avant qu'Enlik me trouve. Je n'étais qu'une enfant à cette époque. *Déjà à ce moment-là*, pensai-je pleine de craintes. Comme cette nuit, je fis un pas en arrière et faillis m'écrouler dans les escaliers.

— Le malheur est partout dans ce monde, il n'a besoin que d'une simple pichenette pour se concrétiser. Exacerber la maladie avec un environnement défavorable, faire peur à un chien pour qu'il provoque un accident de voiture, chuchoter des idées lubriques à une bande de violeurs avinés... Traverser une route pour envoyer une nouvelle fois ta voiture dans le décor et te laisser entre les mains de ton ennemi mais même cela, ça n'a pas marché ! Toujours sauvée ! Toujours rattrapée *in extremis* par mes frères ou même ce chasseur, tous transis d'amour pour la petite Élizabeth.

C'est lui, il est la malédiction de ma famille, une plaie qui ne se refermera que quand le sang de Samaël se sera entièrement écoulé à ses pieds. Il avouait sans aucun remords être le commanditaire de mon agression mais surtout... surtout il était celui qui avait conduit la voiture de mes parents dans le fleuve.

À la disparition de sa femme, Lucifer avait entrepris les mêmes recherches qu'elle. Il avait cru la retrouver en suivant la trace de ses descendants, et probablement avait-il fait la même découverte qu'elle. Il me l'avait dit sur le domaine des Morvan : *Tu es bien loin de savoir ce qui touche ta famille.* En cherchant sa femme, il avait trouvé Azraël et l'avait suivi, espérant qu'il le mène jusqu'au prochain enfant et peut-être Lilith. Et c'était à ce moment de l'histoire que j'apparaissais.

Telle la rumeur d'un orage grondant à l'horizon, un rugissement sourd naquit au plus profond de mon être. Il remonta à la surface et fit trembler tout mon corps. Mes lèvres se retroussèrent avec un grognement laissant apparaître mes crocs menaçants.

— *Liza, qu'est-ce qui se passe ?* appela Lucas à travers mon lien.

Et ce type se disait être un « ange » ? Il n'arrivait pas à la cheville de Gabriel, qui avait pourtant été déchu. Si le royaume céleste était peuplé d'individus aussi méprisables, c'était un monde bien plus pourri que le mien.

Azraël leva son poignard.

— Cette lame est précieuse. Je ne peux l'utiliser qu'une seule fois, mais l'adage « être au mauvais endroit au mauvais moment » ne fonctionnant pas avec toi, j'aurais dû te tuer avec cette nuit-là.

Il baissa des yeux froids et durs comme le marbre sur moi et s'aperçut de la haine farouche qui brûlait dans mes pupilles dorées.

— Oh ! Que vois-je ? s'amusa-t-il. De l'insubordination. C'est original.

À travers son lien, Lucas ne cessait de me demander où je me trouvais mais j'étais bien trop occupée à insulter sa famille.

— Des enfants… si de simples enfants peuvent fragiliser le trône divin, c'est que votre père est devenu bien fragile !

Ce fut trop rapide. D'un revers de la main, il m'asséna une gifle retentissante qui m'envoya valser contre la porte de Rodin. Ainsi mon crâne fut percuté une deuxième fois avant que je tombe lourdement sur le sol en gémissant. Étourdie, je ne me relevai pas et mon sang s'écoula sur ma tempe.

— Attention misérable créature ! dit avec mépris l'ange terrifiant. Ce n'est pas parce que tu copules avec Gabriel que tu peux te croire notre égale.

Me dominant, il me retourna sur le dos avec son pied et marcha sur mon bras blessé. Une onde lancinante remonta le long de mon membre et tortura mon corps qui se tordit dans tous les sens. Je hurlai de douleur et crus que mon bras allait s'arracher, tant il appuyait dessus de tout son poids. Je tentai de le repousser mais ne parvins même pas à le déséquilibrer. Il était bien plus puissant que je ne l'aurais cru. Certes, j'étais empoisonnée par la nithylite, ce qui ne me permettait pas de guérir mais, il fallait se rendre à l'évidence, sa force était supérieure à la mienne.

Lorsque enfin il cessa de me piétiner, je pus brièvement me concentrer sur Lucas.

— *Au nom du ciel, Liza ! Laisse-moi te rejoindre !*

— *C'est... C'est Azraël... ne viens pas ! Il est bien trop fort !*

L'ange attrapa mes cheveux à la base du crâne. Je poussai un nouveau cri lorsqu'il me força à me redresser en tirant dessus. Son poignard sous ma gorge, il cracha :

— C'est la dernière fois que je te tue ! Le prochain est ton frère, puis je rentrerai enfin chez moi, ma mission accomplie.

Rémi... non pas lui. Je ne sus d'où c'était parti : l'angoisse d'une sœur qui se sentait impuissante, la vengeance d'une fille envers ses parents assassinés pour une cause incompréhensible, la colère d'une mère qui n'a pas pu protéger son enfant... ou le repentir d'un père trop longtemps absent. Mon sang se mit à bouillonner d'une immense rage intérieure. Habituellement, elle ne faisait que me submerger mais cette fois elle fut différente.

Elle explosa hors de moi.

Azraël me lâcha et je retombai sur les fesses. Il fixa, sidéré, sa main captive d'un feu bleuté. Ce dernier s'étendit rapidement à son bras et l'ange commença à pousser des petits cris en s'agitant et il tenta d'éteindre ces flammes qui commençaient à le ronger.

Surprise, je levai mes propres bras et constatai que ce phénomène m'avait également atteinte. Prise par la peur, je n'osai bouger, car c'était l'ensemble de mon corps qui était pris dans les flammes. Mais contrairement à Azraël, elles ne me blessaient pas, bien au contraire. Une grande force m'envahit. Je bougeai mes mains ainsi que les doigts, appréciant l'effet de ces flammes dansant sur ma peau.

— Samaël ? SAMAËL !!! vociféra l'ange qui se débattait avec ce feu qui ne s'amenuisait pas.

N'écoutant que ma vengeance, je me relevai. Les flammes sur moi changèrent pour prendre un aspect plus aiguisé et une couleur rouge. J'attrapai la tête d'Azraël entre mes deux mains et déversai toute ma colère sur lui. Je n'eus aucun contrôle sur ce déferlement dont la majorité s'éleva vers le ciel sous la forme d'une immense colonne de feu. Nous hurlâmes tous les deux, moi de rage, lui de douleur. Je sentis son crâne fondre sous mes doigts et son corps s'affaissa, consumé par les flammes.

Lorsque je le lâchai, il s'effondra sur le sol, n'étant plus qu'une chose noire, informe et inerte sur laquelle vivotaient encore quelques flammes. Je n'eus bizarrement aucun intérêt pour ce petit tas carbonisé. Mes bras en flammes tendus devant moi, je n'osais pas bouger. Le feu, redevenu bleu, enlaçait mon corps et m'apportait une douce chaleur réconfortante. Je me sentis légère, si légère que j'étais persuadée de pouvoir m'envoler. À peine ai-je eu cette pensée que les flammes grandirent dans mon dos pour prendre l'aspect de deux immenses ailes.

Samaël.

C'étaient les mêmes ailes que j'avais vues dans un des souvenirs de Lilith. Samaël lui avait alors avoué qui il était avant de tomber dans les bras l'un de l'autre. Éblouie par leur beauté, je les observais se déployer gracieusement en me demandant ce que cela ferait d'être portée par elles. Aussitôt, elles exécutèrent un ample battement et je me retrouvai suspendue à deux mètres du sol. Je poussai un petit cri de surprise mais la sensation grisante de voler supplanta bien vite toute émotion néfaste. Le seul hic était que je ne savais pas comment redescendre.

Ma dernière déflagration avait agi comme un phare dans la nuit guidant les vampires vers ma position. Lucas et Gaël furent les premiers sur place, suivis des chefs de clans ayant participé au combat. Tous me regardèrent avec fascination mais aussi appréhension. Après tout, voir un des leurs voler comme un ange de feu devant *La Porte de l'enfer* ne devait pas être un spectacle très commun, même pour un vampire.

Leur jugement me terrifiait. Que voyaient-ils à présent ? Un être extraordinaire imposant sa puissance ? Une marginale bien trop différente pour inspirer confiance ? J'étais mise à nu, discréditée, incapable de trouver une défense... Je venais de foutre en l'air tous nos efforts pour obtenir l'appui des chefs. J'eus envie de me cacher ou bien de repousser tous ces spectateurs inattendus. Répondant à mon angoisse, les flammes s'agitèrent autour de moi.

Mon mari vint vers moi et mon mal-être s'intensifia.

— Non, n'approche pas ! lui interdis-je en levant une main. S'il te plaît... Je ne les contrôle pas.

Je ne voulais pas qu'il finisse comme Azraël si jamais il me touchait. Pourtant, je désirais plus que tout qu'il me tienne dans ses bras, qu'il apaise mon âme comme il l'avait toujours fait lorsque je perdais pied. Plus j'étais effrayée, plus le feu s'affolait.

— C'est normal, me calma-t-il. Elles ne se contrôlent pas, tu as juste besoin de te sentir en sécurité.

Ses bras accueillants s'ouvrirent. On pouvait croire qu'il implorait le ciel mais c'était bien vers moi qu'ils étaient tournés. L'abnégation étroitement mêlée à l'amour qui habitait son regard semèrent la paix dans mon cœur. Le feu autour de moi se tarit et j'entamai ma descente. Dès que je fus à sa portée, Lucas m'attrapa. Les flammes disparurent et je tombai dans ses bras. Je sentis son odeur et sus que mes tourments étaient bel et bien finis. Ses mains caressèrent fébrilement chaque partie de mon corps, vérifiant mes blessures, s'assurant que j'étais bien là.

— Je suis désolée, murmurai-je en larmes. Je ne voulais pas qu'il te fasse du mal.

— Je suis là pour toi, me gronda-t-il doucement en prenant mon visage en coupe.

— Pas comme ça, je ne veux plus te voir souffrir.

— Tout comme moi.

Je gémis. Il posa son front sur le mien, s'employant à contenir son affection. Son souffle court sur mes lèvres, il n'y parvint pas et m'embrassa brusquement à plusieurs reprises, puis me serra vigoureusement contre lui.

De son côté, Gaël s'accroupit devant les restes calcinés d'Azraël et les étudia. Reconnaissait-il la puissance de son grand frère ? Possible… Il me fixa comme s'il tentait de résoudre une équation inscrite sur mon visage. Lucas jeta également un coup d'œil à ce qu'il y avait sur le sol. Il me repoussa légèrement et m'observa gravement.

— Deux choses : on va réintroduire le principe de « tu ne me quittes pas d'une semelle » et il va falloir leur dire absolument tout.

Mon regard paniqué dévia le temps d'une seconde sur l'attroupement de vampires ahuris au bas des marches.

— Tout ? répétai-je d'une voix fluette peu assurée

— Tout.

Chapitre 38

La tension était palpable dans le grand foyer du Palais Garnier, le seul bâtiment de Paris que Lucas pouvait utiliser à sa guise et notamment en cas de réunion d'urgence. Alors que nous attendions que tous les dignitaires des clans pénètrent dans l'immense salle, le brouhaha de messes basses s'intensifia de plus en plus. Contrairement à moi, Lucas ne semblait pas impressionné. Il serra ma main dans la sienne et, pour me donner du courage, me sourit. Gaël était à nos côtés pour nous soutenir. Lorsque Joachim nous confirma la présence de tous les chefs étrangers, mon mari prit la parole. Dès qu'il prononça ses premiers mots, les voix se turent :

— Avant toute chose, votre participation lors des derniers événements a permis de sauver de nombreuses vies, autant pour le clan de Paris que les mortels habitant la ville. Je vous en remercie. Cette victoire est surtout la vôtre, car notre existence a pu être préservée même si la peine occasionnée par la disparition de nos compagnons alourdit notre cœur.

Quelques secondes de silence s'installèrent tout naturellement où nous repensions à ceux qui s'étaient sacrifiés.

— Au vu de ce qui s'est produit au terme de tout ceci, des explications s'imposent. Nous vous les devons parce que, avant d'être des vampires, vous êtes des habitants de cette planète. Hier soir, l'un de nos frères, Azraël s'est attaqué à mon épouse parce qu'il pensait qu'elle représentait un danger pour le royaume céleste. Cette crainte trouve son origine dans l'ascendance d'Élizabeth. Vous le saviez déjà, elle est l'aînée d'une des familles de mortels les plus haut placés dans la société humaine, et son ancêtre le comte Gauthier a eu un impact non négligeable sur les vampires. Mais les anges ne craignent pas cela : nous avons récemment appris que ses ancêtres maternels venaient du puissant empire phénicien, eux-mêmes originaires de Mésopotamie, le berceau de l'humanité, là où nous sommes apparus mes grands frères et moi. Là où bien avant cela, le premier archange Samaël rencontra Lilith, et de leur amour naquit un enfant. Un enfant dont la descendance fut décimée. Les derniers représentants à ce jour sont Élizabeth et son petit frère.

Des exclamations de surprise montèrent dans la salle. Certains furent plus indignés que d'autres. Nous ne nous offusquions pas, car nous nous attendions à des réactions mitigées. Ce fut Zirui qui fut le porte-parole des plus vindicatifs.

— Votre femme est la descendante de Lucifer et Lilith, deux immortels dont la puissance n'a d'égale que la cruauté ? Vous comptiez nous omettre ce détail combien de temps ?

C'est l'hôpital qui se fout de la charité, pensai-je dégoûtée.

— On ne choisit pas ses ancêtres, répliqua Lucas. Élizabeth n'a rien à voir avec eux...

— Le sang du Malin coule dans ses veines.

Il n'y a pas si longtemps ce furent mes propres mots. Je pouvais comprendre leurs sentiments de trahison mais que ces mots prononcés dans la bouche d'un gars assassinant les mortels de son pays à tour de bras, cela me répugna. Même Vassily, non loin de lui, afficha un petit sourire moqueur face à autant d'impudence. Le chef de Moscou avait eu droit à un sauf-conduit pour sa participation aux combats.

— Non. C'est le sang d'un archange, le premier fils de Dieu, rectifia mon mari qui gardait un calme exemplaire.

— Ils sont la même personne, insista Zirui.

Cette fois, Lucas cessa de parler pour tous et se tourna exclusivement vers le chef de Pékin pour lui répondre sur un ton un peu plus offensif.

— Lucifer ne commande pas le feu céleste. Si Michel a l'acuité du jugement, Samaël avait l'acuité du châtiment. Ses flammes ne s'éteignent jamais, pas tant que la cible visée par celui qui les maîtrise se soit fait consumer. Un don exceptionnel qui avait disparu à l'instant même où mon grand frère a cessé d'être Samaël lorsqu'il a failli auprès de mon père, mais qui a été transmis à sa descendance. Un détail que ne peut concevoir le royaume céleste, d'où cette chasse orchestrée par Azraël.

Je l'avais également écouté avec attention, car c'étaient bien les premières explications qu'il fournissait sur ce qui m'était arrivé.

Le courroux de l'ancien archange se trahissait dans ses pupilles bleues et brillantes. Zirui était d'une mauvaise foi inouïe mais il n'était pas débile. Il ne chercha plus à provoquer la colère de Lucas et, à son image, plus personne n'osa dire mot. Même s'il était jouissif de voir Zirui se faire dessus, ce n'était pas de cette manière que nous parviendrions à obtenir le consentement de tous. Le souvenir de l'ancienne reine était frais dans leur esprit. Or, me voir en possession d'un pouvoir qui, tout comme le sien, pouvait ruiner une vie d'un simple toucher, ne devait pas les mettre en confiance.

Je posai une main sur le bras de mon mari pour l'intimer au calme et pris la relève.

— Votre inquiétude est compréhensible, commençai-je à l'intention de tous. Croyez-moi, toutes vos craintes, je les ai eues. Cette ascendance compromettante me renvoie une image de moi-même que je ne désire pas. Je ne recherche pas l'assujettissement. Ce n'est pas le but de mon véritable pouvoir.

Je cherchais l'approbation de mon mari qui hocha la tête, m'invitant à continuer.

— C'est une information que nous avons gardée secrète pour ma sécurité. Je... je suis née avec le don voyance.

Bien évidemment, à l'instar de Lucas alors que nous venions de nous rencontrer, beaucoup ne comprirent pas réellement ce que cela impliquait. Des chuchotements interrogatifs et des visages déformés par la perplexité s'emparèrent de la foule. Ceux qui semblèrent mieux saisir les bizarreries qui m'entouraient furent : Okaye, Akira et bien sûr Vassily.

— Mon pouvoir me permet de voir bon nombre de choses sur le passé, le présent, et le futur. Les sujets de ces visions sont pour l'instant infinis. Ils peuvent être un événement ou une situation... expliquai-je en lançant un regard vers Okaye... ou un lieu, continuai-je en regardant Vassily, étrangement stoïque...ou une personne, finis-je par conclure en fixant Zirui avec beaucoup de dédain.

Le chef de Pékin devint livide, si c'était encore possible, et j'en fus d'autant plus satisfaite même si mon but n'était pas de leur faire peur ou d'orchestrer une quelconque pression. Bien évidemment, ce fut à ce moment-là que mon pouvoir se manifesta. Ce fut une image brève et proche temporellement. Je maintins un visage neutre et me tournai vers Lucas.

— *Les chasseurs vont se présenter aux portes de l'Opéra. Il faut les laisser passer,* dis-je à travers notre lien,

Mon mari afficha une expression quelque peu surprise mais ne me demanda pas de m'expliquer. Seules les personnes connaissant nos habitudes comprirent ce qui venait de se passer. Pour les autres, ils étaient bien trop occupés à délibérer sur la portée de mon pouvoir.

Okaye fit un pas vers moi

— Je ne remets pas en cause les bienfaits de ce pouvoir ni votre engagement, commença-t-elle. Je vous ai vue combattre et vos actions nous ont assuré une victoire rapide avec un minimum de pertes. Hier soir, vous avez eu toutes les qualités d'un grand chef, mais votre mésentente avec le royaume des cieux compromet notre sécurité à tous. Dans ces conditions, est-il sage de vous mettre en lumière au sommet de notre hiérarchie ? Peut-être serait-il plus judicieux que vous vous éloigniez…

— Je n'ai pas l'intention de me cacher parce que je suis ce que je suis, la coupai-je abruptement avant de reprendre plus doucement. Vous jugez que mon existence sera la cause d'un grand malheur, mais c'est bien parce que j'existe que vous pouvez profiter de votre éternité. Il y a bien longtemps, si le premier fils de Dieu était resté auprès de son père, il n'aurait engendré nulle descendance, mais il n'y aurait eu également nul vampire sur terre. Ce qui est ne peut être défait. Nous devons nous adapter et non nous apitoyer sur une fatalité ou craindre l'inévitable. Bien que certains semblent jouir du désordre pour mener à bien leur train de vie indécent, le monde des vampires décline. Je n'ai jamais rêvé d'être une reine, mais je ne veux pas voir ceux auxquels je tiens subir cette décadence sans rien faire, comme vous tous ici présents. C'est uniquement pour cela que j'ai fait en sorte d'être irréprochable à chaque bal et événement dans lequel je suis allée pour que l'on me rencontre et me voie. Si finalement, vous choisissez de me rejeter parce que vous avez peur, je suis dans le regret de vous dire que cela ne vous sauvera certainement pas.

Un mouvement m'interpella sur le côté et je vis Éric se presser devant Lucas. Un échange silencieux se fit entre les deux hommes au terme duquel mon mari hocha la tête. Alors qu'Éric s'en allait vers la sortie, Lucas me prévint silencieusement :

— *Ils sont là.*

Les portes claquèrent et au fur et à mesure que les nouveaux arrivants se déplaçaient dans la salle, des grognements naquirent et devinrent de plus en plus agressifs. Lucas se posta à mes côtés et je fis un signe à Joachim pour l'intimer de calmer les choses. Aussitôt et sans se l'expliquer, l'assemblée de vampires s'apaisa jusqu'à se taire. Ils s'écartèrent pour laisser un couloir à Cyril et les deux chasseurs qui l'accompagnaient. Le président prenait le risque de se présenter à nous avec si peu de gardes du corps. C'était une manœuvre dangereuse mais qui confirmait sa volonté de rédemption. Il portait sous le coude un paquet plus long que large, bien emmailloté. Le visage creusé et les cheveux ébouriffés, il présentait des signes de fatigue évidents. Richard avait causé de nombreux problèmes qu'il se devait de résoudre au plus vite. Cependant, il souhaiterait probablement se concentrer entièrement sur la recherche du lieu où était séquestré Tristan. Cela devait être une source d'angoisse pour lui, ce qui raccourcissait considérablement ses phases de sommeil.

Une fois devant nous, il inclina respectueusement la tête.

— Je vous remercie de nous accorder cette rencontre et ainsi de nous donner une chance de nous racheter. Vous vous êtes montrés tolérants alors que vos proches ont été les victimes de la folie destructrice des nôtres. Et alors même que vous auriez pu vous détourner, vous avez assisté nos blessés lorsque ce fut notre tour d'être visés. Je n'ai pas le pouvoir de réparer mes fautes ou celles de mes semblables mais je peux vous assurer une reconnaissance éternelle.

Il déposa le paquet qu'il avait gardé près de lui à son entrée sur les mains tendues d'un de ses hommes. Cyril défit soigneusement le tissu de velours enveloppant étroitement l'objet qu'il voulait nous montrer. Lorsque le dernier tissu tomba au sol, un soulèvement d'indignation se répandit dans la foule. Les plus proches firent un pas en arrière quand Cyril dégaina la célèbre épée dentée de Guillaume Gauthier.

— Némésis, le fléau de la Vengeance, acceptez-la en guise de tribut et qu'elle soit le socle d'une nouvelle alliance entre nos deux races.

Il me la présenta sur ses deux mains et n'attendait plus que le la prenne. À la place, j'essayai de capter son regard afin de déterminer ses intentions. Ce n'était pas parce que j'avais eu une vision de cet événement que je comprenais forcément ce qu'elle signifiait. Était-il vraiment dans l'intérêt des chasseurs de se défausser de leur arme la plus puissante ?

— Quelle est donc que cette mascarade ?! s'agaça Zirui. La véritable Némésis ne se laisserait jamais prendre par un vampire. Était-ce pour cela que vous nous avez fait venir ? Pour que l'on assiste à cette scène déplorable !

Si je devenais reine, la première chose que j'imposerais serait le temps de parole. Il l'ouvrait un peu trop à mon goût. Son accusation avait induit le doute chez tous les vampires présents qui regardaient maintenant l'arme comme si elle n'était qu'une vulgaire copie. Si je la prenais et qu'elle ne me blessait pas, cela ne ferait que corroborer son hypothèse sordide… Or il y avait de grandes chances, comme avec Thémis, que je sois épargnée.

— Je vais la prendre, proposa Joachim en s'approchant.

Il fut retenu par Arnaud qui eut peur pour son maître, et il ne fut pas le seul. Beaucoup de chefs de clans s'observèrent inquiets, se demandant s'il n'y avait pas une autre solution. Joachim était décidément bien aimé de ses congénères.

— Non, refusa Lucas.

Sans tenir compte de l'affolement naissant autour de lui, le chef du clan de Paris vint auprès de moi. Avec beaucoup de calme, il tendit ses mains.

— J'insiste… Donnez-moi la Déchiqueteuse, président.

Cyril hésita longuement. Finalement, il pivota vers lui et lui remit Némésis. Aussitôt, la peau de ses paumes crépita et une fumée inquiétante, accompagnée d'une horrible odeur de brûlé en sortie. Le visage de Joachim se tordit de douleur mais il garda l'arme entre ses doigts jusqu'à ce qu'il défaille en arrière. Cyril reprit vite Némésis tandis qu'Arnaud réceptionnait son maître. Il réussit à le maintenir debout mais il s'en était fallu de peu pour qu'ils tombent tous les deux. Gaël s'empara des poignets de Joachim qui laissa échapper un gémissement lorsqu'il ouvrit difficilement ses mains. Tous virent l'ampleur des brûlures qui recouvraient à présent entièrement ses paumes. L'empoisonnement à la nithylite avait déjà débuté et s'échappait par les veines présentes sur ses avant-bras. Nul discours supplémentaire n'était nécessaire pour confirmer l'authenticité de l'épée. D'ailleurs, il y eut un nouveau mouvement de recul autour de Cyril. Ce dernier repositionna Némésis sur ses mains et me la tendit de nouveau.

— Le sang de la première vampire constitue cette arme. Elle doit revenir à sa propriétaire légitime.

Légitime. Je compris enfin sa manœuvre. Cette offrande était un prétexte pour appuyer ma candidature au trône. Il savait mieux que quiconque ce qu'une nouvelle monarchie de vampires apporterait à l'humanité. En tant que mortel, il n'avait aucun droit décisionnel mais il pouvait indirectement prouver ma légitimité. Pour cela, il fallait que j'aille dans son sens.

Le regard franc du président plongé dans le mien me conjura de bouger. Hésitante, je levai une main et tous retinrent leur souffle. Je n'avais aucune raison de douter, mais j'avais encore du mal à concevoir ce que cela signifierait si je brandissais l'épée. Cependant j'avais suffisamment tergiversé, j'avais fait mon choix. Mes yeux trouvèrent Lucas qui m'observait avec beaucoup de tendresse.

Je saisis la poignée de Némésis et la levai devant moi. La lame dentée s'anima gracieusement et je me sentis à nouveau submergée par la plénitude d'être presque entière. J'oubliai où je me trouvais et souris. L'épée s'allongea pour venir presque entourer mon corps sans aucune menace, comme des bras aimants cherchant à m'embrasser. Je fis un léger mouvement du poignet et elle revint aussitôt à sa position initiale.

À ce moment-là, je me réintéressai, gênée, à ce qui se passait autour de moi. Cyril tentait de cacher son sourire satisfait et s'inclina devant moi. Les vampires, quant à eux, étaient probablement en état de choc, car ils restaient bizarrement muets et statiques.

Némésis dans ma main, je sus quoi faire.

— Vous avez besoin d'une reine, mais vous la redoutez également. Soit...

Je retournai Némésis pour qu'elle pointe vers le bas et la tendis, bien moins menaçante, à mes congénères.

— Si vous voyez une meilleure opportunité, une meilleure candidate, je lui laisse cette place.

Je me déplaçai devant les chefs de clans et leur présentai le fléau de la Vengeance. Tous baissèrent les yeux et reculèrent sans dire mot.

— Que cette personne se lève et saisisse cette épée, tout comme moi, insistai-je.

Je passai devant Okaye, Akira, Alisha, Zephir... tous s'effacèrent en s'inclinant. Lorsque je fus devant Vassily, il afficha un sourire vaincu et courba l'échine.

— Si vous voulez d'une reine faible, dites-le ou bien taisez-vous à jamais.

Je pivotai vers Zirui et maintins avec hargne son regard venimeux. Tenace, il cherchait encore un moyen de me discréditer, mais la proximité de Némésis devait le gêner dans ses réflexions. Pendant ce temps, les uns après les autres, les chefs de clans s'inclinèrent, suivi de Gaël, Max, Violaine et des membres du clan de Paris. Zirui fut bientôt le seul encore debout. La pression s'accumulant sur lui, il finit par céder et fut contraint de suivre le mouvement.

— Mon roi, ma reine, guidez-nous et protégez-nous, dit-il en se pliant en deux.

— Guidez-nous et protégez-nous ! firent écho l'ensemble des chefs de clans.

J'expirai lentement tout l'air que j'avais retenu depuis quelques minutes. Le temps sembla se ralentir à moins que ce ne soit mon cerveau qui était en ébullition. Je ressentais à la fois une satisfaction intense et un sentiment de grand vide comme lorsque l'on arrivait au bout d'un long et dur labeur. Maintenant que j'étais parvenue à acquérir ce que j'avais travaillé d'arrache-pied à avoir, que devais-je faire ? Qu'allait-il se passer ?

Une main se posa tendrement sur mon ventre et Lucas abaissa mon bras qui tenait fermement, peut-être même un peu trop, Némésis. J'avais déversé toute ma tension sur la poignée. Je serrai sa main contre moi et nous échangeâmes un regard. Nul besoin d'utiliser son lien pour nous comprendre. Nous savions que nous venions d'être propulsés sur un chemin sinueux et dangereux. L'un serait le soutien de l'autre si nous voulions éviter la chute. Pourtant il n'y a pas si longtemps, il était mon pilier, ma source de réconfort… Je devais maintenant cesser de m'abriter derrière le rempart qu'il représentait et me mettre à son niveau.

Mes visions s'emballaient dans mon esprit. Il y avait tant à faire. Une éternité ne serait pas de trop pour affronter toutes ces épreuves. La première serait de retrouver Tristan, car lui n'avait certainement pas autant de temps. Un pouvoir supplémentaire était certes le bienvenu dans cette situation, mais le pouvoir du feu céleste avait-il sa place dans le monde des mortels ? M'aidera-t-il ou m'apportera-t-il mille et un soucis ? Le ciel s'assombrissait au-dessus de nous et ce n'était pas de simples nuages annonçant la pluie.

Printed by Amazon Italia Logistica S.r.l.
Torrazza Piemonte (TO), Italy

54444295R00456